KEY·可以文化

Чевенгур

Андрей Платонов

切文古尔

[苏] 安德烈·普拉东诺夫 著

徐振亚 译

浙江文艺出版社
Zhejiang Literature & Art Publishing House

图书在版编目(CIP)数据

切文古尔/(苏)安德烈·普拉东诺夫著;徐振亚
译.—杭州:浙江文艺出版社,2024.1(2024.7重印)
ISBN 978-7-5339-6615-7

Ⅰ.①切… Ⅱ.①安… ②徐… Ⅲ.①长篇小说-苏
联 Ⅳ.①I512.45

中国版本图书馆 CIP 数据核字(2021)第 183320 号

策划统筹	曹元勇
责任编辑	顾楚怡
营销编辑	耿德加　胡凤凡
责任印制	吴春娟
装帧设计	道辙 at Compus Studio
封面插画	肖叶瑶
数字编辑	姜梦冉　诸婧琦

切文古尔

[苏]安德烈·普拉东诺夫　著
徐振亚　译

出版发行　浙江文艺出版社
地　　址　杭州市环城北路 177 号
邮　　编　310003
电　　话　0571-85176953(总编办)
　　　　　0571-85152727(市场部)
印　　刷　上海盛通时代印刷有限公司
开　　本　889 毫米×1240 毫米　1/32
字　　数　350 千字
印　　张　16.25
插　　页　4
版　　次　2024 年 1 月第 1 版
印　　次　2024 年 7 月第 2 次印刷
书　　号　ISBN 978-7-5339-6615-7
定　　价　89.00 元(精装)

译者序

普拉东诺夫——震惊世界的文学天才

上面这个标题并非我的发明，而是借用俄罗斯评论家韦林的话。他的原语是："安德烈·普拉东诺夫是继十九世纪经典作家之后，重新使世界感到惊讶并为之战栗的二十世纪俄罗斯文学的民族天才。"

持类似评价的还有俄裔美籍诗人、诺贝尔文学奖得主布罗茨基："普拉东诺夫是与普鲁斯特、卡夫卡、福克纳、贝克特齐名的二十世纪最杰出的作家。""他是二十世纪唯一继承了十九世纪俄罗斯文学光荣传统的苏联作家。"

英国学者钱德勒说："普拉东诺夫或许是俄罗斯过去一百年最伟大的作家。"

但是，安德烈·普拉东诺夫这个响亮的名字，对于大多数中国读者来说，却是十分陌生的。这不难理解，因为我们没有系统地出版过他的作品，广大读者无从了解这位杰出的作家。其实，即使在他的祖国，普拉东诺夫也一直被视为"异类"，他的作品生前无法出版，直到二十世纪六十年代才开始与读者陆续见面。而真正的"开禁"和"回归"，使读者有机会全面认识这位伟大的作家，已经是上世纪八十年代的事了。近三十年来，普拉东诺夫的作品大量出版，各种单行本、选集和皇皇八大卷的文集相继问世。对这位作家的研究日益广泛和深入,涌现了许多学术含金量相当高的专著,形成了一支阵容整齐、生气勃勃的研究队伍。

自上世纪九十年代开始,俄罗斯科学院俄国文学研究所(普希金之家)每年召开普拉东诺夫研讨会,吸引了世界各国的专家学者参加,会后出版研究论文集,从不间断,形成了一个完整的系列,颇受学界的重视和欢迎。

二○一九年适逢普拉东诺夫诞辰一百二十周年,彼得堡的俄罗斯文学研究所、莫斯科的世界文学研究所和作家故乡的沃罗涅日大学都举行了规模空前的纪念活动。更加耐人寻味的是,俄国科学院哲学研究所联合俄罗斯高等经济学院和莫斯科大学召开了主题为"俄罗斯的自我认识问题"的普拉东诺夫国际学术研讨会。由此可见,普拉东诺夫不仅是伟大的作家,也是有影响的思想家和哲学家。可以说,二十世纪的俄罗斯作家中很少有人像普拉东诺夫那样享有如此崇高的荣誉,研究普拉东诺夫几乎成了一门炙手可热的显学。

普拉东诺夫不仅是俄罗斯文学的骄傲,他的艺术成就也得到了世界各国的普遍承认,他的主要作品已经翻译成英、法、德、日、西班牙语等语言,他在二十世纪俄罗斯文学和世界文学中的经典地位已经无可动摇。

安德烈·普拉东诺维奇·普拉东诺夫(1899—1951)原姓克里缅托夫,生于沃罗涅日市郊区驿站镇一个工人家庭,父亲是铁路上的钳工,母亲是钟表匠的女儿。这个家庭共有十一个孩子,安德烈是长子。他父亲是自学成才的发明家,在当地颇有名气,报纸上多次报道过他的事迹。普拉东诺夫热衷于发明创造，显然是继承了父亲的性格。他非常爱母亲，从小对母亲的命运十分同情。他七岁进乡村教会小学读书，十五岁中学没毕业就开始工作，当过火车司机的助手、铸铁工、机车修理工，以自己稚嫩的肩膀协助父母挑起这个人口众多的家庭的重担。普拉东诺夫回忆说："我的日子过得非常艰难，生活一下子把我从孩子变成了成年人，使我失去了青年时代。"一九一八年初，他进铁路中等技术学校电工专业学习，同时积极投入沃罗涅日的文学生活，在当地报刊上发表诗歌、小说和政论文章。一九一九年夏天，担任沃罗涅日地区国防委员会《消息报》战地记者，同年应征加入红军，先担任军用列车的副司机，后主动请求转到铁道兵部队，与白军作战。复员后继续学业，同时从事文学创作。一九二〇年他代表沃罗涅日赴莫斯科出席全俄无产阶级作家代表大会，在回答大会调查与会者属于哪种流派时写道："我不属于任何流派。我有自己的流派。"一九二一年出版小册子《电气化》和诗集《蔚蓝色深处》。普拉东诺夫早期的文章和诗歌充斥了改天换地、征服宇宙、消灭个性、否定传统、割断历史的革命豪情和浪漫理想，其狂热和虚妄与当时流行的无产阶级文化派作品如出一辙：

> 我们要熄灭疲惫的太阳，
> 在宇宙中燃起别的光芒；
> 我们要给人们换上钢铁心脏，
> 要把行星从轨道上彻底扫光。

他号召人们充当革命的螺丝钉："标准的螺丝钉是社会主义的

最好零件。""标准化的工人是最优秀的共产党人。"

他崇拜科学技术的物质力量,贬低甚至否定一切感情和思想文化价值:"社会的物质生产组织化越完善,哲学、宗教和艺术越有害……如今,基督、雪莱、拜伦、托尔斯泰难道比电气化更有意义吗?"

但是,普拉东诺夫毕竟是从事实际工作的技术人员,也是特别善于思考、具有独立思想的人,他的政治虚火不会持续太久,他从虚幻的云端逐渐降到真实的人间。他很难绝对相信"飞驰向前的革命火车头会立即把人们带入美妙的理想世界",在鼓吹暴力、破坏的社会变革和重新安排河山、彻底改造宇宙的豪言壮语后面,渐渐产生了怀疑:在鲜血上建立"难以置信的世界"合理吗?这样的世界为谁而建?将来谁来居住?

诗集《蔚蓝色深处》受到象征主义大师勃留索夫的注意和肯定,勃留索夫希望这位文坛新秀今后在文学道路上大显身手。出人意料的是,普拉东诺夫主动远离了热闹的文坛。其中最重要的原因是严酷的现实,那就是一九二一年的大饥荒。"一九二一年的干旱给我留下深刻的印象,作为一名技术人员,我再也无法袖手旁观——从事文学创作了。"这一年饿死的人不计其数,然而许多党的干部却认为"共产党人属于未来",因而千方百计为自己营造"舒适的生存环境"。目睹哀鸿遍野的惨象和这些共产党人的所作所为,普拉东诺夫不由得怒火中烧,公开撰文怒斥这些"官方革命家"为"不成体统的畜生",并且呼吁大家"在苦难中应该平等"。

一九二一年普拉东诺夫被选为沃罗涅日省抗灾特别委员会主席,一九二三年出任省农业局土壤改良师,主管农业电气化工作。他奔走于穷乡僻壤,修堤坝、挖水井、建水库、造电站,为改善农业生产和农民生活呕心沥血。

一九二六年二月,全俄土壤改良师代表大会上普拉东诺夫当选为农林协会中央委员;同年六月,他告别故乡,举家迁往全国的政治中心和文化中心莫斯科,从此生活进入了一个新的阶段。谁也没有料到,普拉东诺夫担任土地规划局副书记不到一个月,便莫名其妙地被撤职了。他后来回忆说:"我留在了莫斯科……带着老婆孩子,没有工资……孩子病了……只能去变卖那些极其珍贵的专业书籍。"当时的艰难处境由此可见一斑。

一九二六年秋,农业人民委员会任命普拉东诺夫为坦波夫省土壤改良处处长,于是他走马上任,只身前往坦波夫。怀着爱国爱民的满腔热情和科技工作者的严谨精神,他全身心地投入工作。偏远省份的现实景象让他加深了对农村的认识和了解。他从坦波夫给妻子写信说:"辗转于那些穷乡僻壤的时候,我目睹了种种令人伤心的事情,简直无法相信在某处还有个莫斯科,还存在着艺术、小说。不过我觉得,真正的艺术、真正的思想只能在这样的穷乡僻壤产生。"

对于俄罗斯文学来说,一九二七年是永远值得记取的一年。这一年,普拉东诺夫的创作热情和艺术才华犹如井喷般爆发出来。《通天之道》《叶皮凡水闸》《格拉多夫城》《捉摸不透的人》《驿站镇》《建设国家的人们》等六部中篇小说相继完成,其数量之多、速度之快、质量之高恐怕在世界文学史上也不多见。

一九二九年是苏联历史上称为"伟大转折的一年",大规模的工业化和农业化全盘集体化如火如荼地展开。在这不平凡的一年,普拉东诺夫完成了长篇小说《切文古尔》。作品描写一些革命者试图在偏远的县城切文古尔创建共产主义,他们杀死资产阶级,毁灭森林,拆除房屋,停止一切生产活动(因为劳动产生财富,财富导致剥削),露宿原野,以草充饥,过着"心灵共产主义的生活",最后以失败而告终。《切文古尔》凝聚了作者对早期思想的痛苦反思以及对现实的深刻理解和忧虑。《切文古尔》排出了清样,最终未能问世。短篇小说《疑虑重重的马卡尔》得以在杂志上刊出,却遭到严厉批判。马卡尔是个普通农民,他不明白为什么苏维埃国家制定了种种宏伟的美妙计划,结果都搞得一团糟,于是到首都寻找答案。他发现莫斯科也有两种人,一种人脑袋空白、只会干活,另一种人不会干活、只会出主意。他梦见一个科学人站在高山之巅,目光远望前方,想的是全局规模,却漠视底下百姓的实际和愿望。这个短篇被认为是在影射领袖,带有个人主义和无政府主义的有害倾向,其作者是"不亚于明目张胆喊着法西斯口号的反革命"。于是,苦难接二连三地降临到这位根红苗正的作家头上。

一九三○年初,普拉东诺夫根据在俄罗斯中部农村考察的结果,仅用十几天时间写出了中篇小说《立此存照——贫农纪事》。小说在杂志《红色处女地》上刚发表,立即引起了一场轩然大波。《真理报》《消息报》《文学报》等中央和地方报刊对作者展开了一场大规模围剿。"诽谤农业集体化""污蔑社会主义改造""攻击总路线"……一顶顶吓人的政治大帽子铺天盖地般飞向普拉东诺夫。从此以后,再也没有哪一家刊物和出版社敢于发表他的作品,作家似乎从文坛上消失了。

普拉东诺夫被剥夺了发表作品的权利,失去了经济来源,生活陷入困顿,但他并没有屈服,以顽强的意志克服了种种难以想象的困难,继续在自己既定的人生道路上奋力前行。他深入伏尔加河和北高加索地区的农村,进一步观察和思考现实生活。他认为,"在建设社会主义时代,要当一名纯粹的作家是不可能的。如果不深入生产第一线,只当一名作家,是一种可耻的行为"。

《立此存照》遭批后的孤立岁月,成了作家创作的丰收期。从反映全盘集体化导致大饥荒的悲剧《十四间小木屋》(1932)到最有思想哲理深度、最富艺术创新的里程碑式中篇小说《基坑》(1929—1930),从"技术小说"《原始海》(1934)到最后一部长篇小说《幸福的莫斯科娃》,这些作家生前无法发表的重要作品,都完成于这一阶段。《基坑》无疑是普拉东诺夫的代表作。小说分两部分,上半部写工人们为建造供全体无产阶级居住的大厦挖掘基坑,象征实现人间天堂的美好理想,下半部写农业集体化,即实现理想的具体途径,联结全书的是一位寻找真理的主人公,他看到挖土工人已经精疲力竭,瘦得皮包骨头,可是上级决定要扩大基坑规模,建设一座能容纳全世界无产者的高塔。为了支援周边农村的集体化,挖土工人被派去开展铲除农村资本主义根子的阶级斗争,所到之处,满眼是一片凄凉的景象:农民们感到生活无望,男女老少早就准备好了棺材,等待着死亡;组织大院里集中了留恋私有财产、在振奋时期哭过鼻子、脸上有过"异己表情"的农民,他们正在接受积极分子的教育;一头熊带领人们到村里凭着它的嗅觉确定谁是富农,然后将富农押上木筏流放到汪洋大海;领导集体化的积极分子一夜之间掉进了"右倾"机会主义的"左倾"泥坑,成了无产阶级客观上的敌人而死于乱拳之下;无产阶级大厦的基坑最后成了埋葬孩子的坟墓……普拉东诺夫把这场政治运动的荒唐和危害表现得淋漓尽致,揭示了理想和现实、目的和手段、生与死、物质与精神、个人与集体等等形而上的哲理问题,迫使人们思考人类的命运和前途。

《立此存照》风波过去六年之后，普拉东诺夫才有机会出版了小说集《波图坦河》。在当时大清洗的具体情势下，即使这部作品探索爱情之类永恒的主题，依然难逃受责难的厄运。一九三七年二月，作家乘马车从列宁格勒到莫斯科，准备仿效拉季谢夫的《从彼得堡到莫斯科旅行记》这部反农奴制色彩浓烈的作品，写一部《从列宁格勒到莫斯科》的长篇小说，计划于第二年七月交稿。

谁知道厄运再次降临到他头上。一九三八年五月，他钟爱的独生儿子，十五岁的中学生因"从事间谍和破坏活动"的莫须有罪名而被捕。在审讯中他拒绝认罪而惨遭毒打。审讯人员威胁说再不承认就要逮捕他的父母。他被迫承认后判处八年徒刑，在监狱和集中营里受尽折磨，染上了肺结核，虽经肖洛霍夫向最高当局说情后于一九四三年释放，但出狱后不久就死了。儿子的被捕和夭折对普拉东诺夫是巨大打击和终身难以抚平的精神创伤。他虽然没有像古米廖夫、比里尼亚克、巴别尔、曼德尔施塔姆等文人遭到监禁、流放、枪毙的命运，但中年丧子的精神折磨伴随了他一辈子。

从一九三八年起，普拉东诺夫只能为儿童文学出版社写些作品。在儿童文学领域，作家也显示了出众的才华，故事集《七月的雷雨》成了广受孩子欢迎和喜爱的精品。他为中央儿童剧院写的剧本《外婆的小屋》《善良的季特》和《继女》在他生前均没有上演。

第二次世界大战期间，普拉东诺夫一家撤离到乌法，他主动要求上前线抗击法西斯，经批准，于一九四二年初以《红星报》记者身份奔赴战场，写了大量的揭露和鞭挞法西斯及歌颂红军官兵英勇抗敌的通讯报道和故事，陆续出版了《斗志昂扬的人们》《祖国的故事》《铜墙铁壁》和《朝着太阳落山的方向》四本书。他用自己勇敢的行动和手中的笔为反法西斯战争的胜利做出了贡献,在血与火的洗礼中再次证明了对人民和祖国的赤胆忠心。

一九四六年,普拉东诺夫发表的短篇小说《伊凡诺夫的家庭》(后来改名为《归来》)首先触及了战争给苏联人民造成的心灵创伤,比肖洛霍夫的《一个人的遭遇》早了整整十年。这样一篇优秀作品却被臭名昭著的文学打手叶尔米洛夫说成是"污蔑苏联人民和苏联家庭的大毒草",虽然这个告密老手和文坛恶霸后来公开承认错误:"我未能进入安德烈·普拉东诺夫的艺术世界,我用了一把远离生活复杂性和艺术复杂性的尺子去衡量这部小说。"文霸的迟到忏悔无法改变作家最后几年生活的困境,更不能抹去他精神上受到的创伤。

一九五一年一月五日,普拉东诺夫这位天才作家、俄罗斯人民的忠诚儿子,在贫病交加中,凄凉地走完了自己艰难崎岖却又光辉灿烂的人生道路。

普拉东诺夫是俄罗斯文学的骄傲,他留下的文学遗产是俄罗斯人民,也是全人类的宝贵精神财富。如同他拥有多项技术专利一样,他的文学作品也是别开生面,独具一格,富有创新精神,让人耳目一新,直到今天还魅力不减,发人深省。他用反讽、扭曲、变形、夸张、荒诞等丰富新颖的艺术手法,借助倒置、稚拙、质朴、杂糅、奇崛的独特语言构筑的艺术世界,或者如学界形容的"普拉东诺夫之谜""普拉东诺夫奇迹",值得我们深入研究。

徐振亚

二〇二三年二月定稿

目　录

切文古尔

古老的外省城市都有破败的林边区。人们去那儿生活纯粹出于天性。这不,现在就来了个人——瞧他那脸上,满是机灵、疲惫以至忧伤的神情。此人什么都能修理,什么都能装配,可自己的生活却没有安排好。任何一样东西,从平底锅到闹钟,从新到旧,无不经过他的手。他也不拒绝给人打鞋掌,浇铸打狼的子弹,伪造奖章拿到传统的乡村集市上叫卖。可他自己从来没有给自己做成过一件事——无论是成家还是盖房。夏天他就露宿野外,把工具装进一个口袋当枕头,与其说是为了柔软,不如说是为了保存。为了躲避朝阳,他头天晚上就用牛蒡叶遮住自己的眼睛。到了冬天,他就靠夏天打工剩下的钱过日子,夜间敲钟就算是付给教堂看门人的房租。无论是人还是大自然,除了各种各样的物件,没有一样东西可以特别引起他的兴趣。因此,他对人对地一视同仁,都怀着冷漠的柔情,不侵犯他们的利益。冬天的晚上,他有时候会做些无用的东西:用铁丝穿成塔,用一块修屋顶的铁皮做成轮船,用纸糊成飞艇,如此等等——完全是出于自己的喜好。他甚至经常会延误人家偶然的订货,譬如说,让他给木桶配新箍,可他一门心思只顾造木钟,他认为木钟不用发条也会走——靠地球旋转的力量。

教堂看门人不喜欢这类无益的活计。

"你老了只能去讨饭,扎哈尔·巴甫雷奇!你瞧这木桶放这儿好几天了,可你倒好,只顾闷头在地上捣鼓那些小木棍——这是干啥呀!"

扎哈尔·巴甫洛维奇沉默不语:别人的话对他来说就像住在森林里的人听树木的喧闹——充耳不闻。看门人抽着烟,平静地看着远方——日复一日的宗教仪式使他不相信上帝了,可是他坚信扎哈尔·巴甫洛维奇搞不出什么新名堂:人们早就生活在这世界上,该发明的他们都发明了。扎哈尔·巴甫洛维奇的想法恰恰相反:如果自然界的某种物质尚未被手触摸过,那说明人们远不是把什么都发明了。

过了四年,到第五个年头,村里的人一半去了矿上或者进了城,另一半进了森林——遭了灾荒。自古以来人们就知道,即使干旱的年代,林中旷地上的各种草、蔬菜和庄稼都长得很好。留在村里的那一半人纷纷去林中旷地保护自己的庄稼,以免遭到蜂拥而来的贪婪的流浪者疯抢。这一次的旱灾延续到了第二年。整个村子大门紧锁,人们分成两拨上了大路——一拨去基辅乞讨,另一拨去卢甘斯克打工;有些人拐到森林里或杂草丛生的山沟里,吃起青草、黏土和树皮,变得像野人一样。离乡背井的几乎全是成年人——孩子早就死光了,或者四处要饭去了。吃奶的婴儿被母亲慢慢地虐杀,因为不给他们吃饱。

有一个叫伊格纳契耶夫娜的老太婆,专门给婴幼儿治饥饿:她给他们喝掺了甜草的蘑菇液,于是孩子口吐白沫,慢慢安静下来,不再吵闹,嘴唇上留下干涸的白沫。当母亲的吻着孩子那老人般满是

皱纹的额头,轻声说:

"宝贝,你不再受苦了。感谢上帝!"

伊格纳契耶夫娜就站在旁边:

"死了,不哭不闹:比活着还好看,这会儿正在天堂里听银色的风……"

母亲在欣赏自己的孩子,相信他解脱了苦命。

"你把我这条旧裙子拿去吧,伊格纳契耶夫娜,再也没什么好给你了。谢谢你。"

伊格纳契耶夫娜把裙子对着亮光照了照,说:

"你得哭几声,米特列芙娜,这是规矩。你的裙子破得不能再破了,你就再加条围巾吧,要不就送个熨斗……"

扎哈尔·巴甫洛维奇独自一人留在村里:周围无人的环境正合他的心意。不过,他大部分时间跟一个流浪汉待在森林里,合住一间土屋。他们吃的是草汁,这草汁的营养流浪汉早就研究透了。

为了忘却饥饿,扎哈尔·巴甫洛维奇不停地干活,他学会了用木材做以前用金属做的所有东西。流浪汉一辈子都没干什么,更不用说现在了:一直到五十岁,他都在观察周围会发生什么事,并且期待着普遍的不安最终会引出某种结果,等到天下太平并且弄清楚世界的来龙去脉之后,他要立即开始行动。他根本没有考虑过怎样生活,从来没想过要娶妻生子,也没有打算做一件对大家有益的事情。他一生下来就惊讶不已,就这样睁大了那双蓝眼睛看着,一直活到了老年。扎哈尔·巴甫洛维奇用柞木做平底锅,流浪汉看了大为惊讶,认为这样的锅反正什么也炸不成。可是扎哈尔·巴甫洛维奇往木锅里倒水,再用文火将水烧开,而锅子却没有燃烧。流浪汉惊得目瞪口呆：

"好厉害！老兄，你真有一手啊……"

流浪汉被这些惊人的秘密镇住了，禁不住垂下了双手。从来没有人向流浪汉解释清楚各种现象的简单原因——也许他自己太笨了。确实，扎哈尔·巴甫洛维奇试图告诉他风为什么会吹来吹去，而不是停留在原地不动，流浪汉听了更加惊讶也更加糊涂了，尽管他感觉到风真的是这样产生的。

"真是这样吗？你说！没准是太阳烤的？太好玩了！……"

扎哈尔·巴甫洛维奇告诉他，太阳烤可不是件好玩的事，让人热得受不了。

"热?!"流浪汉很惊讶，"瞧你，真是个老妖婆！"

流浪汉的惊奇只是从一件事转移到另一件事，而他的意识一点儿也没有转变。他不是靠脑子，而是凭信任和敬畏的感觉而生活。

整整一个夏天，扎哈尔·巴甫洛维奇用木材制作了他所知道的所有物件。土屋的里里外外堆满了扎哈尔·巴甫洛维奇的手艺——整套的农具、机器、工具、设施和生活用品——全是用木头做的。奇怪的是，没有一件是仿照自然的产品，譬如马呀，轮子呀，或者别的什么。

八月里，流浪汉走进树荫，趴在地上说：

"扎哈尔·巴甫洛维奇，我要死了，昨天我吃了条蜥蜴……我给你带来了两个蘑菇，给自己煮了蜥蜴。你用牛蒡叶给我脑袋上扇一扇——我喜欢风。"

扎哈尔·巴甫洛维奇用牛蒡叶扇了一会儿，又端来水给奄奄一息的人喝了。

"你不会死的。那是你的错觉。"

"要死了,真的要死了,扎哈尔·巴甫洛维奇。"流浪汉不敢撒谎,"肚子疼得受不了,里边有一条大虫,吸干了我的血……"流浪汉翻了个身,仰面朝天,"你看我该不该害怕?"

"别怕,"扎哈尔·巴甫洛维奇肯定地回答,"我自己也巴不得马上死掉。可你知道的,做不完的各种活计……"

流浪汉听到同情的话很高兴,傍晚前死了,没有恐惧。流浪汉临终的时候,扎哈尔·巴甫洛维奇去小溪里洗澡,回来的时候流浪汉已经咽气,被他自己的绿色呕吐物噎死了。他吐出来的东西又干又硬,像面团那样围在他嘴的四周,里面还有白色的蛆虫在蠕动。

夜间,扎哈尔·巴甫洛维奇醒过来,听着雨声。这是四月以来下的第二场雨。"流浪汉准会吃惊的。"扎哈尔·巴甫洛维奇想。流浪汉孤零零地在黑暗中淋着从天而降的瓢泼大雨,身体慢慢鼓胀起来。

透过沉寂无风的雨帘,传来一阵低沉而忧伤的歌声——那么遥远,也许那地方没有下雨,而是晴天。扎哈尔·巴甫洛维奇顿时忘了流浪汉,忘了大雨,忘了饥饿,一骨碌翻身起来。发出这声音的是远方的一架机器,是一个活跃的正在干活的火车头。扎哈尔·巴甫洛维奇走到屋外,在温暖的雨中站了一会儿,倾听那颂扬和平宁静的生活、颂扬辽阔悠久的大地的歌声。黑沉沉的树木展开枝叶,在大雨平稳亲切的怀抱中昏昏欲睡。它们感到十分舒服,在无风的情况下懒洋洋地晃动着树枝。

扎哈尔·巴甫洛维奇并不在意大自然的欢乐,令他兴奋的是那陌生的不再出声的火车头。他回屋躺下睡觉,心想连雨都在行动,而我却躲在森林里睡觉,什么事也不干:流浪汉死了,你也会死去;他一辈子都没做过一样东西——总是在细细观察,尽量适应环境,对一切都感到惊讶,在每一件简单的事物中看到奇迹,从来不会动手去破坏什么;只会摘蘑菇,但是又不会寻找蘑菇;就这样死了,没有给大自然造成丝毫的损失。

早晨是个大晴天,森林放开浑厚的嗓子尽情歌唱,任凭晨风穿过贴身的树叶。扎哈尔·巴甫洛维奇看到的与其说是早晨,不如说是干活的在换班:雨在地里睡着了,太阳就来接班;太阳一出,风便匆忙而起,树木竖起了枝叶,青草和灌木开始呢喃细语,甚至连雨也没有来得及好好休息,便在暖风的吹拂下重新起来,将自己的身体聚集成一片片云朵。

扎哈尔·巴甫洛维奇把自己的木制品放进一个口袋——能塞多少就塞多少,然后沿着女人采蘑菇的小道向远方走去。他看都没看一眼流浪汉:死人没什么好看的。尽管扎哈尔·巴甫洛维奇在这儿有一个熟人,是穆捷沃湖的一位渔民,此人曾向许多人打听死亡的事情,也为自己的好奇而心生烦恼;这位渔民最喜欢鱼,倒不是鱼能食用,而是鱼深谙死亡的秘密,是一种特殊的生物。他给扎哈尔·巴甫洛维奇看死鱼的眼睛,说:"您瞧——太聪明了!鱼处在生与死中间,这才有嘴不会说话,有眼没有表情。连牛犊都会思考,可鱼就是不会思考——可是它什么都知道。"渔民多年来一直观察这湖,心里老想同一件事:死亡的乐趣。扎哈尔·巴甫洛维奇再三劝阻:"那儿没什么特别的,没准还挤得慌。"一年后,渔民忍不住从船上跳进湖里,还用绳子捆住了双脚,生怕会浮起来。他内心基本上不相信死亡,主要是他想看一看,那儿究竟有什么:也许比住在村子里或者湖岸上更多乐趣。他看待死亡就像看位于天空底下、冰凉的湖底、不断吸引着他的另一个省份。有几个庄稼汉听说渔民打算在死亡中生活一阵再回来，纷纷劝阻他，也有几个表示赞成："好啊，试一下也行，德米特里·伊凡诺维奇。你去试试看，回头给我们说说。"德米特里·伊凡诺维奇果真试了；三天三夜之后他从湖里被捞了上来，埋葬在乡村墓地的围墙旁。

现在扎哈尔·巴甫洛维奇正经过公共墓地，他在一排十字架中间寻找渔民的坟墓。渔民的坟墓上没有十字架：他的死没有让任何人伤心，也没有人悼念他，因为他不是死于疾病，而是死于自己好奇的理智。渔民的妻子早死了，他是鳏夫，儿子还小，寄养在别人家里。扎哈尔·巴甫洛维奇参加了葬礼，牵着小男孩的手——这孩子聪明可爱，不知像母亲还是像父亲；这孩子现在在哪里？没准，在闹饥荒的年代，这没爹没娘的孤儿早就死了。出殡的那会儿，小男孩跟在棺材后面没有悲伤，十分平静。

"扎哈尔叔叔，我父亲是存心躺下的吧？"

"不是存心的，是一时糊涂——现在你要吃苦了。他一时半会儿不能再打鱼了。"

"阿姨为啥要哭啊？"

"她们是假哭！"

棺材停在墓穴边上，谁也不想跟死者诀别。扎哈尔·巴甫洛维奇跪下来，轻轻抚摸渔民胡子拉碴的脸，那张脸已被湖底的水冲刷干净。过了一会儿，他对孩子说：

"跟父亲告别吧——他死了，永远不会回来了。你看看他——好好记住。"

小男孩靠在父亲身上，紧挨着他的旧衬衫，衬衫散发着亲切的汗味。这衬衫是入殓时才换的——父亲死的时候穿的是另外一件。孩子摸摸父亲的手，手上有鱼腥味，还戴着结婚时候的锡戒指，那是为了纪念被遗忘的母亲。孩子扭头转向大家，见到的全是陌生人，吓得呜呜哭了起来，双手紧紧抓住父亲衬衫的皱褶，仿佛找到了依靠。他的悲伤无法用言语表达，也不可能知道今后怎样生活，旁人难以安慰他。父亲死了他哭得如此伤心，死者倒是应该感到幸福的。围着棺材的人们也都流泪了，他们可怜这孩子，也提前可怜自己，因为人人都会死去，也总有人为他们哭泣。

扎哈尔·巴甫洛维奇尽管非常伤心，但还是惦记着这孩子今后怎么办。

"别嚎了，尼基福罗芙娜！"他对一个唱哭丧歌的女人说，"你哭不是因为伤心，而是为了你死后也有人替你哭丧。你把这孩子带回家——反正你有六个孩子，再多一个也没关系，凑合凑合就过去了。"

尼基福罗芙娜一下子明白了，脸色变得十分难看：刚才她哭的时候没有眼泪，仅仅用皱纹扮出一脸哭相。

"说得轻巧！你真是站着说话不腰疼——凑合凑合就过去了！眼下他还小，大了就要吃要喝要穿——养不起！"

领走这孩子的是另一个女人，玛芙拉·费基索芙娜·德瓦诺娃，七个孩子的母亲。她拉着孩子的手，用裙子擦去他的眼泪，给他擤了鼻涕，就把这孤儿带回了自己家。

小男孩想起父亲曾给他做过一根钓鱼竿，他把鱼竿远远地扔在湖里，后来也就把它忘了。现在，也许鱼已经上钩，可以拿来吃了，这样人家也就不会嫌他吃白食了。

"阿姨,我在水里钓到了一条鱼,"萨沙说,"让我去拿回来吃,你就不用给我吃的了。"

玛芙拉·费基索芙娜无意间皱起了眉头,用头巾的一角擤了下鼻子,没有放开孩子的手。

扎哈尔·巴甫洛维奇想了好久,打算出去流浪,可最后还是留了下来。他感到了钻心的悲伤和孤独,他真想一口气走遍天下,迎接所有村子的悲苦,扶着陌生人的棺材痛哭一场。可是,接连不断的活计妨碍了他的计划:村长要他修理挂钟,神父要他给钢琴调音。扎哈尔·巴甫洛维奇自出娘胎以来从未听过什么音乐——有一次在县城见过一架留声机,这机子被庄稼汉们捣鼓得不转了:留声机放在小酒馆里,机盒的四壁已被拆散,他们要揭穿这骗人的机关,看看究竟是谁在唱,还往唱片上插了根补衣服的针。为给钢琴调音,他足足干了一个月,不停地调试各种凄凉的声音,仔细研究这架能够奏出优美乐曲的机器。扎哈尔·巴甫洛维奇一敲打琴键,就响起忧伤的歌声,再慢慢飘走。扎哈尔·巴甫洛维奇仰望上空,期待歌声能返回来——这声音太好听,不可浪费,让它无影无踪飘走。神父等得不耐烦了,说:"大叔哎,你别瞎捣鼓了,还是把正经事干完,别去钻什么牛角尖啦。"扎哈尔·巴甫洛维奇觉得自己的手艺受到了极大侮辱,于是在钢琴里设置了一个秘密机关,要打开这机关不消一秒钟时间,但是不知道其中的巧妙就只能干瞪眼。后来,神父每星期都来求扎哈尔·巴甫洛维奇:"你过来吧,朋友,过来吧,音乐的神秘力量又消失了。"扎哈尔·巴甫洛维奇设置这秘密不是为了神父,也不是为了自己能经常过去欣赏音乐,让他日夜不安的是绝然相反的东西：这个能够拨动心弦、让人变得善良的装置究竟是怎么做出来的。就是为了这个目的，他才设置了这个能够使声音变得悦耳动听或者刺耳难忍的秘密。修理了十次以后，扎哈尔·巴甫洛维奇弄明白了声音搭配的秘密以及主板震动的结构，于是就从钢琴里取出了秘密机关，从此以后他对音响失去了兴趣。

现在，扎哈尔·巴甫洛维奇一边走一边在回忆自己过往的一生，他并不觉得后悔。许多装置和结构是他在以往的岁月里自己悟出来的，只要有合适的材料和工具，他都可以复制。他在村里走动就是要发现没见过的机器和物件，看看寥廓的天空与寂静的田野交界处后面究竟有什么东西。他一直往那儿走去，心境如同那些丧失信仰后前往基辅打发余生的农民。

村子的街道上，弥漫着一股煤烟子味——堆在路上的煤渣尚未被鸡翻扒过，因为鸡都被人吃了。那些农舍里静悄悄的，听不见孩子的声音。大门口，小路上，原先那些被踩踏得寸草不长的地方，如今耸立着一棵棵超高超大的牛蒡，这些疯长的牛蒡摆出乔木的架势，摇曳着等待主人回来。那些篱笆也因为无人照料变得斑驳陆离：葎草和紫牵牛绕满了篱笆，有些橛子和细树条都扎根泥土，如果主人还不回来的话，看样子还会长成一棵棵小树。院子里的水井都枯竭了，蜥蜴爬过井栏，大摇大摆地钻到井里避暑，还在那儿生儿育女。让扎哈尔·巴甫洛维奇大为吃惊的还有这么一种不可思议的景象：地里的庄稼早就枯死了，可茅屋顶上长出了绿色的黑麦、燕麦和黍子，滨藜也在屋顶上沙沙作响。它们都是从铺屋顶的麦秸留下的麦粒发芽长出来的。田间的黄绿色鸟儿也迁移到了村子里，直接住进了农舍的正房。一群群麻雀乌云似的从脚下飞起来，在翅膀扇起的风中叽叽喳喳地炫耀自己的精明能干。

穿过村子的时候,扎哈尔·巴甫洛维奇发现了一只树皮鞋,这树皮鞋因为被人丢弃反而交上了好运,居然复活了——上面长出了一枝尖叶柳的幼芽,腐朽的鞋底眼看着要成为小树的树根。树皮鞋下面的泥土也许更加潮湿,许多苍白的小草正使劲顶出来。在所有的乡村物件中,扎哈尔·巴甫洛维奇最喜欢的是树皮鞋和马掌,而乡村设施中就数水井是他的最爱。在最后一间农舍的烟囱上停着一只燕子,见了扎哈尔·巴甫洛维奇就躲到烟囱里面,在漆黑的烟道里展开翅膀护着自己的雏儿。

右面还保留着一座教堂,教堂后面便是名闻遐迩的田野,平坦得如同寂静下来的风。教堂的小钟敲了十二下:时值正午。牵牛花攀满了教堂外墙,还在使劲往十字架上攀爬。教堂的墙脚下,神父的坟墓上长满了荒草,低矮的十字架淹没在密匝匝的草丛中。看门人敲完钟,站在教堂门口的台阶上,看着夏天渐渐逝去。闹钟在多年的计时后已经失灵,倒是看门人上了年纪之后还能敏锐而准确地感受时间,就像感受痛苦和幸福一样。无论他做什么,哪怕在睡觉(尽管生命在晚年比睡眠还强大——它高度警惕,且时刻不懈)——只要时辰一到,看门人就会变得焦躁不安,出现某种欲望,于是他去敲钟,敲完钟,他的心情复归平静。

"你还活着呀,老爷子!"扎哈尔·巴甫洛维奇对看门人说,"你还在为谁计算时辰啊?"

看门人不想搭理他:他活了七十岁,确信自己干的那些事有一半是白干了,说的话有四分之三是白说了。我为老婆孩子操心,结果老婆孩子都没能活下来,我说的话早被忘光了,成了耳边风。"要是我跟这个人搭话,"看门人心想,"他不消走出一里地,保准把我忘得一干二净:我算他什么人——既不是爹娘又不是帮手!"

"你这是白费劲!"扎哈尔·巴甫洛维奇指责说。

看门人回应这样的蠢话:

"怎么是白费劲呢?我记得,我们村子外出逃荒不下十次,每次都回来了。这一次也会回来的:不能长时间没有人气。"

"那你敲钟干吗?"

看门人认识扎哈尔·巴甫洛维奇,知道他这个人有一双巧手,但不懂得时间的价值。

"亏你问得出口——敲钟干吗!我敲钟是要缩短时间,要唱歌……"

"好,你唱吧。"扎哈尔·巴甫洛维奇说着就走出了村子。

一间没有场院的农舍孤零零地蜷缩在村外。看样子是有人匆忙娶了老婆,跟父亲闹翻了,于是搬出来居住。现在这里也是人去屋空,里边有点瘆人。扎哈尔·巴甫洛维奇离开时唯一感到高兴的,是这间农舍的烟囱里长出了一株向日葵,已经够高够大,成熟的脑袋偏到日出的方向。

大路上全是沾满了尘土的枯草。扎哈尔·巴甫洛维奇坐下来抽支烟,这时候他看到地上有一片由草构成的宜居的森林:一个小小的忙碌的生物世界,这里有道路,有温暖的住房,日常的生活设施一应俱全。扎哈尔·巴甫洛维奇对这些蚂蚁入迷了,以致走出了四里地他脑子里还尽想着它们,最后得出结论:"要是也让我们拥有蚂蚁或者蚊子的智慧,我们可以一下子把生活安排得妥妥帖帖:这些小家伙真是和睦生活的高手;人远远不如能干的蚂蚁。"

扎哈尔·巴甫洛维奇来到城郊的林边地,向一位多子女的单身钳工租了一间储藏室。他走到外面,认真思考起来:"往后该干什么呢?"

房东下班回来,坐到扎哈尔·巴甫洛维奇身边。

"该付你多少房租?"扎哈尔·巴甫洛维奇问。

钳工想笑却没有笑出来,只是在喉咙里咕噜了几声:从他的声音里可以听出无望和那种特别的、习以为常的,只有彻底伤透了心的人才会有的绝望。

"你是干什么的? 什么也不干? 那好,你就这么待着吧,只要我那些孩子不把你的脑袋揪下来……"

这话他倒是说对了:就在第一天夜里,钳工的几个儿子——从九岁到二十岁——就把尿撒在熟睡中的扎哈尔·巴甫洛维奇身上,还用炉叉插死了储藏室的门。不过,要让扎哈尔·巴甫洛维奇生气可不容易,他对人从来不感兴趣。他知道,世界上有各种机械和复杂厉害的产品,他判断好人的标准,就是能不能做出这些东西,而不是根据这种偶然的恶作剧。事实也确实如此,早上扎哈尔·巴甫洛维奇看到钳工的大儿子在熟练而认真地做一把大斧子,这就说明,他的本质不是撒尿恶作剧,而是手巧。

过了一个星期,扎哈尔·巴甫洛维奇因为无所事事而憋得慌,自作主张地开始修理钳工的房子。他把屋顶上损坏的接缝重新接好,翻修了门厅的台阶,清除了烟囱里的烟灰。晚上,扎哈尔·巴甫洛维奇就削橛子。

"你这是做什么呀?"钳工问,用一片面包皮捋胡子——他刚吃过午饭,吃的是土豆和黄瓜。

"说不定能派上用场。"扎哈尔·巴甫洛维奇回答。

钳工一边嚼面包皮一边在琢磨。

"可以做墓地的围栏！斋戒期间我那几个浑小子故意到墓地里拉了一地的屎。"

扎哈尔·巴甫洛维奇的烦恼比无谓劳动的意识更强烈，于是他不停地削橛子，一直削到夜里削不动为止。如果不干手艺活，扎哈尔·巴甫洛维奇手上的血就会涌向脑袋，他马上就会胡思乱想，钻牛角尖，心里也会感到烦恼和恐惧。白天他顶着太阳在院子里来回转悠的时候，他始终无法排除这样一个想法：人是虫变的，而虫是一根简单而可怕的管子，里面空空的什么也没有，臭烘烘的一片黑暗。扎哈尔·巴甫洛维奇观察城里的房子，发现这些房子很像一口口紧闭的棺材，因此他害怕在钳工家过夜。超强的动手能力无处施展，于是像一头凶猛的野兽，拼命撕咬扎哈尔·巴甫洛维奇的灵魂。他无法掌控自己，常常被各种各样的感觉折磨得痛苦不堪。他干活的时候，从来没有出现过这种失魂落魄的情况。他开始做梦：梦见自己当矿工的父亲快死了，为了让他活过来，母亲挤出自己的奶浇在父亲身上，可是父亲生气地说："还是让我自个儿受点苦吧，别添乱。"后来他又躺了好久，延长死亡的过程。母亲俯身问他："你快了吗？"父亲像殉道者那样狠狠啐了一口，脸朝下趴着，不忘提醒说："你埋我的时候给我穿上破裤子，这条留给扎哈尔！"

扎哈尔·巴甫洛维奇的唯一乐趣，就是坐在屋顶上眺望远方，看着离城两里的地方有时候会有火车飞驰而过。火车车轮的旋转和快速的呼吸让扎哈尔·巴甫洛维奇感到浑身舒坦，因为感同身受而热泪盈眶。

　　钳工对这名房客反复观察之后，终于开始免费让他在家里吃饭。扎哈尔·巴甫洛维奇吃第一顿饭的时候，钳工的几个儿子把鼻涕擤到他的盘子里。父亲见状霍地站起来，一句话也不说，挥起老拳揍得大儿子脸上鼓起了一个大包。

　　"我自己还算有个人样，"钳工回到自己的座位上，平静地说，"可养了这么一群畜生，用不了多久他们会要了我的命。你瞧瞧费季卡这小子！劲儿大得很，我自己都不明白他哪来的力气，他们从小吃得很差，勉强填饱个肚皮……"

　　下起了最初几场秋雨——不合时令，也没有好处：农民们早就外出逃荒去了，许多人没有走到矿上，没有吃上南方的面包，就死在了半道上。扎哈尔·巴甫洛维奇跟随钳工前往火车站找活干：钳工在那儿有一个熟悉的司机。

　　他们在值班室找到了那司机，值班室里三三两两地坐着几个机组的人。那司机说，人很多，可没活干；附近几个村子里留下的人全住到了车站，为几个小钱什么活都干。钳工出去了一会儿，带回来一瓶伏特加和一圈香肠。司机喝了酒，就给扎哈尔·巴甫洛维奇和钳工详细介绍蒸汽机车和西屋公司①的制动闸。

　　"你知道吗，一列六十轴的火车下坡的惯性有多大？"听众的无知让司机很生气，他边说边用手势比画着惯性的巨大力量。"哎哟！一打开制动闸门——煤水车下面的闸瓦顿时冒出蓝色的火焰，后车厢撞前车厢的屁股，车头憋足了蒸汽——烟囱那个哗哗地响呀！

---

①　西屋公司，全称"美国西屋电器公司"，世界著名的电工设备制造企业。——本书注释皆为译者注。

嗨,操他娘的!……倒酒!没买黄瓜可惜了:香肠堵胃……"

扎哈尔·巴甫洛维奇坐着不说话:他本来就不相信自己会到机车上干活——以前只捣鼓些木头的平底锅,哪能干得了这种活!

听了司机的介绍,他对机械产品的爱好只能藏在心里,暗自神伤,就好像被拒绝的爱情。

"你怎么不吭声?"司机发现了扎哈尔·巴甫洛维奇的忧伤,"你明天来机务段,我跟工长说一说,没准让你当擦拭工!要吃饭就别害怕,狗娘养的……"

司机话没说完,突然停了下来:开始打嗝。

"呃,见鬼了:你的香肠塞住了我屁眼!你这穷鬼,花十戈比买了一普特,我还不如吃抹布呢……"司机转身对扎哈尔·巴甫洛维奇说,"你得给我把机车擦得像镜子那么光亮,我戴了细棉手套可以摸任何一个零件!机车不能有一丁点儿灰尘:老兄啊,机车是黄花闺女……婆娘就不行——戳了窟窿,机器就走不动了……"

司机开始大谈女人,越说越离谱。扎哈尔·巴甫洛维奇听着听着,可一点也不明白:他不知道可以用这样绕圈子的特殊方式喜欢女人,他只知道这样的人该娶个老婆。可以兴致勃勃地大谈上帝创造世界,谈各种陌生的产品,可是像议论男人那样议论女人——这就无法理解,也很无聊。扎哈尔·巴甫洛维奇曾经有过妻子,她爱他,他也没有欺负她,但她没有给他带来特别大的乐趣。人生来就具备许多功能,如果沉湎于这些功能,那么接连不断的呼吸也会让你肆无忌惮地狂笑不止。最后造成什么结果呢?那就是怪癖和玩弄自己的身体,而不是严肃地顺应外界的生存。扎哈尔·巴甫洛维奇向来不屑于谈论这类话题。

　　过了一小时,司机想起自己该去值班了。扎哈尔·巴甫洛维奇和钳工送他到刚加完煤水的机车上。司机打老远就一本正经地大声问自己的助手:

　　"汽怎么样?"

　　"七个大气压。"助手探出窗口,一脸严肃地回答。

　　"水呢?"

　　"水平正常。"

　　"火箱呢?"

　　"正在送风。"

　　"很好。"

　　第二天,扎哈尔·巴甫洛维奇来到机务段。工长是个对人怀有戒心的小老头,他盯着来人仔细打量了好久。他打心底里喜欢机车,不希望别人碰它,每当机车运行的时候,他都会提心吊胆地注视着。假如按照他的心思,他会让机车永远停着,可以免遭门外汉拙手笨脚的伤害。他认为人太多,机器太少:人是活的,自己会保护自己,但机器没有自卫能力,是温柔而脆弱的存在物,若要万无一失地驾驭它,先要抛弃妻子,从脑子里排除种种杂念,吃面包要蘸上润滑油——只有到那时候才可以让人接触机器,即使这样也还要熬上十年!

　　工长打量着扎哈尔·巴甫洛维奇,心里在犯愁:这鬼东西,原本只要手指轻轻按一下,这畜生没准会用大锤去砸,原本只要轻轻擦一下压力计的玻璃,他准会把仪器连同外壳都压扁了,难道能让庄稼汉去伺候机器?!我的天哪,我的天哪。工长生着闷气。"那些老技师、老帮手、老司炉、老擦拭工,你们这些老把式哪里去了?

从前，人一到机车跟前，心里就发怵，可现在人人都以为自己比机器聪明！这帮畜生，渎神的混蛋，恶棍，狗奴才！照规矩，该马上停下来！如今都是些什么样的技工？简直不是人，而是败家子！都是些流浪汉，狂妄的家伙，好逞能的冒失鬼——连螺栓都不该落到他们手里，可他们却已经当上了调度员！从前，机车行进中稍稍有点异常，主机稍稍有点声响，我不用下去检查，单凭手指甲就能觉察到，心疼得浑身发抖，车一停下就能找出故障，哪怕用舌头舔，用嘴吸，用血抹，千万不能盲目地继续走……这泥腿子想从麦地里直接上机车！"

"回家去——先把脸给我洗干净，再来碰机器。"工长吩咐扎哈尔·巴甫洛维奇。

扎哈尔·巴甫洛维奇洗漱干净，第二天又去了。工长正躺在机车下面小心翼翼地检查弹簧，他用一把小锤子轻轻敲打，再用耳朵贴着听声音。

"莫佳！"工长招呼钳工，"你把这螺帽紧半丝！"

莫佳用放松扳手将螺帽转了半圈。工长突然火冒三丈，连扎哈尔·巴甫洛维奇都觉得他可怜了。

"莫佳！"工长气得咬牙切齿，他的声音不大，可充满恼怒，"怎么搞的，你这该死的畜生？我给你说的是：螺帽！什么螺帽？主螺帽！可你给我扳的是紧锁螺帽，把我都搞糊涂了！你扳的是紧锁螺帽！你又去扳紧锁螺帽！哎，我拿你们真没有办法，该死的畜生！给我滚，畜生！"

"工长先生，让我把紧锁螺帽扳回半圈，再把主螺帽紧半丝！"扎哈尔·巴甫洛维奇请求说。

工长发现这旁观者都认为他说得在理,因此深受感动,回答他的声音也变得和气了:

"啊?你发现了,是吗?他,他不是钳工,是伐木工!他连螺帽,啥叫螺帽都不知道!啊?你会干什么?他待机车就跟待女人,待破鞋一样!我的天哪……!行,你过来,过来——按我的吩咐扳螺帽……"

扎哈尔·巴甫洛维奇爬到机车底下,所有活儿全干得又准确又合规。接下来一直到晚上,工长不是在伺候机车,就是在跟司机们吵架。点灯之后,扎哈尔·巴甫洛维奇才提醒工长,他要回家了。工长再次走到他面前,可脑子里想的还是机器。

"杠杆是机器之父,机器之母就是斜面,"工长和善地说,他在回想某种亲切的、足以让他夜里能睡安稳觉的东西,"你明天来试试清洁火箱——准时到。不过我不知道,我不能保证——先试一试,看一看……这事太要紧了!你懂吗:火箱!不是一般的东西,是——火箱!……行,你走吧,走吧!"

扎哈尔·巴甫洛维奇在钳工的储藏室里又睡了一夜,第二天一大早,离上班还有三小时,他就来到了机务段。那里躺着一根根磨得亮光光的铁轨,停着一节节货车车厢,车厢上标着遥远的铁路局的名称:后里海铁路局、后高加索铁路局和乌苏里铁路局。在轨道上走来走去的都是些特别的奇怪的人:又聪明又专心——扳道工、司机、检车工等等。周围尽是大楼、各色各样的机器、产品和设备。

展现在扎哈尔·巴甫洛维奇面前的,是人工制造的一片新天地——他早就向往、似乎早就熟悉的世界,于是他决定永远留在这里。

*

遭受旱灾的前一年,玛芙拉·费基索芙娜怀上了第十七胎。按理说,她丈夫普罗霍尔·阿勃拉莫维奇·德瓦诺夫应该高兴才是,可他并不那么高兴。他每天都要观察田野、星星和大量的流动的空气,并且安慰自己:放心,够大家用的了!因此,他的日子过得很太平,尽管自己家里挤满了小孩——他的后代。妻子生了十六个孩子,存活七个,第八个是养子——那个自沉湖底的渔民的儿子。妻子把孤儿领回家的时候,普罗霍尔·阿勃拉莫维奇没有说过一句反对的话:

"好吧,孩子越多,老人死的时候心里越踏实……玛芙露莎,给他弄点吃的!"

孤儿吃了面包和牛奶,摇晃着两条腿。

玛芙拉·费基索芙娜看了他一眼,叹了口气:

"上帝送来了新的伤心事……这孩子不等长大就会死的,一定的:眼神不对劲,吃了也白搭……"

可是两年了小男孩还没死,甚至没有生过一次病。他吃得很少,玛芙拉·费基索芙娜心疼这没爹没娘的孩子。

"吃吧,吃吧,宝贝,"她说,"你不吃我们家的,别人家不会给你吃……"

因为家里穷,孩子多,普罗霍尔·阿勃拉莫维奇早就没了脾气,对什么都无所谓:孩子是不是生病了,或者是不是又添丁了,庄稼歉收了还是勉强过得去——因此大家都觉得他是个好人。唯一能够带给他一点乐趣的,是老婆几乎每年都怀孕。也只有一个接一个的孩子才能让他感受到自己生命的顽强,他们稚嫩的小手迫使他去种地,做家务,忙生计。他走路、干活、过日子都像没有睡醒似的,缺乏旺盛的精力,没有明确的目标。普罗霍尔·阿勃拉莫维奇向上帝祷告,但对上帝并没有发自内心的爱;青年时代的种种欲望——譬如爱女人啦,尝可口的食物啦,等等——在他身上没有保持下来,因为他妻子不漂亮,而一日三餐既单调又没有营养,年年都是老面孔。孩子越来越多,普罗霍尔·阿勃拉莫维奇对自身的关注越来越少;因此,他的心情反而变得坦然和轻松。越往后,普罗霍尔·阿勃拉莫维奇对待村子里发生的所有事情越容忍和冷漠。假如普罗霍尔·阿勃拉莫维奇的孩子一天之内全死了,他第二天就会领养同样数量的孩子,假如领养的孩子也都死了,那么他会立即抛弃自己的家业,撇下妻子,独自一人出去流浪——到那人人向往的地方。尽管那里也会碰到种种烦恼,但至少两只脚是快活的。

妻子第十七次怀孕让普罗霍尔·阿勃拉莫维奇发愁是由于经济上的原因:今年秋天村子里生的孩子比去年少,主要是玛利亚大婶没生。刨去旱灾前那几年,她年年都生,生了二十年。这全村都知道,要是玛利亚大婶的肚皮是空的,男人们就会说:"你们看吧,玛利亚大婶的身子像姑娘——夏天肯定闹饥荒。"

今年玛利亚就没有怀孕,行动自如。

"歇着呢,玛利亚·马特维耶夫娜?"路过的男人问她,语气里带着尊敬。

"还能干什么呢!"玛利亚回答,她不习惯自己空着肚皮,甚至感到内疚。

"没关系，"人们安慰她，"没准很快就会再添个儿子，这方面你本领大……"

"要不就白活了！"玛利亚说话喜欢直来直去，"只要有吃的就行……"

"这话说得在理，"男人们表示同意，"女人生孩子不难，就是庄稼赶不上茬……你都快成巫婆了：自己的时间掐得真准哪……"

普罗霍尔·阿勃拉莫维奇对妻子说，她怀得不是时候。

"普罗沙，我能把他们生下来，"玛芙拉·费基索芙娜回答说，"我也能替他们去讨饭——轮不上你去！"

普罗霍尔·阿勃拉莫维奇沉默了好久。

十二月了，还不下雪——秋播作物全冻死了。玛芙拉·费基索芙娜生了双胞胎。

"蛋下了，"普罗霍尔·阿勃拉莫维奇站在她床边说，"感谢上帝，眼下也只能这样了！这一对应该能活下来——额头上尽是皱纹，小手还握着拳头呢……"

养子也在，看着这难以理解的场面，像老头似的皱起了眉头。他心中顿时感到热辣辣的，为大人们感到羞愧。他一下子失去了对大人的爱，感受到了自己的孤独——他真想逃到山沟里躲起来。当初他看到两只狗交配的时候，他也这样感到孤独、无聊和可怕——他两天没有吃东西，从此再也不喜欢所有的狗了。产妇的床周围有一股牛肉味和湿漉漉的初生牛犊味，而玛芙拉·费基索芙娜自己虚弱得一点没有感觉，补丁叠补丁、五颜六色的被子压得她喘不过气儿——她露出了一条布满老年皱纹和赘肉的腿，腿上有几处明显坏死的黄斑，皮肤下面是乌青色的隆起的血管，血管里偾张的血液似乎要冲决皮肤。根据那条呈树状的血管,可以看到心脏在剧烈跳动,正竭力把血液输送到体内各个狭窄的堵塞的缝隙。

"萨沙,你怎么发呆啊?"普罗霍尔·阿勃拉莫维奇问怅然若失的养子,"给你生了两个小弟弟,你拿块面包到外面玩去吧——天气暖和了……"

萨沙出去了,没拿面包。玛芙拉·费基索芙娜睁开散淡的眼睛,招呼丈夫:

"普罗沙!加上孤儿——咱们一共十个,你是第十二个……"

普罗霍尔·阿勃拉莫维奇自己也识数。

"就这么着过吧——多一张嘴也没什么大不了的。"

"大家都说今年要闹饥荒了——上帝保佑,千万别让我们遭灾啊——我们带着这一大堆孩子能上哪儿去啊?"

"不会挨饿的,"普罗霍尔·阿勃拉莫维奇安慰说,"要是秋播的庄稼坏了,咱们春天再种上。"

秋天种的庄稼真的坏了:秋天就遭了冻,到春天地面一结冰,下面的庄稼全死了。春天种下的庄稼一会儿让人担心,一会儿又叫人放心,最后总算成熟了,产量是播下种子的三倍。普罗霍尔·阿勃拉莫维奇的大儿子大约十一岁,养子几乎也是这岁数:他们中间肯定有一个要去讨饭,讨了面包干带回家。普罗霍尔·阿勃拉莫维奇不开腔:派亲生的不舍得,让领来的去怕丢人。

"你怎么坐着不吭声?"玛芙拉·费基索芙娜生气了,"阿加普卡让七岁的儿子走了,米什卡·杜瓦金打发小女孩走了,你倒好,只管坐着,你这吃粮不管事的呆子!黄米都吃不到复活节,天上又掉不下粮食!……"

　　整个晚上普罗霍尔·阿勃拉莫维奇一直在用旧麻布缝制一只既方便又实用的口袋。他几次三番把萨沙叫到身边,让他试试麻袋合不合适:

　　"行吗? 这里紧不紧?"

　　"可以。"萨沙回答。

　　普罗什卡就坐在父亲身边,粗硬的线一旦从针眼里滑出来,他就帮父亲穿进去,父亲的眼睛不好使。

　　"爸,明天你就把萨沙撵出去讨饭吗?"普罗什卡问。

　　"你胡诌些什么啊?"父亲生气了,"等你再长大些,你自己也要去讨饭。"

　　"我不去,"普罗什卡拒绝说,"我要去偷。还记得吗,你说格里沙叔叔家的公牛给人偷走了? 他们偷到了很开心,格里沙叔叔就又买了匹公马。我长大了就去偷这匹公马。"

　　晚上,玛芙拉·费基索芙娜给萨沙吃的晚饭比自己的亲生孩子要好——大家吃完了还单独给他喝带黄油的粥和牛奶,想喝多少就喝多少。普罗霍尔·阿勃拉莫维奇从板棚里取来一根杆子,等到大家睡了之后,用这杆子做了根讨饭棒。萨沙没睡,听着普罗霍尔·阿勃拉莫维奇用面包刀削杆子。普罗什卡睡得很香,一只蟑螂爬到他脖子上,他蜷缩了一下。萨沙抓住蟑螂,但不敢弄死,把它从炉炕扔到地上。

　　"萨沙,你没睡着啊?"普罗霍尔·阿勃拉莫维奇问,"睡吧,睡吧!"

　　孩子们醒得早,在黑暗中开始打闹。这时候公鸡还没打鸣,老人们睡了回笼觉醒来之后在身上抓痒。村子里还没有一家的门闩发出声响,田野里也静悄悄的。就在这时候,普罗霍尔·阿勃拉莫维奇领着养子走出了村口。小孩迷迷糊糊地走着,紧紧抓着普罗霍尔·阿勃拉莫维奇的手。天气潮湿,有点凉;教堂的看门人正在敲钟报时。听着凄凉的钟声,小男孩不由得紧张起来。普罗霍尔·阿勃拉莫维奇俯身对孩子说:

"萨沙,你往那儿看。看见了吗,这条路从村里一直往山上走——你就一直往前,沿着这条路走。待会儿你会看到一个大的村子,山坡上有座瞭望塔。——你别害怕,你一直往前走,这就到城里了,城里有不少粮仓,粮仓里有很多粮食。你讨满了一口袋——就回家歇着。好了,再见了,我的儿子。"

萨沙抓着普罗霍尔·阿勃拉莫维奇的手不放,眼睛望着秋天早晨湿漉漉灰蒙蒙的贫瘠的田野。

"那儿下过雨吗?"萨沙打听那个遥远的城市。

"下得可大了!"普罗霍尔·阿勃拉莫维奇肯定地说。

于是小男孩放开了手,也不看普罗霍尔·阿勃拉莫维奇一眼,不声不响地独自往前走去——肩上背一只口袋,手里拄着一根棍子,为了不迷失方向,眼睛紧盯着上山的路。小男孩消失在教堂和墓地后面,久久不见他的影子。普罗霍尔·阿勃拉莫维奇站在原地不动,等着孩子出现在对面的山坡上。几只孤零零的麻雀一大早就在大路上翻扒,显然是挨冻了。"也是些没爹没娘的苦孩子,"普罗霍尔·阿勃拉莫维奇想,"有谁愿意喂它们!"

萨沙走进墓地,自己也没有意识到究竟想干什么。现在,他第一次想到自己,他摸摸自己的胸口:我到了这里——可周围的一切全是陌生的,与他不相干。他爱普罗霍尔·阿勃拉莫维奇,爱玛芙拉·费基索芙娜,爱普罗什卡,可这个家原来不是他自己的家——一大早他被赶出了这个家,他被带到了这条寒气袭人的大路上。他那稚嫩的、尚未被意识安抚和稀释的愁苦的心灵,突然被委屈憋住了,他觉得这委屈已经漫到了喉咙口。

墓地上满是枯黄的树叶,脚踩在上面就会陷下去,迈不开步子。到处是农民的十字架,许多十字架上没有死者的姓名,也没有悼亡的文字。萨沙感兴趣的是那些腐朽不堪、随时可能倒下烂在泥土中的十字架。没有十字架的坟墓更好——下面埋葬的是那些无所归依的孤儿:他们的母亲死了,有些人的父亲淹死在河里或湖里。萨沙父亲的坟墓几乎被踩平了——这里是人们把新棺材抬到墓园深处去的必经之路。

父亲耐心地躺在下面,孤零零地留在这儿度过寒冬是多么难受和可怕,可是他毫无怨言。那里有什么呢? 那里不舒服,那里很安静,那里憋闷,从那里看不到拿着讨饭棒背着讨饭袋的小男孩。

"爸爸,他们把我赶出来要饭了,我很快就会死了到你这儿——你一个人在这儿不觉得寂寞吗,我也挺寂寞的。"

小男孩把棍子放到坟墓上,再用树叶严严盖住,藏好了等待他回来。

萨沙决定在城里讨满了一袋面包皮就赶紧回来;到时候他在父亲坟墓边上给自己挖一间土屋住下来,因为他没有自己的家。

普罗霍尔·阿勃拉莫维奇已经等了好久,都打算离开了。这时候萨沙已经穿过山沟里的一条条小溪,开始走上灰褐色的山坡。他走得很慢,已经走累了,可是他很高兴,因为很快他会有自己的家,有自己亲生的父亲;尽管父亲死了,不会说什么了,可是他就在自己身边,他穿的那件衬衫上都是温暖的汗水,双手搂着萨沙,那是他在梦中见到父子俩在湖岸上的情景;尽管父亲死了,可是他还是完整的,跟别人的父亲是一样的,没有不同。

"他的棍子哪儿去了?"普罗霍尔·阿勃拉莫维奇想。

早晨很潮湿,小男孩沿着湿滑的土坡往上走,时不时用双手撑一下。要饭的口袋上下左右晃得厉害,仿佛是别人的衣服。

"真有你的,瞧我缝的什么口袋:不是用来讨饭,而是去装金银财宝。"普罗霍尔·阿勃拉莫维奇感到后悔,"讨到了也背不动……现在已经没办法了,就让他凑合着用吧……"

小男孩走到山坡的最高处停了下来,前面是一望无际的田野。在这黎明时分,他站在乡村的天际线上,下面是深不见底的天湖,他就在湖岸上。望着荒凉的草原,萨沙不禁害怕起来。高处,远方,死寂的土地,都是那么威严,那么宏伟,一切都显得陌生和恐怖。但萨沙觉得亲切的是,他可以完好无损地回到下面的乡村墓地——那儿有父亲,那儿很挤,那儿什么都小,都凄凉,都受到泥土和树木的保护,可以免遭风吹雨淋。因此,他才到城里去讨面包皮。

普罗霍尔·阿勃拉莫维奇看着孩子在下坡道上慢慢消失,不禁可怜起这孤儿:"这孩子经不起风吹雨打,倘若倒在路旁,弄不好连小命都会送掉——外面的世界可不比家里的小窝。"

普罗霍尔·阿勃拉莫维奇打算把这没爹没娘的孩子追回来,要死也一起死,良心上也过得去——可是家里还有亲生的骨肉,还有老婆,还有剩下的最后一点粮食。

"我们都是不要脸的窝囊废!"这是普罗霍尔·阿勃拉莫维奇给自己的准确定位。定位定得准,他心里也就轻松了。整整一天一夜他都没说话,只顾闷头做无用的事——在木头上雕花。遇到天灾人祸,他总要在木头上刻云杉或者不存在的树木——他的手艺也就这点水平,再高也高不上去了,因为他的刀子太钝。玛芙拉·费基索芙娜因为养子被逼出去讨饭而哭哭啼啼,她哭一阵停一阵,接着又哭。她死了八个孩子,每死一个她都会挨着炉炕哭哭停停哭上三天三夜。她这样做跟普罗霍尔·阿勃拉莫维奇在木头上雕花是一样的。普罗霍尔·阿勃拉莫维奇事先就知道玛芙拉·费基索芙娜还要哭多长时间,而他削木头需要的时间是一天半。

普罗什卡都看在眼里,禁不住开始吃醋了:

"你们哭什么呀,萨沙自己会回来的。爸,你最好还是给我做双毡靴吧——萨沙又不是你儿子,他是孤儿。你别老坐在那儿削啊削的,老头子。"

"孩子们!"玛芙拉·费基索芙娜惊讶得停止了哭泣,"他大了还尽胡说——自己是个混账东西,可教训起父亲来了!"

不过,普罗什卡说得没错:两个星期后孤儿回来了。他带回来那么多面包皮和干的白面包,好像他自己一点儿也没有吃过。他带回来的东西也没能吃上,傍晚前就病倒了,躺在炕上也没法暖和过来——身体的热量全被一路上的风吹没了。昏迷中,他不停地念叨着藏在树叶里的棍子,念叨着父亲:他要父亲保护好棍子,等着他回到十字架长出来又倒下去的湖边上的小土屋。

养子病好后过了三个星期,普罗霍尔·阿勃拉莫维奇拿了根鞭子,徒步前往城里——站在广场上等着人家来雇用。

普罗什卡尾随着萨沙到墓地去了两次。他看到萨沙用手给自己挖坟墓,但挖不深。他给孤儿拿来了父亲的铲子,说铲子好使——男人们都是用铲子挖的。

"反正总要把你从家里撵走的,"普罗什卡预言在先,"父亲打秋天开始就什么也没有播下,妈夏天就要下蛋了,就怕一下生仨。我给你说的是实话!"

萨沙拿过铲子,可是他个儿小,没法使,挖了一会儿就没力气了。

普罗什卡站在那儿,稀稀拉拉的雨点落在身上,他禁不住打了个寒战,劝道:

"别挖得太宽——没有钱买棺材,够你躺下就行了。赶快把事办了,要不妈生了,就没有你吃的份了。"

"我挖一间小屋住下。"萨沙说。

"不吃我们家的了?"普罗什卡问。

"是的——什么都不要。夏天我多摘些峨参留着自己吃。"

"那你死不了。"普罗什卡放心了,"别上我们家讨饭:没什么给你。"

普罗霍尔·阿勃拉莫维奇在城里用打工的钱买了五普特面粉,搭了人家的大车回家,一回来就躺在炉炕上。面粉吃掉了一半,普罗什卡就开始考虑今后怎么办。

"你老躺着。"有一天他责怪父亲。父亲正从炕上看着哭闹的双胞胎。"等面粉都吃完了,大家都得饿死!你生了我们——现在就该养活我们!"

"你这鬼儿子!"普罗霍尔·阿勃拉莫维奇从炉炕上骂道,"你倒代替我当起父亲来了,鬼东西!"

普罗什卡坐在那儿,一脸无所谓的样子,心里在琢磨怎么才能当父亲。他已经知道,孩子是从妈妈的肚子里出来的——她的肚皮上全是坑坑注注的皱纹——那些孤儿又是从哪儿来的呢?普罗什卡有两次夜里醒过来,看到父亲压在母亲的肚皮上,后来肚皮大起来,要吃要喝的孩子就生出来了。

他提醒父亲:

"你别趴在母亲身上——你就躺在她身边睡你的觉。你瞧芭拉什卡奶奶,人家就没有一个小孩——菲多特爷爷就没有压肚皮……"

普罗霍尔·阿勃拉莫维奇从炕上下来,穿上毡靴,在寻找什么。屋里没什么多余的东西,于是普罗霍尔·阿勃拉莫维奇抄起一把扫帚,朝普罗什卡的脸上打去。普罗什卡没有叫喊,马上脸朝下躺到靠墙的铺板上。普罗霍尔·阿勃拉莫维奇也不说话,开始使劲打他,越打火气越大。

"不疼,不疼,就是不疼!"普罗什卡说,尽量藏起自己的脸。

挨完打,普罗什卡站起来说:

"那你就把萨沙赶走,可以少一个吃闲饭的。"

普罗霍尔·阿勃拉莫维奇比普罗什卡还累,耷拉着脑袋,坐在不再吵闹的双胞胎的摇篮旁边。普罗霍尔·阿勃拉莫维奇抽打普罗什卡,是因为普罗什卡说得对:玛芙拉·费基索芙娜又怀孕了,可是该秋播了,家里一粒种子都不存。普罗霍尔·阿勃拉莫维奇活在这世界上就像沟底的那些草:春天它们要忍受雪水自上而下的冲刷,夏天是倾盆大雨,刮风的时候——沙子和尘土,冬天里厚厚的雪又压得它们喘不过气来;自始至终,时时刻刻它们都生活在沉重的打击和挤压之下,因此沟底的草都是弓着腰,准备低头屈服,让灾难在自己身上通过。一个接一个生下的孩子也这样重重地砸在普罗霍尔·阿勃拉莫维奇身上——比自己降生还艰难,频率比收割一茬茬庄稼还高。假如土地也像妻子那样高产,而妻子不是急着生那么多孩子,那么普罗霍尔·阿勃拉莫维奇早就是个不愁吃喝、心满意足的当家人了。可是这一生中,孩子川流不息地生下来,他们把普罗霍尔·阿勃拉莫维奇的心灵埋葬在种种操劳的淤泥下面,就像填埋沟底的草一样。因此,普罗霍尔·阿勃拉莫维奇几乎感觉不到自己的生命和个人的兴趣;普罗霍尔·阿勃拉莫维奇的这种麻木状态,则被那些没有孩子、自由自在的人称为懒惰。

"普罗什卡! 普罗什卡!"普罗霍尔·阿勃拉莫维奇招呼儿子。

"你要干什么?"普罗什卡阴沉着脸问,"一会儿打我,一会儿又叫我……"

"普罗什卡,快去玛利亚大婶家,看看她的肚子是鼓的还是瘪的。我怎么好久没碰到她了,她是不是病了?!"

普罗什卡不太记仇,为了自己的家还挺能干。

"不如我来当父亲吧,你当普罗什卡。"普罗什卡拿话损父亲,"干吗瞧她的肚皮:庄稼没种——等着挨饿吧。"

穿上母亲的短袄,普罗什卡还在像当家人那样嘀咕:

"男人都瞎说。夏天的时候,玛利亚大婶的肚皮是空的,可下了几场雨。今年她没算准——该生没生。"

"可庄稼全冻死了,她有预感。"父亲轻轻地说。

"小孩子都吃妈妈的奶,根本不吃粮食,"普罗什卡反驳说,"让母亲吃春天种的庄稼……我不去找玛利亚大婶……要是她肚子大了,你就不下炕了。你会说——到时候有的是草料,庄稼也长得好。

我们不想挨饿：你和妈生了我们一大堆……"

普罗霍尔·阿勃拉莫维奇一声不吭。萨沙也不说话，除非别人问他。跟普罗什卡相反，普罗霍尔·阿勃拉莫维奇在自己家里倒像个孤儿，他不了解萨沙的性格，不知道他的心地是不是善良；萨沙出于害怕可以去讨饭，至于他心里是怎么想的——从来不说。萨沙想得很少，他认为所有的大人和孩子都比自己聪明，因此怕他们。他怕普罗什卡胜过怕普罗霍尔·阿勃拉莫维奇，普罗什卡为每一块面包皮都要计较，除了自己的家人，他谁也不喜欢。

*

驼背彼得·费奥多罗维奇·康达耶夫撅着个屁股，在村子里到处转悠，两只长长的手不停地掐路边的草。他的腰早就不疼了——这么说，天气不会有什么变化了。

那一年，天上的太阳早早就成熟了：四月底就已经像七月中旬那样烤人。庄稼汉们安静下来，他们双脚接触的是干燥的土地，而身体其余部分感受的是凝滞不动的要命的酷热。孩子们观察天边，盼望着能及时发现雨云。田间的道路上，旋风卷起冲天的尘土，外村的大车正在穿越这些烟柱。康达耶夫沿着街道，向村子的另一头走去。他是去找心心念念的半大姑娘——十五岁的纳斯佳。正常的人是用心去爱，他是用那个经常疼痛却又十分敏感的地方——腰部，即腰椎断裂的部位去爱。康达耶夫在旱灾中看到了乐趣，指望着美好的享受。他的双手始终沾着黄色和绿色的东西——他走路的时候总要用手去掐路边的草，再用手指碾碎。他为饥荒而高兴，因为饥荒驱使所有的漂亮男人都外出打工,他们中的许多人会死去,就把女人让给了康达耶夫。在迫使土地燃烧和冒尘烟的炎炎烈日下,康达耶夫露出得意的笑容。每天早晨,他到池塘里洗澡,搓揉驼背的那双手既灵巧又有劲,能够不知餍足地拥抱未来的妻子。

"不错,"康达耶夫扬扬自得,"男人走了,女人留下。谁尝过我的滋味,一辈子都忘不了——我可是一头饥渴难耐的公牛……"

康达耶夫用强壮有力、超长的双手划拉池水,弄出很大的声响,他想象自己手里抱的就是纳斯佳。他甚至感到奇怪,为什么在纳斯佳身上——这样一个弱小的肉体,居然隐藏着巨大的魅力。一想到她,他就血脉偾张,坚挺起来。为了摆脱想象的诱惑和感受,他一边绕着池塘游泳,一边使劲往体内灌水,仿佛他的身体是个无底洞,然后再把池水连同精液一起喷出来。

回家的路上,不管遇到谁,康达耶夫都要劝人家外出打工。

"城里——那可是有保障的地方,"康达耶夫说,"那儿要什么有什么,可咱们这儿就这么个毒太阳,火辣辣地烤着——别指望有啥收成!你可要想明白啰!"

"那你自己呢,彼得·费奥多罗维奇?"对方替他瞎操心。

"我是残废,"康达耶夫说,"大家都可怜我,我不愁,准能对付过去。可你会把自己老婆拖累死的,你这木头疙瘩!还是走吧,给她寄回点吃的——这样划算!"

"看来也只能这样了。"对方无可奈何地叹了口气,可内心里还是希望留在家里想办法熬过去:蔬菜啊,野果啊,蘑菇啊,各种草啊什么的,都可以充饥,至于往后么——再说吧。

康达耶夫喜欢旧的篱笆,枯树桩的裂缝,各种破烂,以及顺从的活物。他那邪恶的淫欲在这些偏僻的地方得到了满足。他巴不得让整个村子讨厌他，懒得说他，这样他就可以毫无阻拦地霸占那些缺乏抵抗能力的弱者。他躺在早晨静悄悄的阴影里，预见到了凋敝的村庄，杂草丛生的街道，还有瘦小、脸色发黑的纳斯佳饿得只能在棘手的麦秸中寻找食物。只要见到有生命的东西，无论是一棵小草还是一位年轻姑娘，康达耶夫就会嫉妒得发狂；如果是一棵草，他就用残忍的双手捏死。这双手触摸任何有生命的东西，犹如触摸女人的敏感部位，显得迫不及待，令人厌恶。如果是已婚的女人或者待嫁的姑娘，康达耶夫就会一辈子记恨她的父亲、丈夫、兄弟和未婚夫，巴望他们死掉，或者外出打工。因此，连续两年的灾荒使康达耶夫满怀希望——他认为，用不了多久村子里就只剩下他一个男人，到时候他就可以随心所欲地对女人施暴。

因为干旱，不仅植物，甚至农舍和篱笆都迅速枯萎。这种状况萨沙去年夏天就发现了。清晨，他看到澄澈宁静的曙光，不禁回想起父亲以及在穆捷沃湖畔度过的童年。伴随着晨祷的钟声，太阳渐渐升起，不一会儿就把整个大地和村子烤焉了，烤得人们怒火中烧。

普罗什卡爬上屋顶，忧心忡忡地注视着天空。早晨，他都要问父亲同样的问题——他的腰酸不酸？月晕什么时候出现？腰酸和月晕都预示天要下雨。

康达耶夫喜欢中午的时候到街上转悠，欣赏各种昆虫疯狂的叫声。有一天，他发现普罗什卡光着屁股冲出家门，因为普罗什卡觉得天上好像掉雨点了。

被太阳烤得可怕的寂静中，那些农舍几乎是在吱吱作响，而屋顶上的茅草已经发黑并且散发出刺鼻的焦味。

"普罗什卡!"驼背叫住他,"你干吗老看着天啊? 按说,眼下还不太冷吧?"

普罗什卡明白了,天上没有下过一滴雨——刚才是他的幻觉。

"你去摸人家的鸡屁股吧,驼背!"普罗什卡对下雨完全失望了,不由得恼怒起来,"大家都没几天好活了,可瞧他乐的。去摸你爸的鸡巴吧!"

普罗什卡无意间击中了康达耶夫的要害:康达耶夫气得大叫一声,赶紧低头在地上找石块。石块没找到,他抓了一把尘土朝普罗什卡撒去。普罗什卡事先就料到他这一手,早就一溜烟逃回家了。驼背冲进院子,边跑边在地上乱抓。也是凑巧,他看到萨沙走过来,便抡起拳头狠命砸向萨沙的脑袋,只听得咚的一声,萨沙倒了下去。他的头皮裂开,鲜血直流,把头发都染红了。

萨沙苏醒过来,接着又在清醒状态下做了个梦。他记得外面很热,是个漫长而饥饿的白天,他被驼背打了。萨沙梦见父亲在湖上,周围大雾弥漫:父亲坐着小船慢慢消失在大雾中,他从船上把母亲的一只锡戒指扔到湖岸上。萨沙从潮湿的草丛中捡起戒指,而驼背就是用这只戒指打他的脑袋——只听得干燥的天空哗啦一声响,从天空的裂缝中突然下起了黑色的雨——一下子变得十分安静:白色太阳的声音消失在山后淹没在水中的草地里。驼背站在草地里,对着慢慢缩小、渐渐熄灭的太阳撒尿。与梦境同时出现的,是正在延续的白天,萨沙还听到了普罗什卡和普罗霍尔·阿勃拉莫维奇的谈话。

如果周围没有人,或者村里哪一家遭了灾,康达耶夫就趁机在打谷场上抓人家的母鸡。母鸡他是抓不住的——母鸡吓得飞到了街边的树上。康达耶夫想摇晃树，可是发现有人来了，便悄悄回家——好像没事人似的。普罗什卡说的是实情：康达耶夫真的喜欢摸母鸡，而且摸好久，直到母鸡因为惊吓和疼痛在他手上拉了屎才停下；有时候母鸡会下个软蛋；要是周围没有人，康达耶夫就把手里的软蛋一口吞下去吃了，再把母鸡的脑袋拧下来。

到了秋天，假如是个丰收年，老百姓的精力多得使不完，于是老老少少都会做一件事：作弄驼背。

"彼得·费奥多罗维奇，看上帝分上，你就摸摸我们家的公鸡吧！"

康达耶夫受不了侮辱，便去追逐嘲弄他的人，最后抓住个半大孩子，把人家打得头破血流。

萨沙又梦见了过去的一天。他早就看到炎热是一个老头，而夜晚和凉爽是一群女孩和男孩。

农舍的窗户开着，玛芙拉·费基索芙娜忙得围着炉炕团团转。尽管生孩子她已经习以为常，但心里多少有点厌烦。

"我想呕吐！我难受，普罗霍尔·阿勃拉莫维奇！……去叫接生婆……"

一直到晚祷的钟声响起，凄凉的夜色越来越浓，萨沙还没有从草丛里站起来。农舍的窗户都已关上并拉下了窗帘。接生婆端着一只木盆来到院子里，把不知什么东西倒在篱笆下。一只狗跑过去把东西都吃了，只剩下一摊血水。普罗什卡好久没有出门了，一直窝在家里。其他几个孩子在邻家的院子里追逐打闹。萨沙担心现在爬起来进屋还不是时候。草丛的阴影变得浓重，吹了一天的微风已经停下；接生婆围着头巾出来，在门口朝黑沉沉的东方祈祷后就离开了——宁静的夜晚来临了。墙角下的一只蟋蟀试了下嗓子,然后放开喉咙唱了起来。这嘹亮的歌声覆盖了院子、草丛和远处的篱笆,组成了一个完整的儿童乐园,世界上就数这里最快乐了。萨沙看着被黑夜改变了形状,但变得更加熟悉的房子、篱笆和长了草的雪橇舵板,不禁可怜起它们来了,觉得它们跟他一样,沉默无言,一动不动,有朝一日会彻底死去。

萨沙在想,要是他离开这儿,那么这个家庭就会更加寂寞。萨沙为自己有用而高兴。

农舍里响起新生婴儿响亮的哭声,这与众不同的声音盖过了蟋蟀的歌声。蟋蟀不再发声,可能也在听这惊天动地的啼哭。普罗什卡走了出来——手里拿着萨沙秋天出去讨饭的那只大口袋,还有一顶普罗霍尔·阿勃拉莫维奇的帽子。

"萨沙!"普罗什卡朝沉闷的夜空喊道,"快过来,吃闲饭的家伙!"

萨沙就在旁边。

"你要干什么?"

"给,拿着——父亲送你一顶帽子。这是给你的口袋——背上别拿下,讨到什么你就自己吃了,别给我们送回来……"

萨沙接过口袋和帽子。

"你们全都留下?"萨沙问,他不相信这个家不再爱他了。

"那还用问? 全留下!"普罗什卡说,"咱们家又多了个吃饭的,就是没有他,你也是个吃闲饭的! 现在你一点也没用了——你是个包袱,你又不是妈生的,是你自己生的……"

萨沙走出了篱笆门。普罗什卡独自站了一会儿,走到大门外——他要提醒孤儿别再回来了。萨沙没有走远——他看着风磨坊上的一盏小灯。

“萨沙!”普罗什卡命令他,“往后不许你上我们家。给你口袋里放了面包,还送了你帽子——现在你就走吧。愿意的话就在打谷场过一夜——天黑了。往后也别扒在我家的窗户下,不然父亲会变卦的……”

萨沙沿着街道往墓地方向走去。普罗什卡关上大门,查看了院子,插上已经没有什么用处的门闩。

“雨是不下来啰!”普罗什卡的口气像老人,他噘起嘴巴啐了一口唾沫,“怎么也下不来了,就是跪下来磕破脑袋也求不来了!”

萨沙悄悄来到父亲的坟墓前,躺进一个尚未挖好的墓穴里。他害怕在十字架中间穿行,在父亲身边很快就睡着了,而且睡得很香,就像当初睡在湖边的小屋里。

后来,有两个农民来到墓地,拆了十字架拿回家当柴烧,萨沙正在梦乡中,什么也没有听见。

*

扎哈尔·巴甫洛维奇不需要跟任何人打交道:他可以连续几个小时坐在机车火箱的小门前观察火势。

这代替了交朋友聊天的巨大乐趣。观察跳跃的火苗,这就是扎哈尔·巴甫洛维奇的独特生活——他的脑袋在思考,心脏在感受,整个身体在默默享受。扎哈尔·巴甫洛维奇敬重原煤,型铁——所有消极的原料和半成品,但他真正喜欢并且能够体验的仅仅是成品——人通过劳动变成的那种能够继续独立生存的东西。午间休息的时候,扎哈尔·巴甫洛维奇目不转睛地盯着机车,内心默默地感受对它的爱。他带回自己住处的尽是各种各样的螺栓、旧阀门、水龙头和其他机械零件。他把这些东西整整齐齐地排列在桌子上仔细观察,从来不感到孤独和寂寞。扎哈尔·巴甫洛维奇并不孤独——对他来说机器就是人,机器始终能在他身上激发起感情、思想和愿望。机车前面的那组称为卷轴的轮对促使扎哈尔·巴甫洛维奇关心空间的无限性。他特地在夜间出去观察星星——世界是不是辽阔无垠?是不是足以让车轮永远存在和旋转?星星专心致志地闪闪发亮,可是每一颗星又是孤独的。扎哈尔·巴甫洛维奇想,天空像什么?他不由得回忆起他曾经去取轮毂的那个枢纽站。从车站月台可以看见一片信号灯的海洋——那是一个个道岔,扬旗,交叉口,道岔和信号控制系统的灯光,值班岗亭的灯光以及机车行驶中打开的大功率前灯的灯光。天空也是这样,只是更远,更适宜平静的工作。接着,扎哈尔·巴甫洛维奇开始凭肉眼计算到那颗蓝色星星的距离:他展开双手,心里在计算这一度与空间的比例。这颗星距地面二百里。这使他十分不安:书上不是说世界无限大吗?他真希望世界确实大得无边无际,这样轮子就始终不可缺少,需要不停制造出来让大家高兴,可是现在他怎么也感觉不到这样的无限性。

"究竟有多远——不知道,太远了!"扎哈尔·巴甫洛维奇自言自语,"终有个尽头,最后的那一寸……假如确实是无限的,那么肯定铺展得很开,就不可能有什么硬度了……究竟有没有无限?尽头应该存在!"

想到车轮总有停转的一天,扎哈尔·巴甫洛维奇担忧了两天两夜,后来他又想,要是所有道路都有尽头,那就扩展世界——空间也可以像铁条那样加热后延长。这样一想,他心里就踏实了。

工长看到扎哈尔·巴甫洛维奇干活像待情人一般仔细周到——火箱擦得干净铮亮,金属表面一点儿也没有损伤——不过始终没有当面称赞过扎哈尔·巴甫洛维奇。工长心里明白,机器的生存和运转与其说是靠人的智慧和本领,不如说是出于本身的愿望:跟人没有关系。恰恰相反,自然界、电和金属的善良会使人堕落。任何一个草包都可以给锅炉点火,可是机车自己能够运转,人只是个负担罢了。假如今后技术继续这么任意发展的话,那么人在取得一些大可怀疑的成就之后就会退化成一堆废铁——到那时候人的唯一出路就是被能干的机车碾死,机器在世界上就可以随心所欲了。工长喜欢骂人,但扎哈尔·巴甫洛维奇挨骂的次数大大少于其他人——扎哈尔·巴甫洛维奇敲榔头的时候不用蛮力,始终怀着一颗同情的心,在机车上也不随便吐痰,使用工具也不会在机器身上留下伤痕。

"工长先生!"有一次扎哈尔·巴甫洛维奇出于对工作的喜爱,鼓起勇气对工长说,"请问,为什么人都是中不溜秋的——不好也不坏,而机器都很棒?"

工长一听就火了,他无法容忍别人喜欢机车,认为他对机车的感情是他一个人的特权。

"笨蛋,"他暗自骂道,"我的天哪,他哪有资格谈什么机器!"

停在他们俩面前的是一台正在加热、准备牵引夜间快车的机车。工长久久地看着机车,像往常一样,内心充满了爱怜。机车高

大,雄伟,豁达,温暖。工长看得入了神,只觉得喜悦的波涛在胸中
奔腾澎湃。机车库的大门敞开,面向夏日傍晚的空间——面向朦胧
的未来,面向生活。只要有风,只要火车依靠自身的速度在轨道上
飞驰,只要摆脱黑夜、冒险和精密机器的柔和轰鸣,这样生活就能周
而复始。

工长感到自己内在的生命骤然变得无比坚强,仿佛回到了青春
岁月,仿佛预感到了轰轰烈烈的未来,不由得握紧了双拳。他忘记
了扎哈尔·巴甫洛维奇业务水平还不高,居然像对待一个平等的朋
友那样回答他说:

"你只干了几天活有点开窍了!人么——窝囊废!⋯⋯躺在家
里一文不值⋯⋯你抓几只鸟看看⋯⋯"

机车开始送风,淹没了谈话的声音。工长和扎哈尔·巴甫洛维
奇走出机车库,进入夜晚响亮的空间,穿过一台台已经熄火的机车。

"你去抓几只鸟看看!非常漂亮,但是过后什么也不会留下,因
为它们不干活!你见过鸟儿的劳动成果吗?没有!它们忙着找吃
的,忙着筑窝——它们有干活的工具吗?哪里是它们超越自己生存
的角落?没有,也不会有。"

"那人有什么?"扎哈尔·巴甫洛维奇不明白。

"人有机器!懂吗?人是各种机器的起点,可鸟儿本身就是终
点⋯⋯"

扎哈尔·巴甫洛维奇的想法跟他一模一样,唯一不如他的就是
找不到恰当的表达方式,这又妨碍了他进一步的思考。对他们两人
而言——无论是工长还是扎哈尔·巴甫洛维奇——尚未被人触动
的自然界,无论是野兽还是树木,都不免粗糙,不够赏心悦目。野兽

和树木无法激起他们对自己生命的同情,因为它们都不是人工制造的,它们身上一次也没有经受过匠人的敲打,也没留下精湛手艺的痕迹。它们独立存在,没有受到扎哈尔·巴甫洛维奇的关注。但是,任何一件人工制造的产品,尤其是金属制品,情况就大不一样了,它们生机勃勃,就其构造和力量而言,甚至比人更有趣,更神秘。扎哈尔·巴甫洛维奇十分欣赏一个经常出现的想法:人的潜力通过什么途径突然体现在那些激动人心、比工匠更高大更有意义的机器身上。

事情往往真的像工长所说的那样:每一个人在劳动中都能提升自己——把产品做得比自己的生存更好也更长久。此外,扎哈尔·巴甫洛维奇还发现,体现在机车身上的人的那种火热的汹涌澎湃的力量,在工人身上却是默默无闻,毫无出路。一般情况下,钳工喝多了就会无话不谈,可是在机车身上,始终能感受到人的高大和威严。

有一天,为修复一个丝扣受损的螺帽,扎哈尔·巴甫洛维奇需要一个合适的螺栓,可找了好久都没找到。他走遍了整个机车库,到处问:"谁有 3.125 螺栓?"大家都说没有这种尺寸的螺栓,尽管人人手里都有。原来,钳工们上班的时候十分无聊,于是故意把要干的活儿复杂化,以此互相解闷。扎哈尔·巴甫洛维奇还不知道,任何一个车间都有这种别出心裁、心照不宣的取乐方式。这种无伤大雅的捉弄有助于其他工友打发漫长的工作时间和克服工作的单调乏味。就是因为工友们的捉弄,扎哈尔·巴甫洛维奇白干了许多活儿。他到仓库去取擦拭用的棉纱头,其实办公室里就有;他做木梯和油桶,车间里却多的是;在别人的怂恿下,他甚至打算独自更换机车锅炉上的监测管,要不是偶然经过的一名锅炉工及时制止,扎哈尔·巴甫洛维奇早就被开除了。

扎哈尔·巴甫洛维奇这天没找到合适的螺栓,便着手把一个轴头改造成攻螺纹的螺栓。他向来都不缺耐心,差不多快完成了,这时候有人告诉他:

"喂,3.125。你过来拿吧!"

从这一天开始,大家给扎哈尔·巴甫洛维奇取了个绰号,叫"3.125"。不过从此以后他急需工具的时候很少有人捉弄他了。

后来也没有人知道,扎哈尔·巴甫洛维奇喜欢这"3.125"的绰号远远超过自己的教名:这绰号就好像是任何一台机器上的一个关键部件,好像扎哈尔·巴甫洛维奇已经与那个真正的、钢铁标尺战胜实际距离的国家血肉相连了。

扎哈尔·巴甫洛维奇年轻时曾以为,长大了就会变聪明。可这日子一眨眼就过去了,没有解释,也没有停顿,完全像一场倾心的恋爱:扎哈尔·巴甫洛维奇从来没有感觉到时间像迎面而来的一件实体,对他而言,时间仅仅是闹钟里的奥秘。待到扎哈尔·巴甫洛维奇懂得了钟摆的秘密,便发现时间并不存在,发条才具备一种均衡释放的力量。但自然界存在着某种宁静而忧伤的东西——某种力量在起作用,而且一去而不复返。扎哈尔·巴甫洛维奇观察河流——无论是水流的速度还是水位的高低都没有起伏变化,这种一成不变的常态引起苦涩的惆怅。当然,往往会有泛滥的春汛,滂沱的大雨,呼啸的狂风,但是起更大作用的是镇静沉着的生活——河水流淌,草木生长,四季更替。扎哈尔·巴甫洛维奇认为,这些不紧不慢的力量牢牢地控制着整个大地——它们从侧面向扎哈尔·巴甫洛维奇的理智证明,什么都不会朝好的方向变化——村庄和人原来怎么样,今后还是怎么样。为了保持自然界的平衡,对人来说灾难永远重复不断。四年前闹饥荒——男人们背井离乡,孩子们夭折——这样的命运并没有一去不返,现在又重新回来了:以此证明共同生活的进程精确无误。

不管扎哈尔·巴甫洛维奇的年岁怎么增长,他惊讶地发现,自己没有变化也没有变聪明——跟十岁或者十五岁的时候完全一模一样。只有原来的某些预感如今成了不足为奇的想法,但是也没有什么东西因此而变好。从前,他设想未来的生活是个蓝色的深邃的空间——非常遥远,远得虚无缥缈。扎哈尔·巴甫洛维奇预先知道,他活得越久,未来生活的空间会越来越小,而回头看去——那条寂静的、踩得满是脚印的道路越来越长。不过,这是他的错觉:生活在成长,在积累,未来也在成长,也在拓展——比青年时代更深,也更神秘,仿佛扎哈尔·巴甫洛维奇渐渐离开了自己生活的终点,或者夸大了对生活的期盼和信心。

扎哈尔·巴甫洛维奇从机车车灯玻璃罩上看到自己的脸,不禁自言自语:"真奇怪,我都快死了,可模样一点没变。"

临近秋天,日历上的节日也多了起来:有时候接连三个节日。碰到这样的日子,扎哈尔·巴甫洛维奇感到十分无聊,于是沿着铁路走得远远的去看全速前进的火车。半途中,他突然产生了到矿区小镇的愿望,那里埋葬着他的母亲。他清楚地记得埋葬的地点,母亲的墓没有墓碑,无人照料,旁边竖着别人家的一个铁十字架。十字架上留着锈迹斑斑、几乎难以辨认的碑文——克塞尼亚·费奥德罗芙娜·伊罗什尼科娃因霍乱病卒于1813年,终年十八岁零三个月。那上面还写着:"安息吧,亲爱的女儿,等着跟父母再见。"

扎哈尔·巴甫洛维奇巴不得挖开坟墓看看母亲,看看她的骨头、头发,以及自己童年时代留下如今正在渐渐消失的所有痕迹。他希望母亲现在还活着,他感觉不到自己跟童年有什么明显的差别。当初,在那幼年的蓝色迷雾中,他喜欢篱笆上的钉子,路边铁匠铺的烟雾和大车的车轮——因为车轮能够转动。

扎哈尔·巴甫洛维奇小时候走出家门不管到什么地方,他都知道母亲永远在等着他,因此他一点也不害怕。

铁路线由两旁的一丛丛灌木保护着。有时候灌木丛的树荫下坐着乞丐,他们不是在吃东西就是把鞋脱了再穿上。他们看着机车雄赳赳气昂昂地拉着火车飞跑。可是他们没有一个人知道,为什么机车自己能跑。甚至更加简单的问题——他们活着要得到什么样的幸福——乞丐们想都没想过。什么样的信仰、希望和爱赋予他们的双脚在砂土路上跋涉的力量——没有一个施舍者知道。有时候扎哈尔·巴甫洛维奇往乞讨者手里放上两个戈比,不假思索地给他们一样东西——乞丐所缺乏,而他又擅长的有关机器的知识。

铁路的边坡上坐着一个头发蓬乱的男孩,正在把讨到的东西分类:发霉的放在一边,比较新鲜的塞进口袋。这孩子很瘦,但很精神,心事重重。

扎哈尔·巴甫洛维奇停下来,在初秋的新鲜空气中抽烟。

"在挑次品吗?"

男孩听不懂这技术用语。

"叔叔,给个戈比吧,"他说,"要不别把烟抽完!"

扎哈尔·巴甫洛维奇掏出五戈比。

"没准你是个小偷加无赖吧。"他说这话并无恶意,但抵消了施舍的好意,为的是自己不至于内疚。

"不,我不是小偷,我是要饭的,"男孩说着把口袋里的面包皮压实,"我有父亲母亲,不过他们逃荒去了。"

"那你这一大包吃的给谁啊?"

"打算回家看看。要是母亲带着弟弟妹妹回家了——那他们吃什么?"

"你是哪家的?"

"父亲家的,我不是孤儿。说实话,大家都是小偷,可我挨了父亲一顿揍。"

"那你父亲是哪家的?"

"父亲也是我妈生的——从肚皮里出来的。往肚皮上使劲一压,孩子就像从无底洞里一个个生出来了。你就出去替他们要饭吧!"

孩子对父亲满肚子的怨气。五戈比的硬币他早就藏到挂在脖子上的钱包里了;钱包里还有不少硬币。

"累坏了吧?"扎哈尔·巴甫洛维奇问。

"是的,累坏了。"孩子说,"难道一下子能从你们这些鬼家伙手上讨到东西?不停地走啊走啊,走得都想吃东西了!给了五戈比,没准自己都舍不得!换了我肯定什么也不给。"

小男孩从一堆变质的面包中拿了一块发霉的:显然,他把好的面包拿回家给父母,自己吃坏的。这一下子博得了扎哈尔·巴甫洛维奇的好感。

"你父亲没准喜欢你吧?"

"他什么也不喜欢——他老躺着。我更喜欢母亲,她身体里往外流血。她生病的时候我给她洗衬衫。"

"你父亲是谁?"

"普罗什卡,叔叔。我不是本地的……"

扎哈尔·巴甫洛维奇的脑海中不由得浮现出那棵长在废弃农舍的烟囱里的向日葵,以及村子里满街的野草。

"这么说来你父亲是普罗什卡·德瓦诺夫,狗崽子!"

男孩从嘴里取出尚未嚼烂的发霉面包,但没有扔掉,放到口袋上:待会儿再吃。

"你是扎哈尔叔叔吧?"

"我就是。"

扎哈尔·巴甫洛维奇坐下。他现在感受到了时间,普罗什卡离开母亲到陌生的城市就是时间。他发现,时间——这就是痛苦的运动,也是一种可以感知的对象,如同任何物质,哪怕是无法加工的原料。

一个过路小伙子,模样像被修道院开除的见习修士,没有继续往前走,反而坐下来盯着谈话的一老一少。他的嘴唇红红的,保留着婴儿时代的那种可爱的饱满,眼睛很温顺,但毫无智慧。平常的人,不断遭受灾难却始终能够巧妙应对的人,不会有这样的脸。

普罗什卡被过路人激怒了——尤其是他那嘴唇。

"你干吗噘着嘴?想吻我的手吗?"

见习修士站起身,朝着原来的方向走去,其实连他自己都不知道要去哪里。

普罗什卡马上觉察到了,看着见习修士远去的背影,说:

"走了,可上哪儿——他自己也不知道。你叫他回来,他就往回走:这帮吃闲饭的鬼东西!"

扎哈尔·巴甫洛维奇在早熟的普罗什卡面前感到一丝惭愧,他自己很晚才学会看人,一直认为别人比自己聪明。

"普罗什卡?"扎哈尔·巴甫洛维奇问,"那个小男孩,那个渔民的孤儿上哪儿去了?是你母亲把他领养了。"

"是萨沙吗?"普罗什卡猜想是他,"他早跑了,赶在村里所有人前面跑了!这鬼东西太坏了——搅得全家不得安生!偷走家里最后一卷面包,连夜逃走了。我去追他,追啊追啊,后来我就说:随他去吧——我就回家了……"

扎哈尔·巴甫洛维奇信了,沉思着问:

"你父亲在哪儿?"

"父亲出去打工了。他吩咐我养活全家。我到处去讨饭,讨到了回家一看,母亲不见了,弟弟妹妹也不见了。村子里都没人了,屋子里都长了牛蒡……"

扎哈尔·巴甫洛维奇给了他半个卢布,让他下次来城里再找他。

"你最好把帽子给我!"普罗什卡说,"你反正都不在乎。我没帽子脑袋会淋雨,会感冒的。"

扎哈尔·巴甫洛维奇把帽子给了他,取下了帽子上的铁质路徽,这徽章他觉得比帽子还宝贵。

一列长途列车驶过。普罗什卡赶紧站起来打算离开,他怕扎哈尔·巴甫洛维奇反悔,把钱和帽子要回去。帽子戴在普罗什卡头发蓬乱的脑袋上刚巧合适,可是普罗什卡只是试了一下就摘下来,放进装面包的口袋里。

"好了,你走吧,上帝保佑你,再见!"扎哈尔·巴甫洛维奇说。

"你说得倒轻巧,因为你总带着面包,"普罗什卡责怪道,"可我们家连面包也没有。"

扎哈尔·巴甫洛维奇不知道还能说什么——他身边没有钱了。

"前几天我在城里遇见了萨沙,"普罗什卡说,"这笨蛋快咽气了:谁也不给他,连讨饭也不会。我给了他一份,自己没舍得吃。是你让我妈把他领回来的——现在你该替萨沙付钱!"普罗什卡最后说,语气严肃。

"你想办法把萨沙带到我这儿。"扎哈尔·巴甫洛维奇回答说。

"那你会给我什么?"

"有报酬的——给你一个卢布。"

"行,"普罗什卡说,"我一定把他给你带来。只是你别惯着他,他会骗你的。"

普罗什卡走了,但他走的不是通往自己村子那条路。看样子他有自己的打算,有自己的谋生计划。

扎哈尔·巴甫洛维奇看着他渐渐走远,不知为什么,他开始怀疑机器和产品是否比人更珍贵。

普罗什卡走得越来越远,在宁静辽阔的大自然环抱下,他那瘦小的身躯显得越来越可怜。普罗什卡是用双脚走铁路——而其他人则是坐火车走铁路;铁路与他无关,也不会帮助他。他看着一座座桥、长长的铁轨和一辆辆机车都无动于衷,就像看着铁路边上的树木、风和砂土一样。在普罗什卡眼里,任何人造的设备无非是他人坟地上的一道景观。借助自己活跃的判断能力,普罗什卡的日子过得多少有点紧张。他会突然地，几乎是无意识地蹦出一句话，连他自己都会对这些机智的、超出自己小小年纪的话感到惊讶——由此可见，他未必充分感受到了自己的聪明。

普罗什卡消失在铁路线的转弯处——独自一人，瘦瘦小小的，缺乏任何保护。扎哈尔·巴甫洛维奇想叫他回来，让他一直住在自己家里，但他走得已经很远，追不上了。

早晨，扎哈尔·巴甫洛维奇不像平时那样赶着去上班。晚上，他开始发愁，很快就躺下睡觉。螺栓、阀门、旧的压力计这些始终放在桌子上的东西无法驱散他的愁绪——他看着它们，不再感到自己和它们是一伙的。他的体内痒痒的，好像心脏在吱嘎作响，心跳也很反常。扎哈尔·巴甫洛维奇怎么也忘不了瘦小的普罗什卡沿着铁路线一步步朝前走的身影，远处是茫茫的、已经崩塌的大自然。扎哈尔·巴甫洛维奇在思考，但没有明确的想法，也不使用复杂的语言——仅仅凭着炽烈而敏锐的感觉，这就够折磨人了。他看到普罗什卡可怜的模样，可普罗什卡不知道自己处境悲惨；他看到铁路在运行，可是这铁路跟普罗什卡，跟他很有心计的生活没有关系；他怎么也不明白这究竟是怎么回事，只是无缘无故地为自己的烦恼而伤心。

第二天——遇见普罗什卡的第三天，扎哈尔·巴甫洛维奇没有径直走进机车库。他在入口处的亭子里取下工牌，然后又把它挂了回去。整整一个白天他一直待在山沟里，在太阳底下，在初秋晴和的蛛网下。他听到机车的汽笛声和飞速前进的隆隆声，但是他没有出来看，不再对机车怀有敬重的感情。

打鱼的死在穆捷沃湖，种地的死在森林里，空荡荡的村子里长满了荒草,可是教堂看门人的那只钟依然在走,火车依然在按时刻表运行——面对钟表和火车的准确运行,扎哈尔·巴甫洛维奇感到既苦恼又惭愧。

"普罗什卡到我这年龄会干出些什么名堂?"扎哈尔·巴甫洛维奇在思考自己的处境,"他要搞破坏,狗崽子! ……萨沙在他手里只能出去讨饭。"

扎哈尔·巴甫洛维奇原来平静充实地生活在一层温暖的雾中间,如今这雾被一阵清风吹散了,展现在扎哈尔·巴甫洛维奇面前的是一种孤独无助的生活,人们赤裸着,不再迷信机器的威力,不再欺骗自己。

工长渐渐不再赏识扎哈尔·巴甫洛维奇:"我原来真以为你是老把式的传人,结果你也不咋地——只配干粗活,女人生的次货!"

扎哈尔·巴甫洛维奇心烦意乱,真的连干活都不能专心致志了。如果仅仅为了几个工钱,那么即使要钉个钉子你也敲不到点子上。工长比谁都明白——他相信,一旦工人失去了对机器的迷恋,劳动从一种不计报酬的无意识本能变成了赚钱的行当,那么世界末日就来临了,甚至比世界末日还糟糕——最后一位工匠死了之后,那些最坏的坏蛋就会出来吞噬太阳的植物,破坏工匠的作品。

*

那好奇的渔民的儿子性格非常温和,以为生活中的一切都理应如此。如果人家拒绝给他施舍,那么他相信所有人都不比他富有。他之所以没有饿死,是因为一名年轻钳工的妻子病了,丈夫上班后就没人照看。他妻子害怕一个人留在家里,感到非常寂寞。钳工喜欢这个蓬头垢面、一脸倦容、到处乞讨却又对施舍完全不在意的小男孩身上的那种魅力。他安排小男孩坐在病人身边陪伴她,小男孩也觉得她比任何人都亲切。

萨沙整天坐在病人脚旁边的凳子上,他觉得这女人就跟父亲给他说的母亲一样漂亮。他在那儿凭着一颗童心忘我地帮助病人,在这之前谁也没有把他当孩子看待。女人喜欢上了这孩子,一本正经地叫他亚历山大,她不习惯当太太。不久,她病好了,她丈夫对萨沙说:

"给你,孩子,二十戈比,你走吧。"

萨沙收下这几个难得的钱,走到外面哭了起来。就在茅房边上,普罗什卡叉开双腿坐在一堆垃圾上,正用手翻捡底下的东西。现在他在收集骨头、破布和铁皮,他在抽烟,翻捡垃圾扬起的灰尘落在他脸上,使他见老了许多。

"你又哭了,讨厌鬼?"普罗什卡问,没有停下手中的活,"你过来帮我扒拉扒拉,我喝茶去:刚才吃得太咸了。"

普罗什卡没有去小饭店,而是去找扎哈尔·巴甫洛维奇。扎哈尔·巴甫洛维奇正在看书,他识字不多,出声念道:"维克多伯爵把手放在忠诚而勇敢的心上,表白说,'我爱你,亲爱的……'"

普罗什卡以为是童话故事,听了一会儿就感到失望了,赶紧说:

"扎哈尔·巴甫洛维奇,给我一个卢布,我马上把孤儿萨沙给你带来!"

"啊?!"扎哈尔·巴甫洛维奇十分惊讶。他转过悲伤的老脸,要是妻子还活着,肯定还喜欢这张脸。

　　普罗什卡再次报出找到萨沙的价钱,于是扎哈尔·巴甫洛维奇给了他一个卢布,现在他乐意见到萨沙。细木工①离家去了枕木防腐工厂,给扎哈尔·巴甫洛维奇留下两个空房间。最近一段时间,与木匠的几个儿子住一起尽管不太平,但也很有趣。几个男孩都长大了,他们的力气不知道往哪儿使,好几次故意点燃自家的房子,幸好及时扑灭,没有全部烧毁。父亲冲他们发火,可他们对他说:老爷子,你干吗怕火呀——烧了就不会腐烂了,你这老东西也该烧——进了棺材就不会腐烂,也永远不会发臭!

　　就在木匠出门之前,他的几个儿子掀翻了茅房,砍下了看家狗的尾巴。

　　普罗什卡没有立即去找萨沙:他先买了包"小同乡"牌香烟,跟店铺里几个女人闲聊了一会儿,然后回到了垃圾堆。

　　"萨沙,"他说,"我们走吧,我带你去,往后你就别再缠着我了!"

　　最近几年,扎哈尔·巴甫洛维奇衰老得厉害。为了不至于孤零零地死去,他找了个不快活的女友——妻子达里娅·斯捷潘诺夫娜。他从来没有感到自己彻底轻松过:上班忙工作,在家听老婆唠叨。确实,这种双班倒的忙碌是扎哈尔·巴甫洛维奇的不幸,但是假如这忙碌消失了,扎哈尔·巴甫洛维奇可能成了流浪汉。机器和产品不再使他感到浓烈的兴趣:第一,无论他怎么努力干活,人们的生活依旧贫困而悲惨;第二,世界被某种冷漠的幻想笼罩着——也许扎哈尔·巴甫洛维奇实在太累了,真的预感到自己会无声无息地

---

①　此处疑是作者的笔误,应该是前文的钳工。

死去。许多工匠到了晚年都会出现这种状况：跟那些坚硬的物体打了数十年交道，他们渐渐明白，晚境凄凉是不可避免的普遍命运。他们眼看着一台台机车退出运行，在风吹日晒中一年年锈蚀腐烂，最后变成一堆废铁。每到星期天，扎哈尔·巴甫洛维奇到河里捕鱼，他在寻找最终的答案。

萨沙成了他在家里的安慰。但是，整天抱怨的妻子不让他有片刻的安宁。也许，这反而对他有好处：假如扎哈尔·巴甫洛维奇能够把心思全用到那些吸引他的物件上，他肯定会哭的。

这种平淡无味的日子，过了一年又一年。有时候扎哈尔·巴甫洛维奇躺在床上观察萨沙，发现他在看书，便问：

"萨沙，你不会分心吗？"

"不会。"萨沙回答，他对养父的脾气习惯了。

"你是怎么想的，"扎哈尔·巴甫洛维奇继续提出自己的疑问，"是不是人人都得活着？"

"都得活着。"萨沙回答，他多少能理解父亲的烦恼。

"你有没有在哪本书里读到过：为什么活着？"

"我看到过，说是越往后生活会越好。"

"就是么！"扎哈尔·巴甫洛维奇表示相信，"书上真是这么写的吗？"

"就是这么写的。"

扎哈尔·巴甫洛维奇叹了口气：

"什么都有可能。不是人人都能知道的。"

为了学会钳工的本领，萨沙在机务段已经当了一年的学徒。他对机器和手艺有兴趣，但不像扎哈尔·巴甫洛维奇那么迷恋。他的兴趣不是那种非要揭示机器秘密不可的好奇心。他对机器感兴趣，如同对别的能行动、有生命的东西感兴趣是一样的。与其说他想了解机器，不如说他是想感受它们，体验它们的生命。因此，下班回家的路上，萨沙想象自己是一台机车，模仿机车行进中的各种声音。睡觉的时候，他会想到村子里的母鸡早就睡了，这种与母鸡或机车相通的意识给了他乐趣。萨沙不可能单独做什么事情：他总要寻找与自己行为类似的东西，然后再采取行动，并非根据自己的需要，而是出于对某人某物的同情。

"咱们都是一样的。"萨沙经常告诉自己。看到旧的篱笆，他心里会这样想：你就这样站着吧！——他自己也会无缘无故地在某处站着。秋天的夜晚，护窗板被风吹得发出凄凉的吱嘎声，萨沙坐在家里感到寂寞，他听着护窗板的声响，内心会有这样的感觉：它们也很寂寞！这么一想，他也就不再寂寞了。

萨沙讨厌去上班的时候，他就用昼夜不息的风来安慰自己。

"我跟它一样，"他看着风说，"我只是白天干活，风晚上也要干活——它比我还累。"

火车来来往往，非常繁忙——战争开始了。工匠们对战争相当冷漠——他们不用上前线去打仗，对他们来说，战争如同机车一样，跟他们没有直接的关系，尽管他们进行修理，加水加煤加油，但运送的是陌生的悠闲的乘客。

萨沙一成不变地感受到日出日落，四季更迭，火车昼夜奔驰。他已经忘记了打鱼为生的父亲，忘记了那个村庄，忘记了普罗什卡；随着年龄的增长，他要面对种种重大的变故和事物，这些变故和事物他自己必须反复体验，并且融入自己的内心。萨沙没有意识到自己是个独立的坚强的个体——他把任何一样东西都想象成一种感觉,这就把他对自己的认识从他身上剔除了。他的生命历程很纠结也很深奥,仿佛处在母亲的温暖而拥挤的梦中。控制他的是外界的景象,就像旅行者来到一个新的地方。尽管已经十六岁,他依然没有自己的目标,但是他内心又毫无抗拒地同情任何一种生命——院子里各种瘦弱枯萎的小草和偶然路过、为了让人听见并给予同情而不停咳嗽的夜行人。萨沙听到夜行人的咳嗽声就感到可怜。他浑身充满了神秘的兴奋感,就像成年男人碰到女人一见钟情。他看着窗外的路人,尽量设想他的身世际遇。夜行人慢慢消失在茫茫黑暗中,一路上把人行道上的小石子踩得沙沙响,而他比那些小石子更加默默无闻。远处几条狗的吠声恐怖而沉闷,天空中往往会有疲惫的星星掉下来。说不定就在此刻,在茫茫夜色中,在凉爽、平坦的田野中间,那些居无定所的人正在赶路,如同萨沙一样,他们内心十分平静,陨落的星星演化成他们个人生命的一种情绪。

扎哈尔·巴甫洛维奇从不打搅萨沙——他爱萨沙,怀着老年人的全部忠诚,怀着种种无意识的朦胧的希望。他经常让萨沙给他朗读有关战争的书刊,他自己在灯下无法辨认字母。

萨沙给他读战况、焚毁的城市和大量消耗的金属、人员和财产。扎哈尔·巴甫洛维奇默默地听着,最后说:

"我这把年纪一直在琢磨:人与人之间的关系难道真的那么危险,中间非得有个政权吗?你瞧,有了政权就会发生战争……我在想,战争就是政权故意制造的:一般人不可能……"

萨沙问,那该怎么办呢?

"是啊,"扎哈尔·巴甫洛维奇不由得激动起来,"要想别的办法。刚开始吵架的时候,真该派我去跟德国人谈,我可以一下子谈妥,价格总比战争便宜。真该派最聪明的人去谈判!"

扎哈尔·巴甫洛维奇难以想象,哪有无法倾心交谈的人。可是上面——沙皇和他的下属——几乎都是傻瓜。这么说来,战争——这是随随便便、故意制造出来的。想到这里,扎哈尔·巴甫洛维奇走进了死胡同:是否可以跟故意杀人的人倾心交谈? 或者首先应该剥夺他手中害人的武器、财产和尊严?

萨沙第一次看到死人是在自己的机务段。下班前的最后一刻——都快响汽笛了,萨沙正在旋紧气缸的密封件,这时候两名司机抬着脸色煞白的工长进了机库。工长的脑袋流着浓稠的血,滴滴答答落在油腻的地上。工长被抬到办公室,再从那里打电话给医院急诊室。萨沙感到奇怪的是,工长的血是那么鲜红那么年轻,而工长本人则满头白发,老态毕现:他内里似乎还是个婴儿。

"鬼东西!"工长说话很清楚,"给我脑袋抹汽油,至少可以止血!"

一名锅炉工提来一桶汽油,把抹布浸到油桶里,取出后涂在工长血肿的脑袋上。脑袋成了黑色,冒出的热气人人都能看见。

"就这样,就这样!"工长鼓励说,"我觉得好些了。你们以为我要死了? 高兴得太早了,畜生……"

工长渐渐没有了力气,进入昏迷状态。萨沙仔细观察他脑袋上的几处凹陷,以及深嵌其中、已经死亡的头发。没有人还记工长的仇,尽管他至今觉得螺栓比人更宝贵更妥当。

扎哈尔·巴甫洛维奇就在现场,他强迫自己睁着眼,免得当着众人的面啪嗒啪嗒掉眼泪。他再一次看到,一个人无论怎么凶恶,怎么聪明和勇敢，到头来都变得十分可悲可怜，最后衰竭而亡。

工长突然睁开眼睛，敏锐地看着下属和同事的脸。他的目光中还闪烁着明亮的生命之光，可是他已经在迷雾般的紧张中挣扎，发白的眼皮渐渐陷入眉毛下的眼窝。

"你们哭什么?"工长问，口气中还留着往日愤怒的余音。谁也没有哭——唯独扎哈尔·巴甫洛维奇圆睁的双眼不由自主流出脏兮兮的眼泪，顺着双颊往下滚落。"干吗站在这里哭啊，下班的汽笛还没响!"

工长闭上眼睛，让眼睛处于温柔的黑暗中;任何的死亡他都没有感觉到——他体内依然暖暖的，只是以前从来没有感到过，现在好像沐浴在敞开的五脏六腑的滚烫的液体中。这种情况他已经遇到过，那是在很久以前，至于在哪里——记不起来了。工长再次张开眼睛的时候，看到大家仿佛处在波涛起伏的水里。有人紧挨在他身边，那人好像没有脚，还用一只脏兮兮的、关节变形、伤痕累累的手遮住自己委屈的脸。

工长冲那人光火了，还训斥他，因为头顶上的水开始发黑:

"还哭呢，盖拉西姆这畜生又把锅炉烧坏了……你哭什么? 快找人赶紧处理……"

工长想起了自己是在哪里见过这种平静而热烈的黑暗——是在母亲严实的肚子里，于是想穿过排列整齐的骨头重新钻回去，但怎么也挤不进去，因为他的个子太大，年纪太老……

"快找人赶紧处理……畜生，螺帽也拧不好，赶紧找人……"

这时候工长吸了一口气，不停地咂嘴。看来，他在某个狭窄的地方憋得喘不过气来，两个肩膀不停地扭动，尽量要找到一个合适的位置。

"把我往管子里边塞,"他蠕动孩子般肿胀的嘴唇,轻声说,"伊凡·谢尔盖耶维奇,把3.125叫来——让他给我旋紧螺丝……"

担架抬来已经晚了。没有必要送工长到医院急诊室。

"把人抬回家吧。"工匠们告诉医生。

"绝对不行,"医生回答,"我们要给他写证明。"

证明上写道,高级工长受到致命伤害——冷机车由五沙绳①热钢缆牵引进入机车库,岔道转弯时钢缆碰到路灯杆,路灯杆倒下来砸在牵引机车煤水车上观察的工长脑袋上。事故的原因是工长本人不小心,此外铁路运行部门未能遵守规章制度也负有责任。

扎哈尔·巴甫洛维奇拉着萨沙的手,走出机车库回家。吃晚饭的时候,妻子说面包很难买到,牛肉哪儿也没有。

"那就等死吧,就这么回事。"扎哈尔·巴甫洛维奇没有一点儿同情。对他来说,所有日常生活的必需品都不重要了。

对萨沙来说,这是他生命的早期,每一天都有难以名状的、将来也不会重复出现的魅力。工长的形象已经消失在忘川中,而扎哈尔·巴甫洛维奇再也没有那种能够自愈的生命力:他太老了,这岁数对死亡来说就显得格外脆弱和直露,跟童年一样。

后来几年,扎哈尔·巴甫洛维奇已经心如死水。每到晚上,看着萨沙看书,他的内心才会升起一股怜悯之情。扎哈尔·巴甫洛维奇真想告诉萨沙:你就别迷那些书了——假如书上真有什么严肃的内容,人们早就互相拥抱了。但是扎哈尔·巴甫洛维奇什么也不

---

① 沙绳,又译"俄丈",俄罗斯旧长度单位,1沙绳等于2.134米。

说,尽管他内心经常涌动着某种类似快乐的淳朴感情,但理智妨碍他表达。他向往着某种抽象的能抚慰人心的生活,那里湖水平静如镜,友谊替代了所有话语和美妙的人生意义。

扎哈尔·巴甫洛维奇迷失在自己的猜测中:他一辈子都被机器、产品之类偶然的兴趣所吸引,直到如今才恍然大悟——当初母亲给他喂奶的时候,就应该凑在他耳边悄悄告诉他某种像乳汁那样必不可少的东西,如今他连乳汁的味道都忘得一干二净了。母亲什么也没告诉他,而他自己则无法明白这世界是怎么回事。因此,扎哈尔·巴甫洛维奇逆来顺受,不指望会有什么普遍的根本的改善:无论制造多少火车,普罗什卡、萨沙连他自己,都不会去乘坐的。坐火车的是那些与他们无关的人,或者是那些当兵的军人,而军人坐火车是强迫的。机器本身也是没有自由意志、只会顺从的东西。如今对机器,扎哈尔·巴甫洛维奇也是可怜多于喜爱,甚至在机车库里跟机车进行面对面的谈话:

"你要出发了?行,那就走吧!瞧你,摇杆都磨损了——坐车的这帮混蛋肯定都是胖子。"

机车沉默着,但扎哈尔·巴甫洛维奇能听到它在说话。

"炉条都肿了——煤的质量不好,"机车伤心地说,"爬坡很吃力。好多女人乘车上前线看望丈夫,每人带三普特油炸饼。以前只挂一节邮车,现在要挂两节——人们分居两地,只能靠写信联系。"

"是啊,"扎哈尔·巴甫洛维奇沉思道,人们把沉重的离别一股脑儿塞进火车使它不堪负担,他不知道自己怎样才能帮助机车,"你别过分使劲——悠着点儿。"

"不行啊,"机车回答,语气中充满了理智的无奈,"我从高高的路堤上看到许多村子：那里的人都在哭泣——在等待来信和负伤的亲人。你帮我看一下密封箱——拧得太紧，活塞杆要烧坏的。"

扎哈尔·巴甫洛维奇走过去松开密封螺栓。

"真的旋死了，这帮畜生，哪有这样干活的！"

"你在瞎捣鼓什么呀？"当值技术员走出办公室问，"是人家求你干的吗？你说——是还是不是？"

"不是，"扎哈尔·巴甫洛维奇心平气和地说，"我觉得拧得太紧了……"

技术员没有生气。

"既然只是你的感觉，那就别碰。不管拧紧拧松，反正一走就发烫。"

后来，机车悄悄对扎哈尔·巴甫洛维奇嘟哝说：

"问题不在松紧——中间的那活塞杆磨损了，所以车一走密封箱就发烫。难道我自己想这样干吗？"

"我发现了，"扎哈尔·巴甫洛维奇叹了口气，"我只是个擦拭工，你自己也知道，人家信不过我。"

"就是这么回事！"机车浑重的声音表示同情，说完就沉浸在自己已经冷却的力量的黑暗中。

"我说的就是这个意思！"扎哈尔·巴甫洛维奇附和说。

萨沙开始上夜校，扎哈尔·巴甫洛维奇心里非常高兴。他一辈子都靠自己的力量，没有任何外界的帮助，没有任何人赶在他自己的感觉之前向他提示过什么，而萨沙呢，从书本上学习他人的智慧。

"我是瞎琢磨，可他能看书——就这么回事！"扎哈尔·巴甫洛维奇不禁羡慕起来。

萨沙看了会儿书,就开始写。扎哈尔·巴甫洛维奇的妻子有了灯光睡不着。

"老是写,"她抱怨说,"干吗写呢?"

"你睡吧,"扎哈尔·巴甫洛维奇说,"闭上眼睛睡吧!"

他妻子闭上眼睛,可透过眼缝她还是看到在白白浪费煤油。她说得没错——在亚历山大·德瓦诺夫的青年时代,灯确实是白点了,灯光照亮了激荡心灵的书本,但他后来终究没有遵照书本行动。不论他读过多少书,想过多少问题,他内心始终保留着一块空地——难以描写、无法言说的世界就像一阵令人惶恐的风,在这空地上掠过。十七岁的德瓦诺夫暂时还没有保护心脏的铠甲——无论是对上帝的信仰,还是别的成熟的理论,他都缺乏。他无法给展示在他面前的难以名状的生活取个别样的名字。但是,他不想让世界继续无名下去,他只是期待着能听到自己取的名字去替换那些故意杜撰的名称。

有一天夜里,他像平时一样坐在那儿犯愁。他那尚未被信仰遮蔽的心脏正在苦恼,希望得到安慰。德瓦诺夫低下头,设想自己体内有个空的地方,生命不间断地天天走进去,然后又退出来,既不在里面耽搁,也没有变得强大,平稳得如同遥远的嗡嗡声,根本无法分辨其中的歌词。

萨沙感到身上发冷,仿佛真有一股风吹向他背后的无边黑暗,而在前面起风的地方,有某种透明、轻盈、巨大的东西——群山般流动的空气,他需要把这空气变成自己的呼吸和心跳。这预感早就憋在他的胸中,体内的空洞渐渐扩大,准备占领未来的生命。

"这就是——我!"亚历山大大声说。

“你是谁?”扎哈尔·巴甫洛维奇问,他没睡。

萨沙顿时没有了声音,他突然羞愧得无地自容,刚才为自己的发现而兴奋的心情一下子消失得不见影踪。他原来以为自己一个人坐在那儿,不料扎哈尔·巴甫洛维奇在听他说话。

扎哈尔·巴甫洛维奇发现了他的窘态,便不动声色地自问自答:

“你在念书,没别的……还是躺下睡觉吧,时候不早了……”

扎哈尔·巴甫洛维奇打了个哈欠,平静地说:

“别折磨自己了,萨沙,你身体本来就弱……”

“这孩子将来也会出于好奇而淹死,”扎哈尔·巴甫洛维奇在被窝里喃喃自语,“我将来死在床上。一回事。”

夜还在静悄悄地继续——从前室传来站里挂钩工的咳嗽声。二月份快结束了,沟边路基上的雪已经融化,去年的枯枝败叶都露出来了。萨沙观察它们,仿佛在观察上帝创造世界。他同情眼前出现的枯枝败叶,仔细打量它们,他对自己都没有这样全神贯注地观察过。

他对别人的遥远的生命可以感同身受,可是想象自己就难了。对自己他只是凭思考,而对旁人是凭感觉,而且敏锐得如同亲身感受,也没有发现谁有什么不同。

有一天,扎哈尔·巴甫洛维奇跟萨沙说了很多话,就像跟同事聊天一样。

“昨天一台 ЩE 型机车的锅炉爆炸了。”扎哈尔·巴甫洛维奇说。

这消息萨沙此前已经知道了。

"这是个教训。"扎哈尔·巴甫洛维奇感到伤心,除了这起事故还有别的原因,"机车刚出厂,可铆钉全完蛋了……谁也不知道究竟是怎么回事——身体跟脑袋打架……"

萨沙不明白身体与脑袋的区别,就没有吱声。按照扎哈尔·巴甫洛维奇的说法,脑袋——这是一种微弱的判断能力,而机器是靠人的心揣摩出来的。

有时候从车站传来专用列车的隆隆声。喝茶的人们情绪激昂,说话的腔调也很怪,像外国人。

"来回折腾!"扎哈尔·巴甫洛维奇侧耳细听,"准会闹出乱子的。"

他老了,迷茫了一辈子,彻底绝望了,因此对革命一点都不觉得奇怪。

"革命总比打仗容易,"他向萨沙解释,"人们不会去做难的事情:眼下有点不对劲儿……"

如今扎哈尔·巴甫洛维奇不会上当受骗了,为了不犯错误,他否定革命。

他告诉所有的工友,现在掌权的又是些聪明绝顶的人——不会有好结果的。

十月份之前,他一直在看笑话,他第一次感到了当聪明人的乐趣。但是,十月的一天夜里,他听到城里响起枪声。他一整夜都待在院子里,抽烟才回里屋。整整一夜,他不停地开门关门,闹得妻子没法睡觉。

"给我消停点,你这疯子!"老伴一个人在床上埋怨,"进进出出闹腾啥啊! ……眼下怎么办哪——要面包没面包,要衣裳没衣裳!……他们打枪的手都给我烂掉——他们肯定没了母亲,缺少调教!"

扎哈尔·巴甫洛维奇站在院子中央,手里的卷烟随着远处的枪声时明时灭。

"难道真是这样吗?"扎哈尔·巴甫洛维奇问自己,进屋又点燃一支卷烟。

"躺下睡吧,老不死的!"妻子说。

"萨沙,你没睡吧?"扎哈尔·巴甫洛维奇焦躁不安,"那里夺权的都是些笨蛋,没准生活会变聪明些。"

早晨,萨沙和扎哈尔·巴甫洛维奇出发到城里去。扎哈尔·巴甫洛维奇在寻找一个最严肃的政党,以便立即加入进去。所有的政党都在一幢公家的大楼里,每一个政党都认为自己最好。扎哈尔·巴甫洛维奇凭着自己的眼光检查一个个政党——他要找一个纲领不模糊、表达清晰准确的政党。没有一个政党能确切告诉他,世界大同哪一天来临。有的说,幸福是个复杂的玩意儿,人的目的不在于幸福,而在于历史规律。还有的说,幸福就是不停的无休无止的斗争。

"原来是这么回事啊!"扎哈尔·巴甫洛维奇的惊讶不无道理,"就是说,你干活不拿工资。这不是政党,而是剥削。咱们走吧,萨沙,离开这地方。信教还有东正教的胜利呢……"

下面一个政党告诉他们,人是极其高尚而又十分贪婪的生物,让他享受幸福,你想都别想——那是世界末日。

"我们要的就是世界末日!"扎哈尔·巴甫洛维奇说。

走廊尽头那扇门里的是最后一个,也是名称最长的政党。只有一个神色忧郁的人坐在那儿,其余的人都出去发号施令了。

"你有什么事?"他问扎哈尔·巴甫洛维奇。

"我们俩想一起报名。世界末日快到了吗?"

"你说的是社会主义吗?"那人不明白,"一年之后。今天我们只是创立阶段。"

"那就给我们写上。"扎哈尔·巴甫洛维奇喜出望外。

那人给了他们一人一叠小册子,一人半张印刷纸。

"纲领,章程,决议,表格,"他说,"请填写,每人还需两位担保人。"

扎哈尔·巴甫洛维奇感到受骗了,心里凉了半截。

"口头不行吗?"

"不行。我没法凭记忆登记,党会忘记你们的。"

"我们会经常来报到的。"

"不可能:我怎么给你们发党证? 很明显——根据登记表,如果大会批准你们的话。"

扎哈尔·巴甫洛维奇发现:此人说话清楚、干脆、公正,毫无信任感——将来肯定是个聪明绝顶的掌权人,一年后就能把整个世界彻底建好,或者闹得鸡犬不宁,即使孩子的心脏也受不了。

"你就登记吧,萨沙,试试看。"扎哈尔·巴甫洛维奇说,"我等一年再说。"

"我们不接受试验品。"那人拒绝,"要么完全彻底是我们的人,要么你们去敲别家的门。"

"那好,正儿八经加入吧。"扎哈尔·巴甫洛维奇表示同意。

"那就不一样了。"那人没有反对。

萨沙坐下来填写登记表。扎哈尔·巴甫洛维奇开始询问这位党人有关革命的事。对方顺便做了解答,他正在忙更加重要的事情。

"弹药厂的工人昨天开始罢工,军营里发生哗变。明白了吗?莫斯科的工人和贫农掌权已经两个星期了。"

"真的吗?"

党人接电话。"不行,我走不开。"他对着话筒说,"群众代表不断地来这儿,总得有人向他们介绍情况啊!"

"你说什么来着?"他想起了刚才的谈话,"党派了代表去安排运动,夜里我们占领了市里几个核心地段。"

扎哈尔·巴甫洛维奇什么也没听明白。

"那是士兵和工人起来造反,关你们什么事?让他们靠自己的力量继续干就是了!"

扎哈尔·巴甫洛维奇都生气了。

"听我说,工人同志,"党人心平气和地说,"要是这样想问题,那今天我们这儿的资产阶级早就站稳了脚跟,手里拿着枪,也就没有苏维埃政权了。"

"说不定有什么更好的办法!"扎哈尔·巴甫洛维奇思忖着,究竟是什么办法——他自己都说不清。

"莫斯科没有贫农。"扎哈尔·巴甫洛维奇表示怀疑。

忧愁的党人眉头皱得更紧了:他想到群众太愚昧无知,今后党对这些愚昧的群众得花多少心思啊。他预先感到了疲倦,没有搭理扎哈尔·巴甫洛维奇。可是扎哈尔·巴甫洛维奇不停地提出各种直截了当的问题。他感兴趣的是,谁是城里的头号首长,工人对他是不是十分了解。

面对这样直截了当的监督，忧愁的人变得快活了。他拨通了电话。扎哈尔·巴甫洛维奇怀着被遗忘的热情，仔细观察电话机。"这玩意儿被我忽略了，"他想起了自己制造的那些东西，"我出娘胎以来就没做过。"

"请佩列科罗夫同志听电话。"党人对着电话说，"佩列科罗夫同志吗？是这么一回事。应该尽快安排好报纸的新闻。最好多出些普及性的宣传品……是的。你是谁啊？红军战士？那就请你放下电话——你什么都不懂……"

扎哈尔·巴甫洛维奇又生气了。

"我问你是因为我在担心，可你用报纸来糊弄我……不，朋友，政权就是国家，就是大官和国王。——我来来回回想了好多遍了……"

"那怎么办呢？"对方为难了。

"让财产贬值，"扎哈尔·巴甫洛维奇开门见山地说，"人呢，就别去管——情况肯定会好转，真的，千真万确！"

"这是无政府主义！"

"这哪里是无政府主义——这纯粹是个人独立的生活！"

党人摇了摇蓬乱、无眠的脑袋。

"这是你身上的小私有者在说话。再过半年左右，你自己会看到，你在原则问题上迷失了方向。"

"咱们走着瞧。"扎哈尔·巴甫洛维奇说，"如果你们做不到，我们可以再给你们增加时间。"

萨沙填好了表格。

"难道是这样吗?"扎哈尔·巴甫洛维奇在回家的路上问,"难道真是这样吗? 看样子,真是这样。"

扎哈尔·巴甫洛维奇年纪大了,容易发火。现在他觉得特别重要的是,枪把子应该掌握在可靠的人手里,他希望有一把卡尺可以检查布尔什维克。直到最近一年,他才知道自己这一生失去了什么。他丧失了一切——他头顶上的辽阔天空并没有因为他的活动而发生丝毫改变,他没有取得任何成就,无法证明自己日益衰老的身体中曾经焕发出重要的光辉灿烂的活力。他自己把自己带到了与生活永远分离的地步,没有在生活中掌握最必需的东西。如今,他伤心地看着篱笆、树木和所有的陌生人,五十年来他没有给他们带来任何的欢乐和保护,还将与他们告别。

"萨沙,"他说,"你是孤儿,你这条命是捡来的。你别不舍得,你要认准生活的主要目标。"

亚历山大没有说话,他尊重养父隐藏在内心的痛苦。

"你还记得费季卡·别斯巴洛夫吗?"扎哈尔·巴甫洛维奇继续说道,"我们那儿的一名钳工,现在他死了。那时候经常派他去量尺寸,他一出门就用手指按住那玩意儿,然后摊开双手大摇大摆往前走,手还没有碰到,他那玩意儿已经从一尺变成了一丈。'你干什么,狗崽子?'大家骂他。他回答:'我要大的——反正不会为了这事把我开除的。'"

直到第二天,亚历山大才明白父亲想说什么。

"尽管他们是布尔什维克,为了自己的理想而受苦受难,"扎哈尔·巴甫洛维奇告诫说,"但是你要看看清楚。你要记住——你父亲是淹死的,母亲不知道是谁,千百万人活得没有灵魂。——这是大事……布尔什维克的心应该是空的,什么东西都可以往里装……"

扎哈尔·巴甫洛维奇火气越来越大,话越说越厉害。

"不然的话……你知道会有什么下场?扔进炉膛,变成一股烟随风飘走!变成炉渣,而炉渣是要用火钩撒到路边的!你明白我的意思没有?……"

扎哈尔·巴甫洛维奇由兴奋到感动,最后心神不宁地到厨房抽烟去了。过了一会儿,他回来怯生生地拥抱了自己的养子。

"萨沙,你别生我的气!我也是没爹没娘的孤儿,没有人可怜咱爷俩。"

亚历山大没有生气。他体会了扎哈尔·巴甫洛维奇心灵的贫困,但是他相信,革命——就是世界的末日。在未来的世界上,扎哈尔·巴甫洛维奇的担忧会立即消除,打鱼为生的父亲会找到自沉湖底的目的。在自己清晰的感觉中,亚历山大已经拥有了一个新世界,但这个新的世界可以创造,却难以描述。

过了半年,亚历山大进了刚开办的铁路培训班,后来又转到综合中等技术学校。

每天晚上,他给扎哈尔·巴甫洛维奇朗读各种技术教科书,扎哈尔·巴甫洛维奇则尽情享受那些他不明白的科学声音,欣赏自己的儿子能懂得那些声音。

不久,亚历山大的学业中断了,而且中断了很长时间。党派他到内战的前线——草原上的小城诺沃霍皮奥斯克去出差。

扎哈尔·巴甫洛维奇和萨沙在车站上整整坐了一天一夜等待顺路的专用列车,为稳定情绪他抽了三磅马哈烟。他们已经什么都

谈了,除了爱情。扎哈尔·巴甫洛维奇用羞涩的口气和警示式的语言谈到了爱情:

"萨沙,你已经是成年的孩子了——什么都知道……主要是,别特意去做这事——这东西最诱惑人:平白无故的什么事也没有,可是你好像被什么东西拽住了,心里老想着……每个人的下身全给帝国主义占了……"

亚历山大不可能感觉到帝国主义就在自己的体内。他想象这是某种特殊而奇怪的东西。

终于发了摘挂列车,亚历山大挤了进去。扎哈尔·巴甫洛维奇从站台上请求他说:

"找时间给我写信。一两句话报个平安就行了……"

"我会详细写的。"萨沙回答。

车站的铃声已经响了五六遍,每一遍响三次,可列车还是出发不了。萨沙被陌生的人群挤进了车门里面,他再也没有露过脸。

扎哈尔·巴甫洛维奇累坏了,于是回家去。走了好久才到家,一路上忘了抽烟,还为这小事懊恼不已。一回家就坐到墙角萨沙一直坐的小桌子旁边,开始一个音节一个音节读代数课本,他什么也看不懂,但慢慢给自己找到了安慰。

*

亚历山大·德瓦诺夫前往的诺沃霍皮奥斯克小城,曾被哥萨克占领,但教师涅赫沃拉伊科领导的一支队伍把他们撵走了。诺沃霍皮奥斯克周围全是旱地,唯独与一条河流相邻,可以进入城市的要冲地带布满了沼泽；哥萨克以为这里无法通行就放松了警惕。教师涅赫沃拉伊科为了不让自己队伍的马匹陷入沼泽，给它们都穿上了树皮鞋，并在一个荒僻的夜晚占领了城市，把哥萨克赶到了布满沼泽的山谷里。哥萨克在那里滞留了好些日子，因为他们的马匹都光着脚。

德瓦诺夫去了革命委员会，也跟那里的人交谈了一会儿。他们抱怨缺少给红军做内衣的布料，因此战士们身上长满了虱子，但大家决心战斗到底，直到只剩下一片光秃秃的大地。

革委会主任原来是机务段的火车司机，他告诉德瓦诺夫：

"革命——就是冒险。即使搞不成——也要闹它个天翻地覆，留下黏土，让狗崽子们啃去吧。只怪咱工人运气不好！"

没有给德瓦诺夫分配什么特别的工作，只是对他说：跟我们一起生活吧，人多日子好过，然后再看看，你最想干什么。

德瓦诺夫的那些同龄人，正坐在集市广场的俱乐部里认真阅读革命书籍。他们周围挂着口号，窗外望出去是危险的旷野。看书的人和口号都不安全——草原上发射的子弹可以直接打中埋头看书的年轻党员的脑袋。

德瓦诺夫渐渐习惯了草原上打打杀杀的革命，开始喜欢这里的同志。这时候，省里来信命令他回去。亚历山大默默地徒步出城。火车站离城四俄里，至于怎么回省城，德瓦诺夫心中没数：听说铁路线被哥萨克占领了。

一支乐队正从火车站走向田野，边走边演奏哀乐——原来，那是人们抬着不幸牺牲的涅赫沃拉伊科已经僵硬的尸体为他送葬。涅赫沃拉伊科和他的部队在别斯基那个大村庄遭到富农的暗算，全军覆没。德瓦诺夫可怜起涅赫沃拉伊科：为他哭泣的不是父母，而只是哀乐。跟在后面的人们脸上毫无表情，他们自己都做好了准备：闹革命难免一死。

德瓦诺夫时不时回头望着城市，眼看着它在自己身后渐渐沉入山谷。德瓦诺夫不禁觉得孤零零的诺沃霍皮奥斯克十分可怜，仿佛他离开之后这城市会更加不安全。

在火车站，德瓦诺夫感到杂草丛生、被人遗忘的空间弥漫着恐慌和不安。如同所有人一样，他受到远方的吸引，仿佛远方的那些无形的东西都在思念他、召唤他。

十个或者更多的无名的陌生人席地而坐，盼望火车能把他们送到更好的地方。他们毫无怨言地忍受革命的折磨，为了寻找面包和出路，耐心地在俄罗斯的草原上来回奔波。德瓦诺夫走出车站，发现第五股道上停着一列军车，于是向它走去。这列军车有八节装着车辆和大炮的平板车和两节客车车厢。列车车尾加挂了两节平板车——上面装着煤。

部队指挥员查看了德瓦诺夫的证件，放他进了客车车厢。

"同志，我们只到拉兹古里亚耶夫会让站！"指挥员告诉他，"再往前我们就不需要火车了：我们下了火车就要进入阵地。"

德瓦诺夫同意乘到拉兹古里亚耶夫会让站，从那儿到家就近多了。

红军炮兵几乎都在睡觉。他们在巴拉绍夫城郊区打了两个星期的仗，已经非常疲惫。两名战士睡醒了，坐到车窗旁边，为了排遣战争的苦闷，便小声哼唱起来。指挥员躺着看蒂克出版的《爱美隐士奇遇记》①。政治委员不在,去电报局了。这节车厢大概运送过许多红军战士,遥远的路途中他们感到苦闷孤独,在墙上椅子上写满了留言,使用的就是从前线给家乡写信的那种化学铅笔。德瓦诺夫读了这些留言不禁伤感不已——他在家里也曾经从头至尾通读过全年的新日历。

"我们的希望在海底的锚上,"这是一位漂泊异乡的无名军人的留言,还标明思考的地点和时间,"占科伊②,1918.9.18。"

天渐渐黑下来——列车没有鸣笛就出发了。德瓦诺夫在闷热的车厢里打起瞌睡,醒来已经是深夜时分。吵醒他的是闸瓦的吱嘎声以及某种连续不断的声音。车窗一瞬间被照得雪亮,一发低射的炮弹飞过来,一路上的空气也随之变热。炮弹在不远处爆炸,清晰地映照出庄稼和夜间宁静的田野。德瓦诺夫立即清醒过来,他一跃而起。

列车谨慎地停止前进。政委走出车厢,德瓦诺夫紧随其后。铁路线显然遭到了哥萨克的扫射——他们的大炮在不远处发出火光,但炮弹总是超越目标。

那天夜里天气凉爽,气氛却沉闷,两人走了好一阵才走到车头。机车的锅炉发出微弱的呼呼声,压力计上方亮着一盏小灯,犹如圣像前的油灯。

"怎么停下了?"政委问。

---

① 《爱美隐士奇遇记》,德国早期浪漫主义作家瓦肯罗德(1773—1798)的作品,作者死后由他的朋友、德国浪漫主义奠基人蒂克(1773—1853)编辑出版,该书正式名称为《爱美隐士的思索》。

② 占科伊,城市名,位于乌克兰。

“我怕路上出事,政委同志:敌人往我们这儿打炮,我们又不能开灯——要翻车的!”司机从上面轻声回答。

“胡说,没看见他们都射偏了吗!”政委说,“快开车,不要有声音!”

“那好吧!”司机同意,“可我只有一名助手——忙不过来,请您派一名战士来看锅炉!”

德瓦诺夫领会了司机的意思,便爬上机车去帮忙。一颗榴霰弹在机车前面爆炸,照亮了整列火车。脸色发白的司机扳动调节杆,对德瓦诺夫和他的副手大喊:

“保持气压!”

亚历山大使劲往炉膛里塞劈柴。机车呼啸着飞速向前。前方是死一般的黑暗,也许,那里就有一条轨道被毁坏了。机车进入弯道就倾斜得厉害,德瓦诺夫以为要出轨了。机车经常突然断汽,可以听到飞驰的机车与空气摩擦形成一股哗哗的气流。经过一座座小桥的时候,机车下面发出隆隆的声响。机车上方的云不时闪出神秘的亮光,那是从打开的锅炉中窜出来的炉火的反射光。德瓦诺夫一会儿就汗流浃背,他觉得奇怪的是,既然驶过了哥萨克的炮队,那司机为什么还把火车开得那么快呢。受了惊吓的司机不停地要求加大蒸汽压力,自己也过来帮忙喂锅炉,始终没有把调节杆从最边缘的最高档扳回来。

德瓦诺夫从机车探出身子察看外面的动静。草原上早已寂静无声,唯有奔驰的火车才打破了这片宁静。前方有朦胧的灯光迎面奔来:很可能是个车站。

“他开得那么快干吗?”德瓦诺夫问司机助手。

“我不知道。”对方愁眉苦脸地回答说。

“这样肯定会出事的!”德瓦诺夫说,但他自己也不知道该怎么办。

机车紧张得发抖,整个车身剧烈摇晃,竭力摆脱扼杀它的那股力量和始终不减的速度,寻找冲向边坡的机会。德瓦诺夫有时候觉得,似乎机车已经冲出了轨道,但是车厢尚未倾覆,他将死在软土上无声无息的一堆废墟中。于是,亚历山大捂着胸口使心脏免于恐惧。

火车驶过一个车站的道岔和交叉口的时候,德瓦诺夫看到车轮碾得辙叉火花四溅。

过了一会儿,机车再次淹没在前方道路的荒凉和黑暗中,继续一路狂奔而去。过弯道时,机车乘务员失去重心纷纷摔倒在地,后面的车厢在铁轨交叉处来不及跟上机车的节奏,只听得车轮发出刺耳的哐啷声。

助手显然厌烦了这工作,也开口对司机说:

“伊凡·巴甫洛维奇! 快到施卡里诺了,我们停下吧——加水!”

司机听到了,可没有吱声。德瓦诺夫猜想他是累得忘了思考,便小心翼翼地打开了水箱最下面的阀门。他想用这个办法降低水位并且迫使司机停止不必要的狂奔。但司机自己关闭了调速器,离开了窗口。他神情平静,伸手去掏烟卷。德瓦诺夫也放下心,关上了水箱阀门。司机笑了笑对他说:

“你为什么要这样干? 从马林会让站开始,白军的装甲列车一直跟着我们——我要摆脱它!”

德瓦诺夫不明白：

"那装甲列车现在怎么啦？为什么过了炮队还不减速，那时候我们还没有到马林会让站啊？……"

"现在装甲列车落在后面了——速度可以放慢些。"司机说，"你爬到劈柴上看着后面！"

亚历山大爬到小山似的劈柴堆上。车速依然很快，风吹得德瓦诺夫全身发冷。后面漆黑一片，只有紧跟着的一节节车厢发出吱吱嘎嘎的声音。

"您为什么急着往马林赶呢？"德瓦诺夫再次想问个究竟。

"炮队没有发现我们——但他们可以调整目标——必须离得越远越好！"司机解释道，但德瓦诺夫猜想他可能是吓坏了。

列车进入施卡里诺便停了下来。政委过来，听了司机的解释觉得奇怪。施卡里诺站空荡荡的，给机车加水的管子里慢慢流出剩下的最后一点水。一个当地人走过来，顶着夜间的风闷声闷气地通知说，波沃里诺站上有哥萨克骑兵侦察队——列车过不去。

"我们只到拉兹古里亚！"政委回答说。

"哦——哦！"那人说着朝黑洞洞的车站大厅走去。

亚历山大跟着他走进大厅。候车室里空无一人，阴惨惨的。在这幢经历内战的危险房子里，迎接他的完全是那种被遗弃、被忘却和苦闷已久的景象。刚才跟政委说话的那个孤独的陌生人，在角落里一张幸存的长椅上躺下，将一件单薄的衣服盖在身上。他是什么人？为什么流落到这里？——这些疑问引起了德瓦诺夫发自内心的强烈兴趣。不知多少次——无论是以前还是后来——他遇见过这种与他无关、按照自己个人的规则生活的陌生人，但是他内心从来没有想到要走过去问问他们——或者跟随他们,一起从生活的体系中消失。也许,当初德瓦诺夫最好走到施卡里诺车站里的这个人面前,挨着他躺下,早晨起来跟他一起消失在草原的空气中。

"司机是个胆小鬼,根本没有装甲列车这回事!"

德瓦诺夫后来告诉政委。

"随他去吧——不管怎么说,他总能把我们送到目的地!"政委平静、疲惫地回答,说完就转身回自己的车厢,边走边伤心地自言自语,"唉,杜尼娅,我的杜尼娅,现在你怎么养活咱们的孩子呢?……"

亚历山大也走回车厢,他还想不明白:大家为什么都这么受苦呢——有的人躺在空荡荡的车站上,有的人在思念妻子。

德瓦诺夫进了车厢就躺下睡觉,但是天不亮就醒了,他感到了危险的凉爽。

列车停在湿漉漉的草原上,红军战士在呼呼大睡,睡梦中还在自己身上搔痒——可以听到指甲抓挠粗糙皮肤发出惬意的唰唰声。政委也睡着了,他皱着眉头——很可能他睡觉前想起了撇下的家人,就这样满脸忧伤地沉入梦乡。没有消停的风吹得草原上的残草弯下了腰,昨天下的一场雨使荒地成了一片泥泞。指挥员躺在政委对面,也睡着了;他的小册子打开的那一页是描写拉斐尔的。德瓦诺夫看了看那一页:那里讲拉斐尔被在温暖的地中海沿岸繁衍生息、生活幸福的早期人类尊称为活着的上帝。但是德瓦诺夫无法想象那个时代:那儿微风吹拂,农民冒着炎热耕耘土地,母亲们在幼小的孩子身边死去。

政委睁开眼:

"怎么,我们是不是停下来了?"

"停下来了!"

"真见鬼了——一百里路走了一天一夜!"政委火冒三丈。德瓦诺夫又跟着他向机车走去。

机车被遗弃了,司机、助手全不见影踪。机车前面——相隔五丈远的地方——躺着几根胡乱拆毁的铁轨。

政委的脸色严肃了:

"他们自己溜了还是给打跑了——谁也搞不清!现在我们怎么走呢?"

"当然是自己溜了!"亚历山大说。

机车还是烫的,德瓦诺夫决定自己慢慢地把列车开走。政委同意了,还给了他两名红军战士帮忙,命令其余人把路修好。

大约三小时后,列车出发了。德瓦诺夫亲自照看一切——管锅炉,管水,管路况,他多少有点紧张。庞大的机车走得很稳,德瓦诺夫不是特别赶。渐渐地,他胆子大了,开始加快速度,但是遇到斜坡和弯道就严格刹车。他给两名帮忙的战士详细交代该怎么做。他们干得挺好,能保持需要的蒸汽压力。

前方是一个叫作扎瓦里什内的荒凉的会让站;厕所旁边坐着一个老头在吃面包,火车经过时他头也不抬;德瓦诺夫仔细察看各个道口,缓缓驶过会让站,然后加速继续前进。太阳透过迷雾露了出来,慢慢晒热潮湿寒冷的土地。偶尔有鸟儿从荒凉的草原上飞起来,很快又落下来觅食——寻找掉在地上的谷粒。

前面是一个很长很陡的下坡道。德瓦诺夫关闭了蒸汽,列车顺着惯性越走越快。

空旷的车道一览无余——下坡道的尽头是草原的低洼处,然后又是上坡道。德瓦诺夫放下心来,离开座位去看看助手怎么干活,再跟他们说说话。大约过了五分钟,他回到窗口向外瞭望。远方露出扬旗——大概这里就是拉兹古里亚耶夫会让站;他在扬旗后面看到了机车冒出的烟,他也不觉得奇怪——拉兹古里亚耶夫掌握在苏维埃手里;这情况早在诺沃霍皮奥斯克的时候就知道了。那里设立了一个司令部,与枢纽大站里斯基保持着正常的联络。

拉兹古里亚耶夫那边机车冒出的烟变成一团云,德瓦诺夫看到了机车的烟囱和车头。"大概是从里斯基过来的。"德瓦诺夫猜想。但是,那机车是朝着扬旗方向,也就是冲着诺沃霍皮奥斯克的这趟列车开过来。"它会马上停下,拐到另一股道上。"德瓦诺夫注视着那辆机车。但是,烟囱里迅速喷出来的一团团蒸汽表明那辆机车还在运行:它以全速迎面驶来。德瓦诺夫从窗口探出整个身子,睁大眼睛紧紧盯着。那机车已经过了扬旗——它拉着一列重载的货车或者军用列车沿着同一条轨道直接朝德瓦诺夫的机车迎面冲过来。德瓦诺夫现在走的是下坡道,那辆机车走的也是下坡道,这样必定会在草原的低洼处迎面相撞。德瓦诺夫知道情况危急,于是赶紧拉响警示汽笛;两名红军战士发现迎面撞过来的机车,吓得不知所措。

"我马上降速,你们赶紧跳下去!"德瓦诺夫说,反正他们俩帮不上忙了。西屋①失灵了——这情况昨天老司机还在的时候德瓦诺夫就知道了。只能倒车,回汽。迎面过来的列车也发现了来自诺沃霍皮奥斯克的列车,拉响了持续不断的警报汽笛。为了不让警报汽笛停下来,德瓦诺夫把汽笛环套在阀门上,然后把离合器调到后退档。

---

① 此处指西屋公司生产的紧急制动设备。

他双手冰凉,好不容易松开了咬得很紧的蜗杆轴。接着,德瓦诺夫放掉了所有蒸汽,浑身无力地靠在锅炉上。他没有看到两名红军战士是什么时候跳下去的,但为他们的离开而感到庆幸。

列车慢慢后退,全靠机车空转控制,蒸汽管道里已经注满了水。

德瓦诺夫打算离开机车,但想起刚才打开回汽阀的动作太猛,汽缸盖已经受损。汽缸在冒气——密封条坏了,但盖子还完整。迎面驶来的列车越来越近:车轮闸瓦由于剧烈摩擦冒着蓝色的烟,但是列车的重量太大,单靠机车无法压住速度。司机赶紧连按三次警报,请求乘务人员拉动手闸——德瓦诺夫明白对方的用意,像局外人似的眼睁睁看着这一切。此刻,不慌不忙的思考帮了他——他害怕离开自己的机车,因为那样会被政委毙了,或者过后被开除出党。除此之外,扎哈尔·巴甫洛维奇,更不用说德瓦诺夫的亲生父亲,他们绝不会离开发烫的完好机车,听任它在没有司机的情况下毁掉,他们的言传身教德瓦诺夫一直铭记在心。

德瓦诺夫使劲抓住了窗台,准备忍受撞击。他最后一次看了看对面的列车,只见那辆列车上的人们在慌乱中纷纷跳车逃命,致伤致残的不在少数。从机车上也有人啪的一声掉到路基下——也许是司机或他的助手。德瓦诺夫回头看了一下自己的列车——一个人也没有出来:大概都在睡觉。

亚历山大眯起眼睛,害怕听见撞击产生的巨响。接着,他迈开重新变得灵活的双脚,飞速离开驾驶室,一把抓住上下小梯的扶手,准备跳车。这时候理智提醒他:锅炉受了撞击一定会爆炸,他因为与机车作对也将粉身碎骨。坚硬结实的大地就在他脚下飞奔,等待着他的生命,再过一瞬间,它也将失去他而成为孤儿。大地难以接触,它不停地后退,如同有生命似的。德瓦诺夫想起了童年的景象和感觉:母亲要去赶集,他跌跌撞撞地追赶母亲,相信母亲永远不回来了,于是伤心得泪流满面。

温暖寂静的夜色遮住了德瓦诺夫的视线。

"我还有话要说!……"德瓦诺夫说完就在四周的挤压下失去了知觉。

他苏醒过来的时候已经在很远的地方,孤零零的一个人。干燥的枯草刺得他脖子发痒,大自然显得十分喧闹。尽管两辆机车拼命拉警报和紧急启动安全阀,最终还是相撞了:撞击导致它们的弹簧脱落。德瓦诺夫的机车正常地停在轨道上,只是机架撞歪了,瞬间的应力和加热使得表面变成了蓝色。拉兹古里亚耶夫的那辆机车已经倾斜,车轮扎进了道床。诺沃霍皮奥斯克列车的第一节车厢遭到后面两节车厢连续撞击,车厢的几面墙也给撞飞了。拉兹古里亚耶夫列车的两节车厢的厢体被压扁,甩到了草地里,它们的全套轮对落在机车的煤水车上。

政委走到德瓦诺夫跟前:

"还活着?"

"没什么。怎么会出这种事呢?"

"鬼知道!他们的司机说刹车坏了,误入了拉兹古里亚耶夫。我们把他逮捕了,这倒霉的家伙!你是怎么观察的?"

德瓦诺夫吓坏了:

"我开了倒车——你叫调查组来查一查操作过程……"

"还要什么调查组!死了四十来人,有我们的,也有他们的——用这么大损失可以拿下整座城市!听说哥萨克就在附近活动——

我们会有麻烦的!……"

很快,从拉兹古里亚耶夫来了一辆带着工人和器械的救援车。德瓦诺夫被撇在一边,于是他徒步朝里斯基方向走去。

他经过的那条路上,躺着一个被火车摔下来的人。此人的身体在迅速膨胀,凭着肉眼都可以看到他身体渐渐鼓起的过程。他的脸渐渐变黑,仿佛整个人掉进了一个黑洞——德瓦诺夫甚至抬头察看了一下日光:它是否还起作用,不然人怎么会变得这么黑呢。

这个人的身体鼓胀得厉害,德瓦诺夫都害怕了:眼看就要胀破了,生命的液体将喷溅出来。德瓦诺夫后退了几步;此人又开始瘪下去,也有了亮色——可能他早就死了,只是那些没有生命的物质还在躯体内骚动。

一名红军战士蹲在那儿看自己的裆部,鲜血像深色的葡萄酒受到压力后从那儿流出来;红军战士脸色发白,一只手撑着想站起来,慢吞吞地央求血:

"别流了,狗东西,没看见我都快不行了!"

但是血越来越稠,都能闻到一股血腥味了,接着出来一团黑色的血块,此后也就不再流了。红军战士仰面倒下,他轻轻地,发自肺腑地说——人到了不指望别人回应的时候都会这样真诚:

"哎,我太寂寞了——身边没有一个人!"

德瓦诺夫走到红军战士身旁,战士意识清醒地求他:

"替我合上眼睛!"他那双失神的眼睛直愣愣地看着,眼皮一动也不动。

"怎么了?"亚历山大问,他惭愧得不知如何是好。

"疼……"红军战士解释说。他咬紧牙,想闭上眼睛。可是眼睛没法闭上,反而慢慢干枯、褪色,渐渐变成不透明的矿石。他那已经死亡的眼睛开始清晰地映照出天空的云彩——好像大自然受到生命妨碍之后重新回到了人身上,这位红军战士为了不再受苦,便用死亡顺应了大自然。

为了避免被拦下接受检查,德瓦诺夫绕过拉兹古里亚耶夫车站,消失在荒无人烟的旷野中,人在这里生活不可能得到外界的援助。

铁路上那些护路工的小屋始终吸引着德瓦诺夫——他认为,守护铁路的人们尽管离群索居,但他们爱思考,心平气和,也富有智慧。德瓦诺夫顺道走进护路人的家里喝口水,看到穷人家的孩子玩的不是玩具,而是丰富的想象,他可以永远留在他们身边,分享他们生活的酸甜苦辣。

德瓦诺夫在护路工的小屋里过夜,但不睡正房,而是在过道里,因为正房里女主人在生孩子,喊叫了整整一夜。她丈夫没睡,不停地来回走动,经过德瓦诺夫的时候嘴里喃喃自语:

"这种时候……这种时候……"

他担心在革命的灾难中,他那新生的婴儿很快会夭折。四岁的男孩被母亲大声的喊叫惊醒,起来喝水,出去尿尿,像旁观者那样看着这一切——他心里明白,但说不出道理。最后,德瓦诺夫迷迷糊糊睡着了,醒来的时候天已经大亮,外面在下雨,单调持久的雨点轻轻敲打着屋顶。

得意的男主人从房间里出来,一见面就说:

"生了个男孩!"

"这太好了,"德瓦诺夫说着从垫子上起来,"长大了准是条汉子!"

新生儿的父亲生气了:

"是啊,将来放牛去——我们这里汉子多的是!"

德瓦诺夫冒雨走出小屋,准备继续赶路。四岁的男孩坐在窗台上用手指在玻璃上划来划去,想象着与自己的生活不一样的东西。亚历山大向他招了两次手表示告别,孩子吓得赶紧爬下窗台。德瓦诺夫后来再也没有见到他,也永远不会再见到了。

"再见了!"德瓦诺夫告别这一家人和自己夜宿的地方,朝里斯基走去。

走出一俄里,他遇到了一位精神抖擞、背着包裹的老太婆。

"她已经生了!"德瓦诺夫告诉她,要她别着急。

"生了?!"老太婆很惊讶,"那肯定是早产啰,小东西——你着什么急呀!是男是女啊?"

"男孩。"亚历山大得意地告诉她,仿佛自己参与了这件事。

"男孩!将来不会体贴父母的!"老人说得很肯定,"哎哟,生孩子遭罪呀:天底下只要有一个男人生过孩子,他准会跪在老婆和丈母娘脚下!……"

老人唠唠叨叨地说个不停,德瓦诺夫不爱听,便打断她:

"好了,奶奶,再见了!你我都生不出孩子,干吗吵架呢!"

"再见了,亲爱的!记住自己的母亲——别不孝顺啊!"

德瓦诺夫向她保证一定尊重父母,老太婆因为自己受到尊重而格外高兴。

亚历山大回家的路途遥远而漫长。天气阴沉沉的，特别压抑，一眼望去尽是萧索的秋色。有时候天上也会露出太阳，它用自己的光紧贴着荒草、砂砾和僵硬的黏土，毫无意识地与它们交流感情。德瓦诺夫喜欢太阳这种无言的友爱精神以及普照大地的高尚行为。

在里斯基，他爬上了一列开往察里津的火车，车上都是水兵和中国人。水兵们耽误了列车的正常运行，因为喝的汤里没有牛奶和牛肉，便把食品供应站站长痛打了一顿。事情过后，列车顺利出发了。那些中国人喝光了俄罗斯士兵不愿喝的鱼汤，还用面包把残留在汤桶壁上有营养的汁水刮得干干净净，然后回答水兵们提出的生死问题："我们喜欢死！我们非常喜欢死！"中国人吃饱了就躺下睡觉。夜里，水兵孔左夫想心事睡不着觉，于是把步枪的枪口伸出透光的门缝，见到铁路沿线的住房和信号灯就开枪射击。他生怕自己为了保护他人而白白送命，因此他要提前获得那种先亲手伤害别人，然后再为他们而战斗的责任感。孔左夫打完枪就心满意足地睡着了，这一睡就睡了四百俄里，醒来的时候已经是第二天早晨，亚历山大早已下了火车。

德瓦诺夫推开自家院子的篱笆门，一眼见到厢房旁边的那棵老树,便喜出望外。这老树伤痕累累,以前劈木柴累了想歇一会儿,就把斧子往树上一扎,因此留下一道道斧印。这树依然活着,还在为病枝输送营养,让绿色的树叶焕发出勃勃生机。

"回来了,萨沙?"扎哈尔·巴甫洛维奇问,"回来就好,要不家里就孤零零地剩下我一个人。你不在,夜里我都睡不着,躺在床上老是在听——会不会是你回来了!我连门都没上锁,好让你一回来就进门……"

到家后的最初几天,亚历山大总觉得冷,躺在炉炕上取暖,扎哈尔·巴甫洛维奇坐在下面打盹。

"萨沙,你要不要吃点什么?"扎哈尔·巴甫洛维奇时不时问道。

"不要,我什么也不想吃。"亚历山大回答。

"我看,你还是吃点什么吧。"

没过多久,德瓦诺夫已经听不见扎哈尔·巴甫洛维奇的问话,也看不见老人家趴在给他烘袜子的炉子缺口处整夜整夜流泪的模样。德瓦诺夫得了伤寒症,病情反反复复,前后延续了八个月,后来伤寒又转成肺炎。亚历山大一直处于昏睡状态,在漫长的冬夜偶尔能听火车的汽笛声,还能回想起往日的情景。有时候,远方的隆隆炮声会传到病人没有知觉的头脑里,过了一会儿他又感到浑身发烫,胸口憋得难受,五脏六腑在翻腾。神志清醒的时候,他觉得全身都被掏空了,干瘪了,只剩下一张皮,于是他使劲贴着床,因为他觉得自己会像干枯的蜘蛛尸体那样飘起来。

复活节之前,扎哈尔·巴甫洛维奇给养子做了一口棺材——结实,美观,还带法兰和螺栓——作为工匠父亲送给儿子的最后一份礼物。扎哈尔·巴甫洛维奇想把亚历山大保存在这口棺材里——

如果不是活的,那至少是完整的,可供记忆和爱。扎哈尔·巴甫洛维奇打算每隔十年就把儿子从坟墓里挖出来,这样就能看到他,并且能感觉到自己跟他在一起。

第二年夏天,德瓦诺夫走出了家门。他感到空气如水一般沉重,太阳在呼呼地燃烧,整个世界都十分新鲜,他虚弱的身体受到刺激和陶醉。生活又在德瓦诺夫面前开始闪闪发光——他振作精神,头脑里充满了幻想。

隔着篱笆,熟悉的女孩索尼娅·曼德罗娃正注视着德瓦诺夫,她不明白,既然棺材都做好了,萨沙怎么没死。

"你没死?"她问。

"没死,"亚历山大告诉她,"你也活着?"

"我也活着。咱们往后一起活着。现在你感觉好吗?"

"好。你呢?"

"我也好。你怎么这样瘦?敢情死神来找你,你没放他进门?"

"你愿意让我死了?"亚历山大问。

"我不知道。"索尼娅回答,"我见到不少人都快死了,可又活了下来。"

德瓦诺夫叫她到这边院子里来。光脚的索尼娅钻过篱笆靠到亚历山大身边。整个冬天她把他给忘了。德瓦诺夫详细叙说了自己患病期间做的那些梦,以及他在梦的黑暗中是多么寂寞:周围都没有人,他现在才知道世界上的人已经不多了——当初他经过战场附近的田野时,也难得见到房子。

"我刚才是随便说的——你不知道,"索尼娅说,"要是你真死了,我会哭好久的。假如你离开这里去了很远的地方,我也会想你,盼你平安……"

亚历山大惊奇地看了她一眼。这一年索尼娅已经长大了,尽管她吃得很少;她的头发更黑了,身体也发育得有模有样,在她面前让人有点难为情。

"你还不知道,萨沙,我在读训练班了!……"

"都教些什么呢?"

"我们缺什么就补什么。那里的一位老师说我们是臭烘烘的面团,但是他要把我们做成香喷喷的馅饼。让他说去吧,反正我们可以向他学政治,我说的对吗?"

"难道你是臭烘烘的面团?"

"是呀。可往后就不是面团了,其他人也不会是面团,因为我要当老师教孩子了,他们打小时候就会开始变得聪明了。到那时候再也不会说他们是臭烘烘的面团了。"

德瓦诺夫为了重新习惯索尼娅,摸了摸她的一只手,索尼娅干脆把另一只手也伸给他。

"这样你身体会恢复得好些,"她说,"你凉凉的,我热热的。你感觉到了吗?"

"索尼娅,晚上你来我们家吧,"德瓦诺夫说,"我一个人闷得慌。"

晚上索尼娅来了,萨沙画画给她看,她指点他怎样才能画得更好。扎哈尔·巴甫洛维奇悄悄把棺材移出去劈了当柴火烧。"现在应该做个婴儿的摇篮,"他思忖着,"最好能搞到比较软的弹簧钢!……我们没有这样的弹簧钢,我们只有机车用的。萨沙跟索尼娅准会生几个孩子,将来让我来照看。索尼娅眼看就是个大姑娘了——就由着她吧,她也是个没爹没娘的孩子。"

索尼娅走后,德瓦诺夫出于害怕马上躺下睡觉,他想一觉睡到天亮,醒来就可以看到新的一天,不用记住黑夜。可是,他躺在那儿,眼睁睁地看着黑夜;康复后变得亢奋的生命不想在他身上休眠。德瓦诺夫想象着冻土地区的黑夜,有些人从地球的温暖地带被驱赶到这里生活。他们建了一条小小的铁路,以便运送木材去盖房,用木房替代那已经失去的夏天气候。德瓦诺夫设想自己成了那条林中铁路的一名火车司机,把木材送往那些新城市的建筑工地;他想象自己正在干司机的所有活计——经过荒无人烟的区间,进站加水,在暴风雪中拉响汽笛,刹车,跟副手聊天,最后,在即将到达终点站时睡着了——那终点站就在北冰洋岸上。他梦见几棵长在贫瘠土地上的大树,树的周围是轻飘飘的微微晃动的空间,一条空旷的道路不慌不忙地伸向远方。德瓦诺夫羡慕这一切——他巴不得将这些大树、空气和道路都收起来装进自己的身体,在它们的保护下不至于很快死去。德瓦诺夫还想回忆点什么,可是这份努力比回忆本身还要沉重,他的想法由于意识在梦中突然转折而消失,就像鸟儿随着车轮开始滚动而飞走了。

*

夜里起风了,全城骤然降温变冷。许多家庭开始挨冻,孩子们防冻的办法就是紧紧挨着患伤寒的母亲发烫的身体取暖。省执委主席舒米林的妻子也患了伤寒,两个孩子为了睡得暖和,从左右两边紧紧靠着她。舒米林本人则在桌子上点燃了气炉子照明,因为没有灯泡,电也断了。他在绘制风力发动机的图纸,这风力发动机将拉动犁绳,翻耕庄稼地。省里缺少马匹,不可能坐等生下小马驹变成牵引力——因此,必须寻找科学的出路。

画好图纸,舒米林在沙发上躺下,蜷缩在大衣里,从而与苏维埃国家物资匮乏的普遍贫困取得一致,然后平静入睡了。

第二天一早,舒米林猜想,省里的群众没准已经想出了什么办法,社会主义说不定在什么地方已经意外地实现了,因为大家走投无路,害怕遭难,也为了增加贫困,只能抱作一团。妻子用她那因伤寒发高烧而变得涣散无神的眼睛看着丈夫。舒米林重新缩进了大衣里。

"应该的,"他悄悄地自我安慰,"应该尽快搞社会主义,不然她会死的。"

两个孩子也都醒了,可没从暖和的床上起来,他们尽量想接着再睡,免得想吃东西。

舒米林悄悄收拾停当便上班去了。他答应妻子早点回家,他天天这样允诺,可总是到夜里才回来。

好些人从省执行委员会门前走过,他们的衣服上沾满了泥土,那模样完全像住在山沟里的农民,邋里邋遢地出远门。

"你们这是上哪儿去啊?"舒米林问这些步履维艰的人。

"您问的是我们吗?"一个对生活已经失去希望,连身材也开始变得矮小的老头说,"我们走到哪儿算哪儿,只求给套上笼头。你叫我们掉头,我们就转身往回走。"

"那你们最好一直往前走。"舒米林告诉他们。在办公室他回想起曾经读过一本科学书籍,说随着速度加快,引力、物体和生命的重量会渐渐减少,因此,人们遇到灾难就尽量运动。俄罗斯的流浪者和朝圣者之所以不停地踥蹀而前,就是因为一路上可以减轻人民燃烧的心灵的重负。从省执委会的窗口向外望去,可以看到一大片光秃秃的没有播种的田野;有时候那里会出现一个孤零零的人,他把下巴搁在拐棍上,全神贯注地凝望着城市,过了一会儿又朝山沟那边走去。他就住在那山沟一间昏暗的农舍里,心里怀着某种希望。

舒米林打电话给省委书记谈了自己的忧虑:人们在田野和城里不停地转悠,不知他们在思考什么,向往着什么,而我们却在房间里领导他们;是不是该派个品行好、懂科学的小伙子到下面去看一看——那里的生活中有没有社会主义因素:要知道群众也有自己的期盼,也许他们无师自通地生活着,更何况他们还不习惯得到外界的帮助;应该在贫困的中心找准一个点,立即予以敲打。——我们不能再拖了!

"行啊,那就派吧!"书记表示同意,"我给你物色这样的人,你就给他布置任务。"

"那你今天就叫他过来,"舒米林请求说,"派他到我家里出差。"

书记把自己的指示下达给本单位的有关部门,至于如何贯彻执行,他根本不闻不问。组织部的办事员已经无法把书记的命令再向下传达到省委机关的基层单位,开始自己琢磨:该派谁下去视察呢?无人可派——所有党员都在执行任务;登记名册上只剩一个名叫德瓦诺夫的人,刚从诺沃霍皮奥斯克调来修理城里的供水管道,可是他的个人档案里附了一张疾病证明。"如果他没有死,我就派他去。"办事员拿定主意,便去向省委书记汇报德瓦诺夫的情况。

"他不是个表现突出的党员,"办事员说,"不过我们也没有什么事情可以让人表现突出。等到要办大事的时候,人家肯定会有突出的表现,书记同志。"

"行啊,"书记回答,"让年轻人把事情想出来,在做事的过程中成长。"

傍晚,德瓦诺夫接到通知:立即到省执委会书记处商谈群众中初露苗头的社会主义自发现象。德瓦诺夫站起来,迈着两条生疏的腿走出家门。索尼娅正巧从培训班放学回来,手里拿着笔记本和牛蒡草;她摘下牛蒡是因为它经过夜风梳理和月光照耀,已经露出了白色的内皮。每当索尼娅被青春的激情撩拨得难以入睡的时候,便从窗户中看着这棵牛蒡,刚才顺道走过这片空地就把它摘了下来。她家里已经有很多花花草草,但最多的要数长在军人墓地上的蜡菊。

"萨沙,"索尼娅说,"我们很快要派到乡下去教孩子学文化,不过我想到花店里工作。"

亚历山大回答说:

"花么,几乎人人都喜欢,可是别人家的孩子,除了父母,很少有人喜欢。"

索尼娅没法理解。她浑身充满了生命的种种感受,这些感受妨碍她正确地思考。她一赌气离开了亚历山大。

舒米林住在哪儿,德瓦诺夫不知道确切的地址。他走进一个院子,估摸着舒米林应该住在这里。院子里有一间小屋,里边住着看院子的人。天色已晚,看院子的人和妻子已经躺到高板床①上睡觉

---

① 高板床,俄罗斯木屋中炉子与侧壁之间供睡觉的铺板。

了,铺着干净桌布的桌子上放着招待不速之客的面包。德瓦诺夫一进屋就像到了农村——这里散发着麦秸和牛奶的香味,洋溢着衣食无忧的温馨,所有的俄罗斯农民就是在这样的环境中繁衍生息。看院子的这家主人或许正在跟老婆嘀咕护院的种种杂事。

看院人那时候还兼这院子的卫生员,这样不至于降低他的身份。德瓦诺夫请他指点舒米林的家,卫生员穿上毡靴,往内衣上披了件军大衣:

"我要办公事去挨一会儿冻,波莉娅,先别睡。"

舒米林此刻正端着盘子给患病的妻子喂土豆泥,他妻子吃力地咀嚼着食物,一只手还抚摸着偎依在她身边的三岁儿子。

德瓦诺夫说明了来意。

"请稍等,让我喂妻子吃完。"舒米林请求说。喂完之后,舒米林说:"德瓦诺夫同志,你自己也看到我们需要什么:白天我上班,晚上还要亲手喂老婆吃饭。我们无论如何要学会过另一种生活……"

"这也算不了什么,"德瓦诺夫回答,"我生病的时候扎哈尔·巴甫洛维奇也是亲手给我喂饭,我喜欢这样。"

"你怎么还喜欢呢?"舒米林没有听明白。

"喜欢别人给你喂饭。"

"啊哈,那你就喜欢去吧。"舒米林说,但他没有这种感觉。接着,他希望德瓦诺夫到全省走一走,看看大家的生活怎么样;很可能贫农们已经自发地聚在一起,按照社会主义的方式安顿好了。

"我们坐在这里办公,"舒米林伤心地说出了自己的想法,"而群众在下面生活。我担心啊,德瓦诺夫同志,共产主义很快就要在那里出现了——可是除了同志情谊,他们缺乏保护。你最好到下面去看看。"

德瓦诺夫想起了那些在田野里转悠,以及在前线空房子里睡觉的形形色色的人;也许,那些人真的已经聚集在某个风吹不进、国家管不着的山沟河谷里,心满意足地过着友好的日子。德瓦诺夫同意到居民的自发行动中寻找共产主义。

"索尼娅,我要走了,"第二天早晨他告诉她,"再见了!"

姑娘爬上栅栏,她正在院子里洗脸。

"我也要离开了,萨沙。克露莎又要赶我走了。我最好还是一个人住到乡下去。"

德瓦诺夫知道,索尼娅的父母早没了,寄住在熟人克露莎大婶家。可她孤身一人怎能去乡下呢?原来,索尼娅和她的同学们提前从培训班毕业,因为乡下出现了一帮由文盲组成的土匪,于是派女教师跟随红军队伍一起到那儿。

"咱们下次见面要到革命之后了。"德瓦诺夫说。

"咱们一定能见面的,"索尼娅肯定地说,"你亲亲我的脸,我亲你的额头——我看到人家都是这样告别的,可我没人可以告别。"

德瓦诺夫用嘴唇碰了碰她的脸颊,也感觉到索尼娅的嘴唇在他额头上留下一圈凉凉的吻印。索尼娅转过身去,用那只难受、迟疑的手抚摸栅栏。

德瓦诺夫想帮助索尼娅,他刚俯下身,就闻到了她头发的枯草味。姑娘马上回过身,又焕发出青春活力。

扎哈尔·巴甫洛维奇站在门口,手里提着一只尚未完工的铁箱子,他眼睛一眨也不眨,尽量不让眼泪流下来。

*

　　德瓦诺夫走遍了全省的各个县和乡。他行走的路线尽量靠近有人居住的地方，因此他只能走河谷和山沟。每当踏上分水岭，德瓦诺夫就看不到一个村庄，看不到袅袅的炊烟，在这草原的高地上难得有人种庄稼。这里长的是野草，满地的蒿草为鸟儿和昆虫提供住所和食物。

　　从分水岭的高坡上放眼望去，德瓦诺夫觉得俄罗斯是无人居住的荒蛮之地，其实，在沟壑的深处和小河的岸边，到处散布着一个个村庄——显然，人们逐水而居，有水便有村，人成了水的奴隶。起初，德瓦诺夫在省里什么也没有发现，他觉得到处都一模一样，如同缺乏想象的幻影。可是，有一天他没找到夜宿的地方，只能睡在高坡上温暖的蒿草丛里。

　　德瓦诺夫躺下来，用手指抠底下的泥土。泥土相当松软，但就是没有人耕种。德瓦诺夫想，这里缺乏马匹，没法耕种，想着想着就睡着了。天快亮的时候，他突然觉得有人压在自己身上，于是醒了过来，立即掏出手枪。

　　"别怕，"压在他身上的那人说，"我睡梦中冻醒了，睁开眼睛一看：你躺在那儿——好啊，那咱们就抱团取暖吧，再睡个好觉。"

　　德瓦诺夫抱住他，两人相互取暖。早晨，亚历山大依然抱着那人，悄悄问他：

　　"为什么这里不种庄稼？这里全是肥沃的黑土啊！是不是没有马匹？"

"别急,"暖和过来的那人用嘶哑的、抽烟过度的破嗓门回答说,"我倒是可以告诉你,不过我这脑子没有面包就动不起来。早先是有人的,眼下只剩了一张张嘴巴。你明白我的话吗?"

"不明白,什么意思?"德瓦诺夫一脸茫然,"整夜跟我取暖,现在反倒觉得委屈了! ……"

那人站起来。

"那是昨天晚上的事,你这不懂事的家伙! 人的悲伤是跟着太阳走的;晚上它进入人体,早晨从里面出来。我发冷是在晚上,而不是在早晨。"

德瓦诺夫口袋里的垃圾中还剩一点面包渣。

"你吃吧,"他把面包渣给他,"让你的脑子变成肚子吧,没有你我也能了解到我需要的情况。"

当天中午,德瓦诺夫在很远的一个山沟里找到一个村子,他告诉村苏维埃,打算把莫斯科的移民安排到他们的草原上。

"让他们来吧,"苏维埃主席表示同意,"反正他们去了肯定要完蛋,那里没有水喝,再说那地儿远得很。我们打生下来就几乎没有碰过……要是那边有水,即使把我们榨干,我们也乐意种那块荒地……"

现在,德瓦诺夫正进一步深入本省的腹地,他不知道该在哪里停下来。他想,等到清亮的河水流到那些干旱的高坡上,那时候就是社会主义了。

走不多久,展现在他面前的是条狭窄的古河道,河水早已干涸。一个名叫彼得巴甫洛夫卡的村子占据了整个河谷——一大群饥渴的人拥挤在一个狭小的水源地上。

在彼得巴甫洛夫卡的街上,德瓦诺夫看到一块块不知何年何月冰川带来的巨砾。这些石头如今在农舍门口成了老人们的座凳。

德瓦诺夫后来想起这些漂石的时候,已经坐在彼得巴甫洛夫卡的村苏维埃里了。他到那儿去是因为天快黑了,他要寻找住宿的地方,还要给舒米林写信。德瓦诺夫不知道这信该怎么下笔,他只能向舒米林汇报说,大自然并没有特殊的创造才能,它靠耐力取胜:冰川用舌头将石头从芬兰经过平原和漫长的时间带到彼得巴甫洛夫卡。现在呢,需要从草原上罕见的河谷底下,从深处的岩石中把水引到草原的高地上,让草原重新恢复蓬勃的生机。这距离要比从芬兰运漂石过来近得多。

德瓦诺夫写信的时候,他桌子旁边有一位农民等在那儿,那人表情怪异,胡子刮得像疯子。

"你们还在使劲哪!"那人说,他坚信大家都迷失了方向。

"我们都在努力!"德瓦诺夫明白了他的意思,"一定要把你们拉到草原上,让大家看看你们的真面目!"

农民得意地捋着胡子。

"你真行啊!看来如今出了几个聪明绝顶的人!离了他们,我们还不知道怎样才能垫饱肚皮呢!"

"是的,你们肯定不知道!"德瓦诺夫冷冷地叹了口气。

"喂,你这疯子,给我滚出去!"苏维埃主席从另一个桌子那儿喊道,"你是上帝,别来跟我们瞎掺合!"

原来,这个人自称为"上帝",什么都知道。依照自己的信念,他不再种地,吃土为生。他说,既然庄稼是从地里长出来的,那么吃土也有营养,关键是要让胃习惯。大家以为他会死的,可他活着,还当着大家的面把塞在牙缝里的泥土抠出来。因此他多少还受到大家的尊敬。

苏维埃书记要把德瓦诺夫带去住宿的时候,上帝站在门口冷得发抖。

"上帝,"书记说,"你把这位同志带到库扎·波甘金家,就说是苏维埃派的——轮到他家了!"

德瓦诺夫跟着他走了。

迎面走来一位年纪不大的农民,对上帝说:

"你好,尼卡诺雷奇——你该当列宁了,还当什么上帝!"

但是上帝忍着没有搭理他的问候。直到走远了,上帝才叹了口气:

"哼,有什么了不起的!"

"怎么,"德瓦诺夫问,"他不信上帝?"

"不信,"上帝坦率地承认说,"大家眼睛能看到,双手能摸到,可就是不相信。太阳谁都承认,尽管谁也够不着。让他们苦恼到底吧,趁树皮还没脱光。"

走到波甘金家附近,上帝让德瓦诺夫停下,自己不声不响转身走了。

德瓦诺夫拦住他:

"别走,现在你打算做什么?"

上帝忧心忡忡地看了一眼村子的空间,这里他是个孤寂的人。

"我要宣布在一个晚上把土地都吃光,那时候他们吓得都会相信的。"

上帝凝神细思,沉默了一会儿。

"不过第二天晚上我再把地都还回去——布尔什维克的荣耀理

该归我了。"

德瓦诺夫目送上帝回去,没有任何指责。上帝走了,也没选择道路——没戴帽子,只穿件上衣,光着脚;泥土是他的食粮,幻想是他的希望。

波甘金接待德瓦诺夫并不热情——他正穷得发愁。他的几个孩子在饥荒年代都脸黄肌瘦,像大人那样整天琢磨着怎么搞到吃的东西。两个小女孩活像娘们:她们穿着长长的母亲的裙子和上衣,头发用了发夹,学会了搬弄是非。看到这些聪明伶俐的女孩小小年纪就像女人那样操持家务,行为目的相当明确,但又不具备生育的感情,真的令人惊讶。在德瓦诺夫眼里,这样的错位让两个女孩成了令人难堪和羞愧的生物。

天渐渐黑下来,十二岁的女孩瓦莉亚动作麻利地用土豆皮和一勺黄米熬好了粥。

"爸,下来吃晚饭!"瓦莉亚招呼炉炕上的父亲,"妈,你把院子里的孩子叫回来。干吗在外边挨冻啊,都快成了蓝脸的小丑了!"

德瓦诺夫都感到不好意思了:这瓦莉亚将来会怎么样呢?

"你把脸转过去,"瓦莉亚对德瓦诺夫说,"没东西给你们这号人做饭:自家人就一大堆!"

瓦莉亚拢了拢头发,整理了一下上衣和裙子,仿佛衣服里面有什么不雅的东西。

两个男孩回来了——拖着鼻涕,习惯了挨饿,但毕竟是孩子,还是乐呵呵的。他们不知道发生了革命,以为土豆皮是永恒不变的食物。

"我给你们说了多少遍了,要早点回家!"瓦莉亚大声训斥两个弟弟,"哎,都脏死了! 快把衣服脱了——买都没处买!"

弟兄俩脱下很旧的羊皮袄,可是羊皮袄里面既没有裤子也没有衬衫。他们就这样光溜溜地爬到桌子旁的长凳上蹲了下来。孩子们这样爱惜衣服很可能是姐姐教的。瓦莉亚把羊皮袄收起来放好,然后开始分发勺子。

"跟着爸爸——别多舀了!"瓦莉亚吩咐弟弟们吃饭要按顺序,她自己坐到角落里,用手掌托着脸颊:女主人都是最后吃的。

弟兄俩睁大了眼睛盯着父亲:只要他的勺子一离开碗,他们马上伸进去舀出来,一转眼就喝下去了。然后又拿着空勺子守着——等父亲下手。

"看我怎么收拾你们!"瓦莉亚威胁说,因为弟兄俩准备和父亲一起把勺子伸进碗里。

"瓦莉亚,父亲尽挑稠的——你叫他别挑!"一个男孩说,因为姐姐教他办事要公道。

波甘金本人也有点怕瓦莉亚,因此他也开始舀稀的了。

窗外,天上与地下不同,一颗颗迷人的星星在慢慢成熟。德瓦诺夫找到了北极星,心想,为了自己的生存,它要苦苦熬过多少年月啊;而他自己也还要忍耐好久好久。

"明天那帮土匪又要来了!"波甘金说,嘴里不停咀嚼,又用勺子敲打一个男孩的脑门:那孩子眼疾手快,捞了一整块土豆。

"哪来的土匪?"德瓦诺夫想问个明白。

"俗话说,天上出星星——地下好出行! 路上尽泥泞——天下准太平! 路上干爽爽——明天就打仗!"

波甘金放下勺子想打个嗝,可没打成。

"现在你们嚣去吧!"他向孩子们发话。弟兄俩争抢碗里的剩货。

"吃了这种东西一年到头都不会打嗝!"波甘金一本正经地告诉德瓦诺夫,"从前啊,你吃过午饭一直到做晚祷,你都记得父母打嗝的声音! 那才叫过瘾呢!"

德瓦诺夫开始收拾准备睡觉,他要尽快等到明天。明天他要去乘火车回家。

"看样子,你们的日子过得挺无聊?"德瓦诺夫临睡前问道。

波甘金表示同意:

"可不,一点儿也不快活! 村里到处不快活。大家只能多生孩子,多生了孩子还不快活。要是有别的营生,男人哪能只会折腾女人?"

"你们可以搬迁到肥沃的高地上去啊!"德瓦诺夫提议说,"到那里不愁吃喝,不就快活了吗!"

波甘金陷入沉思。

"不行啊——这么一大家子能走得了吗? ……孩子们,快去尿尿,上床睡觉……"

"为什么不行呢?"德瓦诺夫试探着问,"不然你们的那份地会重新收回去的。"

"怎么会呢? 难道政策又变了?"

"是啊,"德瓦诺夫说,"为什么要把好地白白荒废呢?闹革命全是因为土地,给你们分了地,你们又不好好种。现在要把地分给外来的移民——他们会想办法整好的……他们要打很多井,在干坡上盖房建村——将来肯定会兴旺发达起来。到时候你们就只有到草原上做客的份儿了……"

波甘金禁不住担心起来，德瓦诺夫看出了他的担忧。

"那地确实挺好！"波甘金被说得心里痒痒的，"什么都能长。苏维埃政权不是奖勤罚懒吗？"

"那还用说吗，"德瓦诺夫在黑暗中微笑，"新来的移民跟你们同样是农民。既然他们能种好地，那肯定会把地给他们。苏维埃政权喜欢收获。"

"话是这么说呀，"波甘金犯愁了，"到时候又给你来一个余粮征集制。"

"余粮征集制很快就要取消了，"德瓦诺夫编了个谎话，"战争一结束，就停止执行。"

"老百姓也都这么说，"波甘金表示同意，"嗨，谁受得了这么大的苦！没有一个大国会这么干……兴许搬到草原上真的要好些？"

"当然，还是去的好，"德瓦诺夫鼓动说，"找个十来户人家就一起搬走吧……"

过后，波甘金跟瓦莉亚和生病的妻子就搬迁的事商量了好久——德瓦诺夫使他们内心充满美妙的幻想。

第二天早晨，德瓦诺夫在村苏维埃喝黄米粥，又见到了上帝。上帝拒绝喝粥。"我怎么能喝呢，"他说，"要是这次喝了，那从今往后就要永远喝下去了。"

苏维埃拒绝给德瓦诺夫派大车，上帝指给他到卡维里诺村的路，从那村子到铁路还有二十俄里。

"记住我吧，"上帝说，眼睛里流露出伤感，"你瞧，我们要永远分开了，这多难受啊——谁也体会不到。两个人中间只剩下一个人！

可是你要记住,一个人的成长靠另一个人的友谊,我呢,就单靠心灵的泥土成长。"

"所以你才是上帝?"德瓦诺夫问。

上帝伤心地看着这个不相信事实的人。

德瓦诺夫得出了这样一个结论:这个上帝很聪明,只是过着相反的生活;不过,俄罗斯人就有两面性——他可以这样生活,也可以完全相反地生活,正反两种情况下他都能保持自己的完整性。

后来,下起了雨。这场雨下了很久,直到傍晚前德瓦诺夫才走到了一条山路上。下面,有一条河在草原上静静流淌,河面上灰蒙蒙的。但看得出,这条河在渐渐死去:到处是山上冲下来的泥沙,与其说河水是顺流而下,不如说是横向扩散,造成一片沼泽。沼泽上方已经弥漫着夜的忧愁。鱼儿沉入河底,鸟儿飞回鸟巢,昆虫躲进枯死的苔草丛没了声息。活跃的虫豸喜欢温暖和富有刺激的阳光,它们自鸣得意的叫声在下面的洞穴里变得沉闷,慢慢演化为轻声叹息。

但是,德瓦诺夫在空中听到的是白天之歌的朦胧歌词,他想恢复那些歌词。他熟悉那不断重复、使周围的同情成倍增加的生活节奏。但是歌词被空中的微风吹散、拆开,与大自然混沌的力量相融合,最后变得像泥土一样无声无息。他听到的是与他意识的感觉不一致的律动。

在这悄然停息、倾斜的世界上,德瓦诺夫与自己倾心交谈。他喜欢在开放的地方独自交谈。不过,假如有人听到了,德瓦诺夫会羞愧难当,就像一个恋人跟自己相爱的女人在黑暗中做爱的时候被人抓住一样。只有语言才能把流动的感觉变成思想,因此善于思索的人才善于交谈。但是,与自己交谈——这是一门艺术;与别人交谈——则是一种娱乐。

"水往低处流,人要结伴行,有伴才开心。"德瓦诺夫得出了这个结论。

他把脑袋转了半圈,仔细打量可见的半个世界。为了思考,他又开始说话:

"大自然毕竟是实用性的事件。这些被人颂扬的小山小溪不仅仅是一首田园诗,它们可以用来浇灌土地,供牛和人饮用。它们可以带来收益,这就更可贵了。人靠土地和水维持生命,我也只能与人一起生活。"

后来,德瓦诺夫开始感到疲倦了,走着走着就觉得浑身难受。疲惫渐渐吸干内脏的水分,躯体的摩擦变得滞涩——缺少了幻想的润滑。

卡维里诺村的炊烟已经在望,道路开始往山沟延伸。山沟里的空气变得越来越浓黑。那里有一片潮湿泥泞的沼泽地,一些怪人也许就聚居在那里,他们远离生活的多样性,追求思想的单一性。

彼得巴甫洛夫卡村那位独来独往的上帝,在全省各村都有自己活的同类。

从山沟深处传来马匹疲惫的嘶鸣。有人骑马过来,他们的坐骑陷入了泥沼。

走在队伍前面的一个年轻人开始放声高歌,歌词和曲调是外来的。

> 在那遥远的地方，
> 在另一边的岸上，
> 我们梦中的理想，
> 落到了敌人手上……

马儿的步伐变整齐了。全队的合唱按照自己的方式用另一种曲调盖过了前面的歌手：

> 苹果啊，你快躲藏，
> 披上成熟的金黄，
> 苏维埃的镰刀斧头
> 就要落到你的头上……

领唱的歌手继续跟全队的合唱对抗：

> 这是我的宝剑和心灵，
> 我的幸福就在那地方……

全队又用副歌盖住：

> 哎呀，苹果，
> 心爱的苹果，
> 你充当配给的口粮
> 就会发霉腐烂……

你长在树上，

树也感觉舒畅，

落到苏维埃手里

就要编号敲章……

他们齐声吹起口哨，尽情地结束了这首歌：

咿呀，苹果，

你要捍卫自由：

别给苏维埃别给沙皇，

要献给全体人民共享……

歌声停了。德瓦诺夫也停下脚步，注视着山沟里的这支队伍。

"喂，上面的人！"队伍里有人向他喊话，"快下来加入不受管束的人民吧！"

德瓦诺夫站在原地不动。

"快下来！"一个洪亮的声音说，看样子就是那个领唱者，"要不你数数，数到一半——你就成靶子啦！"

德瓦诺夫想起了索尼娅，她未必能在这样的生活中安全无虞，于是决心豁出去了：

"你们自己上来吧——这里比较干燥！干吗在山沟里折磨马匹呢，你们这些富农的卫士！"

队伍在下面停住了。

"尼基塔，毙了他！"一个粗嗓门发出命令。

尼基塔端起步枪，但为了跟上帝算账，他先要出一口闷气：

"对准耶稣基督的卵泡，对准圣母的肋骨，对准所有的基督徒——放！"

德瓦诺夫只看见火光一闪，然后就从沟边朝沟底滚了下去，仿佛腿上挨了重重的一铁棍。他没有完全丧失清醒的意识，还能听到脑袋往下翻滚时两只耳朵轮番撞到土石草木发出可怕的轰隆声。德瓦诺夫知道，他的右腿受伤了——仿佛有一只铁鸟扑扇着尖利的翅膀直往里钻。

到了沟底，德瓦诺夫抓住了一条温暖的马腿，挨着马腿他不再害怕。这条马腿因为劳累而在微微发抖，散发出汗味、路边的草味和平静的生命气息。

"尼基塔，你给他保个火险吧！衣服归你了。"

德瓦诺夫听到了。他双手紧紧抱住马腿。这马腿变成了能够散发出阵阵香味的活体，这是他从前不知道今后也无法体验的，因此现在他特别需要这条腿。德瓦诺夫懂得了鬃毛的奥秘，他的心提到了嗓子眼，他顾不上自救，突然大喊一声，喊过之后顿时感到轻松、满足和平静。大自然并没有趁机剥夺德瓦诺夫生儿育女、传宗接代的能力，当初他母亲分娩时痛得死去活来将他生下来的目的就是要保留这颗种子。临终的时刻渐渐逼近——在幻觉中，德瓦诺夫深深地占有了索尼娅。在生命的最后时刻，在拥抱大地和马的时候，德瓦诺夫第一次领略了生命的强烈欲望，令他格外惊讶的是，这只不朽之鸟扇动饱经风月的翅膀撩拨他的时候，思想简直不堪一击！

尼基塔走过来伸手摸摸德瓦诺夫的额头：看他冷了没有？他的

手又大又烫。德瓦诺夫真希望这只手不要马上挪开,他把自己充满柔情的巴掌搭在那只大手上。德瓦诺夫知道尼基塔在检查他死了没有,于是配合他:

"打脑袋,尼基塔,快开瓢!"

尼基塔可不像自己的手——德瓦诺夫感觉到了——他喊叫的声音尖细而嘶哑,跟留在德瓦诺夫手上的那种宁静很不相称。

"嗨,你还没死? 我不给你开瓢,我要慢慢地收拾你:干吗让你死个痛快——你不是人吗? ——那就受点苦吧,给我躺一会儿——慢死好,死得更踏实!"

头领的马脚走过来。一个浑厚的声音一下子喝住了尼基塔:

"你这畜生,要是再捉弄人,我就把你送进坟墓。我说了——把他毙了,衣服归你。我跟你说了多少回了,我们这支队伍不是土匪,而是无政府主义!"

"生命、自由和秩序之母!"躺着的德瓦诺夫说,"请问您的大名?"

头领笑了:

"这对你还重要吗? 姆拉钦斯基!"

德瓦诺夫忘记了死亡。他读过姆拉钦斯基的《当代阿格斯菲尔的传奇故事》①。难道那本书是这位骑手写的?

"您是作家! 我读过您的书。我现在什么都无所谓了,不过您的书我倒是很喜欢。"

"让他自己脱衣服吧! 怎么,要我跟臭尸体打交道——到时候

① 阿格斯菲尔,又称"永远的流浪汉",古犹太传说中注定要漂泊终身的人。

你都翻不动他!"尼基塔等得不耐烦了,"他的衣服挺紧身,弄不好全撕破了,一点没有用处。"

德瓦诺夫开始自己脱衣服,不让尼基塔受损失:给死人脱衣服不可能不撕坏。右脚已经麻木,动不了,但不再疼痛。尼基塔见状便过来提供同志式帮助。

"我伤了你这儿,是吗?"尼基塔问,小心翼翼地抬起他的一条腿。

"是这儿。"德瓦诺夫说。

"没关系——骨头没伤着,伤口抹上猪油会好的,你小子还年轻。家里还有父母吗?"

"有。"德瓦诺夫回答。

"那好,"尼基塔说,"伤心一阵子就会忘掉的。当父母的也就现在会伤心一阵子! 你是党员吧?"

"是党员。"

"那是你的事情:人人都想坐天下!"

头领在默默地观察。其他无政府主义者在照料马匹,抽烟,都没有留意德瓦诺夫和尼基塔。黄昏的最后一点亮色在山沟上空消失——又一个夜晚来临了。德瓦诺夫感到遗憾的是,现在不会再出现跟索尼娅相会的幻觉,而生活中的其他事情他已经不去回想了。

"这么说来,你喜欢我的书?"头领问。

德瓦诺夫已经没有外衣,没有内裤。尼基塔马上把它们塞进了自己的行囊。

"我已经说过了,喜欢。"德瓦诺夫肯定地说,看了看腿上血肉模糊的伤口。

"那您本人赞同书里的理念吗？您还想得起来吗？"头领追问道，"书里写一个人，他孤零零地住在地平线最边缘的地方。"

"想不起来了，"德瓦诺夫说，"那个理念我忘了，但是构思很有创意。这是常有的事。你在那儿看人就像猴子看鲁滨孙：都理解反了，不过读起来还是挺有趣的。"

头领仔细听了，惊讶得从马鞍上站了起来。

"有意思……尼基塔，我们把这个党员带到里曼内村，到时候任你处理。"

"那衣服呢？"尼基塔很不情愿。德瓦诺夫和尼基塔谈妥了：他同意光着身子度过最后的时光。头领没有反对，但是给尼基塔下了命令：

"注意，别让他受凉！这是个布尔什维克知识分子——很少见的家伙。"

队伍出发了。德瓦诺夫抓住尼基塔的马镫，尽量用左脚走路。右脚不痛了，但一走路就感到挨的那一枪和里面尖锐的弹片。

峡谷向草原深处延伸，越来越狭窄、高起。夜风劲吹，光着身子的德瓦诺夫用左脚一蹦一跳地使劲往前走，这倒暖了他的身。

尼基塔坐在马背上细心翻看德瓦诺夫的衣服。

"全湿了，这魔鬼！"尼基塔并无恶意地说，"我看你们简直都像小孩子，到我手里没一个是干净的：不是尿就是屎，哪怕上过茅房也不行……只有一个是好的，乡政委：打吧，你这无赖，他说，再见了，党和孩子们。他的内衣也是干净的。绝对是条汉子！"

德瓦诺夫心里在想象布尔什维克的这条汉子，对尼基塔说：

"用不了多久你们也都会挨枪子儿的——让你们外衣内裤全穿

着。我们不穿死人的衣服。"

尼基塔也不生气：

"你管你走！轮不到你闲扯。我呀，老弟，不会弄坏长裤的，你没法舔我那玩意儿。"

"我看都不要看。"德瓦诺夫要他放心，"即使看到了也不会说什么。"

"我也没有说呀，"尼基塔也收敛了，"我什么没见过！我看重的是衣服。"

走了两三个小时才到达里曼内村。无政府主义者们四处找房东要粮草谈住宿，而德瓦诺夫被风吹得索索发抖，只能用胸部贴着马取暖。过了一会儿，他们陆陆续续把马牵走了，德瓦诺夫被撇在一边。尼基塔牵着马离开的时候说：

"去找个地儿待着吧。靠一条腿逃不了。"

德瓦诺夫想躲起来，可是身上一点力气也没有，便坐到地上，在乡村的黑暗中哭了起来。村子里一片寂静，土匪们分散住下，都已经躺下睡觉。德瓦诺夫爬进一个板棚，躲到黍草堆。整整一夜他都在做梦，梦里的感受比生活更深刻，因此无法记住。他醒过来的时候夜深人静，传说这正是孩子们长个儿的时候。德瓦诺夫的眼睛里还残留着梦中的泪水。他想起今天就要死了，于是抱住黍草，仿佛那是活人的身体。

怀抱着这安慰，他又睡着了。第二天早晨，尼基塔好不容易找到他，起初以为他死了，因为他的脸在睡梦中还保持着静止的笑容。之所以有这种印象，是因为两只不笑的眼睛闭着。尼基塔似乎听人说过，死人不可能满脸笑容，总有地方露出悲伤：不是眼睛就是嘴。

*

索尼娅·曼德罗娃坐着大车来到沃洛希诺村,在学校里当老师。她还被叫去接生,参加村里青年的晚间集会,治疗伤病,她力所能及地做这些事,对大家一视同仁。这个山沟边的小村子老老小小都需要她,索尼娅自己也因为替村民排忧解难而感到重要和幸福。但是每到晚上,她形单影只,一直在等待德瓦诺夫的来信。她把自己的地址告诉了扎哈尔·巴甫洛维奇和所有的熟人,希望他们别忘了告诉萨沙她现在住哪儿。扎哈尔·巴甫洛维奇答应一定办到,还送了她一张德瓦诺夫的照片。

"你先收着,"他说,"等到你们结婚了跟我一起过日子,你再把照片还给我。"

"一定还给你。"索尼娅对他说。

她从学校的窗户望着天空,见到寂静的夜空中有很多星星。那里静得出奇,似乎跟草原上一样,空气稀薄得不足以供人呼吸;因此,星星才一个个往下掉。索尼娅在盼着来信——一路上会不会把书信安全送过来;盼望来信成了为她提供营养的生活理念;不论她做什么事情,她都相信,给她的信正走在路上,书信以秘密的形式只为她一个人保留继续生存和愉快期待的必要性。她更加小心谨慎、更加认真负责地为减少村民的不幸而工作。她知道,这一切都将在信里得到补偿。

然而,那时候能看到信的却是与信无关的人。德瓦诺夫写给舒米林的信早在彼得巴甫洛夫卡就被人拆阅了。第一个看信的是邮差,接下来是邮差的熟人中对阅读感兴趣的人:老师、助祭、店主的寡妇、诵经士儿子和其他人。那时候图书馆都关了,书也买不到,而人们正在遭难,需要心灵的慰藉。这样,邮差的家成了图书馆。特别有趣的信件根本不会送到收信人手里,而是留在他家里供大家一遍遍反复阅读,从中获得经常的满足。

一包包的公文立即被邮差搁在一边——大家不看也知道里面的内容。看信的人得益最多的是那些通过彼得巴甫洛夫卡转往别处的信件:陌生人的信写得既凄惨又有趣。

邮差把读过的信用糖浆重新封好,然后再按规定路线发往下一站。

这种情况索尼娅还不知道,否则她会到一个个乡村邮局去查找。走过屋角的炉子时,她能听到看门人打呼噜的声音。这人为学校看门并不是为了工资,而是为了校产的永恒:他巴不得孩子们别来学校——他们在课桌上乱刻,在墙上乱画。看门人预料,没有他的照看,这位女老师会死的,学校里的东西会被村民们哄抢一空。索尼娅听到旁边有人,睡觉也踏实。她小心地将双脚在脚垫上蹭干净,然后钻进冰凉雪白的被窝。附近几条忠于职守的狗,正冲着草原的黑暗汪汪乱叫。

索尼娅蜷作一团,这样可以感觉到自己的身体,也便于取暖,她慢慢睡着了。她的一头黑发神秘地散开在枕头上,嘴巴随着梦境而张开。她梦见自己身上长出了一个个黑色的伤口,因此一醒过来赶紧下意识地用手检查自己的身体。

一根棍子把校门敲得震天响。看门人睡眼惺忪地起来,走到前室,抖抖索索地打开门闩,还骂人家搅乱了他的美梦:

"你敲什么敲？这里有女人在休息，又不是一寸厚的门板！你要干什么？"

"这儿是什么地方？"一个心平气和的声音在外面问道。

"这里是学校，"看门人回答，"你以为是客栈吗？"

"这么说来，有一位女老师住这儿？"

"当老师的不住这儿住哪儿？"看门人觉得奇怪，"你找她干什么？难道我会放你到她那儿？你这无赖！"

"你把她叫来跟我们见个面……"

"要是她愿意——你们就能见到她。"

"放他们进来吧——是谁呀？"索尼娅大声问，从房间跑到过道。

从马背上下来两个人——姆拉钦斯基和德瓦诺夫。

索尼娅没有跟他们打招呼。站在她面前的是萨沙，胡子拉碴，浑身脏兮兮的，一副落魄的模样。

姆拉钦斯基温存地打量着索菲娅·亚历山德罗芙娜：她那瘦小的身体哪受得了严厉的目光。

"跟你们一起来的还有谁？"索尼娅问，她一时间还没有感到幸福已经来临，"萨沙，叫你的同志们过来，我这儿有糖，你们可以喝茶。"

德瓦诺夫到门口喊了一声就回来了。进来的是尼基塔，还有一个人——小个子，瘦瘦的，眼神飘浮，尽管他一进门就看到了这女人，而且一下子对她产生了好感——不是为了占有她，而是为了保护孱弱的受压迫女性。他叫斯捷潘·科皮奥金。

科皮奥金郑重其事地向大家鞠躬致意，然后给了索尼娅一块糖果，这块糖在他口袋里已经放了一两个月了，都不知道要送给谁。

"尼基塔,"科皮奥金的口气罕见的威严,"到厨房去烧开水——跟彼得共同完成这项任务。自己去找点蜂蜜——你什么破烂都抢:到后方我找你算账,你这坏蛋!"

"你怎么知道看门人叫彼得?"索尼娅胆怯而又惊讶地问。

出于发自内心的尊敬,科皮奥金挺直身体回答:

"同志,是我亲手在布申斯基庄园把他逮捕的,他反对革命人民消灭没收的财产!"

德瓦诺夫转身问索尼娅,她已经被这些人吓坏了:

"你知道他是谁吗?他是布尔什维克野战部队司令,是他救了我的命,当时那个人要杀死我。"他指着姆拉钦斯基说,"此人说的是无政府主义,可又怕我继续活下去。"

德瓦诺夫说着笑了起来,他对过去的事情不记仇。

"这种畜生在上战场前我还能容忍。"科皮奥金骂姆拉钦斯基,"你们知道吗,我见到萨沙·德瓦诺夫的时候他的衣服被剥光了,还受了伤,当时这家伙正带着他的队伍在村子里偷鸡呢!原来,他们所追求的是无政府状态!你们想干什么?我问他们。无政府主义,他们说。嗨,你们这帮该死的家伙:大家都没有权力了,可他们手里有枪杆子!完全是胡说八道!我当时只有五个人,他们三十个:结果我把他们都抓了。他们是一帮偷东西的贼,根本不是打仗的料!我把他和尼基塔抓了当俘虏,其余的都放了,他们保证回去勤恳劳动。我倒要看看,他对付土匪是不是像对萨沙那样心狠手辣,可能没那么厉害。到时候我再决定把他留下还是赶走。"

姆拉钦斯基正用一块小木片剔指甲。他保留着失败者的那份拘谨。

"科皮奥金同志的其他战友在哪里?"索尼娅问德瓦诺夫。

"科皮奥金放他们两天假,让他们回到妻子身边。他认为打败仗是因为军人丢下了妻子。他打算建立一支带家属的军队。"

尼基塔拿来了装在啤酒瓶里的蜂蜜,看门人拿来了煮茶的茶炊。蜂蜜带一股煤油味,不过大家还是吃得一点不剩。

"真是死脑筋,狗崽子!"科皮奥金冲着尼基塔发火,"偷来蜂蜜装瓶子里,结果多半洒了。你就不能找个坛子吗!"

科皮奥金的情绪突然变得亢奋起来。他举起茶碗,对大家说:

"同志们!最后让我们举起杯子,为了竭尽全力保护世界上的所有孩子,为了纪念美丽的姑娘罗莎·卢森堡,干杯!我发誓,我一定要把杀害她的凶手和折磨她的人统统抓到她坟墓前!"

"好极了!"姆拉钦斯基说。

"把他们都杀了!"尼基塔附和道,把一杯茶倒进盘子……"绝不允许伤害女人。"

索尼娅坐在那儿吓坏了。

茶已喝完。科皮奥金把茶碗翻过来,用一根手指敲了敲。这时候,他发现了姆拉钦斯基,想起自己不喜欢他。

"你暂时到厨房去,朋友,过一小时你去饮马……彼得,"科皮奥金喊看门人,"去看着他们!你也去。"他命令尼基塔,"别把开水喝光,可能还有用处。你怎么了,到了热带地区还是怎么的?"

尼基塔一口把水咽下去,不再觉得口渴了。科皮奥金心事重重地沉思起来。他那张国际脸现在没有流露出鲜明的感情,此外,无法确定他的出身——是雇工,还是教授——他个人的特征已经被革命磨掉了。他的目光一下子又燃起了激情的火焰,为了让人的身上只保留对同志的热爱,他可以毫不迟疑地烧毁世界上的所有不动产。

然而,回忆往事重新使科皮奥金平静下来。他时不时看一眼索尼娅,于是更加热爱罗莎·卢森堡:她们俩都是一头黑发,身材都娇小玲珑;科皮奥金发现了这一点,于是他的爱也顺着回忆之路继续往前延伸。

一想起罗莎·卢森堡,科皮奥金就会激动地流下伤心的眼泪。他迈着大步不停地来回走动,晃动一个手指警告资产阶级,警告土匪强盗,警告英国和德国,他要为自己未婚妻被害而向他们报仇雪恨。

"我的爱现在是在马刀和步枪上闪光,而不是在可怜的心里!"科皮奥金说着就拔出马刀,"我要把罗莎的敌人,穷人和女人的敌人,像割草那样割掉他们的脑袋!"

尼基塔端来一小坛子牛奶。科皮奥金在挥舞马刀。

"我们一天的给养也没有,可他却在吓唬夏天的苍蝇!"尼基塔小声发泄不满。接着大声报告:"科皮奥金同志,我给你送来了稀粥午饭。好歹给你搞到了一点吃的,不然又会挨你的骂了。这里的磨坊老板昨天宰了一头羊——请准许我去取一份军粮吧!按规定我们可以有一份行军口粮。"

"有规定吗?"科皮奥金问,"那就取一份三个人的定量,不过要称一下! 不能超过标准!"

"超标就是反革命!"尼基塔附和说,口气里充满正义感,"我知道公家的标准:骨头不算。"

"不要吵醒居民,明天去收军粮吧。"科皮奥金说。

"科皮奥金同志,明天他们就藏起来了。"尼基塔预料,但他没有去收,因为科皮奥金同志不喜欢议论,他会采取突然行动。

时间很晚了。科皮奥金向索尼娅鞠了个躬,祝她睡个好觉。然后四个人到彼得的厨房睡觉。五个人在麦秸上并排躺下。过了没多久,德瓦诺夫的脸在睡梦中开始变得苍白。他用脑袋顶住科皮奥金的肚皮,于是慢慢平静下来。科皮奥金睡觉时马刀不离身,一身戎装,他把手搁在德瓦诺夫身上保护他。

等到大家都睡着了,尼基塔爬起来,先观察了一下科皮奥金。

"还打呼呢,魔鬼!可是个好人!"

他出门去,想找只母鸡做早饭。德瓦诺夫不停地辗转反侧——他做了个噩梦,梦见他的心脏停止了跳动,吓得他坐了起来。

"社会主义究竟在哪里?"德瓦诺夫回想起肩负的重任,于是把目光投向房间里的黑暗,寻找自己的东西。他以为自己已经找到了,但是跟这些陌生人睡觉的时候丢失了。他害怕将来受到处罚,于是也不戴帽子,只穿了袜子走到外面,眼前见到的是危险而无语的黑夜,便穿过村子朝着自己的远方跑去。

就这样,他沿着黎明前灰蒙蒙的大地,一路狂奔,直到看见初露的晨曦和草原火车站上机车冒出的烟才停下。车站上有一列准备按照运行时刻表出发的火车。

德瓦诺夫晕晕乎乎地穿过拥挤的人群进入月台。他身后也有一个拼命想上火车的人。那人使劲挤过人群的时候连衣服都被撕破了,但是他前面的所有人——德瓦诺夫也在其中——意外地被挤到了一节货车的制动平台上。那人为了自己上去,只能把前面的人按下去。现在他成功了,得意地笑了。他看到墙上的标语,念出了声:"苏维埃的交通——这是供历史火车头使用的专线。"

朗读的人完全同意标语的内容:他想象有一节漂亮的机车,车头上镶一颗红星,正空车行进在轨道上,但不知驶往何方。运输廉价货物的则是报废的火车头,并非历史的火车头。现在坐车的这些乘客与标语毫不相干。

德瓦诺夫闭上眼睛,把自己与外界彻底隔绝,途中可以回顾一下自己人生道路上失去或者遗忘的一切。

两天后,亚历山大才回想起自己为什么活着,被派往何处。不过,人身上还存在一个小小的观众——他既不参与行动也不感受痛苦——他始终沉着冷静,而且一成不变。他的任务——就是观察,当一名见证人,但他在人的生命中没有发言权,也不知道他为何独来独往。人的意识的这个角落,就像大楼里的门卫室,昼夜不息地亮着灯光。这个精力旺盛的门卫日日夜夜坐在门口,他认识这大楼里的所有居民,但是没有一位居民跟门卫商量自己的事情。住户进进出出,门卫看着他们来来去去。他对居民既熟悉又陌生,有时候因为无法了解内情而感到伤心,但他始终彬彬有礼,甘于孤独,在另一栋楼里他有自己的住处。遇到火灾,门卫向消防队报警,自己在一旁观察事态的进展。

德瓦诺夫在无意识状态下乘车或行走的时候,他身上的这位看客什么都看到了,但一次也没有提醒或帮助过德瓦诺夫。他与德瓦诺夫始终并存一体,但他不是德瓦诺夫。

他像人的没有生命的兄弟那样存在着:他身上具有人的一切,但是缺乏某种微小却又十分重要的东西。人从来不会记得他,可是又始终信任他——就像居民外出把妻子留在家里,但是从来不会猜忌门卫。

这就是人的心灵中的阉人。这就是为什么他只能当见证人的道理。

刚开始的时候,德瓦诺夫坐在那儿一直没吭声。凡是有人群的地方,马上就会出现领袖。群众将自己虚幻的希望寄托在领袖身上,而领袖从群众身上汲取必要的东西。挤在车厢制动平台上的那二十多人承认,刚才那个为了自己挤进去而推开大家的人便是他们的领袖。这位领袖什么也不懂,但能提供种种消息。所以大家信任他——他们想得到一人一普特的面粉,因此他们需要预先知道一定能得到面粉,这样心里就踏实,有足够的精力去经受折磨。领袖说,大家一定能换到面粉:他去过大家现在要去的那个地方。他知道这个富裕的村子,那里的老百姓都能吃上鸡和油炸面饼。那村子很快要举办一座教堂的建堂节,所有的粮贩子都会受到款待。

"家家户户的屋子里暖和得像澡堂,"领袖让大家放心,"肥得流油的羊肉尽你吃,吃饱了就睡!我在那儿每天早晨喝一桶克瓦斯,所以我肚皮里现在没有一条肠虫。午饭喝红汤喝得你浑身冒汗,接下来就吃肉,再喝粥,再吃饼——一直吃到你腮帮子抽筋。吃下的东西都撑到了喉咙口。得,你就舀一勺油灌下去润滑一下,免得呕出来。那时候你只想马上去睡觉。太舒服了!"

大家听得一愣一愣的,既高兴又害怕。

"天哪,难道旧时代又回来了吗?"一个瘦小的老头傻傻地问,他正饿得难受,就像女人看着自己的孩子渐渐死去,"不,过去的再也回不来了!……嗨,要是能喝上那么一小杯,我可以原谅沙皇的所有罪孽!"

"怎么,老爷子,你真的想过把瘾吗?"领袖问。

"别说了,亲爱的。我什么没喝过? 油漆啦,抛光剂啦,都喝过,还花大价钱买香水喝。都没用:喝了很刺激,可心里不痛快! 你还记得从前的伏特加吗——那才叫真家伙! 非常透明,简直像天上的空气,没有一点杂质,没有异味,就像娘们儿的眼泪。瓶子漂亮,牌子正宗——简直是件艺术品! 喝上那么一百克——一下子觉得平等博爱都有了! 那才叫过日子!"

大家听了纷纷叹息,为那一去不返的时光深感惋惜。田野已经被早晨的天空照亮,草原上凄凉的自然景象巴不得进入人的心里,可是人家不让进入,只能随着列车的行进而消失,留在后面无人赏识。

在那个被忽略的早晨,乘客们一路抱怨一路幻想,却没有发现有个年轻人站在那儿睡着了。他不带行李也没有包裹:可能他有别的装粮食的家什——或者他是在逃亡。领袖按规矩打算检查他的证件,问他上哪儿。德瓦诺夫没有睡,回答说:"就乘一站。"

"你马上就到站了,"领袖告诉他,"你白白占了个位置,那么短距离走也走到了。"

尽管已经是白天,车站上还亮着一盏煤油路灯,路灯下站着值班副站长。乘客们拿着茶壶开始奔跑,听到机车的一点动静就紧张,唯恐永远滞留在这车站。其实,他们根本不用这么着急慌张:列车在这车站要停一整天,之后还要在这儿过夜。

德瓦诺夫在铁路边迷迷糊糊睡了一天,后来找了车站附近一家宽敞的农舍过夜。这里随便什么人都可以住宿,只要付点钱就是了。这农家客店的地板上睡了好几排人,整个房间的照明就靠一个炉门敞开烧得很旺的炉子。一位黑胡子的庄稼汉坐在炉子边上照看炉火。长吁短叹和如雷的鼾声此起彼伏,大家好像不是在睡觉,而是在干活。在当时那种忧心忡忡的生活环境下,睡觉也成了劳动。用木板隔着的那边是另一个房间——更小也更暗。那里有一个俄式炉子,只有两个光着身子的人坐在炉炕上补衣服。德瓦诺夫见到那里有很大一块空地方,不禁喜出望外,于是便爬了上去。光着身子的两人挪动了一下。炉炕上很热,简直可以烤土豆。

"年轻人,这里没法睡,"一位光着身子的人说,"这里只能烤虱子。"

德瓦诺夫还是躺了下去。他觉得自己身边还有另一个人,他们是两个人一起来的:此刻他看到的既有夜宿的农舍,也有躺在炉炕上的自己。他挪动了一下自己的身体为同伴腾出地方,然后搂着他睡着了。

两个光身汉补完了衣服。一个说:

"时间不早,瞧这小子已经睡着了。"两人下来在躺得密密麻麻的人缝中找地方。黑胡子守着的那炉子已经熄灭;他站起身伸了伸懒腰说:

"哎,我命苦啊!"说完就出去了,再也没有回来。

房间里变冷了。一只猫出来,踩着熟睡的人们慢慢走动,伸出调皮的爪子抓挠他们蓬松的胡子。

有人不知道是猫,说着梦话:

"走吧,姑娘,我们自己还饿着呢。"

突然,睡在中间的那个年纪轻轻就蓄了一大把胡子的小伙子一骨碌坐了起来。

"妈妈,妈!给我一根棍子,老妖婆!给我一根棍子,听见没有……给它套上铁家伙!"

猫弓起背,等着小伙子收拾它。旁边的老头尽管睡着了,但年纪大了,他的神志在睡梦中还起作用。

"躺下,躺下,傻瓜,"老人说,"这里那么多人你有什么好怕的?睡吧,上帝保佑。"

小伙子无意识地躺了下去。

繁星闪烁的夜空从地上吸干了最后一丝白天的温暖,拂晓前的空气开始往上升腾。从窗口可以看到沾满露珠、变了模样的草地,好似月光下山谷里的小树林。远方,一列加急列车在不停地鸣笛——沉重的空间在挤压它,因此它吼叫着奔驰在荒无人烟的洼地里。

不知是谁在睡梦中发出一声尖叫,把德瓦诺夫吵醒了。他想起自己携带的箱子,那里装了很多耐饥的白面包准备给索尼娅。现在炉炕上箱子不见了。德瓦诺夫小心地从炕上下到地上,在那里寻找箱子。他浑身都在哆嗦,就怕丢了箱子,他一心挂念的就是箱子。他趴在地下,在熟睡的人身上摸索,他以为他们把箱子藏在身子底下。熟睡的人们翻过身,可他们身体底下只有光秃秃的地板。哪儿也不见箱子。德瓦诺夫吓坏了,禁不住伤心得哭了起来。他又开始挨个儿在人们身上摸索,检查他们的包裹,甚至还查看了火炉的炉膛。他踩痛了好多人的腿,鞋跟划破了他们的脸,甚至把他们挪了个地方。有七个人被吵醒,他们坐了起来。

"喂,你这魔鬼,找什么呀?"一个模样好看的庄稼汉恶狠狠地问,"你闹腾什么啊,你这不睡觉的恶鬼?"

"你拿靴子狠狠揍他,斯捷潘,他离你近点!"另一个戴帽子、用一块砖当枕头的人说。

"你们有没有见过我的箱子?"德瓦诺夫问那几个威胁要揍他的人,"箱子是锁着的,昨天带来的,现在不见了。"

一个眼睛半瞎、可听觉比别人敏锐的人摸了摸自己的背包,说:

"你这混蛋! 箱——子! 你带箱子了吗? 昨天你是空手来的,我当时就坐在这儿,没睡。现在倒要箱子了! ……"

"斯捷潘,你揍他,哪怕一下也行:你的拳头比我厉害!"戴帽子的人请求说,"你给点面子吧:他把所有公民都吵醒了,狗杂种! 大家只能眼巴巴坐等天亮了。"

德瓦诺夫不知所措地站在大家中间,盼望有人出来帮他。

从另一个房间,从那俄式炉子那儿传来一个平静的声音:

"你们马上把这家伙给我扔出去! 要不我起来让大家都不得安宁。半夜三更的你们就别再折腾苏维埃人了,让大家安安稳稳睡觉吧。"

"别跟他啰唆!"门口那个宽脑门的年轻人喊道。他唰地站了起来,一把抓住德瓦诺夫,像拖一段烂木头似的把他拖到了外面。

"你就在这儿挨冻吧!"小伙子说完便转身回到了温暖的屋里,随手关上门。

德瓦诺夫沿着街道向前走去。一队星星在他头顶上履行保护的职责,它们照亮了世界的上空,而下面却是清冷的黑暗。

德瓦诺夫好不容易出了村子,他想加快脚步,不料栽倒在地。他忘了自己的腿伤,血水和黏液不断从伤口渗出,体力和意识也通过伤口渐渐流失,德瓦诺夫很想打个盹。现在他知道自己虚弱,用水洼里的水清了一下伤口,把包扎的布翻过来缠好,然后小心翼翼地继续往前走。他的前方,新的美好的一天正在来临。今天,东方的晨曦就像一群受了惊吓的白色的鸟,正以沸腾的速度飞向朦胧的高空。

德瓦诺夫走的那条路的右侧,在被水冲刷过的高低不平的土丘上,有一块乡村墓地。墓地里老老实实地站着一个个简陋的十字架,在风吹雨淋中它们已经腐朽。它们提醒路过十字架的活人,那些死去的人白活了一辈子,现在想复活。德瓦诺夫举起手向十字架致敬,让它们向坟墓里的死者转达他的同情。

尼基塔坐在沃洛希诺学校的厨房里啃鸡腿,科皮奥金和其他战斗人员还在地上睡觉。索尼娅醒得比谁都早;她走到门口叫德瓦诺夫。尼基塔告诉她,德瓦诺夫根本没有在这儿过夜,看样子他去操办新生活的事情了,因为他是共产党员。于是索尼娅光着脚走进看门人彼得的房间。

"你们怎么还在睡大觉,萨沙不见了!"她说。

科皮奥金睁开了一只眼,待到他站起身戴好帽子的时候,另一只眼睛自动张开了。

"彼得鲁什卡,"科皮奥金说,"你给大伙烧你的水去,我要出去半天!……夜里您怎么不跟我说呀,同志?"他责怪索尼娅,"他年轻,自由散漫惯了,到了荒郊野外准会消停的,再说他身上有伤。这会儿他正在外面走着,风把他吹得眼泪直流……"

科皮奥金来到院子,朝自己的坐骑走去。这匹马的体格适合运货,拉原木比驮人还轻松。它对主人和内战已经习惯,即使吃篱笆的嫩枝和屋顶的茅草也会感到满足。但要真正吃饱喝足,就得吃下八分之一的幼树林,喝掉草原上小池塘里的一池水。科皮奥金十分尊重自己的坐骑,在他珍惜的宝贝中排名第三:第一是罗莎·卢森堡,第二是革命,然后是这匹马。

"你好啊,'无产阶级力量'①!"科皮奥金问候吃多了粗粮喘着粗气的马,"咱们去罗莎的墓!"

科皮奥金希望并相信,他毕生要做的所有事情和要走的路不可避免地通往罗莎·卢森堡的坟墓。这希望温暖着他的心,召唤他务必每天为革命建立功勋。每天早晨,科皮奥金都要命令坐骑去罗莎的坟墓,马儿听惯了"罗莎"这两个字,承认这两个字就是催促它前进的吆喝声"得儿驾"。一听到"罗莎"这声音,它立即迈开四条腿,不管是泥泞的沼泽,还是茂密的森林,或者高耸的雪堆,都会勇往直前。

"罗莎啊,罗莎!"科皮奥金一路上时不时轻声呼唤,他的坐骑也鼓足了全身的力气。

"罗莎哎!"科皮奥金发出一声声叹息,他羡慕那飘向德国的云:它们会经过罗莎的坟墓和她踏过的那片土地。在科皮奥金看来,所有道路和风的方向统统都朝着德国,即使不是直达德国,反正也会绕着地球,最后到达罗莎的家乡。

如果路途过于漫长,又没有遇到敌人,科皮奥金激动的心情更加深刻更加真诚。

火一般滚烫的思念密集地凝聚在他身上,可是没有建立功勋的

---

① "无产阶级力量",这是科皮奥金给自己的战马起的名字。

机会,无法排解科皮奥金孤身所受的煎熬。

"罗莎!"科皮奥金常常痛苦得大喊,把马都吓了一跳。在空旷的地方,他会大哭一场,那数不尽的大颗大颗的眼泪过后会自己干掉。

"无产阶级力量"会感到疲倦,往往不是因为赶路,而是因为自身的重量。这马出生在比秋格河边一个水草丰茂的谷地里,一想起故乡甜美的牧草,有时候会流出一滴滴甜甜的口水。

"又想吃青草了?"科皮奥金问它,"明年我就放你一个月的吃草假,完了咱们就立即奔向墓地……"

马儿感受到了一片恩情,于是奋力把沿途的草压进泥土的深处。如果道路突然分叉变成两条,科皮奥金也无须特别去把握马的方向。"无产阶级力量"能独立自主地比较优劣,总是选择需要科皮奥金使用武力的那个方向。而科皮奥金呢,他的行动既没有计划也没有路线,完全是信马由缰,任凭马儿想去哪儿就去哪儿;他认为共同的生活比自己的脑袋更聪明。

土匪格罗希科夫一直想抓住科皮奥金,但怎么也碰不到他——原因就是连科皮奥金自己也不知道要去哪儿,格罗希科夫就更加无从知晓了。

离开沃洛希诺村走了大约五里地,科皮奥金来到了一个只有五户人家的小村子。他拔出马刀,用刀尖挨家挨户敲门。

那些没脑子的婆娘赶紧跑出来,她们早就在等待死神的来临了。

"你要干什么呀,亲爱的:我们这里白军走了,红军没藏着。"

"全家出来到街上集合——立即行动!"科皮奥金命令。

最后出来七个女人和两个老头——他们没有带孩子,把丈夫都藏起来了。

科皮奥金检阅过后发布命令:

"解散回家!好好干活去吧!"

德瓦诺夫肯定不在这村子。

"走,咱们找罗莎去,'无产阶级力量'!"科皮奥金对马儿说。

"无产阶级力量"继续前行。

"罗莎!"科皮奥金在安抚自己的心灵,狐疑地查看一处光秃秃的灌木丛:它是不是也在强烈地思念罗莎。假如不是,科皮奥金就策马向前,一刀砍掉灌木:既然你不需要罗莎,那你不得为别人而存在——没有什么比罗莎更值得需要的了。

科皮奥金的帽子里缝着罗莎·卢森堡的肖像。这彩色的肖像非常美,没有一个女人比得上她。科皮奥金相信这幅画的准确性,不敢把它拆下来,免得情绪受到强烈波动。

傍晚之前,科皮奥金走的都是空旷的地方,见到低洼处总要查看一遍:疲惫的德瓦诺夫会不会睡在那里?到处都静悄悄的,不见人影。天快擦黑的时候,科皮奥金来到一个狭长的名叫马洛耶的村子。他一进村便开始挨家挨户搜寻德瓦诺夫。搜到村尾的时候天已经黑了。于是,科皮奥金走到下面的山谷,制止了"无产阶级力量"前进的脚步。他们俩——一人一马——安安静静地睡了一夜。

第二天早晨,科皮奥金给了"无产阶级力量"足够的吃喝时间,然后又骑着它前往他要去的地方。一路上尽是沙土,但科皮奥金并没有让马长时间地停下脚步。

路途艰难,"无产阶级力量"累得冒汗泡了。这事发生在中午,在一个小村庄的村口。科皮奥金进入这个村庄,决定让马儿休息片刻。

一个身穿贵重皮大衣、披着小披肩的女人沿着牛蒡缓缓走来。

"你是什么人?"科皮奥金拦住她。

"问的是我吗? 我是接生的。"

"难道这里还有生孩子的?"

接生婆惯于跟人打交道,喜欢跟男人聊天。

"那还用说! 男人打完仗潮水般回来,女人又都是烈火干柴……"

"向你打听个事儿,大妈:刚才有个没戴帽子的小伙子到了这儿——他老婆难产——他肯定在找你,你快去挨家挨户问一下,他是不是到了这里。打听好了你来告诉我! 听清了吗?!"

"个子瘦瘦的? 穿缎纹衬衫?"接生婆问得很详细。

科皮奥金回想了好一阵,还是答不上来。对他来说,所有的人只有两种面孔:自己人和异己分子。自己人的眼睛是蓝的,而异己分子的眼睛往往是黑的或褐色的,军官模样和土匪模样;科皮奥金不会再细分了。

"就是他!"科皮奥金肯定说,"穿的是缎纹衬衫和裤子。"

"我这就给你领来——他就在菲克罗莎家,她给他煮了土豆……"

"你把他带到我这儿来,大妈,我向你表示无产阶级的感谢!"科皮奥金说着抚摸了一下"无产阶级力量"。马儿站在那儿像一架机器——高大,微微颤抖,浑身的肌肉都紧绷着。这种马只适合垦荒和伐木。

接生婆去菲克罗莎家。

菲克罗莎正在洗刷守寡女人的那些衣物,露出又胖又红的双手。

接生婆画了个十字,问:

"你的房客在哪里?一个骑马的人在找他。"

"他在睡觉。"菲克罗莎说,"小伙子都快没命了,我不去叫醒他。"

德瓦诺夫的右手从炉炕上耷拉下来,根据这手可以看到他的呼吸既深又慢。

接生婆回去报告科皮奥金,科皮奥金亲自来到菲克罗莎家。

"把客人叫醒!"科皮奥金不容分说地命令。

菲克罗莎摇了摇德瓦诺夫的手。他在梦中吓得梦话连连,脸色都变了。

"咱们走吧,德瓦诺夫同志!"科皮奥金请求说,"是女教师吩咐要找到你。"

德瓦诺夫清醒过来,他想起了曾经发生的事:

"不,我绝不离开这里。你回去吧。"

"随你便,"科皮奥金说,"你还活着,这就好。"

科皮奥金返回,一直走到天黑,不过抄的是一条近路。他看见磨坊和窗口亮着灯的学校时,已经是夜里了。

看门人彼得和姆拉钦斯基在索尼娅房间里玩跳棋,而女教师自己则坐在厨房的桌子旁,手撑着脑袋想伤心事。

"他不愿回来,"科皮奥金汇报说,"在一个贫苦女人家的炉炕上躺着。"

"那就让他躺去吧,"索尼娅表示要跟德瓦诺夫断绝关系,"他总以为我还是小孩子,可我也有自己的伤心事。"

科皮奥金去查看战马。他的那些队员还没有离开妻子返回部队,而姆拉钦斯基和尼基塔什么事也不干,白吃老百姓的饭。

"这样在战争期间我们会把所有村庄都吃空,"科皮奥金自言自语,"一个后方基地都留不下:怎能到得了罗莎·卢森堡身边!"

姆拉钦斯基和尼基塔在院子里瞎忙乎,以此向科皮奥金表示自己什么活都能干。姆拉钦斯基站在一堆陈年畜粪上,用脚踩实。

"给我回屋里去。"科皮奥金想了一会儿,命令他们,"明天我就放你们俩走,你们爱去哪儿去哪儿。我干吗要留你们这些吊儿郎当的家伙?你们算什么敌人——你们都是吃白食的家伙!现在你们该知道了吧,我是什么人。行,就这样定了。"

*

在一生中显得十分漫长的那段时间,德瓦诺夫坐在舒适的屋子里,看着女主人将内衣晾在炉边的绳子上。马油灯亮着,火焰犹如蹩脚图画上的地狱之火。村子里的人都去周边打扫战场。内战遗留下的死马、大车、土匪的无领粗布上衣和枕头成了老百姓的财产。土匪用枕头代替马鞍,因此他们队伍里有这样一个口令:上枕头!与此相应的,红军指挥员飞马追剿土匪时会大喊:

"把枕头还给娘们儿!"

每到夜晚,中博尔泰村的人们纷纷到沟里和草丛里顺着战争的痕迹寻找适合家用的物品。总有什么东西会落到大家手里:打扫内战战场这个行当绝不会亏本。军事委员会发布命令,要求捡到军用物资必须上缴,但贴出的这些通告等于一张废纸:战争的工具被分拆成小零件,变成日常用具——带水冷装置的机枪装上一口铁锅就成了酿酒设备,行军灶改成了乡下洗澡盆,三英寸口径野炮的零部件落到了弹毛工人手里,大炮的炮闩被磨坊用作磨盘的销钉。

德瓦诺夫在一家院子里看到一件女式衬衫是用英国国旗做的。这件英国衬衫晾在俄罗斯的风里,已经有几个破洞,留着女人穿过的痕迹。

女主人菲克罗莎·斯捷潘诺芙娜忙完了家务。

"你有什么心事啊,小伙子?"她问,"想吃点儿什么还是闷得慌?"

"没什么,"德瓦诺夫说,"你家里很安静,我可以好好休息。"

"那你就歇着吧。你不用着急,你还年轻——往后的日子还长着呢……"菲克罗莎·斯捷潘诺芙娜打起了哈欠,用一只有劲的大手遮住嘴巴,"我呢……这辈子算是完了。丈夫替皇上打仗死了,日子没盼头,梦里才快活。"

菲克罗莎·斯捷潘诺芙娜当着德瓦诺夫的面脱衣服,她知道没有人需要她。

"把灯灭了,"光脚的菲克罗莎·斯捷潘诺芙娜说,"要不明天起来就没油了。"

德瓦诺夫吹灭了马油灯。菲克罗莎·斯捷潘诺芙娜爬上炉炕。

"你也到这儿来吧……眼下不是干那事的时候——我那下身你瞅都不会瞅一眼。"

德瓦诺夫知道,如果没有屋里这个人,他肯定会从这儿逃回索尼娅身边,或者尽快到远处去寻找社会主义。菲克罗莎·斯捷潘诺芙娜保护德瓦诺夫的办法,就是让他习惯女人的淳朴,好像她就是德瓦诺夫母亲的妹妹,尽管他母亲早已死去,他毫无印象,也不可能爱她。

菲克罗莎·斯捷潘诺芙娜睡着了,德瓦诺夫一个人很难受。整整一天,他们几乎都没有说过话,但是德瓦诺夫并不感到孤独:菲克罗莎·斯捷潘诺芙娜总还惦记着他,德瓦诺夫也始终能感受到她的存在,而不至于始终处于昏睡状态。现在,菲克罗莎·斯捷潘诺芙娜的意识里已经没有他了,德瓦诺夫也感到自己将会睡得很死,会忘记所有的人;他的意识将被肉体的温暖排挤出去,到时候他将成为一个孤独、忧伤的旁观者。

旧的信仰把这种排挤在外的微弱意识称作保护天使。德瓦诺夫还能回想这个作用,他替保护天使感到惋惜,因为保护天使渐渐离开活人憋闷的黑暗而进入寒冷。

在疲惫的寂静中,德瓦诺夫惦念着索尼娅,他不知道自己该怎么办;他真想把她抱在手上,精力充沛地把她带走,无拘无束地欣赏种种美好的景象。窗外的亮光渐渐消失,室内的空气因为没有对流而变得浑浊。

街上,可以听到人们沙沙的脚步声,他们结束了拆卸战争武器的劳动,正在陆续回家。有时候他们拖着重物,一路上顺便把地上的草也铲掉了。

德瓦诺夫悄悄爬上炉炕。菲克罗莎·斯捷潘诺芙娜在胳肢窝里使劲挠痒,不停地翻身。

"躺下了?"她在梦中随便地问了一声,"要不干吗,好好睡吧!"

炕砖很热,德瓦诺夫更加焦躁不安,直到热得精疲力竭,在梦呓中失去知觉,他才睡着了。那些小物件——盒子、陶盆、毡靴、上衣——统统变成了又大又重的东西压在德瓦诺夫身上:他必须放它们进入自己的身体,它们挤得把皮肤都撑起来了。德瓦诺夫最担心的就是皮肤会裂开。最可怕的并非那些获得了生命、正在扼杀他的东西,而是皮肤会爆裂,自己被毡靴上掉下来卡在毛孔里的那些又干又烫的羊毛窒息而死。

菲克罗莎·斯捷潘诺芙娜把一只手搁在德瓦诺夫脸上。德瓦诺夫似乎闻到了一股枯草的气味,他回想起在篱笆旁与可怜的赤脚少女分别的情景,不由得紧紧握住了菲克罗莎·斯捷潘诺芙娜的手。为了静下心来和避免烦恼,他抬起手臂,偎依在菲克罗莎·斯捷潘诺芙娜身上。

"你折腾什么呀,小伙子?"她觉察到了,"别想心事,好好睡吧!"

德瓦诺夫没有搭理。他那似乎变得坚硬的心咚咚地跳了起来,为内在的自由乐得狂跳不止。德瓦诺夫的生命卫士坐在自己的位置上,既不高兴也不伤心,依然坚持责守。

德瓦诺夫熟练的双手抚摸着菲克罗莎·斯捷潘诺芙娜,似乎早就学会了这种本领。他的双手终于在惊恐中停住不动了。

"你想干什么?"菲克罗莎·斯捷潘诺芙娜用低沉的声音轻轻喝住他,"这东西人人都一样。"

"你们是姐妹。"德瓦诺夫说,口气中充满了回忆的柔情,以及通过姐姐替索尼娅做好事的迫切愿望。德瓦诺夫本人既不感到高兴,也并非浑然不觉:他一直在仔细倾听心脏高速而准确的跳动。你瞧,心脏突然松弛下来,减缓了速度,啪的一声关闭了,不过已经空了。刚才心脏张得太大,无意间放走了自己唯一的一只鸟儿。在一旁观察的卫士眼巴巴看着鸟儿渐渐飞走,看着它展开悲伤的翅膀,将自己轻盈的身体带往远方。于是,卫士哭了起来——他在人的一生中只哭泣一次,也只有一次为了怜悯而失去平静。

农舍里苍白的夜色在德瓦诺夫看来有点朦胧,他的眼睛渐渐模糊了。室内的东西在原地变小,德瓦诺夫什么欲望也没有,像健康人那样睡着了。

直到早晨,德瓦诺夫还没能充分休息。他很晚才醒过来,这时菲克罗莎·斯捷潘诺芙娜正在生火准备做饭,可是他又睡着了。他感到浑身乏力,仿佛昨天受了重伤,元气大亏。

快到晌午的时候,"无产阶级力量"在窗口停下。科皮奥金第二次下马,他要找到朋友。

科皮奥金用刀鞘敲了敲窗玻璃。

"房东,把你的房客叫来见我。"

菲克罗莎·斯捷潘诺芙娜摇了摇德瓦诺夫的脑袋:

"小伙子,你醒醒,骑马的人在喊你呢!"

德瓦诺夫刚醒过来,只见眼前是一片蓝色的浓雾。

科皮奥金捧着一件上衣和一顶帽子走进农舍。

"怎么,德瓦诺夫同志,你在这里生根了?给,这是女教师给你捎来的——你的贴身衣服。"

"我永远留在这儿了。"德瓦诺夫说。

科皮奥金低下头,脑子里想不出什么好办法。

"那我走了。再见,德瓦诺夫同志!"

德瓦诺夫透过窗户的上半部分向外望去,只见科皮奥金正向平原的深处走去,前往遥远的地方。"无产阶级力量"要把这位老战士从这里送往共产主义敌人盘踞的地方,科皮奥金——一个贫困、遥远、幸福的身影——渐渐从德瓦诺夫的视野中消失。

德瓦诺夫跳下炉炕，直到路上才想起今后要爱护这条伤腿，眼下就让它忍一下吧。

"你怎么又跑来找我了?"科皮奥金问，他的坐骑正走着慢步，"我可是很快就会死的，剩下你一个人留在马背上! ……"

他把德瓦诺夫扶上马，让他坐在"无产阶级力量"的后背上。

"双手抱住我的肚皮。我们一起走，一起生存。"

直到傍晚之前，"无产阶级力量"走的都是慢步①，而到了晚上，科皮奥金和德瓦诺夫投宿在森林和草原交界处的护林员家里。

"你家里没有什么人来过吗?"科皮奥金问护林员。

许多过路人都曾在这间护林小屋里住过，护林员说：

"现在到处找口饭吃的人还少吗——哪能一个个都记住呢! 我是个公众人物，要我记住每张脸——没这个本领!"

"你院子里怎么有股焦煳味?"科皮奥金想起了空气。

护林员和科皮奥金走到院子里。

"你听见没有，"护林员有所发现，"草在发出沙沙的声音，可是没刮风呀。"

"听不出来。"科皮奥金仔细倾听。

"过路的人都说，那是白色资产阶级在发射无线电信号。闻到了吗，又有一股焦煳味。"

"没闻出来。"科皮奥金用鼻子嗅了嗅。

"你的鼻子堵塞了。这是无线电信号把空气烤煳了。"

"你用棍子来回挥动!"科皮奥金即刻下令，"打乱他们的信

---

① 慢步，马行走分为慢走、快走、慢跑、快跑和奔腾数种。

号——让他们什么也分不清。"

科皮奥金拔出马刀,开始砍杀有害的空气,一直砍到肩胛骨差点脱臼才罢手。

"行了。"科皮奥金撤销命令,"现在他们的信号混乱了。"

胜利后,科皮奥金感到心满意足;他认为革命是罗莎·卢森堡最后的一块遗体,即使很小的一块他也珍藏着。沉默的护林员给科皮奥金和德瓦诺夫每人一块好面包,自己在一旁坐下。科皮奥金不在乎面包的味道——他吃饭不辨滋味,睡觉不怕做梦,生活随大流,不顾及自身感受。

"你为什么要招待我们,也许我们是坏人呢?"德瓦诺夫问护林员。

"你可以不吃啊!"科皮奥金责备说,"粮食自己会从地里长出来,农民只要用犁耙给地挠挠痒就行了,就好比女人给奶牛撸奶子一样! 这是不完全劳动。我说的对吗,主人?"

"是的,应该是这样。"招待他们的主人唯唯称是,"你们掌权,你们看得更清楚。"

"笨蛋,你这富农的亲家,"科皮奥金一听就火了,"我们掌权不是搞恐怖,而是替人民着想。"

护林员表示同意,说现在老百姓确实没人敢胡思乱想了。睡觉前,科皮奥金和德瓦诺夫展望明天。

"你是怎么想的,"德瓦诺夫问,"我们很快能用苏维埃方式重新安置农村吗?"

革命使科皮奥金深信不疑:任何敌人都是非常软弱的。

"不能拖拖拉拉! 我们办事干脆利索。要跟大家说清楚,如果不这样做,干谷的土地要落到乌克兰佬手里了……或者就直接用武装的手段实行劳力畜力义务大搬迁:既然说土地就是社会主义,那赶紧搞社会主义吧。"

"先把水引到草原上,"德瓦诺夫设想,"这一带都是旱地,我们这里的分水界都是里海沙漠的支脉。"

"那我们就把水管铺到那儿。"科皮奥金安慰自己的同志,"我们装上喷头,碰到旱年就浇地,女人养鹅,到时候大家要什么有什么——一片红火景象!"

这时候德瓦诺夫已经睡着了;科皮奥金用一团软草垫在他的伤腿下面,然后自己也躺下一直睡到天亮。

第二天早晨,他们离开林中旷地上的这房子,前往草原边缘方向。

一条陌生的大路上,迎面过来一位行人。他时不时躺下,在路上滚着前进,然后站起来再用脚走路。

"你这是干什么呀,麻风病人?"等到他靠近了,科皮奥金拦住他。

"老乡,我这是滚动式前进。"那人解释说,"两只脚太累了,我让它们歇一会儿,自己的身体还继续前进。"

科皮奥金有怀疑:

"你正常地走给我看看。"

"我是从巴统走来的,两年没见家人了。我只要一停下来休息——马上就会发愁,滚动式前进尽管速度不快,但我想毕竟离家越来越近……"

"前面是什么村子?"科皮奥金问。

"是那个村子吗?"流浪者转过死人似的脸;他不知道他这一生中走的路已经够到月亮的距离了,"那个村子么,好像是可汗家园……谁也搞不清,草原上到处都有村子。"

科皮奥金想进一步了解此人:

"看样子,你很爱自己的老婆……"

步行者看了一眼两位骑马的人,那双眼睛因为长途跋涉而变得模糊不清。

"当然,我尊敬她。她生孩子的时候,我痛苦得爬上了屋顶……"

可汗家园里弥漫着浓烈的食物香味儿,这是在用粮食酿私酒。由于这项秘密产业,一个放荡的女人在街上到处乱窜。她冲进每户人家,马上又被赶了出来。

"战线掉头了!"她向男人们报警,自己恶狠狠地打量着科皮奥金和德瓦诺夫这支武装力量。

农民们纷纷往火里浇水——家家户户冒出呛人的浓烟;他们匆匆忙忙把酒糟倒进猪食槽,猪吃了就醉醺醺地在村子里到处乱跑。

"村苏维埃在哪里,老实人?"科皮奥金问一个瘸腿的公民。

瘸腿的公民走得又慢又傲,怀着莫名的自尊。

"你说我是老实人? 你们夺去了我一条腿,现在叫我老实人? ……这里没有村苏维埃,我是乡革委会的全权代表,贫农的惩治政权和力量。你别看我是瘸子,我是这里最聪明的人: 我什么都行!"

"听我说,全权代表同志!"科皮奥金说,口气威严,"这位是省执委会首席特派员!"德瓦诺夫下马把手伸给全权代表,"他在省里搞社会主义,贯彻革命良心和人力畜力义务役的战斗部署。你们这里有什么情况?"

全权代表一点也不怯场:

"我们这里智慧很多,就是缺少粮食。"

德瓦诺夫揭穿他:

"不过从地主手里夺来的土地上全是私酒的味儿。"

全权代表觉得大受委屈。

"同志,你别瞎说!昨天我签署了专门的命令:今天是庆祝摆脱沙皇统治的全村祈祷。我允许老百姓一天一夜之内可以自由活动——现在你想干什么就干什么:我不会反对,革命在休息……你感觉到了吗?"

"谁让你自作主张的?"科皮奥金板起脸问。

"我在这里就是列宁!"瘸子解释不言自明的理由,"眼下是富农养贫农——凭我的收据,我检查执行情况。"

"你检查了吗?"德瓦诺夫问。

"挨家挨户的普查和有选择的抽查:全都按照程序。酒的纯度高于战前,无马户都满意。"

"那为什么有女人吓得到处乱跑?"科皮奥金想了解存在的问题。

瘸子自己也很恼火:

"还缺少苏维埃觉悟。他们害怕遇见客人同志,宁肯把财产往牛蒡里倒,假装是国家的贫农。他们藏的地方我都知道,他们生活的全部意义我都能看到……"

瘸子的姓名叫费奥多尔·陀思妥耶夫斯基:这是他自己在专门文件中重新登记的。该文件称,乡革命委员会全权代表伊格纳季·

莫肖科夫听取了公民伊格纳季·莫肖科夫为纪念著名作家而改名为费奥多尔·陀思妥耶夫斯基的申请,现决定如下:从新的一昼夜开始,改名永远有效,并建议全体公民重新审查自己的绰号——是否让他们满意——这是暗示大家必须模仿他都去改名。费奥多尔·陀思妥耶夫斯基发起这个运动是为了公民的自我完善:谁叫李卜克内西①,就要像李卜克内西那样生活,否则就收回这个光荣的名字。遵照这样的程序,有两位公民通过了改名登记:斯捷潘·切切尔成了克里斯托弗·哥伦布②,挖井工彼得·格鲁金成了弗朗茨·梅林③,通俗的叫法就是梅林。陀思妥耶夫斯基登记这两个名字是有条件也是有争论的:他给乡革委会写信询问哥伦布和梅林这两个人是否能够成为今后生活的榜样,或者哥伦布和梅林对革命来说仅仅是默默无闻的小人物。乡革委会的批复还没有收到。斯捷潘·切切尔和彼得·格鲁金原先都是无名之辈。

"既然改了名,"陀思妥耶夫斯基对他们说,"那总要做点突出的事情。"

"一定做到,"两人回答,"只是请你正式批准,还要给我们开一张证明。"

"你们口头上先这样叫吧,证件还是照原来名字登记。"

"哪怕口头也行。"两位申请的人请求道。

科皮奥金和德瓦诺夫碰到陀思妥耶夫斯基的那几天,刚巧他正

---

① 卡尔·李卜克内西(1871—1919),德国政治家,律师,德国社会民主党左派著名领袖,曾参与创立德国共产党。
② 克里斯托弗·哥伦布(1451—1506),意大利著名航海家,地理大发现的先驱者。
③ 弗朗茨·梅林(1846—1919),德国政治家、历史学家和文学批评家,德国共产党创始人之一。

在思考完善生活的种种新方法。陀思妥耶夫斯基考虑过同志式婚姻,生活的苏维埃意义,为了提高粮食产量是否可以消灭黑夜,组织每天的劳动幸福,以及灵魂是什么——是那愁苦的心脏还是头脑中的智慧——陀思妥耶夫斯基还在为许许多多的其他问题绞尽脑汁,闹得晚上全家都不得安宁。

陀思妥耶夫斯基家里有藏书,这些书他都能背出来,它们消除不了他的疑虑,因此陀思妥耶夫斯基只能自己思考。

在陀思妥耶夫斯基家吃了黍米粥,德瓦诺夫和科皮奥金开始跟他进行一场紧急的谈话,话题是无论如何必须在来年夏天建成社会主义。德瓦诺夫说,这样紧迫的任务是列宁亲自论证过的。

"苏维埃俄罗斯,"德瓦诺夫开导陀思妥耶夫斯基,"就好像一棵年轻的小白桦,资本主义这只羊要扑过去攻击它。"

他甚至引用了报纸上的口号:

小白桦,快快长,
别让欧洲羊一口吃了!

陀思妥耶夫斯基在一门心思设想无法避免的资本主义危险,吓得脸都白了。确实,他在想象:白羊吃光了幼树的树皮,革命彻底暴露后会冻死的。

"那该谁来干呢,同志们?"陀思妥耶夫斯基慷慨激昂地喊道,"咱们说干就干:赶在新年之前就能搞成社会主义!白羊夏天跑过来,苏维埃的白桦树早已根深叶茂了。"

陀思妥耶夫斯基认为社会主义就是好人社会。物资和设备他并不知道。德瓦诺夫一下子领会了他的意思。

"不,陀思妥耶夫斯基同志。社会主义就像太阳,夏天才升起来。社会主义应该建在草原的松软的高坡上。你们村子有多少人家?"

"我们村子住户很多:三百四十户,单独居住的还有十五家。"陀思妥耶夫斯基汇报说。

"这就好。你们应该分成五六个小组,"德瓦诺夫想出了个主意,"立即宣布实行劳力义务役——先挖水井备用,开春后就用畜力运建筑物。你们有挖井工吗?"

陀思妥耶夫斯基慢慢地吸收德瓦诺夫的话,把它们变成可以看得见的场景。他缺乏想出真理的能力,只有把思想变成自己区内的事件之后,他才能明白,但这个过程十分缓慢:他必须在头脑中先设想那片熟悉的草原是空的,再把自己村子分门别户地安排到这里,最后看效果怎样。

"挖井工倒是有的,"陀思妥耶夫斯基说,"譬如弗朗茨·梅林:他用脚就能发现水。他到山沟里转一圈,朝地上看一眼,就说:伙计们,在这里挖下去六俄丈①。后来,水真的哗哗地流出来了。看样子,他这本领是爹妈给的。"

德瓦诺夫帮陀思妥耶夫斯基设想的社会主义,就是户数不多、劳动互助、带公有宅边地的居民点。陀思妥耶夫斯基已经接受了一切,但觉得还缺少打谷场上那种共同的欢乐气氛,设想中的未来应该成为爱和温暖,应该让良心和焦躁进入他的身体——因为现实中

---

① 俄丈,长度单位,1 俄丈等于 2.134 米。

暂时还没有真正的社会主义。

科皮奥金听着听着就来气了：

"你这坏家伙：省执委会要你夏天之前搞成社会主义！请你拔出共产主义之剑，我们有铁的纪律。你怎么称得上是这里的列宁，你是苏维埃的看门人：你是在给破坏拖后腿，你这害人的家伙！"

德瓦诺夫继续开导陀思妥耶夫斯基：

"地球因为种植了草作物将变得更明亮，从其他星球上看得更清楚。还有，水汽交换也更加频繁，天空将变得更蓝更清澈！"

陀思妥耶夫斯基听了大喜过望：他终于看到了社会主义。这就是蓝色、温润、靠牧草气息当养料的天空。风集体地轻轻吹拂丰饶的湖水般平坦的土地，生活幸福得无声无息。剩下的唯一一件事就是确定生活的苏维埃意义。为此，大家一致选择了陀思妥耶夫斯基；你瞧，他不吃不睡坐了四十个日日夜夜，沉浸在忘我的冥思苦想中；纯洁美丽的姑娘为他送来美味佳肴：红甜菜汤和猪肉，可是又原封不动地拿回去：陀思妥耶夫斯基无法从自己的职责中清醒过来。

姑娘们爱上了陀思妥耶夫斯基，但她们人人都是党员，又有纪律的约束，她们不可能表白，出于觉悟，她们只能默默地折磨自己。

陀思妥耶夫斯基用指甲抠桌面，仿佛要把时代一分为二：

"我保证搞成社会主义！黑麦还没成熟，社会主义就该搞成了！……我要找一找原因：为什么发愁？我这是给社会主义闹的。"

"是的，"科皮奥金表示肯定，"人人都爱罗莎。"

陀思妥耶夫斯基注意到了罗莎，但没有全明白——他猜想罗莎大概是革命的简称，或者是他不知道的一个口号。

"你说得完全正确，同志！"陀思妥耶夫斯基十分满意，因为基本的幸福已经发现，"不过，为了领导这地区的革命，我还是掉了不少肉啊。"

"可以理解：这里发生的所有事情你都得顶着。"科皮奥金给陀思妥耶夫斯基留了面子。

那天夜里，陀思妥耶夫斯基无法安然入眠：他辗转反侧，不停地嘟囔着自己思考的细枝末节。

"你怎么了？"尚未睡着的科皮奥金听到了陀思妥耶夫斯基的嘟哝，"你愁得腮帮子都抽筋了？那你最好回想内战中那些牺牲品吧，你就会伤心的。"

夜里，陀思妥耶夫斯基叫醒了睡着的人。科皮奥金还没有清醒过来，便一把抓住马刀——为迎击突袭的敌人。

"我把你叫醒是为了苏维埃政权！"陀思妥耶夫斯基解释道。

"那为什么不早点叫醒我？"科皮奥金严厉地问。

"牲畜的总头数我们还没有想出来。"陀思妥耶夫斯基即刻回应说，他花了半夜时间从社会主义事业一直想到了目前的生活，"假如没有牲畜，哪一位公民愿意跟你去松软的草原？到时候干吗要把房子打成行李包运走？……我愁得一夜没睡着……"

科皮奥金抠了几下自己又瘦又尖的喉结，似乎要把它掏出来。

"萨沙！"他对德瓦诺夫说，"你别光顾睡了：你告诉这个分子，说他不懂苏维埃的法律。"

科皮奥金皱起眉打量陀思妥耶夫斯基。

"你是白军的帮凶，你不是本地区的列宁！他哪能考虑这些问题。如果哪家还有活的牲口，明天统统都给我赶出来，再按照人头和革命感情进行分配。哈哈——这样就行了！"

科皮奥金很快又睡着了：他不理解也不存在那些心灵的疑惑，他认为怀疑是对革命的背叛；罗莎·卢森堡早就替大家把一切都想好了——现在剩下的就是用武装的手段建立功勋，打垮有形和无形的敌人。

第二天早晨，陀思妥耶夫斯基视察可汗家园，向每家每户宣布乡革委会和省执委会的联合命令——对牲畜进行革命的分配，概莫例外。

牲口被带到教堂前广场，只听得有产人民的一片哭声。见到那些哭哭啼啼的主人和怨声载道的老太太，连穷人也感到难受，有几个穷人也哭了，尽管他们会有一份收获。

女人们在亲吻奶牛，男人们牵着自己的马，显得特别温柔，不停地鼓励它们，就像送儿子上战场，他们自己还拿不定主意：究竟要不要为它们痛哭一场，或者就这样算了。

有一个农民，细长的个儿，光光的小脸蛋，声音像姑娘，他牵来了自己的走马①，不仅没有抱怨，还安慰忧心忡忡的乡亲们：

"米特里大叔，你这是怎么了？"他大声问伤心的老人，"你这不是成心害它吗？怎么，你是跟自己的命根子彻底告别吗？你瞧你，伤心成这模样！不就是一匹马么，抢了就抢了，让它见鬼去吧，咱们再养一匹。你把自己的伤心事都收起来吧！"

陀思妥耶夫斯基了解这农民：这是一个逃避当兵的老人。他打小时候起就来历不明，既没有证明也没有证件，每一次战争都不能应征入伍：没有正式的出生年月，也没有姓名，因此，形式上他就根

---

① 走马，俄罗斯的一种名马。

本不存在。为了说明的确有这么个人，也是为了过日子方便，邻居们给这个逃兵起了个绰号叫"半拉子"，在原先的村苏维埃花名册里就没有给他登记过。曾经有一名书记，在所有村民的花名册后面添了一个栏目："另类分子：1号"，"性别：可疑"。后来的一名书记不明就里，便在登记大牲畜的栏目中又增加了一头，把"另类分子：1号"这栏目一笔勾销了。这样一来，"半拉子"虽然活着，可是在公共生活中没有名分，就像大车上掉到地上的一粒麦子。

不过，前不久陀思妥耶夫斯基用墨水把他登入了公民册，名称是"无姓名的逃亡中农"——从而牢固地确定了他的存在：好像为了苏维埃的利益，是陀思妥耶夫斯基把他给生了出来。

在古代，草原上的生活是跟着牲畜的脚印走的，老百姓中间至今还保留着那种没有牲畜就会饿死的恐惧，因此他们之所以痛哭流涕，与其说是害怕损失，倒不如说是出于偏见。

德瓦诺夫和科皮奥金过来的时候，陀思妥耶夫斯基刚开始给贫农分牲畜。

科皮奥金检查他：

"别犯错误：你的革命感情充分吗？"

陀思妥耶夫斯基手中有权，他骄傲地把手从肚皮一直撸到脖子。他想出了一个简单明了的分配方法：最穷的分到最好的牛马，而牛马数量很少，中农就摊不到什么了，仅个别人分到了一只羊。

事情快顺利结束的时候，那个半拉子站出来，用嘶哑的声音说：

"费奥多尔·米哈伊洛维奇·陀思妥耶夫斯基同志，我们的事儿当然荒唐，不过，请你别生气，要是我说了什么不中听的话。你千万别生气！"

"说吧,半拉子公民,大胆地说出你的心里话!"陀思妥耶夫斯基公开地表示允许,也是为了教育大家。

半拉子转过身,面对着哭哭啼啼的人们。伤心的人们中间也包括贫农,他们牵着分到的牲口心里感到害怕,好几个贫农偷偷地把牲口还给了有产者。

"既然这样,那我就把憋在心里的话都说给大家听一听。我现在提一个傻问题:比如说吧,彼得·雷若夫怎么养我的那匹走马?他的所有饲料就是那个草屋顶,家里没有一根竿子,肚子里只有半个土豆,那还是前天吃的。第二,——你别生气,陀思妥耶夫斯基同志——你的事是革命,这我们知道。第三,往后有了小马驹怎么办?现在我们是贫农了:有马的人没准会给我们生小马驹吧?陀思妥耶夫斯基同志,请你问一下有马的贫农,他们愿意给我们喂养小马驹和小牛犊吗?"

听他说得头头是道,大家都愣住了。

半拉子看到大家一声不吭,继续说道:

"照我看来,再过五六年,任谁家都不会有比母鸡大的牲口了。谁愿意让自己的母马母牛替邻居怀崽?就是现在这些牲口,用不了多久也都会死的。我那匹走马到了彼得手里肯定第一个死——他这人从小到大都没见过牲口,除了几根橛子,他没有一点饲料!陀思妥耶夫斯基同志,请你说服我——不过你别生我的气!"

陀思妥耶夫斯基马上安慰他:

"你说得对,半拉子,这样分配一点没用处!"

科皮奥金一下子冲到人群中的空地上。

"谁说一点没用处?你怎么站到土匪的立场上了?看我马上来

收拾你！公民们，"科皮奥金浑身颤抖，语带恐吓，"刚才富农半拉子说的那些情况，是绝不会出现的。社会主义一来就能解决所有问题。还没来得及做什么事情，形势就一片大好！鉴于大家对雷若夫的走马表示异议，我提议将它转交给省执委会全权代表——德瓦诺夫同志。现在——解散，贫农同志们，快去跟崩溃做斗争！"

贫农们迟疑不决地带着牛马走了，他们都忘了该怎么牵牛牵马。

半拉子目瞪口呆地看着科皮奥金——让他痛苦的已经不是失去了走马，而是有种好奇。

"请允许我问您一句话，省执委会的同志。"半拉子终于鼓起勇气说，那口气像孩子。

"又没有给你掌权，尽管问吧！"科皮奥金动了侧隐之心。

半拉子很有礼貌地一本正经问道：

"什么是社会主义？社会主义会怎么样？那里的财富怎么增加？"

科皮奥金毫不费力地解释：

"假如你是贫农，你自己就明白；假如你是富农，你什么也不明白。"

晚上，科皮奥金和德瓦诺夫打算离开，但陀思妥耶夫斯基请他们一直留到明天早晨，他想彻底问个明白——草原上怎么开始搞社会主义，最后怎么收场。

科皮奥金因为停留的时间过长心里有点烦了，决定夜间出发。

"已经什么都给你说了，"他向陀思妥耶夫斯基做指示，"牲口有了。阶级群众有了。现在你要宣布劳力畜力义务役——在草原上打井挖水池,一开春就搬房子。注意了,夏天之前草地里一定要见到社会主义! 到时候我回来检查你!"

"这么搞的结果,将来只剩下贫农,干活也全靠他们了——他们有马,而富农活着也没有用处!"陀思妥耶夫斯基又有了新的疑问。

"那又怎么样?"科皮奥金丝毫不奇怪,"社会主义就应该出自纯粹的贫农之手,富农在斗争中灭亡。"

"这就对了。"陀思妥耶夫斯基满意了。

夜里,德瓦诺夫和科皮奥金给陀思妥耶夫斯基严格规定了建成社会主义的期限,然后离开了。

半拉子的走马与"无产阶级力量"并肩而行。两个骑马的人感受到了那条吸引他们走出拥挤的人群、通往远方的道路,心情顿时舒畅多了。他们滞留了一天一夜,两个人的心里都积聚了烦恼的力量;因此,德瓦诺夫和科皮奥金都害怕农舍的天花板,迫切向往踏上那些能吸收他们多余心血的道路。

迎面而来的是一条宽阔的县道,两位骑手让马儿的步伐从慢走换成草原小跑。

高悬在他们头顶上方的夜间的云,若有若无地残留着落日的余晖,被白天的风吹瘪了的空气纹丝不动。低垂的空间清新而寂静,德瓦诺夫觉得浑身乏力,在马背上打起了瞌睡。

"要是前面遇到人家,咱们就停下来睡到天亮。"德瓦诺夫说。

科皮奥金指了指不远处的一片森林。在辽阔的大地上,这片呈带状的森林显得特别黑,特别静,特别舒适。

"那里准有护林哨卡。"

一走进这片郁郁葱葱的树林,两位行路人就听到了哨卡几条狗的吠声,它们在黑暗中守护着孤零零的护林人家。

这位护林官守护森林是出于对科学的热爱。此刻,他正在看古书。他在以往的历史中寻找与苏维埃类似的时代,他想了解革命今后的艰难命运,并且找到拯救自己家庭的办法。

他的父亲也是林务官,留给他不少无人问津的廉价图书,这些书的作者都是极其平庸、默默无闻、被人遗忘的人。他告诉儿子,决定生命的真理就蕴藏在那些被遗弃的书籍中。

林务官的父亲把不好的书比作尚未出生就死在母腹中的婴儿,他们过于娇嫩的身体无法适应这粗暴的,甚至侵入到母亲体内的世界。

"假如有十个这样的婴儿能够存活,那他们可以把人变成自尊自爱的高尚生物。"父亲告诉儿子,"如今出生的尽是些脑子糊涂、心灵麻木的东西,他们可以忍受恶劣的自然环境,为了争抢食物而斗得你死我活。"

林务官今天看的是尼古拉·阿尔萨科夫的著作,1868 年出版。书名是《二等人》,林务官透过枯燥乏味的文字在寻找自己需要的内容。林务官认为,只要读者在书中仔细寻找生命的意义,那就根本不存在枯燥乏味、缺乏思想的著作。只有无聊的读者才会有无聊的书,因为能使书本起作用的是读者的探索精神,而不是作者的技巧。

"你们从哪里来?"林务官心里在问布尔什维克,"你们大约以前就出现过,倘若没有模仿,没有剽窃,那就什么也不会发生。"

两个幼小的孩子和肥胖的妻子睡得正香。林务官看着他们,禁不住思绪万千,他要守护这三个宝贵的生命。他想发现未来,早做安排,不让自己最亲密的人死去。

阿尔萨科夫写道,只有二等人才能带来缓慢的利益。过于聪明的人往往一事无成——就像一棵草长在肥沃的土地上,不等成熟就倒下了,也无须收割。高等人加速生命只会导致疲惫,生命也就失去了原有的意义。

"人们尚未完全明白,就过早开始行动了。"阿尔萨科夫教导说,"如果可能的话,应该使自己的行动保持在减损状态,让善于观察的那一半心灵获得自由。观察——这是从他人的行为中获得自我教育。人们学习自然环境的时间应该尽量延长,开始行动的时间要延迟,这样就不会犯错误,步子迈得稳健,还可以利用手中的武器——成熟的经验。必须牢记,共同生活的所有罪恶全都来自血气方刚的大人物的干扰,而这些大人物的智力只有少年的水平。只要让历史安定五十年,大家不费力气就能获得富足安康。"

几条狗发出一阵警告的叫声,林务官拿起步枪,出门迎接深夜来客。

林务官带领两匹马以及德瓦诺夫和科皮奥金,穿过由忠诚的大狗和正在长大的小狗组成的队伍。

半个小时之后,主客三人已经站在充满生活气息的木屋中,围在一盏灯旁边。林务官给客人们摆上牛奶和面包。

他十分警惕,对深夜来客预先做了最坏的打算。但是,德瓦诺夫一张平常的脸和滞呆的眼神让林务官放下心来。

吃喝过后,科皮奥金拿起那本打开的书,费劲地看了阿尔萨科夫写的内容。

"你觉得怎么样?"科皮奥金把书递给德瓦诺夫。

德瓦诺夫看了。

"资本主义理论：安安稳稳过日子吧。"

"我也这样认为！"科皮奥金说着把这本有害的读物撂在一边，"你说，到了社会主义我们该怎样处理森林？"科皮奥金伤心地叹了口气。"同志，请问一俄亩①森林的收益是多少？"德瓦诺夫问林务官。

"有多有少，说不准。"林务官难以作答，"要看是什么树种，树龄多久，长势如何——这有很多因素……"

"那平均数呢？"

"平均的话……应该是十至十五卢布之间。"

"就这么一点儿？要是种黑麦，或许收入多一点？"

林务官害怕了，尽量不说错话。

"黑麦要多些……农民种一亩地的纯收入是二十至三十卢布。我想不会再少。"

科皮奥金的脸上顿时露出受骗上当的狂怒表情。

"那就立即把树林砍了改种粮食！这些树占去了越冬作物的位置……"

林务官不再吭声，警惕地看着激动不已的科皮奥金。德瓦诺夫用铅笔在阿尔萨科夫的书上计算林业造成的损失。他又问森林占地多少亩——最后算出了总数。

"这片树林让农民一年损失大约一万卢布。"德瓦诺夫平静地说，"种黑麦也许更合算。"

"当然合算！"科皮奥金大声说，"这是护林员亲口给你说的。一

---

① 俄亩，面积单位，1 俄亩等于 1.09 公顷。

定要把这片树林砍光,种上黑麦。你写个命令,德瓦诺夫同志!"

德瓦诺夫想起自己好久没有跟舒米林联系了。舒米林肯定不会批评他擅自行动,因为这符合明显的革命利益。

林务官大着胆子表示异议:

"我想告诉你们,近来擅自砍伐的现象越来越严重,再也不能继续砍伐这些树木了。"

"好啊,砍了更好。"科皮奥金充满敌意地回应道,"我们是跟着人民的脚步走,而不是走在他们前面。就是说,人民自己感觉到,黑麦比树木收益多。萨沙,你写个砍树的命令吧。"

德瓦诺夫写了一份长长的告全体上莫特宁乡贫农的命令式呼吁书。这份以省执委会名义发布的命令要求他们领取贫农身份证明并立即砍伐比特尔曼诺夫林区的树木。命令指出,这样一来,马上可以铺设两条通往社会主义的大道。一方面,贫农可以得到木材——用于在草原的高坡上建设新的苏维埃城市,另一方面,可以腾出土地种植黑麦和其他远比多年成才的树木收益更大的作物。

科皮奥金把命令看了一遍。

"好极了!"他大为赞赏,"让我也在下面签上名字,这样更加吓唬人:这里的许多人都还记得我——我可是武装人员。"

他写下自己的头衔:"上莫特宁区罗莎·卢森堡布尔什维克野战部队司令斯捷潘·叶菲莫维奇·科皮奥金。"

"你明天送到附近几个村子,其他村子自然会知道的。"科皮奥金把命令交给林务官。

"砍了树木那我干什么?"林务官请示科皮奥金。

科皮奥金指示:

"跟大家一样——种地吃饭！你原来一年的薪水没准能养活一个村子！现在你就跟群众一样过日子吧。"

时间已晚。革命的深夜覆盖在大难临头的森林上空。革命前，科皮奥金什么也没有认真体验过——森林，人，被风驱赶的空间，这一切都没有感动过他，他也从来没有干涉过。现在要改变了。科皮奥金耳听冬夜平稳的隆隆声，心里希望黑夜在苏维埃大地上能够顺利结束。

科皮奥金心里装着的不仅仅是对牺牲的罗莎·卢森堡的爱——这爱仅仅埋藏在自己温暖的窝里，但编织这窝的材料是嫩枝绿叶——是对苏维埃公民无微不至的关怀，是对所有穷困潦倒的人们的哀怜，是在跟每时每刻都会遇到的穷人的敌人的斗争中建立起的惊天动地的丰功伟绩。

黑夜正在送走自己在比特尔曼诺夫森林上空的最后几个小时。德瓦诺夫和科皮奥金睡在地上，睡梦中还时不时伸展骑马骑累了的两条腿。

德瓦诺夫梦见自己还是个小孩，正乐滋滋地搓揉着母亲的乳房，因为他看到别的孩子都这么做，但是他不敢也不能抬眼看母亲的脸。他朦胧地意识到这种惧怕的感觉，同时也害怕在母亲的脖子上看到另一张脸——虽然同样可爱，但不亲切。

科皮奥金什么梦也没做，他的一切都在现实中实现了。

此时此刻，也许幸福本身正在寻找幸福的人，而幸福的人们摆脱了白天需要关心的种种社会事务，正在休息，他们不记得自己跟幸福有缘。

　　第二天早晨,德瓦诺夫和科皮奥金天一亮就出发上路了,晌午过后他们去参加位于诺沃谢洛夫县南部的"贫农友谊"公社管委会的会议。公社占据了原来属于卡里亚金的产业,现在正讨论为公社的七个社员家庭改造建筑物的问题。会议快结束的时候,管委会采纳了科皮奥金的提议:给公社留下最必需的东西——一栋房子、一间板棚和一间仓房,剩下的两栋房子和其他杂房拆了分给邻近村子,免得公社的多余财产压迫周围的农民。

　　接着,公社的文书开始写晚餐券,每张就餐券都写上口号:"全世界无产者,联合起来!"

　　公社的全体成年人——七个男人,五个女人和四个姑娘——都在公社里担任一定的职务。

　　职务分工的详细名单挂在墙上。根据名单和日程,大家整天都在忙于自我服务;职务名称更新后显得更加尊重劳动,比如公共饮食部主任,畜力运输部部长,钢铁部总管——负责管理农具和建材(铁匠、木匠和其他手艺兼具一身),公社保安部主任,对尚未组织起来的村子进行共产主义宣传的宣传部主任,公共教育部教育长,以及其他服务性职务。

　　这张名单科皮奥金看了很久,一边看一边在琢磨着什么。接着,他问正在晚餐券上签字的公社主席:

　　"你们的地种得怎么样?"

　　主席边签字边回答:

　　"今年没有种。"

　　"为什么没种?"

　　"不能破坏内部制度:不然要解除所有人的职务——那还成什

么公社？好不容易才把事情安排妥当，再说了——庄园里还有粮食……"

"行，既然有粮食，那就这样吧。"科皮奥金把疑虑撇在一边。

"有啊，有啊，"主席说，"我们立即进行了核算——人人都能吃饱。"

"这就对了，同志。"

"毫无疑问：我们都做了登记，按人口保留。我们还请来了一名医士，让他不带偏见地确定食品定量，定了就永远不变。这里做每一件事都要大伤脑筋：公社是桩伟大的事业！要使生活复杂化！"

科皮奥金也同意这样安排——他相信，人们自己会公正地管理自己，只要不去干扰他们。他要做的事情——保持社会主义道路的纯洁性；为此，他往往动用自己的武力手段，也做出过强硬的指示。科皮奥金感到困惑的只有一件事，就是主席刚才提到的——使生活复杂化。他甚至跟德瓦诺夫商量过：要不要立即解散贫农友谊公社，因为在复杂的生活中分不清楚究竟谁压迫谁。不过德瓦诺夫劝阻他。"随它去，"他说，"他们要搞复杂化是因为高兴，是因为对脑力劳动产生了浓厚的兴趣——从前他们干活仅靠两只手，不动脑子；现在就让他们为自己的理智而高兴吧。"

"好吧，"科皮奥金明白了，"那他们应该搞得更复杂些。要全力帮助他们。你给他们出出点子……模糊的。"

德瓦诺夫和科皮奥金在公社停留了一昼夜，让他们的马吃饱喝足能走远路。

从清新晴朗的早晨开始，公社按惯例召开全体社员大会。为了及时关注日常事件，两天就要召开一次大会。议事日程包括两项：

"目前形势"和"日常事务"。大会开始之前,科皮奥金请求发言,大家表示欢迎,甚至建议演说不受时间限制。

"你就敞开说吧,离天黑时间还长着呢。"主席告诉科皮奥金。

但是,科皮奥金没法有条有理地说上两分钟,因为脑子里会冒出各种各样无关的想法,它们争先恐后,乱作一团,结果他不得不停止演说,兴致勃勃地倾听头脑中的吵闹声。

现在,科皮奥金终于摸到了门道。他说,"贫农友谊"公社的目标就是使生活复杂化,从而造成混乱局面,并以全部的复杂性回击隐藏的富农。科皮奥金解释说,待到一切变得复杂、混乱和莫名其妙的时候,老实的头脑才能出活儿,而另类分子根本无法钻进复杂的狭缝中。

"因此,"科皮奥金想尽快结束演说,免得忘了具体的建议,"因此,我提议公社的全体大会不是两天开一次,而要每天都开,甚至一天开两次:第一,为了使共同生活复杂化;第二,为了目前的事件不至于因为不受重视而消失得无影无踪——一天一夜之内发生的事情还会少吗?而你们还蒙在鼓里,就像在草丛里睡大觉……"

科皮奥金的演说突然停止,就像河水流到浅滩上干涸了,所有的词儿他一下子全忘了,只是把一只手按在马刀的刀柄上。大家看着他既害怕又尊敬。

"主席团建议一致通过。"主席用老练的口气做了总结。

"好极了!"站在最前面的公社成员说,此人就是相信陌生人智慧的畜力运输部部长。大家举起手——举得又齐又直,展现出一个好习惯。

"这样可不行!"科皮奥金大声宣布。

"怎么回事?"主席慌了。

科皮奥金沮丧地朝与会者挥了挥手。

"最好有一位姑娘始终投反对票……"

"为什么,科皮奥金同志?"

"你们真是少见多怪:也是为了复杂化呀……"

"明白了——说得对!"主席高兴极了,立即建议大会指定家禽和黑麦部主任玛拉尼娅·奥特维尔什科娃永远投反对票。

接着,德瓦诺夫报告目前形势。他注意到了一个致命的危险:到处流窜的土匪威胁着那些分散在人烟稀少、充满敌意的草原上的公社。

"这些家伙,"德瓦诺夫指的是土匪,"他们想扑灭曙光,可曙光不是蜡烛,而是伟大的天空,空中那些遥远而神秘的星星隐藏着人类子孙后代的崇高而强大的未来。因为毫无疑问的是,征服地球之后,全宇宙共命运的时刻即将来临,人类最后审判宇宙的那一刻也将到来……"

"说得真精彩。"夸奖德瓦诺夫的还是那位畜力运输部部长。

"认真听,别打岔。"主席悄悄提醒他。

"你们的公社,"德瓦诺夫接着说,"应该用巧计战胜土匪,让他们不明白这里的名堂。你们办事要办得既聪明又复杂,从外表一点儿看不出有共产主义,实际上就在眼前。譬如说,一名土匪拖着支破枪闯进公社的庄园,他在观察可以抢什么东西杀哪个人。可是书记手拿票证簿迎上去对他说:'公民,如果你需要什么东西,那你可以领取一张票证再去仓库——如果你是贫农,那可以免费得到自己的一份口粮,如果你是另类分子,那你就在我们这儿担任一定的职务,比如说担任打狼员,就在这岗位上服务一昼夜。'我向公民们保证,没有一个土匪敢向你们搞突然袭击,因为他不可能一下子明白你们要干什么。接下来,你们要么花点钱把他们打发走,如果土匪比你们人多,那么就抓他们几个俘虏,如果他们感到纳闷,莫名其妙地扛着破枪在庄园里到处转悠。我说得对吗?"

"大体正确。"还是那个多嘴多舌的畜力运输部部长说。

"一致通过,一票反对,是吧?"主席宣布。不过,最后的情况更加复杂:玛拉尼娅·奥特维尔什科娃当然投反对票,除了她,肥料部主任——那个红褐色头发,面孔与群众相同的公社成员——投了弃权票。

"你怎么搞的?"主席为难了。

"我弃权是为了复杂化呀!"那人想出了应对的理由。

结果,根据主席提议,大家规定他要一直投弃权票。

晚上,德瓦诺夫和科皮奥金打算继续赶路,前往黑色卡里特瓦河谷地。一帮土匪公然盘踞在那儿的两个村子里,有计划地杀害全区的苏维埃政权成员。公社主席央求德瓦诺夫和科皮奥金留下来参加公社的晚间会议,一起讨论建立革命纪念碑的问题。主席提出建在院子中央,而玛拉尼娅·奥特维尔什科娃主张建在花园里。肥料部部长弃权,什么也没说。

"照你的意见,哪儿也别建,是吗?"主席问弃权者。

"我弃权就是表明我个人的意见。"肥料部长回答得符合逻辑。

"但是多数人——赞成,那就只能建了。"主席心里没底,"主要的是,树立什么样的形象。"

德瓦诺夫在纸上画好了图样。

他把图样交给主席,解释说:

"横躺的'8'字表示时间永恒,竖直的双头箭表示空间无限。"

主席把图样展示给全体与会者:

"这里既有永恒又有无限,什么都有了,比这高明的谁都想不出来:我提议通过。"

大会表决通过,一人反对,一人弃权。纪念碑决定建在庄园磨坊的一块石头上,这块石头盼望革命已经盼了好多年。纪念碑交给铁匠用铁条制作。

"我们在这里组织得挺好。"第二天早晨德瓦诺夫对科皮奥金说。他们沿着土路,头顶仲夏的云彩,朝着远方的黑色卡里特瓦谷地前进。"现在他们要开始搞加强的复杂化,为了复杂化,开春前他们肯定会去耕地,再也不吃庄园里的剩粮了。"

"想得真周到。"科皮奥金幸福地说。

"当然要周到。有时候为了复杂化,健康人装成病人,只要告诉他病得还不够,说得他深信不疑,最后他的病自然就好了。"

"明白了,这时候他会觉得健康是一种新的复杂化和看走了眼的稀罕之物。"科皮奥金觉得明白了,但心里在嘀咕,"复杂化——这词儿多好,可是说不清楚啊!就像说'目前形势'①一样。瞬间,又是流动的:简直难以想象。"

"那些个说不明白的词儿叫什么来着?"科皮奥金虚心地问道,"是不是叫'书语'②?"

---

① "目前形势",原为"流动的瞬间"之意,一般译作"当前局势""时事"等。

② "书语",应该是"术语",作者暗示科皮奥金没文化。

"叫术语。"德瓦诺夫回答很简单。他内心喜欢愚昧胜过文明:愚昧是一片纯洁的土地,上面可以长出各种知识的植物,而文明是一片长满了植物的土地,土壤的精华已经被植物吸收掉,再也长不出什么了。因此,德瓦诺夫感到满意的是,俄罗斯的革命已经把少有的几个长满植物的地方彻底铲除干净,而人民过去是,现在依然是一片干净的土地——没有种过庄稼的肥沃的空地。因此,德瓦诺夫不急于去播种什么:他认为,好的土壤不会空等很久,只要战争的风不把资本主义杂草的种子从西欧吹过来,一定会自动长出某种前所未有、极其珍贵的东西。

有一天,在一马平川的草原上,他发现远处有一群人在那儿慢慢走动。看到他们人数众多,他内心不禁升起一股欢快的力量,仿佛他与那些无法接触到的人之间是息息相通的。

科皮奥金低着脑袋,一心想着罗莎·卢森堡。突然,他心神不宁的谜底无意间被揭开,但是,延续不断的生命的谵妄马上用自己的温暖使他一下子恢复了理智。于是,他再次预见到自己很快就会到达另一个国家,然后去亲吻罗莎那柔软的、保存在她亲人手中的裙子,他要把罗莎从坟墓里挖出来,运回到自己的革命中。科皮奥金甚至闻到了罗莎裙子的气味,那种垂死的芳草与生命遗骸的余温混合的气味。他不知道,索尼娅·曼德罗娃像罗莎·卢森堡一样,也在德瓦诺夫的记忆中散发出自己的气味。

有一次,在一个乡革命委员会驻地,科皮奥金在卢森堡的肖像前站了好久。他端详着罗莎的头发,把它们想象成一个神秘的花园;然后他又仔细打量她红润的脸颊,想到她身上那股火一般滚烫的革命血液正冲刷着她的双颊和外表文静、却迫切向往未来的整个脸庞。

科皮奥金久久地站在肖像面前,他那难以觉察的激动最终化为汹涌的心潮,搅得他热泪横流。就在那天夜里,他残忍地砍死了一个富农。一个月之前,那富农唆使农民剖开一名余粮征集队队员的肚皮,然后往肚子里塞满了黍粒。余粮征集队队员痛得在教堂前的广场上满地打滚,直到母鸡们把黍粒从他肚子里啄出来才停止。

这是科皮奥金第一次那么残忍地杀富农。他杀人一般不像他的生活那样充满奇思幻想,而是不动声色地一刀毙命,仿佛有一种精于算计的力量在他身上发挥作用。在科皮奥金眼里,白军和土匪不是太重要的敌人,不值得大动肝火,他杀死他们就像农妇在麦地里除草,细心而平静。他打仗目标明确,动作利索,在行进中或在马背上也是手起刀落,刀刀毙命,下意识地为今后的希望和运动保存自己的感情。

大俄罗斯的淳朴天空照亮了苏维埃大地,显得那么习惯,那么单调,好像苏维埃自古以来就存在,天空对它也完全适应了。德瓦诺夫的头脑中已经形成了一个无可指责的信念:革命前,无论是天空还是整个空间,都是另一副模样——不像现在那么亲切。

远方渐渐露出一条寂静的地平线,就像是世界尽头,那里天与地相接,人与人相连。两位骑马的旅人正深入到荒僻的祖国腹地。有时候道路绕过山沟的顶部——这时候就可以看到远处沟底有一个可怜的小村子。德瓦诺夫心里不禁对这个孤零零的无名村庄产生了怜悯。他打算拐进村子,尽快让他们开始互帮互助的幸福生活,但科皮奥金不同意:他说先要解决黑色卡里特瓦村的事情,然后再返回这里。

漫长的白天还是那么乏味,令人沮丧,两位武装的骑士连一名土匪都没有碰到。

"他们躲起来了！"科皮奥金感叹说，觉得内心有一股沉重的压力，"为了大家安全，我们恨不得砸碎你们的脑袋。这帮坏蛋，正躲在角落里啃牛肉呢……"

大路边突然出现一条白桦树林荫道，尽管树木没有被农民砍光，但已经变稀疏了。林荫道很可能通往大路一侧的庄园。

林荫道的尽头是两根石柱。一根石柱上挂着一份手抄的报纸，另一根石柱挂着一块铁皮招牌，招牌上的文字经过风吹雨淋已经变得模糊不清：

> 巴申采夫同志全世界共产主义革命自然保护区
> 朋友可进　敌人找死。

手抄的报纸一半已被敌人的手撕掉，剩下的另一半任凭风吹雨打。德瓦诺夫托起报纸，从头至尾大声读了一遍，他要让科皮奥金也能听到。

报纸的名称是《贫农的幸福》，是韦里科缅斯内村苏维埃和区革委会驻波索沙乡东南地区安全特派员的机关报。

报纸撕得只剩一篇文章——《全世界革命的几项任务》，以及半篇简讯："请保留地里的积雪——提高劳动收获的生产率"。简讯写到一半就跑题了。"翻耕雪地吧，"简讯说，"即使有成千上万个胆大妄为的喀琅施塔得①，我们也不惧怕。"

---

① 喀琅施塔得要塞的水兵曾是 1917 年十月革命的重要支柱，1921 年 2 月 28 日发生反对布尔什维克的暴动，后被镇压，1 200 多人被处死；1994 年获平反。

什么是"胆大妄为的喀琅施塔得"？德瓦诺夫既紧张又纳闷。

"写文章就是要吓唬群众压制群众。"科皮奥金不明就里，便脱口而出，"发明书写符号的目的也是要让生活复杂化。识字的人动脑筋，不识字的人替他干活。"

德瓦诺夫笑了：

"别乱说，科皮奥金同志。革命就是人民的识字课本。"

"你别蒙我，德瓦诺夫同志。我们这里什么事都由多数人决定，他们几乎都不识字，将来总有一天不识字的人会让识字的人不再识字——这样就可以一律平等……再说了，少数人放弃识字总比所有人学会识字容易得多。只有魔鬼才能教会他们！你教会了他们，他们一转眼就忘了……"

"咱们顺道去看望巴申采夫同志吧，"德瓦诺夫沉思道，"我得向省里写汇报了。省里的情况我一点都不了解……"

"没必要了解：革命正在大踏步前进……"

沿着林荫道走了大约一二里地。展现在眼前的是一座宏伟的白色宅院，但已经无人居住，满目荒凉。主楼前几根立柱活像女人的腿，昂然地自下而上托着横梁，而天空又自上而下地压着横梁。立柱后面是大楼，中间相隔数丈距离，大楼柱廊的形状与众不同，是一排弓着腰默默劳作的巨人。科皮奥金不明白这些孤零零的立柱派什么用场，以为那是革命惩治不动产后留下的残迹。

一根立柱上嵌有一块白版，上面刻着设计建造该楼的地主姓名和他的侧面像。白板下面是一首醒目的拉丁文诗歌：

宇宙——奔跑的女郎：

她的双脚在转动地球，

她的身体在空中飘摇，

她的眼睛如星辰闪亮。

德瓦诺夫在封建主义的寂静中忧愁满腹地叹了口气，他重新仔细打量柱廊——三个贞洁的女郎，六条匀称的腿。他顿时恢复了平静和希望，以往观赏古代艺术之后都会产生这样的心情。

唯一遗憾的是，这些充满青春活力的腿是别人的腿。幸好拥有这腿的那个姑娘将自己的生命变成了迷人的魅力，而没有去生儿育女。尽管她以生命为养料，但生命对她而言仅仅是原料，而不是意义——这原料经过加工之后成了另一种东西，从蓬勃的生机变成了难以言传的冷艳之美。

面对立柱，科皮奥金也变得严肃起来：他尊重任何宏伟壮丽的东西，虽然它们没有意义但是很美。宏伟的东西一旦有了意义，譬如一架大的机器，那么科皮奥金认为这是压迫群众的工具，他内心会充满仇恨和蔑视。面对无意义的东西，就像面对这些廊柱，他会可怜自己，会仇恨沙皇制度。他认为沙皇制度有罪，他自己也不会因为看了这些女人的大腿而激动，只是看到德瓦诺夫一脸愁容才发现自己也应该悲伤。

"如果我们除了种种日常的关怀，也能建造某种具有全世界意义的美妙的东西，那该多好啊！"德瓦诺夫忧伤地说。

"你一下子还建不成，"科皮奥金表示怀疑，"资产阶级把我们与整个世界分隔开来。我们现在要建造的是更高更好的柱子，而不是下流的大腿。"

左边，在杂草和灌木丛中散布着杂用房和小屋的断墙残壁，活像乡村墓地里的一个个坟墓。几根柱子守护着这空荡荡的被埋葬的世界。在这死气沉沉的废墟上，几棵供观赏用的名贵树木勉强支撑着自己瘦小的躯体。

"我们会做得更好——在全世界，而不仅仅是在偏僻的角落！"德瓦诺夫手一挥，指着一切，但在内心深处，他感觉到了自己。"小心！"一个不受诱惑、爱惜自己的声音在里边警告他。

"那还用说，我们肯定能建成：这是事实，也是口号。"科皮奥金受到希望的鼓舞，肯定地说，"我们的事业永不疲倦。"

科皮奥金发现了一串巨人的脚印，于是策马跟踪而去。

"这里的居民穿什么鞋？"科皮奥金吃惊不小，赶紧拔出马刀：就怕冷不防窜出来一个巨人——旧制度的保护者。过去的地主往往豢养这样的彪形大汉——他们过来就是一巴掌，打得你筋都崩断了。

科皮奥金喜欢筋——他认为筋就是提供力量的绳子，他怕弄断它们。

两位骑马人来到一扇结实耐用的门面前，这扇门一直通往那幢被毁大楼的半地下室。那串巨人留下的脚印也是通到那里，甚至可以发现巨人在门口跺过脚，把地折磨得都裸露了。

"究竟是什么人在这儿？"科皮奥金很惊讶，"肯定是个凶恶的家伙。马上会攻击我们——做好准备，德瓦诺夫同志！"

科皮奥金甚至兴奋起来：他感受到了那种惊恐的狂喜，就像迷失在夜间森林里的孩子——他们的恐惧有一半是好奇。

德瓦诺夫大声喊：

"巴申采夫同志！……这儿有人吗？"

没有人，没有风，草沉默，天变暗。

"巴申采夫同志！"

"哎——！"从潮湿的地底下传来一个遥远、响亮的声音。

"出来，老乡！"科皮奥金大声命令。

"哎！"从地下室传来一个阴沉的回声。但这声音听不出是恐惧还是不愿出来。那人大约是躺着回答的。

科皮奥金和德瓦诺夫等了一会儿，接着就光火了。

"给我出来，听见没有！"科皮奥金吼道。

"我不想出来，"陌生人慢慢回答说，"去正楼吧——厨房里有面包也有酒。"

科皮奥金下了马，用马刀使劲敲门。

"出来！我要扔手榴弹了！"

那人沉默了一会儿，也许正饶有兴趣地等着手榴弹，看看还会有什么动静。但是过了一会儿，还是回应了：

"扔吧，捣蛋鬼。我这儿的手榴弹整整有一仓库：一爆炸就送你回到娘肚子里！"

说完，他又不吭声了。科皮奥金没有手榴弹。

"你快扔呀，混蛋！"陌生人不动声色地从地下室请求说，"让我检查一下我的大炮：我那些炸弹没准都生锈了，受潮了，绝对不会爆炸，这些鬼东西！"

"呵呵！"科皮奥金发出一串奇怪的声音，"好啊，那就出来接受托洛茨基同志的文件吧。"

那人默默地想了想。

"他跟我算什么同志，他是发号施令的角色！革命的管理员都不是我的同志。你还是扔炸弹吧——让我瞧瞧！"

科皮奥金一跺脚，将一块陷入土里的砖头压了出来，再捡起来用力扔到门上。只听得哐的一声，过后铁门又恢复了平静。

"没爆炸，笨蛋，里边的物质凝固了！"科皮奥金找到了毛病。

"我的也哑了！"陌生人严肃地回应，"你导火索拉开没有？让我出来看看是什么型号。"

传来一阵有节奏的金属响动的声音——真的有人迈着铁的步伐。科皮奥金等待他的出现，马刀已经收入刀鞘——好奇心战胜了警惕性。德瓦诺夫没有下马。

隐身人走动的哐啷声越来越近，他并没有加快步伐，依然不紧不慢地走来，显然他在克服自身的重量。

门突然洞开，原来它没上锁。

科皮奥金一看到眼前这景象就呆住了，不禁往后退了两步——生怕发生什么危险的事情，或者可以立即揭开谜底。那人已经暴露，但还保持着自己的神秘性。

从洞开的门里走出一位个子不高的人，他身披铠甲，头戴钢盔，手握重剑，脚蹬一双很大的金属靴——左右靴筒各有三节铜管连缀，一脚下去可以立即把草踩死。

那人的脸——尤其是额头和下巴——由头盔保护，头顶由一排金属条罩着。这装备可以使军人免遭敌人的任何打击。

他本人个子矮小，模样也不太可怕。

"你的手榴弹呢？"来者问道，声音又细又嘶哑。他的嗓门从远处听起来很响，那是因为种种金属物件在空洞的住处发出回声，他真实的声音细小得可怜。

"嗨,你这坏蛋!"科皮奥金大喊,不再凶狠,也无尊重,只是对这位好汉怀有强烈的兴趣。

德瓦诺夫不加掩饰地笑了起来——他一下子明白了这行头是从谁身上剥下来的。不过,他大笑的原因是在那古老的头盔上发现有一颗红军战士佩戴的红五星,是用螺栓和螺帽拧着的。

"有什么可乐的,畜生?"巨人冷冷地问,他没有找到那颗没爆炸的手榴弹。巨人无法弯腰,只能用剑轻轻地触动地上的草,不停地与沉重的盔甲做斗争。

"别找了,傻瓜,算我倒霉!"科皮奥金严肃地说,他慢慢恢复了自己的正常感情,"带我们去找睡觉的地方吧。你这儿有干草吗?"

巨人的住处位于庄园副楼的半地下室。那儿有一个大厅,里面点着一盏半明半昧的油灯。大厅远处的角落里小山一样堆着巨人的盔甲和冷兵器,另一个角落——靠中间的地方——是一大堆手榴弹。大厅里还有一张桌子,桌子旁是一只方凳,桌子上有一瓶不明底细的饮料,也许是毒药。瓶子上用面包糊着一张纸,纸上用墨水笔写着一句口号:

杀死资产者!

"帮我卸了好睡觉!"巨人请求说。

科皮奥金费了好长时间替他卸下那不朽的服装,还仔细揣摩各个部件的巧妙用处。巨人终于彻底解除了武装,从铜质的外壳中走出来一位普普通通的巴申采夫同志——火红头发,三十七八岁,缺了一只不妥协的眼睛,另一只变得更加专注。

"咱们喝一杯。"巴申采夫说。

科皮奥金即使在旧时代也不嗜酒,他不喝酒是出于自觉,他认为酒是一种对感情没有好处的饮料。

德瓦诺夫对酒也是一窍不通,巴申采夫只能独饮。他拿起酒瓶——酒瓶上系着"杀死资产者"的标签——直接把酒灌进喉咙。

"坏蛋!"他说着一饮而尽,然后坐下,脸色变得和善起来。

"怎么样,好喝吗?"科皮奥金问。

"甜菜酒,"巴申采夫解释道,"是一个未出嫁的姑娘用贞洁的双手酿造的,纯洁的饮料,好香啊,老兄……"

"你究竟是什么人?"科皮奥金有点恼火了。

"我么——就是我自己,"巴申采夫告诉科皮奥金,"我给自己颁布了一个决议:我们这里的一切在一九年全部结束——军队、政权和秩序统统滚蛋,老百姓呢——该干什么干什么,从礼拜一开始……给我老实点……"

巴申采夫简要总结了目前的整个形势。

德瓦诺夫停止思考,耐心听巴申采夫议论。

"你记得一八年和一九年吗?"巴申采夫说着竟流出了兴奋的眼泪。永远失落的时代勾起了他狂暴的回忆;他边说边用拳头敲打桌子,威胁地下室里的所有人和物。

"眼下什么事也没有了,"巴申采夫恶狠狠地说服不断眨眼睛的科皮奥金,"一切都结束了:法律已经完蛋,人与人之间的差别也出现了——好像有个魔鬼把人放到了天平上……拿我来说吧——难道你一生下来就知道这里在想什么吗?"巴申采夫敲打自己狭窄的脑门,那里的脑髓必须是浓缩的,这样才可以容纳智慧。"是的,是这里,老兄,能够容纳所有的空间。人人都一样。可人家偏要向我发号施令!这一切你都能明白吗?你告诉我——这是不是欺骗?"

"是欺骗。"科皮奥金坦率地回答。

"就这么回事!"巴申采夫满意地结束了自己的议论,"我现在自个儿在燃烧,远离大伙的篝火!"

巴申采夫觉得科皮奥金跟他一样是地球的孤儿,于是诚心诚意地请他留下来,永远跟他在一起。

"你还要什么?"巴申采夫说,他为自己找到了朋友而喜不自胜,"你就在这里住下来,管你吃,管你喝,我腌了五桶苹果,晒了两大袋烟叶。咱们就像朋友那样住在树林里,在草地上唱歌。成千上万的老百姓都来找我——凡是穷人到了我公社里都高兴:大家缺的就是这么一个轻松的好地方。在村子里他们有苏维埃管着,有政委们守着,县粮食委员会在他们肚子里找粮食,我这儿一个当官的都不会过来……"

"人家怕你呗,"科皮奥金得出结论,"你一身铁甲,睡的又是炸弹……"

"肯定害怕,"巴申采夫表示同意,"他们曾经打算跟我合并,还想拿走庄园,我穿上全副铠甲走到政委面前,举起炸弹说:把公社交出来!还有一次他们来收余粮,我跟政委说:'你尽管吃尽管喝,狗崽子,要是还想拿走别的——就要你的狗命。'结果政委喝了一杯酒就走了。'谢谢你,'他说,'巴申采夫同志!'我给了他一把葵花籽,用一根铁条顶着他的背,打发他回到公家的地盘……"

"现在情况怎么样?"科皮奥金问。

"就这样,我不受任何人领导,感觉很好。我宣布这里是革命自然保护区,不让政权来插手,我把革命保留在不受干扰的英勇范畴……"

德瓦诺夫认出了墙上的题词,这题词是由一只不善书写的手用木炭抖抖索索描出来的。德瓦诺夫手擎油灯,看了墙上写的革命自然保护区概况。

"念吧,念吧!"巴申采夫兴致勃勃地催他,"有时候你老不说话老不说话——最后憋不住了就跟墙壁说话。假如长时间没有人说话,我会觉得难受……"

德瓦诺夫念墙上的诗句:

> 资产者没了,那就要劳动——
> 庄稼汉的脖子又套上绳索。
> 你要相信,勤劳的农民,
> 野花的日子过得蜜样甜!
> 别再去犁地、播种、收割。
> 让所有土地自己长出庄稼。
> 你活着就尽情地快乐吧——
> 生命不可能连续两次,
> 拉起神圣公社诚实的手
> 对着大家的耳朵大声高喊:
> 别再愁眉苦脸地过苦日子,
> 我们都该好好地吃喝玩乐,
> 去他妈的贫苦的田间劳动,

土地会白白供给我们吃喝。

有人敲门，声音不急不慢，如主人一般。

"哎！"巴申采夫回应道，他酒劲已退，不再长篇大论。

"马克西姆·斯捷潘诺维奇，"门外的人打招呼，"请允许到林中空地上找根长杆子做车辕：半道上咔嚓一声折了，到时候只能在你这儿猫冬了。"

"不行，"巴申采夫一口回绝，"到什么时候你们才能学会自己动脑子啊？我已经在粮仓上贴了命令：土地——是自动开垦的，因此不属于任何人。假如你自作主张取走了，那我也就允许了……"

门外的人高兴得暗暗笑了。

"行，那就谢谢了。杆子的事我就不提了——那已经答应给我了，我还想给自己送点别的什么。"

巴申采夫随意说了一句：

"千万别求人，那是奴隶心理，自己要什么就送什么。你生下来的时候又不是凭你自己的力气，你没费一点劲儿——那你活着也就别顾这顾那。"

"的确是这样，马克西姆·斯捷潘诺维奇，"门外那个访客一本正经地附和说，"你要活就得去抢。要是没有这个庄园，半个村子的人早饿死了。我们从这里搬走财产已经是第五个年头了：布尔什维克办事公道！谢谢你，马克西姆·斯捷潘诺维奇。"

巴申采夫一听就光火了：

"你别来这一套，谢什么谢！你什么也别拿，糊涂蛋！"

"你生什么气啊，马克西姆·斯捷潘诺维奇？当初我在前线三年流血流汗是为了什么？我跟亲家来取个大铁桶,可你说——不准拿……"

"瞧,又出来个亲家!"巴申采夫对自己也对科皮奥金说,接着又转身对着门口说,"你刚才不是说来要车辕的吗？这会儿怎么又说要铁桶了呢!"

来人一点儿也不奇怪。

"总得拿点什么吧……有时候你手里提着一只鸡,一看路上有段铁棍,一个人扛不动,结果那铁棍像个无赖那样躺在那儿。怪不得我们的经济一团糟……"

"既然你们来了两个人,"巴申采夫结束谈话,"那就把白柱子的女人大腿搬走吧……搞经济能派上用场。"

"行,"来客满意了,"那我们用根绳子把它慢慢拖走——回头可以把它敲成瓷砖。"

来客走了,他们要去查看立柱情况——以便顺顺当当把东西弄走。

天一擦黑,德瓦诺夫就建议巴申采夫做更好的安排——不要把庄园搬到村里,而应该把村子迁到庄园。

"可以少花力气,"德瓦诺夫说,"况且庄园的地势高——土地的产量也高。"

巴申采夫说什么也不同意。

"一开春全省的流浪汉都会集中到这儿——那是最纯洁的无产阶级。到时候让他们去哪儿？不行,我决不允许像富农那样霸道!"

德瓦诺夫想了想,觉得庄稼汉跟流浪汉的确难以相处。另一方面,革命自然保护区的居民什么庄稼也不种,肥沃的土地白白浪费掉,吃的全靠果园留下来的那点剩货以及地里自然长出来的那些东西:他们做汤的原料可能就是滨藜和荨麻。

"这样吧,"德瓦诺夫茅塞顿开,"你和村子交换一下:把庄园交给农民,把村子办成革命自然保护区。你反正都一样——重要的是人,而不是地方。老百姓在下面沟里受苦,你却一个人独占高坡!……"

巴申采夫怀着幸福的惊讶看了看德瓦诺夫。

"这太好了!我就照这样办。明天就去村里动员群众。"

"他们肯来吗?"科皮奥金问。

"一天一夜之内他们全都会过来!"巴申采夫怀着狂热的自信大声说,还忍不住扭动了一下身体。

"我现在马上就去!"巴申采夫改了主意。现在,他爱上了德瓦诺夫。一开始的时候,他不那么喜欢德瓦诺夫。瞧他坐在那儿一声不响,也许能把所有的纲领、章程和提纲背出来——巴申采夫不喜欢这样的聪明人。他一生中看到愚笨和倒霉的人比聪明人善良,更善于改变自己的命运去追求自由和幸福。巴申采夫私底下相信,工人和农民当然比有学问的资产阶级愚蠢,不过他们比较真诚,因此非常幸运。

科皮奥金安慰巴申采夫,说不必匆忙,胜利属于我们,这是十拿九稳的事,巴申采夫一听就放心了。

巴申采夫觉得科皮奥金说得有道理,于是也讲了杂草的故事。在那被毁的童年时代,他喜欢观察那些可怜的、必定死亡的杂草在麦地里疯长。他知道天气好的日子农妇们会毫不留情地除去这些不合时宜的野草——矢车菊、草木樨和风车草。与不起眼的庄稼相比,这些杂草更加美丽——它们的花朵很像孩子临死前悲伤的眼睛,它们知道,汗流浃背的农妇们会把它们拔除。但是,这些杂草的生命力比柔弱的庄稼更强,也更有耐力——农妇们走后它们重新长出来,数量多得数也数不清,除也除不尽。

"穷人也是这样!"巴申采夫做了比较,他觉得遗憾的是把"杀死资产者"喝光了,"我们的力量更强大,我们比另类分子更真诚……"

这一夜,巴申采夫心情难平。他在衬衫外面套上铠甲,出门朝庄园方向走去。夜间的寒气逼人,但他没有冷静下来。恰恰相反,布满星星的天空以及自己在星空下身材更加矮小的意识诱使他去体验更大的感觉,渴望立即去建立功勋。在茫茫的夜间世界的力量面前,巴申采夫感到羞愧不已,于是,他不假思索地打算提升自己的人格尊严。

主楼里住着几个无家可归、从未登记过的人。四个窗户亮着微弱的光,那是敞开的壁炉的炉火反射,他们就在壁炉里煮饭。巴申采夫用拳头猛敲窗户,根本不顾住户的安宁。

出来一位头发蓬乱、穿高帮毡靴的姑娘。

"你要干什么,马克西姆·斯捷潘诺维奇?干吗拉响夜间警报?"

巴申采夫走到她跟前,用自己热情洋溢的好感弥补了她所有明显的缺陷。

"格罗尼娅,"他说,"让我亲亲你,没出嫁的宝贝!我的炸弹干瘪了,炸不了了——刚才还打算用它们去炸立柱呢,现在不行了。让我同志式地拥抱你吧。"

格罗尼娅顺从了。

"你是不是出了什么事——你这人以前好像还挺严肃的——你把身上的铁家伙卸下吧,我全身的肉都会给刺穿的……"

巴申采夫简短地吻了吻她又黑又干的嘴唇皮就转身走了。在悬着的宏阔天空下,他感到轻松了些,也不那么心烦意乱了。凡是规模巨大、品质优良的东西,在巴申采夫身上激起的不是那种旁观者的赞赏,而是军人的感觉——努力争取在力量和重要性方面超过大规模高质量的东西。

"你们怎么样?"巴申采夫无缘无故地问两位来客——为了舒缓自己得意的心情。

"该睡觉了。"科皮奥金打了个哈欠,"你已经记住了我们的规则——把农民迁移到大容量的土地上:我们哪能在你这儿白吃白喝呢?"

"明天我就把那些庄稼汉拉过来——绝不会消极怠工!"巴申采夫肯定地说,"你们再留几天吧——为了巩固联系!明天格罗尼娅会给你们做午饭……我这儿有的东西,别处根本找不到。我在琢磨,最好把列宁叫到这儿——他毕竟是领袖啊!"

科皮奥金仔细打量巴申采夫——这家伙居然要找列宁!于是提醒他:

"你不在的时候我看了你的炸弹——全废了。你怎么能统治呢?"

巴申采夫没有反驳:

"没错,是废了,我自己退了弹药。但是老百姓看不出来,我单靠策略就把他们镇住了——我穿铁甲,睡炸弹……我用小股兵力实行迂回包抄的战术对付敌人,你明白吗?得了,今后想起我的时候就别再提这事儿。"

油灯灭了。巴申采夫解释形势:

"行了,弟兄们,随便睡吧——什么都看不见,我这儿连床铺也没有……在别人眼里,我是个糟糕的成员……"

"你不是糟糕,而是胡闹。"科皮奥金说得更确切,一边收拾东西准备躺下睡觉。

巴申采夫也不气恼,回答说:

"老兄,这里是新生活的公社,不是女人国——没有鸭绒被。"

天快亮的时候,浩渺的星空已经黯然失色,鱼肚白代替了灿烂的星光。黑夜如同金光闪闪的骑兵撤退了,而白天犹如艰难行进的步兵登上了大地。

巴申采夫送来了烤羊肉,科皮奥金甚为惊讶。不久,两位骑士离开革命自然保护区,沿着南方大道前往黑色卡里特瓦山谷。巴申采夫一身盔甲,站在柱廊下目送志同道合的两位客人渐渐远去。

两人再次策马前行。太阳在贫瘠的大地上冉冉升起。

德瓦诺夫低着脑袋,他的意识随着马儿在平地上单调的步伐在渐渐缩小。此刻,德瓦诺夫觉得自己心脏的那个地方是一道堤坝,由于受到感情之湖渐渐上涨的湖水冲击,这道堤坝始终在摇晃。各种感情被心脏高高抬起,然后又跌落到堤坝的另一边,这时候感情已经变成了具有简化作用的思想之流。湖堤上空,始终亮着一盏护堤员的值班灯。这位护堤员不参与人的活动,仅仅为了一份低廉的酬劳而在人身上打盹儿。这盏灯有时候能让德瓦诺夫同时看到两个空间——不断上涨的温暖的感情之湖,以及由于快速摇晃而渐渐冷却的湖堤后面那湍急的思想之流。这时候,德瓦诺夫超越了为他的意识提供养料,同时又阻碍他的意识的心脏的工作,因此能够成为幸福的人。

"咱们改走小跑吧,科皮奥金同志!"德瓦诺夫说。他浑身充满了力量,急不可耐地要奔向未来,而未来就在这条道路的前方等着他。他心中迸发出小时候往墙上钉钉子,用椅子搭轮船,拆开闹钟寻找奥秘的那种兴奋。他的心脏上方,那时隐时现令人恐惧的灯光在闪烁,就像夏夜的田野里常有的那种景象。也许,这就是存在于他身上的那种抽象的、如今已化为肉体一部分的青春之爱,或者是那种生生不息的繁衍后代的力量。凭借这爱,德瓦诺夫能够额外地突然看到那些模糊不清、不留痕迹地漂浮在感情之湖上的现象。他打量着科皮奥金,只见他神定气闲,对那个并不遥远、夏天就要建成的社会主义国家充满信心。到那时候,借助人类友谊的力量,罗莎·卢森堡必将复活并且成为朝气蓬勃的女公民。

前面的路是延绵好几里的下坡。看样子,只要顺着下坡渐渐加速,就可以离开地面飞起来。远处,提前到来的暮霭聚集在黑暗悲凉的谷底。

"卡里特瓦!"科皮奥金指着前方的村庄说。他的心情大好,仿佛已经走到了村口。两个骑马的人口渴了,不停地往地下吐白色的黏稠的口水。

德瓦诺夫全神贯注地看着前面一片荒芜的景色。无论是天空还是大地,都不幸到疲惫的地步:这里的人们都分散居住,他们什么也不干,就像散落在篝火旁边的劈柴,正在慢慢熄灭。

"瞧,这就是社会主义的原料!"德瓦诺夫在研究这片土地,"没有任何设施——只有孤独愁苦的大自然!"

快到老卡里特瓦村的时候,一个背着袋子的人向他们迎面走来。他摘下帽子,向骑在马上的人鞠躬致意——按照古老的记忆,四海之内皆兄弟。德瓦诺夫和科皮奥金以同样的方式还礼。三个人都觉得心情舒畅。

"这两位同志是去抢劫的,真该死!"背口袋的人心里做出这样的判断,他离他们已经相当远了。

村口站着两个护村的庄稼汉:一个手提短棍,另一个拿着一根篱笆桩。

"你们是什么人?"他们煞有介事地盘问德瓦诺夫和科皮奥金。

科皮奥金勒住马,苦苦思索这个军事哨卡的用处。

"我们是国际人!"科皮奥金想起了罗莎·卢森堡的称号:国际革命者。

两个哨兵在搜索枯肠。

"不会是犹太人吧?"

科皮奥金不动声色地拔出马刀:速度十分缓慢,两个哨兵都不相信会有什么危险。

"你说这话我可以当场把你杀了,"科皮奥金说,"你知道我是谁吗?给,证件……"

科皮奥金伸手摸口袋,可是他从来就没有什么证件和证明:他摸到的尽是些面包屑和其他垃圾。

"团副官!"科皮奥金转身对德瓦诺夫说,"请您向哨兵出示我们的证件……"

德瓦诺夫掏出一张信封,至于信封里装着什么,连他自己也不知道,但是带在身边已经三个年头了。他把信封扔给哨兵。哨兵迫不及待地接过信封,他们为偶尔有机会履行公务而喜出望外。

科皮奥金俯下身,动作灵巧地挥舞马刀打落哨兵手中的短棍,却一点没有伤着他;科皮奥金身上拥有革命的天赋。

哨兵伸直了受到震动而弯曲的手臂:

"你这是干什么,混蛋,我们也不是红军……"

科皮奥金一下子改变了态度:

"你们部队人多吗? 是些什么人?"

两个庄稼汉左思右想,最后还是老实回答说:

"一百来号人,二十来杆枪……季莫菲伊·普洛特尼科夫从伊斯德尼村到我们这儿做客。昨天粮食征购队撤离了我们村,死了几个人……"

科皮奥金指给他们看他进村的那条路:

"目标前方,起步——走! 去迎接团队,把他们带到我这儿。普洛特尼科夫的司令部在哪儿?"

"在教堂边上,村长家里。"农民回答,伤心地看了看自己的家乡,他们不想招惹是非。

"行了,快走!"科皮奥金命令道,用刀鞘敲了一下马。

篱笆脚下坐着一个女人,她已经准备死了。她出门想寻短见,半途又改了主意。

"你哭什么呀,老太婆?"科皮奥金发现了她。

那女人模样标致,刚过中年,根本不是老太婆。

"你才哭呢,邋遢的笨蛋!"女人光火了,站了起来,裙子撑着,一脸凶相。

科皮奥金的战马似乎失去了自身的重量，一下子撒开四蹄，开始狂奔起来。

"德瓦诺夫同志，跟着我——别落下！"科皮奥金高喊，手里挥舞着闪亮的马刀。

"无产阶级力量"啪啪地敲打着地面；德瓦诺夫只听得各家各户的玻璃敲碎后发出哐啷啷的声响。但是，街道上空无一人，连狗也没有冲着陌生人扑过来。

这是个规模很大的村子，科皮奥金穿过几条街转过几个弯，直奔教堂而去。卡里特瓦村至今已有四百年历史，这里的居民以家族为中心，住得相当分散：有些街道往往突然被几间农舍拦腰截断，有些被新建的院子彻底堵死，只剩下狭窄的夏天才能通往田间的小路。

科皮奥金和德瓦诺夫来到了几条小胡同的交叉处，在原地打起转来。于是，科皮奥金打开一扇扇大门，避开街道，穿过一个个打谷场，一路飞奔向前。村里的那些狗一开始只是小心翼翼、逐个逐个地叫起来，接着便相互呼应，此起彼伏，最后受到多数的鼓舞，全村的狗同时狂吠起来——从村头到村尾。

科皮奥金高喊：

"喂，德瓦诺夫同志，向前冲啊……"

德瓦诺夫明白，需要穿过村子奔向草原。可是他没猜对：好不容易来到一条宽阔的大街上之后，科皮奥金径直往村子的深处走去。

铁匠铺大门紧闭，农舍悄无声息，仿佛被遗弃似的。只见一个老头在篱笆边不知收拾什么,他也没有回头看他们,看样子对种种骚乱已经习以为常。

德瓦诺夫听到一阵轻微的响声——他以为是有人在拉动教堂的钟舌,轻轻触碰到钟身后发出的钟声。

街道转了个弯,只见一群人围在一幢脏兮兮的砖房旁边,从前官营的酒铺就设在这种房子里。

人声鼎沸,但传到德瓦诺夫耳朵里的只是单调的嗡嗡声。

科皮奥金转过消瘦、紧绷的脸:

"射击,德瓦诺夫! 现在全归我们了!"

德瓦诺夫朝教堂方向开了两枪,他觉得自己只是跟在科皮奥金后面喊叫而已。科皮奥金不停地挥舞马刀,越挥越带劲。人群开始涌动,一张张陌生的脸来回张望,不少人拔腿溜了,其余的踌躇不决,抓住身边的人寻求帮助。这些留在原地的人比溜走的人更加危险:他们把恐惧封锁在狭小的空间,不给勇敢者施展身手的机会。

德瓦诺夫吸到了乡村的宁静气息——烧焦的柴火味和温热的牛奶味,这气味熏得德瓦诺夫肚子都疼了:现在即使一小撮盐巴他也没法吞下。他害怕自己死在农民巨大而温暖的手里,害怕被温顺的人们穿的羊皮袄的气味呛死,他们战胜敌人靠的不是狂暴,而是挤压。

可是,科皮奥金见了人群不知为什么反而显得非常高兴,他觉得已经胜利在望。

突然,从人们围着的那间农舍的窗户中射出一串子弹,这些子弹来自不同口径的枪,发出的声音也不一样。

科皮奥金进入忘我境界。这种状态将生命的感觉锁进黑暗,不让它干预日常的事务。科皮奥金用左手朝农舍开枪,打得窗玻璃哐嘟直响。

德瓦诺夫来到门口。他只能下马进屋。他朝门打了一枪——门在子弹的推动下慢慢打开,德瓦诺夫冲了进去。穿堂里弥漫着一股药味和一个来历不明、无力自卫的人的悲伤。储藏室里躺着一个以前打仗受伤的农民。德瓦诺夫没有理会他,径直从厨房冲进正房。房间里一个棕色头发的庄稼汉站得笔挺,健康的右手举在头顶,握枪的左手垂着——在滴血,就像雨后从树叶上不紧不慢掉下的水珠,正在给这个人计算最后的时辰。

正房的窗户已经被打掉,但科皮奥金不在。

"放下武器!"德瓦诺夫说。

土匪吓得嘟嘟哝哝地说着什么。

"给我放下!"德瓦诺夫发火了,"看我一枪把你的手也打断!"

那农民松开手,手枪掉在那摊血里,他往下看了看:他感到可惜的是把武器弄湿了,缴的枪不是干的,不然可以得到宽大处理。

德瓦诺夫不知道该怎样处置这个受伤的俘虏,也不知道科皮奥金现在何处。他喘了口气,在富农的一把藤椅上坐了下来。那庄稼汉站在他面前,垂着双手不知所措。德瓦诺夫感到惊讶的是,他不像土匪,只是个普普通通的庄稼汉,未必富裕。

"坐下吧!"德瓦诺夫对他说。农民没坐。

"你是富农吗?"

"不是,我们在这里是末等人。"庄稼汉据实回答,"富农不打仗:他有的是粮食——不可能全没收……"

德瓦诺夫相信他说的是实情,听了大为骇然:他想起自己经过的那些村子里全是面黄肌瘦的穷人。

"你本来可以用右手开枪打我：你受伤的是左手。"

土匪看着德瓦诺夫，在慢慢思索——不是为了拯救自己，而是在回想事情的来龙去脉。

"我是左撇子。没来得及逃走，听说进攻的是一个团，让我一个人去送死总觉得挺冤的……"

德瓦诺夫开始紧张起来：在任何情况下他都能思考。这农民在暗示他，革命是徒劳无益的，是一场灾难。这超出了革命最初的设想。德瓦诺夫已经感觉到了贫苦乡村的恐慌情绪，可是又无法用语言表达。

"糊涂！"德瓦诺夫内心在摇摆，"科皮奥金一来就会把他毙了。青草长出来也会破坏土壤：革命是暴力，也是大自然的力量……"

"你是畜生！"德瓦诺夫的意识说变就变，毫无逻辑可言，"滚回家去！"德瓦诺夫命令土匪。

那人向门口退去，那双中了邪似的眼睛直勾勾地盯着德瓦诺夫手中的那把手枪。德瓦诺夫猜透了他的心思，故意没把手枪藏起来，不让自己有丝毫的动摇，也是为了吓唬人。

"站住！"德瓦诺夫喊住他。农民乖乖地停了下来。"你们这儿来过白匪军官吗？普洛特尼科夫是什么人？"

土匪一听手脚都软了，尽量给自己壮胆。

"没有，没有人来过。"农民不敢撒谎，轻轻回答说，"我给你说实话，好人：一个人也没来过……普洛特尼科夫是我们村里的一个庄稼汉……"

德瓦诺夫看到，土匪出于害怕没有撒谎。

"你不用害怕！放心回你的家。"

土匪走了，他相信德瓦诺夫。

窗户上剩下的几块玻璃发出喀拉拉的响声：科皮奥金的"无产阶级力量"横冲直撞地过来了。

"你上哪儿？你是什么人？"德瓦诺夫听到科皮奥金的声音。科皮奥金不等回答，便把被俘的土匪赶进了储藏室。

"你知道吗，德瓦诺夫同志，我差点把普洛特尼科夫逮住，"科皮奥金激动得呼哧呼哧直喘气，"两个坏蛋骑着马逃走了——他们的马棒极了！我这匹马只配耕地，可我骑着它作战……尽管我骑它是我的幸福——是头有觉悟的牲口！……怎么样，应该召集全村人来开大会……"

科皮奥金亲自爬到钟楼上去敲钟。德瓦诺夫站到门口等待农民来开会。远处，孩子们跳跳蹦蹦来到街中央，朝德瓦诺夫这边看了看，又纷纷跑开了。没有一个人出来响应科皮奥金响亮的紧急号召。

凄凉的钟声在村子上空回荡，那调子时而像呼吸时而又像呼喊，反复交替。德瓦诺夫听得入神，忘记了钟声的作用。他在钟声里听到的是担忧、信仰和怀疑。这些强烈的感觉在革命中同样在起作用——人们运动不单靠钢铁般的信仰，也带着战战兢兢的怀疑。

一个黑头发的男人来到门口，他扎着围裙，没戴帽子——看样子是名铁匠。

"你们干吗不让老百姓安生？"他直截了当地问，"你们继续走你们的路，朋友同志。我们这里有十来个傻瓜——这就是你们在这里的全部依靠对象……"

德瓦诺夫同样直截了当地问他,为什么他对苏维埃政权有一肚子怨气。

"你们先是开枪,接着要这要那,最后肯定要完蛋。"铁匠恶狠狠地回答,"想得多美啊:先分了土地,再来抢走最后一颗粮食。你自己去把这土地当饭吃吧!农民分到了土地,结果是一场空。你们这是骗谁呀?"

德瓦诺夫解释说,余粮征集制是给革命输送血液,是哺育革命的未来力量。

"你别来这一套!"铁匠驳斥得很有道理,"老百姓十个里就有一个傻瓜,或者是二流子,这帮狗杂种,他们一辈子都没有像模像样地干过农活——他们跟谁走都一样。要是沙皇来了,我们村里也会替他成立一个支部。你们党里尽是这样的废物……你说得好听——粮食为革命!你傻呀,老百姓都死了,你的革命留着有啥用?听说,仗都打完了……"

铁匠不再说话,他认为眼前的这个人跟所有党员一样,也是个怪人:看上去这人还不错,可做的事情全是跟普通老百姓作对。

德瓦诺夫情不自禁地对铁匠的想法报以一笑:老百姓中间大约有百分之十的怪人,他们什么事都敢干——既可以参加革命,也可以去修道院朝圣。

科皮奥金来了,他对铁匠的所有指责做了明确答复:

"你是畜生,大叔!现在我们大家都平等了,可你还想不让工人吃饭,而你自己用粮食酿酒喝!"

"说是平等,可还是有高有低!"铁匠反驳,"你哪里懂得平等中有不平等!我结婚之后就琢磨这件事:为什么我们总是被怪人管着,而老百姓从来就不管人? 朋友,原来他们有更加重要的事情——就是要白白养活这帮笨蛋……"

铁匠哈哈哈大笑起来,连笑声都有智慧。他卷了一支烟。

"假如把粮食征收制取消了呢?"德瓦诺夫提出问题。

铁匠听了挺高兴,可是马上又皱起了眉头:

"不可能! 你们还会想出别的花样,更加糟糕——还是让老的灾难留着吧:再说,农民已经学会了把粮食藏起来……"

"他什么都不当回事儿:这人是畜生!"科皮奥金给铁匠下了结论。

开始有人朝这幢房子走来:来了七八个人,在一旁坐下。德瓦诺夫走到他们跟前——原来他们是卡里特瓦村支部仅剩的几名党员。

"开始演说吧!"铁匠冷笑道,"怪人都到齐了,还缺点儿……"

铁匠沉默了一会儿,接着又侃侃而谈:

"你听我说几句。我们村老老少少五千号人。请你记住了。现在我给你算一下:你取成年人的十分之一,假如支部里也是这个数,那么革命也就结束了。"

"为什么?"德瓦诺夫不明白这算法。

铁匠热情地解释:

"到时候怪人去掌权,老百姓开始过自己的日子——双方都满意……"

科皮奥金建议前来开会的人立即去追捕普洛特尼科夫,趁他还没有拼凑起新的土匪帮,迅速将他消灭。德瓦诺夫从本村的党员那儿了解到,普洛特尼科夫打算在卡里特瓦村宣布进入战争状态,结果没有人响应;于是开了两天的会,普洛特尼科夫动员大家当志愿兵。今天又开了一次会,因为德瓦诺夫和科皮奥金攻过来了。普洛特尼科夫本人非常了解农民,他是个剽悍的汉子,忠于自己的乡亲,因此对外界怀有敌意。老百姓原先尊敬神父,神父死了,现在大家都尊敬他。

开会的时候,一个女人跑来高喊:

"男人们,红军到村口啦——整整一个团骑着马冲过来了!"

科皮奥金和德瓦诺夫出现在街上的时候,大家都以为他们就是一个团。

"咱们走吧,德瓦诺夫!"科皮奥金听厌了,"那条路通哪儿? 谁跟我们一起走?"

党员们犹豫了:

"那条路通往切尔诺夫卡村……同志们,我们都没有马呀……"

科皮奥金朝他们挥了挥手,表示那就算了。

铁匠警惕地看了科皮奥金一眼,走到他身边说:

"行了,那就再见了!"他伸出了一只宽大的手。

"至少不想跟你见面了,"科皮奥金伸出手掌作为回答,"给我记住了,你要是惹事,我就马上回来杀了你!"

铁匠一点也不害怕。

"你也记住吧,记住吧:我姓索蒂赫。这里就我一个人姓这姓。等到局势正常了——我会自己骑着马拿着火钩子来找你们。马我能找到:你看到了,他们都没有马,这些狗娘养的……"

卡里特瓦村坐落在草原到河谷的斜坡上。黑色卡里特瓦河的河谷本身就是一片由沼泽地植物形成的茂密的树林。

当人们在争吵、互相倾轧的时候,大自然依然在继续千百年来永不停息的工作:河流慢慢老化,河谷里的原始草群受到沼泽泥水的致命侵蚀而萎缩衰亡,唯独又硬又尖的芦苇才能突围而出。

河谷里静静的鱼群如今听到的只是冷漠的风声。每逢夏末,这里总会有一场力量悬殊的搏斗:日益衰弱无力的河水难以抵挡山谷里冲下来的泥沙,这些泥沙尽管细如头皮屑,却能够将河流与远方的大海渐渐割裂开来。

"德瓦诺夫同志,你看左边,"科皮奥金指着蓝色的河滩说,"我小时候经常跟父亲到这儿:永远忘不了。从前一里开外都能闻到清香的草味,如今连河水都发臭了……"

德瓦诺夫在草原上很少遇到这种绵延不断的神秘河谷。为什么垂死的河水会断流?为什么难以逾越的泥潭会覆盖河边的植被?看来,随着河流的死亡,整个河谷沿岸地区都渐渐贫困了。科皮奥金告诉德瓦诺夫,从前河水清澈河道畅通的时候,这里的农民家家户户都有很多牲口和家禽。

暮色渐浓,道路沿着干涸的河谷边缘蜿蜒向前。从卡里特瓦村到切尔诺夫卡村总共才六俄里,可是两位骑士发现切尔诺夫卡的时候,他们已经走到了一户人家的晒谷场。在那个时代,俄罗斯花钱为各国人民照亮道路,却没有钱为自己国家的农舍点灯。

科皮奥金前去打听村子里是什么政权,德瓦诺夫和两匹马留在村口。

夜幕渐渐降临——朦胧而寂寞。第一次做过噩梦的孩子最怕这样的夜晚:他们无法入睡,缠着母亲也不要睡觉,陪伴他们免受惊吓。

但是,成年人是孤儿。德瓦诺夫孤零零地站在怀有敌意的村口,观察草原上渐渐融化的夜色和头顶上凉爽的天空。

他走过来又走回去,耳听夜的动静,心里默默计算缓慢的时间。

"我好不容易找到你。"从远处传来科皮奥金的声音,却看不到他人,"等得心焦了吧?你马上可以喝到牛奶了。"

至于村子里谁在掌权,普洛特尼科夫是不是在这里,科皮奥金什么也没打听到。但是,不知从哪里他搞到了一罐牛奶和一块面包。

吃了点东西,科皮奥金和德瓦诺夫前往村苏维埃。科皮奥金找到了一间挂着苏维埃牌子的农舍,可是那里空荡荡的,破败不堪,墨水瓶里没有墨水——科皮奥金用一只手指伸进墨水瓶,检查当地的政权是否在行使职能。

早晨来了四个上了年纪的男人,一来就抱怨说,所有的政权都撇下他们不管了,现在大家日子难熬。

"总得派人来啊,"农民们请求,"不然大家都无依无靠——邻里之间会闹出人命来。没有政权可不行:风没有头就刮不起来,我们活着也没有由头了。"

切尔诺夫卡村有过很多政权,不过全散了。苏维埃政权也自动解散了:大家选出一个农民当主席,可他不干了——他说不受尊重——大家都认识我,没有尊重就没有政权。于是,他就不去村苏维埃办公。切尔诺夫卡村的人到卡里特瓦村去了好几次,想带一个陌生人回来当主席,这样就能受到大家的尊敬。结果,这也没成功:卡里特瓦的人说,没有从异地选调主席的指示——你们还是从自己人中间挑选中意的人吧。

"可是我们这里没有合适的人!"切尔诺夫卡的人发愁了,"我们大家都是平等的,分不出高低:这个是小偷,那个是懒汉,还有个怕老婆——裤子都被藏起来了……我们现在究竟怎么办?"

"你们日子过得太窝囊?"德瓦诺夫深表同情。

"太闭塞了!听过路人说,全俄罗斯都消除了文化空白,可我们这里一动也没动,尽欺负我们!"

苏维埃的窗户里飘进来一阵阵滋润的圈肥味和温暖的耕地气息。这古老的乡村气息让人想起恬静和繁衍,于是抱怨的人渐渐不再说话。德瓦诺夫出去查看两匹马。令他高兴的是,一只饿得皮包骨的麻雀在马粪中觅食。德瓦诺夫已经大半年没见到麻雀了,也从来没想起过它们在何处栖息。许多美好的东西在德瓦诺夫狭隘贫乏的头脑旁边滑过,甚至自己的生活也经常滑过他的头脑,就像河水流过石块。那麻雀飞到了篱笆上。几个农民从苏维埃出来,因为没有政权而一脸愁苦。麻雀飞离篱笆,一路唱着自己穷苦和哀伤之歌。

一个农民走到德瓦诺夫跟前——他脸上有麻点,腹中无积食,属于那种永远不会直截了当说出自己想要什么,总是绕着圈子试探对方性格的人:人家会不会允许他提出减轻负担的请求。跟他可以东拉西扯地聊个通宵——什么东正教在世界上的地位已经动摇啦,其实他需要的是盖房子的木材。尽管他已经从原先属于公家的别墅那儿砍了不少树木,他再次提出要求是想间接地检查自己原来私自砍伐的行为会引起什么反应。

走到德瓦诺夫跟前的这个农民很像那只飞走的麻雀:脸像,习性也像——把自己的生活看作犯罪的行为,时刻等待着政权的惩罚。

德瓦诺夫要他一下子说个明白：究竟需要什么。科皮奥金隔着只剩半扇的破窗户听到了德瓦诺夫的话，于是提醒他说，庄稼汉一辈子都不会直截了当地说话："德瓦诺夫同志，你跟他说话急不得，要一步一步来。"

庄稼汉们笑了，他们明白：面前这两个人既不危险也不需要。

麻脸先开腔。他是个无田无地的穷光蛋，根据公众的评判，他应该照顾他人的利益。

慢慢地，话题涉及了卡里特瓦村跟切尔诺夫卡村的土地纠纷。接着，又谈了有争议的一片小树林，最后停留在政权问题上。

"我们有政权也行，没有政权也可以，"麻脸从正反两头加以解释，"从中间看吧，见不到两头。从一头开始吧，又太费时间。你倒是替我们出出主意……"

德瓦诺夫着急了：

"假如你们有敌人，那就需要苏维埃政权。"

不过，麻脸知道问题的症结。

"敌人么，倒是没有。可是我们周围有大片土地——总有人会来抢夺：对小偷来说，别人的一个戈比比自己的一个卢布还值钱……有一件事永远不会改变——草会生长，天气会变，可是嫉妒心一直在我们心里作怪。没有政权，我们会错过各种优惠！听说现在不搞粮食征收了，可我们还是不敢种庄稼……人家还享受其他减轻负担的政策——按人口交粮，可轮不到我们！"

德瓦诺夫一听就跳了起来："谁说不搞粮食征购了？"麻脸自己也不清楚：也许确实听人说过，也许是他自己无心编造的。他只能笼统解释说:"一个没有证件的逃兵路过,在他家喝了粥之后就告诉他现在不搞粮食征购了。说是有几个农民到克里姆林宫找列宁:坐了三天三夜,最后想出了这个减负的办法。"

德瓦诺夫一听就犯愁了,他转身走进苏维埃再也没有出来。庄稼汉们也各自回家,他们对请愿毫无结果早已习惯。

"听我说,科皮奥金同志!"德瓦诺夫情绪激动。科皮奥金最怕别人遭遇不幸,他小时候曾在他不认识的一个遭到妻子欺负的男人葬礼上失声痛哭。此前他已经伤心过了,眼下正半张着嘴等待听好消息。

"科皮奥金同志!"德瓦诺夫说,"你知道吗:我很想去一趟城里……你在这儿等我——我很快就回来……你就当会儿临时的苏维埃主席,这样就有事可做了。农民会同意的。你瞧他们多么迫切……"

"这有什么难的?"科皮奥金满心喜欢,"你放心走吧,我可以等上你整整一年……我会当好这个主席——这地方也确实需要好好整顿一下。"

晚上,科皮奥金和德瓦诺夫在大路中央吻别,也不知道怎么回事,两人都觉得很不好意思。德瓦诺夫在夜幕下骑上马往铁路方向走去。

早已不见朋友的身影,科皮奥金还在街上站了很久。然后,他回到村苏维埃,在空荡荡的屋子里哭了起来。整整一夜他躺在那儿没说话,也没有入睡,陪伴他的唯有那颗无助的心。村子周围没有丝毫动静,听不见一点儿表示生命的声音,整个村子似乎已经摆脱了动荡不定、苦难深重的命运。空荡荡的苏维埃院子里,唯独那几棵光秃秃的白柳偶尔发出轻微的沙沙声,放行时间去迎接春天。

科皮奥金观察窗外涌动的夜色。有时候,黑暗中闪过一道苍白无力的亮光,那亮光还散发出新的荒凉的白天的潮气和苦闷。也许,这是晨光初现,也许,这是一丝流浪的月光。

在漫长的夜的寂静中,科皮奥金不知不觉地松弛了紧张的感觉,仿佛在独处中渐渐冷静下来。渐渐地,他的意识中出现了微弱的怀疑和自怜之光。他回到了记忆中的罗莎·卢森堡身边,但是,他看到的只是棺材中一个已经死去的瘦弱的女人,颇似受尽折磨的产妇。那温柔的爱慕之情,曾经使科皮奥金心里充满了希望,带给他纯洁的欢乐和力量,如今在他身上已经波浪不兴。

他既惊讶又伤心,浑身被天上的夜色和多年的疲惫牢牢箍住。他没有梦见自己,即使梦见了,肯定会大吃一惊:在贴墙的长椅上,睡着一个枯瘦的老人,陌生的脸上满是深深的苦行者般的皱纹——这人一辈子都没有给自己谋过什么好处。从清醒的意识到梦境,中间没有转换——梦中依然是生活的继续,只是露出了本相。这是他第二次梦见自己早已过世的母亲,第一次梦见她还是在结婚之前:母亲沿着一条泥泞的田间道路离家远行;她的背弓得厉害,透过那件油腻的、残留着菜汤和孩子们气息的外罩,一根根肋骨和脊柱凸显无遗;母亲弓着腰越走越远,没有责备儿子一句话。科皮奥金知道,她要去的那个地方,她一无所有,于是沿着山沟抄近路跑去替母亲搭一间草棚。天气暖和的时候,在靠近森林的地方,往往住着菜农和瓜农。科皮奥金打算就在那里替母亲搭一间草屋,让母亲在森林里给自己找到另一位父亲和新的儿子。

今天科皮奥金梦见的母亲像往常一样愁容满面,她用头巾的一角擦眼泪,这样不至于弄脏整块头巾。在长得又高又大的儿子面前

她显得格外矮小和衰老,她说:

"你又找了个骚货,斯捷潘。又撇下我一个人让人欺负。上帝保佑你。"

母亲原谅他,因为她失去了母亲管束儿子的力量,尽管儿子是她身上掉下的肉,如今却抛下她不管死活了。

科皮奥金爱母亲也爱罗莎,因为对他来说母亲和罗莎都是第一生命,就像过去和未来同时存在于他的生命之中。他不明白这是怎么回事,但能感觉到罗莎就是他的童年和母亲的延续,而不是让老人受委屈。

科皮奥金有时候心里也会瞎想,母亲会骂罗莎。

"妈,她跟你一样,也死了。"科皮奥金说。他知道母亲有苦说不出,他可怜母亲。

老人摘下头巾——她根本没哭。

"哎,儿子,你听听人家怎么说的吧!"母亲开始搬弄是非,"她花言巧语,在你眼前扭来扭去——像模像样的,可是一结婚——没人陪你睡觉,你还是光棍一条。这就是勾引你的那贱货,什么都干得出来:不要脸的,骗了我的孩子!……"

罗莎在街上走着。她小巧,活泼,真诚,一双忧伤的黑眼睛,跟村苏维埃挂的肖像一模一样。科皮奥金忘了母亲,为了更好地观察罗莎,他打碎了玻璃。窗外,是乡间夏季的街道,像干旱酷暑季节所有的农村街道一样空寂,根本没有罗莎的踪影。从小巷里飞出一只母鸡,沿着车辙奔跑,两只翅膀扇起一路尘土。紧随这母鸡之后,走过来几个四处张望的人,接着几个人抬着一口廉价的白胚棺材走了过来,这种棺材一般都是众人凑钱买来埋葬无亲无眷的无名人氏。

棺材里躺着的是罗莎,她脸上有不少黄斑,这种黄斑往往见之于难产的产妇身上。黑色的头发中有一缕非女性的白发,两只眼睛深陷脑门下方,懒得再与活人交流。她不需要任何人,抬她棺材的那几个男人也不觉得她可爱。他们抬棺材也仅仅是尽社会义务,轮到他们干公差而已。

科皮奥金仔细端详,他不相信棺材里躺着的是他熟悉的那个女人,她本来是有眼睛有睫毛的。罗莎的棺材离他越来越近,她那衰老的脸也越来越黑,除了附近的村庄和贫困,她什么也看不见了。

"你们埋葬的是我母亲!"科皮奥金喊道。

"不,她是没有丈夫的妻子!"一个庄稼汉无动于衷地说,还整理了一下肩上的毛巾,"你看,她没有死在别的村子,偏偏死在我们村里:那可不一样……"

庄稼汉在计算自己的劳动。科皮奥金一下子明白了他的意图,便安慰这些并非自愿的抬棺人。

"你们埋了之后就过来——我这就拿酒去。"

"行,"还是那个农民回答,"埋人不喝酒那可是罪过。虽说如今她是上帝的仆人,可还是挺沉的,肩膀都快磨破了。"

科皮奥金躺在长椅上等待庄稼汉们从墓地回来。不知从哪儿袭来一股凉意。科皮奥金起来,打算把打碎的玻璃窗堵上,可是所有的窗户都完好无损。原来这凉意来自早晨的风,院子里喝过水的战马"无产阶级力量"早已在嘶叫。科皮奥金整理了一下身上的衣服,打了个嗝,走到外面。隔壁人家井上的吊杆在降下去打水;篱笆后面的一个年轻女人为了方便挤奶,不停地抚摸奶牛,还柔声柔气地说:

"玛什卡,亲爱的玛什卡,别发火,别淘气,圣徒沾上来,罪孽就离开……"

左边,一个光脚的男人一边在门口撒尿一边喊自己的儿子:

"瓦西卡,把马牵出去喝水!"

"你自己喝吧,它喝过了。"

"瓦西卡,去捣麦子,要不我敲碎你的脑壳。"

"昨天就捣好了:你老是叫我叫我——你自己去捣吧!"

麻雀在各家的院子里飞来飞去,叽叽喳喳叫个不停,就像可爱的家禽。尽管燕子漂亮,可是到了秋天它们就飞到富庶的地方,而麻雀留在原地——跟大家分担寒冷和人类的贫穷。这是真正的无产阶级的鸟,吃的是自己那份苦涩的食粮。世界上所有温柔的造物都可能由于长期受苦受难而死亡,但像庄稼汉和麻雀这样的生物将永存并且一定能耐心等到温暖的那一天。

科皮奥金朝麻雀微微一笑,因为它在微不足道的一生中也善于找到巨大的希望。显然,在寒意逼人的早晨,它能感到温暖并非因为吃了谷子,而是它拥有人们无从得知的理想。科皮奥金活着同样不靠面包和舒适的环境,全凭无意识的希望。

"这样更好,"他说,眼睛盯着忙活的麻雀,"瞧你:个儿小小的,却那么勤劳……要是人也这样,那世界早就繁荣昌盛了……"

昨天的那个麻脸一大早就来了。科皮奥金跟他聊天,然后就去他家吃早饭,吃饭的时候突然问:

"你们村里有没有一个叫普洛特尼科夫的人?"

麻脸用思考的眼睛盯着科皮奥金,心里在琢磨他为什么要打听。

"我就是普洛特尼科夫。你问这干吗？我们全村就三个姓：普洛特尼科夫,加努什金和采里诺夫。你要找的是哪一个普洛特尼科夫?"

"他家有匹枣红公马——那马机灵,体型好,跑得快……你认识吗?"

"啊,那是瓦卡,我是费奥德尔! 他跟我没关系。他那匹马前天跛了……你找他有急事吗? 我这就去给你叫来……"

麻脸费奥德尔走了,科皮奥金拔出手枪放到桌子上。费奥德尔有病的老婆从炉炕上呆呆地看着科皮奥金,吓得直打嗝,而且打嗝的速度越来越快。

"有人惦记你了?"科皮奥金表示同情。

为了博取客人的好感,女人撇着嘴挤出笑容,可是一句话都说不出。

费奥德尔带着普洛特尼科夫回来了。普洛特尼科夫原来就是早晨在门口冲着瓦西卡吼叫的那个光脚农民。现在他已经穿上了毡靴,手里有礼貌地捏着一顶还是结婚前置办的破帽子。普洛特尼科夫的外表毫无特点:你想在类似的人中间辨别出来,需要跟他生活一段时间。唯独眼睛的颜色很少见——栗色:小偷和骗子的颜色。科皮奥金皱起眉打量这个土匪。普洛特尼科夫并不露怯,或者是故意装得满不在乎:

"干吗盯着我看——想找自己人吗?"

科皮奥金马上给他来了个下马威:

"说吧,你是不是要扰乱民心? 是不是要鼓动老百姓反对苏维埃政权? 你老实交代:是,还是不是?"

普洛特尼科夫摸准了科皮奥金的性格,故意低着头皱起眉,以此表明服从并且主动反省自己的非法活动。

"不了,今后再也不干了——我说的全是实话。"

科皮奥金沉默了片刻,做威严状。

"好,你记住我的话。我不会审判你,但我可以惩罚你———旦被我发现,立即斩草除根,刨你祖坟——当场活埋……现在回家去,记住我的话……"

普洛特尼科夫一走,麻脸便惊叫起来,佩服得连说话都不利索了:

"这就是,这就是——公正!没说的,你就是政权!"

科皮奥金已经喜欢上了这个盼望政权的麻脸费奥德尔;更何况德瓦诺夫也说过,苏维埃政权——就是大多数平民百姓的王国。

"你还要什么政权?"科皮奥金说,"我们就是天生的权力。"

*

德瓦诺夫觉得城里的房子过于高大:他的视力已经习惯于农舍和草原。

城市上空是明亮的夏天。子孙繁衍的鸟儿在楼房之间和电线杆上歌唱。德瓦诺夫当初离开的时候,这城市还是个森严的堡垒,人们只能遵纪守法,一心为革命服务。为了准确无误地做到这一点,工人、职员和红军战士天天都在这里过活和忍耐;夜里只有哨兵在巡逻,他们检查夜出的胆战心惊的公民的证件。德瓦诺夫如今看到的这城市,不再是荒无人烟的圣地,而是夏日阳光下喜气洋洋的宜居之地。

起初他以为城里白军占着。火车站的小卖部正在出售白面包，不用排队，也无需票证。车站旁边——原来是省粮食委员会的地方——挂着一块新鲜的招牌，因为颜料质量低劣，上面的字迹已经化开。招牌上是手写的几句简短的话：

> 所有商品供应所有公民。战前的面包，战前的鱼，新鲜肉，自制腌品。

招牌下方用小字添加了商号名称：

> 阿尔杜里亚茨、罗姆、科列斯尼科夫公司①。

德瓦诺夫断定，这都是装门面的东西，于是顺便走进了商店。他在店里看到了在少年时代见过，如今早已淡忘的各种常规的商业设施：玻璃柜台，墙上的货架，精确的磅秤代替了手提弹簧秤，彬彬有礼的店员代替了食品基地的代表和总务主任，熙熙攘攘的顾客和储备充裕的食品。

"这儿可不是省食品分配处！"一位看热闹的观众赞许说。

德瓦诺夫恶狠狠地回头看了他一眼。那人并没有因为遭到白眼而感到尴尬，恰恰相反，他得意地微微一笑：意思是说，你看什么

---

① 苏联自1921年3月开始实行新经济政策，代替"战时共产主义"，其主要内容为：将余粮征集制改为粮食税，完税后的粮食归农民自己支配；允许私人贸易和开设小企业；提出租赁、租让制。

看,我可是为合法的事实而高兴!

好多人围着买东西的顾客:他们都是被眼前可喜的场面吸引的看客。他们的人数超过了顾客,也算是间接参与了买卖。有个人走到面包前,掰了一块塞到嘴里。店员也不加阻止,等着他的反应。这位商业爱好者把这一小块面包咀嚼了半天,再用舌头将它放到不同位置,认真品味了好久,最后才告诉店员自己的评价:

"有点发苦! 稍稍一点点! 面是用酵母发的吗?"

"用老酵。"店员回答。

"啊,怪不得:这能尝出来。面粉不是配给的,烤得也地道:没说的!"

那人又走到肉类柜台前,轻轻地摸了一下,用鼻子反复闻了几遍。

"要不要割一点?"售货员问。

"我在看,是不是马肉?"那人仔细研究,"不是马肉,筋很少,也不见气泡。你知道吗,马肉油少气泡多:我的胃受不了,我有病……"

店员也不生气,一个劲儿夸肉好:

"这怎么会是马肉呢?! 正宗的切尔卡斯牛肉——全是里脊。一烧就熟,入口即化。像奶渣一样可以生吃。"

那人满意地走到围观的人群面前,详细汇报自己的发现。

看客们坚守阵地,继续怀着好感,仔细分析买卖的各个环节。其中有两位热心人上前给店员帮忙——他们吹掉柜台上的灰尘,用鸡毛掸清洁磅秤,让分量更精准,还整理砝码。一名志愿者裁了一些小纸片,写上商品名称,再把这些小纸片固定在铁丝上,最后把铁丝插到相应的商品上;每样商品上都有了一个小小的标签,让顾客一目了然。志愿者在黍米的柜子里插上"黍米",牛肉插上"新鲜牛肉",等等,对各种商品都有更精确的说明。

他的朋友们在欣赏他的劳作。这是走在时代前面、改善国家服务的先驱。顾客走进店门,看到一个个标签——更加信赖这些商品了。

一位老太太走进商店,东看看西看看。饥饿加剧了她的衰老,她的脑袋在不停地颤抖,遏制中枢神经已经退化——鼻子和眼睛里不由自主地流出鼻涕和眼泪。老太走到店员跟前,递给他一张卡。这张卡被她严严实实地缝在衣服里。

"现在不用卡了,奶奶,可以随便买。"店员说,"你的几个孩子死了,你这日子怎么过的呀?"

"啊,熬到头啦?"老人动了感情。

"熬到头了:列宁拿走了,列宁又还回来了。"

老太太轻声说:

"是他呀,当家人。"她禁不住放声哭了起来,哭得如此伤心,好像这样的好日子她还能过上四十年。店员给了她一块烤过头的面包让她带回家,以此抵偿"战时共产主义"①的罪过。

德瓦诺夫明白了,这都是真的,革命换了一张面孔。一直到自己的家,他再也没有看到店铺,但是每个角落里都在出售馅饼和油炸饼。大家都在买,都在吃,都在谈吃。整个城市都能吃饱喝足。现在大家都知道,种庄稼不容易,植物像人一样,也需要悉心照料,

---

① "战时共产主义",苏联在 1918—1920 年间实行的经济政策,主要内容包括:将大中小企业收归国有;实行余粮征集制;禁止私人贸易;对城市居民实行商品计划供应。

烈日下土地也会劳累而流汗；人们已经习惯看天，同情种田人，盼望
风调雨顺，积雪迅速融化，地里的水不要结冰，否则对越冬作物不
利。人们学习许多从前不熟悉的东西——他们的职业范围大大扩
展，生命的感觉也具有了社会性质。因此，他们现在津津有味地品
尝炸油饼的时候，不仅用这些油饼填饱肚皮，而且对默默无闻的劳
动更加尊重，从而获得双重的享受。因此，人们吃饭时用手掌托在
嘴边，接住掉下的碎屑，然后再把碎屑吃掉。

林荫道上行人如织，他们在观察对他们来说一种崭新的生活。
昨天，很多人吃了肉，感到精力非常充沛。这一天是星期日，天气闷
热：只有偶而从远方的田野吹来一阵阵风才能够给夏天降温。

有时候在大楼边上坐着一些乞丐，尽管行人因为生活改善而施
舍给他们几个钱，但他们还是大骂苏维埃政权：最近的这四年中，乞
丐和鸽子在城里已经绝迹。

德瓦诺夫穿过街心花园，他很不适应熙熙攘攘的热闹景象——
他已经习惯于草原的空旷和自由。有个年轻姑娘跟他并排走了一
阵，她很像索尼娅——也有那么一张柔弱可爱的脸和微微眯起的眼
睛。但是这姑娘的眼睛比索尼娅更黑，顾盼之间也不如索尼娅灵
动，仿佛有什么难处似的，但是她们都是用微微眯起的眼睛在掩饰
着自己的苦恼。"到了社会主义索尼娅将变成索菲娅·亚历山德罗
芙娜①，"德瓦诺夫想，"时间会过去的。"

---

① 按俄罗斯习俗，对人称呼名字和父名表示尊敬。此处指半大姑娘索尼娅即将长大
成人。

扎哈尔·巴甫洛维奇坐在过道里用黑鞋油擦亚历山大小时候穿的破皮鞋,他要让这双鞋永远完好地保留在记忆中。他抱住萨沙哭了,他对养子的爱与日俱增。德瓦诺夫搂着扎哈尔·巴甫洛维奇,心里在想:将来到了共产主义我们该怎样对待自己的父母亲呢?

晚上,德瓦诺夫去找舒米林;走在他旁边的很多行人正急匆匆去跟情人约会。人们开始吃得好些,感觉到了自己的灵魂。星星不可能迷惑所有人——居民们已经讨厌伟大的理想和无边的空间:他们深信,星星可以变成配给的一把黍米,而理想就让传播伤寒的虱子去捍卫吧。

舒米林正在吃午饭,他让德瓦诺夫也坐下来一起吃。

饭桌上的闹钟在工作,舒米林打心底里羡慕闹钟:闹钟一直在劳动,而他却要中断自己的生命去睡觉。德瓦诺夫并不羡慕时间——他感到自己的生命还有储备,他还来得及超越时钟的步伐。

"做饭都没有时间,"舒米林说,"又该去开党会了……你去吗?没准你比大家都聪明了?"

德瓦诺夫没吭声。去区委的路上,德瓦诺夫详细汇报了他在省里的工作,但发现舒米林几乎不感兴趣。

"听说了,听说了,"舒米林说,"派你这怪人只是去看看下面的情况。不然我只看文件——什么也看不出,你的眼睛敏锐。可是你把下面搞得一塌糊涂。你唆使农民砍了比特尔曼诺夫的森林,你这狗崽子! 你还收罗了一帮无赖,到处瞎晃……"

德瓦诺夫由于委屈和惭愧而脸红了。

"他们不是无赖,舒米林同志……他们二话不说还能搞三场革命,如果需要……"

舒米林不再说话;这么说来,他那些文件比人还可信。就这样,他们默默地走着,彼此都感到尴尬。

党的会议在市苏维埃礼堂举行,从礼堂门口出来的空气像是用排气扇吹出来的。钳工霍普涅尔用手掌对着这股空气测试,他告诉富法耶夫同志,这里有两个大气压。

"假如把全党集中到这礼堂,"霍普涅尔大发议论,"光靠党的呼吸,可以大胆地建个电站发电,我敢打赌!"

富法耶夫愁眉苦脸地查看照明设备,为未能准时开会而烦恼。个子矮小的霍普涅尔又想出了几个技术点子,还把这些想法说给富法耶夫听。看得出,霍普涅尔在家里没人说话,所以他喜欢人多的地方。

"你到处出主意,"富法耶夫说,语气平静而委婉,接着又深深地叹了口气,瘦骨嶙峋的胸部鼓得像小山似的,因此他的所有衬衫早都撑破了,现在穿的全打了补丁,"我们大家早该少说话多干活了。"

霍普涅尔感到奇怪的是,为什么富法耶夫得了两枚红旗勋章。富法耶夫自己从来没有跟他谈过这件事,他认为未来比过去更重要。他觉得往事是被彻底消灭,也是没有好处的事实,因此他的勋章不是挂在胸口,而是藏在家里的箱子里。关于勋章的事,霍普涅尔是从富法耶夫爱夸耀的妻子嘴里听到的。她对自己丈夫的一生了如指掌,好像是她自己生出来的一样。

她不知道的只是些小事情——为什么要发粮卡授勋章。丈夫告诉她:"担任这个职务嘛,波莉亚,应该得的。"妻子也就放心了,她想象中的职务就是在公家的大楼里处理公文。

如果从远处看,富法耶夫这人一脸凶相,可是从近处看,他有一双温柔的善于想象的眼睛。他那颗大脑袋清楚地表明,他脑壳中默默苦恼的智慧具有某种原始的力量。尽管富法耶夫在战场上曾经建立过如今被人遗忘、仅仅在被撤销的司令部的名单中才有记录的种种战功,但他却热衷农业和静悄悄的生产性劳动。现在他主管的是省废物利用部门,根据自己的职责,他应该经常想出新的点子;这对他挺合适:他最近的一项措施就是建立全省的圈肥基地网络,从基地向缺乏马匹的贫农凭票提供马粪给土地施肥。他没有满足于已有成绩,从一大早就坐着那辆四轮双座轻便马车跑遍全城,查看大街小巷,拐进人家的后院,见到乞丐就打听哪里有垃圾可供国家利用。他和霍普涅尔合得来也是因为在废物利用方面有共同语言。富法耶夫一本正经地问所有人一个相同的问题:

"同志,我们的国家还不那么富裕——你有没有什么可供利用的废品?"

"你要什么,比如说?"每一位同志都这样问。

富法耶夫并不感到为难:

"吃剩的饭菜啦,或者洗澡擦啦,或者某些……看不上眼的食品啦什么的……"

"富法耶夫,我看你是头脑发热!"同志觉得不可理喻,"现在哪有什么洗澡擦?我洗澡就用树枝对付一下……"

偶尔也有合理的建议提供给富法耶夫,譬如说,革命前的档案可以给孤儿院当烤火的燃料,定期收割荒凉街道上的野草当饲料,再创办一个范围广泛的羊乳产业——用便宜的羊奶供应给国内战争的残废军人和穷苦百姓。

每天夜里,富法耶夫都会梦见各种各样可利用的材料,以及许许多多抽象的、叫不上名字的废旧物资。醒来的时候,他想到自己的职责,往往会提心吊胆,因为他是个老实人。有一天霍普涅尔建议他别过分担忧,最好命令旧世界的居民寸步不离地守护自己的废品——一旦革命需要,马上可以上交。但是,这些废品今后没有用处——建设新世界将使用永久性材料,这种材料绝对不会进入废弃状态。

从此以后,富法耶夫就稍稍放心了,那些做不完的梦也很少折磨他了。

舒米林认识富法耶夫,也认识霍普涅尔,德瓦诺夫只认识霍普涅尔。

“您好,费奥德尔·费奥德洛维奇,”德瓦诺夫跟霍普涅尔打招呼,“日子过得怎么样?”

“一般。”霍普涅尔回答,“只是粮食可以自由买卖了,真可恶!”

舒米林找富法耶夫谈话。省委打算让他担任帮助红军伤病员委员会主席。富法耶夫表示同意,他从战场回来后已经习惯于担任各种无关紧要的职务。许多指挥员都在社会赡养处、工会、社会保险银行以及其他机构中任职,这些单位对革命的命运无足轻重。这些单位往往受到指责,说他们拖革命的后腿,于是这些单位就从尾巴骑到了革命的头上。军人不知为什么尊重每一项职务,为了铁的纪律,他们随时准备去领导一个红角①,尽管曾经担任过师长。

听到霍普涅尔在发牢骚,舒米林转身问他:

---

① 红角,原为俄罗斯家庭置放圣象处,苏维埃时代指公共场所置放领袖肖像、图书等政治宣传品的地方。

"你怎么了,你原来定量挺高的——你不喜欢自由买卖?"

"一点儿也不喜欢。"霍普涅尔马上慎重声明,"你以为食品跟革命能和谐相处吗? 绝对不可能——我敢肯定!"

"饿着肚皮的人哪有什么自由?"舒米林微微一笑,表示智力上的蔑视。

霍普涅尔提高了激昂的音调:

"我告诉你,患难中我们才是同志,等到有了面包和财产——就再也没有一点人样了! 人人吃得撑破肚皮,你一心想的尽是面包,你还要什么自由! 思想喜欢宽松和痛苦……古往今来,哪有活得自由自在的胖子?"

"你学过历史?"舒米林表示怀疑。

"我自己猜的!"霍普涅尔使了个眼色。

"你猜到了什么?"

"面包和任何物质应该互相毁坏,而不应该积累。既然你不可能给人提供最好的东西——那至少就给他面包。可要知道,我们是想提供最好的……"

礼堂里响起会议开始的铃声。

"咱们去讨论讨论,"霍普涅尔对德瓦诺夫说,"你我现在不是客体,而是主体,这是肯定无疑的。我说是这么说,可我不明白自己有什么光荣!"

会议的议事日程上只有一个问题——新经济政策。霍普涅尔立即进行认真思考——他不喜欢政治和经济,他认为机器才需要精确的计算,而生活中只有差异和个体。

省委书记原先是铁路上的技术员,他对会议很不以为然——他认为那是搞形式主义,因为干活的人思考的速度赶不上演说的速度:无产者的思想在感情中发挥作用,而不是活跃在光秃秃的脑壳中。因此,书记一般都要求演说者缩短时间:

"尽量压缩,压缩,同志,你在这儿说废话的工夫,人家征粮队早把粮食弄到手了——你得给我记住!!"

有时候他直接对大会说:

"同志们,有谁听明白了什么没有?我可是什么也没听明白。我们需要知道的是,"书记已经气得一字一顿地说,"我们出了这扇大门应该干什么。可他哭哭啼啼地抱怨某些客观条件。要我说呀,搞革命就不讲客观条件……"

"说得对!"这声音盖住了全场。反正都一样,即使说得不对,也会有很多人赞成,他们都有自己的那一套。

此刻,省委书记正垂头丧气地坐在那儿。他已经上了年岁,内心希望派他去管理某个农家阅览室,他在那儿可以用手工的方式建设社会主义,而且一定能够让大家看得见摸得着。各种各样的简报、总结、快讯和通告开始损害他的健康。他常常把这类文件带回家,却没有还回去,于是就告诉办事处主任:"莫列里尼科夫同志,你知道吗,我睡觉的时候那些文件给孩子在炉炕上烧掉了。醒来的时候炉子里只剩下一堆灰。我们今后别再抄送文件了,看看究竟会不会出现反革命?"

"行,"莫列里尼科夫表示同意,"事情明摆着,单靠文件什么事也办不成——里面写的全是概念:用概念控制全省,就好比抓住马尾巴去驾驭一匹马。"

莫列里尼科夫农民出身,在省委干活觉得非常无聊,于是在自家的院子里种了几垄地,上班的时候也回去干点私活。

今天,省委书记多少有点满意:他把新经济政策看作一场自发的革命——全凭无产阶级本身的愿望推动。以前的革命靠各机关各部门的拉动,好像机关真的是建设社会主义的一架机器。书记的演讲就从这儿开始。

德瓦诺夫坐在霍普涅尔和富法耶夫中间,坐在他前面的一个陌生人在不停地嘟哝,他在封闭的头脑中思考,但又憋不住要说出来。谁在革命中学习思考,他总要大声说出来,大家也不会怪怨他。

党员们彼此互不相像——每个人的脸上都有某种自造的特征,好像人人都凭一己之力从某处发掘出了自己。从一千张脸中总可以分辨出这样一张脸——坦诚的、由于一直处于紧张状态而变得阴沉的、带点不信任的脸。当初白匪可以准确无误地认出这些特殊的自造的人,并且用病态的狂暴消灭他们,就像正常的孩子殴打残疾人和动物的时候怀着的那种心情:既害怕又感到快乐和满足。

人们呼出来的气体在礼堂的天花板下似乎形成了一个浑浊的本地天空。那里的电灯光暗淡乏力,只是勉强维持着——很可能发电站缺少一根完整的连接发电机的传动皮带,那根磨损得厉害的旧皮带的接口撞击着转轮,造成发电机的电压不稳。这情况一半的与会者都能理解。革命越往前发展,那些疲惫的机器和零部件的阻力会越来越大——它们都已经超过了使用期限,全靠钳工和司机们起死回生的高超手艺才得以苟延残喘。

德瓦诺夫不认识的那位党员根本没有听书记讲话,只顾自己低着头在前面自言自语。

霍普涅尔漫无目标地看着远处,裹胁他的有两股叠加的力量——书记的演说和自己匆忙的意识。德瓦诺夫感到一种病态的焦虑，因为他无法近距离地想象某个人，无法哪怕短暂地体验他的生活。他心神不宁地仔细观察霍普涅尔——一个上了岁数、干瘦矮小、几乎被四十年的工作榨枯了的人。他的鼻子、脸颊和耳垂的皮肤都皱得让人看了头皮发麻。假如霍普涅尔在澡堂里脱光了衣服，肯定像个孩子。其实，霍普涅尔相当结实，力气大，有耐力，这样的人十分罕见。霍普涅尔的身体被长年累月的工作贪婪地吞噬了，只剩下埋进坟墓也不易腐烂的东西：骨头和毛发。他的生命失去了任何欲望，已经被劳动的熨斗彻底烫干，如今紧缩成一种强烈的意识，这意识通过裸露的智慧用迟到的激情照亮了霍普涅尔的眼睛。

德瓦诺夫想起了与他的几次见面。有一次他们详细讨论了在流经他们城市的波里内-艾达尔河上建水闸的事，还抽了霍普涅尔荷包里的马合烟。他们的讨论与其说是为了公共的利益，不如说是出于自己过剩的、尚未被人们利用的热情。

演说的人现在使用的是简单的通俗易懂的语言，每一个字里都有意义在运动。演讲人的话语中流露出对人的无形尊重以及可能会遭到反驳的担心，因此，听众觉得他也是个聪明人。

有一名坐在德瓦诺夫旁边的党员平静地通知大会：

"擦拭机器的回丝没了——准备牛蒡叶吧！……"

电灯光慢慢变红——发电站的发电机只靠惯性在运转。大家抬头朝上看：电灯在渐渐熄灭。

"哎呀，真糟糕！"有人在黑暗中说。在寂静中可以听见一辆大车走在马路上发出很响的吱嘎声，远处的看门人房间里传来婴儿的啼哭声。

富法耶夫问德瓦诺夫,什么叫在当地范围内与农民进行商品交换——这是书记在报告中提到的。德瓦诺夫不知道,霍普涅尔也不知道。

"等一会儿,"他对富法耶夫说,"如果电站的皮带接上了,书记会给你解释的。"

电灯重新亮了:发电站已经习惯于在机器运转过程中排除故障。

"对苏维埃政权来说,"报告人继续演说,"自由买卖就等于牧场上的青草,可以用来给我们崩溃的经济最见不得人的地方遮盖一下……"

"明白了吗?"富法耶夫小声问霍普涅尔,"应该把资产阶级控制在当地范围——他们也是可以利用的废品……"

"说得好!"霍谱涅尔也听清了,潜在的虚弱使他的脸都变黑了。

报告人暂停了演讲。

"你这是干什么,霍普涅尔,像野兽似的大喊大叫? 你别急着表示同意——我自己都还不全明白呢。我不是要说服你们,我是跟你们商量——我不是最聪明的人……"

"你就是最聪明!"霍普涅尔说,声音很响,也是出于好心,"你要是糊弄我们——那就换人:我们说到做到!"

全场满意地笑了。在那个年代,还没有名人去当干部,但是人人都能感受到自己名字的分量和意义。

"你就说说那些车轱辘话吧,不说白不说,说了也白说。"霍普涅尔再次给演讲者出主意,他说话也不站起来。

天花板在滴脏水。不知从上面阁楼的哪个裂缝中流下来一股浑浊的水。富法耶夫在想,怪不得他儿子得伤寒死了,死了也是白死——隔离队让几个城市断了粮也没用,白白喂饱了虱子。

霍普涅尔突然脸色发青,咬住干枯的嘴唇,从椅子上站了起来。

"我难受,萨沙!"他告诉德瓦诺夫,一只手捂着嘴走了出去。德瓦诺夫跟在他后面。走到外面霍普涅尔停了下来,脑袋靠着冰凉的砖墙。

"你离远点,萨沙,"霍普涅尔说,他有点不好意思,"我一会儿就好……"

德瓦诺夫站着。霍普涅尔不断地呕出黑黑的没消化的食物,但量不大。

霍普涅尔用红色的手帕擦了擦稀疏的胡须。

"多少年都空着肚子熬过来了——什么事也没有……"霍普涅尔惭愧地说,"今天连吃了三个饼——不习惯了……"

他们在门槛上坐下。为了透气,大厅的窗户敞开着,因此能听到里面的演讲。唯独夜一言不发,它小心翼翼地在黑沉沉的旷野上空扛着灿烂的群星。市苏维埃对面是消防队的马厩,瞭望塔两年前就烧毁了。值班的消防员在市苏维埃房顶上来来回回地观察全市。他在那儿感到无聊,于是嘴里唱着歌,把脚下的铁皮屋顶踩得震天响。过了一会儿,德瓦诺夫和霍普涅尔发现值班消防员没有声音了——很可能大厅里的演说能传到他耳朵里。

省委书记现在说的是,派去搞征粮工作的同志必死无疑,我们的红旗多半用作棺材的套子。

消防员不等听完又唱了起来:

树皮鞋迈着大步走田野

乡亲们两手空空去欢送……

"他在唱什么——这该死的?"霍普涅尔说着侧耳细听,"什么都唱——就是为了不动脑子……水管都不通了,消防员有什么用!"

此刻,消防员眼望繁星照耀下的城市,心里在假设:如果全城一下子着火了,会造成什么后果? 到时候全城一片焦土,可以给农民耕种,消防队变成乡村民兵,当民兵可能安定些。

德瓦诺夫听到背后有人缓缓走下楼梯的脚步声。那人嘟嘟哝哝地在表达自己的思想,他不会默默地思考。他首先必须把自己脑海中纷乱的思想转换成语言,听到语言之后才能清晰地感受到思想。很可能,他看书的时候也要读出声音,让一个个神秘的死字符变成有声的东西,再从声音中感受它们。

"请你告诉我!"那人很肯定地对自己说,又仔细地听自己说的话,"他不说大家还不知道,什么是贸易、商品交换和收税。原来是这么回事:贸易就是层层转手,农民卖粮自己会刨去部分收益,这就是税收! 我说得对吗,没准我是傻瓜? ……"

那人有时候在楼梯上停下来反驳自己:

"不对,你是傻瓜! 难道你认为列宁比你还笨:请你告诉我!"

那人显然很痛苦。消防员又在屋顶上开始唱歌,他感觉不到下面发生了什么。

"这算什么新经济政策!"那人惊讶地小声说,"只是给共产主义起了个庸俗的名称! 我也可以给自己起个庸俗的名字,叫切文古尔人——你就忍着吧!"

那人走到德瓦诺夫和霍普涅尔跟前,问他们:

"请你们告诉我:共产主义在我那儿自发地冒了出来——我能用政策阻止它吗?还是不用阻止?"

"别阻止。"德瓦诺夫说。

"好,既然不用阻止——那还有什么可怀疑的?"那人安慰性地自问自答,然后从口袋里掏出一撮烟丝。他个儿矮小,穿着时兴的共产党服装——从替沙皇打仗的逃兵身上剥下来的军大衣,脸上一个软塌塌的鼻子。

德瓦诺夫认出了,他就是会场上坐在他前面自言自语的那个共产党员。

"你是从哪里来的?"霍普涅尔问。

"共产主义。听说过这个点吗?"来人回答。

"是不是为了纪念未来的那个小村子?"

那人一听就来劲了,这下他可有话可说了。

"怎么是小村子呢?你大概是非党员吧?这个点呢——绝对是县的中心。以前的名字叫切文古尔。我呢,现在是那地方的革委会主席。"

"切文古尔离诺沃谢洛夫不远吧?"德瓦诺夫问。

"当然不远。只是那里住的都是些野蛮人,跟我们不来往,我们那儿一切都完了。"

"什么东西完了?"霍普涅尔不太相信。

"整个世界历史完了——我们还要它干啥?"

无论是霍普涅尔还是德瓦诺夫都没有再问下去。消防员继续踩着倾斜的屋顶发出有节奏的咂唧声,昏昏欲睡地注视着全城。他不再唱歌,过了不一会儿,彻底安静了。想必是钻进阁楼睡觉去了。不过就在这一天夜里,这位懒散的消防员偏偏遇到领导来检查。看到霍普涅尔他们三个人站在那儿说话,这位严格执行纪律的领导在他们身边停下来,站在人行道上朝屋顶喊叫:

"拉斯波波夫! 瞭望员! 我是消防队督察。上面有人吗?"

屋顶上寂静无声。

"拉斯波波夫!"

督察生气了,自己爬上屋顶。

夜晚静悄悄的,只有微风吹拂树叶的窣窣声和地里青草的拔节声。德瓦诺夫闭上眼睛,好像听到什么地方有一股水流正源源不断地流入地下的一个漏斗。切文古尔县执委会主席用鼻子深深地吸了口烟,憋足气准备打个喷嚏。会场不知为什么安静了:可能大家都在思考。

"天空中那么多有趣的星星,可是没有一点儿它们的消息。"他说。

消防队督察把值班的瞭望员从屋顶带下来。瞭望员拖着睡得麻木的两条腿,乖乖地跟在后面准备接受处罚。

"强制劳动一个月。"督察冷冷地说。

"去就去,"玩忽职守的人说,"我无所谓:那边的粮食定量也一样,按规定干活。"

霍普涅尔起身回家——他浑身不舒服。切文古尔主席最后一次闻了闻鼻烟,公开宣称:

"喂,伙计们,现在切文古尔好得很哪!"

德瓦诺夫开始想念科皮奥金这位远方的同志,想必他正活跃在草原的黑暗中。

此刻,科皮奥金正站在切尔诺夫卡村苏维埃门口,轻声吟诵前几天他自己创作的献给罗莎的诗句。他头顶上方高悬着时刻准备砸他脑袋的星星,而村口最后一道篱笆后面是一望无际的社会主义土地——未来、各族人民未知的故乡。"无产阶级力量"和德瓦诺夫的走马不慌不忙地嚼着草料,至于其他事情,它们认为就要靠人的勇敢和智慧。

德瓦诺夫也站起来把手伸给切文古尔主席:

"请问大名?"

来自切文古尔的人没法一下子从纷乱不堪的思绪中回过神来。

"咱们走,同志,上我那儿干吧,"他说,"嗨,现在切文古尔可好了! ……天上有圆圆的月亮,月亮下是好大好大一片劳动区域——统统进了共产主义,就像鱼儿到了湖里! 我们就缺一样东西:名气……"

霍普涅尔一下戳穿了他的牛皮:

"哪来圆圆的月亮,你这该死的? 一个星期之前还只是细细的月牙……"

"我这是说着玩儿的,"切文古尔人承认,"我们那儿没有月亮更好。我们那儿的灯都带灯罩。"

三个人一起沿着街道往前走——只听得家家户户小花园里的鸟儿叽叽喳喳叫个不停:它们感受到了东方的曙光。偶尔度过不眠之夜也挺好——德瓦诺夫可以看到平时看不到的另外半个凉爽而无风的世界。

德瓦诺夫很喜欢切文古尔这名字。它听起来很像从一个陌生的地方传来的那种诱人的嘈杂声,尽管德瓦诺夫以前也听说过这个小县城。得知切文古尔人要路过卡里特瓦,德瓦诺夫请他顺道到切尔诺夫卡去看望科皮奥金并转告他,叫他别再等德瓦诺夫了,希望他继续走自己的路。德瓦诺夫打算再去上学,念完中等技术学校。

"顺道走一趟不难,"切文古尔人答应道,"共产主义之后我真想看看那些个体户。"

"鬼知道他胡扯些什么!"霍普涅尔生气了,"到处是废墟,只有他那儿——点灯还加灯罩。"

德瓦诺夫把一张纸按在围墙上,给科皮奥金写了一封信。

> 亲爱的科皮奥金同志:一切如常。现在政策变了,变得好。请把我的那匹马送给随便哪一个穷人,你自己继续往前走吧……

德瓦诺夫停下了:科皮奥金又能去哪儿呢?能待久吗?

"请问您尊姓?"德瓦诺夫问切文古尔人。

"你问我的姓名?切普尔内。不过你要写——日本人,你一说日本人,全区的人都知道是谁。"

> 你就去找日本人。他说他那儿已经是社会主义了。如果情况属实,那就写信告诉我,我是不会回来了,尽管我舍不得跟你分别。我自己还不知道,什么对我最合适。我不会忘记你,也不会忘记罗莎·卢森堡。你的战友亚历山大·德瓦诺夫。

切普尔内取过那张纸，从头至尾念了一遍。

"写的全是废话，"他说，"你的脑子一团糨糊。"

他们互相告别后各奔东西——霍普涅尔和德瓦诺夫去城郊，切文古尔人去客店。

"怎么样?"德瓦诺夫一到家，扎哈尔·巴甫洛维奇就问他。

亚历山大详细告诉他有关新经济政策的情况。

"这事肯定搞砸了!"父亲躺在床上做了结论，"错过了季节，种了也白搭……夺取政权的第二天就向全世界保证让大家过上好日子，可现在又说客观条件还不成熟……神父上不了天堂就怪撒旦作祟……"

霍普涅尔一回到家里，全身的毛病都没了。

"我究竟想要什么呢"他心里想，"我父亲一心想亲眼见到上帝，我呢，想找一个空地方，哪怕最差的也行，就是要一切从头做起，全凭自己的脑袋……"

霍普涅尔想要的与其说是快活，不如说是具体的行动。

切普尔内一点儿也不愁：在他的切文古尔城里，无论是幸福的生活，还是确凿的真理，或者存在的痛苦，全都根据需要自动产生了。在客店里他给自己的马喂了草料，然后躺到大车上打盹。

"我把那匹走马向科皮奥金要来拉套。"他事先打定了主意，"干吗要给别的贫农，贫农的优惠已经够多的了：你倒是给我说呀!"

早晨，客店里挤满了前来赶集的农民的大车。他们运来的东西都很少——有的是一普特黍米，有的是五小罐牛奶，即使没收了，也不心疼。不过，在检查站他们也没有遇到稽查队的拦截，因此他们在城里等着大搜查。不过，不知为什么没有搜查，农民们坐在自己的货物上纳闷。

"现在不没收了?"切普尔内问农民。

"不知为啥没动静:说不上是该高兴还是伤心。"

"怎么说?"

"就怕来更坏的一招——不如让他们没收吧!如今那些当权的反正不会让你过太平日子。"

"瞧你说的——要不上哪儿去搜刮啊!"切普尔内听明白了,"最好宣布他们是小地主,发动穷人在一天之内挨家挨户去消灭这资产阶级瘟疫!"

"给点烟抽!"那个上了岁数的农民请求说。

切普尔内冷冷地看了他一眼。

"自己当房东,倒向穷人讨饭吃……"

农民领会了挖苦,可忍下了这口气。

"你可知道,同志,征粮队把什么都没收了:要不是这政策,我自己可以装上一口袋。"

"你会装一口袋!"切普尔内根本不信,"算了吧,你会倒出一口袋,那倒是真的!"

农民见到地上有颗遗落的销栓,赶紧从大车上下来,捡起来塞进鞋筒。

"要看什么时候,"他不紧不慢地说,"报纸上说的,列宁同志开始喜欢精打细算了,这么说来,如果坏人的东西掉地上了,就可以从坏人手里把东西夺过来装进口袋。"

"那你也靠这口袋过日子?"切普尔内直截了当地问。

"就是嘛。吃了一点儿,就把嘴堵上。要是你的东西掉了,没人会去捡。老乡啊,你我都是有头有脸的人,你干吗平白无故地欺负人?"

切普尔内在切文古尔学聪明了,因此没有回嘴。尽管顶着革委会主席的头衔,切普尔内从来没有以势压人。有时候他坐在办公室里,头脑中往往会产生悲天悯人的想法:住在农村里的人彼此十分相似,他们都不知道往后该怎样生活,要是不去触动他们,他们都会死的;因此,全县的人似乎都需要他那些聪明的主意。但是,到县里各处巡视之后,他又坚信每一个公民都有自己的智慧,因此早就撤销了对居民的行政援助。刚才跟他说话、上了岁数的农民再次使切普尔内确信一个朴素的感觉:一个活人早在娘肚皮里就已经学会了如何对待自己的命运,因此无须旁人监督。

离开旅店的时候,一名伙计拦住了切普尔内,请他付房钱。他没有钱,也不可能有钱——在切文古尔根本就没有财政预算这回事,省里当然很高兴,以为那里的生活建立在自负盈亏的健康基础之上。切文古尔的居民早就宁要幸福的生活也不要任何的劳动、设施和计算支付的费用,否则人的一次性的同志般的身体会成为牺牲品。

房钱根本无法支付。

"你要什么就拿吧。"切文古尔人告诉旅店伙计,"我是一无所有的共产党员。"

刚才那位打算反呛切文古尔人的农民,听到他们的对话便走了过来。

"按规定要收他多少钱?"他问。

"一百万,如果他没睡房间。"伙计确定房钱。

农民转过身,从自己衬衫底下掏出一个挂在脖子上的皮钱包。

"给你,小伙子,放人吧。"刚才跟切文古尔人说话的农民把钱交给他。

"我这是照章办事。"伙计表示歉意,"住店不付钱,打死我也不放他走。"

"有道理。"农民心平气和地同意他的话,"这儿可不是草原,而是旅店:客人和牲口都要休息。"

到了城外,切普尔内感到自己更自由更聪明了。展现在他面前的又是令人心旷神怡的空间。森林啊,山冈啊,大楼啊,他都不喜欢,他喜欢平坦的、朝天空微微隆起的大地肚皮。地皮吸进风便鼓起来,在行人的重压下又瘪下去。

听着革委会文书给他念各种公文、表格、制定计划的问题以及其他种种来自省里的材料,切普尔内说的始终是两个字:"政策!"这时候他会露出深思熟虑的微笑,其实他什么也不明白。过了没多久,文书就不再给他念文件,无视切普尔内的领导,擅自处理所有的公文。

现在,切普尔内骑的是一匹白肚皮的黑马——不知道这是谁的马。切普尔内第一次见到它是在城里的广场上,当时它正在猛啃未来公园里刚栽的花草,于是他把它带到院子里套上车就出发了。正因为这是匹无主的马,所以对他来说就更加宝贵和亲切:除了任何一位公民,没有人关心它。因此,切文古尔县的所有牲口全都膘肥体壮,英姿勃发。

切普尔内在路上走了很久。一路上他唱了所有记得起的歌曲,他想思考点什么,可是又没有什么可思考——一切都清清楚楚,剩下的就是要行动：反复折腾自己的幸福生活，让生活不至于变得太舒服，但是坐在大车上很难折腾自己。于是，他从大车上下来，与呼哧呼哧喘着粗气的马并肩跑了起来。跑累了，再骑到马背上，大车空着，吱吱嘎嘎地跟在后面。切普尔内回头看了看大车——觉得它是一辆构造不合理的破车，拉起来特别沉。

"吁！"他喝住马，立即卸下大车，"我干吗要把马的活的生命花在死的货物上？你倒是给我说呀！"他卸下鞍具，骑上解放的马走了；大车落下车辕，被撂在路上，等着第一个路过的农民来任意处置。

"现在我和马身上热血沸腾！"切普尔内在做无目的的思考。马儿飞奔，他自己再也不用花力气了。"往后科皮奥金的那匹马只能牵着走——不用拉边套了。"

傍晚时分，他来到了草原上的一个小村子。村子里满目荒凉，仿佛这里的人早就死绝了。傍晚的天空似乎跟草原连成了一片。切普尔内胯下的马望着无边无际的地平线，好像看到了自己疲惫的四条腿的可怕命运。

切普尔内敲了敲一间静悄悄的农舍的门。从后门出来一个老头，隔着篱笆张望了一下。

"开门，"切普尔内说，"你家有面包和干草吗？"

老头不吭声，脸上毫无惧色，一双敏锐的有经验的眼睛仔细打量着骑马的人。切普尔内下了马，爬过篱笆打开大门。饥肠辘辘的马立即啃起了板棚旁边那些安静下来准备过夜的小草。看样子，老头由于客人自作主张而感到不快，在一棵砍倒的小橡树上坐下，反倒像一个外人。切普尔内走进农舍，也没有人出来迎接；那里散发着一股既干燥又干净的老年人气息,因为老人不再出汗,也不会在家具上留下污迹。他在搁架上找到一小块面包,面包是用黍米壳和碎草烤的,他给老头留下一半,剩下的他使劲咽了下去。

天黑后老头回到屋里。切普尔内在搜刮口袋里剩下的鼻烟末,准备闻一下,免得临睡前感到无聊。

"你那匹马不安分,"老头说,"我给了它一点干草……还是去年留下的一捆……让它吃一点……"老头说话显得心不在焉,好像他有什么心事。切普尔内警惕起来。

"大爷,你们这里到卡里特瓦远吗?"

"远倒是不算远,"老头回答,"你去那儿比留在这儿近……"

切文古尔人扫了一眼屋子,发现炉台边有一把炉叉——他身边没带手枪,因为他认为革命已经太平了。

"你们这儿什么人当道? 不会是土匪吧?"

"两只兔子逼急了可以吃掉一头狼,亲爱的! 眼下老百姓太苦了,我们村又靠路边,什么人都可以来抢劫。男人都带着老婆孩子躲进了深沟,逃得远远的,谁要是回到村里,哪有他的活路啊……"

夜晚低垂下乌云密布、毫无出路的天空。切普尔内出了村子,前往安全的草原的黑暗中。他的坐骑也向远处走去,凭着嗅觉选择前进的道路。一股股温暖的雾气犹如浓密的云团从地里浮起,切文古尔人尽情地吸入之后,搂着艰难前行的马的脖子渐渐睡着了。

他要去找的那个人,这天夜里正坐在切文古尔村苏维埃的办公室里。桌子上的灯照着窗外的茫茫黑暗。科皮奥金正在跟三个农民谈话,他说,草原高坡上土质优良,可是白白浪费了,社会主义就是给草原高坡上送水。

"这我们从小就知道,斯捷潘·叶甫列莫维奇。"农民们同意说。他们不想睡觉,喜欢闲扯。"你不是本地人,可一下子发现了我们的难处,你这么聪明是谁教的? 要是我们给苏维埃政权建好了社会主义,那我们有什么好处? 要知道那得花不少力气呢——你怎么看?"

科皮奥金为德瓦诺夫不在身边而惋惜,要是他在,准能从思想上向他们证明社会主义。

"今后怎么样?"科皮奥金自作主张地进行解释,"首先你心里会觉得非常踏实。现在你那儿踏实吗?"

"是这里吗?"那人说着看看自己的胸部,尽量要看清楚那里面有什么东西,"我这里面啊,斯捷潘·叶甫列莫维奇,只有悲伤和黑暗……"

"就是么——你自己也看到了。"科皮奥金指出。

"去年我埋了得霍乱的老婆,"伤心的公民说,"今年春上,奶牛又叫征粮队吃了……那些当兵的在我家里住了两个星期,把井里的水都喝光了。乡亲们还记得吗……"

"当然记得!"另外两名见证人证明说。

科皮奥金的坐骑"无产阶级力量"这两个星期吃得膘肥体壮,也不干什么事。每到夜里,它有力无处使,草原上又十分无聊,于是就狠命嘶叫。白天,农民们到村苏维埃院子里照料它数次。"无产阶级力量"闷闷不乐地看着自己的观众,时不时昂起头,沉下脸打几个哈欠。农民们恭恭敬敬地从这忧郁的牲口身边后退几步,然后对科皮奥金说:

"斯捷潘·叶甫列莫维奇,你的马真好!无价之宝,真是匹千里马!"

科皮奥金早就知道自己坐骑的身价:

"阶级的牲口,论觉悟,它比你们都革命!"

有时候,"无产阶级力量"在马圈里无所事事,就开始捣乱。这时候科皮奥金就站到门口,发出简短的命令:

"别闹,流浪汉!"

马儿安静下来。

德瓦诺夫的那匹走马因为离"无产阶级力量"近,全身染上了癣,长了一身的长毛,突然出现的一只燕子也会让它哆嗦。

"这匹马在请求熟手来照料。"到村苏维埃来的农民们议论纷纷,"不然就自动报废了。"

科皮奥金的职务是村苏维埃主席,但没有什么需要他亲手经办的任务。村民们每天来村苏维埃聊天,科皮奥金听他们聊,几乎不做任何回应,只是守着这革命的村子,提防土匪的袭击,但是土匪似乎没有动静。

有一次开会,他一劳永逸地宣布:

"苏维埃政权给了你们好处——你们就要充分利用,一点也不留给敌人。你们大家既是乡亲又是同志。我也不比你们聪明,今后你们别到苏维埃来扯些家长里短的小事。我的事情很简单——彻底粉碎任何的阴谋诡计……"

农民们日益尊敬科皮奥金,因为他不提粮食征购的事,也不谈劳力畜力义务役,乡革委会发来的文件都收进文件夹,等待德瓦诺夫回来处理。几个识字的农民看过这些文件后,建议科皮奥金不要贯彻执行,而要全部销毁。

"现在哪里都可以组织政权,也没有人指责。"他们说,"你看了新的法令没有,斯捷潘·叶甫列莫维奇?"

"没有。怎么了?"科皮奥金问。

"列宁亲自宣布的,肯定没问题!政权现在属于基层,不属于上头!"

"这么说,乡管不着我们了。"科皮奥金得出结论,"这些文件该扔掉才是。"

"完全合法!"在场的人们连声称是,"咱们把它分了卷烟抽吧。"

科皮奥金喜欢这新法令,他感兴趣的是:苏维埃政权是否可以建在没有建筑物的空地上。

"可以。"善于思考的村民们回答,"只是离贫农要近,离白军要远……"

科皮奥金渐渐放下心来。今天晚上的议论直到半夜才结束:灯里的煤油燃尽了。

"乡里给的煤油太少!"聊天没有尽兴的人们临走时表示遗憾,"国家为我们服务得不好。墨水倒是送来了满满一瓶,可我们不需要墨水。不如多送些煤油,或者素油。"

科皮奥金走到院子里看夜景——他喜欢这自然现象,临睡前总要观察一番。"无产阶级力量"感觉到朋友来了,轻轻打起了响鼻。科皮奥金一听到马的呼哧声——眼前又浮现出那瘦小女人的身影,那是一份挥之不去的遗憾。

此刻,在春夜的黑色波涛之下,她孤零零地躺在某个地方,储藏室里还留着她的鞋子,她活着的时候穿的就是这双鞋子。

"罗莎!"科皮奥金呼唤,用的是自己细小的第二嗓音。

马儿在板棚里嘶叫起来,它似乎看到了出路,便一脚踢开门闩,准备冲到春天里泥泞的路上,抄近路奔向德国的墓地——科皮奥金心目中最宝贵的那方土地。担任村苏维埃主席需要日夜操劳,事事小心,对德瓦诺夫需要保持同志式的忠诚,因此科皮奥金常常感到心烦意乱,如今这种焦躁的心情一下子爆发出来了。马儿知道科皮奥金就在附近,开始在板棚里闹腾起来,把沉重而巨大的感情发泄到墙壁和门闩上,好像热爱罗莎·卢森堡的是它,而不是科皮奥金。

科皮奥金完全被嫉妒控制了。

"别闹了,你这流浪汉。"他对马儿说,只觉得羞愧的热浪在胸中翻滚。马儿闹腾了一阵后慢慢安静下来,把一腔激情化为断断续续的叹息。

天空中飞驰着一片片破碎的乌云——远方一场倾盆大雨留下的残迹。天上想必有一股夜间的忧郁的旋风,底下却寂静无声,甚至都可以听到邻居家的母鸡在辗转反侧,以及篱笆在无害的小动物穿行时发出的吱嘎声。

科皮奥金一手撑着土墙,他的心失去了坚强意志,彻底沉下去了。

"罗莎,我的罗莎,罗莎!"他轻轻念叨,不让马儿听见。但是,那马的一只眼睛透过缝隙看得真切,它往墙板上喷出又干又烫的气,以致木板都被烘干了。看到科皮奥金侧着脑袋、精疲力竭的模样,马儿用头和胸部使劲往支柱上一顶,板棚哗啦啦倒下来压在它的屁股上。这突如其来的恐怖场面使"无产阶级力量"像骆驼那样惊叫起来,它的尾部一甩,抖落了压在它身上的棚顶,然后向科皮奥金奔去。它要撒开四蹄,吞下伴着白沫的空气,凭着感觉去寻找无形的道路。

科皮奥金脸上的泪水刹那间干了,胸中吹过一阵风。他没给马儿上套,便一步跨上马背——心里别说有多高兴了。"无产阶级力量"撒腿朝村外跑去;它胖得已经无法跳跃,只能用两条前腿踏倒谷场上的篱笆和隔栏,然后跨过障碍,继续前进。科皮奥金心情大好,仿佛只要走一天一夜就能见到罗莎·卢森堡了。

"真舒服!"科皮奥金轻声感叹,他吸进的是下半夜的潮湿空气,闻到的是正在破土而出的野草的清香。

马儿把自己的热量播散在自己的蹄印里,心急火燎地奔向开阔的空间。在飞速的前进中,科皮奥金只觉得自己的心脏越来越轻,渐渐浮到了嗓子眼。假如速度再加快些,科皮奥金简直要轻松幸福得引吭高歌一曲。但是,"无产阶级力量"的体力难以胜任长时间的飞奔,过了一会儿便改成正常的大步了。马儿的脚下有没有路——看不见;能看见的是大地的尽头开始泛出亮色,"无产阶级力量"打算尽快地到达那尽头,心想那正是科皮奥金需要去的地方。草原连绵不断,只有一片无边无际的平坦的斜坡通往天际,至今还没有一匹马能走到这斜坡的尽头。环顾四周,可以看到远处的洼地里一股股潮湿的寒气冉冉升腾,在那里缭绕的还有从饥肠辘辘的村民们的炉子里冒出的缕缕炊烟。科皮奥金喜欢这寒气,这炊烟,还有这些睡醒的陌生人。

"生活的乐趣!"他自言自语道,而那股寒气,犹如富有刺激性的面包屑,直灌到他的脖子后面。曙光中,一个遥远而清晰的人站在那儿挠头。

"怎么找了这地方来挠头!"科皮奥金责备那人,"他一大早的站在地里不睡觉,肯定有什么事情。待我过去检查他的证件——吓唬吓唬这鬼东西!"

可是等待科皮奥金的是失望——在朝霞中挠头的这个人身上连口袋或者可以保存必要证件的破绽都没有。半个小时之后,科皮奥金来到他身边,这时候太阳光已经响彻云霄。那人坐在一个干燥的土坡上,在细心地用指甲抠身上的污垢,好像世界上没有水可以洗澡似的。

"就该把这种魔鬼组织起来!"科皮奥金在心里说,但没有去查他的证件,因为他想起自己除了缝在帽子里的罗莎·卢森堡的肖像,也没有任何证件。

远处,土地呼出的朝雾在涌动,一匹马一动不动地站在那儿。它的四条腿短得出奇,科皮奥金简直难以相信这是一匹真正的活马。可是它的脖子上趴着一个瘦小的人。科皮奥金喜出望外,不禁大喊一声:"罗莎!"——"无产阶级力量"轻松而迅速地驮着自己肥胖的身体进入一片泥泞。矮脚马所站的那个地方从前是个水很深的池塘,现在干涸了——那马的四条腿陷入了淤泥中。马背上的那人睡得真香,他忘我地搂着马脖子,好像那是忠诚、敏感的女友的身体。马儿确实没睡,它信任地看着科皮奥金,料想不会有什么危险。睡觉的那人呼吸不很平稳,喉咙深处时不时发出欢快的笑声——很可能他正在做美梦。科皮奥金浑身上下打量了他一番,并不感到他是自己的敌人:他的军大衣太长,他的脸上即使在睡梦中也洋溢着准备去建立革命功勋的决心以及享受全世界共同生活的柔情。那个睡觉的人本身不是特别漂亮,唯独细小的脖子上血管的脉动促使人们把他看作是个善良、贫穷而可怜的人。科皮奥金摘下他的帽子看了看,里面镶着一条汗迹斑斑的旧边饰,上面有几个字:"Г.Г.博雷叶尔,罗兹①"。

科皮奥金把帽子重新戴到那人头上,那脑袋自己都不知道戴的是哪个资本家的产品。

"喂,"科皮奥金对睡觉的人说,那人已经不再微笑,表情比较严肃了,"这顶资产阶级帽子你怎么还没摘掉啊?"

那人正在逐渐醒过来,匆匆忙忙结束了诱人的美梦——他梦见了自己家乡附近的一道道山沟,以及聚集在那里的幸福的人们——他熟悉的那些劳累而死的穷乡亲。

"到了切文古尔很快会给你做一顶新帽子,式样由你挑,"睡醒的人说,"你用绳子量一下你的头围。"

"你是什么人?"科皮奥金不动声色地问,他早已习惯跟各色人等打交道了。

"我现在住得离这儿不远,我叫切文古尔的日本人,党员。顺路来找科皮奥金同志要一匹走马,结果把马累坏了,自己也睡着了。"

"你这鬼东西算什么党员!"科皮奥金明白了,"你需要的是别人的马,而不是共产主义。"

"不对,不对,同志。"切普尔内十分委屈,"我哪敢在共产主义之前去要马?共产主义我们已经有了,可是里边的马很少。"

科皮奥金看了看冉冉升起的太阳:那么巨大灼热的一个球,可以轻轻松松地向中午飘移。这就表明,生活中的一切都不会那么难那么苦。

"这么说来,你已经搞定了共产主义?"

---

① 罗兹,波兰的一个省会。

"哎哟,瞧你说这话!"切文古尔人觉得受了侮辱。

"这么说来,你们只缺帽子和马,别的都用不完?"

切普尔内无法隐藏自己对切文古尔的热爱:他摘下帽子扔进泥塘,又掏出德瓦诺夫要求转交马匹的字条,把它撕成了四片。

"不,同志,切文古尔不积聚财产,而是消灭财产。住在那里的都是些普通的优秀的人,你会发现,屋子里都没有柜子,大家相亲相爱。至于这匹马么——是这么回事:我去了趟城里,在市苏维埃领到了偏见,在客店领到了别人的虱子。——这种情况下你叫我怎么办:你倒是说给我听听!"

"带我去看看切文古尔。"科皮奥金说,"那里有没有罗莎·卢森堡的纪念碑?也许还没想到吧,这些奴才?"

"怎么会没呢,有啊:就在一个村民点,天然石头做的。那里还有李卜克内西同志向群众演说的全身塑像……他们俩是优先建的:今后要是还有什么人死了——我们也不会漏掉的!"

"你怎么看,"科皮奥金问,"李卜克内西同志和罗莎是不是男人和女人的那种关系,或者说仅仅是我的猜想?"

"那只是你的猜想,"切文古尔人安慰科皮奥金,"他们可都是有觉悟的人!他们没有工夫谈情说爱,他们要思考。这扯到哪儿啦,这事你我管得了吗?"

科皮奥金觉得罗莎·卢森堡更加可爱了,他的心也跳得更加向往社会主义了。

"你给我说说切文古尔的情况——社会主义还在分水岭上或者正在一步步走向社会主义?"科皮奥金问,已经是另一种口气,就像离家五年杳无音讯的儿子见了哥哥问——母亲还在吗?——可他相信老人家已经死了。

生活在社会主义的切普尔内早就不习惯为那些无助的人和所爱的人而焦虑不安了：他在切文古尔解散沙皇军队的同时也解散了社会，因为谁也不愿意为了看不见的共同利益而消耗自己的身体，人人都希望看到自己的生命已经离开同志式的亲人，回到了自己身上。

切文古尔人慢悠悠地闻了闻鼻烟，然后才委屈地说：

"你干吗用分水岭指责我？那些沟谷分给谁了——照你说是给了地主吗？我们切文古尔是彻底的社会主义——任何一个草墩子都是国际财产！我们的生活无比优越！"

"那牲口归谁?"科皮奥金问，他浑身感到遗憾的是，在通往罗莎墓地的道路周边地区建立光明世界的任务，不是落在他和德瓦诺夫身上，而是落到了这个矮小的人身上。

"牲口我们也会很快放归自然，"切文古尔人说，"牲口几乎跟人一样：它们只是因为受了千年压迫才比人落后。它们也想做人！"

科皮奥金抚摸"无产阶级力量"，感到它跟自己是平等的。这一点他早就知道，只是不具备这切文古尔人那样的思考力，所以科皮奥金的许多感觉无法用语言表达出来，反而变成了一种折磨。

从草原的尽头，从天地的交界处，出现了几辆大车。它们横穿科皮奥金的视线，载着渺小的村民在白云旁边走过。大车扬起尘土，这表明那儿没下雨。

"我到你那儿去吧！"科皮奥金说，"看看事实！"

"走吧，"切普尔内同意，"我太想念我的克拉芙久莎了！"

"她是谁——你夫人吗？"

"我们那儿没有夫人，全是战友。"

浓雾像梦一样,在太阳的注视下渐渐消失。夜间显得恐怖的地方,白天却是明亮而贫瘠的极普通的空间。沉睡的大地毫无遮盖,神情痛苦,就像一位母亲,被子已从她身上滑落。在草原上晃悠的人们经常喝水的那条河上,还悬浮着一层薄薄的残梦依稀的雾霭,鱼儿们在水面上游来游去,期待着光明的来临。

　　到切文古尔还有五六里地,但从上面望下去已经可以隐约看到切文古尔荒芜的耕地,流经县城的小河,以及当地人居住的凄凉的洼地。乞丐费尔斯正在这潮湿的沟谷里走着。最近几次夜宿的时候,他听说草原上出现了一处自由的地方,过路的人都可以在那儿生活,都能享受那里的食物。费尔斯这辈子的行踪都是沿着有水或者是潮湿的地方。他喜欢流水,流水能使他兴奋,而且能向他提出某种要求。但是,费尔斯不知道,水需要什么,他为什么需要水;他只是选择那些水多的地方,把自己的树皮鞋浸到水里,在过夜的地方反复拧包脚布,让手指感受水,观察渐渐变细变弱的水流。他坐到小溪边或水流倾泻而下的地方,倾听活跃的流水,自己也感到无比的放松,甚至准备躺进水里,参与野外的无名小溪的活动。昨天他就在河岸上过夜,整夜都在听潺潺的流水,一清早就从岸上下去,用自己的身体贴着迷人的河水,在进入切文古尔之前就获得了心灵的安宁。

离费尔斯不远处,在寂静的平地上,在清晨的明净中,可以看到一座小城。一位老人正在遥望这座小城,由于清新的空气辣眼,由于正对着太阳,他那双善良的眼睛在不断流泪;不仅他的眼睛善良,他那柔软、温暖、生来就干干净净的脸也很善良。他已经上了岁数,胡子几乎白了,老人的胡子往往都生虮子,但他没有。前往自己生命的有益的目标时,他的脚步从容,不紧不慢。谁跟这老头并肩而行,准能闻到他身上有一股香味,让人觉得他和蔼可亲,乐意跟他进行推心置腹的交谈。妻子管叫他老爷子,说话细声细气,夫妇之间始终保持着那种优雅的温情。也许正因为如此,他们没有孩子,房间里永远是静悄悄的。偶尔才听到夫人温情脉脉的声音:

"阿列克谢·阿列克谢耶维奇,老爷子,请过来尝尝上帝的恩赐,请别为难我。"

阿列克谢·阿列克谢耶维奇吃饭非常仔细,五十岁了牙齿一颗也没坏,没有口臭,呼出来的尽是热气。年轻的时候,他的同龄人搂抱着姑娘,或者为了发泄无眠的青春活力,每到夜里便将郊外的小树连根拔起,而阿列克谢·阿列克谢耶维奇却凭自己的努力悟出了一个道理:吃饭要尽量细嚼慢咽。从此以后,食物到他嘴里总要咀嚼到彻底融化,因而花去了他白天生活的四分之一时间。革命前,阿列克谢·阿列克谢耶维奇是一家信贷公司董事会的董事,还是那个如今与切文古尔县接壤的县属市的杜马议员。

此刻,阿列克谢·阿列克谢耶维奇正在前往切文古尔,从城郊的高坡上观察这县中心。他自己也闻到了从他干净的体内源源不断渗透出来的新鲜面包的香味,不停地咽下由于参与生命的欢乐而产生的口水。

时间尚早,这古老的城市已经处于忙乱之中。可以看到许多人在城市周围的田野和灌木林里来回走动,有的成双成对,有的单身一人,但是大家全都没带包裹和财产。切文古尔的十座钟楼没有一座在敲响,和煦的阳光下,只听得居民们在田野里喧闹不已。与此同时,城里的那些房子在缓缓移动——看样子有人在把它们拖离原地。阿列克谢·阿列克谢耶维奇眼看着一个小花园里的树木突然倾斜了,接着又平稳地朝前移动——它们也要被搬迁到更好的地方。

离切文古尔还剩一百俄丈,阿列克谢·阿列克谢耶维奇坐下来准备在入城前整理一下自己。他不懂苏维埃生活的学问,吸引他的只有一个领域——合作化,那是他在《贫农报》上看到的消息。至今他没有表态,也不参与任何事情,只觉得心乱如麻,因此他会突然光火,无缘无故地熄灭自己家中红角里的长明灯,惹得妻子躲在鸭绒被里嘤嘤啜泣。看了关于合作化的消息,阿列克谢·阿列克谢耶维奇走到尼古拉·米尔里基斯基①圣象前,用自己温柔的麦黄色的双手点燃了长明灯。从现在开始,他找到了神圣的事业和今后生活的纯洁大道。他感到列宁就像自己死去的父亲。阿列克谢·阿列克谢耶维奇小时候就怕看到远方着火,也不明白怎么会发生这样的灾难,这时候父亲就说:"阿廖沙,你过来,紧挨着我!"于是阿廖沙紧紧偎依着同样散发出面包香的父亲,渐渐平静下来,脸上露出似睡似

_____
① 圣尼古拉,基督教中庇护远行者、囚徒和孤儿的显灵神明。

醒的微笑。"你瞧,"父亲说,"不用害怕!"阿廖沙倚靠在父亲身上,
渐渐睡着了。天亮后醒来,看到炉子里的火烧得正旺,那是母亲生
好炉子准备烤蔬菜包子了。

阿列克谢·阿列克谢耶维奇仔细研究了这篇论述合作化的文
章之后,觉得自己的心贴近了苏维埃政权,将其视为温暖的人民财
富。展现在他面前的是一条通往生活富裕、和睦友爱的天国的康庄
大道。此前,阿列克谢·阿列克谢耶维奇只是害怕社会主义,如今
社会主义称为合作化,他打心底里爱上了社会主义。小时候他一直
不爱上帝,害怕唯一真神①,可是后来母亲问他:"儿子,那我死了上
哪儿去啊?"于是他开始爱上帝,母亲死了就让上帝保护她,他认为
上帝替代了父亲。

他到切文古尔寻找合作化——将人们从贫穷和彼此仇恨中拯
救出来。

根据就近的观察,在切文古尔起作用的是人的理智的一种未知
力量,但阿列克谢·阿列克谢耶维奇事先就告别了理智,因为他此
行的目的就是为了把人们统合起来,为了人与人之间的实用之爱。
阿列克谢·阿列克谢耶维奇首先想弄到一份合作化章程,然后去县
执委会,跟主席切普尔内同志就建立合作化网络进行一次兄弟般的
谈话。

不过,阿列克谢·阿列克谢耶维奇预先反复考虑的是,切文古
尔遭受了革命的损失。夏天的尘埃从勤劳的大地升腾而起,慢慢飘
向闷热的高空。笼罩在花园、县级小教堂以及市属不动产上面的沉

---

① 真神,犹太教对耶和华的一种称谓。

寂的天空,勾起了阿列克谢·阿列克谢耶维奇美好动人的回忆,至于是什么样的回忆——并不是人人能够明白的。阿列克谢·阿列克谢耶维奇现在处于完全的自我意识之中,他觉得温暖的天空如同自己的童年和母亲的肌肤,也像深藏在永恒记忆中的往事——阳光灿烂的天空绵绵不断地洒下养料供大家吸收,犹如母亲通过脐带给胎儿提供血液。

但愿这太阳永远照耀着富饶的切文古尔——那些苹果园,铁皮的屋顶,以及晒得发烫、擦拭得干干净净的教堂圆顶。铁皮屋顶下,人们正在哺育下一代,而教堂的钟声在召唤人们走出树荫进入永恒的空虚。

切文古尔几乎所有街道都有树,它们将自己的树枝提供给路过的漂泊者当拐杖。家家户户的院子里长满了各种各样的草,它们为处于最底层的形形色色的昆虫提供食物、栖息场所和生命意义。所以,在切文古尔居住的人属于少数,更多的是那些骚动不安的小生物,可是老切文古尔人没有把它们放在眼里。

他们在乎的是比较重大的事件,譬如说,夏天的酷暑啦,暴风雨啦,基督的再次降生啦等等。如果夏天酷热,切文古尔人就会提醒邻居,说今年没有冬天了,家家户户的房子都会自行着火;那些半大的孩子根据父亲的指示打了井水去浇房子的外墙,这样可以延迟火灾的发生。夜里,酷热消退之后,经常会下雨。“一会儿闷热,一会儿下雨,自打出了娘胎都没有见过!”切文古尔人感到奇怪。如果冬天起了暴风雪,切文古尔人已经预先知道第二天只能从烟囱爬进爬出了——大雪肯定会埋没房子,尽管家家户户的房间里都备好了铲子。“用铲子哪能铲得完?”一位老人表示怀疑。“嗨,这么大的暴风

雪——我们这地儿不该有的。尼卡诺尔大叔岁数比我大——抽烟
就抽了八十年——他都不记得有过这样的鬼天气!现在就等着倒
霉吧!"秋天下暴雨的时候,切文古尔人就睡在地上,这样睡得踏实,
也更贴近土地和坟墓。暗地里,每一个切文古尔人都相信暴风雨或
者酷暑可能会变成基督的第二次降生,但是谁也不想提前撂下自己
的家园,在命定的期限之前死去——因此在酷暑、暴雨和严寒过后,
切文古尔人照样该休息就休息,该喝茶就喝茶。

"总算过去了,感谢上帝!"灾难结束之后,切文古尔人用幸福的
手在胸前画十字,"我们等着基督耶稣,可他从旁边过去了:全靠他
的恩赐啊!"

如果切文古尔的老人都没长记性,那么在耶稣基督每时每刻都
会再次降生,人们将分成两类而且都变得一贫如洗的情况下,其他
人就根本不知道该怎样生活了。

阿列克谢·阿列克谢耶维奇曾经在切文古尔住过一段时间,十
分了解他们贫乏的精神生活。当初切普尔内从火车站步行七十俄
里来掌管这个城市和这个县的时候,他以为切文古尔靠抢劫为生,
因为大家什么事都不干,但人人有吃有喝。因此,他给大家发了一
份必须填写的表格,内容就是一个问题:"在劳动者的国家,您生活
的目的是什么?靠生产什么物质维持生活?"

几乎全体切文古尔人的回答都一模一样。原来第一个想出答
案的是教堂唱诗班的洛博契辛,邻居们照抄了并口头传达给其
他人。

"我们为上帝活着,而不是为自己。"切文古尔人这样回答。

切普尔内无法直观地给自己解释清楚为上帝活着是怎么回事,

于是立即成立了一个由四十人组成的昼夜逐户城市调查委员会。调查表的内容比较明确,其中从事职业的名称就有:掌管监狱钥匙、等待生活真理、无法容忍上帝、致命的高龄、给流浪者朗读、同情苏维埃政权等等。切普尔内研究了问卷,开始为公民职业的复杂性而大伤脑筋,幸好及时想起了列宁的口号:"管理国家是魔鬼般困难的事情。"——于是彻底放心了。一大早,四十个人就到他这儿来了,他们路上走了很久,口渴了,便在过道里喝了点水,然后宣布:

"切普尔内同志,他们都在撒谎——他们什么也不干,就整天躺着睡觉。"

切普尔内明白了:

"都是些怪人——那可是夜里啊!请你们给我说说他们的意识形态!"

"他们没有意识形态,"委员会主席说,"他们尽在等待世界末日……"

"你没有告诉他们,世界末日现在简直就是反革命步骤?"切普尔内问,他看待任何措施习惯于先看是不是符合革命。

主席害怕了:

"没有,切普尔内同志!我想基督再次降临对他们是有好处的,对我们也是件好事……"

"这——怎么会呢?"切普尔内严厉地追问道。

"肯定有好处。对我们不起作用,但小资产阶级在基督再次降生后就该消灭了……"

"对啊,狗崽子!"切普尔内一下子开窍了,禁不住叫了起来,"我自己怎么没有想到:我可比你聪明啊!"

这时候四十人中的一位谦恭地上前请求说：

"切普尔内同志，请允许我……"

"你是什么人？"切普尔内在切文古尔没见过这面孔，其他人的外貌他都记得一清二楚。

"切普尔内同志，我是老切文古尔县地方自治事务清理委员会主席，我姓波留别兹耶夫。清理委员会委派我到这儿来参加你们的调查委员会——我带来了清理委员会调度会议记录的副本。"

阿列克谢·阿列克谢耶维奇·波留别兹耶夫鞠了个躬，向切普尔内伸出一只手。

"有这样的委员会吗？"切普尔内很惊讶，他没觉察到阿列克谢·阿列克谢耶维奇伸出的手。

"有啊！"众多的委员中有人说。

"今天就撤销，不必请示上级！再查一查，还有没有帝国残余——也要在今天消灭！"切普尔内命令道，然后又对波留别兹耶夫说，"请讲，公民！"

阿列克谢·阿列克谢耶维奇非常精确而详细地介绍了城市物质生产的情况。这可把切普尔内清楚的脑袋彻底搞糊涂了，尽管他有惊人却又混乱的记忆力。切普尔内记取的生活呈碎片状，他的脑袋犹如平静的湖水，里边漂浮着从前看到的世界以及遇到的事件所留下的种种碎片，但这些碎片从来没有拼凑成一个整体，对切普尔内来说，它们既没有联系也没有现实的意义。他记得坦波夫省的篱笆，记得乞丐的面孔和姓名，记得前线炮火的颜色，知道字面上的列宁学说，但是，这些清晰的回忆在他脑海里自发地漂流，并没有形成任何有用的概念。阿列克谢·阿列克谢耶维奇介绍说，有一片平坦的草原,有些人背井离乡,经过长途跋涉来到这草原上谋生。离开家乡的时候,他们除了自己的身体什么也没有带走。因此,他们只能出卖苦力来换取食品,多年以后,这里就形成了切文古尔城,居民也就集中在城里。从此以后,外来的劳力都离开了,留下的居民只能指望上帝。

"那你也是靠出卖苦力换取一点儿食物吗?"切普尔内问。

"不,"阿列克谢·阿列克谢耶维奇说,"我是职员,我的工作就是用公文表达思想。"

"我现在有一个天才的感觉,"切普尔内说,"要是我有个秘书,可以立即把它记录下来!……首先必须消灭不劳动分子的肉体!……"

从那以后,阿列克谢·阿列克谢耶维奇再也没有见到切普尔内,至于切文古尔发生了什么情况——他一无所知。地方自治委员会当然被及时而永远地撤销了,其成员也纷纷回到了自己的亲人身边。现在呢,波留别兹耶夫想跟切普尔内见面并讨论另一个话题——多亏列宁宣布了合作化,他感到社会主义是一项神圣的事业,他希望苏维埃政权一切顺利。阿列克谢·阿列克谢耶维奇没有碰到一个熟人——来来去去的尽是些消瘦的、思考未来的人。就在切文古尔的入口处,二十来个人正在慢慢地移动一间木屋,两个骑马的人兴致勃勃地在看他们干活。

波留别兹耶夫认出了其中的一个人:

"切普尔内同志! 请允许我打搅您片刻,跟您谈谈。"

"波留别兹耶夫!"切普尔内也认出了阿列克谢·阿列克谢耶维奇,凡是具体的他都记得,"请说吧,你有什么事?"

"我想简单地谈谈合作化的事情……切普尔内同志,您看过那篇论述通往社会主义的道德道路的文章吗? 登载在为穷人办的那份报纸上,名称也叫《贫农报》。"

切普尔内不看书也不读报。

"什么合作化? 你还要什么样的路? 我们都已经走到头了。你怎么搞的,亲爱的公民! 以前你们为了上帝才走工作这条路。现在呢,我的老兄,已经没有路了——我们走到头了。"

"到了哪里?"阿列克谢·阿列克谢耶维奇顺从地问,心里渐渐对合作化失望了。

"什么叫到了哪里? ——到了共产主义呗。你读过卡尔·马克思的书吗?"

"没读过,切普尔内同志。"

"应该读一读,亲爱的同志: 历史已经结束了,你却没有发现。"

阿列克谢·阿列克谢耶维奇沉默了,也不再提问题。他动身向远方走去,那里长着原来的草,住着原先的人,年迈的妻子等着丈夫回家。也许,那里的生活很艰难很悲惨,但那是阿列克谢·阿列克谢耶维奇出生、成长、小时候哭泣过的地方。他想起了自己的家具,衰败的院子和夫人,他感到高兴的是,无论是家具还是院子,或者是夫人,都不知道卡尔·马克思,所以才不会跟主人分离,也不会跟丈夫离婚。

科皮奥金还没来得及通读卡尔·马克思,因此在很有学问的切普尔内面前感到惭愧。

"怎么回事?"科皮奥金问,"你们这里一定要读卡尔·马克思?"

切普尔内要消除科皮奥金的紧张心情:

"我这是吓唬人的。我这一辈子都没读过。我在群众大会上听到了什么,我就宣传什么。其实也不用读。你知道吗,从前的人又是读书又是写书,可就是不会过日子,老给别人找出路。"

"干吗现在要移动城里的房子,搬走花园里的树木?"科皮奥金观察得很仔细。

"今天是星期六义务劳动,"切普尔内解释道,"大家到切文古尔都是走来的,大伙儿挺卖力,争取过上亲密无间的同志式的好日子。"

跟所有切文古尔人一样,切普尔内也没有固定的住所。幸亏是这样,切普尔内和科皮奥金才能留宿在一座参加星期六义务劳动的人无法搬动的砖房里。厨房里,两个模样像流浪汉的人睡在自己的大口袋上,第三个人在熟练地煎土豆,不过他使用的不是植物油,而是茶壶里的凉水。

"比尤夏同志!"切普尔内招呼他。

"什么事?"

"你知道普罗科菲同志现在在哪儿?"

比尤夏不急着回答这样的小问题,继续与滋滋作响的土豆做斗争。

"在陪你老婆。"

"你就在这儿待着,"切普尔内对科皮奥金说,"我去找找克拉芙久莎:这女人太可爱了!"

科皮奥金脱下衣服铺在地上,光着膀子躺下,把随身携带的武器竖放在身边。尽管切文古尔天气暖和,到处洋溢着同志之情,但是科皮奥金,也许是因为过于劳累,却闷闷不乐,他的心向往着远方。暂时他还没有在切文古尔发现明显的一目了然的社会主义——那种激动人心的,然而又是坚硬的、训诫式的自然之美,那里可以诞生第二个娇小的罗莎·卢森堡,或者用科学的方法复活在德国资产阶级土地上牺牲的第一个罗莎·卢森堡。科皮奥金已经问过切普尔内:在切文古尔究竟该做什么? 对方回答:什么也别干,我们没有需要,也没有活儿——你就过你的内心生活吧! 我们切文古尔都挺好——我们已经组织太阳去永远干活,把社会彻底解散了!

科皮奥金发现自己比切普尔内笨,于是他不说话也不回答。在此之前,还在路上的时候,他悄悄地问:假如罗莎·卢森堡在他们那里,她会做什么呢? 切普尔内什么也没有回答,只是说:到了切文古尔你去问我们的普罗科菲——他什么都能表达清楚,我只不过给他提供指导性的革命预感! 你以为我跟你说的都是自己的话吗? 不,是普罗科菲教我的!

比尤夏终于做好了水煎土豆,过去叫醒两个睡觉的流浪者。科皮奥金也起来吃了点儿,填饱了肚皮就可以很快入睡不再烦恼。

"在切文古尔大家真的生活得很好吗?"他问比尤夏。

"大家没说苦啊!"对方不慌不忙地回答。

"社会主义在哪儿呀?"

"你用新的眼光看得更清楚,"比尤夏不太情愿地解释道,"切普尔内常说,我们因为习惯了,往往看不见自由和幸福,因为我们是本地人,在这里住了两年了。"

"以前谁住这儿?"

"以前住的是资产阶级。就是为了他们,我和切普尔内才组织了基督第二次降临。”

“现在讲究科学,难道能这样做吗?”

“不这样行吗?”

“怎么会这样呢？你说明白些!”

“难道是我编的不成？完全是个突发事件,常委的命令。”

“是契卡①吗?”

“是的。”

“噢,”科皮奥金似懂非懂,“这就全对上号啦。”

拴在院子篱笆上的“无产阶级力量”对着围在它身边的人轻轻吼叫;许多人想骑着这匹陌生的高头大马沿切文古尔的地界转一圈。可是“无产阶级力量”不让他们靠近——用牙咬,用头顶,用脚踢。

“你现在可是人民的牲口了!”一个瘦瘦的切文古尔人心平气和地劝它,“你干吗发火啊?”

科皮奥金听到自己的马在吼叫,便走了过去。

“都闪开,”他对全体自由的人们说,“你们没看见马也有自己的心吗?”

“看见了,”一个切文古尔人肯定地说,“我们都是同志式地过日子,可你的马——是资产阶级!”

科皮奥金忘了尊重在场的被压迫人民,但捍卫了马的无产阶级名誉。

“你这流浪汉,你胡说,革命骑着我的马走了五年,而你自己骑

_____

① 契卡,肃清反革命和怠工特设委员会的简称。

在革命身上!"

科皮奥金接下去再也无法说出自己的恼恨——他隐隐约约地感觉到,这些人比他聪明得多。面对这些聪明人,科皮奥金反倒产生了孤独感。他想起德瓦诺夫能够不靠理智不顾利益而生存——于是开始想念他了。

切文古尔上空的蓝天显得深邃而忧伤,去朋友那儿路途遥远,这匹马显然力不胜任。

内心充满了忧愁、疑惑、不安和愤怒的科皮奥金决定,立即在这潮湿的地方检查一下切文古尔的共产主义。"这里会不会是土匪的老巢?"科皮奥金愤愤地想,"你们这帮躲在阴暗角落里的坏蛋,我现在就让你们看看共产主义!"

科皮奥金在厨房里喝了点水,带上了全部武器装备。"瞧这帮畜生,连马都冲着他们发火了!"科皮奥金非常愤怒,"他们以为共产主义只是头脑和利益,没有身体,不费吹灰之力就可以征服它!"

科皮奥金的坐骑时刻准备执行紧急的战斗任务,它浑身是劲,满腔热情,大声嘶叫着让科皮奥金骑到它宽阔的同志般的背上。

"你在前面带路,指给我看苏维埃在哪儿!"科皮奥金恶狠狠地叫住一名陌生的过路人。那人想解释一下自己有事,但是科皮奥金拔出马刀——于是那人就在"无产阶级力量"身边跑了起来。带路的人几次回过头来大声说,切文古尔人都不劳动也不奔跑,所有的赋税都由太阳承担。

"说不定这里住的都是康复队的伤病员?"科皮奥金心里产生了怀疑,"要不然,替皇上打仗的年代这里是军医院!……"

"难道太阳就该给马儿带路,你去睡大觉吗?"科皮奥金责问带路人。

切文古尔人一手抓住马镫，想喘口气再回答问话。

"同志，我们这里大家都挺悠闲，只有资产阶级才忙呢，他们忙吃喝，还要压迫人民。我们有什么吃什么，大家团结友爱……瞧，这就是你要找的苏维埃。"

科皮奥金一个字一个字地念墓地大门上面的一块巨大的深红色牌子：

切文古尔解放区社会人类苏维埃

苏维埃办公室设在教堂里。科皮奥金沿着墓地小路来到教堂门口。

凡劳苦担重担的人，可以到我这里来，我就使你们得安息。①

这行字呈弧形写在教堂入口处上方。这句话深深触动了科皮奥金，尽管他记得这是谁的口号。

"哪有我的安宁？"他想了想，发现自己的心很累，"不可能，你永远无法使人们安宁：你又不是阶级，你是单个的人。假如现在你是社会革命党人，我肯定把你干掉了。"

"无产阶级力量"雄赳赳地走进凉爽的教堂，而骑在马上的人一

① 见《新约全书·马太福音》11:28。

进教堂就有一种神奇的感觉,仿佛回到了童年,来到故乡走进了奶奶的储藏室。从前,科皮奥金在自己曾经生活、漂泊、战斗过的几个县里,也遇到过那个早已忘却的度过童年的地方。当初,他也曾在自己家乡同样的教堂里祈祷过,但是从教堂出来之后是回自己的家——回到亲切温暖的母亲怀抱。也许,他的童年并非那些教堂,并非那些与他同龄如今已经死去的鸟儿们的鸣叫,也不是那些在夏天前往神秘的基辅去朝圣的模样可怕的老人——这一切都不是童年,童年是母亲还活着、夏天的空气散发着她裙摆气息的时候他内心的那种依恋和担忧。在那朝气蓬勃的年代,所有的老人的确都是些不可理喻的人——他们的母亲死了,可他们照样过他们的日子,居然不哭也不闹。

就在科皮奥金骑着马走进教堂的那一天,革命比信仰更穷,它没法用红布遮住圣像:画在穹顶上的唯一真神死死地盯着正在召开革委会会议的讲经台。讲经台上,在鲜艳的红色桌子后面,现在坐着三个人:切文古尔县执委会主席切普尔内、一个年轻小伙子和一个女人——她神情专注,一脸喜色,仿佛她是拥有未来的共产党员。年轻人前面的桌子上放着一本供参考用的叶甫图舍夫斯基习题集,他在向切普尔内证明,太阳的能量足以供所有人使用,太阳比地球大十二倍。

"普罗科菲,你不用想——由我来想,你把我的想法说出来就行了!"切普尔内发指示。

"请你自己考虑一下,切普尔内同志:人为什么要行动,这不符合科学嘛!"年轻人滔滔不绝地解释,"即使把所有人集中起来发起攻击,他们也抵挡不住太阳的力量,就像单干户斗不过公社组合。

没有用——我告诉你!"

切普尔内为了专心思考而微微闭上了眼睛。

"你有些话说得对,有些话是胡扯!你到祭坛上去跟克拉芙久莎亲热亲热,让我在这里预感一下——是不是这样!"

科皮奥金猛地勒住步履沉重的坐骑,宣布自己的意图——事不宜迟,立即摸一摸切文古尔的底——里面究竟有没有隐藏的反革命据点。

"你们太聪明了,"科皮奥金最后说,"一直在动歪脑筋怎么去压迫老实人。"

科皮奥金一眼看出那年轻人很凶恶:一双不透明的黑眼睛,脸上透出精于算计的神情,脸的中央嵌着一个灵敏、无耻的朝天鼻子——而正直的共产党员的鼻子都像树皮鞋,由于轻信,他们的眼睛是灰色的,让人感到比较亲切。

"你这小子,是个骗子!"科皮奥金揭示了真相,"出示证件!"

"请看,同志!"年轻人充分表示出善意。

科皮奥金接过几个小本子和几张纸。里面写明:普罗科菲·德瓦诺夫,党员,一七年八月入党。

"认识萨沙吗?"科皮奥金问,因为此人与他朋友同姓而暂时原谅了他那张讨嫌的脸。

"小时候认识他。"年轻人回答,脸上堆起了过于聪明的笑容。

"那就请切普尔内给我一张空白的公文纸——必须叫他到这里来。这里需要智慧的碰撞,让共产主义的火花到处绽放……"

"我们这里已经取消了邮局,同志,"切普尔内解释,"大家都住一起,天天见面——干吗还要邮局,你说说看! 老兄,这里的无产者已经紧密联合起来了！"

科皮奥金并不怎么为邮局感到可惜，他一辈子才收到两封信，写过一封信，那还是他在帝国主义的战场上得悉他的妻子死了，需要从遥远的地方与亲人们一起为她哭泣一番。

"没有人去省里吗？"科皮奥金问切普尔内。

"倒是有这么一个人。"切普尔内想起来了。

"那是谁啊，切普尔内？"可爱的女人马上来劲了——两个切文古尔男人所爱的这女人确实可爱：科皮奥金甚至觉得，假如他是年轻小伙子，也会搂住她紧紧不放。这女人骨子里有一种撩人心魄的矜持和冷漠。

"米什卡·鲁伊！"切普尔内提醒说，"他特别能走路！不过你派他去省城，他会到莫斯科或者哈尔科夫，回来的时候季节都变了——不是花开了，就是下雪了……"

"我让他快去快回——我交给他一项任务。"科皮奥金说。

"那就让他去吧，"切普尔内表示同意，"对他来说走路不是劳动——只是发展生命！"

"切普尔内，"女人说，"给鲁伊一点面粉，让他给我换块小披肩回来。"

"会给的，克拉芙久莎·帕尔菲诺芙娜，一定给，咱们会利用这机会。"普罗科菲安慰她。

科皮奥金用印刷体给德瓦诺夫写了封信：

> 亲爱的同志和朋友萨沙！这里是共产主义，或者相
> 反——需要你尽快过来。这里只有夏天的太阳在干活，人

们友好但没有爱；娘们儿勒索小披肩，尽管她们可爱超过
有害。你那个兄弟或者是亲戚我不喜欢。不过，我像棒
体①那样过日子，老想着自己，因为大家不尊重我。也没发
生什么大的事件——科学和历史是这么说的，我搞不
明白。

　　致以
革命敬礼！

　　　　　　　　　　　　　　　科皮奥金

　　为了共同的思想性你来吧。

　　"怎么搞的，我脑子里老是出现各种念头、幻觉和猜想，我心里
真难受啊！"切普尔内对着教堂黑洞洞的空气，痛苦地说出心里话，
"不知道我们的共产主义是改好了，还是没有改好！要不我去找列
宁，让他当面告诉我全部真理！"

　　"应该去，切普尔内同志！"普罗科菲表示支持，"列宁同志会给
你口号，你把它带回来。不然难以想象：单靠我一个脑袋思考，先锋
队也吃不消啊！再说了，我没有特权！"

　　"我的心你就不当回事吗？你给我说实话！"切普尔内十分
委屈。

　　显然，普罗科菲非常看重自己智慧的力量，也没有失去可靠的
冷静。

_____

①　棒体，科皮奥金发明的词，将"棒"和"主体"两个发音相似的词混搭，表示"孤单"
　　"光棍"的意思。

"感觉么,切普尔内同志,这是群众的自发势力,思想才是组织。列宁同志自己就说过,对我们来说组织高于一切……"

"怪不得我心里老觉得难受,而你尽在思考——怎么分好坏?"

"切普尔内同志,我跟你一起去莫斯科。"女人说,"我还从来没见过中心——都说那儿有好多奇妙的东西!"

"你们这不是胡闹吗!"科皮奥金说,"切普尔内,你不如直接把她带到列宁那儿:你就说,列宁同志,我给你送来一个货真价实的共产主义娘们儿! 你们这些畜生!"

"你说什么?"切普尔内口气激烈,"在你看来,我们这里不对劲儿?"

"是的,是不对劲儿。"

"怎么会呢,科皮奥金同志? 我的感觉都累坏了。"

"我怎么知道? 我的事情——消灭敌对势力。等我消灭一切之后——那就大功告成了。"

普罗科菲抽着烟,始终没有打断科皮奥金,他一直在思考怎样让这支无组织的武装力量适应革命。

"克拉芙久莎·帕尔菲诺芙娜,咱们去溜达溜达,玩玩。"普罗科菲很有礼貌地向女人建议,"要不您浑身没劲儿了!"

这一对男女走到教堂大门口的时候,科皮奥金指着他们对切普尔内说:

"资产阶级——看着点儿!"

"是吗?"

"是的!"

"那我们现在怎么办? 要不,把他们开除出切文古尔?"

"你别自讨苦吃！你不如用武装的手段把共产主义从思想变成实体！让萨沙赶快过来——他会给你们指点的！"

"他准是个聪明人？"切普尔内怯怯地问。

"同志，他用自己头脑里的血液思考，而你的普罗科菲是用骨头思考。"科皮奥金骄傲而详细地解释，"你多少有点明白了吗？……给你公文——让鲁伊同志出发吧。"

切普尔内绞尽脑汁也想不出什么——他想起的尽是些早已忘记的无聊事情，它们不可能带来真理的感觉。理智一会儿看到的是替沙皇打仗的时候经过的那些森林里的天主教教堂，一会儿看到的是一个没爹没娘的小女孩坐在水沟边啃峨参；至于这个毫无意义地保留在切普尔内心中的女孩究竟是什么时候遇见的——现在永远无法知道了；甚至她是否还活着——也很难说了；也许，那女孩就是克拉芙久莎——当时她确实特别漂亮，他不忍心跟她分手。

"你在看什么，像个病人似的？"科皮奥金问。

"科皮奥金同志，是这么回事，"切普尔内说，语气既伤感又疲乏，"我的整个生命就像白云那样在飘！"

"生命应该像乌云翻滚才好呢。怪不得我看你无精打采的，"科皮奥金同情地批评他，"我们出去透透新鲜空气吧，这里潮气重。"

"走吧。带上自己的马。"切普尔内如释重负，"到了空地上我就有劲了。"

来到外面，科皮奥金指给切普尔内看教堂兼革委会上面的题词："凡劳苦担重担的人，你们到我这里来，我就使你们得安息"。

"把它改了，写上苏维埃的口号！"

"没人能想得出新口号，科皮奥金同志。"

"让普罗科菲去想!"

"他没那么深的学问——办不了;主语他知道,谓语却忘了。我叫你的德瓦诺夫当我的秘书,让普罗科菲去乱搞吧……请问你为什么不喜欢这句话——完全是反对资本主义的……"

科皮奥金皱起了眉头。

"你以为上帝能让群众人人得安宁吗?这是资产阶级的办法,切普尔内同志。革命群众起来之后,他们自己会安宁的!"

切普尔内望着隐含了他思想的切文古尔。静悄悄的夜晚来临了,它就像切普尔内心中的疑惑,就像那种难以靠思想使其衰竭最后趋于平静的预感。切普尔内不知道存在着普遍真理和生命的意义——他看到太多的形形色色的人,他们不可能遵循一个规则。普罗科菲曾经建议切普尔内在切文古尔引进科学和教育,但切普尔内否定了这些没有希望的尝试。"你这是怎么了,"他对普罗科菲说,"难道你不知道科学是什么吗?科学可以使所有资产阶级来个大翻身:资本家一个个都成为科学家,不停地跟你闹别扭,到时候你都对付不过来!再说了,科学会不断发展,结果怎么样——那就难说了。"

切普尔内当初在战场上生过重病,凭记忆学过点医学知识,所以病好之后就通过考试当了连队的医士,但是他把医生看成是脑力剥削者。

"你有什么考虑?"他问科皮奥金,"你的德瓦诺夫会不会在我们这儿引进科学?"

"他没有跟我谈过这个问题:他只关心一件事——共产主义。"

"要不我真担心呢,"切普尔内承认说,同时他在努力思考,正巧想起了普罗科菲曾经非常准确地表达了他对科学的怀疑，"普罗科菲在我的领导下已经得出结论：智慧就像房子，也是财产，也会压迫不懂科学的弱者……"

"那你就把傻瓜们武装起来，"科皮奥金找到了办法，"让聪明人都去找他！我呢，老弟，我也是个傻瓜，不过我照样活得自由自在。"

切文古尔的街道上人来人往。他们中间有些人今天移动了房子，有些人搬迁了花园。现在他们是去休息、聊天，与同志们一起度过今天剩下的一段时间。明天他们就不用劳动，也没有其他事情。在切文古尔，只有太阳为大家也为每一个人工作，太阳就是全世界的无产者。人们不必劳动——在切普尔内的提示下，普罗科菲对劳动做了专门的解释：劳动始终是贪婪的残余和剥削阶级动物般的乐趣，因为劳动产生财富，而财富导致压迫；但是，太阳给人们的生活发放足够的标准口粮，凡是通过人的有意识劳动而增加的口粮，统统都会投入到阶级战争的大火，因为那是多余而且有害的东西。然而，每个星期六，切文古尔人照样去劳动，科皮奥金对此感到奇怪，因为他多少已经悟出了太阳养活切文古尔人这个道理。

"这不是劳动，这是义务星期六！"切普尔内解释，"普罗科菲正确领会了我的意思，想出了这个伟大的口号。"

"怎么，他会猜透你的心思？"科皮奥金问，他不相信普罗科菲。

"不，他呢，他用自己狭窄的思想削弱我伟大的感觉。但小伙子能说会道，离了他我有苦也说不出……星期六义务劳动不产生任何财富——难道我会允许吗？——那只不过是对小资产阶级遗产的一种自发的、自愿的破坏。这哪里有什么压迫呢，你倒是说说看！"

"没有。"科皮奥金已经心服口服。

街道中央有一间拖来的板棚,切普尔内和科皮奥金决定就在里面过夜。

"你还是到克拉芙久莎身边去吧,"科皮奥金劝他,"女人会伤心的!"

"普罗科菲把她带走了:就让他乐一乐吧——我们大家不都是无产者吗。普罗科菲给我解释清楚了:我不比他强。"

"你自己不是说你有伟大的感情吗,这样的人最讨女人喜欢!"

切普尔内十分尴尬:对啊,是这样! 不过,他的心在疼痛,所以今天能思考了。

"科皮奥金同志,我的伟大感情在胸中疼痛,不在青春骚动的那地方。"

"噢,"科皮奥金说,"行,那就跟我一起歇着吧:我心里也不好过!"

"无产阶级力量"吃完了科皮奥金在城市广场上割的草,半夜里也躺在了板棚的地上。它睡觉的时候,也像有些孩子那样,眼睛半睁半闭,蒙眬又温柔地看着科皮奥金。此刻,科皮奥金已经没有意识,只是在忧伤的蒙眬中唉声叹气。

草原上漆黑一片,这时候切文古尔的共产主义毫无防卫能力。白天的内心生活使人们疲惫不堪,现在他们用梦的力量驱散疲劳,暂时中止了自己的信仰。

*

切文古尔很晚才渐渐醒来;居民们休息是为了摆脱千年的压

迫,但他们没有完全消除疲劳。革命为切文古尔县赢得了做梦的权利,并将心灵当作主要职业。

切文古尔的步行者鲁伊正迈着大步前往省里,身边带着给德瓦诺夫的信,另外还有面包干和一小罐水,桦树皮罐子里的水被他的身体焐热了。他上路的时候,蚂蚁和母鸡刚起床,太阳没有把天幕全部撩开,还剩下最后一角。鲁伊一路走来,呼吸的又是沁人心扉的清新空气,原有的种种怀疑和渴望早已烟消云散。走路消耗他的体力,但也使他摆脱了那种不必要的有害生活。早在青年时代,他凭一己之力想通了石头为什么能飞:因为运动的快乐使它变得比空气还轻。鲁伊大字不识一个,但他坚信,共产主义必定是人们连续不断朝着远方的运动。他跟切普尔内说过不知多少回,要他宣布共产主义就是流浪,让切文古尔离开永久的定居状态。

“人像什么——像马还是像树?请你们说句良心话!”他问革委会,他正为街道太短而苦恼。

“像最高级的!”普罗科菲想出了答案,“像大海,亲爱的同志,像图标的和谐!”

除了河流和湖泊,鲁伊不知道其他的水域,手风琴也只知道简单的双排琴①。

“没准人更像马。”切普尔内想起了那些熟悉的马。

“我明白了。”普罗科菲顺着切普尔内的感觉说,“马的胸腔里有心脏,漂亮的脸上有眼睛,但是树没有这些东西!”

---

① “和谐”与“手风琴”在俄语中不仅发音近似,而且口语中意思也相同,鲁伊将两者混淆了。

"就是这么回事,普罗什卡!"切普尔内喜不自胜。

"我就说么!"普罗科菲加以肯定。

"完全正确!"切普尔内做鼓励性总结。

鲁伊十分满意,他建议革委会立即把切文古尔搬到远处。"应该让风推着人往前走,"鲁伊想说服大家,"要不他又去压迫弱者,或者自己枯死,愁死。可是走路呢,谁都逃不了友谊这一关——共产主义也有干不完的事!"

切普尔内逼着普罗科菲明明白白地记下鲁伊的建议,后来革委会召开会议讨论了这建议。切普尔内感到鲁伊说的绝对是真理,但是他没有向普罗科菲提供自己的指导性预感,因此革委会艰难地开了整整一天的会,白白浪费了明媚的春光。最后,普罗科菲想出了一个否定鲁伊建议的书面决议:

> 鉴于战争和革命时代即将来临,大会认为人的运动是共产主义的一个不容忽视的预兆。具体如下:等到资本主义的危机全部成熟之后,全县居民将向资本主义发起进攻,今后绝不在胜利的道路上停下脚步。在整个地球的条条大路上,锻炼人们的同志感情。目前应该将共产主义限制在从资产阶级手中夺取的广场上,这样我们就有了管理的对象。

"不行,同志们,"很有主见的鲁伊说,"在固定地点绝对不可能实现共产主义:它就没有敌人,也没有欢乐!"

普罗科菲仔细观察切普尔内的反应,他猜不透他动摇不定的感觉。

"切普尔内同志，"普罗科菲试图做出决定，"解放工人——是工人自己的事情！让鲁伊走吧，让他逐步自己解放自己！这关我们什么事？"

"对！"切普尔内总结得很干脆，"你走吧，鲁伊：运动——是群众的事，我们别去碍手碍脚！"

"那好，谢谢了。"鲁伊向革委会鞠了个躬，出去寻找离开切文古尔前往某处的必要性。

有一次，看到科皮奥金骑着肥壮的马，鲁伊一下子觉得惭愧极了，因为科皮奥金可以骑马出行，而鲁伊他只能住在固定的地方，因此他更加希望远离这城市，在离开之前为科皮奥金做点讨他喜欢的事，但是什么也做不了——在切文古尔没有什么礼物可送。只能给科皮奥金的马喝点水，可是科皮奥金绝对不允许旁人靠近他的马，总是亲自喂马。此刻，鲁伊深感遗憾，世界上那么多房子和东西，却缺少那种能够表示人们友好的东西。

鲁伊决定到了省里之后不再回切文古尔，而是直接去彼得堡，在那儿参加海军，再出海远航，到处去看看陆地、海洋和人——那是给自己那颗渴望友情的心灵提供的精神食粮。站在可以望见切文古尔谷地的分水岭上，鲁伊回头看了一眼城市和清晨的阳光：

"再见了，共产主义和同志们！只要我活着——我会记住你们每一个人！"

科皮奥金骑着"无产阶级力量"到城外遛马，发现鲁伊站在高坡上。

"说不定这浪荡鬼要去哈尔科夫。"科皮奥金心想，"我跟他们一起会错过革命的黄金日子!"——于是策马回城,打算立即动手,就在今天,彻底检查整个共产主义并采取自己的措施。

房屋移走之后,切文古尔的街道也随之消失。所有的建筑物不是停留在原地,而是处在运动中。"无产阶级力量"习惯走平坦笔直的大路,现在却要频繁转弯,不禁心情烦躁,大汗淋漓。

在一个歪斜的迷了路的谷仓旁边,躺着一个小伙子和一个年轻姑娘,他们俩合盖着一件羊皮袄,看体型——那姑娘是克拉芙久莎。科皮奥金小心翼翼地让马绕着他们转了一圈:他为青春而害臊,但又心存敬畏,因为那是伟大的未来的王国。他曾经怀着尊敬的心情爱上了自己的革命同道亚历山大·德瓦诺夫。德瓦诺夫也正值青春年少,却对姑娘们不感兴趣。

不知在什么地方,在密密麻麻的房子中间,有人吹起了口哨。科皮奥金立即警惕起来。哨声停了。

"科——皮奥——金!科皮奥金同志,我们游泳去吧!"切普尔内在不远处喊他。

"你吹口哨吧——我顺着口哨声来找你!"科皮奥金的声音低沉却震耳欲聋。

切普尔内使劲吹响口哨,科皮奥金骑着马继续在混乱的夹缝中穿行。切普尔内站在一间板棚门口,光身披着一件大衣,还赤着脚。他的两个手指插在嘴里——这样口哨吹得更响,眼睛望着热浪滚滚的晴空。

科皮奥金把"无产阶级力量"关进板棚,跟着赤脚的切普尔内走了。今天切普尔内特别幸福,仿佛终于跟所有人结为弟兄了。去河里游泳的路上,遇到了很多睡醒了的切文古尔人——全是到处可以遇到的平常人,不过看外表,都是穷人,看面孔,不是本地人。

"夏季的白天很长,他们要做什么呢?"科皮奥金问。

"你问的是他们的志向吗?"切普尔内误会了科皮奥金的意思。

"就算是吧。"

"人的心灵——本身就是个基础职业。它的产品呢——就是友谊和同志情。这不就是工作吗——你说说看!"

科皮奥金想起了自己原来受压迫的生活。

"你们切文古尔真是太好了,"他伤心地说,"最好再组织点苦难:共产主义应该是很刺鼻的。稍微加点毒药——味道会更好。"

切普尔内马上感到嘴里有股咸味儿——他一下子领会了科皮奥金的意思。

"也许你说得对。现在我们应该故意安排点苦难。咱们从明天开始就干起来,科皮奥金同志!"

"我不参加,我有别的事。等德瓦诺夫来了——你就什么都明白了。"

"这事我们交给普罗科菲去操办!"

"去你的普罗科菲!这小子想跟你的克拉芙久莎繁殖后代呢,你倒好,还促成他呢!"

"也许有这事儿,那我们就等你的同伴来吧!"

不知疲倦的河水翻起层层波浪,冲击着切文古尔卡河的河岸。河面上升起的雾气散发出兴奋和自由的气息。两个同伴开始脱衣下水。切普尔内扔下大衣,光着可怜的身子进入水里,但是他的身上有股温暖的味道,这是一种早已消失的、科皮奥金勉强记得的母性的味道。

太阳特别仔细地照耀着切普尔内消瘦的背部,阳光钻进一个个汗毛孔和皮肤上的伤疤,它要灼死那些看不见但又使身体经常发痒的虱子。科皮奥金怀着敬意望着太阳:几年前,它温暖了罗莎·卢森堡,现在又帮助她坟墓上的草蓬勃生长。

科皮奥金很久没到河里游泳了,入水后浑身发抖,过了好久才渐渐适应。切普尔内大胆地游来游去,睁着眼睛从河底捞起各种骨头、大的石块和马的脑袋。科皮奥金不敢游到河中央,但切普尔内却在那里引吭高歌,也更加健谈了。科皮奥金走进浅水区,用手试水,心想:"水也想流到好地方啊!"

回来时切普尔内兴高采烈,一脸幸福。

"你知道吗,科皮奥金,我在水里就觉得自己完全掌握了真理……可是一到了革委会——我又产生幻觉变糊涂了……"

"那你就到河岸上办公吧。"

"那样的话,省里的纲领肯定会给雨水淋湿的,你这人尽出馊主意。"

科皮奥金不知道纲领是怎么回事,好像听谁说过,也就记住了,但没有一点感觉。

"下雨过后还会出太阳的,你不用为纲领担心。"科皮奥金安慰他,"反正庄稼会长出来的。"

切普尔内动足脑筋在心算,还扳着手指帮忙。

"这么说来,你宣布了三份纲领?"

"一份也不需要,"科皮奥金反驳说,"怕忘了歌词才需要记在纸上。"

"这怎么行? 太阳就是第一份纲领! 水是第二份,土壤是第三份。"

"风你忘了?"

"风是第四份。这就全了。看来,这是正确的。不过你要知道,如果我们不回复省里的纲领,说这里一切都好,那上面会取消我们的共产主义。"

"绝对不会取消的,"科皮奥金不同意这样的猜测,"省里的那些人跟我们都一样!"

"一样是一样,但是他们写的文件让人摸不着头脑,你知道吗,上面老是要求提供更多的统计数字,要求加强领导……在切文古尔有什么好统计的?领导群众的抓手又在哪里?"

"那我们怎么办?"科皮奥金感到奇怪,"难道我们允许那些坏蛋进来吗!我们有列宁撑腰!"

切普尔内漫不经心地钻进芦苇丛,摘了几朵花。这些花像微弱的夜色那样没有生气。这花是送给克拉芙久莎的,尽管他难得占有她,但对她怀有更多的柔情。

摘完花,科皮奥金和切普尔内穿上衣服,踩着潮湿的如茵绿草,沿着河岸向前走去。从这里望去,切文古尔显得异常温暖——只见光头赤脚的人们沐浴在阳光下,尽情享受空气和自由。

"现在可好了,"切普尔内抽象地说,"人的所有温暖都暴露在外!"他手指着城市和城里的人们。接着,切普尔内把两个手指塞进嘴里,吹了一声口哨,在热烈的内心生活的梦呓中再次走进河里,连大衣也没脱。精力过于旺盛引起的那种既压抑又欢畅的感觉在折磨着他——他冲出芦苇丛跃入清洁的河水中,他要摆脱那些朦胧而难耐的欲望。

"他以为已经放手让全世界去享受共产主义的自由了。看他乐的,这流浪汉!"科皮奥金责备切普尔内的举动,"我在这里什么也没看到!"

芦苇丛里停着一条小船,船上坐着一个没穿衣服的人。他若有所思地打量着河对岸,虽说他可以把船划到那里。科皮奥金发现他身体瘦弱,一根根肋骨都突出来了,一只眼睛还有病。

"你是不是巴申采夫?"科皮奥金问。

"是啊,不是我又是谁呢!"那人马上回答。

"你为什么要离开革命自然保护区那岗位?"

巴申采夫伤心地低下驯服的脑袋。

"我被赶了出来,丢尽了脸面,同志!"

"你不是有炸弹吗……"

"其实,我早就把炸药卸了。现在只能到处流浪,丢人现眼,就像戏里的疯子。"

科皮奥金听了,不禁对那些毁坏革命自然保护区的白匪充满了蔑视,内心涌起一股进行报复的勇气。

"别伤心,巴申采夫同志:白军么,我们立马把他们消灭干净。至于革命自然保护区,我们可以在潮湿的地方再建一个。现在你还剩什么?"

巴申采夫从小船底部取出一副骑士用的护胸铠甲。

"太少,"科皮奥金说,"只能保护胸部。"

"脑袋么,让它见鬼去吧,"巴申采夫不在乎脑袋,"对我来说心脏比什么都珍贵……还有点保护脑袋和手的家伙。"巴申采夫又拿出一小块铠甲——钉着一颗红星的面盔和最后一枚空手榴弹。

"行,这够你使用了,"科皮奥金说,"你得告诉我,你的自然保护区哪儿去了?——难道你就那么软弱,眼巴巴看着庄稼汉们不费一点力气就把它变成富农财产吗?"

巴申采夫情绪沮丧,勉强吐露说:

"情况是这样的,那里计划要办个很大的国营农场——你干吗老盯着我的光身子?"

科皮奥金又打量了一下没穿衣服的巴申采夫。

"你穿上衣服:咱们一起去考察切文古尔——那里同样缺少事实,但是大家都看得见。"

巴申采夫无法与科皮奥金同行——除了护胸铠甲和面盔,他没有一件衣服。

"就这样走吧,"科皮奥金鼓励他,"你以为大家没见过活人的身体吗?瞧你,什么宝贝——不照样进棺材吗!"

"不,你知道什么最恶劣吗?"巴申采夫一边说一边整理自己的金属服装,"他们把我从革命自然保护区赶出来的时候还算好:尽管说我危险,但留了一条命,还给衣服穿。可是到了村子里——我那些老乡看到来了个不光彩的人,主要是白军的手下败将,于是一下子剥光了我的衣服,只扔给我两样东西,让我天亮了用铠甲取暖,这炸弹还是我好不容易保留下来的。"

"难道向你进攻的是一支大部队?"科皮奥金觉得奇怪。

"那还用说!一百个骑兵对付一个人。还预备了三门大炮。我守了一天一夜没投降,用空炸弹吓唬他们,格罗尼娅,那儿的一个小女孩,瘦得像芦柴棒,她可以证明。"

"噢,是这么回事。"科皮奥金相信了,"行,咱们走吧,你这些铁家伙我一只手就能提着。"

巴申采夫走出小船,跟着科皮奥金沿岸边的沙地走了。

"你别怕,"科皮奥金安慰一丝不挂的同志,"又不是你自己脱光了衣服,你是受了那帮半白军的欺负。"

巴申采夫明白了,他这么不穿衣服不穿鞋子地走着,是为了穷人,为了共产主义,因此即使前面遇到女人他也不害臊了。

第一个遇到的女人是克拉芙久莎;她匆匆打量了巴申采夫,像鞑靼女人那样用头巾遮住了眼睛。

"这男人蔫得可怕,"她想,"一身的胎记,干净倒是干净,皮肤也不算粗糙!"可嘴里却说:

"公民们,这里不是战场——脱光衣服走路可不像话。"

科皮奥金要巴申采夫别去理睬这癞蛤蟆——她是资产阶级,呱呱呱呱叫个不停:一会儿要小披肩,一会儿要莫斯科,现在又不让纯粹的无产者走路。不过,巴申采夫还是觉得有点难为情,于是穿上了护胸铠甲戴上了护脸面盔,但大部分身体裸露在外。

"这样好些,"他说,"人家以为这是新政策的制服呢!"

"你还要什么?"科皮奥金看了看,"你现在几乎是穿了衣服,只不过这些铁家伙会让你觉得冷!"

"身体会把它焐热的,里边流着热血呢!"

"也在我体内流动!"科皮奥金有了感觉。

铁铠甲并没有让巴申采夫的身体冷下来——切文古尔的天气暖和。人们一排排地坐在那些移过来的房子中间的小胡同里,彼此在轻声交谈;人们身上也散发着温暖的气息——不仅仅来自阳光。巴申采夫和科皮奥金穿行在极度的闷热中——拥挤不堪的房子、火辣辣的太阳和人的体味,使生活差不多成了棉被底下的一场梦。

"我有点犯困,你呢?"科皮奥金问巴申采夫。

"我么,总的来说,还行!"巴申采夫糊里糊涂地回答。

科皮奥金第一次留宿的那幢永久性砖房旁边,比尤夏独自坐在那儿茫然地看着眼前的一切。

"听我说,比尤夏同志!"科皮奥金招呼他,"我要对切文古尔进行一次全面的侦察——你根据路线给我们带路!"

"行啊。"比尤夏没站起来,表示同意。

巴申采夫进屋,从地上捡起一件旧的士兵大衣——是一四年款式。这是给大个子穿的大号军大衣,一下子裹住了巴申采夫的整个身体。

"你现在穿得简直完全像老百姓!"科皮奥金做了这样的评价,"不过个子变矮小了。"

三个人出发前往远处——穿行在切文古尔各种建筑的温暖中。道路中间和几处空地上,满眼都是枯萎的花草树木:它们被人们肩扛手抬移栽了好几回,尽管有阳光雨露,但已经完全凋零了。

"这就是你要的事实!"科皮奥金指着无言的树木说,"这些魔鬼,给自己建成了共产主义,连树木也不需要了!"

在空地上,偶尔可以看到几个外地来的孩子,他们都很胖,那是因为空气、自由和缺乏日常的教育。至于成年人,不知道他们在切文古尔是怎样生活的:科皮奥金还不可能在他们身上发现新的感情;从远处看去,他们好像是从帝国主义出来度假的人,至于他们内心怎么样,他们彼此之间的关系怎么样——没有这方面的事实;科皮奥金认为,好心情仅仅使人体内热血沸腾,但这并不意味着共产主义。

革委会所在的墓地旁边，有一长条塌陷的土坑。

"资产阶级都躺在那儿，"比尤夏说，"我和切普尔内还把他们的灵魂给扒出来了。"

科皮奥金得意地用脚踩了一下凹陷的墓地。

"也许，你应该这样！"

"这是不可避免的，"比尤夏为这事实辩解说，"现在该是我们过日子的时候了⋯⋯"

让巴申采夫气恼的是墓地没有平整——本来应该把地压平，再把老的花园里的花草树木移栽过来，让树木从地里吸收资本主义的残余，经过精心培植后变成社会主义的花木。比尤夏自己也认为平整土地是项严肃的措施，但没来得及完成，因为省里紧急撤销了他的肃反委员会主席职务。对此他几乎不觉得有什么委屈，他知道，在苏维埃机关里工作需要有文化的人，而不是像他那样的人，连资产阶级也曾经在那里带来过好处。多亏有了这样的觉悟，比尤夏被撤销革命家职务之后，始终承认革命比自己高明——从此就在切文古尔这集体的群众中间变得默默无闻了。比尤夏最怕的就是那些文件和写满字的公文——一看到这些东西他马上哑口无言，浑身乏力，只感到思想和文字的魔力无边。在比尤夏那个年代，肃反委员会就设在城市的林中空地上。比尤夏镇压资本没有采用登记造册的办法，而是让大家亲眼目睹，他建议雇农抓住地主就杀，结果都照办了。现如今，切文古尔彻底发展了共产主义，根据切普尔内个人决定，肃反委员会永远关闭，它原来的驻地上移来了一栋栋房子。

科皮奥金站在那儿思考这资产阶级的公墓——没有树木，没有坟包,也没有墓碑。他隐隐约约感到,这样做就是为了远方的罗莎·卢森堡的墓上有树木,有坟包,也有墓碑。只有一件事科皮奥金不太喜欢——资产阶级的墓地没有夯平压实。

"你不是说把资产阶级的灵魂也扒出来了吗?"科皮奥金表示怀疑,"也许,你们没有把资产阶级彻底打死!连墓地都没有夯实!"

科皮奥金这话大错特错。切文古尔的资产阶级被杀得非常彻底,非常干净,即使死后也不得安宁,因为他们的肉体被消灭之后连灵魂也被枪毙了。

在切文古尔生活了短短一段时间之后,切普尔内为城里存在大量的小资产阶级而感到痛心。他浑身感到不舒服——对共产主义来说,切文古尔这块土地太狭窄,而且到处都是垃圾——财产和有产者。应该立即把共产主义安顿在生机勃勃的基础之上,可是住房自古以来被那些奇怪的散发着蜡烛味的人占据了。切普尔内特意走到田野里仔细查看新鲜的空地——要不就在那里开始共产主义!他想了想又放弃了,那样的话,无产阶级和贫农就要白白丧失切文古尔的那些楼房以及所有家什,那可是被压迫的人民用双手建造的呀!他知道也看到,切文古尔的资产阶级是多么渴望耶稣基督再次降临人间,他个人倒也一点不反对基督再生。当了两三个月的革委会主席之后,切普尔内感到痛苦万分——资产阶级还活着,共产主义却没有,引导大家奔向未来的,正如省里的通报所说,是一系列连续不断进攻的过渡性措施,切普尔内凭直觉怀疑那是在欺骗群众。

起初,他任命了一个委员会,那委员会向切普尔内汇报了耶稣基督再次降临的必要性,切普尔内当时没有表态,暗自决定不管这类资产阶级的小事情,让世界革命有事可干。后来,切普尔内想摆脱苦恼,召见了肃反委员会主席比尤夏。

"给我把城里的压迫分子全部清除!"切普尔内命令。

"可以。"比尤夏表示服从。他打定主意要处死切文古尔的所有居民,切普尔内欣然同意。

"你明白吗——这样更好!"他说服比尤夏,"要不啊,老弟,所有百姓都会死在过渡的阶梯上。再说了,资产阶级现在反正不是人:我在书上看到,人是猴子变来的,所以就把猴子杀了。你要牢牢记住:既然有了无产阶级,干吗还要资产阶级?这简直不像话!"

比尤夏认识每一个资产阶级:他记得切文古尔的大街小巷,想得起每一位房主的详细外貌——谢科托夫、科米亚金、比赫列尔、兹诺比林、夏波夫、扎维-杜瓦洛、别列克罗特琴卡、休休卡洛夫和他们的所有邻居。此外,比尤夏还熟悉他们的生活方式和饮食习惯,他甚至同意不使用武器,而是用手工的方式杀死他们中间的每一个人。从他被任命为肃反委员会主席那一天起,他就心神不定,老是发火:小资产阶级还在吃苏维埃的面包,还住在他的房子里(比尤夏在此之前当了二十年石匠),像烂死尸那样挡着革命的道。那些最年长、掉了牙的资产者让比尤夏变成了街头格斗士:见到夏波夫、兹诺比林和扎维-杜瓦洛,他不止一次对他们拳打脚踢,那几位被打得头破血流的老人默默地擦去身上的血,听任他欺负,把希望寄托在未来。其他几个资产者没有落到比尤夏手里,他不想直接找上门去,因为经常发火,他感到心里堵得慌。

县执委会书记普罗科菲·德瓦诺夫不同意未经上级允许就挨家挨户地处死资产阶级。他说,这件事应该做得有理有据。

"那好——你就说说该怎么办!"切普尔内向他提议。

普罗科菲沉思着把自己社会革命党的头发往后一甩。

"利用他们的偏见!"普罗科菲一字一顿地说。

"我有感觉了!"切普尔内并不明白,但准备加以考虑。

"利用耶稣基督再次降生!"普罗科菲说得更明确了,"他们自己希望再生,那就让他们再生——我们就无罪了。"

切普尔内反而认为这样做有罪。

"怎么会无罪,你倒是说呀! 既然我们是革命,那我们绝对有罪! 如果你想推卸罪责原谅自己,那就给我滚蛋!"

像任何一个聪明人那样,普罗科菲十分冷静。

"切普尔内同志,绝对有必要正式宣布耶稣基督再次降临人间。用这个理由,对全城实行大清洗,让无产阶级住进去。"

"行,那我们也参与行动吗?"切普尔内问。

"总的来说——是的! 不过接下来要分配家庭财产,免得财产继续压迫我们。"

"财产你只管拿,"切普尔内指示说,"无产阶级自己有完整的双手。到了这种时候,你干吗还惦记着资产阶级箱子里的那些细软,你倒是说呀! 快给我写一道命令。"

普罗科菲简明扼要地为切文古尔的资产阶级指明了前途,把一张写满了字的纸交给比尤夏。比尤夏必须凭记忆添上有产者的名单。

切普尔内把命令从头至尾看了一遍:

　　苏维埃政权将无限广阔、装备了众多星星和天体的天空统统提供给资产阶级使用,让他们在那里享受永远的幸福。至于土地、种种基础设施和家具,它们将原封不动地

留在下面——作为与天空交换——全部留在无产阶级和
劳动农民手中。

命令最后指出了耶稣基督再次降生的具体时间,而基督再次降
生将以有组织、无痛苦的方式把资产阶级带到阴间。

资产阶级在教堂广场集合的时间预定为星期三午夜,该命令的
根据是省气象局的天气预报。

普罗科菲早就醉心于省里下发的那些富有感染力、内容晦涩、
十分复杂的公文,现在他脸带满意的微笑改写这些文件,以便在全
县范围内传达。

比尤夏看了一点儿也不明白,而切普尔内在闻鼻烟,他只对一
件事感兴趣:为什么普罗科菲把基督再次降生定在星期四,而不是
今天——星期一。

"星期三斋戒——他们可以安心做好准备!"普罗科菲解释,"今
天和明天是阴天——我有天气预报!"

"白给他们优待。"切普尔内责备说,但是也不特别坚持把时间
提前。

普罗科菲带着克拉芙久莎搜遍了有产公民的所有房子,顺便向
他们征收各种手工制作的小件物品:手镯、丝绸头巾、沙皇时代的金
质奖章、姑娘用的香粉和其他东西。克拉芙久莎把这些金银首饰装
进自己的箱子,而普罗科菲向资产阶级口头允诺,只要共和国的收
入增加了,就延长他们生命的期限。资产者们站在地板中间,连声
道谢。直到星期三夜里,普罗科菲还忙得无法脱身,他后悔没有把
第二次降生安排在星期五夜里。

切普尔内并不担心普罗科菲突然收罗了很多财产：无产阶级不会受到财产的纠缠，因为头巾和香粉最终会消失得无影无踪，对觉悟没有影响。

星期三夜里，教堂前的广场上站满了切文古尔的资产阶级，他们傍晚就来了。比尤夏派红军战士封锁了广场，在资产阶级中间布置了几名瘦瘦的肃反人员。根据名单，只有三个资产者缺席——两个被自己的房子压死了，另一个老死了。比尤夏立即派了两名肃反人员去核查房子为什么倒塌，他自己亲自指挥资产阶级排成整齐的队伍。资产者们随身带来了大大小小的包裹和箱子——里边装着肥皂、毛巾、内衣内裤、白面粉做的油炸饼和家庭亡灵册。比尤夏逐一加以仔细检查，特别注意亡灵册。

"你念一下。"他对一名肃反人员说。

那人念：

> 愿已故的上帝仆人安息：叶甫多基娅、玛尔法、菲尔斯、波里卡尔普、瓦西里、康斯坦丁、马卡里以及所有亲属。
>
> 愿健在的安康：阿格里比娜、玛莉亚、科西马、伊格纳基、彼得、约翰、阿娜斯塔西娅及其子女亲属和生病的安德烈。

"包括子女吗？"比尤夏追问。

"包括子女！"肃反人员回答。

红军战士的包围圈外，站着那些资产者的妻子，她们在夜空中号啕大哭。

"清除这些拖后腿的婆娘!"比尤夏下令,"我们这里不需要家属!"

"也把她们杀了,比尤夏同志!"一名肃反人员建议。

"为什么,聪明人? 她们的命根子①已经砍掉了!"

两名调查房子倒塌原因的肃反人员回来汇报:房子是先从天花板部位倒塌的,因为阁楼上堆满了盐和面粉,超出了承重能力。资产阶级储存面粉和盐,是为了耶稣基督第二次降临人间的时候当口粮,熬过了这段时间就可以继续活下去。

"好啊,你们想得美!"比尤夏说。他让肃反人员排好队,他不想等到预定的午夜时分。

"弟兄们,下手吧!"他自己拔出手枪,对准身边的一名资产者扎维-杜瓦洛的天灵盖打了一枪。资产者的脑袋里冒出一股微弱的热气,接着,像蜡烛油那样的脑浆流出来盖住了头发,但是杜瓦洛没有倒下,而是坐到了自家的包裹上。

"老婆,用襁褓带给我的喉咙包扎一下!"扎维-杜瓦洛有气无力地说,"我的灵魂从那儿流出来了!"说着从包裹倒在地上,又开手脚拥抱大地,犹如当家人抱着老婆。

肃反人员对着那些默默无言、昨天刚用了圣餐的资产者开枪。他们中枪后,油亮的脖子剧烈地晃动几下,把颈椎都快扭断了,然后拙笨地歪歪扭扭倒下。早在感觉到枪口的疼痛之前,他们腿软了,身体瘫了,这样子弹只能打到非要害部位,那儿可以长出新肉。

受伤的商人夏波夫躺在地上奄奄一息,他请求俯身查看的肃反

---

① 命根子,原文为"主要部件","部件"也可作"成分""成员"或"男性生殖器"解。

人员：

"好人，让我喘口气，别折磨我。叫我女人过来告别！要不，你伸手拉着我——别离开，我一个人害怕。"

肃反人员想伸手拉他：

"抓住——你的末日到了！"

夏波夫没等到肃反人员的手，一把抓住牛蒡，他把自己所剩无几的生命托付给了牛蒡。他一直没有松手，直到不再惦念那个想跟她告别的女人。过了一会儿，他的双手自动垂下来，再也不需要友谊了。肃反人员若有所悟，不由得紧张起来：中弹之后的资产者跟无产者一样，需要同志之情，而中弹之前——他们只爱钱财。

比尤夏推了推扎维-杜瓦洛：

"你的灵魂在哪里流淌——在喉咙里吗？我这就把它扒出来！"

比尤夏左手抓住扎维的脖子，为了顺手起见，又使劲揪住，再用枪口顶住后脑勺下方。可是扎维的脖子发痒，于是他用西装的呢领子去蹭。

"别蹭了，你这蠢货！你等着，我来给你挠个痛快！"

杜瓦洛还有口气，他不怕：

"你不如抓住我裤裆里的那玩意儿，使劲掐，让我疼得大喊大叫，要不我老婆站在那儿听不见我的声音！"

比尤夏照着他的脸一拳打过去，他想最后一次感触一下这资产者的肉体，杜瓦洛疼得大叫：

"玛莎，他们打我！"

等到杜瓦洛断断续续把话说完，比尤夏朝他的脖子补了两枪，他自己则松开了嘴里发烫干燥的牙床。

普罗科菲从远处注视着这个单干式的杀戮场面,责备比尤夏:

"共产党人不能背后杀人,比尤夏同志!"

比尤夏气得马上找到了理由:

"德瓦诺夫同志,共产党员要的是共产主义,而不是军官的英雄主义!你给我闭嘴吧,不然我也送你上天堂!如今连婊子都想往里面塞红旗,说是她那洞里马上会生出好名声……我的子弹穿过红旗也能找到你!"

切普尔内过来制止了这场谈话:

"怎么回事,你们说呀?资产阶级还躺在地上喘气,可你们倒好,靠斗嘴寻找共产主义!"

切普尔内和比尤夏分头去核查已经处死的资产者;他们的尸体躺了一地,或三个一堆,或五个一叠,甚至更多的挨在一起。显然,即使在互相诀别的最后几分钟,他们也尽量互相靠拢,哪怕只是身体的某个部位。

切普尔内用手背去测试资产者的喉咙,就像机械师测试轴承的温度,他仿佛觉得所有的资产者都还活着。

"我还把杜瓦洛的灵魂从他脖子里给抠了出来!"比尤夏说。

"对了:灵魂就在喉咙里!"切普尔内想起来了,"你想过吗,为什么立宪民主党人绞死我们的时候要勒住脖子?就是要用绳子把灵魂憋死:那样你就死得彻底了!不然你会磨蹭:杀人可不是件容易的事!"

比尤夏和切普尔内摸遍了所有资产者,无法确信他们彻底死了:有的好像还有气息,有的轻轻闭上眼睛装死,以便夜里逃走,让比尤夏和其他无产者继续养活他们。于是切普尔内和比尤夏决定:

坚决不许资产者延续生命。他们又给手枪补充了子弹,对着躺在地上的所有资产者,一个不漏地朝他们脖子侧面的腺体部位补了一枪。

"终于摆平了!"干完活,切普尔内松了口气,"世界上没有比死人更穷的无产者。"

"现在牢靠了。"比尤夏十分满意,"该让红军战士回去了。"

放走了红军战士,留下肃反人员给切文古尔原来的资产阶级居民挖公墓。朝霞来临之前,肃反人员已经挖好了坑,把所有尸体连同他们的包裹扔了进去。那些死者的妻子不敢靠近,在远处等待着埋土工程的结束。肃反人员不想堆成隆起的坟包,便把剩余的泥土扔到晨曦照耀下的空地上。然后,他们把铲子往地里一插,开始抽烟。这时候,那些死者的妻子纷纷从切文古尔各条街道向他们涌来。

"你们哭去吧!"肃反人员对她们说,说完就去睡觉休息了。

寡妇们躺在平坦的了无痕迹的墓地上,她们很想发泄内心的痛苦,但是夜里已经哭干了眼泪,她们只能把悲伤憋在心里,再也哭不出来了。

*

科皮奥金得知切文古尔的情况之后,决定暂时不惩罚任何人,等亚历山大·德瓦诺夫来了再做处理,再说送信的鲁伊现在正在路上。

鲁伊这几天确实走了很多路,他觉得自己精神饱满,吃饱喝足,十分幸福。饿了,他就走进路边的农家,告诉女主人:"娘们儿,给我杀只鸡吧,我累了。"如果娘们儿舍不得鸡,鲁伊就跟她告别,继续在草原上赶路,自己采了峨参当晚饭。那峨参可不是在农家院子由人工悉心栽培的,而是单靠阳光生长的美味。鲁伊从来不乞讨,也不偷盗;即使长时间没有机会吃东西,那么他知道总有一天会饱餐一顿,也从来没有饿出病来。

现在鲁伊就躺在一间砖砌小屋的地窖里过夜。离省城只有四十俄里的砂石路。鲁伊认为这么短的路程根本不值一提,因此醒来之后一直躺着歇凉。他在琢磨:怎么才能吸上烟?烟叶还有,但是没有卷烟的纸。那些证件早就给他卷烟卷光了,剩下的唯一一张纸就是科皮奥金写给德瓦诺夫的信。鲁伊掏出信,铺平,念了两遍,他要把它背下来,然后把信撕成十张烟卷纸。

"我用自己的声音把信的内容说给他听——效果肯定不错!"鲁伊用充足的理由进行预测,并说服自己,"当然,肯定是这样!要不会怎样呢?"

鲁伊点燃了烟,上了公路,沿着一侧的人行便道朝省城方向走去。到了前方的高坡上——那是两条清澈河流的分水岭,透过朦胧的迷雾,可以看到古老的城市——许多塔楼、露台、教堂、学校的一排排房子、轮船和政府机关。鲁伊知道,那城里早就有人居住,但他们阻碍别人去居住。在城郊的树林边上,农机厂的四个烟囱正在冒烟,这工厂制造的农机和农具可以帮助太阳生产粮食。身处荒无人烟、野草丛生的旷野,眼望远处的烟囱冒烟和飞驰的火车拉响汽笛,鲁伊不由得喜欢上了这个地方。

如果省城不是位于去彼得堡和波罗的海沿岸的路上,鲁伊本来可以绕过省城,不去送信。正是从波罗的海那岸边,一艘艘军舰离开寒冷荒凉的革命平原,驶入黑沉沉的大海,前去占领那些气候温暖的资产阶级国家。

霍普涅尔此刻正从城里的山坡上下来,朝波里内艾达尔河走去。他看到有一条砂石路穿过草原通往那些供应食品的乡镇。鲁伊现在也走在这条路上,不过从这里看不到他人。鲁伊正在想象波罗的海舰队航行在冰凉的海洋中的情景。霍普涅尔走过一座桥,坐到对岸去钓鱼。他把一条正在挣扎的活蚯蚓穿在钓钩上,抛出鱼线,眼睛一眨也不眨地盯着水波悠悠的河面。清凉的河水和水草的芳香激发了霍普涅尔的呼吸和思考:耳听潺潺流水,脑子在思考和平的生活、地平线后面的幸福。河水流向大地的尽头,却不捎带他同行。慢慢地,他那枯燥的脑袋靠在湿漉漉的草上,从静静的思考状态转入梦乡。一条小鱼上钩了,是幼年鳊鱼。小鳊鱼为了逃到自由的深水中,挣扎了足足四个小时,被鱼钩扎住的嘴唇流出的血与蚯蚓带血的黏液混在一起了。小鳊鱼累得不再挣扎,为了增加力气,吞下了一块蚯蚓的肉,然后又开始挣扎,它要摆脱尖利的血肉模糊的鱼钩。

鲁伊站在高高的砂石堤坝上,发现河岸上睡着一个瘦小、疲惫的人,他脚旁边的那根鱼竿梢在轻轻晃动。鲁伊走到那人跟前,从河里拽出了鱼钩上的小鳊鱼。鳊鱼在鲁伊手中安静下来,张开鱼鳃,在惊恐和劳累中渐渐咽气。

"同志,"鲁伊喊睡着的人,"给你鱼!怎么走哪儿睡哪儿!"

霍普涅尔睁开充血的眼睛,揣摩出现在眼前的人。步行者鲁伊在旁边坐下,点燃了烟,看着对岸的建筑物。

"我在梦里一直要辨认一样东西,结果还是没有认出来,"霍普涅尔说,"醒过来一看,你站在我面前,好像就是来解梦的……"

霍普涅尔挠了挠饥饿的长满了毛的喉结,感到沮丧:那些美好的思考在梦中消失了,连河水也无法让他回想起来。

"哎,你真该死——把我闹醒了。"霍普涅尔很生气,"这下我又得烦恼了!"

"河在流,风在吹,鱼在游,"鲁伊拉长了声音,平静地说,"可你坐在这儿发愁,都快生锈了! 你得走动走动,让风给你脑子里吹点思想进去——到时候你多少会明白了。"

霍普涅尔没有回答他:何必要搭理一个过路人,他懂什么共产主义,这外出打工的庄稼汉?

"你没听说,亚历山大·德瓦诺夫同志住在哪里吗?"鲁伊打听自己顺路要办的事情。

霍普涅尔从来人手里接过鱼,又把它扔到河里。

"也许还能活过来!"他解释。

"现在它活不了啦!"鲁伊表示怀疑,"最好我能马上见到那位同志……"

"我能见到,你见他干啥!"霍普涅尔说得模棱两可,"你敬重他,还是怎么的?"

"受人敬重又不单靠名字,他的情况我不了解! 我们的同志都说,切文古尔要他赶紧回去……"

"那边出了什么事?"

"科皮奥金信上说,共产主义或者倒退……"

霍普涅尔探究似的看着鲁伊,就像查看一架需要大修的机器。

他明白了,资本主义把这类人变成了弱智。

"你们那儿既没有水平,又没有觉悟,你们这些该死的家伙!"霍普涅尔骂道,"怎么能搞共产主义?"

"我们什么也没有,"鲁伊承认,"只剩下了人,这才有了同志情谊。"

霍普涅尔顿时精神振奋,稍做思考后说出了自己的意见:

"这很聪明,我敢保证,但不牢固:缺乏保护系数!你明白我的意思,还是你故意逃离共产主义?"

鲁伊知道,切文古尔周围没有共产主义,只有过渡的阶梯,他看依山而建的城市就像一座阶梯。

"你住在阶梯上,"他告诉霍普涅尔,"所以你才觉得我在逃跑。其实我在走自己的路,然后去加入舰队,再到那些资产阶级国家,为它们准备未来。共产主义就在我身上——你是躲不掉的。"

霍普涅尔摸了摸鲁伊的手,对着太阳打量了一番:这只手很大,青筋暴突,满是老茧——所有被压迫者的胎记。

"也许,他说得有道理!"霍普涅尔想,"飞机比空气重,可照样能飞,该死的!"

鲁伊再次托他传达科皮奥金给德瓦诺夫的口信,让德瓦诺夫立即去切文古尔,不然那里的共产主义会垮掉的。霍普涅尔让他放心,还指给他看自己住哪儿。

"你快去吧,叫我老婆给你吃饱喝足,我呢,这就脱了鞋去水浅的地方抓雅罗鱼:这些该死的鱼一到傍晚就出来吃小虫……"

鲁伊已经习惯于很快跟人分别,因为他总是不断遇到陌生人——而且是优秀的人。不论到什么地方,他都能发现头顶上的阳光使大地既可以积聚植物供人食用,又可以繁衍人类供他们建立同志情谊。

霍普涅尔看着鲁伊渐渐走远的背影,心想他就像花园里的一棵树。鲁伊的身体确实没有统一的结构和组织,各个部位与四肢很不协调,就像凌乱的树枝捆绑在一根硬木条上。

鲁伊在桥上消失了,霍普涅尔躺下再歇一会儿。他在度假,享受一年一次的悠闲。不过,今天捕鱼是没有机会了。不一会儿就刮起了风,从城市塔楼后面涌过来一团团乌云,霍普涅尔不得不打道回府。跟老婆坐在家里十分无聊,因此他特别喜欢到同志家里串门,最常去的是萨沙和扎哈尔·巴甫洛维奇家。回家的路上,他顺道又拐进了那幢熟悉的木屋。

扎哈尔·巴甫洛维奇正躺着,萨沙在看书,干瘦的双手按着书页,这双手已经不习惯与人打交道了。

"你们听说了吗?"霍普涅尔问,他要让他们明白,他不是平白无故地来串门,"切文古尔完全实现了共产主义!"

扎哈尔·巴甫洛维奇不再发出均匀的呼噜声,在假寐中留心听他说话。亚历山大不吭声,只是信任而激动地看着霍普涅尔。

"你干吗看着我?"霍普涅尔说,"飞机比空气重,不照样能飞么,该死的!共产主义为什么就不能实现呢!"

"羊吃白菜,总打边上吃起,他们把革命这头羊弄到哪里去了?"德瓦诺夫的父亲问。

"这是客观条件,"亚历山大解释,"父亲说的是替罪羊。"

"他们把那替罪羊吃了!"霍普涅尔告诉他们,好像他亲眼目睹似的,"往后他们自己是生活中的罪人。"

　　一英寸厚的板墙后面,有人呼天抢地哭了起来。那人正在用受辱的脑袋撞桌子,震得桌子上的啤酒杯直摇晃。墙后面住的是个单身的共青团员,他在铁路机务段当锅炉工,眼看着没有一点升职的希望。共青团员大哭一场之后就安静下来,开始擤鼻涕。

　　"这帮混蛋,哪一个不是坐着小汽车兜风,哪一个不是娶胖演员当老婆,可我只能过苦日子!"共青团员有一肚子的委屈,"明天我就去找区委——让他们派我去坐办公室:政治常识我熟悉,我能全范围地领导!他们却让我烧锅炉,只定了个四级工……他们小瞧我,这帮畜生……"

　　扎哈尔·巴甫洛维奇走到院子里凉快凉快,顺便看看雨势:连绵的阴雨还是短暂的阵雨。雨一直下个不停——可能要下一整夜或者一天一夜。院子里的几棵树在风吹雨打中哗哗直响,关在院子里的看家狗汪汪乱叫。

　　"风在吹,雨在下!"扎哈尔·巴甫洛维奇感叹道,"可是儿子很快又要离开我了。"

　　霍普涅尔在房间里动员德瓦诺夫去切文古尔。

　　"我们到那儿去了之后,"霍普涅尔说,"要对共产主义进行全面的测量,画一份精确的图纸,再返回省里。有了切文古尔的现成样板,在地球六分之一的土地上实现共产主义就容易了。"

　　德瓦诺夫在默默地琢磨科皮奥金和他的口信:

　　"共产主义或者倒退。"

　　扎哈尔·巴甫洛维奇听着听着忍不住说:

　　"你们要注意啊,孩子们:干活的人——都是弱小的傻瓜,可共产主义绝对不是什么小事。你们切文古尔需要从整体上确定对人的态度,难道这事儿那里一下子全解决了?"

"那有什么难的?"霍普涅尔坚定地反驳,"地方政权无意中想到了一个好办法——结果就成功了,事情明摆着! 这有什么好奇怪的?"

扎哈尔·巴甫洛维奇还是非常怀疑:

"话是这么说,但人不是什么光滑的材料。傻瓜开不了火车,我们是从沙皇时代过来的人。现在你明白我的意思了吗?"

"明白是明白了,"霍普涅尔说,"但是我看不到周围有这种事情。"

"你没看到,可我看到了,"扎哈尔·巴甫洛维奇还是有怀疑,"用钢铁做原料,你想要什么我就给你做什么,可是要把人做成党员——绝对不行!"

"谁在做他们啊,是他们自己做自己,该死的,还真做成了!"霍普涅尔反驳说。

扎哈尔·巴甫洛维奇对此表示同意。

"这是另一回事! 我想说的是,这跟那里的地方政权没有一点关系,人只有通过制造各种小物件,才能变聪明。而政权,掌权的都是些最聪明的人,他们已经不习惯动脑子了! 假如人没有忍受能力,碰到灾难就会像生铁那样崩溃,可是政权照样还是非常出色!"

"那样的话,父亲,也就没有政权了。"亚历山大说。

"这倒是可能的!"扎哈尔·巴甫洛维奇表示肯定。

可以听见隔壁那个共青团员艰难地睡着了,他还没有完全摆脱狂怒的心态。"这些畜生。"睡梦中,他的呼吸渐趋平稳,默默地漏掉了某种主要的东西,"你们成双成对地睡床上,让我一个人睡砖炕!……也让我睡睡女人吧,书记同志,老是干粗活我命都没了……我缴了这么多年的团费——总得给我一份吧!……怎么回事啊?……"

冰凉的夜雨哗哗地下个不停。亚历山大听着雨点掉下来重重地砸在街上的水塘和水沟里。在这无处栖身的雨夜,唯一安慰他的是回忆——关于泡泡、麦秆和树皮鞋的那个童话故事,它们仨同心协力,终于战胜了也是这样没有希望、也是这样难以克服的恶劣天气。

"说起来那只是个泡泡,不是女人,还有麦秆和它们的同志,只是一只被丢弃的树皮鞋,连它们都齐心协力走过了耕地和水洼。"德瓦诺夫怀着童年的幸福感,怀着与无名树皮鞋同病相怜的感觉,暗自想道,"我也有同志——许多泡泡和麦秆,只是不知为什么我把他们扔了——我还不如树皮鞋呢……"

沉沉的夜色中,从远方的草原上飘来青草的清香。街道对面是政权机关,此刻革命事业正在受煎熬,而白天刚重新登记了预备役军人。霍普涅尔脱了鞋留下来过夜,尽管他知道明天准会挨老婆的骂。"昨天晚上你死哪里了?"——她会问,"是不是找了个年轻女人?"然后就用劈柴狠狠揍他的锁骨。女人哪懂得同志之情:她们准会用木锯把共产主义全部锯成小资产阶级的碎块!

"哎,真是的,男人的要求不多啊!"霍普涅尔叹息道,"就缺少心平气和的调剂!"

"你嘟哝些什么呀?"扎哈尔·巴甫洛维奇问。

"我说的是家务事:我老婆身上一普特肉——脑子里就有五普特的小资产阶级思想。一点不成比例!"

外面的雨渐渐停了,水泡也安静下来,地上的青草被雨水冲刷得一尘不染,冰凉的河水清澈透明,道路更显空旷,空气特别清新。德瓦诺夫怀着遗憾的心情躺下睡觉,他觉得今天算是白活了,这种突然出现的生活无聊的感觉让他暗自惭愧。昨天他的心情比较好,尽管昨天索尼娅从乡下回来,取走了老屋里的衣物后又离开了。临走前,她敲了敲萨沙的窗户,挥挥手跟他告别。待到他开门出来,却不见了她的踪影。昨天一直到晚上,他都在想她,仿佛索尼娅就是他的生命,可是现在他忘记了今后该怎样生活,因此久久难以入睡。

霍普涅尔已经睡着了,但他睡梦中的呼吸却如此微弱和可怜,以致德瓦诺夫不由得走到他身边,生怕他的生命就要结束。德瓦诺夫把霍普涅尔耷拉下来的一只手放到他胸前,重新倾听他复杂而温柔的生命气息。看得出,这人是多么虚弱、无助和轻信,想必他遭受过殴打、折磨、欺骗和仇恨。他已经奄奄一息,在睡梦中都可能停止呼吸。谁也不会去观察人们的睡相,但是往往在睡梦中,人会露出可爱的真面目。清醒的时候,他们的脸被记忆、感觉和贫困扭曲了。

德瓦诺夫安放好霍普涅尔摊开的双手,又走到熟睡的扎哈尔·巴甫洛维奇身边,怀着温柔的好奇仔细打量他,接着又侧耳细听,风也渐渐停止了。于是,他躺下,打算一直睡到天亮。父亲在睡梦中看上去也像白天那样健康而睿智,他的脸在夜间也很少变化。即使他做梦,那些梦也是有益的,容易唤醒的,绝不是那种醒来觉得羞愧和烦恼的梦。

德瓦诺夫紧紧蜷缩成一团,直到完全能感受到自己整个身体才安静下来。慢慢地,就像渐渐消退的倦意,德瓦诺夫眼前出现了儿时的日子。这一天不在逝去的岁月深处,而是在已经平静下来,但还在痛苦的、自我折磨的内心深处。透过昏暗的秋夜,雨水像滴滴

答答的眼泪,落在老家的乡村墓地里。教堂守门人用来拉动钟舌的
那根绳子被风吹得飘来荡去。守门人夜间懒得爬上钟楼,而是站在
下面用这根绳子敲钟。一团团耗尽了力气、松松垮垮的乌云,犹如
生完孩子后的乡下女人,慢慢飘过树梢上空。年幼的男孩萨沙站在
父亲坟上,最后几片树叶在他头顶上瑟瑟作响。坟丘上的泥土已被
雨水冲走,过路的行人几乎把它踩平了。树上的叶子已经枯死,就
像埋在地下的父亲,一片片飘落在上面。萨沙背着一只空袋子,撑
着一根棍子站在那儿。那棍子是普罗霍尔·阿勃拉莫维奇送给他
出远门讨饭用的。

孩子不知道这是与父亲的诀别,他抚摸墓地的泥土,就像当初
抚摸父亲临死前穿的那件衬衣。他觉得雨水有一股汗味——当初
在穆捷沃湖畔,在父亲温暖的怀抱中他经常闻到的那种熟悉的生命
气息。无忧无虑的生活再也回不来了,孩子不知道,这是故意的安
排还是应该大哭一场。小萨沙想让棍子代替自己留在父亲身边,便
把棍子埋进了坟墓,再在上面盖了几片前不久死去的树叶。他要让
父亲知道,萨沙一个人出去讨饭非常寂寞,无论什么时候,无论到了
什么地方,他都要回来的——回来找棍子,找父亲。

德瓦诺夫感到难受,不由得在梦中哭了起来,因为至今还没有
从父亲那儿取回棍子。但是,父亲自己却划着小船,看到儿子担心
等不到父亲而泪流满面,反而露出了笑容。他的独木小舟特别容易
晃动,风一吹,或者他呼一口气,都会摇晃。父亲的脸与众不同,老
皱着眉头,始终流露出对半个世界温顺而无限的怜悯,那另一半世
界他并不知道,却一直在为它而苦苦思索,也许还恨它。父亲走下
小船,用手拨开浅浅的湖水,小心翼翼地抓住水草,把孩子搂进自己

怀里,眼睛看着身边的世界,就像看自己的朋友和同志——他们要
跟那个唯一的、谁也看不见的敌人进行斗争。

"你哭什么啊,孩子?"父亲说,"你那根棍子长成了一棵大树,你
瞧,有多粗啊——你哪能拔得起来! ……"

"那我怎么去切文古尔?"孩子问,"那样我会苦闷的。"

父亲坐到草地上,默默地看着湖对岸。这一次他没有拥抱
儿子。

"别苦恼,"父亲说,"孩子,我躺在这儿也很无聊。你去切文古
尔干番事业:干吗我们要死在这儿……"

萨沙靠近父亲身边,躺在他腿上:他实在不愿去切文古尔。父
亲自己也开始流泪,他不忍心儿子离开。过了一会儿,他又伤心得
紧紧搂住了儿子,儿子也不由得放声大哭,他觉得自己永远无依无
靠了。他抓住父亲的衬衫不放。太阳已经升到树林上空,树林的后
面,在那很远的地方,就是陌生的切文古尔。树林里的鸟儿飞来湖
面上饮水,而父亲依然呆呆地坐在那儿,看着湖面和新的一天渐渐
来临。小孩已经在他腿上睡着了。父亲把儿子的脸转向太阳,让阳
光晒干他的泪水,但阳光刺激了孩子闭着的眼睛,于是他醒了。

霍普涅尔把破破烂烂的包脚布裹在腿上,而扎哈尔·巴甫洛维
奇往荷包里塞烟丝,准备去上班。房顶上方,就像树林上空一样,太
阳冉冉升起,阳光照着德瓦诺夫泪痕斑斑的脸。扎哈尔·巴甫洛维
奇系好烟荷包,拿了一块面包两个土豆,说:

"好了,我走了——愿上帝保佑你们。"德瓦诺夫看了看扎哈
尔·巴甫洛维奇的膝盖和像林中鸟儿那样飞来飞去的苍蝇。

"怎么样,你去切文古尔吗?"霍普涅尔问。

"我去。你呢?"

"我哪儿不如你? 我也去……"

"你不去上班了? 打算辞职吗?"

"是的。不然怎么办? 结了账就走人: 现在共产主义比劳动纪律更宝贵,真的。你以为我不是党员吗?"

德瓦诺夫又问了霍普涅尔妻子的情况——他走了,妻子靠什么过日子。这时候霍普涅尔开始认真思考,但考虑的时间不长,轻易地找到了办法。

"她靠种子就能过活——她能吃多少? ……我跟她没有爱情,只不过是个事实。你可知道,无产阶级诞生也不是靠爱情,而是靠事实。"

霍普涅尔所说的并非是他要去切文古尔的真实动机。他迫不及待地要去的目的,并非为了让妻子靠种子度日,而是把切文古尔作为样板,在全省尽快组织共产主义。到那时候,共产主义肯定能让已经年迈的妻子跟其他无用的人们一样不愁吃喝,过上温饱有余的日子,现在暂时就让她忍一忍吧。假如他继续留下来一直干下去,那么这活儿永远干不完,也不会有改善的机会。霍普涅尔已经老老实实干了二十五年,但是这并没有换来个人生活的改善——年复一年日复一日地干同一件事,白白浪费了时间。无论是穿的,还是吃的,或者心灵的幸福,什么也没有增长。这么看来,人们现在需要的与其说是劳动,不如说是共产主义。再说了,妻子也可以去找扎哈尔·巴甫洛维奇,他绝不会拒绝为无产阶级的妻子提供一块面包。安分守己的劳动者也是不可缺少的:他们应该不停地干活,因为共产主义暂时还没有带来好处,但是同样需要粮食、家庭的不幸和额外地安抚女人。

*

科皮奥金安心地在切文古尔度过了一天一夜,继续留下去就不耐烦了,因为他感觉不到这儿有共产主义。原来,切普尔内一开始根本不知道,埋葬了资产阶级之后怎样才能过上幸福生活。为了专心致志地思考,他离开切文古尔到了很远的草原上,在生机勃勃的草丛里独自一人预先感受共产主义。在荒无人烟的草原上过了两天两夜,在目睹了大自然的反革命仁慈之后,切普尔内开始发愁,于是向卡尔·马克思的智慧求助。他想,这是本大书,里面什么都写了。他甚至感到惊讶:这世界安排得太稀松了——草原远远超过房子和人们占用的地方。但是,关于世界和人类的种种设想,已经多得不可胜数。

不过,他还是组织了朗读这本大书:普罗科菲给他念,切普尔内低着脑袋用心听,还时不时倒杯克瓦斯给普罗科菲润润喉咙,免得声音变哑。听完之后,切普尔内什么也没弄懂,但他感到轻松不少。

"你归纳一下,普罗什,"他平静地说,"我有点感觉了。"

普罗科菲开动脑筋,简要地说:

"我认为,切普尔内同志,第一……"

"你别认为了,你给我一个消灭畜生阶级残余的决议就行了。"

"我认为,"普罗科菲煞有介事地要把话说完,"第一,既然卡尔·马克思没有说过残余阶级,那么他们不可能存在。"

"他们是存在的,不信你到街上去看看:不是寡妇就是店员,要么是裁减的无产阶级领导……怎么办,你说呀!"

"我认为,既然卡尔·马克思说他们不可能存在,那么他们就不应该存在。"

"可他们活着,还间接地压迫我们——这是怎么回事?"

普罗科菲再次开动脑筋,现在他只要找到组织的形式就行了。

切普尔内预先提醒他,别按照科学去想问题——科学没有结束,还在发展中:麦子没熟就不能收割。

"我考虑并认为,切普尔内同志,要按部就班地进行。"普罗科菲找到了办法。

"你给我快点想,要不我急死了!"

"我分几个步骤:首先必须把剩下的居民撤出切文古尔,越远越好,让他们迷失方向。"

"这不行,牧民会给他们指路的……"

普罗科菲并没有停止说话:

"给所有从共产主义基地撤离的人员预先提供一个星期的口粮——这由撤离点清除委员会负责办理……"

"你得提醒我——明天我就裁减清除委员会。"

"我会记住的,切普尔内同志。然后——宣判所有资产阶级中等储备残余势力死刑,同时立即赦免他们……"

"这是怎么回事?!"

"在赦免的标志下永远驱逐出切文古尔和其他共产主义基地。假如剩余势力回到切文古尔,那么对他们恢复死刑并在二十四小时内执行。"

"普罗什,这完全可以接受!你就写决议吧,从纸张的右边写起。"

切普尔内深深地闻了口烟,久久地享受烟的滋味。现在他心情舒畅:剩余的畜生阶级将被驱逐出县界,共产主义将在切文古尔实现,因为再也没有什么可以存在了。切普尔内双手捧起卡尔·马克思的著作,怀着敬畏的心情反复抚摸字迹密集的书页。

"人家不停地写啊写啊,"切普尔内感到惋惜,"可我们是做完了事情之后才读他的书,——还不如不写呢!"

为了表示这本书没有白读,切普尔内在书上留下了一段文字,生生将书名拦腰截断:"在切文古尔都已经实现,剩余畜生阶级也已撤离。马克思没有专门论述他们的脑袋①,而来自他们的危险今后是不可避免的。但我们已经采取了自己的措施。"接着,切普尔内小心翼翼地将书放到窗台上,他十分得意,感到这书没用了。

普罗科菲拟好决议,于是两人分手了。普罗科菲去找克拉芙久莎,切普尔内——赶在共产主义到来之前去视察城市。在紧挨着房子的那些地方——墙根的土台,倒卧的橡树,各种偶然可以坐下的地方——一些异己分子在晒太阳:年迈的老妇,老板被枪决后留下的那些戴蓝色大盖帽的四十岁伙计,受偏见教育成长的半大孩子,被精简的职员以及同一阶层的其他追随者。远远看见切普尔内在转悠,坐着的人们悄悄站起来,轻轻打开篱笆门,慢慢躲进庄园深处,尽量消失得无影无踪。在所有的大门上,几乎一年四季都保留着用白灰画的、每年主显节前夜都要重新描过的墓地十字架:今年

---

① 俄语中"脑袋"和章节的"章"发音近似,半文盲切普尔内混淆了它们的意思,便有了这种令人啼笑皆非的表述。

还没有很大的横风斜雨,难以冲刷掉白灰画的十字架。"明天一定要带着湿抹布来统统擦干净,"切普尔内心想,"这太丢人了。"

与城市边缘相连的是一望无际的大草原。稠密的富有生命力的空气为晚间寂静下来的草原提供养料和安抚。在那苍茫的远方,一个不安分的人正驾着大车,在空旷的天际扬起缕缕尘土。太阳还没有下山,现在能够用肉眼看清——那个不知疲倦的火球发出的红色热量足以保障永恒的共产主义需求,并且彻底终止人们的内斗。人们忙于内斗就意味着吃饭是性命攸关的一种需要。然而,天空中的这颗星球不用人们参与就能生产食物。人们必须相互谦让,才能用友谊这个东西来充满阳光照耀下的这片你争我抢的土地。

切普尔内默默地观察太阳、草原和切文古尔,敏锐地感受共产主义来临的滚滚热浪。他担心自己高涨的情绪会牢牢堵住头脑中的思想,让他心里难受。现在很难找到普罗科菲,不然他可以形成思想,切普尔内也会豁然开朗。

"我为什么这么难受,这可是共产主义来临的时候啊!"切普尔内在为自己无名的激动寻找原因。

太阳离开了,临走时将空气中的水分降到了草原上。大自然成了一片静谧的蓝色,它摆脱了太阳为疲惫的生命增添同志情谊而劳作的喧闹。切普尔内一脚踩断了一棵草,草茎将自己濒死的脑袋搭在邻近的一棵活草的肩膀上。切普尔内收回脚,朝四周闻了闻——从遥远的荒无人烟的草原深处传来距离的忧伤和无人的烦恼。

切文古尔最后几排篱笆后面是一大片密匝匝的荒草,一直延伸到草原上几处凌乱无序的熟荒地。切普尔内踩踏着暖烘烘、落满尘土、与其他野草友好相处的牛蒡,脚下感到十分舒适。茂盛的野草把整个切文古尔团团围住,犹如一道严密的屏障,断绝了与外界的联系,切普尔内总感到那些地方隐藏着一股无人性的力量。倘若没有这片荒草地,没有这些兄弟般团结、像不幸的人类那样逆来顺受的野草,那么这草原是让人无法容忍的。风在草地上播撒繁殖的种子,而人带着心里的压力沿着草地走向共产主义。切普尔内打算离开这里去散散心,可是见到远处有人在齐腰的荒草中朝切文古尔走来,便决定等他。一眼可以断定,这人不是畜生阶级的残余,而是被压迫的人:他走得很慢,去切文古尔好像是进入敌营,他不相信能在那儿过夜,一路走一路嘟哝着什么。他的步子不稳,劳累一生的两只脚迈出的距离有长有短,身体歪歪扭扭。切普尔内想:正好来了一位同志,我要等他,我要拥抱他——在这共产主义主显节前夜,我一个人待着心里不踏实!

切普尔内摸摸牛蒡草——它也要共产主义:所有的野草就是活着的植物的友谊。不过,花朵啦,屋前的小花园啦,对了,还有花坛——这些都是畜生的苗子,别忘了要在切文古尔把它们铲除干净,还要踩上一脚,叫它们永世不得翻身——街上的草要经过批准才可以存在,它们能与无产阶级一起忍受生活的煎熬,也能忍受冰雪的死亡。不远处的野草弓着腰,发出一阵柔和的簌簌声,好像有个不相干的人在那儿走动。

"我爱您,克拉芙久莎,我恨不得把您吃了,您也太抽象了!"普罗科菲不等切普尔内走远,痛苦地说。

切普尔内都听到了,可是不生气:瞧那个走过来的人,不也是没有克拉芙久莎吗!

那人已经走得很近了,黑色的胡子,忠诚的眼睛。他在穿过茂密的草丛,沾满尘土的靴子已经发烫,里面肯定冒着脚汗味。

切普尔内可怜兮兮地靠在篱笆上。他惊讶地发现,这个黑胡子的人对他来说实在太亲切太宝贵了——要是现在他不出现,切普尔内在这空旷、阴沉的切文古尔肯定会伤心得大哭一场。他内心不相信克拉芙久莎会回家,也不会有生儿育女的欲望——他非常尊敬她,因为她为切文古尔所有单身的共产党员提供同志式的欢乐。此刻,她正搂着普罗科菲躺在荒草丛中,而这个城市却在悄悄等待共产主义的来临。切普尔内自己也需要友谊排除忧伤。倘若他现在能够把克拉芙久莎搂在怀里,那么他可以自由自在地再过上两三天,然后去迎接共产主义的到来。他再也不可能像现在这样生活了——他的同志感情已经无人可以倾注。尽管谁也没有能力说出那坚定而永恒的生命意义,但是如果你生活在友谊之中,身边有永不分离的同志,如果生活的不幸平均分摊给相拥而眠的受难者们,那么你就会忘掉生命的意义。

那行人过来停在切普尔内面前。

“你站在这儿等自己人吗?”

“等自己人!”切普尔内喜出望外。

“现在大家都是异己分子——你等不到自己人!也许你在找亲人?”

“不,在等同志。”

“那你就等着吧。”行人说着重新将装食品的口袋背到肩上,“如今没有同志了。全是傻瓜,以前都凑合着,可眼下开始过正常的日子啰:我一路走来都看到了。”

铁匠索蒂赫对失望已经习惯了,对他来说住在卡里特瓦村或者住在陌生的城市都一样,因此他毫不可惜地撂下村里的铁铺让它空关整整一个夏天,自己出去到建筑工地上当钢筋工,因为扎钢筋就像编篱笆,是他熟悉的工作。

"你看到了没有,"索蒂赫说,他没有意识到遇见了人自己也很高兴,"同志么——人都是好人,不过傻得很,也活不长。现在哪里能找到同志? 最好的那一个——被打死了,进了坟墓:他为了穷人倒是拼命前进,而性子慢的那个反而活了下来,来来回回地在瞎折腾……至于那个多余分子——他稳稳当当地掌权,那个人你永远等不到!"

索蒂赫整理好自己的口袋,抬脚准备继续赶路。切普尔内小心地靠到他身边,由于激动,由于自己的友情无人理会而觉得委屈,禁不住放声大哭。

铁匠先沉默了片刻,觉得切普尔内在装腔作势,过后自己也不再对他人设防,浑身放松了。

"这么说来,你的好同志都牺牲了,你活了下来,这才哭得那么伤心! 那咱们一起去搂着睡觉吧——你我都好好想想。你也别哭了,哭了也是白哭——人又不是歌子。我一听到歌声就要哭,即使在自己的婚礼上我也哭过……"

切文古尔全城早早锁上门睡觉,免得担惊受怕。没有人知道,就连听觉灵敏的切普尔内也不知道,几个院子里的居民正在窃窃私语。那些过去的店员和被裁的职员躺在围墙脚下舒适的牛蒡草中,压低了嗓门在谈论上帝之夏、基督的千年王国,以及由苦难洗净的世界的未来安宁。

这种议论是必不可少的。那些被遗忘的、千百年来积累起来的精神储备可以帮助切文古尔的老年居民保持忍耐和希望的全部尊严,坦然地度过自己的余生。然而,让切普尔内和寥寥可数的几个同志感到悲哀的是,无论是在书籍中,还是在童话故事中,共产主义从来没有被谱写成一首通俗易懂的歌曲,让人在危险时刻一想起来就得到安慰。卡尔·马克思如同异教的唯一真神从墙上看着大家,他那些可怕的书不可能把人带到想象中的共产主义。莫斯科和省里的宣传画上尽是反革命的九头蛇和满载布匹呢料驶往合作化农村的火车,但是哪儿也没有一幅能够打动人心、描绘未来的宣传画,为了这样的未来才需要砍下九头蛇的脑袋并开动满载的火车。切普尔内必须完全依靠自己受到鼓舞的心脏,通过艰苦的努力,还要从资产者尸体中挖出灵魂,再拥抱路遇的铁匠,最后才能获得未来。

切普尔内和索蒂赫在不住人的板棚的麦秸上一直躺到晨曦初露——在思想上寻找共产主义及其精神。任何一个无产者说的话,不管他说得对还是不对,切普尔内都非常喜欢听。即使不睡觉,只要听到对方说出他自己无法表达的种种感觉,他就觉得舒服。这样他可以获得内心的平静,然后慢慢入睡。索蒂赫同样没睡,但是有好几次说着说着就停下来开始打盹,打盹又恢复了他的精力,醒过来说上几句,说累了又迷糊起来。他打盹的时候,切普尔内就替他拉直双脚,放平双手,让他更好地休息。

"别摸我,别羞人,"索蒂赫在温暖寂静的板棚里回应道,"跟你在一起我很开心。"

快睡着的时候,门缝里开始透出亮光,从凉爽的院子里传来一股马粪味;索蒂赫欠起身看了看新的一天,因为时睡时醒,他的两眼都模糊不清了。

"你怎么了？你身体转到右侧,再睡一会儿。"切普尔内说,他觉得遗憾,时间过得太快了。

"你怎么老不让我睡觉啊,"索蒂赫责备说,"我们村里有这么一个积极分子,总不让大家安生;你也是积极分子,真该打!"

"你叫我怎么办,我睡不着啊——你说呀!"

索蒂赫稍稍抚平了头发,捋了捋胡子,仿佛准备整整齐齐地出现在死亡之梦中。

"你睡不着是因为犯了错误,革命有点儿松劲了。你过来,挨着我,睡吧。明天早晨你把留下的几个红军集合起来,立即行动,不然老百姓又要出走了⋯⋯"

"我搞紧急集合。"切普尔内给自己找到了表达方式。为了尽快在睡梦中积聚力量,他紧紧贴住了过路人平静的背部。可是索蒂赫的梦已经被打断,再也睡不着了。"天亮了,"索蒂赫看到早晨来临,"我该走了;待会儿天热了我到沟里再躺一会儿。瞧你,做梦都想共产主义!得了吧,老百姓只顾鼻子底下的事儿!"

索蒂赫拨正了切普尔内歪着的脑袋,用军大衣盖住他干瘦的身体,站起身打算永远离开这里。

"再见了,板棚!"他在门口向夜宿的小屋告别,"活着,别烧了!"

睡在板棚角落的那只母狗出门觅食,小狗们急得到处找妈妈;一只胖乎乎的小狗贴着切普尔内的脖子取暖,开始用贪婪稚嫩的舌头舔他脖子上的皮。起初切普尔内只是露出微笑——小狗在给他挠痒痒,后来,受到小狗凉凉的口水刺激,他慢慢醒了过来。

过路的同志不见了。但切普尔内已经休息过了,并不想念他。"应该尽快完成共产主义,"切普尔内给自己鼓劲,"到时候这位同志肯定也要回切文古尔。"

一小时后,他把切文古尔的所有布尔什维克——十一个人——集中到县执委会,给他们说了不知重复了多少遍的话:"弟兄们,应该尽快搞共产主义,不然会错过历史时机——让普罗科菲给大家说一说!"

普罗科菲私人藏有全套的卡尔·马克思著作,但是革命的所有问题他想怎么解释就怎么解释——完全取决于克拉芙久莎的情绪和客观形势。

对普罗科菲来说,所谓客观形势和思想的闸门就在切普尔内模糊的,但是互相联系的、万无一失的感觉之中。只要普罗科菲开始背诵马克思的著作,以便证明革命是个缓慢的循序渐进的过程,而苏维埃政权则需要保持长期的稳定,那么切普尔内专心致志地听了就会明显消瘦,而且从根本上否定分阶段实行共产主义。

"你啊,普罗什,别以为你比马克思高明:他出于谨慎才发明了这些糟糕的理论,可是我们现在可以提供共产主义了,这对于马克思不是更好吗⋯⋯"

"我不能违背马克思,切普尔内同志,"普罗科菲怀着谦虚服从的精神说,"如果他的书里写了,那我们就要在理论上一字不差地遵循他。"

比尤夏听了如坠云雾,只是默默地叹气。其他几名布尔什维克也从来不跟普罗科菲争论:对他们来说,所有的话都是某个人的胡言乱语,而不是群众的事情。

"普罗什,你说的都有道理,"切普尔内很有分寸地、委婉地反驳说,"只是请你告诉我,革命要走那么远的路,我们自己不全累垮了吗？我可能第一个被拖垮，没法维护政权了：总不可能永远比所有人强啊！"

"您想怎么做就怎么做吧，切普尔内同志！"普罗科菲说，语气坚决而又顺从。

切普尔内似懂非懂，听任感觉在胸中汹涌澎湃。

"不是我要怎么样，德瓦诺夫同志，而是你们大家要怎么样，列宁要怎么样，马克思日日夜夜是怎么想的！……让我们干实事吧——把资产者残余清除出切文古尔……"

"很好，"普罗科菲说，"必须贯彻的决议草案我已经拟好了……"

"不是决议，而是命令。"切普尔内纠正说，他需要更加强硬的东西，"我们先要摆平，过后再竖直①。"

"我们作为命令公布。"普罗科菲再次表示同意，"请您把决议摆出来，切普尔内同志。"

"我不摆，"切普尔内表示拒绝，"我把话给你说了——事情就了了。"

但是，切文古尔的资产阶级残余没有理会这份口头决议，也就是用糨糊张贴在围墙、窗户和篱笆上的那道命令。切文古尔的老住户都认为，这一切很快就会结束的：凡是从来没有过的东西都长不了。切普尔内等了二十四小时，还不见资产阶级残余自动离开，于是带着比尤夏去把他们赶出家门。比尤夏挨家挨户地搜查壮实的

---

① 俄语中"постановить"是多义词，可作"决议"或"竖直"解。此处暗示切普尔内识字不多，混淆了该词的不同含义。

资产者,默默地扇他们的耳光。

"命令看了吗?"

"看了,同志,"资产者老老实实地回答,"请检查我的证件——我不是资产者,以前是苏维埃公务员,一旦有需要,我属于优先录用的……"

切普尔内接过他的证件:

兹证明 P. T. 普罗科片科同志原任居民疏散点谷类饲料储备基地管理副主任,于今日起精简,根据苏维埃财产状况和思想运动方式,该同志属于革命的可靠分子。

居民疏散点代主任

普·德瓦诺夫

"那里写些什么?"比尤夏问。

切普尔内把证明撕得粉碎。

"把他赶走。所有资产阶级我们都给他们开过证明。"

"怎么能这样做啊,同志们?"普罗科片科希望得到怜悯,"我手里有证明的呀——我是苏维埃公务员,大家跟着白军逃了,可我没有逃啊……"

"你能往哪儿逃呀——你的家在这里!"比尤夏这样解释普罗科片科的行为,出于爱,给了他一个耳刮子。

"下手吧,总之,给我把城市清空。"切普尔内斩钉截铁地吩咐比尤夏,说完就离开了,免得又激动起来。他要赶紧去为共产主义做好准备。比尤夏没能立即驱逐资产者。起初他一个人单独干——

亲自殴打残余的有产者,亲自为他们规定路上允许携带的行李和食品的标准,亲自给行李打包。快到傍晚的时候,比尤夏已经累得不再挨家挨户地打人,只能一声不吭地替他们的行李打包。"我累得都快散架了!"比尤夏吓得赶紧去找共产党员帮忙。

这支布尔什维克队伍即使全体出动,也无法在二十四小时之内收拾残余的资本家。有的资本家请求苏维埃政权雇佣他们当苦力——不要口粮也不要工资,还有的资本家苦苦哀求允许他们住在原来的教堂里,可以从远处同情苏维埃政权。

"不行不行,"比尤夏一口回绝,"你们现在不是人,世道全变了……"

许多半资产者坐在地上,哭哭啼啼地与自己的家产告别。床上的枕头堆得像温暖的小山,一个个大箱子成了痛哭流涕的资本家的难舍难分的亲人。离开家门的时候,每一位半资产者随身带走了经营家产的陈年气息,这气息早就经过肺部进入血液,成了身体的一部分。并不是人人知道,这气息就是自己私产的尘埃似的小小的颗粒,但每个人通过呼吸,这气息能净化血液。比尤夏不想让悲伤的半资产者在一个地方停留过久:他把装着生活必需品的包裹扔到街上,然后默默地拽着他们坐到包裹上,那些包裹似乎成了他们避难的孤岛。半资产者们被风吹得不再悲伤,开始摸索包裹——看看比尤夏是不是把可以携带的东西全装进去了。等到把残存的畜生阶级全部赶出家门,时间已经很晚了,比尤夏这才跟同志们坐下来抽烟。这时候下起了刺鼻的蒙蒙细雨——风累得停了下来,默默地躺在雨下面。半资产者们坐在包裹上,排成了长长的队伍,他们等着有人来安排。

来的是切普尔内，他很不耐烦地命令他们立即滚出切文古尔，永远不准回来，因为共产主义等不及了，新的阶级正眼巴巴等着住房和自己的公有财产。资本主义的残余势力并不理会切普尔内的命令，继续坐在寂静和细雨中。

"比尤夏同志，"切普尔内强忍怒火，说，"这不是胡闹吗？叫他们滚，不然要杀了他们——害得我们没地方闹革命了……"

"我这就动手，切普尔内同志。"比尤夏想出了具体的办法，便掏出手枪。

"给我滚！"他冲着离他最近的那个半资产者吼道。那人低下头，趴在生计无着的双臂上，放声大哭——哭声中没有丝毫的凄凉。比尤夏朝着他的包裹射出一颗滚烫的子弹——半资产者霍地站了起来，硝烟使他的腿脚马上有了力气。比尤夏左手抓起包裹，把它扔得远远的。

"你空身滚吧。"他决定，"无产阶级送了你东西，本来你可以带走，现在我们把东西收回来。"

比尤夏的助手们赶紧朝切文古尔原住民的包裹和篮子开枪。半资产者们脸无惧色，慢吞吞地开始朝切文古尔平静的郊外走去。

城里只剩下十一位居民，其中十个人在睡觉，一个在静悄悄的街上溜达，心情烦躁不安。第十二个是克拉芙久莎，但她是共同欢乐的原料，被储存在一间特殊的房子里，远离危险的群众生活。

快到半夜的时候雨停了，天空也累得没有了声息。忧伤的夏夜笼罩着静谧、空旷、可怕的切文古尔。切普尔内小心翼翼地关上原来属于扎维-杜瓦罗家敞开着的大门，他在想，城里的狗都到哪儿去了？家家户户的院子里，只剩下传统的牛蒡和吉祥的滨藜，房子里面,千百年来第一次没有人在梦中叹息。切普尔内有时候走进主人睡的房间,坐在保留下来的软椅上吸烟,活动活动手脚,发出点声音,故意给自己弄出点动静。那些柜子里往往还留着几摞家制的油炸饼,有一户人家还保存了一瓶教会允许的维萨塔酒。切普尔内使劲把瓶塞压紧,免得在无产阶级来临之前失去酒香味。他用毛巾遮住油炸饼,避免灰尘落在上面。特别让人觉得舒服的是那些床上用品——床单浆洗熨烫过,干净爽滑,枕头不软不硬,任谁睡都合适。切普尔内在一只床上躺下,想亲自享受享受,但他马上觉得这样躺着既可耻又无聊,好像这舒适的床是他用革命的不舒服的灵魂换来的。尽管许多设施齐全的房子空着,但切文古尔的十个布尔什维克没有一个去给自己寻找舒服的夜宿处,大家全都躺在公共砖房的地板上睡觉,那砖屋早在一七年就预先指定供当初无所依归的革命使用。切普尔内自己也认为只有那砖房才是自己的家,而不是这些温暖舒适的房间。

切文古尔上空,弥漫着无依无靠的悲哀——就像前不久刚从那儿抬走母亲棺材的父亲家的院子,与失去母亲的小男孩同样悲伤的,还有那围墙、牛蒡和废弃的厢房。你瞧,那小男孩脑袋顶着围墙,手抚摸着粗糙的木板,在黯然失色的世界上哭泣,父亲擦去他的眼泪,对他说,没关系,一切都会好起来,都会习惯的。切普尔内只能借助回忆才能表达自己的感觉,而走向未来的时候就靠一颗朦胧期待的心,只能摸着革命的边缘才不至于迷失前进的方向。但是今天夜里,任何的回忆都无法帮助切普尔内判定切文古尔的处境。所有的房子都没有一线灯光——不仅仅是半资产者,甚至小动物都永远抛弃了它们。连奶牛都绝迹了。生命离开这里,逃到草原的荒草中去寻找死亡了，而把自己死绝了的庄园交给了这十一个人——其中十个人在睡觉，一个人在徘徊，心中充满了悲哀和对前途的忧虑。

切普尔内坐到篱笆脚下，两个手指轻轻地摸了摸牛蒡：草也是有生命的，今后也要生活在共产主义中。不知为什么天老是不亮，按理说新的一天早该来临了。切普尔内静下来开始害怕了——太阳会不会升起来？早晨会不会来临？——要知道旧世界已经不存在了！

夜晚的乌云有气无力地悬挂在固定的地方，它们落下的水分全被草原上的杂草用于自己的生长和繁殖。风随着雨一起降落到地面，久久地躺在黑洞洞的草丛中。切普尔内记得小时候也有这样静止不动的空旷的夜晚，那时候觉得心里闷得慌，但是又不想睡觉，于是只能睁着眼睛躺在家里闷热的炉炕上。他觉得从肚皮到脖子好像有一股冰凉的细流一直在冲击心脏并且把生活的烦恼注入孩子的头脑里。由于焦虑作祟，年幼的切普尔内在炉炕上辗转反侧，生闷气落眼泪，仿佛有一条虫钻进身体里在抓他挠他。就在这个也许永远熄灭了全世界灯火的切文古尔之夜，那种冰凉的、让人喘不过气来的焦虑使切普尔内心潮难平。

"要是太阳升起，明天就会好了，"切普尔内安慰自己，"干吗我要像半资产者那样为共产主义发愁！……"

半资产者们现在可能在草原上躲了起来，或者慢悠悠地继续往前，离切文古尔越来越远了。像所有成年人一样，他们无法体验那种只有孩子和党员才能感受的惶恐和焦虑——对半资产者来说，未来的生活只是不幸罢了，还不至于危险和神秘。而切普尔内坐在那儿却害怕明天的到来，因为在这新的第一天让人感到难堪和可怕，就像小女孩出落成大姑娘,到了该出嫁的时候,而明天又是人人都必须结婚的日子。

切普尔内羞愧得双手捂住脸,忍受着这无谓的羞涩,过了好久才慢慢平静下来。

在切文古尔中心,一只公鸡开始打鸣,一条抛弃了主人家的狗悄悄经过切普尔内身边。

"茹乔克,茹乔克!"切普尔内高兴地呼唤它,"请过来!"

茹乔克乖乖地走过来,闻了闻伸过来的人手,这手散发着善良和麦秸味。

"你好吗,茹乔克?我呢——可不好!"

茹乔克的毛里扎了不少牛蒡的刺实,屁股上沾着马粪。这是县里的一条忠诚的狗,俄罗斯的冬天和夜晚的守护者,中产家庭的成员。

切普尔内把狗带到屋子里,给它吃了小白面包——它吃的时候战战兢兢,因为这是它有生以来第一次吃到这样的食物。切普尔内发现狗很害怕,于是又给它找来一小块鸡蛋馅饼,但它不吃,只是一边闻一边小心地绕圈子,它不相信这是生命的馈赠。切普尔内等着茹乔克停下来把馅饼吃掉,可它就是不吃,于是他自己拿起饼一口吞了下去——为了给狗做证明。茹乔克见没有毒,高兴得用尾巴打扫地上的灰尘。

"你肯定是穷人家的狗,而不是资本家的!"切普尔内爱上了茹乔克,"你打出生以来还没有吃过精白面粉,那现在就住在切文古尔吧。"

院子里又有两只公鸡开始啼叫。"这么说来,我们有三只家禽,"他计算了一下,"还有一头家畜。"

走出主人的房间,切普尔内打了个冷战,他看到了另一个切文古尔:一个空旷的、冷飕飕的城市,远处的太阳投来灰蒙蒙的光。住在这城市的房子里并不可怕,还可以到街上走走,因为依然长着草,一条条小道还完整地保留着。朝霞在空中渐渐灿烂,慢慢吞噬着萎靡颓败的乌云。

"这么说来,太阳属于我们!"切普尔内贪婪地指着东方说。

两只无名的鸟儿掠过切普尔内的头顶,在围墙上停下,不停地抖动尾巴。

"你们跟我们也是一伙的?!"切普尔内欢迎它们,从口袋里掏出一把渣滓和烟丝扔给它们,"请吃吧!"

切普尔内现在已经想睡了,再也不觉得羞愧了。他朝公共砖房走去,那里睡着十位同志。但迎接他的是四只麻雀,出于谨慎的偏见,它们飞到了篱笆上。

"我信赖你们!"切普尔内告诉它们,"你们是我们的亲骨肉,现在什么也不用害怕——资产阶级没有了:过你们的日子吧!"

砖房里亮着灯:两人睡着了,其余八人躺在那儿默默地望着天花板。他们表情沮丧,一副沉思冥想的模样。

"你们干吗不睡觉啊?"切普尔内问那八个人,"明天是我们的第一天——太阳已经出来了,鸟儿在朝我们飞来,可你们躺在这里担心这担心那,没必要……"

切普尔内在麦秸上躺下,把军大衣铺在身底下,不一会儿就沉入了温暖的梦乡。窗外已经起了露水,迎接裸露的太阳。太阳没有背叛切文古尔的布尔什维克,照样在他们上空冉冉升起。彻夜未眠的比尤夏站起来,他的心已经得到彻底休息,为了迎接共产主义的第一天,他浑身上下用心洗刷了一遍。灯光像灰黄的鬼火,比尤夏心怀消灭一切的满足感熄了灯。他突然想起此刻没有人在守卫切文古尔——资本家可能偷偷地溜回来,那样的话又要彻夜点灯去提醒半资产者:共产党员们没有睡觉,他们全副武装地坐在那儿。比尤夏爬上屋顶。露水在阳光下闪闪发亮,为了避免反射的阳光刺激眼睛,他紧挨着铁皮屋顶蹲下。比尤夏看了看太阳——目光中充满了骄傲和对财产的同情。

"加油,让石头马上长出粮食。"比尤夏兴奋地喃喃自语:他缺乏可以用来大声喊叫的词语——他不相信自己的知识。

"加油!"比尤夏再次兴奋得紧握双拳,协助阳光增强对泥土、石头和切文古尔的压力。

即使没有比尤夏,太阳也已经在挤压土地——疲弱的土地首先被挤出青草的浆液和黏土的水分,继而整个毛茸茸的辽阔草原开始波动。太阳的温度渐渐升高,由于屏足了力气而慢慢变硬固化。

灼热的太阳照得比尤夏牙根发痒。"以前它从来不是这样升起来的,"比尤夏做着对自己有利的比较,"现在我浑身是胆,就像听了管乐那样受鼓舞。"

比尤夏看了看剩下的一扇门——太阳就要从那儿进来,有没有什么东西会挡它的路。他不由得往后退了一步,因为觉得自己受到了侮辱:就在切文古尔的入口处附近,居然出现了昨天被赶走的半资产者的宿营地。他们升起了篝火,羊群在吃草,女人们在雨水积聚的水塘里洗衣服。那些半资产者和被缩编的公职人员在挖土——也许是在挖土窑,三个店员光着膀子正在用内衣和床单支帐篷——只要能住人有财产就行。

比尤夏马上注意到了：半资产者们哪来那么多工具和材料？他们带走的东西都是他亲自严格限制的啊！

比尤夏用怨怪的目光看了看太阳，好像那是被剥夺的财产，然后用指甲抓挠脖子上细瘦的青筋，胆怯又尊敬地说：

"你停下，别为异己分子浪费精力。"

切文古尔的布尔什维克远离了妻子和姐妹，抛弃了整洁和有吃有喝的习惯，如今他们随心所欲地过日子——洗脸不用肥皂而用沙子，擦身擦脸用袖子或牛蒡，亲自到鸡窝里从鸡屁股里掏蛋，主食的汤是一大早在一个不明用途的铁桶里煮的，凡是经过的人都往桶里塞各种各样的草——荨麻啦，莳萝啦，滨藜啦，以及其他能食用的草。扔进铁桶里煮的还有几只母鸡，如果有牛犊落到他们手里的话，再加一个牛屁股。这桶汤一直煮到深夜，一直到布尔什维克们放下手头的革命工作回来，这时候汤里已经落满了虫子、蛾子和蚊子。布尔什维克们坐下来吃饭——一天一顿，吃过饭就开始休息，不过休息的时候还保持高度的警惕。

比尤夏走过煮汤的铁桶，但是他什么也没有往里塞。

他打开储藏室，提起装满机枪子弹带的破桶，请正在吃生鸡蛋的基里跟他一起把机枪拉走。在那有鱼有肉吃的日子里，基里经常去湖上用机枪打猎——每次都带回来一只鸥鸟，如果打不到鸥鸟，那就带一只鹭鸶回来。他曾尝试用机枪打湖里的鱼，但是很难击中目标。基里没问比尤夏要到哪里去，他早就想去打猎，有什么就打什么，就是不能打活的无产阶级。

"比尤夏，你想要的话，我马上给你从天上打下一只麻雀！"基里死乞白赖地求他。

"我还想收拾你呢!"比尤夏生气地说,"前天在菜园里拔了鸡毛吃了鸡肉的是你吗?"

"反正总是要吃掉的……"

"是要吃掉的,但吃法不一样:母鸡应该用手掐死,要是你白白浪费了一颗子弹,那么就多一个资产者存活下来……"

"行了,比尤夏,这种事我再也不干了。"

半资产者宿营地的篝火已经熄灭,这意味着他们的早饭已经做好,今天不愁没有热饭可吃了。

"你看到昨天的那些人了吗?"比尤夏指着三三两两围坐在篝火边的半资产者问基里。

"嗬!看他们现在往哪里逃?"

"你把子弹浪费在鸡身上了!快把机枪瞄准目标,要不切普尔内醒过来见了这些残余分子会心疼的……"

基里动作麻利地架起机枪,当场扣动扳机让子弹带转了起来。他握着机枪把手,随着一颗颗子弹迅速进入枪膛,他居然还腾出双手拍打自己的双颊、嘴巴和膝盖——给哒哒哒的机枪声做伴奏。这时候子弹失去了目标,开始钻进附近的地里,打得杂草和泥块都飞了起来。

"别放过敌人,保持目测!"躺在那儿无所事事的比尤夏说,"别急,别烧坏了枪管!"

可是,基里为了协调机枪的射击和自己的身体,不能不随着枪声的节奏而继续手舞足蹈。

睡在砖房地板上的切普尔内开始不停地翻身。尽管他还没有完全醒过来,但不远处有节奏的枪声打乱了他心脏的均匀跳动。睡在他身边的热耶夫也听到了机枪的声音,但他决定继续睡,因为那是基里在附近用机枪打鸟做汤喝。热耶夫用军大衣蒙住自己和切普尔内的脑袋,这样可以听不见机枪的声音。切普尔内在军大衣下感到憋闷,翻身的次数更加频繁,最后终于扯掉了大衣。等到呼吸完全顺畅之后,他彻底醒了过来,因为周围过于安静和危险了。

太阳已经高高升起,共产主义肯定从一大早就来到了切文古尔。

基里走进房间,把一桶空子弹带放在地上。

"放储藏室!"比尤夏在门外说,他正在把机枪拉到过道里,"你干吗到里边吵醒大家!"

"现在桶轻多了,比尤夏同志!"基里说着把桶送回了老地方——储藏室。

*

切文古尔的房子都非常牢固,百年不倒,这与当地人的生活是一致的。他们坚信自己的感觉和利益,为了实现自己的理想,他们日夜奔波操劳,想尽一切办法积累财富。

结果,无产者们很难用手工的方式将这些坚固舒适的房子搬迁,因为房子未打地基,下面的那些原木已经深深扎根到土壤中。因此,在切普尔内领导社会主义进行房子大搬迁之后,城市广场就像一片翻耕过的土地:木屋被无产者们连根拔起,他们又毫无顾忌地把那些根拖走。在那艰难的星期六义务劳动的日子里,切普尔内为赶尽杀绝畜生阶级残余而感到后悔：那些畜生本来可以代替疲惫不堪的无产阶级去搬移生了根的木屋。但是，在切文古尔实行社会主义的最初几天，切普尔内还不知道无产阶级需要干粗活的辅助劳力。就在社会主义的第一天，切普尔内醒过来的时候太阳已经早早升起，他看到整个切文古尔做好了充分准备，因此内心充满了希望。于是他要普罗科菲立即动身去为切文古尔招募穷人。

"去吧，普罗科菲，"切普尔内轻声说，"要不我们人太少了，没有同志，我们很快会感到寂寞的。"

普罗科菲支持切普尔内的意见：

"事情明摆着，切普尔内同志，应该招人：社会主义是群众的事业……还有什么人不能招呢？"

"把各种各样的人都招来，"切普尔内做出最后指示，"你带上比尤夏，走远些，遇到穷人就把他带到我们这儿做同志。"

"那另类分子呢？"普罗科菲问。

"另类分子也要。社会主义在我们这儿成了事实。"

"没有群众支持，任何事实都不牢靠，切普尔内同志。"

这一点切普尔内是明白的。

"我不是给你说了么，我们会感到寂寞的——难道这是社会主义吗？你干吗给我证明，我自己有感觉！"

普罗科菲没有反驳，他赶紧去找交通工具迎接无产阶级。晌午前，他在周围的草原上找到了一匹流浪马，在比尤夏的帮助下给它套上了敞篷轻便马车。傍晚时分，往车上装了够吃两星期的食品，普罗科菲就离开切文古尔去外地了。他自己坐在车厢内查看地界图，确定该往哪儿走，而比尤夏则驾驭那匹已经不习惯拉车的流浪马。九名布尔什维克跟在马车后面注视着车况,因为这是社会主义条件下的第一次远行,车轮可能不听使唤。

"普罗什,"切普尔内高喊着跟他告别,"你要学聪明点儿,你给我们带回精确分子,我们在这里守好城市。"

"咳!"普罗科菲委屈地说,"怎么,难道我没见过无产阶级吗?"

热耶夫,一位在内战中身体发胖的老布尔什维克,走到马车跟前,吻了吻普罗科菲干燥的嘴唇。

"普罗沙,"他说,"别忘了带几个女人回来,哪怕乞丐也行。老弟,我们需要她们的柔情,要不你瞧——我只能吻你了。"

"这事儿暂时不谈,"切普尔内定调说,"你在女人身上看重的不是同志,而是诱人的自发势力……普罗什,你找人不要单凭愿望,而要根据社会特征。如果女人是同志,那就把她招来,如果相反,那就把她赶回草原!"

热耶夫没有坚持自己的愿望,反正社会主义已经实现了,将来总会找到女人的,哪怕是作为秘密的同志也行。不过,切普尔内自己也没法进一步理解,如果女人既是穷人又是同志,那她们对原始社会主义究竟有什么危害。他只是笼统地知道,以往的生活中存在着对女人的爱,由爱而生出孩子。可这是外在的自然界的东西,而不是人本身的共产主义的东西。对切文古尔人的生活来说,可以接受比较干瘪而有人样的女人,但不是非常美丽的女人。美貌不是共产主义的组成部分,女人天生的美貌在资本主义就存在,就像山脉、星星和其他种种与人无关的事件一样。出于这样的预感,切普尔内准备欢迎任何女人到切文古尔,只要她脸上布满了愁苦和衰老——这样的女人仅仅适合做同志,而不构成被压迫群众内部的差别,也就不会使单身的布尔什维克产生那种可能导致腐化的好奇心。切普尔内暂时只承认阶级的柔情，绝不是女人的柔情。切普尔内能感受到阶级的柔情，那是一种无产者之间的亲近和吸引——而资产者和女人的女性特征是大自然造成的，无须借助无产者和布尔什维克的力量。基于这样的感觉，切普尔内很少关心苏维埃切文古尔的完整性和延续性，他认为有益的还有一个间接的事实：切文古尔坐落在平坦、贫瘠的草原上，城市上面的天空也像草原——哪儿也见不到那种能够吸引人们离开共产主义、造成彼此隔绝的大自然魅力。

就在普罗科菲和比尤夏前去寻找无产阶级的那天晚上，切普尔内和热耶夫绕着全城走了一圈，沿途扶正了歪斜的篱笆，因为现在篱笆也需要珍惜。夜深人静的时候，他们还议论了一番列宁的智慧——今天一天的活动就这样结束了。热耶夫躺下睡觉的时候，建议切普尔内明天在城里悬挂些标志，还要擦洗房子里的地板，以便迎接即将到来的无产阶级，也表示礼貌。

切普尔内同意擦洗地板并在大树上悬挂标志。他甚至非常乐意做这些事，因为随着黑夜的来临，他内心总会感到激动和不安。也许，整个世界，包括所有的资产阶级自发势力，都知道在切文古尔出现了共产主义，因此周围的危险也越来越逼近。在草原和山沟的黑暗中，可以隐隐约约听到白军的马蹄声或者土匪光脚走路发出的缓慢而轻微的脚步声。到那时候，切普尔内再也看不到青草、切文古尔空荡荡的房子和这新生城市上空的同志般的太阳了。而这城市已经准备用干净的地板和清新的空气去迎接此刻正缓缓行走在某处的无产阶级。他们默默无闻，无家可归，不受人尊重，也不知道自己生命的意义。唯一能够安慰并振奋切普尔内的是，在一个遥远而神秘的地方,在莫斯科附近或者在瓦尔代山区,就像普罗科菲按照地图确定的那样,有一个叫作克里姆林宫的地方,列宁正坐在那儿的灯光下思考,他不睡觉,一直在写东西。他干吗还要写呢?要知道现在已经有了切文古尔,列宁没必要再写了,应该回过头来融入无产阶级的生活。切普尔内远远落在了热耶夫后面,于是他干脆在切文古尔一条无法通行的街道的舒适的草丛里躺了下来。他知道现在列宁正在想念切文古尔和切文古尔的布尔什维克,尽管他不知道切文古尔的同志们的姓名。列宁大概正在给切普尔内写信,叫他别睡觉,要捍卫切文古尔的共产主义,要把底层的无名百姓的感情和生命吸引到自己身边,要切普尔内什么也别害怕,因为历史的漫长时间已经结束,除了满眼的贫穷和苦难,什么也没留下;要切普尔内带着他的同志们等待列宁到他们的共产主义做客,在切文古尔拥抱世界上所有受苦受难的人,并且结束生活中不幸的运动。最后,列宁表示问候,命令切文古尔巩固共产主义,让共产主义永世长存。

想到这里,切普尔内站了起来。他的心情已经平静,体力也得到了恢复,略感遗憾的是,没有一名资产者或多余的战士可以马上派去把切文古尔的情报送到克里姆林宫的列宁手里。

"那儿大概是老的共产主义,就在克里姆林宫里面,"切普尔内不禁羡慕起来,"列宁就在那儿……要是有人在克里姆林宫也突然叫我日本人——那可是资产阶级给我起的绰号,现在没有人可以派去那里说我的正式姓名了……"

砖房里亮着灯,八个布尔什维克没有睡,他们正在等待某种危险。切普尔内过来告诉他们:

"同志们,你们自己要动动脑子,普罗科菲不在,不可能替你们出主意了……城市空着,哪儿也没有写着主意——路过的同志没法知道,这里住的是些什么人?他们为什么住在这儿?地板的情况也一样——必须把地板清洗干净,热耶夫正确地指出了这个毛病,房子还得通通风,要不走到哪儿都能闻到资产阶级的味道……同志们哪,现在应该思考,要不我们在这里干吗,你们说呀!"

切文古尔的每一位布尔什维克都感到惭愧,于是尽量开动脑筋。基里听到自己脑袋里有嗡嗡的声响,他期待那里会出现思想,由于高度紧张和血脉偾张,他耳朵里的耳屎都快沸腾了。基里走到切普尔内身边,不好意思地小声说:

"切普尔内同志,我想得耳朵都流脓了,可还是想不出……"

切普尔内给了基里一项具体任务代替思想:

"你去市里走一圈,听听动静:没准有人在溜达,有人站在那儿吓得要命。你不要马上干掉他,把活口带到这儿——我们马上把他查查清楚。"

"这事儿我能做,",基里答应说,"夜长梦多,我们开动脑筋思考的时候,说不定整个县城都被拖到草原上了……"

"肯定会这样,"切普尔内开始担心起来,"没有城市咱们没法活,又只剩下思想和战争。"

基里到外面去守卫共产主义,其余几位布尔什维克坐在屋里,一面想一面听煤油灯的灯芯吸收煤油的声音。外面夜色茫茫,静得出奇,夺取的财产悄无声息,只听得基里踉踉跄跄的脚步声渐渐远去。

唯独热耶夫没有干坐着——他想出了一个标志,那是他在战斗的草原上举行的一次军人大会上听来的。热耶夫要求为他提供一块干净的布料,他在布料上写上字,让路过的无产者看了高兴并留在切文古尔。切普尔内亲自到资产者原来居住的房子里取来一块干净的布料。热耶夫对着阳光展开布料,大大赞赏了一番。

"可惜啊,"热耶夫说,"这布料花了女人多少心血,下了多大功夫! 要是布尔什维克的娘们也能学会织出这么柔软的料子,那该有多好啊。"

热耶夫趴在地上,用炉炕里的木炭在布料上描画一个个字母。大家围着热耶夫站成一圈,支持他立即把革命表达出来,让大家的心情变得舒畅些。

热耶夫在大家的耐心催逼下,将一点点回忆拼凑起来,最后写成了切文古尔的标语:

> 穷人同志们。你们创造出了世界上各种舒适和东西,现在又都打碎了,想要更好的 —— 彼此相连。为此切文古尔欢迎过路的同志们。

切普尔内第一个表示赞赏。

"对,"他说,"我也有同样的感觉:财产这东西只是眼前的利益,而同志是必要性,没有同志就没法取得胜利,自己也会变成坏蛋。"

最后八个人一起出动,拿着横幅穿过空荡荡的城市,打算把它挂到平坦的可能有人经过的道路旁边的杆子上。切普尔内倒是不急于干活——他担心大家在这共产主义的第二个夜晚都躺下睡觉,只剩下他一个人担惊受怕。处在同志们中间,他的全部精力会在忙碌中慢慢消耗,而消耗了内心的力量之后,也就不那么害怕了。他们找到了两处合适的地方,挂上标语。这时候刮起了午夜的风。这让切普尔内喜出望外:如今资产者没有了,可是照样有风,标语杆还在摇晃,这表明资产阶级绝对不是自然的力量。

基里必须不间断地围着城市转圈,但是听不到他的动静,于是八个布尔什维克顶着夜风,站在那里倾听草原上的响声。他们没有分散行动,这样可以互相保护,避免夜间突然的危险,这种来自动荡的黑暗中的危险是随时可能出现的。热耶夫不可能等待很长时间而不去杀敌,于是他独自走向草原,想进行深入的侦察,其余七个人作为后备力量留下——总不能让基里一个人担起保卫城市的责任。七个布尔什维克躺在地上取暖,仔细倾听周围的动静,敌人可能就隐藏在舒适的茫茫夜色中。

切普尔内第一个听到了轻微的吱嘎声——好像很远又好像很近。有什么东西在运动,在威胁着切文古尔。那神秘的动作非常缓慢——也许是太重,力气不够,也许是坏了,累了。

切普尔内一跃而起,大家随着他也都站了起来。一团刺眼的火光瞬间照亮了阴霾的未知空间,就像梦中的霞光一闪而过,紧接着一声枪响随风掠过低伏的草丛。

切普尔内带着六个同志以习惯的散兵线向前冲去。枪声没有再次响起。切普尔内拼命地跑,直到自己那颗再次感受战争和革命的心脏不堪重负,快提到嗓子眼的时候,这才回头看了看被抛弃的切文古尔。切文古尔亮着灯光。

"同志们,都给我站住!"切普尔内大声命令,"我们上当了……

热耶夫,凯沙,你们俩过来! 比尤夏,给我狠狠地揍他们! 你跑哪儿去了? 你没有看到共产主义把我累垮了吗……"

切普尔内的那颗心脏充满了血液,已经占据了整个胸腔,变得无比沉重,压得他再也站不起来了。他握着手枪躺在地上,像个孱弱的病人。六个布尔什维克提着枪围在他身边,注视着草原、切文古尔和倒下的同志。

"不能撇下他!"凯沙说,"我们抬也要把切普尔内抬到切文古尔——那儿是我们当权,干吗要撇下一个没有家小的人……"

布尔什维克们朝切文古尔走去。他们抬着切普尔内走了没多久,他的心脏很快恢复了原样,回到了原地。在切文古尔,不知谁家还亮着柔和的灯光,草原上也没有什么吱嘎声。布尔什维克们迈着军人的步伐默默地前进,直到看见灯光透过窗户照亮草丛,草丛又在街道中央投下阴影,这才停住脚步。布尔什维克们不用命令就站成一排,胸膛对着敌人的自动发光的窗口,举枪朝窗户射出一排子弹,子弹穿过玻璃进入住房。家常用的灯熄灭了。从破碎的窗框中,从黑咕隆咚的房间里,探出了基里那张清晰的脸。他一个人打量着七个人,心里在猜想——他们是什么人啊,竟敢在切文古尔开枪,他才是共产主义的守夜人呢。

切普尔内恢复了常态,对基里说:

"你干吗悄悄地在空城里点煤油灯,你不知道土匪在草原上闹腾吗? 你干吗丢下城市不管不顾,你不知道无产阶级明天要浩浩荡荡进城吗? 你倒是说呀!"

基里想了想回答说:

"我呀,切普尔内同志,我睡着了,梦见了整个切文古尔,就像爬到树上看到的那样——周围光秃秃的,城里一个人也没有……要是慢慢地走,就看不到什么,只有风像土匪那样在你耳朵边唠叨,恨不得给它一枪,要是它有身体的话……"

"那干吗要烧煤油,你这落后的脑瓜子?"切普尔内问,"无产阶级来了用什么点灯? 你不知道无产阶级喜欢看书吗,亏你还是党员呢,你白白浪费了煤油!"

"黑暗中没有音乐我睡不着,切普尔内同志,"基里道出了原委,"我喜欢在热闹的地方睡觉,还要亮着灯……哪怕有一只苍蝇也行——让它嗡嗡叫好了……"

"行了,你别睡觉,去巡逻吧,"切普尔内说,"我们去把热耶夫找回来……为了你的标语把一位同志给丢下了……"

七位同志走到切文古尔郊外,在草原上躺下,听听有没有什么东西在远处发出吱吱嘎嘎的声音,看看热耶夫有没有回来,是不是他已经死了,在那儿要一直躺到天亮。过了一会儿,基里来了,他告诉所有躺在那儿的人:

"你们在这儿躺着,可那边有人快要死了,我本来想跑去救他,可我要守卫城市呀……"

凯沙回应基里说,不能用无产阶级去换热耶夫一个人,如果大家都赶去救热耶夫一个人,那么土匪可能会放火烧了全城。

"我会把全城的火都给灭了,"基里保证说,"这里有的是水井。热耶夫躺在那儿没准已经没气儿了。没了无产者,你们干吗还要等呢,热耶夫刚才不是还没死吗。"

切普尔内和凯沙一跃而起,也不再顾怜切文古尔,马上冲进草原上延绵不绝的黑色中,其余五位同志赶紧跟随他们走了。

基里绕到篱笆后面,往脑袋下面垫了牛蒡,躺下来倾听敌人的动静,一直到天亮。

天上的云有一部分落在大地的边缘,天空的中央变得明亮起来。基里看着一颗星星,那星星也看着他,这样彼此都不觉得寂寞了。布尔什维克都已经离开切文古尔,唯独基里一个人躺在草原上,犹如处在一个庞大帝国的包围中,他在想:"我活着,可为什么活着?也许是为了痛快——整个革命都在关心我,你不痛快也得痛快……不过现在我不痛快。普罗什卡说,这是因为进步暂时还没有结束,今后一无所有了,幸福就很快会来了……星星有什么用:老是一闪一闪的!它究竟要干什么?最好掉下来,让我瞅瞅。不,它不会掉下来,科学代替上帝在撑着它……即使天亮了,你还得一个人躺在这儿守着整个共产主义。只要我一走出切文古尔,共产主义马上就会逃走,也许会在什么地方停下来……不知道共产主义是几间房子,还是几个布尔什维克!……"

有什么东西滴到基里的脖子上,又很快干了。"下雨了,"基里觉得,"没有云哪来雨?兴许有什么东西积累在上面,然后飘到哪儿算哪儿。好啊,那就掉到我嘴里吧,"基里张开喉咙,可是再也没有什么掉下来,"那就滴到旁边吧,"基里说着把身边的牛蒡指给天空看,"你就别打搅我了,让我安静一会儿,我今天活得有点累了……"

基里知道,敌人肯定躲在什么地方,但不觉得他们会藏在贫瘠的没有开垦的草原上,更不用说在清洗一空的无产阶级城市里。这么一想,他就像一位大功告成的胜利者那样安然入睡了。

切普尔内恰恰相反,在这最初的几个无产阶级之夜,他害怕睡觉,他宁愿立即去跟敌人干一仗,免得在已经到来的共产主义面前感到内疚和恐惧,他希望跟同志们继续采取行动。切普尔内沿着夜间的草原走向荒无人烟的空间,他被自己那颗没有觉悟的心脏累得精疲力竭,他希望突然碰到疲惫的无家可归的敌人,让被寒风吹得浑身冰凉的敌人失去最后一点热量。

"还打枪呢,坏蛋,搅得大家不得安宁。"切普尔内生气地嘟哝着,"不让我们过好日子!"

布尔什维克的眼睛经过内战已习惯于半夜的黑暗,他们发现在远处有个黑乎乎的不明物体,好像是一块磨平的条石躺在地上,又好像是一块石板。这里的草原平坦得像湖水,那陌生的物体显然不是本地的产物。切普尔内和全体布尔什维克停下脚步,估量与那不明物体之间的距离。但是距离无法测定,那黑乎乎的物体好像在深沟后面。夜晚的荒草将朦胧的夜色变成了起伏的波浪,使目测失去了精确性。于是,布尔什维克们举着始终不离身的手枪,向前跑去。

那黑乎乎的方方正正的物体开始发出吱吱嘎嘎的声音——听声音就在附近,因为一块块细小的石灰石被碾碎,地皮被压得发出窸窸窣窣的声音。出于好奇,布尔什维克都站在原地,放下了手枪。

"这是掉下来的一颗星星——现在看清楚了!"切普尔内说,他没有觉察到自己的心脏由于长时间的奔跑而在燃烧,"我们把它搬到切文古尔打磨成五角星。这不是敌人,这是科学飞到了我们的共产主义……"

他高兴得坐了下来:共产主义把星星都吸引过来了。陨落的星体不再发出吱吱嘎嘎的声音,停止不动了。

"现在就等着各种好事吧,"切普尔内向大家解释,"现在星星都会向我们飞来,从那儿还会有同志下来,鸟儿也会像叽叽喳喳的孩子那样开始说话——共产主义可不是闹着玩的,那是旧世界的末日!"

切普尔内干脆躺到地上,他忘掉了夜晚、危险和空荡荡的切文古尔,想起了从来没有想起过的——妻子。但是,他身体下面是草原,而不是妻子,于是切普尔内又站了起来。

"说不定这是有人来帮忙了,兴许是共产国际①派来的机器?"凯沙说,"没准是个自动的圆铁柱,滚过来要镇压资产者? ……既然我们在这里战斗,那么共产国际肯定会记得我们……"

彼得·瓦尔福洛梅耶维奇·韦科沃伊,年龄最大的布尔什维克,从头上摘下草帽,清晰地看到了那不明物体,就是想不起那是什么东西。出于长期的放牧生涯养成的习惯,即使夜里他也能辨别天上的飞鸟,并且能够在几俄里之外看清树木的种类。他的感觉似乎处在他的身体前面,无须近距离接触就能知道任何事件。

"没错,这是从糖厂出来的一只铁桶。"韦科沃伊不太自信地说,"肯定是一只铁桶,小石子被它压碎了。这是克罗契耶夫村的农民拖来的,没来得及拖到村里……重量比贪心厉害啊——桶应该是可以滚动的,可他们用拖的办法……"

地面上又响起了吱嘎声——铁桶又悄悄地开始转动,朝布尔什维克方向滚来。受骗的切普尔内第一个跑到滚动的铁桶前,在十步开外朝它打了一枪,一块锈铁片弹到了他的脸上。但是,铁桶继续

---

① 共产国际,又称第三国际,各国共产党和共产主义组织的国际联合组织,成立于 1919 年 3 月,1943 年 6 月解散。

朝切普尔内和其他布尔什维克一路压过来,布尔什维克们慢慢闪开。铁桶为什么滚动——不得而知,因为它靠自己的重量压得干燥的地面吱嘎作响,不给切普尔内集中精力仔细观察的机会,而黑夜将尽,黎明前的黑暗渐渐吞噬了草原上原来靠天空中稀有的几颗星星投下的最后一丝微弱的光。

铁桶开始减速,被前面的一个土丘挡住,在原地摇晃了几下,然后就一动不动了。切普尔内未加细想便准备说点什么,还没等他开口,就听到一个疲惫、忧伤的女人声音开始唱歌:

> 我梦见湖里有条小鱼,
> 我就是一条小鱼……
> 我游到很远很远的地方,
> 我是条活泼的小鱼……

歌声悠扬绵长,布尔什维克们很愿意一直听下去。他们站了很久,急切地期待着这噪音和歌声。可是,歌声戛然而止,铁桶也一动不动——铁桶里唱歌的那人也许累得躺下了,忘了歌词和曲调。

"你们在听吗?"热耶夫问,他依然躲在铁桶后面没有露面:否则他会被当作突然出现的敌人,早被打死了。

"在听,"切普尔内回答,"她还唱吗?"

"不唱了,"热耶夫说,"她已经唱了三遍。我赶了他们好几个小时了。他们在里边推,桶就朝前滚。我还朝桶打过一枪,结果白费劲……"

"里面是什么人?"凯沙问。

"不知道，"热耶夫说，"好像是个半疯的资产阶级女人和她的哥哥——你们来之前他们还亲嘴了，后来她哥哥不知怎么死了，她就一个人唱了起来……"

"怪不得她想变成一条鱼，"切普尔内猜想，"她没准想开始新的生活！你倒是说呀！"

"这是一定的。"热耶夫说。

"我们现在怎么办？"切普尔内跟大家商量，"她的声音很动人，切文古尔缺少艺术……要不把她拽出来，让她重新活跃起来？"

"不行，"热耶夫反对说，"她太虚弱了，又是疯疯癫癫的……也没有东西可以给她吃——她是资产阶级。虽然是个女人，但只剩一口气了……我们需要的是同情，而不是艺术。"

"那怎么办？"切普尔内问大家。大家不吭声，因为收留这资产阶级女人或者扔下不管——都没有什么区别。

"那这样吧——让铁桶滚到沟里，我们大家回去——擦地板。"切普尔内解决了难题，"普罗科菲去了很远的地方。无产阶级明天可能就要来了。"

八个布尔什维克用手按住铁桶，使劲把它推了出去。铁桶朝着与切文古尔相反的远方滚去，过了一俄里之后地势渐渐低下去，最后是个悬崖，悬崖下面是沟底。铁桶向前滚动的时候，桶里面的软馅也在滚动，但是布尔什维克急着让铁桶滚得更快，并不在意那半疯的资产阶级女人。过了不多一会儿，铁桶开始自己走了——前面是个直达沟底的斜坡，于是布尔什维克们停止了自己的工作。

"这是糖厂的锅炉，"韦科沃伊证实了自己的记忆，"我一直在琢磨，这是什么机器啊？"

"哦,也许是锅炉,"切普尔内说,"那就让它滚吧,没有锅炉也没
关系……"

"我还以为是个普普通通的没人要的圆桶呢,"凯沙说,"原来是
锅炉!"

"是锅炉,"韦科沃伊说,"铆接的。"

锅炉在草原上越滚越远,不仅没有安静下来,吱吱嘎嘎、轰隆轰
隆的声音反而越来越响,因为它滚动的速度远远超出了经过的空
间。切普尔内蹲在地上,仔细倾听锅炉的结局。突然,锅炉滚动的
轰隆声听不见了——这是锅炉离开悬崖在空中飞向谷底。半分钟
之后,只听得咚的一声,锅炉重重地砸在谷底的沙地里,就像被一双
灵巧的手接住后把它保护起来了。

这几个切文古尔人终于放下心来,陆续从草原返回城里,随着
曙光的渐渐临近,草原成了一片灰白。

基里还睡在切文古尔最后一道篱笆下面,脑袋下枕着牛蒡,双
手搂着自己脖子——因为没有第二个人可搂。人们在基里身边走
过,可是他听不到,他已经沉入梦乡,进入到生命的幽深处,沐浴在
童年的宁静、温暖的光照之下。

切普尔内和热耶夫留在最尽头的几栋房子里,开始用冰凉的井
水清洗地板。其余六个切文古尔人继续朝前走,他们要去挑选几栋
比较好的房子再进行清洗。在黑洞洞的正房里干活很不舒服,遗弃
的财产散发出一种令人昏昏欲睡的气味,许多床上躺着返回家园的
资产阶级的猫。那些猫被布尔什维克扔了出去,他们重新抖落床铺
的时候心里感到纳闷:床上用品那么复杂,人累了根本不需要这些
东西。

天亮前,布尔什维克们只来得及收拾了十八栋房子,而切文古尔的房子要多得多。收拾过后,他们坐下来抽烟,坐着坐着就睡着了,有的头靠着床,有的靠着衣柜,有的就低垂着满脸胡子的脑袋,差点碰到清洗过的地板。布尔什维克们是第一次在已经死亡的阶级敌人的房子里休息,他们倒也并不在乎。

基里孤零零的一个人在切文古尔醒来,他还不知道同志们夜里就回来了。砖房里同样空无一人——这意味着切普尔内要么出远门去抓土匪了,要么因为伤势过重而跟自己的同志死在某处的草丛中。

基里扛起机枪,把它搬到昨天晚上过夜的入口处。太阳已经高高升起,照耀着暂时没有敌人的空旷草原。但是,基里知道,他受命捍卫的是切文古尔以及里面的全部共产主义,必须保证它们完好无损。为了保卫城里的无产阶级政权,他迅速架起机枪,自己则躺在附近观察周围的动静。躺到不想再躺的时候,基里突然想起要把昨天在街上看到的那只母鸡捉来吃掉。不过,扔下机枪擅离值守那是不允许的——这等于把共产主义的武装送到白军手里。基里又躺了一会儿,尽力想出两全之策:既能保卫切文古尔,又可以去抓母鸡。

"最好那母鸡自己来找我,"基里想,"反正我总是要把它吃掉的……普罗什卡说得对,周围的生活还没有组织起来。但我们这里已经是共产主义了,那母鸡应该自己找来才是……"

基里看了看街道两边,有没有母鸡走过来。母鸡没有,倒是来了一条懒洋洋的狗。它很苦恼,不知道在这无人的切文古尔该尊敬谁。大家以为狗能看家护院,但主人都离开了家,它也就扔下财产不管了。现在这条狗就懒洋洋地走向远方——失去了工作,也就失去了幸福感。基里把狗叫到自己跟前,清理了粘在它身上的刺实。狗用忧伤的眼睛看着基里,默默等待自己未来的命运。基里用皮带把狗系在机枪上,便放心地去抓母鸡了。现在切文古尔没有一点声音,假如草原上出现了敌人或者陌生人,那么基里无论在哪里都能听到狗叫声。狗在机枪旁边躺下,摇了摇尾巴,以此表示自己的警惕和认真。

基里晌午前一直在寻找那只母鸡,狗就一直默默地看着空旷的草原。中午的时候,切普尔内从隔壁一间房子里出来,接替狗在机枪旁边值班,直到基里抓了母鸡回来。

切文古尔人又擦洗了两天地板,还打开门窗晾干,让草原上清新的风吹走资产阶级的陈腐气息。第三天,来了个拄着拐棍、衣着整齐的人。他因为年纪大了才没有被基里打死。他问切普尔内:"你是什么人?"

"我是布尔什维克党员,"切普尔内告诉他,"这里是共产主义。"

来人看了看切普尔内,说:

"我看得出来。我是泊切普县地政科养鸡场指导员。我们泊切普县打算繁殖白洛克鸡,我到这儿来就是要找养鸡户——他们能不能给我们一只公鸡和一对母鸡做种鸡……我有公函,请各地协助我完成任务。没有鸡蛋,我们县就不可能发展……"

切普尔内很想给来人一只公鸡和两只母鸡——毕竟是苏维埃政权的请求么,但是他没有看到切文古尔哪家院子里有这样的家禽,于是问基里,切文古尔有没有活的母鸡。

"再也没有母鸡了,"基里说,"前几天还有一只母鸡,全给我吃了,要是还有的话,我也不会犯愁了……"

来自泊切普的人想了想。

"行,那就对不起了……现在请你们在公函的背面给我写上:我完成了出差任务——切文古尔没有母鸡。"

切普尔内把公文按在砖上,写上证明:

> 人来了,又走了,母鸡没有,它们充当革命队伍的给养
> 消耗完了。
>
> 切文古尔革委会主席切普尔内

"写上日期。"泊切普的出差人员请求道,"几月几号。没有日期的证明通不过审查。"

切普尔内不知道今天是几月几号——他在切文古尔忘记了计算日子,只知道现在是夏天,是共产主义的第五天,于是写道:

> 夏天,共产第 5 天

"太好了,"养鸡专家表示感谢,"这就够了,有个标记就行。谢谢您。"

"走吧,"切普尔内说,"基里,送他出境,别留在这儿。"

傍晚时,切普尔内坐到墙根的土台上等待太阳下山。切文古尔人全都回到了砖房。为了迎接无产阶级的到来,他们今天打扫了四十栋房子。为了充饥,他们吃了切文古尔的资产阶级存放了半年之久的馅饼和酸白菜,这些食品显然超出了资产阶级本身的需要,看

来他们打算无限期地活下去。离切普尔内不远处，有一只蟋蟀，这位安居乐业的住户，嘁嘁喳喳地唱了起来。切文古尔卡河的河面上，入夜后飘浮着一层温暖的水汽，就像勤劳的大地在宁静的黑夜来临之前发出的一声疲惫而悠长的叹息。

"现在大量的群众很快就要涌来了，"切普尔内暗暗想道，"眼看着共产主义就要在切文古尔热闹起来，到那时候，任何一个偶然来到这里的人也能在普遍的双边关系中得到安慰……"

每到傍晚的时候，热耶夫总要到切文古尔的各个菜园和林中空地上走走，看看脚下的土地，观察下面的各种小生命，为它们感到惋惜。临睡前，热耶夫喜欢憧憬未来的有趣生活，思念自己早已去世、没有等到幸福和革命的父母。草原变得模糊不清，只有砖房里亮着一盏灯，那是防备敌人和驱散怀疑的唯一保障。热耶夫踏着在黑暗中安静下来变得软弱无力的草地，朝灯光走去。他看到墙脚的土台上坐着毫无睡意的切普尔内。

"坐着呢，"热耶夫说，"让我也来坐一会儿——清静清静。"

切文古尔的全体布尔什维克已经躺在麦秸地铺上睡着了，他们嘴里说着梦话，脸上露着微笑。唯独凯沙一个人在绕着切文古尔巡逻，草原上时不时能听到他的咳嗽声。

"不知为什么，打仗和革命的时候人总是要做梦，"热耶夫说，"和平时期就不做梦，睡得像死猪似的。"

切普尔内自己也经常做梦，所以不知道梦是怎么产生，又是怎么搅得他心神不安的。也许普罗科菲能解释清楚，但是这个用得着的人现在不在身边。

"鸟儿换毛的时候，我听到它会在梦中唱歌，"切普尔内回忆起来，"它把脑袋藏在翅膀下面，周围全是绒毛——它什么也看不见，可还是发出温柔的声音……"

"什么是共产主义，切普尔内同志？"热耶夫问，"基里告诉我——大海的一个岛上有过共产主义，而凯沙说——共产主义好像是几个聪明人想出来的……"

切普尔内本来打算想想共产主义是怎么回事，可是没去想，他要等普罗科菲回来，亲自问他。突然，他又想起共产主义就在切文古尔，于是他说：

"无产阶级单独生活的时候，共产主义就自然而然产生了。你干吗要追根究底呢？你倒是说呀！现在需要的是实地感受和发现！共产主义就是群众的彼此感受。普罗科菲很快就要把穷人带回来，我们的共产主义就更加强大了，到时候你就一眼可以看出来了……"

"一下子说不清楚？"热耶夫追问道。

"怎么，你以为我是群众吗？"切普尔内生气了，"就是列宁也不该知道共产主义是怎么回事，因为这是全体无产阶级的事情，而不是个别人的事……谁也比不上无产阶级聪明……"

凯沙在草原上不再咳嗽了——他突然听到远处有嘈杂的人声，于是他躲进草丛想看清楚究竟是些什么人。不一会儿，人声静了下来，勉强能听到他们在原地晃悠——没有一点脚步声，好像那些人没有穿鞋，脚掌都很柔软。凯沙往前走了几步，打算穿过那片小麦、滨藜和荨麻彼此兄弟般友好相处的切文古尔荒草地，但他又立即往回走，他决定等到天亮再说。荒草丛冒着野草和麦穗的生命热气——生活在那里的黑麦和滨藜互不妨碍，亲密拥抱，相互保护——它们不是由什么人播种的,也没有人去干扰它们,可是一到秋天,无产阶级就用荨麻做汤,收割黑麦、小麦和滨藜以备冬天食用。草原上长得最茂盛的要数野生的向日葵、燕麦和黍米,而切文古尔家家户户的菜园里,种着各种蔬菜和土豆。切文古尔的资产阶级已经有三年什么也没播种了,他们盼望世界末日的到来,可是植物却代代相传,繁衍不息,它们在小麦和荨麻之间确立了特殊的平等关系:一株麦穗下面有三个荨麻根。切普尔内看着欣欣向荣的草原的时候,总是说草原现在也成了各种作物和花草的共产国际,所有穷人的食物有了充分保障,无须劳动和剥削的干涉。因此,切文古尔人看到,大自然不但拒绝用劳动压迫人民,而且自己把一切富有营养的必需品送给穷人。切文古尔革委会及时发现了被战胜的大自然变得十分驯服,于是决定为它竖立纪念碑——形状是野地里长出来的一棵树,两根疖疖疤疤的树枝搂着一个人,树和人的上方是一个太阳。

凯沙揪下一株麦穗,开始吸吮未成熟的瘪瘪的麦粒里的浆液,接着又吐了出来,竟忘了是什么滋味。原来,杂草丛生的切文古尔的大路上,响起了马车的吱嘎声,比尤夏赶马的吆喝声,以及普罗科菲的歌声:

> 湖面上波浪哗哗响,
> 湖底下躺着打鱼人,
> 孩子没有了爹娘,
> 在梦中到处流浪……

　　凯沙跑到普罗科菲的敞篷轻便马车跟前,发现他和比尤夏空手
而归——一名无产者都没有带回来。

　　切普尔内立即叫醒了昏睡的全体布尔什维克,要他们起来隆重
迎接远道而来的无产阶级,还要组织一次群众大会。普罗科菲告诉
他,无产阶级累了,都躺在草原背风的高坡上,要一直睡到天亮。

　　"怎么,他们带了自己的乐队,还带了自己的领袖一起来的吗?"
切普尔内问。

　　"明天,切普尔内同志,你自己就能看到了。"普罗科菲说,"你别
烦我。我跟帕沙·比尤夏走了一千多里路——看到了草原之海,还
吃了欧鳇①呢……我以后再向你详细汇报,形成思想。"

　　"那好吧,普罗什,你睡吧,我去看看无产阶级。"切普尔内怯生
生地说。

　　普罗科菲不同意:

　　"你别去打扰,他们已经够累的了……一会儿太阳出来,他们就
会从高坡上下来到切文古尔……"

　　夜晚的剩余部分,切普尔内是在无眠的等待中度过的。他把灯
灭了,免得睡在山冈上的那些人因为浪费了他们的煤油而不安。他
又从储藏室取出切文古尔革委会的旗帜。此外,切普尔内还把自己
帽子上的五角星擦拭干净,让那只早就停摆的挂钟重新走起来。做
好了充分准备之后,切普尔内双手撑着脑袋,不再思考,让夜晚的时
间尽快过去。时间也的确过得很快,因为时间是意识,而不是感觉,
也因为切普尔内的意识里什么也不想了。切文古尔人睡的麦秸因

────────────

①　欧鳇,最大的淡水鱼,重量可达一吨。

为凉凉的朝露而返潮——这表示天渐渐亮了。于是,切普尔内拿起旗帜向切文古尔的市郊走去,对面就是徒步走来的无产阶级睡觉的高坡。

切普尔内拿着旗帜在篱笆旁边站了两个多小时,等待天亮,等待无产阶级醒来。他看着阳光渐渐吞噬地面上黑沉沉的迷雾,看着光秃秃的高坡被阳光照亮。这高坡经过风吹雨打,露出了贫瘠的土壤——他不禁想起了那个早已忘却、与这可怜的高坡因为突兀在平地之上而遭到大自然反复折磨的类似景象。

高坡上躺着许多人,正在初露的阳光下晒骨头。他们本身就像某个庞然大物的遗骸散架之后留下的一根根黑色腐朽的骨头。无产者们有的坐着,有的躺着,为了尽快暖和过来,他们紧紧搂着自己的家人和邻居。一个枯瘦的小老头只穿着裤衩,站在那儿不停地抓挠自己的肋骨,一个半大的男孩坐在他脚下,目不转睛地看着切文古尔,他不相信那儿已经为他准备了可以永久居住的房子。两个褐皮肤的人躺在地上,像女人似的互相在脑袋上寻找什么,但他们并不关注头发,而是在抓虱子。不知为什么,没有一个无产者急着要去切文古尔,也许他们不知道这里已经为他们准备好了共产主义、安宁的生活和共同的财产。有一半的人裸露着半个身体,另一半人只穿像军大衣或粗布大褂那样的外套,军大衣或粗布大褂下面就是干瘪的,惯于忍受严寒酷暑、到处漂泊和种种贫困的身体。

夜宿在切文古尔高坡上的无产阶级十分冷漠,他们连看都不看那个手拿博爱旗帜孤零零站在城外的人。空旷荒凉的草原上,升起了昨天那个疲惫的太阳,它的光是那么惨淡,仿佛下面是个陌生的被遗忘的地方,这里除了高坡上那些被遗弃的人之外,再也没有一

个生灵，而这些人之所以挤在一起，并非由于爱情和亲情，而是因为
没有衣服。高坡上的无产阶级既不期待援助也不盼望友谊，他们早
就预感到了这个陌生城市里的苦难，所以没有站起来，只是有气无
力地勉强动弹一下。少数几个坐在睡觉的大人身边的孩子，在无产
者中间完全像成年人——只有他们在思考，而成年人却在睡觉在生
病。那老头不再挠肋骨，重新仰面躺下，把男孩紧紧搂在自己身旁，
不让寒风吹他的皮肤和骨头。切普尔内发现，只有一个人在吃东
西——那人从手掌里往嘴里塞什么东西，然后一边咀嚼一边用拳头
敲打自己的脑袋，用这样的办法医治头疼。"我在哪儿见过同样的
情形？"切普尔内竭力回忆。切普尔内第一次见到这种景象的时候，
太阳也是这样从迷雾的梦中渐渐升起，风掠过草原，在一个黑乎乎
的、被风雨侵蚀的山冈上躺着冷漠的可有可无的人们，他们需要得
到帮助，因为他们是无产阶级，但是又无法帮助他们，因为他们满足
于唯一的小小乐趣——毫无意义的相互依恋的感觉。靠着这种依
恋感，无产者们成群结队地在大地上流浪，在草原上睡觉。切普尔
内过去也曾跟着这些人去打工，也住过板棚，身边也都是同志，他们
的同情确保他免遭难以避免的灾难，但是他从来没有意识到这种彼
此依赖、互不分离的生活对自己有什么好处。现在，他又亲眼看到
了草原和太阳，看到了处在草原和太阳之间的高坡上的人们，但他
们并不拥有太阳，也不拥有土地——于是切普尔内感到，资产者们
攫取了草原、房子、食物和衣服，而山冈的无产者们则你拥有我，我
拥有你，因为人人都得拥有点什么。人们有了财产的时候，他们就
心安理得地把精力用来关心财产，而人们一无所有的时候，他们就
不再分离，在梦中互相保护，免遭寒冷的侵袭。

　　这一生中更早的时候——想不起究竟在什么时候：一年之前还是在童年时代，切普尔内也曾见过这个山冈，见过偶然来到这里的阶级穷人，见过这个冷漠的、不愿为草原上少数人工作的太阳。这样的情形已经出现过一次，但究竟是在什么时候——他那不顶用的脑袋就无法知道了。也许只有普罗科菲才能揭开切普尔内回忆的谜团，但是也不一定：因为眼前见到的这一切，切普尔内很久以前就知道了，但是这一切很久以前又不可能发生，因为革命本身还是前不久才开始的。于是，切普尔内试着代替普罗科菲说出自己的回忆，却又马上为悄然来到山冈上的无产阶级感到忧虑和不安。他渐渐想到，今天也会过去的——这样的日子以前也曾有过，不也过去了吗？这么说来，现在的烦恼纯属多余——反正今天也会过去的，就像以前的那一天已经过去了，已经忘记了。"假如不搞革命，那么你就不会去注意这样的山冈，更不用说那些无产阶级了，"切普尔内想，"既然我已经两次为母亲送葬，跟在棺材后面痛哭流涕，回想起一件件往事，既然我已经跟在棺材后面给母亲送葬过，吻过死者干枯的嘴唇，最后活了下来——那么现在也能活下去。为同一件伤心事第二次伤心就会好受些。这究竟是怎么回事，你倒是说呀？"

　　"看来你是在回忆，可你想起的那些事情根本就没有发生过，"幸亏普罗科菲不在，切普尔内的表述反而符合常理，"我很难受，这时候我内心的那种虔诚的天性就会来帮助我：没关系，它说，这都过去了，现在你也死不了——沿着自己的足迹迈开大步往前走吧。但是没有足迹，也不可能有足迹，因为你总是冲在前面，冲向黑暗……怎么不见我们的组织派人过来？也许，无产阶级躺在山冈上不肯起来，是希望受到隆重欢迎吧？"

基里从砖房出来。切普尔内喊住他，让他把整个组织叫到这里来，因为群众到了，是时候了。根据基里的要求，组织醒了，来到了切普尔内跟前。

"你给我们带来的是些什么人？"切普尔内问普罗科菲，"既然山冈上的那些人是无产阶级，那为什么他们不去占领自己的城市，你说呀？"

"那里有无产阶级，也有另类分子。"普罗科菲说。

切普尔内不放心了：

"什么样的另类分子？又是畜生的残余阶层？"

"那我算什么——是坏蛋还是党员？"普罗科菲生气了，"另类分子就是另类分子——没别的意思。他们比无产阶级还糟糕。"

"他们究竟是什么人？他们有没有阶级父亲，你说呀！你又不是在草丛里，而是在社会场合把他们招来的。"

"他们都是没有父亲的孤儿，"普罗科菲解释道，"他们居无定所，他们到处漂泊。"

"他们要漂哪儿去？"切普尔内问，语气中带着尊敬——对于一切未知而危险的东西，他都怀有公正的感情，"他们要漂泊到哪儿去？没准需要让他们安定下来？"

普罗科菲对这种没有觉悟的问题感到惊讶：

"什么叫漂泊到哪儿？很清楚——到共产主义，在我们这里他们就可以完全安定下来。"

"那你去叫他们快些过来！你就说，城市是他们的，都已经收拾好了，站在篱笆旁边迎接的是先锋队，祝无产阶级幸福，还有——这个……你就说，祝他们获得整个世界，反正世界是他们的。"

"假如他们拒绝接收世界呢?"普罗科菲事先提出疑问,"也许一个切文古尔他们就满足了……"

"那世界属于谁?"切普尔内在理论上糊涂了。

"世界属于我们,是我们的基地。"

"你混蛋:我们不过是先锋队——我们是他们的,他们不是我们的……先锋队不是人,而是活人身上死的护符。我告诉你,无产阶级才是人! 快去吧,你这半吊子!"

普罗科菲很快组织起了山冈上的无产者和另类分子。山冈上的人很多,比切普尔内看到的还要多——一百个甚至两百个,他们的模样各不相同,尽管就必要性而言都一模一样——纯粹的无产阶级。

人们开始从光秃秃的山冈上下来朝切文古尔方向走去。切普尔内始终怀着激动的心情感受无产阶级,他知道无产阶级是世界上一支不知疲倦、步调一致地帮助太阳养活资产阶级干部的力量,因为阳光只够供人们吃饱,而无法满足贪得无厌的欲望。他猜测,当初在草原夜宿的时候从空地上传到自己耳朵里的嗡嗡声,就是世界工人阶级被迫劳动的声响,他们日夜不停地向前运动,目的就是为自己的敌人提供食物、财产和安宁,而敌人就靠无产阶级的劳动物质发展壮大。多亏普罗科菲,切普尔内才有了一套令人信服的理论:对无组织的大自然而言,劳动人民是野兽,也是未来的英雄。切普尔内自己还发现了一个令人宽慰的秘密:无产阶级不欣赏大自然的景色,而是用劳动毁灭它。资产阶级才是为大自然而活,为大自然繁衍后代,发展壮大。无产阶级活着是为了同志,为了同志才闹革命。不过,有一件事不明白:社会主义需要不需要劳动,或者说单单靠大自然本身的产物就能养活大家？切普尔内比较认同普罗科菲这样一种观点：太阳系将自动为共产主义提供活力，唯一的前提是没有资本主义，因为任何的工作和操劳都是剥削者想出来的，除了太阳的产物，他们还想获得额外的东西。

切普尔内期待着昂首阔步、团结一致的未来英雄来到切文古尔，可他看到的却是一群懒懒散散的人，是从来没有遇见过的同志，他们没有出众的阶级外表，也没有革命的尊严。这是些没有姓名，活得没有意思，也没有自尊，与日益临近的全世界的胜利没有关系的另类分子。连他们的年龄也难以捉摸，唯一能看清的，他们都是穷人，他们只有无意中长高的身体，他们与所有人格格不入。因此，另类分子走路也是挤在一起，大多数时间都看着自己人，很少注意切文古尔及其党的先锋队。

一名另类分子从走在前面的一个老头的光背上抓了一只苍蝇，又抚摸了一下老头的背部，免得留下抓痕或者接触的痕迹，然后狠狠地把苍蝇摔死在地上。这时候，切普尔内对另类分子的那种诧异的感觉发生了微妙的变化。也许，这些无产者和另类分子彼此都把对方看作生命的唯一资产和财富，所以他们才那么小心地彼此关注而忽视了切文古尔，他们仔细保护同志免受苍蝇的叮咬，就像资产阶级保护自己的房子和牲口一样。

从高坡上下来的人们已经走到切文古尔附近。切普尔内不善于生动地表达自己的思想，于是请普罗科菲代劳。普罗科菲很乐意地告诉前来的无产者：

"无产者公民同志们！现在把切文古尔城交给你们了，但并不是让穷人去胡作非为，而是为了有利于所有争得的财产，有利于组织一个广泛的互助互爱的大家庭,有利于保持城市的完整性。现在我们不可避免地成了兄弟,成了一家人,因为我们的经济为适应社会需要合并成了一个大户。因此,你们就在这里老老实实过日子吧——在革委会的领导下!"

切普尔内问热耶夫,他怎么会想出那个口号,还写在布上,再挂到城那头当标志。

"我没想,"热耶夫说,"我是凭记忆,不是自己想出来的……不知道在什么地方听人说过,你可知道,脑袋里装的东西多着呢……"

"等一等!"切普尔内对普罗科菲说。然后他亲自向围在切文古尔人四周的外来穷人们发表演说:"同志们! ……普罗科菲把你们叫作兄弟和一家人,这完全是在撒谎:凡是兄弟都有父亲,可我们很多人一生下来就没有父亲。我们不是兄弟,我们是同志,要知道我们彼此是商品和价格,因为我们没有动产和不动产……还有,你们没有从城市的那头过来,白白错过了我们挂在那里的标语,上面写着不知道是谁的话,反正那儿写着呢,我们同样希望:最好是彻底摧毁整个设备完善的世界,然后根据光秃秃的原则互相占有,因此,全世界无产者,尽快联合起来! 我说完了,我代表切文古尔革委会向大家表示问候……"

山冈上下来的无产阶级和另类分子出发前往城市中心,他们对切普尔内的演说毫无反应,没有利用切普尔内的演说来发展自己的觉悟;他们的精力只够维持当前的生活,他们过一天算一天,没有一点储备,因为在自然界和时间中都不存在让他们出生并获得幸福的理由。恰恰相反,他们中间每一个人的母亲一旦发现自己不小心怀上了孩子,而那个留下种子的过路人又消失得无影无踪之后,她们只会痛哭一场;生下来的那些孩子在这世界上就成了另类分子和有错误的人——什么也没有给他们准备好,他们真不如一棵草呢,草还有自己的根,在共同的土壤中还有自己的位置和天然的养料。

另类分子注定生下起来就缺乏天赋:他们根本不可能有聪明的才智和丰沛的感情,他们的父母造人不是因为精力过剩,而是因为夜间的苦闷和虚弱,这是两个偷偷摸摸在世界上生活的人彼此相忘的产物。假如他们的生活过于公开和幸福,那么,那些有活动能力、列入国家名册、在自己家里过夜的人就会把他们消灭。另类分子不应该有智慧,只有那些体力充沛、安居乐业的人才配拥有智慧和活跃的感情。可是,另类分子的父母只剩下被劳动磨损、被强烈的悲伤腐蚀的不健全的身体,而智慧和多愁善感,作为人的最高标志,却由于缺少休息和精细的食物早已消失。另类分子一出娘胎就处在苦难的包围中,因为他们的母亲度过了产后的虚弱,让他们学会站立之后马上离开了他们,免得看到自己的孩子并且永远爱上他们。留下来的幼小另类分子必须独立地将自己培养成人,他们不指望任何人的帮助,除了自己温暖的内脏,他们什么感觉都没有;周围是外部世界,幼小的另类分子只能躺在这世界上哭泣,用哭泣来抵挡终生难忘的第一个不幸——永远失去了母亲的温暖。

那些拥有固定居所、可靠的国家居民,生活在阶级团结、肌肤相亲的舒适而安逸氛围中——他们在自己周围制造了类似娘胎的环境,在这样的环境里长大成人,不断完善,仿佛一直处在已经消逝的童年时代;而另类分子则一生下来马上就要在寒冷中,在沾有母亲血水的草丛里,感受这世界。他们孤苦伶仃,得不到母亲的呵护和照顾。

　　早年的生活,还有那些走过的地方,好不容易熬过的种种困苦,在另类分子的记忆中都成了某种与消失了的母亲不相干,却让她遭受折磨的东西。那么,他们的生活,他们走过的那些人烟稀少的道路,究竟是怎么回事呢? 在另类分子意识中,那些漫长的道路不就是整个世界吗?

　　另类分子中间谁也没有见过自己的父亲。他们记得自己的母亲,仅仅是因为身体隐隐约约地怀念失去的安宁,这种怀念到他们成年后就变成一种掏空心灵的悲伤。婴儿生下来之后对母亲没有任何要求——他始终爱她,即使那些被母亲彻底抛弃成了孤儿的另类分子,他们也从来不怪怨母亲。但是,婴儿渐渐长大,他就开始期待父亲,他浑身汲取了母亲与生俱来的力量和感情——哪怕他一出娘胎就立即被抛弃——孩子总会好奇地面对世界,他想用大自然去换人。除了难以割舍的温情脉脉的母亲,经历了她用温柔的双手造成的生活挤压之后,父亲是他的第一个朋友和同志。

　　没有一个另类分子在孩提时代能找到自己的父亲和可以提供帮助的人。母亲生下了他,父亲却没来迎接这个来到人间的小生命;因此,父亲就成了母亲的敌人和痛恨的人——到处不见父亲的影子,听任柔弱的儿子单枪匹马去冒险,当然不会成功。

　　另类分子出生后就缺乏父亲的教育和照管,而这样的生活还要在荒凉的大地上延续下去,但是缺少了一位最重要的同志,这同志本来可以手把手带领他们进入人间,自己死了可以把人间留给孩子,作为替代自己的遗产。另类分子在这世界上唯一缺少的就是父亲。因此,那个在山冈上抓挠自己肋骨的老头,最后在切文古尔唱了一支自己都受感动的歌曲:

谁来给我开门啊，

是陌生的鸟儿还是野兽？……

你在哪里呀，我的父亲，

唉——我不知道啊！……

　　凡是受到切文古尔布尔什维克组织欢迎的人,几乎都是在有产者的肆意虐待下,在贫穷和死亡的包围中,凭着自己的努力使自己生而为人——他们完全是靠一己之力成就自己的人。一棵草能在草原上生长并不稀奇,因为那里有许多草,密密麻麻的,足以自卫,底下又有水分,如果没有特别的欲望和需要,那就可以活下来,还能茁壮成长。但是,如果无名野草的种子被狂风吹落到了光秃秃的黏土上或者流沙里,如果这些种子还能够生根发芽,繁衍后代——孤零零的,还能在旷野的矿物中找到养料,那才奇怪和罕见呢!

　　另外一些人拥有巩固和发展自己宝贵生命的全副武装,可是另类分子为了在地球上生存而拥有的唯一武器——是婴儿体内父母留下的那一点余温。对于无名无姓的另类分子来说,这已经能够使他们生存下来,发育成熟并且活着走向未来。来到切文古尔的人们,就在这样的生活中耗尽了精力,因此切普尔内觉得这些人孱弱无力,是非无产阶级分子,仿佛他们这辈子取暖和照明靠的不是太阳,而是月亮。为了对抗异己的怀着敌意的生活这股拔树倒屋的狂风,另类分子竭尽全力地保存父母赋予他们的原始温暖,再用替有名有姓、名副其实的人们打工获得的报酬,渐渐增加这份温暖,最终使自己成为独立自主却又没有明确的生活目标的人。耐力和体力的长期磨炼,使另类分子的头脑充满了好奇和怀疑,而且养成了一种敏锐的感觉,一旦遇到自己的同类,就宁愿放弃一辈子的幸福而跟他结伴而行,因为这位同志也是既没有父亲,也没有财产,但是能够让你忘记父亲也忘记财产。另类分子心中还怀着必定成功却又灰心丧气的希望。这希望可以精确地加以表述:如果好端端地活下来这个主要任务完成了,那么其余的一切也会实现的,哪怕要把整个世界彻底埋进坟墓;但是,如果主要目标实现之后,还是没有遇到最需要的——不是指幸福,而是必不可少的东西,那么要在今后的生活中找到当初失去的东西,就已经来不及了,也许那失去的东西已经从世界上彻底消失,所以许多另类分子走遍了所有宽敞的大道和难以通行的小径,结果还是一无所获。

另类分子外表的孱弱,正表明他们精力的冷漠,而过于繁重的劳动和生活的折磨,使他们的脸都变了,看上去完全不像俄罗斯人。这是切普尔内首先发现的,他还没有注意到新来的无产阶级和另类分子身上的衣服少得可怜,好像他们既不怕遇到女人也不怕夜晚的寒冷。新来的阶级分散到切文古尔各个院子里之后,切普尔内不禁开始怀疑了。

"你给我们招来的哪是什么无产阶级,你说呀?"他质问普罗科菲,"只能让人怀疑,再说他们不是俄罗斯人。"

普罗科菲从切普尔内手中接过旗帜,念了上面的卡尔·马克思的诗句。

"怎么不是无产阶级!"他说,"这是给你的一流阶级,你只要带领他们向前,他们不敢说个不字。这就是国际无产阶级:你看他们不是俄罗斯人,不是亚美尼亚人,不是鞑靼人,而是——什么人也不是！我给你赶来了一个活的国际,你还发什么愁呢……"

切普尔内默默地感受到了什么,悄悄说:

"我们需要的是无产阶级队伍钢铁一般的步伐,省委给我们发来了这方面的指令,可是你弄来了一帮另类分子！光脚的哪来什么整齐的步伐?"

"没关系,"普罗科菲安慰切普尔内,"就算是光脚的,可他们的脚板厚得可以旋进螺钉。你等着吧,全世界革命的时候他们可以光脚走遍天下……"

无产者和另类分子彻底消失在切文古尔的房子里,他们继续过着原来那样的日子。切普尔内到另类分子中间寻找那个瘦小的老头,想请他参加革委会的非常会议,革委会已经积累了相当多的组织事务需要讨论。普罗科菲完全同意这样做,他坐在砖房里起草决议草案。

瘦小老头躺在夏波夫家擦洗过的地板上,他身边坐着另一个人,年龄大约在二十到六十之间,正在拆一条儿童短裤的线针,打算改了自己穿。

"同志,"切普尔内对老头说,"你最好去砖房,那儿是革委会,他们需要你。"

"我会去的,"老头答应道,"只要我起得来,一定过去,我肚子疼,不疼了就过去,你们等着吧。"

普罗科菲这时候已经坐在一大堆市里发来的革命文件后面,他还点了一盏灯,尽管是大白天。切文古尔革委会开会之前总要点一盏灯,直到讨论完所有问题才熄灭。根据普罗科菲·德瓦诺夫的意见,用这个办法可以制造一个当代的象征:人类智慧发明的人造光必须取代人间的太阳光。

切文古尔布尔什维克组织的全体骨干都出席了这次隆重的革委会会议,前来参加会议的几位另类分子只能站着,他们有发言权,但没有表决权。切普尔内坐在普罗科菲身边,总的来说,他还是满意的:革委会依靠无产阶级群众,总算在会议之前还能控制这个城市,切文古尔的共产主义现在永远牢固了。眼下就缺那老头,看样子他是最有经验的无产者,也许他的肚子还在疼。于是,切普尔内派热耶夫去叫老头,让他先去储藏室找点草药镇静剂给老头喝了,然后小心地把老头搀过来。

半小时后,热耶夫带着老头来了。老头喝了牛蒡镇静剂,热耶夫又使劲揉了他的背和肚皮,精神好多了。

"请坐,同志,"普罗科菲对老头说,"你看,整个社会都在关心你,在共产主义你死不了!"

"我们开会吧,"切普尔内宣布,"既然到了共产主义,那么无产阶级开会不能不讨论共产主义。普罗什,你把省里的几个通知读一下,再说说我们的响应计划。"

"关于提交综合情报的通知,"普罗科菲开始宣读,"一律按规定格式上报,详见本通知附件第 238101 号 A 卷 C 卷和 Ч 卷之规定。关于在全县发展新经济政策的通知。关于在新经济政策条件下清除敌对势力的阶段和进度的通知。关于将新经济政策纳入强制性轨道的通知……"

"那我们怎么回应?"切普尔内问普罗科菲。

"我给他们造一张表格,逐项汇报所有情况。"

"我们可没有排除无关阶级,是他们自绝于共产主义。"切普尔内不同意普罗科菲,转而问老头,"请问,你怎么看?"

"这可以忍受。"老头断定说。

"那你就这样表达:没有阶级是可行的。"切普尔内向普罗科菲做指示,"下面讨论更加重要的问题。"

接着,普罗科菲宣读了关于紧急组织消费合作社代替日益严重的私人交易的指示,因为合作社是群众走向社会主义的一条自愿的广阔道路。

"这跟我们没有关系,这是针对那些落后的县。"切普尔内表示反对,因为他心里一直有个主要的想法:切文古尔已经实现了共产主义。"喂,你有什么想法?"切普尔内征求老头的意见。

"可以忍受。"老头说。

普罗科菲有不一样的想法。

"切普尔内同志,"他说,"也许我们今后可以要求那个合作社给我们提供商品:一下子来了那么多无产阶级,应该为他们储备食品!"

切普尔内感到惊讶、愤怒:

"草原上不都长着么,要什么有什么——滨藜啊,小麦啊,你去摘了吃就是了!你看太阳亮亮的,土地松松的,雨水多多的——你还要什么?你还想让无产阶级白费劲吗?我们已经超越了社会主义,我们比社会主义更好。"

"我赞成,"普罗科菲表示同意,"我是故意忘记了一会儿,我们已经实现了共产主义。我刚去外地出差,那儿离社会主义还远着呢,他们需要经过合作社的磨难才能走到社会主义……下面一个问题是关于工会的指示——关于督促及时缴纳会费……"

"缴谁?"热耶夫问。

"他们。"基里不假思索地擅自回答。

"他们是谁?"切普尔内不明白。

"没有指明。"普罗科菲在指示中找了一会儿。

"你写上,要他们明确指示缴给谁,为什么缴。"切普尔内习惯于明确表达,"没准这是份非党的文件,也许他们想用会费去设立几个能捞油水的职位,老弟啊,职位跟财产一样坏——到时候你又得跟这些残余的坏蛋做斗争了。现在共产主义已经深入人心,人人都乐意保卫它……"

"这个问题我暂时记在自己脑子里——阶级情况不明。"普罗科菲决定。

"你就搁脑子里吧。"热耶夫表示赞同,"脑子里保存的尽是些残余,新鲜的东西要用掉,不会装到脑袋里。"

"说得好,"普罗科菲协调说,然后继续议程,"现在宣读成立计划委员会的提议,该委员会要制定末日到来之前生命财产总的收支和日期……"

"谁的末日:全世界的末日,还是只是资产阶级的末日?"切普尔内要求准确性。

"没有指明。只是写着:'整个恢复阶段直至其末日的需求、消耗、资源和补贴'。接下来提议:'为此,成立县计划委员会,并由该委员会集中所有事先的协调性的自觉调节工作,以便从资本主义经济自发的不和谐的声音中获取联合这个最高原则和合理标志的交响乐般的和谐。'写得清清楚楚,因为这是任务……"

这时候切文古尔革委会的全体成员都齐刷刷地垂下了脑袋:公

文中透出的是高智商的自发势力,把切文古尔人搞糊涂了,他们更习惯于用感觉代替事先的思考。切普尔内为振作精神闻了闻鼻烟,恳切地请求说:

"普罗什,给我们提供点参考资料。"

老头睁大了那双容忍一切的眼睛看着全体满脸愁容的切文古尔人,想想自己也没有办法,一句帮忙的话也没说。

"我准备了一份决议草案:里面用不着参考资料。"普罗科菲说着在一大堆材料中翻找那份决议,那里面详细标明了切文古尔的布尔什维克所忘记的全部内容。

"这文件给谁啊:给他们还是这里的人?"老头问,"我说的是刚才念的那份文件:这上面写的到底是谁——是我们还是那边的人?"

"肯定是我们,"普罗科菲解释道,"是要我们执行,不是为了宣读。"

切普尔内已经缓过神,他抬起了头。一个决定性感觉在他头脑里成熟了。

"同志,你看到没有,他们想让最聪明的人一下子想好生活的流向,而且要管一辈子,直到大家都埋到土里,而另类分子不能乱说乱动,要继续忍耐下去……"

"这到底是要给谁啊?"老头问,漠然地闭上了那双看透了世道而受损的眼睛。

"给我们。不是给我们又是给谁呢,你说呀?"切普尔内激动地说。

"我们自己可以舒舒服服过上一辈子,"老头解释说,"这文件不是给我们的,是给富人的。以前富人活着的时候,是我们为他们操心,可是谁也不需要为穷人操心——穷人啥也没有,就这么平白无故地长大了。穷人最聪明了——他们为别人创造了整个世界,就好比做了个玩具,而他们在梦中都爱惜自己,不是为自己,而是为别人,可是呢,人人都挺宝贵……"

"老人家,你说的都可以忍受。"切普尔内总结说,"这样吧,普罗什,你写下来:无产阶级和他们队伍里的另类分子,通过自己的操劳组织起了整个住人的世界,所以,你就写上,替那些替别人操心的人操心——是耻辱是丢人,再说切文古尔也没有最聪明的人。是不是这个意思,老人家?"

"这可以忍受。"老头给出了评价。

"摇笔杆子的不会给拿榔头的木匠造房子。"热耶夫说。

"牧人自己知道,什么时候该喝牛奶。"基里发表自己的意见。

"人呐,你只要不杀他,他就能傻乎乎地活着。"比尤夏也发出了自己的声音。

"几乎一致通过,"普罗科菲报告统计结果,"下面讨论日常事项。八天后省里举行党代会,要我们派一名代表,这代表必须是地方政权的主席……"

"切普尔内,你去,这用不着讨论。"热耶夫说。

"不用讨论,上头已经定了。"普罗科菲指出。

那个另类分子瘦老头蹲下来,用一个泛泛的提问打乱了议事日程:

"你们究竟是什么人?"

"我们是革委会,县里的最高革命机构,"普罗科菲明确回答,"革命人民赋予我们革命良心范围内的特殊权力。"

"这么说来,你们也是最聪明的人,死之前还可以写出死后的文件?"老头猜测道。

"应该是的。"普罗科菲非常自豪地表示肯定。

"那好,"老头表示感谢,"可我蹲在这儿发现,你们自愿坐在这儿,什么正经事也不干。"

"不——不——"普罗科菲说,"我们在这里不间断地领导全城和全县,我们担负着保卫革命的全部重任。老人家,你知道你怎么成了切文古尔的公民吗?——全靠我们。"

"靠你们?"老头反问道,"那我们要谢谢你们了。"

"不用谢,"普罗科菲拒绝感谢,"革命是我们的职责和义务。你只要听从我们的安排,你就能舒舒服服地过日子。"

"别说了,德瓦诺夫同志,你别夸大自己的职位,这里我说了算。"切普尔内严肃地警告他,"这位老同志向我们提意见,说政权应该感到惭愧,你不该把他顶回去。你继续说吧,另类分子同志!"

老头先沉默了片刻——任何一个另类分子最先出现在脑子里的不是思想,而是某种朦胧温暖的压力,过后才能说出思想,而且越说越冷静。

"我站在这儿看到,"老头告诉大家他看到了什么,"你们干活不卖力,可是跟人说话神气活现,就好像你们坐在山冈上,而其他人——坐在沟底。还不如把几个病人安排到这儿,让他们在这里靠回忆度过余生。你们做的是保卫工作,很轻松,可你们都还身强力壮——你们应该多吃点苦才好……"

"怎么,你想当县主席?"普罗科菲直截了当地问。

"天哪,饶了我吧,"老头感到不好意思起来,"我这辈子从来没有当过打更的守夜人。我是说——掌权不需要什么本领,派几个最没用的人去干就行了,你们可都是有用的人。"

"那有用的人该干什么?"普罗科菲要把他引导到辩证法,叫他哑口无言,当众出丑。

"有用的人么,就该活着:总不能让他去干三流的活儿。"

"为什么活着?"普罗科菲继续追问。

"为什么?"老头停下了——他无法迅速地思考,"哪怕是为了活人身上长出皮肤和指甲。"

"指甲又有什么用?"普罗科菲步步紧逼。

"指甲可是死的,"老头试图摆脱困境,"指甲是从肉里长出来的,就是不让死的东西留在人的身体里。皮肤和指甲把人整个儿包起来,不让他受伤害。"

"谁伤害他?"普罗科菲继续给他出难题。

"当然是资产阶级。"切普尔内听懂了他们的争论,"皮肤和指甲么——就是苏维埃政权。你怎么自己说不清?"

"那头发呢?"基里兴致勃勃地问道。

"跟羊毛一样,"老头说,"你用剪子剪,羊也不会叫疼。"

"我想冬天羊会冻死的,"基里反驳说,"有一天,那时候我还小,我把小猫的毛剪光了,再把它埋进雪里——我不知道小猫是不是人。后来它发烧了,难受极了。"

"这种事我可不能这样写进决议,"普罗科菲宣布,"我们是领导机构,老头是从无人居住的地方来的,他一点也不了解情况,说什么我们不是领导人,而是什么打更的看夜人,属于低档职业,只有坏人才干这活儿,而好人都在山冈和荒地里游荡。这样的决议不该写在纸上,因为纸张是工人造的,这也多亏了政权的正确领导。"

"你别生气,"老头不让普罗科菲生气,"有的人舒舒服服过日子,有的人因为穷才去干活,可是你坐在房间里想问题,好像你了解他们,好像他们脑子里没有自己的感觉。"

"哎,老人家,"普罗科菲终于抓住了把柄,"原来你需要的是这个东西!你怎么就不明白,需要把分散的力量组织团结到既定的轨道上!我们坐在这里不仅仅是为了思想,而是为了集中无产阶级的力量,并且把他们紧密组织起来。"

这位上了年纪的无产者怎么也不服气。

"既然你能把他们集中起来,没准他们自己也想待在一起。我给你说呀,你做的是好事,就是说,任何人,哪怕是没有力气的人,也可以做到;即使在夜里——你的活儿也没人能偷走……"

"是不是你希望我们在夜里工作啊?"切普尔内不好意思地问。

"只要你们愿意,最好开夜班,"老另类分子表示允许,"白天有行人走过,他不觉得什么,他要赶路,在他面前你们会感到惭愧:你们会说,我们坐在这儿操心陌生人的生活,可是就不替那个行人想想,那人离开了,说不定再也不会回到我们这儿来了……"

切普尔内低下脑袋,觉得羞愧难当。"我怎么从来不知道自己当了领导就比整个无产阶级都聪明?"切普尔内有说不出的苦恼,"我算什么聪明人!瞧我还觉得丢人,出于尊敬我还怕无产阶级呢!"

"你就这样写吧,"革委会全体成员沉默片刻之后,切普尔内告诉普罗科菲,"往后革委会就在夜里开会,砖房腾出来给无产阶级使用。"

普罗科菲在寻找对付的办法：

"有什么理由，切普尔内同志？我需要论据。"

"你要什么理由？你就这样写……看到无产阶级和另类分子在白天活动，我们感到惭愧，感到丢人。你就说，那些不重要的事情跟不体面的事情一样，最好在夜里完成……"

"明白了，"普罗科菲表示同意，"人在夜里更加能够集中注意力。那革委会搬到哪里？"

"随便哪一个板棚都可以，"切普尔内决定，"你选个最破的。"

"要我选的话，切普尔内同志，我建议选教堂。"普罗科菲提了个修改意见，"这样矛盾会更突出，楼房对无产阶级来说终究是不体面的。"

"这样写挺合适，"切普尔内总结道，"你再巩固一下。还有什么文件？尽快结束。"

普罗科菲放下所有需要他个人决定的事情，只汇报了一件事——最不重要的也是很快可以讨论好的事情：

"还有用星期六义务劳动的形式组织群众性的生产劳动，消除废墟和工人阶级的贫困，这应该鼓舞群众前进，体现伟大的创举。"

"什么——伟大的创举？"热耶夫没听清。

"很清楚，就是共产主义创举，"切普尔内解释，"周围的落后地区刚开始搞，可我们已经结束了。"

"既然结束了，那最好别开始。"基里马上提了个建议。

"基里！"切普尔内发现了基里，"已经把你补上了，你就好好待着吧。"

另类分子老头一直看着桌子上堆得小山似的文件，心里在琢磨：这么说来许多人在写文件——要一个字母一个字母地画出来，每一个字母都要花脑筋。一个人消耗不了那么多纸张，一个人写的话，那不很快就累死了，这么说来，替大家想的不是一个人，而是一堆人。那么，不如花几个小钱把他们打发走，可暂时还得尊重他们。

"我们可以白白地给你们提供劳动，"老头已经表示不满了，"你们可以廉价雇佣我们搬货，就是往后你们别再讨论了，这简直是欺负人。"

"切普尔内同志，我们有无产阶级的权力。"普罗科菲从老头的话里得出了结论。

可是切普尔内只是觉得奇怪：

"你还要什么结论，没有布尔什维克太阳不是照样升起吗！我们有正确对待太阳的意识，但我们没有劳动的需要。首先应该把需要组织起来。"

"没必要，我们能找到办法，"老头保证说，"你们人少，可宅子多，也许我们该把房子归拢，大家可以住得近一些。"

"花园也可以搬走，它们比较轻，"基里断定说，"有了花园，空气也浓，更有营养。"

普罗科菲在文件中找到了老头想法的证据：原来，一切早就有最聪明的人事先替大家想好了，文件下面他们的签名很难辨认，所以不知道他们是谁。剩下的事情就是按照别人写在文件里的主意，按部就班地完成自己的生活。

"跟我们也有关系，"普罗科菲仔细查看文件，"根据文件精神，切文古尔也需要重新全面规划和改善设施。因此，搬移房子，利用花园保障新鲜空气的流通——这些事情都必须完成。"

"可以安排得更好。"老人表示同意。

切文古尔革委会全体成员一下子都愣住了。切文古尔人往往不知道他们接下来该怎么想,只能坐在那儿等待,他们的生命就在等待中自动流失。

"同志们,从哪儿开始,就在哪儿结束。"切普尔内说,他不知道接下来该说什么,"以前我们面对的是敌人,我们革委会把他们收拾了,现在无产阶级来取代了敌人,要么我们必须收拾他们,要么革委会不需要了。"

在切文古尔革委会的发言都不针对听众,仿佛是发言者本身的一种自然需要,他们的发言往往不提问题,也不提建议,仅仅表示惊奇和怀疑,这怀疑并非为决议提供材料,而是为革委会成员提供感受。

"我们是什么人?"切普尔内第一次出声地思考这个问题,"我们是世界各国被压迫人民的同志,别的什么也不是! 我们不需要脱离整个阶级前进的暖流,或者像他们希望的那样,抱团站在原地。这个阶级创造了整个世界,那还需要我们替他们烦恼和思考吗? 你们倒是说呀! 这不是太小瞧他们了吗? 他们会气得干脆把我们当作坏蛋的残余势力! 我们的会议到此结束。现在什么都清楚了,大家也都放心了。"

那个另类分子老头受了风吹雨淋往往会生病——这是因为饮食不均:有时候一连几天没有东西可吃,一旦有机会就吃得太多,结果胃就难受,开始呕吐。遇到这种情况,老头就远离所有的人,独自躲到某个地方。老头在切文古尔猛吃了一顿,所以好不容易挨到革委会会议结束,立即躲进草丛趴在地上,他疼痛难忍,把平时觉得宝贵可爱的东西全都抛到脑后了。

傍晚,切普尔内赶车前往省里——拉车的还是那匹曾经去寻找无产阶级的马。天黑之后,他就独自进入那个漆黑的世界,在切文古尔他早就把这世界给忘了。切普尔内刚驶出切文古尔,就听到了老头的痛苦呻吟,于是想找到他,查一查草原上发出这些信号的原因。查明之后,切普尔内继续赶路。他已经深信不疑,生病的人是冷漠的反革命分子,不仅如此,还必须决定共产主义条件下怎么处理病人。切普尔内刚开始考虑怎么处置共产主义条件下的病人,突然又想起,现在整个无产阶级应该代替他思考。这样一想,他就摆脱了理智的折磨,完全相信自己掌握了未来的真理,觉得自己的生活也变轻松了,于是不知不觉地在马车单调的吱嘎声中打起了瞌睡,只是偶尔惦记睡梦中的切文古尔无产阶级。"我们该怎么处理那些马匹、奶牛和麻雀呢?"切普尔内在睡梦中开始考虑这些问题,但是又马上把这些难题搁在一边,这样就可以放心地寄希望于整个阶级的智慧,因为这个阶级不仅能够发明财产和世界上的所有物品,而且还能发明守护财产的资产阶级;不仅能发明革命,还能发明保护革命实现共产主义的政党。

马车两边的草纷纷后退,好像要回到切文古尔,而那个半睡半醒的人却要前进。他看不到星星,而星星却钻出了浓密的云层,离开了已经到达的永恒未来,离开了那个静悄悄的星系,在他的头顶上空闪闪发亮。在那个星系中,它们友好相处,犹如同志,彼此的距离不太远,免得互相忘记,也不太近,免得融为一体而失去各自的差异和彼此无谓的吸引。

从省城回来的路上，科皮奥金遇到了巴申采夫，于是他们结鞍而行，并肩来到了切文古尔。

科皮奥金渐渐深入到切文古尔，仿佛进入了梦境，只觉得那静悄悄的共产主义犹如一股暖流传遍全身，但这绝不是他个人的最高理想——这理想深藏在他胸中那个躁动不安的角落里。因此，科皮奥金打算对共产主义进行全面的检查，他要让共产主义立即在他身上唤起浓烈的兴趣，因为罗莎·卢森堡热爱共产主义，而科皮奥金又非常敬重她。

"卢森堡同志——她是女人！"科皮奥金向巴申采夫解释，"这里的人四仰八叉地躺着，腰里系着绳子，有的还戴耳环——我想这对卢森堡同志是不礼貌的，假如她在这儿，肯定会觉得不好意思，像我一样会产生怀疑的。你说呢？"

巴申采夫根本不想对切文古尔进行检查，他知道它的来龙去脉。

"她怎么会觉得难为情呢，"他说，"她也是个带手枪的娘们。这里也就是个革命自然保护区，跟我的那个一样，当初你就住在我那儿，你见过的。"

科皮奥金想起了巴申采夫的那个村庄,想起了那个住在地主家里很少说话的穷光蛋,以及自己的朋友和同志亚历山大·德瓦诺夫——他曾经和科皮奥金一起,在普通而优秀的人民中间寻找共产主义。

"你那里只是给那些被剥削得走投无路的人提供遮风避雨的地方,你那里没有产生共产主义。可是共产主义在这荒地上长出来了——人民原先到处游荡,没有生活,可到这儿就住下来,再也不走了。"

巴申采夫觉得这一切都无所谓:他喜欢切文古尔,他住在这里就是要积蓄力量,集合队伍,将来去攻打属于自己的革命自然保护区,从派到那里的普遍组织者手里夺取革命。大多数时间巴申采夫躺在野外,长吁短叹,听着偶尔从被遗忘的切文古尔草原传来的声音。

科皮奥金独自一人在切文古尔到处转悠,对无产者和另类分子进行观察,他想知道,他们是否多少觉得罗莎·卢森堡是个可亲可敬的人,可是他们根本没有听说过这个人,好像罗莎不是为了他们而献出了生命,倒是白白牺牲了。

无产者和另类分子到了切文古尔之后,很快就吃光了资产阶级留下的食品,科皮奥金回来后,他们只能用草原上弄来的植物充饥了。切普尔内不在的那些日子里,普罗科菲在切文古尔组织了星期六义务劳动,命令全体无产阶级重新安排城市和花园;但是另类分子移动房子和搬运花草不是为了劳动,而是为了支付在切文古尔住宿的费用,以此从政权和普罗什卡那里赎身。切普尔内从省里回来之后,搁置了普罗科菲的命令,把这件事交给无产阶级审查,希望无产阶级最后把房子分拆成一个个无用的部件,作为自己受压迫的遗迹保留下来,今后就住在毫无遮拦的世界上,仅仅依靠自己的肉体互相取暖。除此之外,还不知道在共产主义还有没有冬天,或者说永远是温暖的夏天,因为共产主义的第一天太阳就升起来了,说明整个自然界都站在切文古尔这一边。

切文古尔的夏季在一天天过去,时间毫无希望地渐渐背离了生活,可是切普尔内带领无产阶级和另类分子还停留在夏天中间,停留在时间和所有动荡不定的自发势力中间,过着快活平静的日子,信心十足地等待着生活的最终幸福在无产阶级身上实现,从此以后他们再也不受任何人干扰了。世界上已经有这种生活的幸福,只是隐藏在另类分子内心,但即使在内心,也还是一种物质,一件事实,一种必然。

科皮奥金一个人在切文古尔到处转悠,他不觉得幸福,也不抱平静的希望。要不是他在等待亚历山大·德瓦诺夫来对整个切文古尔做出全面评价,他早就用武装的手段摧毁切文古尔的秩序了。忍耐的时间越长,切文古尔的阶级越来越促发了科皮奥金的孤独感。科皮奥金有时候觉得,切文古尔的无产者心情都比他糟,但他们逆来顺受,因而实际上比他厉害。科皮奥金尚能在罗莎·卢森堡身上找到安慰,而外来的切文古尔人却毫无欢乐可言,他们也不想快乐,仅仅满足于所有无产者过的那种生活——跟人生路上遇到的那些命运相同、经历相似的同伴和同志相依相守。

有一天他想起了自己的哥哥。哥哥每天晚上出去和自己的姑娘约会,留下几个弟弟在家闲得无聊。于是科皮奥金安慰他们,他们也渐渐习惯了彼此安慰,因为他们必须这样做。现在科皮奥金对切文古尔同样没有什么感情,只想去找自己的女友——罗莎·卢森堡,而切文古尔人都没有女友,他们只能留下来彼此安慰。

另类分子好像事先早就知道,留在切文古尔的就剩下他们这些人,他们对科皮奥金和革委会都不提出任何要求——人家有种种思想和指示,而他们只有生存的必要性。白天,切文古尔人在草原上到处转悠,他们摘野菜挖草根,用天然的生食填饱肚皮。晚上,他们人挤人地睡在一起,尽量少烦恼,让时间过得快些。偶尔,他也会跟瘦小的老头雅科夫·基蒂契聊聊,原来,老头什么都知道,别的人只能想或者想都不敢想的事情他都知道。而切普尔内真的什么都不知道,因为他经历了自己的生活,却没有用警惕性高、记忆力强的意识把它保存下来。

雅科夫·基蒂契喜欢晚上躺在草丛里遥望星星,用遐想来平静自己的心情:有些星球十分遥远,那里有未经体验的非人类的生活存在,这种生活他难以企及,也不是为他而设。雅科夫·基蒂契转过脑袋,看到周围昏昏欲睡的邻居,禁不住替他们惋惜:"你们同样没有资格在那里生活。"接着,他欠起身,大声祝贺大家:"尽管没有资格,但无论是我,还是星星,物质是一样的——人毕竟不会蛮不讲理,贪得无厌,他只是按需索取。"

科皮奥金也躺在那儿,听着雅科夫跟自己心灵的这类对话。

"总觉得别人可怜,"雅科夫·基蒂契自言自语道,"瞅一眼人家伤心的样子,你就会可怜他,因为他受尽折磨,快要死了,你很快就要跟他永别了,可是你从来不可怜自己,你想起自己死后有人为你哭丧,而你将撇下那些哭丧的人,反而会觉得他们才可怜呢。"

"老人家,你哪来那么多糊涂话?"科皮奥金问,"你又不认识阶级的人,干吗躺在这儿嘀嘀咕咕的……"

老头不再说话,切文古尔也默默不语。

人们仰面朝天躺着,沉重朦胧的夜幕在他们的上方慢慢开启——静悄悄的,仿佛有时候那儿有人在说话,而熟睡的人们用叹息做回应。

"你怎么不说话,像黑夜似的?"科皮奥金问,"你是在为星星难过吗? 星星么——都是真金白银,可不像咱们的钱。"

雅科夫·基蒂契并不觉得自己说了什么丢人的话。

"我不是在说,我是在想,"他说,"你有话不会说就不是聪明人,不说话就是没有理智——只有痛苦的感情……"

"也许是这样,你说话就像在群众大会上做报告,那你是聪明人了?"科皮奥金问。

"我成了聪明人不是靠说话……"

"那靠什么? 那你教教我吧,咱们是同志啊。"科皮奥金请求说。

"我聪明一不靠父母,二不靠别人,全靠自己努力。我为自己挣了多少? 在吃用上又花了多少? 你用脑子给我大声地想一想。"

"肯定很多很多。"科皮奥金出声地想道。

雅科夫·基蒂契先是内疚地叹了口气,然后坦率地说:

"真的很多很多。这会儿老了,你躺在那儿想:我死了之后,这世界这人类还完整吗? 我做了多少事,吃了多少饭,遭了多少难,动了多少脑筋,就好像整个世界都在我手上花光了,留给别人的尽是我嚼过的东西。可是后来我发现,别人跟我一样,他们也从小受苦受难,但全都熬过来了。"

"怎么是从小呢?"科皮奥金不明白,"你是孤儿,还是你父亲不认你这儿子?"

"我没有父亲,"老人说,"只能跟陌生人相处,全靠自己养活自己,一辈子没人疼我……"

"既然你没有父亲,那为什么认为人和星星是一个价?"科皮奥金觉得奇怪,"对你来说,人应该更加宝贵:除了他们,你没处可躲,你的家就在他们流浪的路上……假如你是真正的布尔什维克,你应该什么都知道……可你倒好,到老还是个没爹没娘的孤儿。"

在城市中央,在最初的寂静中,传来婴儿的嘤嘤哭声。没有睡着的人们都听到了——地面上的夜静得出奇,仿佛夜幕下的大地本身似乎都不存在了。紧接着婴儿的呻吟,又传来了两个声音——婴儿母亲的声音和"无产阶级力量"警觉的嘶鸣。科皮奥金一跃而起,睡意全消,而对不幸已经习惯的老头说:

"小孩在哭闹——不知是男孩还是女孩。"

"小的哭闹,老的睡觉。"科皮奥金气呼呼地责备说,然后出去喂马,安抚哭泣的孩子。

一个沿途乞讨独自来到切文古尔的女乞丐,此刻坐在黑洞洞的过道里,搂着自己的孩子,频频朝他身上哈热气,想凭自己的力量减轻孩子的痛苦。

孩子安静而顺从地躺着,他不怕疾病的折磨,尽管高烧烧得他气都喘不过来,只能偶尔呻吟几下,与其是在诉说难受,不如说是在表达苦闷。

"你怎么了,怎么了,我的宝贝?"母亲问,"告诉我,哪里疼,我给你哈气,给你亲亲。"

小男孩没有回答,只是用半张半闭、迷离失神的眼睛看着母亲。

他那颗心脏,尽管独处黑暗的体内,却跳得如此顽强而猛烈,怀着如此强烈的愿望,仿佛它是与孩子不相干的独立存在,也是他的朋友,正在用自己滚烫的生命尽快烧干不断流出的死亡脓液。母亲不停地揉孩子的胸口,她想协助那颗孤零零藏在胸腔内的心脏,仿佛她在放松那根维系这孩子微弱生命的弦,不让正在演奏生命之歌的那根弦绷断。

此刻,母亲本人不但敏感、温柔,而且聪明、镇定,她生怕自己忘了什么,不能竭尽所能地及时帮助孩子。

她仔细回想自己的一生,以及她所见到的别人的经历,她要从中挑选一些眼下可以减轻孩子痛苦的办法。在这偶然路过的无名城市中,没有熟人,没有药品,没有衣服,没有餐具,这位靠乞讨度日的母亲除了用自己的一腔柔情帮助孩子之外,居然想出了治病的办法。晚上,她用温水给孩子洗胃,给他敷热敷,给他喝带甜味的水补充营养,而且决定,只要孩子还有口气,自己绝不打瞌睡。

可是,孩子依然痛苦难耐,母亲搂着孩子的胳膊也因为孩子高烧而冒汗了。孩子的整个脸都紧缩成一团,委屈得又呻吟起来:他这么难受,可母亲坐在旁边只是看着他,却什么也不给他。于是,母亲给他喂奶,尽管孩子已经四岁多了,可他还是贪婪地从早已干瘪的乳房中吸吮少得可怜的几滴乳汁。

"宝贝,你给我说话呀,"母亲请求说,"告诉我,你要什么?"

孩子睁开泛白、无神的眼睛,等到吸足了奶水之后,费力地说:

"我要睡觉,要游水:我不是病了吗,现在我困了。明天你叫醒我,别让我死了,要不我会睡过去的,我会死的。"

"不会的,孩子,"母亲说,"我会一直守着你,明天我就给你讨点牛肉吃。"

"你要抱住我,别让要饭的偷走。"小孩说,声音越来越轻,"他们讨不到就偷……我跟着你真没意思,你还是迷路了吧。"

母亲看了看已经昏迷的孩子,不觉可怜起来:

"我的宝贝,要是你命中注定在这世界上活不长,"母亲悄悄说,"那就在睡梦中死吧,就是别痛苦,我不想让你受罪,让你一直感到凉爽舒服……"

小孩先在安静凉爽的梦中昏睡,过了一会儿突然哇的一声惊叫起来,他睁开眼睛,发现自己躺在温暖松软的面包中间,而母亲正揪着他脑袋,把他从布袋里拽出来,把他病得大汗淋漓、浑身长毛、一块块往下掉的身体分发给那些赤身露体的讨饭婆。

"妈,"他对母亲说,"你真傻呀,将来谁给你养老啊? 我已经这么瘦了,可你还把我送给别人!"

母亲已经听不到他的声音,只是直愣愣地盯着他的两只眼睛,那眼睛很像河里的卵石,已经没有了生命,她不禁号啕大哭起来,那声音如此凄惨,而孩子却毫无反应,她忘了他已经不那么痛苦了。

"我给他治病,我爱护他,我没罪。"母亲说这话是为了将来免遭良心的折磨。

切普尔内和科皮奥金是最早来看望她的切文古尔人。

"你怎么了?"切普尔内问。

"我想让他再多活一会儿。"当母亲的说。

科皮奥金俯身摸了摸孩子——他喜欢死人,因为罗莎·卢森堡也在他们中间。

"为什么你需要一会儿?"科皮奥金说,"一会儿过了他还是要死的,你照样要痛哭。"

"不会的,"母亲保证,"那时候我就不哭了——我还没来得及记住他活着的模样。"

"这能办到,"切普尔内说,"以前我自己老生病,在资本主义大屠杀的前线学了点医学知识,成了一名医士。"

"可孩子已经死了,你干吗还打搅他?"科皮奥金问。

"你这是什么话?"切普尔内严肃而又很有把握地说,"要是当母亲的有这愿望,那他可以再多活一会儿:本来活得好好的,一下子没了气!假如他已经僵硬,或者出了蛆,那就没办法了,可是这孩子还热乎乎的——他内囊都还活着,只是外表死了。"

切普尔内忙着帮孩子再活一会儿的时候,科皮奥金终于领悟了:在切文古尔根本没有什么共产主义。你瞧,那女人刚把孩子带来,他就死了。

"别瞎折腾了,你再也没法组织他了。"科皮奥金向切普尔内发指示,"如果心跳没了,就表明人死了。"

切普尔内还是没有放下他医士的活儿——他给孩子搓揉胸部,挤压两耳下侧的喉部,给孩子做口对口人工呼吸,期待死人复活。

"这跟心脏有什么关系?"切普尔内说,一时间忘了自己的努力和医学的信仰,"请问,这跟心脏有什么关系? 灵魂在喉咙里,这事儿我已经向你证明过了。"

"就算它在喉咙里,"科皮奥金表示同意,"可它是思想,并不守护生命,反而消耗生命;你生活在切文古尔,根本不劳动,这才会说,跟心脏没有一点关系。心脏给整个人当苦力,心脏是干活的,而你们全是剥削者,你们这里根本没有共产主义!……"

母亲端来了热水,帮切普尔内进行治疗。

"你别难过,"切普尔内对她说,"现在整个切文古尔都要为他难过了,你的悲伤只是小小的一部分……"

"什么时候他才会有呼吸呢?"母亲在听动静。

切普尔内抱起孩子搂到胸前,然后将他竖直再用膝盖夹住,让他像活的那样站着。

"您怎么能这样乱来呢?"母亲伤心地指责说。

普罗科菲、热耶夫和雅科夫·基蒂契走进过道,他们站到一旁,什么也没问,免得碍事。

"我的理智现在不起作用,"切普尔内解释说,"我是凭记忆行动。即使没有我,他也应该再活你要的那一会儿——这里起作用的是共产主义和整个自然界。在别的地方他昨天就会死的。是切文古尔才使他多活了一天一夜——我告诉你!"

"完全可能,完全是这样,"科皮奥金想了想,朝院子里瞥了一眼——看看空气中,在切文古尔或者在它上面的天空中,有没有什么明显的对死者的同情。可是那里的天气变了,风在野草丛中呼啸,而无产者们陆续从渐渐冷却的地上站起来,前往屋子里过夜。

"那里的情况跟帝国主义一模一样,"科皮奥金改变了想法,"也是天气多变,也看不到共产主义——很可能,孩子会意外地开始呼吸——那就好了。"

"您别再折磨他了,"母亲对切普尔内说,因为切普尔内往孩子没有知觉的嘴里滴了四滴素油,"让他歇着吧,我不希望别人去打扰他,他跟我说过,他累了。"

切普尔内给孩子梳了梳黏结的头发,头发已经失去了光泽,因为死者的幼年夭折了。一阵迅猛却又失去后劲的雨点砸在过道的屋顶上,但是,一阵骤然而起的狂风掠过草原,把雨水带到了远方的黑暗中。外面又寂静无声,只散发出一股潮湿和泥土的气息。

"他马上就要恢复呼吸,睁眼看我们了。"切普尔内说。

五个切文古尔人俯身观察孩子的尸体,期待马上能看到他在切文古尔的复活,因为他的第二次生命将是非常短暂的。小孩默默地坐在切普尔内的腿上,他母亲脱下他的厚袜子,闻他的脚汗。孩子可以活过来让母亲记住并得到安慰之后重新死去的那一会儿过去了,但是孩子不愿遭二遍罪,他的尸体依然一动不动地躺在切普尔内的手上——于是母亲明白了。

"我不想让他活过来,哪怕一会儿也不要,"她放弃了,"他又得死一次,再受一次折磨,就让他这样吧。"

"这算什么共产主义?"科皮奥金彻底怀疑了,他走到潮湿的夜幕下的院子里,"它始终没能让孩子恢复呼吸,人一到共产主义就死了。这是瘟疫,而不是共产主义。科皮奥金同志,你该离开这里到远处去了。"

科皮奥金不由得精神一振,而振作的精神正是远行和希望的伴侣。他看着切文古尔心里有点不舍,因为马上就要跟它永别了。凡是遇到的人和被抛弃的村庄和城市,他都要告别:离别可以弥补他未能实现的愿望。一到夜里,科皮奥金就失去耐心——黑暗以及人们虚无缥缈的梦,吸引他去头号资产阶级国家做一次深入的侦察,因为那个国家也是一片黑暗,资本家光着身子在睡觉——可以立即把他们干掉,天亮之前就宣布共产主义。

科皮奥金走到自己的坐骑跟前,打量抚摸了一番,他要确切知道：能不能随时出发。检查结果——可以："无产阶级力量"非常结实，时刻准备奔向远方，奔向未来——就像过去驰骋疆场那样。

切文古尔入口处响起了手风琴声——不知哪个另类分子身边带着乐器，他睡不着，便用音乐安抚自己无眠的孤独。

科皮奥金还从来没有听到过这样的乐曲——像在说话，而且吐字清楚，但意犹未尽，空留一团未能排遣的忧愁。

"这乐曲最好把话说清楚，它究竟需要什么，"科皮奥金激动地说，"听声音，它在召唤我过去，若是你走到它跟前——它却不会停止演奏。"

科皮奥金还是顺着深夜的乐曲声走去，想要彻底看清那些切文古尔人，并且在他们身上发现什么是共产主义，因为科皮奥金无论怎样都感觉不到。即使在空旷的无组织的田野，科皮奥金的感觉也要比在切文古尔好得多；当初他和萨沙·德瓦诺夫并肩而行，他苦闷，德瓦诺夫也苦闷，他们的苦闷相向而行，相遇之后就停在半途。

而在切文古尔呢，没有一个同志过来陪你一起苦闷，于是苦闷就延伸到草原，接着又弥漫于黑暗的天空，最后消失在那孤独的世界。有人在拉琴，科皮奥金根据琴声听出这里没有共产主义，因此他伤心得睡不着觉。如果有了共产主义，他就能用琴声把话说明白，琴声就会停止，他也会走到我跟前。说话吞吞吐吐，欲言又止——真丢人。

要进入切文古尔很难，出来也不容易——有房屋却没街道，房屋乱七八糟地挤成一堆，仿佛人们是要借助住房互相紧紧贴在一起，房屋与房屋之间的夹缝中长出了野草，这些野草又没法用脚踩平，因为大家都光着脚。荒草中探出四个人的脑袋，对科皮奥金说：

"稍等一下。"

这是切普尔内以及刚才围在死去的孩子身边的那几个人。

"再等一会儿。"切普尔内请求说,"说不定我们走了他很快能活过来。"

科皮奥金也在草丛中蹲下,琴声停止了,现在可以听到雅科夫·基蒂契肚子里的狂风暴雨,怪不得他只是一个劲儿地喘气,继续忍耐。

"他怎么会死了呢? 他是革命后才出生的呀!"科皮奥金问。

"是啊——他怎么会死了呢,普罗什?"切普尔内觉得纳闷,又问了一遍。

普罗科菲知道原因。

"同志们,人的生老病死都取决于社会条件,而不是别的。"

科皮奥金这时候站了起来——他什么都明白了。切普尔内也站了起来——他还不知道不幸的原因,但是他已经预感到伤心和惭愧。

"这么说来,是你的共产主义害死了孩子?"科皮奥金严厉地问,"你的共产主义不就是社会条件吗! 条件有了,孩子没了。你现在应该负全部责任,你这资本的灵魂! 在革命的半道上你抢走了整个城市……巴申采夫!"科皮奥金对着切文古尔大声呼喊。

"哎——!"巴申采夫从偏僻的角落回应。

"你在哪里?"

"我在这儿。"

"你过来做准备!"

"干吗要准备,我不用准备就把活儿做了。"

切普尔内站在那儿并不害怕,他正在经受良心的折磨。共产主义害死了切文古尔一个最小的孩子,他无法找到替自己辩解的理由。

"普罗什,真是这样吗?"他低声问。

"是的,切普尔内同志。"

"现在我们该怎么办? 这么说来,我们这儿是资本主义? 也许那孩子命里注定要死的? 共产主义到哪儿去了,我可是亲眼见过的啊,我们为它腾出了地方……"

"你们应该连夜去找到资产阶级,"科皮奥金建议,"趁着黑暗,把他们在睡梦中一网打尽。"

"那里亮着电灯,科皮奥金同志,"见多识广的普罗科菲冷静地说,"资产阶级轮班生活——昼夜轮流,他们忙得很。"

切普尔内去找那个过路的女人——了解那死去的孩子有没有因为社会条件而活了过来。母亲已经把孩子放到正房的床上,自己挨着他躺下,搂着他睡着了。切普尔内站在母子俩身边,一下子拿不定主意——究竟要不要叫醒这女人。普罗科菲有一次曾经说过,心里难受的时候应该睡觉,或者吃点可口的东西。切文古尔没有什么好吃的东西,因此那女人选择了睡觉来安慰自己。

"你睡了?"切普尔内轻声问女人,"要不要给你找点好吃的东西? 这儿的地窖里有资产阶级留下的食品。"

女人睡着了没有回答。她的孩子紧挨着她,嘴巴张着,好像鼻子给堵住了,只能用嘴呼吸。切普尔内发现孩子的牙齿没了——他已经过了掉乳牙的年龄,还来不及长出恒齿。

"你睡了?"切普尔内俯身问,"你怎么老睡啊?"

"不,"过路女人睁开了眼睛,"我躺下就犯困。"

"是因为伤心还是习惯?"

"习惯了。"女人睡意未消,不情愿地回答。她的右臂垫在孩子身下,眼睛也不看他,凭习惯感觉他睡着了,身体暖暖的。接着,这女乞丐欠起身,遮住了自己两条裸露的大腿,她的大腿丰满,足以生养未来的孩子。"也算得上是个漂亮女人,"切普尔内发现,"肯定有人动过她的心思。"

孩子摆脱母亲搂着他的胳膊,像国内战争中的阵亡者那样仰面躺着,一脸忧愁,看上去像个有觉悟的老人,身上唯一的那件破衬衫代表了那个四处流浪的讨饭阶级。母亲知道,她的孩子受尽了死亡的煎熬,他对死亡的感受比起永别带给她的伤心更加痛苦。但是,孩子没有向任何人抱怨过,独自耐心地不声不响躺在那儿,准备在冰凉的坟墓中度过一个个漫长的冬天。陌生人站在他们母子的床边,期待出现某种他自己需要的状况。

"他真的没有喘过一口气? 不可能——这里又不是旧时代!"

"没有,"母亲回答,"我梦见他还活着,我们娘儿俩手拉手走在田野里。天气暖和,我们吃得饱饱的,我要抱他,可他说:不,妈妈,我自己走,很快就走到了。咱们得好好想想,要不我们都成了叫花子。可是我们无路可走啊。我们坐到一个坑里,娘俩都哭了……"

"哭没有用,"切普尔内劝她,"我们本来打算把切文古尔作为遗产留给你的孩子,可是他不接受,死了。"

"我们坐在野地里哭个不停:既然我们没有活路,那干吗还活着? ……孩子对我说:'妈妈,还是让我死了吧,我跟你走啊走啊,不停地走,我都烦了。走到哪儿都一样,哪儿都一样。'我对他说:'行,那你就死吧,到时候我跟你一起闭上眼.'他就躺在我身边,闭上眼睛,可还在喘气,还活着,死不了.'妈妈,'他说,'我怎么死不了.''行,既然死不了,那就别死,咱们就慢慢走吧,也许能找到个落脚的地方.'"

"刚才他在你手上还是活的？就在这床上？"

"就这儿。他躺在我怀里还喘气呢,怎么也死不了。"

切普尔内如释重负。

"到了切文古尔他怎么会死呢,你说说看？这里给他创造了条件……我就知道,他还会喘一会儿气,只是你睡着了没有发现。"

母亲用孤寂的眼睛看了看切普尔内。

"你这人还要什么呀：我亲爱的,死了就一了百了。"

"什么也不需要,"切普尔内赶紧回答,"我觉得宝贵的是你在梦里见到他是活的——这说明他在你心中,在切文古尔,又活了一会儿……"

因为伤心和思考,女人没说话。

"不,"她说,"你看重的不是我孩子,你需要的是自己的想法！你出去,别缠我,我习惯了一个人待着。到天亮我还能跟他一起睡很久,你别浪费我们的时间。"

切普尔内得意扬扬地离开了女乞丐的家,尽管是在梦中,在母亲的脑海里,孩子毕竟用自己残余的灵魂又活了一会儿,并没有在切文古尔马上彻底死掉。

这么看来,切文古尔有共产主义,它避开了人们在独自行动。它究竟在哪里呢？切普尔内从过路女人母子俩那儿出来之后,无法在夜幕下的切文古尔清晰地感觉到或者看到共产主义,尽管共产主义已经正式存在。"可是人们的生活中又有多少不正式的东西?"切普尔内感到奇怪,"他们在黑暗中跟死人睡在一起,他们也觉得舒服!真是瞎操心。"

"怎么样?什么情况?"留在外面的几个同志问切普尔内。

"在梦中他喘过气儿,不过他自己想死,在野外的时候想死可死不了。"切普尔内回答。

"怪不得他一到切文古尔就死了。"热耶夫明白了,"到我们这里他就自由了:想活就活,想死就死。"

"事情很清楚,"普罗科菲做定论,"假如他没死,而自己又想死,难道这就是制度的自由吗?"

"是啊,你倒是说呀?!"切普尔内要消除所有的疑虑,便用提问的方式表示肯定。一开始他不明白这些话是什么意思,但是看到大家都对这外来孩子的情况表示满意,他也高兴了。只有科皮奥金一个人看不到这中间有什么亮色。

"那娘们儿怎么没出来跟你们走,反而带着孩子躲了起来?"科皮奥金指责所有在场的切文古尔人,"这说明她觉得在那里比在你们的共产主义更好。"

雅科夫·基蒂契习惯于默默地生活,在感情的寂静中体验自己的判断,但是如果受了委屈,他说的话也很有道理。他果真这样说了:

"她跟孩子留在那里,是因为他们有相同的血脉,还有跟你们一样的共产主义。要是她离开了死去的孩子,那你们的基础也就没了。"

科皮奥金对这位另类分子老头顿生敬意,于是进一步证实他说得有道理：

"你们切文古尔的共产主义这会儿在黑暗中——紧挨着那女人和小孩。为什么我心中的共产主义能勇往直前？因为我跟罗莎·卢森堡有深厚的事业，尽管她百分之百死了！"

普罗科菲认为孩子死亡事件只是一种表面形式，趁此机会向热耶夫大谈自己与多少受过高中低不同程度教育的女人发生过关系——分门别类详细介绍。热耶夫听得羡慕不已——他的相好全是不识字、没文化、老实巴交的女人。

"她很有魅力！"普罗科菲最后说，"她身上有一种特别高雅的气质。她呀，你懂吗，她是名副其实的女人，绝不是乡下婆娘。她有那么一点，你懂吗，有点像……"

"有点像共产主义。"热耶夫怯生生地提示说。

"差不多。我明明知道会吃亏，但还是想干。她跟我要吃的要穿的——那一年正闹饥荒——我正给家里送点东西，我父亲、母亲、兄弟都在乡下，我心想，去你的——母亲生养了我，你却要毁掉我。我老老实实回到了家里，可心里一直牵记着她，不过东西还是送回家了，帮他们躲过了饥荒。"

"她什么文化？"热耶夫问。

"大学毕业。她给我看了证件——单教育学就学了七年，在职员子弟学校当老师。"

科皮奥金听得很清楚，有人赶着大车从草原上过来了：也许是萨沙·德瓦诺夫。

"切普尔内，"他说，"萨沙一来，就让普罗科菲滚蛋。他是个高明的骗子。"

切普尔内一如往常地表示同意：

"我用一个好人跟你换个更好的人：你就收下吧。"

大车在切文古尔旁边吱嘎吱嘎地走了过去，没有进城。这么看来，有的地方没搞共产主义，他们还驾着马车外出办事。

一小时之后，连那些最不安分、最有警惕性的切文古尔人也在新的一天到来之前睡着了。最早醒来的是基里，他从头天下午一直睡到现在。他看到一个女人抱着沉甸甸的孩子正在离开切文古尔。基里自己也巴不得离开切文古尔，他已经腻烦了不打仗只享受战果的生活。不打仗了，就该跟亲人团聚，而基里的亲人在遥远的地方：在远东，在太平洋之滨，几乎就在天边，再往前就是不分亲疏地笼罩着资本主义和共产主义的天空。基里当初从符拉迪沃斯托克徒步走到彼得格勒，一路上为苏维埃政权及其思想清扫大地，如今到了切文古尔，就要睡个够，直到不想睡为止。每逢夜晚，基里就仰望天空，把天空想象为太平洋，把星星想象为远航西方的轮船经过他家乡时的点点灯光。雅科夫·基蒂契也安静下来。他在切文古尔给自己找了一双树皮鞋，在树皮鞋里面缝了毡靴。他扯着那破嗓子唱起了忧伤的歌——他挑选的那些歌都是为了自己，他要用歌声代替自己心灵的远行。但是，单靠歌声不足以应对生活，他已经为远行准备好了树皮鞋。

基里听到老头唱歌，问他："你还有什么伤心事啊，雅科夫·基蒂契，你已经活到头了！"

雅科夫·基蒂契不承认自己老了——他认为自己不是五十岁，而是二十五岁，因为一半的生命是在睡觉和生病中度过的，这一半不算数，属于损耗。

"你要去哪儿啊,老头?"基里问,"你在这里觉得苦闷,到那里会觉得困难:两头都不容易。"

"那我走中间,我只要一上路,灵魂就出窍:一路走去,谁都不认识我,自己也成了多余人:我的生命从哪儿来,总要回到哪儿去。"

"在切文古尔也很舒服呀!"

"空城一座。过路人倒是可以在这儿歇个脚。这里有房子,但没用处;有阳光,但没支撑;有人,但没怜悯;人来人往,待客倒是大方,反正财产和食品都很便宜。"

基里不愿听老头说话,他发现老头尽在撒谎:

"切普尔内尊重别人,对同志也充满爱心。"

"他爱别人是因为感觉太多,而不是出于需要。他做事捉摸不定……明天该开路了。"

基里根本不知道自己在哪儿更合适:是在这里,在切文古尔享受安宁而空虚的自由,还是到遥远的更加艰苦的另一个城市。

接下来的几天,切文古尔上空就像共产主义才开始的时候,白天阳光灿烂,入夜朗月普照。谁也没有关注月亮,也不把它当一回事,唯独切普尔内见到月亮会欣喜不已,仿佛共产主义也不能缺少月亮。每天早晨,切普尔内都要洗个澡,白天就坐在街道中央一段被人丢弃的木头上,看着人来人往,看着城市,仿佛在看未来的繁荣、普遍的欲望和自己摆脱了理智的控制——可惜切普尔内无法用语言表达自己的种种感受。

无产者和另类分子在切文古尔的城里城外到处转悠,他们在寻找自然界和资产者庄园里的现成食物,而且总有收获,因为他们至今都还活着。有时候,某个另类分子会走到切普尔内跟前问:

"我们该做什么?"

对这样的问题,切普尔内只是觉得奇怪:

"你怎么来问我? ——你得自己拿主意。我们这里是共产主义,不是沙皇的天下。"

另类分子站在那儿琢磨,他究竟该干什么。

"我想不出来,"他说,"想得头都大了。"

"那你就慢慢想,慢慢积累,"切普尔内建议,"到时候总会想出来的。"

"我脑子里什么也装不进,"来人老实承认,"我问你,为什么外面什么也没有:你最好下命令让我们干点什么吧!"

另一个另类分子开始对苏维埃徽章感兴趣:为什么人们佩戴的是五角星而不是十字架或圆圈。切普尔内让他去问普罗科菲。普罗科菲解释说,红五星表示地球的五大洲联合起来接受统一的领导,而红色表示鲜血。另类分子听了又去找切普尔内,他要核实消息的可靠性。切普尔内接过红星,马上看出来这是个展开双手双脚的人,这个人要去拥抱另一个人,根本不是没有感情的五大洲。另类分子不明白为什么人要拥抱别人。于是,切普尔内明明白白地告诉他,这不是人的过错,人体这样的构造就是为了拥抱,否则手和脚没地方搁呀。"那十字架也是人啊,"另类分子想起来了,"为什么他只用一只脚站着,人明明有两只脚啊?"切普尔内对此自有说法:"从前人们想单靠两只手互相扶助,可是扶不住,于是就叉开两只脚,这样就站稳了。"另类分子听了很满意。"这样解释有点道理。"另类分子说着就离开了。

晚上下起了雨,因为月亮要洗澡。乌云遮住天空,黑夜提前来临。

切普尔内拐进屋子,摸黑躺下睡觉,开始专心思考。过了一会儿,又一个另类分子进来向切普尔内转达大家的共同愿望——用教堂的钟演奏乐曲:那个全城唯一拥有手风琴的人带着琴不知去哪儿了,而留下的人们听惯了音乐,已经等得不耐烦了。切普尔内回答说,这是乐手的事,他管不了。过了不多一会儿,切文古尔上空就响起了教堂的钟声。如注的大雨使钟声变得柔润,就像有人一口气唱出的歌声。在钟声和雨声中,又有人来找切普尔内,黑暗中难辨他的面目。

"又想出了什么花样?"切普尔内迷迷糊糊地问来人。

"这里的共产主义是谁想出来的?"来人的声音显得苍老,"给我们看看具体的。"

"你去叫普罗科菲·德瓦诺夫或者随便什么人——他们都能给你看共产主义!"

来人刚走,切普尔内就睡着了——现在他在切文古尔能睡得很踏实。

"他说,去找你的普罗什卡,他什么都知道。"那人告诉站在门外等他的同伴,同伴没戴帽子,淋着雨。

"我们去找吧,我已经二十年没见他了,现在他成了大人物。"

上了年岁的那人刚走了十来步又改了主意:

"还是明天去找吧,萨沙,我们先找个吃饭睡觉的地方。"

"好吧,霍普涅尔同志。"萨沙说。

他们开始寻找吃住的地方,结果什么也没有找到:其实他们根本不用寻找。亚历山大·德瓦诺夫和霍普涅尔进入了共产主义,切文古尔的所有门都敞开着,里面空无一物,大家都欢迎新来的人。切文古尔人没有财产,唯一能够拥有的就是朋友了。

*

敲钟人在切文古尔教堂的几只大钟上奏响了复活节晨祷的歌声——《国际歌》他不会演奏,尽管他出身无产阶级,当敲钟人仅仅是他职业生涯中的一个行当。雨全下完了,天空中一片寂静,大地散发出积聚已久的令人陶醉的生命气息。钟声的旋律如同夜晚的空气,唤起切文古尔的人们放弃财产奔向远方的欲望。人一旦失去了财产和理想,剩下的仅是一副空皮囊。前方只有革命,钟声只能唤起他们的恐慌和欲望,而不是仁慈与平静。切文古尔没有艺术,切普尔内曾经为此而发愁,然而任何一种带旋律的声音,哪怕是飘向寥廓的星空,自然而然地成了对革命的提醒,成了要对自己以及整个阶级未能取得胜利的良心责备。

敲钟人累了,于是躺在钟楼的地板上睡觉。可是,科皮奥金的感觉可以持续很长时间——整整好几年。他无法把自己的感觉传达给别人,只能把内在的生命耗费在对正义事业的深切思念上。钟声停了,科皮奥金不再期待会有什么大事发生,便跨上"无产阶级力量",占领了切文古尔革委会,一路上也没有遇到什么抵抗。革委会就设在刚才敲钟的教堂里。这样更方便。科皮奥金在教堂里等到天亮,一举没收了革委会的所有案卷和文件,把全部材料扎成一捆,在最上面的一张纸上面写了几句话:

已失效。留待无产阶级人员前来参阅。

科皮奥金

整整一上午,没有一个人来革委会。科皮奥金的坐骑渴得直叫唤。为了占领切文古尔,科皮奥金故意让它受苦。中午的时候,普罗科菲来到教堂,在门口的台阶上从怀里掏出公文包,然后穿过大厅到圣堂办公。科皮奥金站在读经台上等候他。

"你来了?"他问普罗科菲,"给我原地站住,等我过来。"

普罗科菲老老实实地停下,他知道在切文古尔没有正常的国家,理智分子不得不生活在落后的阶级中,只能逐步提高这个阶级的水平,最后控制他们。

科皮奥金收缴了普罗科菲的公文包和两把女式手枪,然后把他带到圣堂的门廊——将他逮捕。

"科皮奥金同志,难道你会干革命?"普罗科菲问。

"我会,你这不是看到我正在干革命么。"

"那你党费交了吗？请出示你的党证!"

"不给。给过你权力,可是你没有让穷苦百姓过上共产主义好日子。到圣堂里去,坐那儿等候处理。"

科皮奥金的坐骑渴得嘶叫起来,普罗科菲离开科皮奥金走进圣堂。科皮奥金在烤圣饼女人的橱柜里找了一罐蜜饭塞给普罗科菲,不让他饿着,然后把一个十字架插进门把手,将人犯锁在里边。

普罗科菲透过镂空的门看着科皮奥金,一句话也没说。

"萨沙来了,正满城找你呢。"普罗科菲突然冒出来一句。

科皮奥金感觉自己高兴得都想吃东西了,但是在敌人面前尽量保持镇定。

"既然萨沙来了,那你马上出来吧:他知道该怎么处置你们。现在你已经不可怕了。"

科皮奥金从门把手里拔出十字架,跨上"无产阶级力量",两腿一夹,马儿穿过台阶和大门,朝切文古尔飞奔而去。

亚历山大·德瓦诺夫正在街上走,他还什么也不明白,只看到切文古尔挺好。太阳照耀着城市和草原,犹如绽放在贫瘠的天空中的一朵花,受了刺激之后正以成熟过头的力量将绽放过程中产生的明亮的热量压进土地。切普尔内陪着德瓦诺夫,试图向他解释共产主义,但怎么也解释不了。他终于注意到了太阳,于是指着太阳对德瓦诺夫说:

"你瞧,我们的基础在燃烧,而且永远不会熄灭。"

"你们的基础在哪儿?"德瓦诺夫看了他一眼。

"这不是么。我们不让大家受苦,我们靠太阳多余的力量生活。"

"为什么是多余的?"

"如果不是多余的,那太阳就不会把它送到下面,太阳就成黑的了。既然是多余的,那就给我们,由我们自己安排生活!你明白我的意思吗?"

"我想亲眼看到。"德瓦诺夫说。他显得疲惫,但很坦率,他来切文古尔不是为了检查,而是为了更好地体验当地现成的兄弟情谊。

革命像白天一样过去了。草原上,县城里,在俄罗斯的穷乡僻壤,很久听不到枪声了。当初军队、战马和俄罗斯的布尔什维克队伍络绎不绝的大路上,如今长满了荒草。平原山川复归寥寂,犹如收割后的田野,断了气息。唯有夕阳在昏昏欲睡的切文古尔上空苟延残喘。再也没有人骑着战马驰骋草原:有的战死,连尸体都找不

到,名字也被遗忘;有的驯服了战马,带领家乡的穷人前进,但不是
到草原上,而是奔向美好的未来。即使有人出现在草原上,也不会
引起大家的注意——无非是个没有危险、安分守己的老实人外出办
事路过此地。德瓦诺夫带着霍普涅尔回到切文古尔之后,发现自然
界再也没有以往的那种惊慌,沿途的村庄里也没有了危险和灾难。
革命绕过这些地方,使土地免受影响而处于平静的忧愁状态,而它
自己则不知去向,仿佛躲进了黑暗的人体里边,因为一路走来它实
在太累了。这世界犹如黄昏,而德瓦诺夫觉得,代表成熟、幸福或者
遗憾的黄昏,也进入了他的体内。就在这样的一个黄昏,在自己生
命的黄昏,德瓦诺夫的父亲为了赶在时间前面见识未来的早晨,消
失在穆捷沃湖的湖底,从此再也没有回来。现在来临的是另一种黄
昏——也许,渔民德瓦诺夫渴望见到早晨的那一天已经过去,于是
他的儿子在重新体验黄昏的感受。亚历山大·德瓦诺夫并非因为
深爱自己才要去实现共产主义,他只是随大流,因为大家都在前进,
他怕落后,他想跟大家在一起,因为他没有父亲,没有家庭。而切普
尔内恰恰相反,共产主义在折磨他,就像德瓦诺夫的父亲被来世的
秘密折磨一样。切普尔内受不了时间的秘密,于是赶紧在切文古尔
建立共产主义,从而中断了漫长的历史,就像渔民德瓦诺夫因为忍
受不了自己的生命而将生命变成了死亡,以便提前感受来世的美
妙。但是,德瓦诺夫觉得父亲的可贵之处并不在于他的好奇,他喜
欢切普尔内也不是因为他的迫切实现共产主义的激情。对于德瓦
诺夫来说,父亲必不可少是因为那是他失去的第一位朋友,而需要
切普尔内是因为他是一位无家可归的同志,没有共产主义人们绝不
会接纳他。德瓦诺夫爱父亲,爱科皮奥金,爱切普尔内,爱许多另类

分子,因为他们都像他父亲那样忍受不了生命而将死去,而他将孤苦伶仃地留在陌生人中间。

德瓦诺夫想起了来日无多的老人扎哈尔·巴甫洛维奇。"萨沙,"他经常这样说,"人生在世总得要做点什么,你没看到人活着活着就死了。咱们总得留下点什么,一点点也行。"

于是,德瓦诺夫决定到切文古尔认识一下共产主义,再回到扎哈尔·巴甫洛维奇身边帮助他以及其他勉强活着的人们。但是,切文古尔外表上没有共产主义,肯定是躲进了人们的体内。德瓦诺夫哪儿也没有见到共产主义,草原上不见人影,一片荒凉的景象,房屋旁边偶尔坐着几个似醒未醒的另类分子。"我的青春快结束了,"德瓦诺夫想,"我内心十分平静,整个历史进入了黄昏。"在德瓦诺夫生活和活动的那个俄罗斯,到处显出荒凉和疲态:革命过去了,它的成果已经收获,人们正在默默地享用成熟的果实,让共产主义成为他们身上永久的血肉。

"历史非常悲哀,因为历史就是时间,它知道自己会被忘却的。"德瓦诺夫对切普尔内说。

"还真是这么回事,"切普尔内感到惊讶,"可我自己怎么没有发现!怪不得傍晚的时候鸟儿都不再唱歌,只有蟋蟀在叫唤:这算什么歌声!你瞧我们这里,也只有蟋蟀在叫唤,鸟儿很少,这表示历史在我们这儿已经结束了!你瞧,这些症状我们居然都没有发现!"

科皮奥金从后面追上德瓦诺夫,满怀深情地打量他好久,竟然忘了下马。"无产阶级力量"冲着德瓦诺夫嘶鸣起来,科皮奥金这才下了马。德瓦诺夫站在那儿一脸愁容:他为自己对科皮奥金过于动情而感到羞愧,生怕流露出来而犯错误。

科皮奥金也为自己对同志的神秘态度而觉得难为情,但是马儿兴奋的嘶鸣使他振作起了精神。

"萨沙,"科皮奥金说,"你刚到吗? ……让我轻轻地吻你一下,免得难受。"

吻过德瓦诺夫之后,科皮奥金转身跟马儿说起了悄悄话。"无产阶级力量"狡黠而不信任地看着科皮奥金,它知道他跟自己说话不合时宜,因此不相信他的话。

"别看我,你没见我太激动了吗!"科皮奥金悄悄地说。但是马儿严肃的目光一直没有从科皮奥金脸上移开,也不吭声。"你是马儿,是个傻瓜,"科皮奥金说,"你想喝水吗,你干吗不吭声?"

马儿叹了口气。"这下我完了,"科皮奥金想,"连这畜生也为我唉声叹气了!"

"萨沙,卢森堡同志牺牲到现在多少年了?"他问,"我现在站在这儿还想着她——以前她可是活着的。"

"很久了。"德瓦诺夫的声音很轻。科皮奥金勉强听清了他的话,吓得赶紧转过脸。德瓦诺夫在默默流泪,但没有用手去捂住脸,任凭泪水吧嗒吧嗒掉在地上——他没法避开切普尔内和科皮奥金。

"马儿还可以原谅,"科皮奥金责备切普尔内,"可你是人,怎么不知道避开呢!"

科皮奥金错怪了切普尔内:切普尔内一直像犯了错误似的站在那儿,他在琢磨怎样帮助这两个人。"难道他们嫌共产主义还不够吗,到了共产主义还伤心?"切普尔内愁眉苦脸地想。

"你就这么站着吗?"科皮奥金问,"我刚才夺了你的革委会,可你还这么盯着我看!"

"你拿去吧。"切普尔内毕恭毕敬地回答说,"我自己早就想把它关了:跟这些人在一起,我们还要什么政权!"

费奥德尔·费奥德罗维奇·霍普涅尔美美地睡了一觉,醒来之后在切文古尔走了一圈,因为没有街道,他在这县城里迷了路。居民中没有人知道革委会主席切普尔内的住址,但是都知道他现在在哪里。于是,霍普涅尔被带到了切普尔内和德瓦诺夫跟前。

"萨沙,"霍普涅尔说,"我在这里没见到有什么活儿可干,能干活的人没必要待在这儿。"

切普尔内听了一开始很不高兴,觉得莫名其妙,后来想起在切文古尔人们应该靠什么生活,便尽量安慰霍普涅尔:

"霍普涅尔同志,这里大家都只有一个职业——灵魂,我们用生活代替干活。你觉得怎么样,不错吧?"

"不是不错,简直可恶。"科皮奥金立即回答说。

"不错倒是不错,"霍普涅尔说,"但不知道到时候人们靠什么来互相支撑。你拿他们怎么办,是用口水把他们粘起来还是单靠专政把他们捏起来?"

切普尔内是老实人,他开始怀疑切文古尔的共产主义是否完整,尽管应该理直气壮地坚信自己,因为他所做的一切都凭自己的理智,也符合切文古尔人的集体感觉。

"别跟这蠢货啰唆了。"科皮奥金对霍普涅尔说,"他在这里把荣誉当财产组织起来了。刚才有个小孩在他的普遍条件下死掉了。"

"你这儿谁是工人阶级?"霍普涅尔问。

"我们有太阳,霍普涅尔同志。"切普尔内怯生生地回答,"以前剥削用自己的影子遮住了太阳,现在我们这里没剥削,太阳就劳动了。"

"所以你就以为——你这里成了共产主义吗?"霍普涅尔又问。

"除了它,什么也没有,霍普涅尔同志。"切普尔内垂头丧气地解释,他想尽量不犯错误。

"我暂时还感觉不到。"霍普涅尔说。

德瓦诺夫满怀同情地看着切普尔内回答问题时愁眉苦脸、提心吊胆的模样,连自己都感到浑身在疼痛。"他很为难,不知道该怎么办,"德瓦诺夫看出来了,"但是他力尽所能地朝需要的方向前进。"

"我们自己也不知道共产主义,"德瓦诺夫说,"因此我们到了这里也看不出来。我们别再为难切普尔内同志了。我们知道的一点儿也不比他多。"

雅科夫·基蒂契凑过来想听听大家在说什么。众人看了他一眼,都满不在乎地不再说话了——免得惹他生气。大家都觉得,刚才雅科夫·基蒂契没有参加谈话,他可能会生气的。雅科夫·基蒂契站了一会儿,说:

"大家想煮点荞麦粥都煮不成了,哪儿也没有荞麦片……我当过铁匠,我想把铁铺搬到大路上,帮过路人干点活,兴许能赚点麦片回来。"

"最好到草原上去——荞麦自个儿长着,你可以摘了吃。"切普尔内建议说。

"等到去那里把麦穗摘下来,你就饿得更厉害了。"雅科夫·基蒂契表示怀疑,"还是干点铁匠活赚点东西比较合适。"

"那就搬铁铺吧,别让人闲着不干事。"霍普涅尔说。雅科夫·基蒂契穿过房屋去搬铁铺。铁铺的炉子里早就长出了牛蒡,牛蒡下面有个鸡蛋,也许是最后一只母鸡为了躲避基里的追捕而逃到这儿下的,最后一只公鸡因求偶不得在某个黑暗的鸡窝中郁郁而死。

太阳早已西斜,地面上弥漫着一股焦煳味,夜晚的伤感不期而至,每一个孤独的人都想到朋友那儿或者走进田野,在寂静的草丛中思考和转悠,排遣一天的烦恼。但是,切文古尔的另类分子无处可去,也无人可等,他们整天形影不离,为了寻找能吃的植物在白天就已经走遍了周边的草原,没有人可以独处一隅。雅科夫·基蒂契的铁铺里,一片凄凉的景象:屋顶被太阳晒得发烫,到处挂着蜘蛛网,许多蜘蛛已经死了,可以看到它们干瘪的尸体,最终掉在地上化为难以辨认的灰尘。雅科夫·基蒂契喜欢从路上或后院捡起各种细碎的东西,他反复打量,仔细揣摩:原来是什么东西?谁喜爱过?谁保存过?也许,是人的残骸?还是那些蜘蛛的尸体?或者是蚊子苍蝇之类的无名小飞虫的肢体?——没有一样是完整的,尽管当初它们也活过,也受到子女们的爱戴,如今却被肢解得面目全非难以辨认,它们的子女连哭丧的对象都找不到,只能含恨终身了。"死了也就死了,"雅科夫·基蒂契心想,"总得留下个整尸啊,总得有点可以拿在手上可以纪念的东西。要不,经过风吹雨打,什么都会消失,最后化为尘土。这是受罪,不是生活。死了也是白死,如今再也找不到一具尸体,全都丢失了。"

晚上,无产者和另类分子聚集在一起互相取乐解闷,以便过后睡个好觉。另类分子中间没有一个人拥有家室,因为他们从前都要竭尽全力地劳动,谁也没有多余的体力用来繁殖后代。组建家庭需要自己的种子和力量,而人们为了维持自己的生命已经累得精疲力竭,做爱必需的时间都花在了睡眠上。但是,他们在切文古尔感受到了安宁和足够的食物,从同志们身上感受的不是满足,而是忧愁。从前,觉得同志宝贵是因为痛苦,在草原上睡觉和挨冻的时候要靠他们取暖,在获取食物的时候需要互相照顾——一个人没有搞到,另一个人就会送来。最后,同志的好处在于大家可以永远互相陪伴,如果你没有妻子,没有财产,没有人可以跟你一起满足并化解不断累积起来的心灵需要。在切文古尔有财产,还有草原上的野生庄稼,菜园里也有去年残留在地里的种子长出来的蔬菜。在切文古尔的空地上,不用为吃饭睡觉犯愁,可是另类分子又开始觉得无聊了:彼此缺少了吸引力,相互顾盼也没了兴趣,大家都成了无用之人,现在彼此之间再也不存在任何的物质利益。一个绰号叫鲤鱼的另类分子,告诉那天晚上在切文古尔的所有人:

"我想有个家:什么乌龟王八蛋都能传宗接代,活得滋润,可我呢,断子绝孙,一点没指望。我底下是个无底洞啊!"

要饭的老婆子阿加普卡也在发愁。

"那你要了我吧,鲤鱼。"她说,"我可以给你生孩子,给你洗衣做饭。说来也怪,女人就是喜欢整天忙忙碌碌,反而烦恼少了,把自己给忘了。像现在这样过日子,老觉得自己像掉了魂一样。"

"你是个贱货。"鲤鱼回绝了阿加普卡,"我喜欢能干的女人。"

"那天你还跟我亲热过一回呢,记得不?"阿加普卡提醒说,"难道那时候我能干,你就使劲往里插吗?"

鲤鱼不否认事实,但纠正了发生的时间:

"那是在革命前。"

雅科夫·基蒂契说,切文古尔现在是共产主义,人人都享福:以前普通老百姓肚子里空空的,现如今地里长什么就吃什么,你还要怎么样？现在该认真想一想：草原上打仗的时候死了好多红军战士，他们甘愿牺牲是为了让未来的人比他们优秀，我们就是未来的人，可是我们很糟糕，我们已经想要老婆了，已经觉得无聊了，我们应该在切文古尔开始劳动，开始干活！明天就该把铁铺搬到城外——没有人会到这里来。

另类分子都不听他的，陆陆续续四散开了。他们觉得似乎人人都想要点什么，就是不知道究竟要什么。个别几个外来的切文古尔人曾经有过老婆，他们记得而且还跟别人说过，有家庭是个好事情，有了家就什么也不想了，心里也踏实了，只希望自己一生平安，希望孩子们将来幸福。另外，小孩子都招人怜爱，他们让你变得更善良、更耐心，更加平静地对待人生。

太阳变得又大又红，最后消失在地平线后面，在空中留下渐渐消退的余热。任何一个另类分子小时候都认为，那是他父亲离开他到远处去，在火堆上替他烤土豆当晚餐。切文古尔的唯一劳动者将休息一整夜。月亮——孤独者的星球，漂泊者的星球——开始在空中洒下清辉，取代了太阳——共产主义、温暖和同志友情的星球。月光怯生生地照亮了草原，展现在人们眼前的仿佛是另一个世界，显得那么沉寂、苍白和麻木，银辉闪烁的寂静中，影影绰绰的人影在草丛中晃动，发出沙沙的声音。午夜时分，有几个人从共产主义出走，不知道去了何方。当初他们一起来切文古尔，现在却各奔东西：有的是去找老婆，找到了再回切文古尔；有的因为吃不惯切文古尔的草料而去另觅肉食。那天夜里出走的人中间还有个人，按年龄来说是个孩子，他要到世界上去寻找自己的父母，于是也走了。

雅科夫·基蒂契发现许多人不声不响地离开了切文古尔，就去找普罗科菲。

"你去帮大家找老婆吧。"雅科夫·基蒂契说,"大家都想要老婆了。你把我们带来了,现在再去把女人带来。大家都休息够了,说是没有女人再也受不了啦。"

普罗科菲本来想告诉他,老婆也是劳动人民,并没有禁止她们在切文古尔生活,那就让无产阶级自己到别的居民点去把老婆领来吧,可是他突然想起,切普尔内希望接纳的是瘦弱无力的女人,免得她们引诱人们离开互助互爱的共产主义,于是回答雅科夫·基蒂契说:

"你们会在这里建立家庭,生出一大堆小资产阶级。"

"既然是小资,那有什么可怕的!"雅科夫·基蒂契有点奇怪了,"小资翻不起大浪。"

科皮奥金来了,与他同来的还有德瓦诺夫,而霍普涅尔和切普尔内留在外面。霍普涅尔打算对这城市做一番考察:它由什么构成?里面有什么内容?

"萨沙!"普罗科菲说;他想装出高兴的样子,但一下子装不像,"你到我们这儿来住了?我一直记着你,后来慢慢忘了。一开始还想起你,后来就觉得:算了,你已经死了,就又忘了。"

"可我记得你,"德瓦诺夫回答说,"日子越久,记得越清。普罗霍尔·阿勃拉莫维奇我也记得,还有彼得·费多罗维奇·康达耶夫,全村的人我都记得。他们好吗?"

普罗科菲爱自己的亲人,但是现在他的亲人全死了,再也无人可爱,他不由得低下那颗为许多人工作却又几乎没有人爱的脑袋。

"全死了,萨沙,现在未来开始了……"

德瓦诺夫握住普罗科菲汗涔涔的打摆子似的手,发现他为少年时代的往事而愧疚,于是吻了吻他那干燥而忧伤的嘴唇。

"我们将一起生活,普罗什。你别紧张。你瞧科皮奥金在这儿,一会儿霍普涅尔和切普尔内都要过来……你们这里都很好——很安静,离哪儿都很远,到处长着草,我还从来没有到过这儿。"

科皮奥金暗暗叹了口气,他不知道自己该怎么想,该怎么说。雅科夫·基蒂契跟这些事情不相干,他再次提醒大家那件共同的事情:

"怎么办? 是自己去找老婆,还是你亲自去把她们一起接来? 有的人已经出发了。"

"你去把人召集起来,"普罗科菲说,"我一会儿就来,让我想想。"

雅科夫·基蒂契走了,这时候科皮奥金才知道自己该说什么:

"你不用替无产阶级考虑,他们自己有脑袋……"

"我跟萨沙一起去。"普罗科菲说。

"跟萨沙——那你就去想吧,"科皮奥金说,"我以为你一个人去呢。"

外面很亮,寥廓的天空中,空旷的草原上,洒满了哀怨却又深情的清辉,仿佛是幽静中低吟的一首梦幻曲。月光透过门缝进入切文古尔的铁铺,门缝中还积聚了更加勤劳的年代留下的厚厚一层烟灰。人们正在往铁铺走来,雅科夫·基蒂契把大家都召集到这里,自己在后面压阵。他身材高大,脸色铁板,就像一名驱赶牲畜的牧人。他抬头仰望天空的时候,只觉得自己的呼吸不再顺畅,仿佛他头顶上的那片明亮、高远、轻盈的天空正在从他体内吸取空气,让他变轻,再飞到天空。"当一名天使多好啊,"雅科夫·基蒂契心想,"如果真有天使的话。老跟人们在一起,有时候也会觉得腻烦。"

铁铺的门打开了,人们走进去,但不少人留在了门外。

"萨沙,"普罗科菲悄悄对亚历山大说,"我在乡下已经无家可归,我想留在切文古尔,跟大家一起生活,否则会被开除党籍,现在你要撑我一把。你不是也无处可去吗?那我们就在这里把所有人组织成一个老老实实的家庭,把整个城市变成一个院子。"

德瓦诺夫看到普罗科菲非常苦恼,于是答应帮他。

"给我们派老婆!"许多另类分子冲着普罗科菲大声嚷嚷,"你把我们带来了就扔下不管了!给我们把女人搞来,难道我们不是人吗!没有女人我们在这里是活受罪,不是过日子,而是在害相思!你开口闭口都是同志情同志谊,女人才是最亲密的同志,你为什么不让她们住到城里?"

普罗科菲看了看德瓦诺夫,开始讲话。他说,共产主义不能光靠他一个人操心,而要靠全体现有的无产者。也就是说,无产者现在应该靠自己的理智生活,这在切文古尔革委会最近一次会议上已经做了决议。现在切文古尔除了无产者,再也没有别的人了,因此共产主义将会自动产生——也不可能产生别的什么东西。

站在远处的切普尔内对普罗科菲的讲话十分满意——这是他个人感觉的确切表达。

"我们要理智有什么用?"一名另类分子喊道,"我们要按照愿望生活!"

"那你们就按照愿望生活吧。"切普尔内马上表示同意,"普罗科菲,你明天就去招女人!"

普罗科菲对共产主义又做了一些补充：反正共产主义最终将彻底实现，不如现在就提前把它组织起来，免得节外生枝。至于女人么，她们一来肯定会各立门户，不像现在切文古尔是个大家庭，是孤儿之家，人人都在晃荡，不停地变换住处，还习惯了抱团取暖。

"你不是说共产主义最终会实现的么！"雅科夫·基蒂契慢条斯理地说，"这么说来，越靠近终点距离越短，你说的最终那可是最短的距离！这么说来，生命最长的那一段就没有共产主义，那我们何必还要去苦苦追求呢？错误长，真理短，那还不如取长的！你得替人着想！"

迷离的月色从孤零零的切文古尔一直蔓延到最深邃的高处，可那儿空无一物，连月色也感到寂寞难耐了。德瓦诺夫凝望天空，巴不得立即闭上眼睛，明天一睁开眼睛就能看到红日高升，世界又充满了亲情和温暖。

"无产阶级思想！"切普尔内为雅科夫·基蒂契的话定性。切普尔内感到高兴的是，现在无产阶级终于用自己的脑袋思考，再也不需要替他们思考，替他们操心了。

"萨沙！"普罗科菲惊慌地喊道，这时大家都开始听他说话了，"老爷子说得对！你还记得当初我们俩出去要饭的情形吗？你向人家讨吃的，人家不给，我没讨，靠撒谎和耍无赖，反而能吃香喝辣，还有烟抽。"

普罗科菲出于谨慎本来打算就此打住，但是发现另类分子都听得津津有味，于是不怕切普尔内在场，继续说下去：

"为什么我们觉得都很好，可是又觉得不舒服？刚才有位同志说得好，就是因为任何的真理不能多，只能在最末尾有那么一点儿，可是我们现在掌握了全部真理,把整个共产主义全建立起来了,所以我们觉得不太舒服! 我们这里什么都正确,资产阶级也消灭了,处处团结事事公正,为什么无产阶级反而愁眉苦脸的,都想要娶媳妇了?"

说到这里,普罗科菲害怕顺着这思想进一步深入下去,于是便刹车了。倒是德瓦诺夫替他说了出来:

"你是想劝同志们牺牲真理,反正它的寿命不长,而且在最末尾,大家最好还是去追求另一种长命的、最接近真理的幸福!"

"你心里明白。"普罗科菲阴阳怪气地说了一句,突然他浑身激动起来,"你知道我多么爱我的家,爱乡下的房子! 因为爱这个家,我才把你当作资产者赶出家门去送死,而现在我想习惯这里的生活,想把穷人当亲人,让他们过上好日子,自己也能够在他们中间安顿下来——可是怎么也做不到……"

霍普涅尔听了什么也不明白;问科皮奥金,他也不知道,除了老婆这里的人究竟还需要什么。

"你瞧,"霍普涅尔悟出了道理,"大家什么事都不干的时候,就会冒出多余的智慧,这比愚蠢还糟糕。"

"普罗什,我这就去给你备马备车,"切普尔内允诺说,"明天一大早你就出发。无产阶级想要爱情了:这说明他们在切文古尔要征服一切自发势力,这可是件大好事啊!"

另类分子分头回去等着领取老婆——现在他们不用等好久了。德瓦诺夫和普罗科菲一起朝城外走去。他们头顶的上方,西沉的残月犹如另一个世界的幽灵,正在缓缓移动。它的存在没有带来好处——植物不靠它生长,人在月光下只能老老实实睡觉。阳光可不一样,它从远方照亮了地球到夜间才能见到的妹妹,它本身拥有一种曚昽、灼热、活跃的物质,但是到达月亮的时候已经被空间长时间地过滤了,那曚昽、活跃的物质一路上已经消失殆尽,留下的仅仅是真正的死亡之光。德瓦诺夫和普罗科菲走得很远。几乎听不到他们说话的声音,因为距离远,也因为他们说话很轻。科皮奥金看到他们俩走远了,犹豫着要不要跟过去——他觉得他们俩说的是伤心事,现在不好意思过去。

德瓦诺夫和普罗科菲脚下的路被密匝匝的荒草遮住了,它们占领切文古尔郊外的土地并非由于贪婪,而是出于自己生命的需要。两人沿着这条从前的通衢大道的两行车辙分头走着:他们彼此都想了解对方的心思,使自己的生活不再迷茫,但是他们早已彼此生疏——他们觉得非常别扭,不可能马上无拘无束地畅谈。普罗科菲舍不得把切文古尔当作财产交给无产者和另类分子的老婆——只有送给克拉芙久莎,他什么都舍得,他自己也不知道这是为什么。他感到疑惑的是:如果仅仅为了那亏本的真理在最后出现片刻,那么现在有没有必要把整个城市及其财产全部消耗,彻底破坏? 如果把整个共产主义及其所有幸福都储藏起来,然后偶尔根据阶级的需要一点一点地分发给群众,从而保证财产和幸福永不枯竭,那不是更好吗?

“他们肯定会满意的。”普罗科菲很有信心,甚至感到高兴,“他们习惯了苦难,对受苦并不在乎,我们稍稍给他们一点甜头,他们就会爱戴我们。如果像切普尔内那样一下子把什么都给他们,那么他们挥霍一空之后又想要新的东西,这时候我们已经两手空空,没什么东西可给他们了,他们就会把我们扫地出门统统杀死。他们并不知道革命掌握了多少具体的资源,全城的清单都在我手里。切普尔内想把东西分得一点都不剩,让那终点早些出现,只要那终点是共产主义就行了。我们绝不允许出现那终点,我们将一点一点地分发幸福,再慢慢积累,这样就够我们一直用下去。萨沙,你说这话对吗?该这么做吗?"

德瓦诺夫还不知道这话究竟有多少道理,但他想充分领会普罗科菲的愿望,设身处地地亲自体验他的设想是不是行得通。德瓦诺夫轻轻拍了拍普罗科菲,说:"再给我谈谈,我也打算在这儿住下来。"

普罗科菲环顾明亮而又缺乏生机的草原以及后面的切文古尔,那里的玻璃窗反射着月光,窗后面睡着孤独的另类分子,他们每个人的体内都有一个生命,现在需要关心它,不要让它从里边跑出来,变成偏离正道的行动。德瓦诺夫还不知道每个人的体内隐藏着什么,但普罗科菲却了如指掌,他对默不作声的人充满了怀疑。

德瓦诺夫想起了许多村庄、城市和里边的好多人。随着亚历山大的回忆,普罗科菲指出,俄罗斯农村的苦难不是苦难,而是一种习俗。儿子分家后自立门户,再也不去看望父亲,也不会想念他,父子关系不是靠感情维系,而是靠财产。只有很少的脾气古怪的女人一生中不曾故意扼杀过哪怕是一个亲生的婴儿。她们扼杀婴儿不是因为贫穷,而是想继续自由自在地过日子,跟自己的男人寻欢作乐。

"你自己都看到了,萨沙,"普罗科菲想说服德瓦诺夫,"他们贪得无厌,一些欲望满足了,还会提出新的要求。每一位公民都想尽快实现自己的愿望,免得心里难受。但是,他们要这要那,你都能满足吗?今天要财产,明天要老婆,后天又要白天黑夜都幸福——这种事连历史都办不到。最好的办法是逐渐减少人的欲望,他会习惯的:不管怎么样,他总得要受苦。"

"那你打算采取什么措施呢,普罗什?"

"我想把另类分子都组织起来。我发现,凡是有组织的地方,动脑子出主意的永远不会超过一个人,其余的尽是些没脑子的跟屁虫。组织——那是最聪明的办法。所有人都了解自己,但是都没有自我。大家都觉得舒服,只有一个人不舒服——他要替大家思考。有了组织,就可以剥夺人的许多多余的东西。"

"为什么要这样,普罗什? 你会遇到很多麻烦,你会成为最不幸的人,你居高临下,整天提心吊胆。无产阶级相依为命,你孤零零的一个人靠什么呢?"

普罗科菲用务实的目光看了看德瓦诺夫:这种人是十足的废物,他不是布尔什维克,是个背着空口袋的叫花子,本身就是个另类分子,还不如跟雅科夫·基蒂契能说上话——那人起码还知道,人什么都能忍受,哪怕给他增添种种新的不明不白的痛苦,他也不觉得痛苦——人觉得痛苦纯粹是由于社会的习俗,而不是他本人突然想出来的。要是换了雅科夫·基蒂契,他肯定能明白,普罗科菲的办法万无一失。反观德瓦诺夫,他对人过于多愁善感,不会正确估量。

两个人的谈话声在远离切文古尔、月色溶溶的辽阔草原上消失了。科皮奥金在大路口等待德瓦诺夫,等了好久都没有等到。由于疲惫,他在身边的草丛中一躺下就睡着了。

第二天一大早,大车驶过发出的隆隆声把他吵醒了:在切文古尔的寂静中,一切响声都会变成雷鸣和警报。这是切普尔内赶着套好的大车到草原上寻找普罗科菲,要他去接女人回来。其实,普罗科菲就在附近,他早就和德瓦诺夫走在返城的路上了。

"赶什么样的回来?"普罗科菲问切普尔内,说着坐上了大车。

"不要什么特别的!"切普尔内指示说,"当然得是女人。不过你要记住:马马虎虎能凑合就行,只要身上长得跟男人不一样就行——不要找漂亮的,专门挑些土不拉几的粗胚!"

"明白了。"普罗科菲说着就赶车上路了。

"能办到吗?"切普尔内问。

普罗科菲转过聪明可靠的脸:

"这有什么难的!你想要什么样的我都能给你搞来。不管什么人我都可以把他们捏成一团,谁也不落下。"

切普尔内放心了:无产阶级这下都会得到安抚了。突然,他撒腿去追赶已经上路的普罗科菲,一把抓住大车的后尾,请求道:

"普罗什,给我也带一个回来:想要个漂亮的!我都忘了我也是无产者!克拉芙久莎又见不着!"

"她到乡下姨妈家去了。"普罗科菲告诉他,"回头我顺路把她捎回来。"

"我都不知道她走了。"切普尔内说着把一小撮鼻烟塞进鼻孔,用烟味代替与克拉芙久莎的离别之苦。

费奥德尔·费奥德洛维奇·霍普涅尔睡足了,醒来后就从切文古尔教堂的钟楼上观察这座城市和它的周围地区。据说,这里已经进入了未来时代,彻底实现了共产主义,剩下的事情就是留在这里生活。霍普涅尔年轻时曾在英印电报局当过线路修理工,干活的地方很像切文古尔草原。这是很久以前的事了,霍普涅尔绝对想不到有朝一日会生活在共产主义,生活在一个勇敢的城市,也许在他从英印电报局返回俄罗斯的时候曾经路过这里,只是没有记住。很可惜,如果当初就留在切文古尔那该多好,尽管情况还不是十分清楚,只是听说普通百姓在这里生活得很好,但是霍普涅尔却感觉不到。

科皮奥金和德瓦诺夫在钟楼下走过,他们不知道在哪里可以歇一会儿,便挨着墓地的篱笆坐了下来。

"萨沙!"霍普涅尔从上面喊他,"这里很像英印电报局线路经过的地方——一望无边,还很干净!"

"英印电报局?"德瓦诺夫问,脑子里在想象线路经过的那个遥远而神秘的地方。

"萨沙,电线挂在铁铸的电线杆上,上面都有标记,电线就穿过草原、山脉和热带地区!"

德瓦诺夫开始觉得肚子疼,每当他想到那些遥不可及、名称动听的地方——什么印度啊,大洋洲啊,蓝天碧海中的珊瑚岛塔希提①和独岛啊——就会肚子疼。

那天早晨,雅科夫·基蒂契也在闲逛;他每天都出现在墓地——只有此地才像一片树林,而雅科夫·基蒂契就喜欢听风吹树木发出的呼呼声。雅科夫·基蒂契博得了霍普涅尔的好感:一个瘦小的老人,两耳的皮肤紧绷,颜色乌青,跟霍普涅尔一模一样。

"你在这里觉得很好还是只凑合?"霍普涅尔问。他已经从钟楼上下来,坐在篱笆下的一群人中间。

"还行。"雅科夫·基蒂契说。

———————————

① 塔希提,玻利维亚的岛屿。

"什么也不缺吗?"

"还过得去。"

清新晴朗的一天开始了,就像切文古尔所有白天一样漫长。漫长的白天使生活变得更加引人注目,切普尔内于是认为革命为另类分子赢得了时间。

"我们现在应该做什么呢?"霍普涅尔问大家,大家都有点忐忑不安,唯独雅科夫·基蒂契若无其事地站着。

"现在什么也不用做,"他说,"你就等着吧。"

雅科夫·基蒂契走进林中空地,躺下来晒太阳。最近几个晚上他都睡在原来属于久津的房子里,他喜欢这房子是因为这里住着一只孤独的蟑螂,基蒂契就随便找点东西喂它。蟑螂不声不响,也不抱什么希望,活得很有耐心,很坚强,有苦也不外露,基蒂契因此悉心照料它,内心甚至以它为榜样。但是这房子的屋顶和天花板已经千疮百孔,露水穿过窟窿滴在基蒂契身上。他冷得发抖,但又不能改换住所,因为他心疼蟑螂,也心疼自己。原先雅科夫·基蒂契住在野外,除了跟他一样的流浪汉朋友,没什么可依恋的。对雅科夫·基蒂契来说,依恋有生命的东西才是必不可少的,在关注和善待它的过程中他要找到自己生活的耐心,在观察它的过程中了解怎样活得比较轻松和舒服。另外,在观察别的生命的过程中,出于同情,雅科夫·基蒂契也消耗了自己无处安顿的生命,因为他属于地球居民中残存和多余的部分。另类分子一到切文古尔就失去了彼此的同志情谊:他们得到了财产和大量的家具。他们经常用手去触碰这些家具,不知道它们是从哪里来的——这些东西都很名贵,不会随便当礼物送人。另类分子小心翼翼地抚摸这些家具,仿佛那是他们死去的父辈以及迷失在其他草原上的兄弟们的生命变成的坚硬的牺牲品。这些外来的切文古尔人以前曾经盖过房子,也挖过井,但不是在这里,而是在离这儿很远的地方——在西伯利亚移民区,他们的人生道路在那儿绕了一圈。

雅科夫·基蒂契几乎像刚出娘胎那样一个人留在了切文古尔,从前他习惯于跟众人相处,现在面对的只是一只蟑螂。为了它,雅科夫·基蒂契才住在这破房子里,每天夜里被从屋顶滴落下来的露水弄醒。

费奥德尔·费奥德洛维奇·霍普涅尔在一大堆另类分子中间发现了雅科夫·基蒂契,他觉得此人的情绪最低落,完全凭惯性过日子。但是这种恶劣心情在雅科夫·基蒂契身上已经麻木,他自己都感觉不到了,就像对生活的不便已经熟视无睹一样,活着就是为了用想象麻痹自己:来切文古尔之前,他跟着大家到处流浪,一路上给自己想象出了种种美好的情景:他的父母还活着,他现在正慢慢朝他们走去,走到之后他就会称心如意了;或者有另一种想象,跟他并排走路的那个人就是他自己,那人身上具备了雅科夫·基蒂契暂时缺少的最主要的东西,因此可以放心地大踏步朝前走;眼下雅科夫·基蒂契就和蟑螂相依为命。霍普涅尔到切文古尔之后就不知道自己该干什么,头两天他到处走了走,看到整个城市被星期六义务劳动扫荡一空,成了一堆废墟,城里的生活已经崩溃,瓦解成细小的碎片,每一个碎片都不知道该跟什么拼凑起来才能保持稳定。霍普涅尔暂时也想不出什么办法可以让切义古尔的生活和进步能走上轨道,于是问德瓦诺夫:

"萨沙,我们应该着手整顿了吧。"

"整顿什么?"德瓦诺夫反问。

"你怎么不知道?那我们干吗来基层实地考察?共产主义的所有零部件都需要整顿。"

德瓦诺夫并不着急,过了一会儿才说:

"费奥德尔·费奥德洛维奇,这又不是一架机器,这里住的是人,在他们自己安定下来之前,你是无法整顿的。我以前认为革命是火车头,现在看来不对了。"

霍普涅尔想把这一切都弄个明白——他挠了挠自己的耳朵,他耳朵上的乌青休息过后已经消失。于是他设想:既然没有了火车头,那么每个人都应该有一台自己生命的蒸汽机。

"怎么会是这样呢?"霍普涅尔自己都感到吃惊。

"那一定是为了更有力量。"德瓦诺夫最后说,"不然就开不动。"

一片青紫色的树叶轻轻地落在德瓦诺夫脚下,树叶的边缘已经发黄,它的生命已经结束,它已经死了,现在要回到泥土里安息。夏天即将结束,秋天——露水浓重、草原路上行人稀少的季节正在到来。德瓦诺夫和霍普涅尔抬头望天——天空好像更高了,因为太阳不再骚动不安,天空也就不那么朦胧低矮了。德瓦诺夫为逝去的季节而忧伤:季节不断更替,可是人却留在原地憧憬未来。德瓦诺夫终于明白,为什么切普尔内和切文古尔的布尔什维克那么渴望共产主义:共产主义就是历史的终点,时间的终点,时间只在自然界行进,而忧伤停留在人心里。

一个光着脚、情绪激动的另类分子从德瓦诺夫身边飞快地跑了过去,基里紧随其后,他手里还抱着一只小狗,因为那小狗赶不上他的速度。离他们不远,还有五个另类分子也在跟着跑,但他们不知道要到哪里去。这五个人都上了年纪，却怀着儿时的幸福感拼命向前冲，迎面而来的风把他们睡觉时粘在凌乱的长发中的垃圾和草屑吹了出来。最后一个是科皮奥金，他骑着"无产阶级力量"风风火火赶过来，挥手给德瓦诺夫指了指草原。只见远处有一个身材高大的人，正沿着草原的天际线，就像沿着一道山脊在行走，整个身体仿佛悬空似的，只有两只脚掌稍稍接触到地面。切文古尔的人们正朝着他跑去。那人走着走着，渐渐从视野中消失了。切文古尔的人们跑过半个草原，又开始往回走——还是原来的那几个人。

切普尔内后来才赶到，他既激动又紧张。

"怎么回事？说呀！"他问那些愁眉苦脸的另类分子。

"刚才有个人走过，"另类分子告诉他，"我们以为他要到我们这儿，可是一转眼又不见了。"

切普尔内站在那儿，他不觉得需要什么远方来的人，附近就有那么多的人和同志。于是他把自己的困惑告诉了骑马过来的科皮奥金。

"你以为我知道啊！"科皮奥金坐在马背上居高临下地说，"我跟在他们后面一直在喊：公民们，同志们，傻瓜们，你们往哪儿跑？给我站住！可是，他们照样往前冲：可能跟我一样，也想搞共产国际了——全世界只有一个城市搞共产不过瘾！"

科皮奥金停顿了一会儿，让切普尔内想想，接着补充说：

"我也很快要离开这儿了。人家沿着草原去实现自己的目标，你却坐在这儿闲着——一心只盼望你的共产主义，可这儿连共产主义的影子都没有！不信你去问德瓦诺夫，他也在发愁。"

这时候切普尔内已经明显感觉到，切文古尔的无产阶级希望搞

共产国际,希望外地人、本地人、异族人和他们联合起来,让全世界
色彩斑斓的生命集中到一个小树林里。从前,还有些茨冈人、残疾
人和黑人经过切文古尔,假如现在他们还在什么地方露面,那倒是
很容易吸引他们到切文古尔,可是现在这些人连影子也见不到了。
就是说,普罗科菲运来女人之后,还得去南方的那些奴隶制国家,从
那儿把受压迫的人们迁移到切文古尔。对那些年迈体衰无法走到
切文古尔的无产者,则向他们提供财产予以帮助,如果共产国际提
出要求,也可以把整个城市统统让给他们,我们自己可以住土屋,可
以住暖和的山沟。

　　另类分子们回到城里之后,有时候爬到屋顶上瞭望草原,看有
没有什么人到他们这儿来,普罗什卡是不是把给大家当老婆的女人
带回来了,远处有没有发生什么情况。但是,萋萋荒草之上,只有寂
静的空气,而一团团的风滚草——这些无所归依的漂泊者——被风
吹得沿着野草丛生的大路直奔切文古尔。雅科夫·基蒂契的房子
恰恰就横在原先的大路中央,东南风一吹,一团团风滚草堵住了他
的房子。雅科夫·基蒂契时不时要清除这些风滚草,好让光线透过
窗户,便于计算度过的日子。除了这件必须干的事情,雅科夫·基
蒂契白天足不出户,夜间才到草原上收集能吃的植物。他的肚子又
开始风雨大作,而和他一起生活的只有那只蟑螂。每天早晨,蟑螂
就爬到玻璃窗旁边观察明亮暖和的田野;由于激动和孤独,它的触
须不停地抖动——它看到热乎乎的地上食物堆积如山,一群微小的
生物围着堆积如山的食物正在大饱口福,但是处在众多的同类中
间,每一个微小生物却感觉不到自我。

　　有一天切普尔内顺道来找雅科夫·基蒂契——普罗科菲一直

没有回来。这个不可缺少的朋友如今不知去向,切普尔内感到烦躁,长久的等待使他不知所措。蟑螂依然待在窗边,看着温暖、空旷、辽阔的天空,但是空气比夏天稀薄——犹如幽灵一般。蟑螂注视着外界,心情烦躁不已。

"基蒂契,"切普尔内说,"你放它到阳光下吧!也许它也在想念共产主义,可是又认为共产主义离它还远着呢。"

"可离了它我怎么办?"雅科夫·基蒂契问。

"你就去找人啊。你看,我不是来找你了嘛。"

"我不能找人,"雅科夫·基蒂契说,"我有病,我这病会传染的。"

切普尔内从来不会责备阶级的人,因为他自己就像阶级的一员,不可能有更多的感觉。

"你有病又怎么了,你说呀?共产主义本身就是从资本主义的毛病中产生的。你的痛苦也会产生某种东西。现在你还是想想普罗科菲吧——小伙子没音信了。"

"会回来的。"雅科夫·基蒂契说完就趴下了,他肚子疼得受不了,"已经过了六天,女人么,就喜欢磨蹭,她们不放心。"

切普尔内离开雅科夫·基蒂契继续往前走——他想给病人找点容易消化的食物。

霍普涅尔坐在一块从前用来套轮毂的石砧上,德瓦诺夫趴在他旁边——正在睡午觉。霍普涅尔手里捧着一个土豆,不停地翻过来倒过去,好像在研究它的详细构造。其实,他是心里烦躁,每当苦闷的时候他总要随手拿起一样东西仔细琢磨,目的是要忘却他需要得到却又无法得到的东西。切普尔内告诉霍普涅尔,雅科夫·基蒂契病了,独自跟蟑螂一起受罪。

"那你怎么丢下他不管了?"霍普涅尔问,"应该给他煮点软和的东西! 过一会儿我自己去看他,这该死的家伙!"

切普尔内原先也打算给他煮点什么,可是发现前不久切文古尔的火柴都用完了,不知道怎么办。但是霍普涅尔有办法:在一个被移走的花园里有一口小井,井口有个木头的水泵,现在要让水泵运转起来,但不是为了取水;这水泵从前用来浇灌苹果树,靠风车带动。这动力设备是霍普涅尔前几天发现的,现在他要通过活塞的干磨用这水泵取火。霍普涅尔吩咐切普尔内将麦秸裹住水泵的圆柱,再启动风车。他自己则等着圆柱阴燃起来后点燃麦秸。

切普尔内高高兴兴地走了,霍普涅尔开始唤醒德瓦诺夫:

"萨沙,快起来,我们要费点心思了。那瘦老头快死了,城里需要火……萨沙! 够烦心的了,可你还睡。"

德瓦诺夫费了好大的劲才动弹了一下,说话的声音好像是从遥远的梦中传来一样:

"我过一会儿就醒,爸——睡觉也烦……我想到外面去生活,我在这里憋得慌……"

霍普涅尔给德瓦诺夫翻了个身,让他仰天躺着,这样可以呼吸空气,而不是呼吸泥土。他又检查了德瓦诺夫的心脏,看它在睡梦中是怎么跳动的。心脏跳得很沉,很急,也很准——只怕心脏受不了这样的速度和准确性,不再阻隔德瓦诺夫体内行进的生命——睡梦中的生命几乎无声无息。霍普涅尔认真琢磨这熟睡中的人:促使他心脏咚咚跳动的是一股什么样的均匀而又具有保护作用的力量? ——好像是德瓦诺夫已故的父亲将自己的希望永久地或者是长期地塞进了他的心脏,但是这希望不可能实现,只能在人的体内跳动:一旦这希望实现了,人就会死去;如果希望无法实现,人就继续活着,但是要受苦——心脏也就在人体内闭塞的地方继续跳动。"还是让他活着吧,"霍普涅尔注视着德瓦诺夫的呼吸,"我们想办法不让他受苦。"德瓦诺夫躺在切文古尔的草丛里,不管他的生命要奔向何方,其目标只能在院子和人们中间,因为更远的地方,除了在渺无人迹的原野上枯萎的荒草,除了冷漠地注视着地上孤苦伶仃的人们的天空,再也没有任何东西了。也许,心脏之所以跳动,是因为害怕孤独地留在这空旷而又单调乏味的世界上。心脏用自己的跳动与人类的渊源相联系,人类将生命和意义装进心脏,而人类的意义不可能是遥远而玄妙的——应该就在这里,离胸部不远的地方,这样心脏就能跳动,否则心脏会失去感觉停止跳动。

霍普涅尔用吝啬的目光环顾切文古尔:尽管它丑陋不堪,尽管城里的房子挤作一团,可是人们却默默地活着,比起遥远而空旷的地方,他们更愿意在这里生活。

德瓦诺夫伸了个懒腰,他的身体经过睡眠和休息变得暖和了些。他睁开眼睛。霍普涅尔认真而体贴地看了看德瓦诺夫——他脸上难得露出微笑,在同情他人的时候神色更加忧郁:他害怕失去他所同情的那个人,因此他的担心如同忧郁一样显得更加明显。

此刻,切普尔内已经让风车和水泵运转起来,水泵的活塞在木套筒内快速干磨,发出的刺耳声音整个切文古尔都能听到——不过它能给雅科夫·基蒂契取来火种。霍普涅尔听着水泵声嘶力竭的尖叫,内心涌起劳动带来的经济快感,嘴里的口水也越来越多,因为他预感到这对雅科夫·基蒂契大有好处,可以给他的胃熬煮有益的热乎乎的食物。

切文古尔已经安静好几个月了,现在这台劳动的机器第一次发出尖叫声。

所有的切文古尔人都聚集在水泵周围,看着它为一个备受病痛折磨的人努力工作,他们感到惊讶的是,这架机器居然关心一个弱小的老头。

"哎呀,我贫穷的战士们,"科皮奥金说,他是听到了警报声之后第一个来查看现场的人,"你们可知道,发明并安装这台机器的不是别的什么人,而是一位无产者,他这样做是为了另一位无产者!他没有什么礼物可以送给同志,于是制造了这架风动机和取火器。"

"原来是这么回事!"所有的另类分子异口同声地说,"现在我们明白了。"

切普尔内守着水泵,不断地测试它的温度,圆筒渐渐发热,但速度不快。于是切普尔内吩咐全体切文古尔人趴在水泵周围,不让来自任何方向的冷空气吹到机器身上。大家一直趴到傍晚,直到风完全停了之后才起来。这时候水泵也凉了,始终没有冒出火苗。

"摸上去一点也不烫手。"切普尔内向大家介绍水泵,"没准明天一早就会有暴风雨,到时候咱们会把热度搞上去。"

傍晚,科皮奥金找到了德瓦诺夫。他早就想问他,切文古尔究竟怎么样,是共产主义还是相反,他该留在这儿还是可以离开。现在他就提出了这个问题。

"是共产主义。"德瓦诺夫回答。

"我怎么一点也看不出来?也许它没有充分施展开?无论是悲伤还是幸福,我应该都能感觉到:要知道我这个人心肠软。现在我连音乐都怕听——以前伙伴们一拉起手风琴,我往往会伤心得掉眼泪。"

"你自己不也是个共产党员么,"德瓦诺夫说,"消灭了资产阶级之后,共产主义就从共产党员中间产生,而且一直存在于他们中间。科皮奥金同志,共产主义就在你身上,你还要到哪里去寻找共产主义?在切文古尔,没有一样东西妨碍共产主义,因此它自己能产生。"

科皮奥金走到马儿跟前,解开缰绳放它到草原上吃夜草,在这之前他从来没有这样做过,时时刻刻都让它跟着自己。

白天过去了,就像一个谈话的伙伴走了出去。德瓦诺夫觉得脚下凉凉的。他孤零零地站在旷野中,期待着能看到什么人。但是,他一个人也没有见到,另类分子都早早躺下睡觉了,他们迫不及待地等着老婆的到来,他们希望在睡梦中尽快消磨时间。德瓦诺夫走到城外,城外的星光似乎更遥远更微弱,因为它们不在城市上空,而在秋色肃杀的草原上空。在城市尽头的一间房子里,有人在交谈;那房子的一面外墙被野草壅蔽了,似乎风也跟太阳一样,开始为切文古尔工作,现在把野草都吹到这里,用草把房子包裹起来,使它们变成过冬的温暖小窝。

德瓦诺夫走进屋子。雅科夫·基蒂契脸朝下趴在地上,忍受着病痛的折磨。霍普涅尔坐在凳子上道歉说,今天风小,没能取到火;明天可能会刮大风——太阳已经隐没在远方的乌云中,可以看到夏天最后一场雷雨的几道闪电在那儿划过。切普尔内默默地站在那儿,内心焦虑不安。

雅科夫·基蒂契与其说在经受疾病的折磨,不如说是在怀念生命,尽管现在生命对他来说已经不那么可爱,但是他脑子很清楚,生命是可爱的,因此内心在怀念。他觉得自己愧对来看望他的人,因为他不可能再向他们表示自己的好感:现在他对什么都无所谓了,哪怕这世界上根本就没有这些人也没关系;他那只蟑螂也离开窗户钻进别的地方了,它宁愿在逼仄温暖的夹缝里昏睡,也不愿意待在窗外被太阳晒热、却过于广阔而可怕的地面上。

"雅科夫·基蒂契,你呀,不该爱上蟑螂。"切普尔内说,"要不也不至于生病。假如你住在人们中间,他们提供的共产主义社会条件肯定会在你身上起作用,可是你一个人,当然会病倒的:所有的细菌都集中攻击你,要是攻击大家,你一个人摊不上多少……"

"切普尔内同志,为什么不能爱蟑螂?"德瓦诺夫不太有把握地问道,"也许是可以的。不想要蟑螂的人,没准也永远不想要同志。"

切普尔内马上陷入了沉思——此刻,他所有的感觉似乎都停止了,脑子也更加糊涂了。

"那好吧,就让他去吸引蟑螂吧。"他这样回答是要表示信任德瓦诺夫,"反正他的蟑螂也生活在切文古尔。"切普尔内最后这样安慰自己。

雅科夫·基蒂契的胃里有层薄膜绷得很紧,他担心会断裂,于是提前呻吟起来。但是,那紧绷的薄膜又松回去了。雅科夫·基蒂契叹了口气,为自己的身体和站在他周围的人感到惋惜,他发现自己这么苦闷和疼痛,而他的躯体却孤零零地躺在地上,几个站在他身边的人——他们每人都有自己的躯体,但是雅科夫·基蒂契痛苦的时候谁也不知道该把自己的躯体往哪儿搁;切普尔内比其他人更加觉得惭愧,他已经习惯于这样理解:财产在切文古尔失去了价值,无产阶级已经牢固地联合起来,但是他们的躯体依然独立,依然遭受无情的折磨,在这方面人们丝毫没有联合起来。正因为如此,科皮奥金和霍普涅尔才没能发现共产主义,共产主义还没成为无产者躯体之间的中介物。想到这里,切普尔内不由得也叹了口气:最好让德瓦诺夫来帮忙,可是他到切文古尔后一直没有表态;或者,就让无产阶级自己尽快充分发挥作用,因为他们再也没有什么人可以指望了。

天已黑,夜渐深。雅科夫·基蒂契盼着大家赶快离开他回去睡觉,自己可以留下来一个人受苦。

但是,德瓦诺夫不可能离开这个瘦弱的病老头。他想躺在他身边,躺一个晚上,躺到他病好,就像小时候躺在父亲身边一样。但是,他没有躺下来,他觉得局促不安,他知道倘若有人为了分担他的病痛和夜间的孤独而在他身边躺下,他肯定会觉得惭愧。德瓦诺夫对是否留下来想得越多,越是不知不觉地忘记了留下来陪伴雅科夫·基蒂契过夜的愿望,仿佛理智渐渐吞没了德瓦诺夫多愁善感的生命。

"你呀,雅科夫·基蒂契,你过的是无组织的生活。"切普尔内想出了生病的原因。

"你胡说些什么呀?"雅科夫·基蒂契生气了,"既然你这么说,那就把我这皮囊也组织起来吧。你在这里移动了房子和家具,可是人的躯体照样还在受罪……你去歇着吧,一会儿露水就要滴下来了。"

"我让它滴,这该死的露水!"霍普涅尔脸色阴沉地说着走了出去。他爬上屋顶仔细查看窟窿,露水就是从这些窟窿滴下来让生病的雅科夫·基蒂契着凉的。

德瓦诺夫也爬上屋顶,扶住烟囱站着。冷月照耀着被露水打湿的屋顶,草原上一片凄凉的景象,如果现在有人独自留在那儿,肯定会觉得害怕。霍普涅尔在储藏室找到了一把榔头,从铁铺里搬来一把剪铁皮的大剪刀和两张旧铁皮,开始修理屋顶。德瓦诺夫在下面剪铁皮,敲直钉子,再把这些材料递上去。霍普涅尔坐在上面,敲打的声音传遍全城。这是切文古尔实现共产主义后第一次响起的榔头敲打声,也是人协助太阳的第一次劳动。切普尔内本来已经去草原上观察普罗科菲有没有回来,听到榔头的敲打声就立即赶回来了。其他切文古尔人也忍不住带着惊讶的心情来打听,人怎么突然开始劳动了,究竟是怎么回事啊。

"请大家别害怕,"切普尔内告诉大家,"他敲榔头不是为了好处和财富,他没有什么东西可以送给雅科夫·基蒂契,这才为他修理屋顶,就让他干吧。"

"让他干吧。"许多人这样回答,他们一直站到半夜,直等到霍普涅尔从屋顶上下来说了声"现在不会漏了"才离开。所有另类分子满意地松了口气,今后再也没有什么可以漏到雅科夫·基蒂契身上,他可以安心生病了。切文古尔人一下子觉得对待雅科夫·基蒂契的态度变得吝啬了:为了他不受伤害,居然要修理整个屋顶。

下半夜,切文古尔人是在睡梦中度过的,他们睡得安稳,深感欣慰——在切文古尔市梢的那栋房子已被风滚草壅蔽,里边躺着的那个人他们重新觉得十分宝贵,他们在梦中还想念他。这像小孩子把玩具当作宝贝一样,睡梦中都盼着早晨一觉醒来就看到自己手里拿着玩具,因为这与他生活的幸福紧密相连。

那天夜里，在切文古尔只有两个人没睡觉——基里和切普尔内。他们俩都对明天寄予厚望：人们一觉醒来，霍普涅尔就从水泵取到火种，抽烟的就能抽上捣碎的牛蒡叶，一切都会重新变得美好。因为没有了家庭和劳动，基里、切普尔内和所有睡觉的切文古尔人必须激活人和物，才能让积聚在自己躯体内浑浊的生命得以繁衍和卸下重负。今天他们激活了雅科夫·基蒂契，大家都松了口气，因为对雅科夫·基蒂契表示了稍许同情而能够安然入睡，犹如因为疲惫而能酣睡一样。夜晚即将结束的时候，基里也迷迷糊糊地睡去，切普尔内嘟哝了一句"雅科夫·基蒂契睡了，可我还没睡"之后，也把无力的脑袋搁在地上睡了。

第二天一大早下起了小雨，太阳没有在切文古尔上空露脸。人们醒来了，可是都没有出门。秋雨绵绵，天色空蒙，大地昏昏欲睡。

霍普涅尔在做木箱，把它套在水泵上既能避雨还能取火。四个另类分子站在霍普涅尔周围，以为这样也就参与了他的劳动。

科皮奥金从帽子上拆下罗莎·卢森堡的头像，坐下来临摹——他要把这幅罗莎·卢森堡的画像送给德瓦诺夫；也许，他也会爱上她的。科皮奥金找来了一块硬纸板，坐到餐桌旁，用炉子里的一块炭开始描画。他伸出颤抖的舌头，感受到一种特别的、有生以来从未体验过的安宁和快乐。每看一眼罗莎·卢森堡的肖像，总是伴随着一阵激动和一声内心的呼唤："我亲爱的同志，心爱的女人。"——在切文古尔共产主义的寂静中发出阵阵叹息。雨点顺着窗玻璃往下淌，一阵风刮来，马上吹干了玻璃，不远处的篱笆神色忧伤。科皮奥金连连叹息，为了画起来更加顺手，他伸出舌头舔湿手掌，开始勾勒罗莎·卢森堡的嘴唇。等到画她眼睛的时候，科皮奥金已经激动得难以自持,不过他的痛苦不那么折磨人,仅仅是那颗怀着微弱希望的心的眷恋,因为科皮奥金的力量都倾注在绘画艺术上。此刻,他也许都没有力气跨上自己的"无产阶级力量",沿着泥泞的草原,奔向德国的罗莎·卢森堡的坟墓,赶在被秋雨冲毁之前看一看那土丘——现在科皮奥金只能用军大衣的袖子擦干自己那双被战场上的腥风和田野里的狂风吹得疲惫不堪的眼睛:他将自己的悲哀化作辛勤的劳动,他想悄悄地让德瓦诺夫迷恋罗莎·卢森堡的魅力,为他创造幸福,因为他自己不好意思马上拥抱并爱上德瓦诺夫。

两名另类分子,还有巴申采夫,他们一起在切文古尔郊外的沙地里砍红柳。尽管下着雨,他们还是不收手,已经堆起了可观的一堆颤抖不止的柳枝条。切普尔内打老远就发现了这个异常的举动,更何况为了这些树条,他们在淋雨受冻,于是就过去了解情况。

"你们在干什么呀?"他问,"干吗要毁坏树木自己还受淋啊?"

三个劳动者只顾自己闷头干活,狠命地用斧子砍断树枝的脆弱生命。

切普尔内在潮湿的沙地里坐下。

"瞧你,瞧你!"他想让巴申采夫停下手里的活儿,"又是砍又是削的,究竟为啥呀?——你倒是说呀。"

"我们准备取暖呀,"巴申采夫说,"要早点准备过冬。"

"噢,你要准备过冬啊!"切普尔内话里藏话,"你没想到冬天会下雪吗?!"

"有时候会下很大的雪。"巴申采夫表示同意。

"有不下雪的吗? 你倒是说呀!"切普尔内的讥讽更加明显,最后直截了当地指出,"你要知道,雪会把切文古尔盖住,下雪的日子挺暖和。你还要树枝和炉子干什么？请你说服我——我感觉不到有什么需要！"

"我们又不是为自己砍，"巴申采夫告诉他，"我们是给别人，给需要的人砍。我生来就不怕冷。我要用雪把屋子填满，我就住在里面。"

"替别人?!"切普尔内先表示怀疑，接着又觉得满意了，"那你就多砍点。我还以为你们是为自己砍，如果你们是为了别人，这就对了——这不是劳动，而是无偿援助。那你就砍吧。不过你为什么赤脚啊？哪怕穿我的半筒靴子也行——不然你会着凉的！"

"我会着凉?!"巴申采夫生气了，"要是我生病，你恐怕早就死了。"

切普尔内到处视察，其实他错了：他经常忘记切文古尔再也没有革委会，他也不是主席了。现在切普尔内突然想起自己不是苏维埃政权，于是怀着羞愧的心情离开了砍红柳的几个人。他怕巴申采夫和两个另类分子对他产生不好的想法：瞧这个自以为最聪明、最优秀的人居然想当共产主义穷人的阔首长！切普尔内赶紧在阻隔他们的一道篱笆后面蹲下来，这样他们就会马上忘了他，来不及想什么了。从附近的板棚里传来轻快的敲击石头的声音；切普尔内从篱笆抽出一根木桩提在手里，走到板棚里打算帮劳动者干活。基里和热耶夫坐在板棚里的一块磨盘上，正在石头表面凿出一道道浅槽。原来，基里和热耶夫是想启动风磨，把各种成熟的子实磨成粉，再用这粉给病人雅科夫·基蒂契烤出松软的糖饼。每凿出一道槽，两人都要认真盘算一番：还要不要继续凿下去。还没等想出个结果，又继续凿下去了。两个人的心里都有疑问：磨盘需要装磨轴，可是整个切文古尔只有雅科夫·基蒂契一个人能做——他从前当过铁匠。不过，要是他能做磨轴，那肯定病已经好了，也不需要糖酥饼了——这么说来，现在不需要凿磨盘，等到雅科夫·基蒂契病好能站起来的时候，那么糖酥饼跟风车、磨轴一样都用不到了。基里和热耶夫时不时停下来讨论要不要继续凿下去，但是没有得出结论又干了起来，他们担心万一停下来就无法体验因为关心雅科夫·基蒂契而获得的满足。

切普尔内盯着他们看呀看呀，最后也不由得怀疑起来了。"你们这是白费劲，"切普尔内谨慎地表达了自己的怀疑，"你们现在感受的是石头，而不是同志。普罗科菲很快就要回来了，到时候他会给大家宣讲，劳动怎样产生可恶的矛盾，就跟产生资本主义一样……外面在下雨，草原上很潮湿，可总不见这小伙子回来，我一直在惦念他。"

"没准你说得对——真的是白费劲？"基里信了切普尔内，"他的病自己会好的——共产主义肯定胜过甜酥饼。我还不如去把子弹里的火药取出来给霍普涅尔同志，他可以很快造出火种。"

"没有火药他也能造出火种。"切普尔内打断了霍普涅尔，"大自然威力无穷：那么多的星球在燃烧，难道麦秸就烧不起来？……太阳刚到云后面，你们就忙着代替它劳动了！你们应该合理安排生活，现在又不是资本主义！"

但是基里和热耶夫都不太清楚，刚才究竟为了什么去劳动。他们离开打凿的磨盘，把自己对雅科夫·基蒂契的关心留在那块石头上的时候，才觉得外面的时间很无聊。

德瓦诺夫和比尤夏起初也不知道，为什么他们要来到切文古尔卡河边。草原和河谷上的绵绵秋雨在自然界造成了一种特别的伤感而寂静的氛围,仿佛湿漉漉、孤零零的田野想去切文古尔与人们亲近。德瓦诺夫默默地怀着幸福感在想念科皮奥金、切普尔内、雅科夫·基蒂契和所有目前生活在切文古尔的另类分子。德瓦诺夫把这些人看作社会主义整体中的一个个零件,而社会主义眼下正处在一个阴雨连绵、荒草萋萋、光线灰暗的陌生世界的包围中。

"比尤夏,你在想什么吗?"德瓦诺夫问。

"在想啊。"比尤夏脱口而出,不过马上觉得不好意思了——他常常忘了思考,刚才就什么也没想。

"我也在想。"德瓦诺夫满意地告诉他。

他所谓的想,不是指思想,而是对自己心爱的事物经常加以想象后获得的一种享受。眼下他想象的对象就是切文古尔的人——他把他们可怜的赤裸的躯体看成是他跟科皮奥金在草原上苦苦找寻、现在终于找到的社会主义的活体。德瓦诺夫感到自己的灵魂已经吃饱喝足,从昨天早晨开始他都不想吃东西了,甚至忘了吃饭这件事。现在他就担心失去自己心灵的平静和富足,希望找到另一种次要的理念,靠这理念生活,慢慢将它消耗,而把主要的理念原封不动地保存下来——只是偶尔回过头来享受一下幸福。

"比尤夏,"德瓦诺夫问比尤夏,"切文古尔真的是咱们的心灵财富吗?这份财富应该好好珍惜,千万不能触犯!"

"这能做到!"比尤夏明确表示赞同,"谁敢动一下——我马上叫他一命归天!"

"在切文古尔住的也是人,他们需要生活,需要吃饭。"德瓦诺夫想得越来越远,越来越平静。

"那还用说,当然需要。"比尤夏表示赞同,"更何况这里是共产主义,可是人都很瘦! 雅科夫·基蒂契那么瘦,共产主义在他身上哪能撑得下去? 他那身子骨容纳他自己都还勉强呢!"

他们来到一处早已干涸、杂草丛生的河边。这河的河口成了切文古尔卡河的一片滩地,与整个河谷连在一起了。河沟很宽,沟底有一条缓缓流淌的小溪,水源来自上游的一股泉水。这涓涓细流常年流淌,即使在最干旱的年份也不会断流,溪边始终长着鲜嫩的青草。现在德瓦诺夫最想解决的问题是保障全体切文古尔人的食物,让他们能够长久地、于己无害地生活在这世界上,并且凭借他们自己在这世界上的存在,将不可侵犯的幸福和安宁注入德瓦诺夫的灵魂和思想。切文古尔的每一个躯体都应该坚强地活着,只有在这样的躯体中,共产主义才会具有物质感。德瓦诺夫心事重重地停下脚步。

"比尤夏,"他说,"我们来筑一道坝,拦住水流。干吗让水白白地流走,不给人利用?"

"好吧,"比尤夏赞成说,"可这水给谁喝呢?"

"夏天给地喝。"德瓦诺夫解释道。他决定在河谷里建一道人工浇灌设施,明年夏天就可以根据旱情和需要给河谷浇水,帮助各种有营养的作物和杂草苗壮成长。

"到时候这里的菜园肯定能丰收,"比尤夏指出,"这里的土壤肥沃——春天从草原上带来黑土,可是夏天一旱,板结的土地尽是大大小小的裂缝。"

一小时之后,德瓦诺夫和比尤夏拿来铁锹,动手挖一道沟把溪水排出去,这样就可以在干地上筑坝。雨还在哗哗地下,用铁锹很难扒开草根盘结、泥水横流的地面。

"不过今后大家就不会挨饿了。"德瓦诺夫边说边使出吃奶的力气挖土。

"那还用说!"比尤夏回答,"水利——这可是件大事。"

现在,德瓦诺夫再也不怕失去或者损害自己的主要思想——保存切文古尔的人:他已经找到了第二个补充想法——灌溉河谷,要用这第二个思想来转移注意力,并且帮助他在自己身上保持第一个思想完好无损。德瓦诺夫暂时还不敢利用共产主义的人,他想生活得更加平静些,他要珍惜共产主义,不让它受到损害,保持它的原始形态。

晌午的时候,霍普内尔已经用水泵取到了火种,切文古尔全城欢腾,德瓦诺夫和比尤夏也跑了过去。切普尔内已经生起篝火支上锅子为雅科夫·基蒂契煮汤了。为此,他非常得意,也很自豪,无产者居然在切文古尔潮湿的地方取到了火种。

德瓦诺夫告诉霍普涅尔,他打算在小溪上筑一道拦水坝用于灌溉,让蔬菜和作物长得更好。霍普涅尔听了后指出,筑坝非得用板桩不可,需要在切文古尔找到干的木料,先把板桩做好。于是,德瓦诺夫和霍普涅尔开始到处寻找干木料,直到傍晚的时候,这才来到了一片古老的资产阶级墓地。自从星期六义务劳动把房子都迁移到一起实现了全城紧密的大团结之后,这墓地现在已经不在切文古尔城内。墓地里,富裕人家给已故的亲人竖了高大的柞木十字架,它们作为死者永生的象征,已经存在了数十年。霍普涅尔认为,只要拆掉横架和耶稣基督的脑袋,这些十字架就可以做板桩。

天快擦黑的时候,霍普涅尔、德瓦诺夫、比尤夏和另外五个另类分子开始挖十字架;稍后,切普尔内给雅科夫·基蒂契喝了点汤之后也赶来了。他动手挖十字架,帮助那些为了切文古尔将来能吃上饱饭而劳动的人。

两个茨冈女人从草原悄无声息地走进墓地,在劳动的声响中,听不到她们的脚步声。直到她们走到切普尔内身边停下来,之前谁都没有发觉。切普尔内正在挖一个十字架的底部,突然闻到一股潮湿而温暖的气味,在切文古尔,这种气味早就被风刮走了。他停止挖掘,屏住呼吸——他想让不明物体进一步暴露真相,但是没有声音,只有气味。

"你们来干什么?"切普尔内腾地站了起来,他都没看清是两个茨冈女人。

"我们遇到了一个小伙子,是他派我们来的。"一个茨冈女人说,"我们是来给人家当老婆的。"

"是普罗沙!"切普尔内想起来了,不由得脸上露出了笑容,"他现在在哪儿?"

"还在那儿。"茨冈女人回答,"他摸了摸我们,见我们没病,就撵来了。我们走啊走啊,总算走到了,可你们在挖坟墓,你们这儿没有漂亮的姑娘……"

切普尔内羞涩地打量了一下这两个突然出现的女人。一个年轻,看样子不爱说话;她那双乌黑的小眼睛流露出逆来顺受的神情,脸上其余部分的皮肤显得疲惫和松弛;这女人身穿一件红军大衣,头戴一顶骑兵帽,黑亮的头发表示她还年轻,模样也算得上漂亮,可是到目前为止,她一生都是在苦难中白白度过的。另一个茨冈女人年岁大了,牙齿也掉了,但是看上去比那年轻的乐观,因为她对多年来的苦难已经习惯,觉得日子过得越来越轻松、幸福——对那些不断重复的苦难,老女人已经没有了感觉:苦难重复多次自会变得轻松。

看到几乎忘却了的女人的温柔模样,切普尔内不禁心潮澎湃。他向德瓦诺夫使了个眼色,要他跟前来当老婆的女人搭话,德瓦诺夫激动得热泪盈眶,站在那儿几乎愣住了。

"你们受得了共产主义吗?"切普尔内问茨冈女人;面对女性的魅力,他的腿都软了,但努力控制自己,"这里是切文古尔,婆娘们,你们可得注意了!"

"你啊,美男子,别吓唬人!"老女人说话又快又老练,"我们什么没见识过,可女人的东西一样没丢掉——全带来了。你究竟想要什么呢?你那小伙子说了——女人只要是活的,到这里都能当媳妇——可你还问我们受得了受不了!我们过去受的那种苦难,这里不会再受了,日子肯定过得比较轻松,我的新郎官!"

切普尔内听了赶紧道歉:

"当然,你肯定受得了!我说这话是想试探一下。谁的肚皮受得了资本主义,那共产主义就不在话下。"

霍普涅尔一直在闷头挖十字架,仿佛这两个女人根本就没有来到切文古尔。德瓦诺夫也在低着脑袋干活,免得霍普涅尔认为他被女人迷住了。

"婆娘们,你们去找居民吧。"切普尔内对茨冈女人说,"你们要关心爱护他们,这不,我们也在为他们受苦呢。"

茨冈女人到切文古尔找丈夫去了。

另类分子都坐在自己家里,有的在门厅,有的在板棚,大家都在做力所能及的手工活:有人在刨木板,有人在心定气闲地补麻袋,打算用这些麻袋到草原上去收集麦穗,有人挨家挨户地来回打听:"哪里有窟窿?"他们在墙壁和炉子的缝隙里找臭虫,找到了就立即掐死。每一个另类分子关心的都不是自身利益。另类分子看到霍普涅尔替雅科夫·基蒂契修理屋顶,于是为了安慰自己的生活,也开始认识到要获得幸福就该替别的切文古尔人效劳——替他收集麦穗或者刨木板,用木板钉成礼物或者别的什么东西。那些掐死臭虫的人,还没有在指定的人身上找到能够带来心灵安宁的唯一幸福,只希望为了保障所选定的人免遭贫困而从事劳动——那些人只是消耗自己的体力,从中感觉自己渐渐疲惫的身体能够获得新的力量。不过他们多少能够得到一点安慰,因为人们再也不会挨臭虫咬了:甚至连水泵也要替雅科夫·基蒂契取火而匆匆忙忙干活了,尽管干活的是风和机器,而不是人。

有一个名叫卡尔丘克的另类分子,做好了一个长长的箱子,心满意足地躺下睡觉了,尽管连他自己也不知道基里要这箱子有什么用处,但是卡尔丘克开始觉得基里是他的一种精神需要。

基里装好磨盘,又去掐死了一些臭虫,然后也去休息了,他断定穷人的日子从此好过多了:寄生虫再也不会消耗他们虚弱的体力;此外,基里还发现另类分子们经常看着太阳——他们欣赏太阳,因为太阳养活了他们,可是今天所有切文古尔人都围在靠风力发动的水泵旁边,他们在欣赏风和这架木制的机器;基里内心产生了一个嫉妒性的问题:为什么到了共产主义人们爱的是太阳和大自然,对他却满不在乎,于是傍晚的时候他又去挨家挨户地灭臭虫,这样的劳动就跟大自然和水泵不相上下了。

卡尔丘克还没有想明白自己做的箱子能派什么用处就打起瞌睡了，突然两个茨冈女人走进了屋子。卡尔丘克睁开眼睛，吓得话都说不出来。

"你好啊，新郎官！"老年女人说，"快给我们吃的，吃完跟我们上床睡觉：有饭同吃，爱情共享。"

"什么？"半聋的卡尔丘克问，"我不需要，我这就挺好，我心里想的是同志……"

"你要同志干什么？"老年的茨冈女人呛他，而年轻的那位不吱声，羞答答地站着，"你把自己的身子分给我一点儿，别舍不得那玩意儿，你会把同志忘了——我跟你说的是大实话！"

茨冈女人摘下头巾，打算坐到给基里做的箱子上。

"别碰箱子！"卡尔丘克喊了起来，他怕箱子被弄坏，"这不是给你准备的！"

茨冈女人从箱子上拿起头巾，大发雌威：

"哎呀，你这不知好歹的家伙！不会皱眉头，别想吃酸果……"

两个女人走出去，找了个储藏室躺下睡觉，没有享受新婚之乐。

*

西蒙·谢尔比诺夫乘坐无轨电车在莫斯科到处转悠。他身心俱惫，情绪变化无常，往往不顾廉耻，是个不幸的人。谢尔比诺夫没有买车票，几乎不想活了，显然，他已经彻底分裂。他不觉得自己是可以博得普遍好感的时代幸运儿，反而自怜自哀，怨天尤人。他喜欢女人和未来，不喜欢在负责的岗位上直接掌舵。谢尔比诺夫前往苏维埃国家偏远的平原地区考察社会主义建设,前不久刚回来。他在外省寂静的大自然里来来回回折腾了整整四个月。谢尔比诺夫坐镇各个县执委会,协助当地的布尔什维克铲除农民一家一户单干的根基,还去乡村阅览室朗读格列勃·乌斯宾斯基①的作品。农民们没有什么反应,照常过他们的日子,于是谢尔比诺夫进一步深入苏维埃国家的腹地,为党获取劳动人民生活的真实情况。就像某些灰心丧气的革命者一样,谢尔比诺夫不喜欢工人和乡下人。他喜欢工人阶级和农民阶级这两个群体,却瞧不起单个的工人和农民。因此,谢尔比诺夫怀着文明人的幸福感,回到莫斯科故地重游,他仔细观赏商店里的精美商品,听着名贵的高级轿车悄无声息地行驶,吸进它们排出的废气,犹如闻到令人兴奋的香味。

谢尔比诺夫在城里漫游,仿佛进入了舞厅,那里有一位女士在等他,不过她孤零零站在远处,淹没在一堆堆热闹的年轻人中间,她看不到自己心仪的舞伴,而这位舞伴又无法走到她身边,因为他有一颗客观的心,遇到了其他几位可敬的女人,她们是如此妩媚动人,却又如此难以接近,简直不明白世界上的孩子是怎么生出来的。谢尔比诺夫遇到的女人越多,看到工匠们克服了自身低俗的品位后悉心打造的各种精美器物越多,他的心情就越苦闷。女性的青春美貌无法打动他,尽管他自己也很年轻——他早就相信无法得到那必不可少的幸福。昨天他去听了一场交响音乐会;音乐歌颂完美的人,惋惜错失的机遇,与音乐久违的谢尔比诺夫听了感动万分,在幕间休息的时候走进洗手间,背着众人偷偷地擦去泪水。

---

① 格列勃·乌斯宾斯基(1843—1902),俄罗斯作家,其作品主要反映俄罗斯农民的生活。

谢尔比诺夫思绪蹁跹，对眼前的一切视而不见，只是机械地随着电车一路过去。他不再遐想的时候，发现身边站着一位十分年轻的姑娘正盯着他看。谢尔比诺夫并没有因为她的目光而觉得局促不安，反而也看了她一眼，因为姑娘看他的目光是那么纯洁，那么迷人，无论谁都能坦然以对，不会慌张。

这姑娘穿一件漂亮的夏季风衣，里面是一袭干净的羊毛长裙；衣服遮住了她体内无人知晓的舒适的生命，也许，她是个干活的人，因为她的体态并不肥胖臃肿，甚至还很优雅，完全没有常见的那种性感。最让谢尔比诺夫感动的是这姑娘似乎很幸福，看他和看周围人的眼神充满了善意和同情。谢尔比诺夫因而立即皱起了眉头：幸福的人跟他格格不入，他不喜欢他们，也害怕他们。"要么是我堕落了，"谢尔比诺夫真诚地反省自己，"要么是幸福的人对不幸的人没有用处。"

这个奇特而幸福的女人在剧院站下了车。她像一株长在陌生地方的植物，孤独而顽强，但是她心地坦荡，没有意识到自己的孤独。

车上少了她，谢尔比诺夫一下子感到寂寞了。女售票员在统计表上填写车票号码，她的衣服被乘客蹭得油迹斑斑，外省来的乘客带着大包小包要去喀山火车站，他们担心路远挨饿，便在车上吃东西。车厢下面的电动机被关在钢板和离合器之间的狭窄空间，没有女伴，正在单调地呻吟。谢尔比诺夫跳下电车，他生怕那女人永远消失在这熙熙攘攘的城市中，而蛰居一隅的单身人士可以经年独处，不和任何人来往。但是幸福的人可以不慌不忙地生活：瞧那女人正站在小剧院门口，伸着手掌，卖报人把找的几个十戈比零钱逐个放到她手掌里。

谢尔比诺夫走到她跟前。他打定主意不再犹豫,要鼓起勇气。

"我以为已经失去了您,"他说,"我一直在找您。"

"没找多久吧。"女人一边回答一边数找回的零钱。这让谢尔比诺夫产生了好感:他自己从来不会去数找回的零钱,他不在乎自己的也不在乎别人用劳动挣来的钱——今天他在这女人身上看到了他自己不具备的精细和严谨。

"您想跟我一起走走吗?"女人问。

"我正要向您提出这请求呢。"谢尔比诺夫顺水推舟。

这轻信而幸福的女人倒也没有见怪,只是莞尔一笑。

"有时候你会遇见一个人,突然发现他是个好人,"女人说,"后来走着走着这人就不见了,于是你会惦念一阵子,最后就忘记了。您觉得我是好人,对吗?"

"是的,"谢尔比诺夫完全同意,"要是失去了您,我会惦念好久的。"

"现在我没有马上消失,那您就不会惦记很久了。"

这女人走路的姿势和整个气质都显现出一种罕见的淡定和豪爽,不会曲意逢迎或者故作矜持。她一路上有说有笑,但不谈自己的生活,也没有讨好对方。谢尔比诺夫试着博取她的欢心,结果没有奏效,女人没有改变对他的态度;于是他放弃了希望,伤心却又无可奈何地想到了时间——如今时间正加快步伐,急忙将他与这个幸福的生气勃勃的女人永久地分离。爱上她不可能,与她分别又不甘心。谢尔比诺夫想起自己经历了不知多少次的永久离别,他自己都数不过来。他曾经给多少同志和喜欢的人随随便便说过一声"再见",后来却始终没有再见过,也见不着了。谢尔比诺夫不知道,怎样才能充分表达自己对这位女性的尊敬,倘若能做到的话,跟她分手也就比较容易了。

"朋友之间的感情没法一笔勾销,哪怕暂时也不行。"谢尔比诺夫说,"友谊可不是婚姻。"

"可以为同志而工作,"谢尔比诺夫的同路人说,"当你特别累的时候,往往心情比较轻松——甚至可以独自应付生活;把劳动成果留给同志。但不能把自己交给他们,我要保留完整的自我……"

谢尔比诺夫感到这位临时女友身上有一种牢固的与众不同的结构。她卓然而立,我行我素,根本不在乎别人怎么看她,仿佛是某个神秘的,如今已经消亡、在世界上已经不起作用的社会阶级剩下的最后一枚果实。谢尔比诺夫设想她是贵族的残余;如果所有的贵族都像她那样,那么在他们之后,历史不可能创造出任何东西,恰恰相反,他们自己倒可以用历史制造他们需要的命运。整个俄罗斯只有两种人:正在消亡的人和正在自救的人——谢尔比诺夫早就发现了这一现象。许多俄罗斯人热衷的事情,就是毁灭自己生命的能力和才华:有的酗酒,有的稀里糊涂生一大堆孩子,有的浪迹天涯做起了白日梦。可是眼前这个女人没有毁灭自己,反而实现了自我。很可能,她就凭这一点打动了谢尔比诺夫,因为他无法实现自我,而且在慢慢毁灭自己,尽管他看到了音乐塑造的那个完美的人。或者,这仅仅是谢尔比诺夫的苦闷,感到了自己无法实现的那种需要,而与他同行的这个女人将成为他的情人,一个星期之后就会厌弃她吗?那么,这张既撩人心魄又不可冒犯的面孔又是怎样来到他面前的呢?这种既能理解他人又能恰到好处地帮助他人、却不需要他人帮助的完美心灵,为何深藏不露呢?

继续漫步已经没有意思,只能证明谢尔比诺夫在女人面前的怯懦,于是他对她说了声"再见",希望在这女人心中保留对他的应有记忆。她也说了声"再见",还添了一句:"假如您觉得非常苦闷的话,那就来找我——我们见个面。"

"您经常觉得苦闷吗?"谢尔比诺夫依依不舍地问。

"当然,经常会这样。但是我能意识到为什么苦闷,因此也就不痛苦了。"

她告诉谢尔比诺夫自己住哪儿,于是谢尔比诺夫离开她走了。他开始往回走。在熙熙攘攘的人群中,他慢慢静下心来,好像这些拥挤的陌生人在保护他。过了一会儿,谢尔比诺夫去看了场电影,又去听了场音乐会。他意识到了自己苦闷的原因,心里非常痛苦。理智丝毫没有起作用,显然,他的人格在分裂。夜里,他躺在凉爽安静的宾馆房间里,默默地注视着自己理智的活动。谢尔比诺夫感到奇怪的是,理智在分裂的过程中居然分离出了真理——谢尔比诺夫没有因为思念遇到的女人而去打搅理智的活动。他眼前连绵不断地涌现出苏维埃俄罗斯的一道道景象——他那贫穷的、对自己也残酷无情、与今天遇到的那个贵族女人多少有些相似的祖国。谢尔比诺夫忧愁的、讥讽的理智慢慢地让他想起了那些适应能力很差的人,那些傻乎乎地硬要让社会主义适应平原和沟壑的空地的人。

在被遗忘的俄罗斯的寂寞的田野里,已经开始了某种活动:那些不喜欢耕地种黑麦养家糊口的人们,为了永恒,为了将来永不分离,甘愿忍受痛苦,在历史的花园里莳花栽草。但是花匠如同画家和歌唱家,都不具备稳定有效的理智,他们往往心血来潮:植物才刚开花他们就因为怀疑而将其连根拔起,然后种上官僚主义的小作物;花园需要悉心照料和耐心等待,而小作物可以快速疯长,不需要花费劳动,也不必耐心等待。革命花园被铲除之后,空出来的土地全部成了野生作物的地盘,大家既能得到食物又可以免除劳动的折磨。确实,谢尔比诺夫看到人们很少劳动,就吃小作物提供的免费食物。这种局面会延续很久,直到小作物吞噬了所有土壤,直到人们的脚下只剩黏土地和石头,或者是花匠们休息过后在地力枯竭、被荒无人烟的风吹得干燥的土地上重新开辟出凉爽的花园。

谢尔比诺夫忧心忡忡地睡着了。第二天上午,他去了党委会,接受了到一个偏远的省里出差的任务,要去那里调查减少百分之二十播种面积的事实。明天就要出发。从党委出来后,谢尔比诺夫一直坐在街心花园里等待夜晚的来临。等待成了一种累人的劳动,虽说谢尔比诺夫的心脏跳得相当平稳,对女人投怀送抱这样的艳福也不抱任何希望。

晚上他要去找昨天认识的那个年轻女人。他是走着去的,这样可以在路上打发多余的时间,并且恢复因为等待而消耗的体力。

她给的地址肯定不很确切。谢尔比诺夫来到了一座庄园,庄园里的房子一半旧一半新,他开始寻找那认识的女人。他上上下下走了好多楼梯,爬到四楼就能看到郊外的莫斯科河,河水散发出一股肥皂味,河的两岸坐满了赤身露体的穷人,看上去像茅房前的通道。

谢尔比诺夫按响了一个个陌生人家的门铃,给他开门的都是上了年纪的老人,他们觉得自己是最需要安静的住户,对谢尔比诺夫要找一个不住在这里、又没有在这里登记户口的人觉得十分奇怪。于是谢尔比诺夫来到街上,开始按计划挨家挨户地走访所有的住宅,今天晚上他再也无法一个人独处了。明天他会比较轻松些——他将出差去调查已经缩减、理论上应该长出蒿草的耕地。谢尔比诺夫找到那认识的女人纯属偶然,她自己从楼梯上迎着他走来,否则谢尔比诺夫至少还要走访二十个有关的房客。女人把谢尔比诺夫领到自己房间后又出去了一会儿。房间空空的,好像人住在里面不是要过日子,而是为了思考。三只装合作社产品的箱子充当床铺,窗台代替桌子,衣服挂在墙壁的钉子上,用廉价窗帘遮着。从窗口望出去还是那条不雅的莫斯科河,河两岸还是默默地坐在那儿的赤露无遗的肉体,这样的场景谢尔比诺夫平时经过这栋房子单调乏味的楼梯时早就记住了。

一道紧闭的门后面就是隔壁房间,一个工农速成中学的学生在那里不紧不慢地大声朗读,他用这样的办法往脑子里灌政治科学。从前那里住的很可能是个教会学校的学生,学的是普世会①的教义,根据心灵成长辩证法的规律,最后走上亵渎神明的道路。

女人带回来招待客人的几样东西:小甜饼、糖果、一块蛋糕和半瓶教会允许的甜酒——维散塔。难道她这么天真吗?

谢尔比诺夫开始慢慢享用这些女人喜欢的美食,用嘴巴接触女人的手摸过的地方。谢尔比诺夫慢慢把东西全吃光了,他觉得十分满足,而认识的那女人则谈笑风生,兴致很高,仿佛那些食品是替代她献上的供品。她错了——谢尔比诺夫只是欣赏她而已,他觉得自己在这世界上既寂寞又悲伤;现在他已经无法平静地生活,无法一个人留下来独自享受生活。这女人勾起了他的忧伤和羞愧;假如他

① 普世会,由基督教主教参加、讨论重大宗教问题的会议。

离开她到外面去呼吸莫斯科的令人亢奋的空气,也许他会好过些。谢尔比诺夫有生以来第一次面对他人竟然无法做出自己的评价,无法对她一笑了之,然后若无其事地离开,继续独来独往。

一轮明月照耀着千家万户,照耀着莫斯科河以及破旧的城郊。月光下,犹如在暗淡的阳光下,女人和姑娘发出哼哧哼哧的声响——那是人们在露天做爱。一切都事先做了妥善安排:爱呈现为事实,呈现为有限的固定物质,从而得以实现和完成。谢尔比诺夫不仅在理念上拒绝爱情,甚至在感情上也放弃爱情,他认为爱情仅仅是圆润的肉体,甚至是想都不能想的,因为所爱的人的肉体生来就是为了忘却思想和感情,就是为了默默地进行爱的劳动和致命的疲惫;疲惫就是爱的唯一乐趣。谢尔比诺夫坐在那儿,感受到一阵短促的无法利用的生命快感——这种感觉如今正在渐渐减弱。西蒙什么也不打算享受,他认为世界历史是一个无用的官僚机构,人的生存意义和价值在这里被剥夺了。谢尔比诺夫知道自己在生活中遭到溃败,便垂下眼睛看着女主人的腿。女人没有穿袜子,裸露的大腿雪白粉嫩,无比温润,轻薄的短裙遮住了丰满的身体的其余部分,她那成熟、被压抑的生命在体内熊熊燃烧。"谁能扑灭你这一团烈火?"谢尔比诺夫想,"当然不是我,我配不上你,我的心灵就像偏僻的县城,满眼荒凉和恐惧。"他又一次看了看她越来越撑开的大腿,脑子里一片空白;有一条道路可以从女人鲜嫩的大腿一直下去,最后必定成为忠于平凡的革命事业的人,但是这条路过于漫长,谢尔比诺夫因为理智的疲劳而提前打了个哈欠。

"您好吗?"西蒙问,"您叫什么名字?"

"我叫索尼娅,全称是索菲娅·亚历山德罗芙娜。我很好——

我不是在工作,就是在等人。"

"见了面往往会有短暂的快乐。"这是谢尔比诺夫说给自己听的,"你在街上扣上大衣的最后一个纽扣的时候,你会感叹一切都已白白地过去,又得重新沉湎于自己的世界。"

"不过,等人也是一种乐趣。"索菲娅·亚历山德罗芙娜说,"一次次等到人之后,快乐就会变得长久……我最喜欢等人了,我几乎一直在等待……"

她把双手放到桌子上,过了一会儿又把它们移到滚圆的膝盖上,她没有意识到这些多余的动作。她的生命向四周发出轰隆隆的声响。谢尔比诺夫甚至半闭上眼睛,免得在这弥漫着与他无关的声音和气味的陌生房间里迷失方向。索菲娅·亚历山德罗芙娜的手很瘦,很粗糙,与她的身材极不相称,手指像纺织女工那样皱巴巴的。这双难看的手对谢尔比诺夫多少是个安慰,他的醋意不再那么强烈,也不担心她落到另一个人手里。

桌子上的食品已经吃完;谢尔比诺夫感到后悔,自己不该急着吃完,现在必须离开了。但是,他不能离开,他担心有比他更好的人,正是出于这样的担心,他才来找她。还在电车上的时候,谢尔比诺夫就发现她身上有一种多余的、让他既兴奋又懊丧的生命天赋。

"索菲娅·亚历山德罗芙娜,"他说,"我想告诉您,明天我要走了……"

"走就走了呗!"索菲娅·亚历山德罗芙娜觉得奇怪。她显然对人缺乏怜悯之心,她可以咀嚼自己的生命,这是西蒙绝对做不到的。

她需要别人主要是为了消耗自己过剩的精力,而不是为了从他们那里得到她所缺少的东西。谢尔比诺夫还不知道她的身份,也许是富裕人家的不走运女儿。其实他猜错了：索菲娅·亚历山德罗芙娜是"三山纺织厂"的一名机器擦洗工，一生下来就被母亲抛弃了。不过，说不定她爱过什么人，也生过孩子——谢尔比诺夫半是疑问半是猜测。

"爱是爱过，可没有生过孩子。"索菲娅·亚历山德罗芙娜回答，"我不生孩子人已经够多的了。假如我能生出一朵花，那我就把它生了。"

"难道您爱花?! 这不是爱，这是怨，怨您自己不再生长……"

"就算是吧。有了花，我哪儿也不去，也不等什么人。跟花在一起，我就巴不得自己也生出花来。否则好像就没有完整的爱……"

"肯定没有。"西蒙说。他开始希望克服自己的嫉妒，期待索菲娅·亚历山德罗芙娜最终会成为像西蒙那样不幸的、在生命中途停止不前的人。他不喜欢那些一帆风顺的幸运儿，因为他们总要远走高飞，抛下自己的亲人不管不顾。谢尔比诺夫的很多朋友都走了，留下他孤零零的一个人。他害怕落后，一度也曾加入布尔什维克，但是这也没有用：谢尔比诺夫的朋友们还是纷纷离他而去，谢尔比诺夫还没有来得及从他们的感情中给自己积累起任何东西，他们就已经抛下他，各奔前程。谢尔比诺夫嘲笑他们，指责他们志向渺小，说历史早已终结，正在进行的是一场人与人之间的互相倾轧。回到家里，他为离别而伤心，不知道哪里有人在爱他等他，于是就关上门插上锁，坐到床中央，背靠着墙壁。谢尔比诺夫默默地坐在那儿，倾听电车悦耳的叮当声。电车驶过温暖的夏季的街心花园，送人们去走亲访友。自怜的泪水慢慢从谢尔比诺夫的眼中流出，他看着泪水吞没了自己脸颊上的污垢。他没有打开电灯。

过了一阵,街道安静了,朋友和情侣都睡了,谢尔比诺夫也渐渐平静下来:此刻,许多人都处于孤独状态——有的睡觉,有的谈话或者做爱后累得独自躺下——谢尔比诺夫也愿意一人独处。有时候他翻出日记本,在页码后面记下自己的思想和咒骂:

人不是意义,而是一个肉体,布满强健的肌腱,黏血的洼地,高坡,窟窿,快乐和遗忘。

牡牛异甚,竟服于牝羊:意思就是一头公牛真奇怪,居然被一只母羊征服了。

历史是由厚颜无耻的失败者开创的,他为了利用现在而杜撰出未来——赶走了大家,自己却留在了舒适温暖的原地。

我是母亲的副产品,跟她的月经一样,因此缺乏尊重的能力。我怕好人——他们会抛弃我这个坏人,我怕落在他们后面会挨冻。我诅咒流动的人们,想加入他们一伙,成为他们的一分子!

我不是他们一伙的成员,而是冻僵的尾巴。

谢尔比诺夫心怀疑惑和嫉妒注视着每一个人:是不是比他强?如果比他强,那么应该让这样的人停下来,否则他会超过你,不可能成为平等的朋友。在他眼里，索菲娅·亚历山德罗芙娜也比他强，因此他觉得她是个堕落的女人。谢尔比诺夫很想积累人，就像积累钱财那样，他甚至对认识的人认真做了一番统计，在家务本上列出专门的盈亏项目。

索菲娅·亚历山德罗芙娜只能列入亏损一栏。但是西蒙想减少自己的损失——采用一个前所未有的人员登记办法。以前没有采用这办法，因此老是有赤字。假如把索菲娅·亚历山德罗芙娜搂在怀里，假装成想跟她结婚的痴心汉，结果会怎么样？到时候西蒙可以发动自己的情欲，制服这个高贵女人的倔强肉体，在她体内留下自己的痕迹，实现哪怕是暂时的与人的牢固联系——然后若无其事出门，信心十足地继续捕猎人。不知什么地方行驶的电车发出神经质的吱嘎声，车上挤满了打算远离谢尔比诺夫的乘客。西蒙走到索菲娅·亚历山德罗芙娜身边，双手伸进她腋下，使劲将她抱起来，然后又让她在自己面前站直了。这一抱一放之间，他发现这女人挺沉。

"您这是干什么？"索菲娅·亚历山德罗芙娜问，语气中没有恐惧，但很紧张。

谢尔比诺夫这样近距离接触她那陌生的、被另一个萍水相逢的怪癖的生命烧热的肉体，他的心不由得怦怦地狂跳起来。谢尔比诺夫现在即使遭到刀劈斧砍也不会觉得疼。他气喘吁吁，喉咙里呼噜呼噜直响，他闻到了索菲娅·亚历山德罗芙娜腋下散发出的一股淡淡的汗味，想用嘴去舔被汗液搅乱的坚硬的腋毛。

"我想轻轻地抱您一会儿。"西蒙说，"请您尊重我，我马上就走。"

面对一个痛苦不安的人,索菲娅·亚历山德罗芙娜羞愧得举起双手,让谢尔比诺夫更加舒服地把她轻轻地搂在自己怀里。

"难道这样您会觉得轻松吗?"她问,举起的双手麻木了。

"您呢?"谢尔比诺夫一边问,一边在听火车发出隆隆的干扰声,那是一曲歌颂劳动和宁静的夏天的赞歌。

"我无所谓。"

西蒙放下她。

"我得走了。"他心平气和地说,"您的卫生间在哪儿? 我今天还没洗漱呢。"

"您刚才进来的地方——右边。那儿有肥皂,没毛巾,我送去洗了,就用床单擦干吧。"

"那就给我床单。"谢尔比诺夫同意说。

床单散发着索菲娅·亚历山德罗芙娜的体味。显然,每天早晨她都用床单仔细擦身体,使干燥的皮肤变得滋润。谢尔比诺夫把水抹在疲惫的发烫的眼睛上,他首先感到疲劳的就是眼睛。他没有洗脸,匆匆忙忙把床单卷成一团,然后把这团床单塞进挂在卫生间对面走廊里的大衣侧袋里;尽管将要失去这个人了,谢尔比诺夫希望保留一份有关此人的无可争辩的物证。

"我把床单晾在热风器上了。"谢尔比诺夫说,"我把它弄湿了。再见,我走了……"

"再见。"索菲娅·亚历山德罗芙娜礼貌地回答。她不可能不问个明白就放他走。"您要上哪儿?"她问,"您说过,您要出差。"

谢尔比诺夫告诉她,有个省减少了百分之二十的播种面积,他就是要去那里调查。

"我在那里过了半辈子，"索菲娅·亚历山德罗芙娜谈起了那个省的情况，"那里有我的一个好同志。您见了他请转达我的问候。"

"他是什么人？"

谢尔比诺夫打算回到宾馆坐下来后，要把索菲娅·亚历山德罗芙娜作为自己的心灵损失记入财产支出栏。等到莫斯科夜深人静的时候，等到他的许多亲人躺下睡觉，在梦中见到社会主义的宁静的时候，谢尔比诺夫将怀着彻底宽恕的幸福心情把他们登记入册，在失去的朋友姓名上面打上支出的记号。

索菲娅·亚历山德罗芙娜从一本书里取出一张小小的照片。

"他不是我的丈夫，"她介绍照片上的那个人，"我也不爱他。但是没有他我就觉得寂寞。当初我跟他住一个城市，我的生活比较平静……我总是住一个城市，却喜欢另一个……"

"我一个城市也不喜欢，"谢尔比诺夫说，"我只喜欢街上永远有很多人的地方。"

索菲娅·亚历山德罗芙娜端详着照片。照片上的人二十五岁上下，两只凹陷的眼睛涣散无神，就像疲惫的看门人；脸的其余部分因为是侧影，难以记住。谢尔比诺夫觉得这人的脑子里同时可以有两个想法，这两个想法他都不满意，因此，他的表情游移不定，也就无法记住了。

"他不是个有趣的人。"索菲娅·亚历山德罗芙娜发现谢尔比诺夫无动于衷，"不过，很容易跟他相处！他能感受到自己的信仰，别人也就觉得心里踏实。要是世界上这样的男人多了，那结婚的女人就少了……"

"在哪里我能遇见他呢？"谢尔比诺夫问，"说不定他已经死了？……为什么女人会不想结婚呢？"

"干吗要结婚？结了婚就要拥抱啊，吃醋啊，流血啊——我的婚姻持续了一个月，这你自己也知道。跟他在一起也许什么也不需要，只要粘着他就行了。"

"我见了他就给您写明信片。"谢尔比诺夫说着就匆匆忙忙去穿大衣，他想悄悄地带走大衣里的床单。

谢尔比诺夫下楼的时候，从楼梯的平台上都能看到莫斯科的夜景。莫斯科河的岸上已经空无一人，流淌的河水死气沉沉。西蒙边走边自言自语地说，假如他伤害了索菲娅·亚历山德罗芙娜，那么他就会迷恋她，也会爱上这楼梯；他每天都会喜滋滋地等待夜晚降临，他就有了消磨自己迟到的生命的去处——另一个人就会坐在对面，西蒙可以被此人迷得晕头转向。

房间里只剩下索菲娅·亚历山德罗芙娜一个人，她乏味地睡到早晨上班的时间。早晨六点，报童过来往她门底下塞了份《工人报》，怕她睡过头，又敲了敲门："索尼娅，你该上班了！今天十次——你该付我三十戈比！快起床，看新闻！"

晚上下班之后，索菲娅·亚历山德罗芙娜重新洗漱了一遍，但是只能用枕巾擦身了。她打开窗户，外面是暮色渐浓、气候暖和的莫斯科。这段时间，她始终在等人，但是没有一个人来找她：有些人在忙着开会，有些人干坐着，不跟女人亲热，但又觉得无聊。天黑了，索菲娅·亚历山德罗芙娜俯身躺在窗台上，迷迷糊糊地开始等人。马车和汽车在下面来来往往，那座藏而不露、冷冷清清的小教堂轻轻地敲起了晚祷的钟声。索菲娅·亚历山德罗芙娜眼看着好多行人在前面经过，她怀着期待目送着每一个人，但是他们都从她那栋楼的大门外走过去了。最后,有一个人在大门口站了片刻,将烟蒂往马路上一丢,走进了楼里。"不会是来找我的。"她这样一想,心里反倒平静了。从楼层的深处,传来那人迟疑的脚步声,他几次停下来歇口气或者想问题。脚步声在索菲娅·亚历山德罗芙娜的房间门口停下来。"往上走啊。"索尼娅自言自语。可是那人敲了敲她的门。索菲娅·亚历山德罗芙娜都不记得自己是怎样从窗台下来穿过小走廊来到门口,打开了房门。来人是谢尔比诺夫。

"我没有走。"他说,"我心里总想着您。"

西蒙还是脸带微笑,但比昨天多了些愁容。他已经看到,这里得不到幸福,但是也不会再回到宾馆那个闹哄哄的房间了,那里还放着统计失去的同志名单的账本。

"您把我大衣口袋里的床单拿出来。"谢尔比诺夫说,"床单已经干了,您的体味也没有了。请原谅,我今天在上面睡觉了。"

索菲娅·亚历山德罗芙娜心里明白,谢尔比诺夫已经累了,她不指望自己能引起客人的兴趣,便默默地把自己的一份晚餐招待他。谢尔比诺夫吃光了她的晚饭,好像这理该是他吃的。吃饱之后,他更加强烈地觉得自己的孤独引起的痛苦。他的精力十分充沛,但是这精力无处发泄,只是白白地压迫着他的心脏。

"您怎么没走?"索菲娅·亚历山德罗芙娜问,"您从昨天开始就觉得更加苦恼了吗?"

"我要到一个省里去找荒草。以前是虱子威胁社会主义,现在是荒草。您跟我一起走吧!"

"不行,"索菲娅·亚历山德罗芙娜一口回绝,"我哪儿也不能去。"

　　谢尔比诺夫真想躺下来好好睡一觉,无论什么地方他都不可能睡个安稳觉了。他摸了摸自己的背部和左肋——已经有好几个月了,这些原来有忍受力的柔软部位不知为什么变得僵硬,而且一碰就疼:很可能那些年轻的软骨渐渐衰亡,变成了僵硬的骨头。今天早晨,他那早被遗忘的母亲去世了。西蒙甚至都不知道她住在哪儿,好像是在莫斯科的市郊结合部,再过去就是乡下了。就在谢尔比诺夫仔细刷牙,消除牙肿引起的口臭,为接吻做准备的那一刻,或者是他正在吃香肠的那一刻,他的母亲死了。现在,西蒙不知道自己为什么需要母亲。假如谢尔比诺夫自己死了,最最伤心的莫过于母亲,如今这个最亲的亲人死了。在活着的人中间,西蒙再也没有一个像母亲那样的人了:他可以不爱她,忘了她的住址,但是他之所以能活着,就因为母亲曾经而且永远用她那颗拳拳的慈母之心,将他与许多根本不需要他的人隔离开来。如今这道围墙倒塌了,在莫斯科的郊区,几乎就在乡下,这位爱儿子胜过爱自己的老人躺进了棺材,于是这些新鲜的棺材板的活力超过了她干枯的身体。因此,谢尔比诺夫感到他今后的生活会自由和轻松——他死了的话,绝不会引起任何人的痛苦,他死后没有一个人会伤心得死去活来,而母亲有一次曾说过,如果她失去了西蒙,那她肯定会伤心得不想活了。原来,西蒙活着就是因为感受到了母亲的疼爱,并且因为自己安然无恙而维护了她的安宁。而母亲呢,她保护西蒙不受陌生人的欺负,成了他的挡箭牌,也多亏母亲,他才承认世界对他抱着同情。现在母亲没了,一切都露出了真相。既然活着的人中间没有人觉得西蒙非活着不可,那么活着也就没有必要了。谢尔比诺夫这才来找索菲娅·亚历山德罗芙娜,想跟女人待一会儿,因为他的母亲也是女人。

谢尔比诺夫坐了一会儿,发现索菲娅·亚历山德罗芙娜想睡觉了,于是向她告辞。他只字未提母亲的去世。他打算利用这个有说服力的理由再次拜访索菲娅·亚历山德罗芙娜。谢尔比诺夫回家走了六七俄里路,途中下起了两次小雨,不过后来都停了。走过一个街心花园的时候,谢尔比诺夫觉得自己马上要哭出来了;他坐到长椅上准备大哭一场,他低下脑袋捧住了脸,却哭不出来。他哭出声是在后来,在一家有乐队演奏也有舞蹈的夜间啤酒馆,他不是哭母亲,而是为了许多谢尔比诺夫难以企及的女演员和其他人。

谢尔比诺夫第三次去找索菲娅·亚历山德罗芙娜是在星期天。她还在睡觉,西蒙在走廊里等她穿上衣服。

谢尔比诺夫站在门外告诉她,昨天他母亲下葬了,他想带索菲娅·亚历山德罗芙娜一起去墓地看看他母亲埋葬的地方。索菲娅·亚历山德罗芙娜听了顾不上穿衣,马上给他打开了自己的房门,没有洗脸就跟着谢尔比诺夫去了墓地。那里已是一片萧索的秋色,枯死的树叶纷纷落在坟墓上。高高的荒草和树丛中间,隐藏着一个个表示永久怀念的十字架,它们站在那里就像人那样张开双臂要去拥抱死去的人。路边的一个十字架上写着不知道是谁的无声泣诉:

> 我活着为她流泪,
> 她死了不再说话。

西蒙母亲的坟墓上堆着新土,周围全是密密麻麻的坟墓,在那些破败的土堆中显得有点孤立。谢尔比诺夫和索菲娅·亚历山德罗芙娜站在一棵老树下;树叶被上层的风吹得发出均匀的呼呼声,仿佛那是时间前进的声音,时间就在他们头顶上飞驰而过。远处,偶尔有人走过,他们是来看望死去的亲人,附近就看不见有什么人。索菲娅·亚历山德罗芙娜站在西蒙身旁,她呼吸平稳,看着坟墓却不理解死亡,她没有亲人也就没有人死去。她想感受谢尔比诺夫的痛苦,对他表示同情,但是耳听呼呼的风声,目睹被遗弃的十字架,她只觉得有点无聊。谢尔比诺夫站在她跟前就像个孤苦无助的十字架,索菲娅·亚历山德罗芙娜不知道该怎样帮助他摆脱这没有意义的悲伤,让他的心情轻松些。

谢尔比诺夫面对成千上万的坟墓,心里感到害怕。这些坟墓里躺着死去的人们,他们活着的时候,相信自己死后人们会永远铭记和悼念他们,结果被彻底忘记了——墓地上不见人影,十字架代替了理该到此地祭奠的活人。他西蒙将来的下场也一样:他死了埋在十字架下,而能够来看望他的最后一位亲人如今已经躺在他脚下的棺材里。

谢尔比诺夫把一只手搭在索菲娅·亚历山德罗芙娜的肩上,让她在分别后什么时候还能想起他。索菲娅·亚历山德罗芙娜毫无反应。于是西蒙从后面抱住她,将自己的脑袋贴着她的脖子。

“这里会给人看到的,”索菲娅·亚历山德罗芙娜说,“我们换个地方吧。”

他们转到一条小路,朝墓地的僻静处走去。尽管这里人很少,但并未绝迹:遇到了几个目光敏锐的老太婆,幽静的树丛中突然冒出几个扛着铁铲的掘墓工人,钟楼上的敲钟人探出脑袋在看他们。

有时候他们来到比较僻静的地方,谢尔比诺夫就让索菲娅·亚历山德罗芙娜靠在树上,或者直接把她抱起来贴在自己身上,她不情愿地看着他,但是一听到有人咳嗽的声音或者脚下砂石的声音,谢尔比诺夫就又带着她离开了。

他们就这样走走停停,绕着墓地兜了个大圈子——哪儿也没有适合停留的地方——最后还是回到了西蒙母亲的坟墓旁。他们两人都已经累了;西蒙觉得自己的心脏由于等待而变得虚弱了,他需要把自己的悲伤和孤独交给另一个友好的躯体,说不定还要向索菲娅·亚历山德罗芙娜索取一件她觉得珍贵的东西,然后藏起来,让她永远为失去这件东西而后悔,这样就能记得他。

"您要这东西干吗?"索菲娅·亚历山德罗芙娜问,"咱们还是说说话吧。"

他们在一个高出地面的树根上坐下,把脚搁在母亲坟墓的边上。西蒙不吭声,他不知道怎样让索菲娅·亚历山德罗芙娜替他分担悲伤,因为此前他还没有跟她分享自己的肉体:即便是家庭财产,也只有在夫妻交欢之后才能成为共同的财产,他这一辈子看到的都是血肉交融之后才有财产的交换,绝不会出现相反的情形,因为只有宝贵的东西才会迫使你舍弃廉价的东西。谢尔比诺夫也同意这样的说法:只有他那分裂的理智才会这样思考。

"我有什么好说的!"他说,"现在我很难受,我内心的痛苦是一种物质,我们说的话跟它没有关系。"

索菲娅·亚历山德罗芙娜把自己骤然变得忧愁的脸转向西蒙,似乎是因为害怕痛苦,她终于明白了或者根本就什么也没有明白。西蒙愁眉苦脸地一把搂住她,挪动双脚把她从坚硬的树根转移到松软的母亲坟墓下面的草丛中。他忘了墓地上有没有外人，或者他们都已经离开，索菲娅·亚历山德罗芙娜默默地转过身，面对着一团团夹杂着被铲子从别人棺材里挖出来的细小遗骸的泥土。

过了一会儿，谢尔比诺夫在自己的口袋角落里找到了一张狭长的小照片，照片上是一个瘦小的老太。他把照片藏进了松软的坟墓中，这样可以不再因为怀念母亲而遭受心灵的折磨了。

*

霍普涅尔在切文古尔给雅科夫·基蒂契建了个暖房：老人喜欢这些失去自由的花朵，从它们身上他感到了自己生命的平静。但是整个世界的上空，切文古尔的上空，仲秋的太阳已经西沉，而且眯起了眼睛。雅科夫·基蒂契的那些来自草原的花朵气息奄奄，勉强散发出微弱的香味。雅科夫·基蒂契叫来了最年轻的另类分子——十三岁的叶戈里，跟他一起坐在玻璃房的花香中。他觉得死在切文古尔非常可惜，可是又不得不死，因为他的胃不再喜欢食物，甚至把喝下去的水变成了难受的气体。不过，雅科夫·基蒂契想死并不是因为有病，而是因为失去了对自己的耐心：他开始觉得自己的身体仿佛是别人的，属于另一个人，他跟这另一个人在寂寞无聊中度过了整整六十年，雅科夫·基蒂契如今对他已经产生了无尽的怨恨。现在他看着田野，看着"无产阶级力量"在耕地，看着科皮奥金扶着犁紧跟在它后面，于是更加想忘却自己，避开与自己形影不离的烦恼。他希望自己变成一匹马，变成科皮奥金，变成任何一样聪明的东西，只要能从头脑中去除那历尽千辛万苦、伤痕累累的生命就行了。他用手摸摸叶戈里，心里就轻松许多，毕竟是孩子——这是最美好的生命，即使无法像他那样生活，至少能够把他带在身边，经常想念他。

科皮奥金光着脚，正借助战马的力量在开垦已经变成生荒地的草原。他翻耕土地不是为了自己收获粮食，而是为了另一个人，为了德瓦诺夫的未来幸福。科皮奥金眼看德瓦诺夫在切文古尔日益消瘦，于是把旧世界留在储藏室的黑麦一小撮一小撮地收集起来，再给"无产阶级力量"套上木犁去翻耕土地，为朋友播种越冬作物。不过德瓦诺夫消瘦并不是因为饥饿，恰恰相反，德瓦诺夫在切文古尔没有胃口，他消瘦是因为幸福和操劳。他始终觉得，切文古尔人受到某种东西的折磨，彼此之间的关系不牢固。于是德瓦诺夫用劳动的办法将自己的身体与他们分享。为了在切文古尔与科皮奥金友好相处，亚历山大根据自己的想象每天替他写罗莎·卢森堡的传记。基里现在怀着友好的烦恼跟在他后面，天天夜里守着他，防止他突然离开切文古尔。为了基里，亚历山大从河底捞出了一小段乌木，因为基里想用它削成一件木质武器。切普尔内则跟巴申采夫一起不停地砍伐树条，他想起冬天往往下雪不多，如果那样的话，雪就无法给房子保温，到那时候共产主义的全体居民就会冻出病来，春天来临之前就全部冻死。每天夜里，切普尔内也不得安宁——他躺在切文古尔中间的地上，不停地往永不熄灭的篝火里添柴火，不让城里断了火种。霍普涅尔和德瓦诺夫保证尽快给切文古尔通上电，但是总是被其他种种需要操心的事情搞得疲惫不堪。在通电的期待中，切普尔内躺在秋夜的潮湿天空下，迷迷糊糊地守护着熟睡的另类分子的温暖和光明。另类分子们天没亮就陆续醒了，他们的觉醒成了切文古尔的欢乐时光:静静的切文古尔到处响起打开房门的吱嘎声和打开院门的隆隆声,水桶从井里打水的哐啷声,一双双得到了休息的光脚在房子之间来来去去寻找食物和会见同志,天也渐渐亮了起来。这时候切普尔内满意地入睡了,另类分子们亲自守护着共同的火种。

另类分子们全都去了草原或河边,在那里摘麦穗挖块茎,用棍子系上帽子到河里去捞大量繁殖的小鱼。另类分子自己偶尔才吃点东西:他们寻找食物是为了互相款待,但是地里的食物越来越少,另类分子在荒草丛中来来回回一直寻找到傍晚,为自己和别人挨饿而发愁。

天刚擦黑,另类分子聚集在一块长满杂草的空地上准备用餐。突然,卡尔丘克站了起来——他劳动了一整天,已经精疲力竭,但是到了晚上他还喜欢待在普通百姓中间。

"公民朋友们,"卡尔丘克得意扬扬地说,"尤什卡胸口咳嗽不舒服,让他吃点软和的吧,我给他摘了好多好多的草饼子,还掺了花茎的乳汁,就让尤什卡大胆吃吧……"

尤什卡坐在牛蒡上,他有四个土豆。

"卡尔丘克,我对你也提出自己的原则,"尤什卡回答说,"今天一大早我就想烤个土豆给你个惊喜!我想让你吃饱了好睡觉!"

暮霭四起。渺无人烟的天空神色忧郁,寒气逼人,也不见星星露脸,一片萧索的景象。一个另类分子在吃东西,他感到相当舒服。身处陌生的自然界,面对茫茫秋夜,他已经为自己储存了至少一位同志,还把他作为自己的一件私有物品,也不仅仅是一件私有物品,而且是一种神秘的幸福,这样的幸福虽然只存在于想象之中,却能治疗肉体的毛病；只要这另一个必不可少的人完整地生活在这世界上就行了，只要他成为另类分子内心平静和忍耐的源泉，成为他最高级的物质和贫困中的财富就已经足够了。凭借世界上存在着这样一个属于他自己的第二个人，切文古尔和夜晚的潮湿成了每一位孤独的另类分子完全可以居住的舒适环境。"让他吃吧，"卡尔丘克看着正在吃东西的尤什卡，心里这样想，"食物消化之后，他的血液就会增加，做的梦也会更加有趣。明天醒过来——肚子饱饱的，身上暖暖的：舒服得很哪！"

尤什卡咽下最后一口稀汤，起身站到人们中间。

"同志们，我们现在住在这里就是居民，我们有自己的生存原则……尽管我们是底层群众，尽管我们根红苗正，但是我们还是缺少一个人，因此我们一直在等待这个人！……"

另类分子们都不吭声，他们白天为食物奔波，还相互操心，都累得把脑袋垂到了裤裆里。

"我们少了个普罗什卡。"切普尔内伤心地说，"切文古尔缺了他这可爱的小伙子！……"

"现在该把篝火组织得更旺些。"基里说，"说不定普罗什卡夜里回来，可我们这儿黑灯瞎火的！"

"你怎么把它组织起来？"卡尔丘克不明白，"篝火应该烧得旺旺的！可是现在的树条都很细，你怎么能组织起来！你一烧，马上冒出有组织的烟……"

这时候，随着无意识的睡意来袭，另类分子们的呼吸开始变得缓慢起来，他们已经听不到卡尔丘克在说什么了。只有科皮奥金不想休息。"荒唐！"想到周围的一切，他不免发出一声感叹。接着，他去照料自己的马。德瓦诺夫和巴申采夫背靠背躺着互相取暖,热得都没有感觉到自己怎样失去理智一觉睡到天亮。

两天之后的第三天,来了两个茨冈女人,在卡尔丘克的储藏室里毫无收获地睡了一夜。白天她们也想找切文古尔的男人,可是他们全在城里或荒草丛的不同地点劳动,他们羞于在同志面前不劳动而去跟女人厮混。基里已经把切文古尔的臭虫都捉完了,还用乌木做了把马刀。茨冈女人出现的时候,他正在挖一个树根,打算利用树根给霍普涅尔做个烟斗。茨冈女人从他身边走过,消失在空间的阴影里;基里愁得浑身没有力气,仿佛看到自己的生命已经到了尽头,但是又借助挖土消耗体力的办法渐渐克服了消沉的心理。一小时后,茨冈女人又出现了,不过是在草原的高坡上,一会儿又立即消失了,就像撤退中的辎重车队的尾巴。

"生命的美女。"比尤夏说,他正在把另类分子洗好的破衣烂衫搭在篱笆上晾晒。

"够味的物质。"热耶夫给茨冈女人下定义。

"只是她们身上看不到一点儿革命!"科皮奥金说。他已经是第三天在草丛和马经过的地方寻找马蹄铁了,但找到的尽是些小玩意儿,什么贴身十字架啦,树皮鞋啦,牛皮筋啦,还有些资产阶级的生活垃圾。

"没有觉悟脸蛋就不会漂亮。"科皮奥金说,他找到了一个杯子,共产主义之前这杯子就是用来募集建教堂的善款,"不革命的女人只能算半个娘们儿,我不稀罕这样的女人……在她身边你可以呼呼大睡,可是接下去——进一步——她不是个能战斗的东西,她不如我的心脏有分量。"

　　德瓦诺夫正在附近门廊里从箱子上拔出一个个钉子,以便满足工地上木工的种种需要。他从门里看到两个不幸的茨冈女人走了,不禁为她们感到惋惜:她们在切文古尔本来可以成为妻子和母亲。那些被友谊紧紧联系在一起,为了避免分散到环境恶劣举目无亲的地方而彼此挤在一起匆忙劳动的人们,他们本来可以通过肉体的交流,通过精血富有牺牲精神的深度凝聚,结合得更加牢固。德瓦诺夫惊讶地看了看周围的房子和篱笆——其中隐藏着多少劳动者的心血,有多少生命没有等到迎接他的人就白白地冷却在这些墙壁、天棚和屋顶中!于是,德瓦诺夫暂时停止寻找钉子,他想保存自己和另类分子,避免把精力浪费在劳动上,把最好的体力留给科皮奥金、霍普涅尔以及像那两个离开辛勤劳动的切文古尔走向草原和贫困的茨冈女人那样的人。"我宁愿苦恼也不想只顾认真干活而把人撇在一边。"德瓦诺夫坚信这个道理,"大家在这里忘我劳动,生活确实变得不那么困难,但是幸福却遥遥无期了……"

　　透明的秋阳照耀着切文古尔寂静的四郊,那懒洋洋的日光不停地闪烁,仿佛地面上没有空气似的。有时候无聊的蜘蛛丝会粘在人的脸上,但是野草已经枯萎,不再吸收光和热,这说明它们不仅靠太阳维持生命,也还有自己的寿命。草原的天际线上,鸟儿成群结队地飞起来,又在更加容易觅食的地方落下去;德瓦诺夫注视着鸟儿的起落,心中不禁伤感起来,就像小时候住在扎哈尔·巴甫洛维奇家里注视天花板下的苍蝇一样。瞧,鸟儿飞起来了,却被慢慢腾起的一团尘雾遮住了——三匹马拉着一辆轻便马车从尘雾中冲出来,踏着县城的快步急匆匆朝切文古尔驶来。德瓦诺夫远远听到有人骑着马过来,不免觉得奇怪,于是爬上屋顶张望。不远处突然响起清脆的马蹄声：原来是科皮奥金骑着"无产阶级力量"离开切文古尔，朝着远处的马车飞奔而去——迎接朋友或者打击敌人。德瓦诺夫也走到切文古尔城外，一旦需要，可以助科皮奥金一臂之力。可是科皮奥金独自一人就制服了对手，车夫牵着辔头，三匹马慢慢走着，跟在后面的轻便四轮马车空着，乘客大摇大摆地走在一旁，科皮奥金骑着马押后。科皮奥金一手拿着马刀，另一只手托着一只公文包和一把女式手枪，他用脏兮兮的大拇指将手枪压在公文包上。

那个原先坐着马车行驶在草原上的人，如今徒步走着，还被收缴了武器，但是脸上并没有临死前的恐惧，反而露出好奇的微笑。

"您是什么人？来切文古尔干什么？"德瓦诺夫盘问他。

"我是从省里来寻找荒草的。原来以为没有了，实际上还在长。"西蒙·谢尔比诺夫回答说，"你们是什么人？"

两个人几乎面对面站着。科皮奥金警惕地监视着谢尔比诺夫，他为出现了敌情而高兴。车夫站在马身边唉声叹气，暗自叫苦，他已经料到这里的流民要劫走他的马。

"这里是共产主义。"科皮奥金坐在马背上解释，"我们在这里是同志，因为以前我们都没有生活资料。你是什么货色？"

"我也是共产党员。"谢尔比诺夫一边自报身份，一边仔细打量着德瓦诺夫，觉得这个人有点面熟。

"是来支援共产主义的。"科皮奥金大失所望——没碰上危险的敌人，于是把公文包连同女式手枪一起扔进了旁边的荒草中，"女人使的玩意儿我们不能用——要是一门大炮，那我们才稀罕呢。你真该替我们拉一门大炮来，那才是真正的布尔什维克。你的公文包很大，可是手枪很小——你是个文书，而不是党员……咱们走吧，萨沙,回自己的院子!"

德瓦诺夫跳上"无产阶级力量"舒适的臀部,与科皮奥金合骑一匹马,双双离开了。

谢尔比诺夫的车夫调转马头对着草原方向,自己登上赶车人的座位,准备远离这是非之地。谢尔比诺夫朝切文古尔方向走了几步,想了想又停下来:衰老的牛蒡草正在他眼前安度自己温暖的夏季晚年;远处——在城市中心——有人在木头上敲敲打打,声音还很有节奏感,从城郊的一间住房飘来一股烤土豆的香味。原来,这里也有人居住,他们也有喜怒哀乐。那他谢尔比诺夫还来干什么呢? 不知道。于是,谢尔比诺夫朝切文古尔走去,走向一个陌生的地方。车夫发现谢尔比诺夫对他不管不顾,便让马儿先慢慢走了几步,然后离开切文古尔,朝着纯洁的草原飞驰而去。

谢尔比诺夫一进切文古尔,马上被另类分子团团围住,这个穿戴整齐的陌生人引起了他们的浓厚兴趣。他们不仅仔细打量并且非常欣赏谢尔比诺夫,好像给他们送来了一辆汽车,就等着他们去享受了。基里从谢尔比诺夫的口袋里掏出一支自来水笔,一下子拔掉笔头,打算给霍普涅尔做烟嘴。卡尔丘克则把谢尔比诺夫的眼镜送给了基里。

"这样你就看得更远,看得更多了。"他对基里说。

"我真不该把他的旅行兜给扔了,"科皮奥金感到后悔,"用来给萨沙做顶布尔什维克帽子最合适了……算了,让它去吧,我把自己的那顶送给萨沙。"

谢尔比诺夫的皮鞋到了雅科夫·基蒂契的脚上,他需要一双轻便的鞋,好在房间里走动。切文古尔人用谢尔比诺夫的大衣给巴申采夫缝了一条裤子,自从建了革命保护区之后,他就一直没穿裤子。
一转眼工夫,谢尔比诺夫身上只剩下一件西装背心,两脚光光的,他
到室外的一把椅子上坐下。比尤夏猜想他饿了,便给他捎来两个烤
土豆,另类分子也都开始不声不响地给他送东西:有的是一件短皮
袄,有的是一双毡靴,基里送给谢尔比诺夫的是一袋案头用具。

"你收下吧,"基里说,"你准是个聪明人——这些你用得着,我
们不需要。"

谢尔比诺夫也收下了文具。后来,他在荒草丛里找到了公文包
和手枪。他从公文包里取出各种文件,把空皮包扔了。文件中保留
着一本人员登记本,他把登记在册的人看成自己的私产。这登记本
西蒙舍不得丢掉,晚上他穿着背心和毡靴,在疲惫不堪的城市的寂
静中,坐在那儿翻阅这本登记册。桌子上点着半截蜡烛,那还是基
里好不容易从资产阶级储备中找到的,因此屋子里弥漫着当初住在
这里的陌生人身上的一股油腻味。每当谢尔比诺夫孤身一人处在
一个新地方的时候,他总会感到忧愁,总会肚子疼,他无法在登记本
上再记录什么,只是翻阅而已。他看到自己过往的一切全是亏损:
没有一个人留下来陪伴他一生,没有一位朋友变成可靠的亲人。谢
尔比诺夫如今形单影只,只有单位里的秘书还记得谢尔比诺夫在出
差,而且应该回来,秘书等着他来办理规定的手续。"他需要我,"谢
尔比诺夫想,对秘书怀着一种亲近感,"他会等到我的,我不会辜负
他对我的牵记。"

亚历山大·德瓦诺夫前来审查谢尔比诺夫。谢尔比诺夫想到
秘书在关心他,这表示他也有同志,于是感到自己获得了一半的幸
福。在夜晚的切文古尔,这是谢尔比诺夫唯一的想法,也是得到安

慰的唯一理由：他不可能感觉到任何别的想法，而没有感觉到的东西也不可能成为安慰的理由。

"您在切文古尔想干什么？"德瓦诺夫问，"我直截了当地告诉您：您在这里完不成自己的出差任务。"

谢尔比诺夫本来就没有打算要完成，他又开始觉得跟德瓦诺夫好像有点面熟，但是一时想不起来，于是感到不安了。

"你们真的压缩了播种面积吗？"谢尔比诺夫想了解情况是为了让秘书满意，对播种面积倒是没有多大兴趣。

"没有。"德瓦诺夫解释说，"面积增加了，连城里都长满了草。"

"这样很好。"谢尔比诺夫说，他认为出差的任务已经完成，今后在汇报中就写上：播种面积不仅没有丝毫减少，反而增长了百分之一；他哪儿也没有发现一块白地，到处都是密密匝匝的植物。

从潮湿的夜空某处，传来科皮奥金的咳嗽声，这个渐渐衰老的人夜里难以入眠，独自一人在到处转悠。

德瓦诺夫刚才来找谢尔比诺夫的路上心里还有怀疑，打算把这个来出差的干部赶出切文古尔，但是一见面他就不知道该说什么了。德瓦诺夫见到生人一开始总觉得害怕，因为他缺乏那种发自内心、觉得自己高人一等的信念，恰恰相反，一个人的外表在德瓦诺夫心中激起的不是信念而是感情，因此他往往过于尊重他人。

谢尔比诺夫不知道自己现在身在何处，面对县城的宁静，面对周围野草的浓烈气息，他开始想念莫斯科，他想回去，他打定主意明天就步行离开切文古尔。

"你们这里是革命还是怎么的？"谢尔比诺夫问德瓦诺夫。

"我们这里是共产主义。您听到了吗——科皮奥金在那儿咳嗽,他是共产党员。"

谢尔比诺夫并不觉得太奇怪,他一向认为革命比自己高明。在这个城市,他只看到了自己的可怜,觉得自己就像河里的一块石头,革命在他上面流过,而他只能永远留在河底,因为他自恋而变得沉重。

"你们切文古尔有没有痛苦或者悲伤?"谢尔比诺夫问。

德瓦诺夫告诉他:有啊,痛苦和悲伤也是人的身体。

这时候德瓦诺夫把额头贴在桌子上,傍晚前他已经累得腰酸背痛,倒不是因为做了多少事情,而是因为他一整天都在小心翼翼、提心吊胆地观察切文古尔的人们。

谢尔比诺夫打开窗户,外面静悄悄的,一片漆黑,只有从草原上传来绵长的午夜之声,这声音相当轻柔,并没有扰乱夜的安宁。德瓦诺夫躺到床上,四仰八叉地睡着了。谢尔比诺夫趁着蜡烛还没有燃尽,赶紧给索菲娅·亚历山德罗芙娜写了一封信——告诉她,流浪的无产者聚集在切文古尔建立了共产主义,他们中间有个叫德瓦诺夫的半知识分子,此人可能忘记了自己为何要到这个城市。谢尔比诺夫端详着熟睡中的德瓦诺夫,发现他合上眼之后脸都变形了,两只脚直挺挺地一动也不动。谢尔比诺夫写道,此人很像照片上的您那位早先的情人,不过很难想象他曾经爱过您。接下来谢尔比诺夫还补充说,他一出差就胃疼,他倒是愿意像那个半知识分子一样,忘了自己为什么要到切文古尔,然后就留在那里生活。

蜡烛熄灭了,谢尔比诺夫躺在一只大箱子上,他担心不能马上入睡。但是,就像任何一个幸福的人那样,他一合上眼就睡着了,等到他张开眼睛醒来,已经是新的一天。

在此之前,切文古尔已经积累了大量的手工制品——谢尔比诺夫来来回回都看到了,但是不明白它们有什么用处。

谢尔比诺夫一早醒来就看到桌子上摆着一只杉木做的平底锅,屋顶上打了个洞,洞里插了一面无法随风飘扬的铁旗。城市本身也紧紧地缩成一团,谢尔比诺夫还以为真的减少了住房占地从而增加了播种面积。凡是能够看到的地方,切文古尔人都在辛勤劳动;他们坐在草丛中,站在板棚里或门洞下,人人都在干着各自需要的活计——两个人在锉树干,一个人在剪铁皮再把它压弯,因为缺乏材料,那铁皮还是从房顶上拆下来的,还有四个人背靠篱笆正在编树皮鞋,今后谁想出门远行,都可以穿上。

德瓦诺夫比谢尔比诺夫醒得早,一起来就急着找霍普涅尔。两个同志在铁铺里会合了,谢尔比诺夫就在这里找到了他们俩。德瓦诺夫有个新的发明:把太阳光变成电。为此,霍普涅尔把切文古尔的所有镜子都从镜框里取了出来,还收集了各种稍稍厚一点的玻璃。德瓦诺夫和霍普涅尔利用这些材料做了一组复杂的棱镜和反光镜,他们要让太阳光透过这些镜子发生变化,最后变成电流。这个仪器两天前就装配好了,但是没有产生电流。另类分子都来观看德瓦诺夫发明的光电机,尽管这机器发不了电,他们还是认为必须下这样的结论:既然这机器是由两位同志用体力劳动发明并制作的,那就应该认定这是正确的也是必要的。

离铁铺不远的地方,耸立着一座用黏土和麦秸建成的高塔。每天夜里就有一名另类分子爬上去点燃篝火,让在草原上迷路的人能够看到,这里给他们准备了安身之处。可是,或许是草原上没有人,或许是夜里没有行人,至今还没有一个人见了土制灯塔的火光来到切文古尔。

趁着德瓦诺夫和霍普涅尔忙于改进自己的光电机,谢尔比诺夫来到了城市中心。房屋之间的距离本来已经非常狭窄,现在就根本无法通行——另类分子都把自己最新的手工制品搬到这里做最后的加工:几个直径两俄丈的木轮横在路中央,铁的纽扣,泥土做的塑像——仿照几位受到大家爱戴的同志的形象,其中包括德瓦诺夫,拆散闹钟做成的自动旋转机,用切文古尔的所有被子和枕头内胆做成的自动取暖炉,不过这取暖炉暂时还只能容纳一个挨冻最厉害的人。还有各种各样谢尔比诺夫根本无法想象能派什么用处的东西。

"你们的执行委员会在哪里?"谢尔比诺夫问专心干活的卡尔丘克。

"原来有过,现在没了——都执行完了。"卡尔丘克解释道,"你去问切普尔内吧,你没看见我正忙着给巴申采夫同志用牛骨做剑呢。"

"你们这城市周围有那么多空地,为什么建得这么挤?"谢尔比诺夫继续追问。

卡尔丘克拒绝回答。

"你去问别人吧,你看,我在劳动,这就表示我脑子里想的不是你,而是巴申采夫,这剑就是给他做的。"

谢尔比诺夫去问另一个人。这个人刚从沟里背来一袋做塑像的黏土,他的脸像蒙古人。

"我们生活得亲密无间,永不停顿。"切普尔内说。原来背土的就是他。

听他这么一说,谢尔比诺夫忍不住笑了起来。想到那几个两丈高的木轮,还有那些铁纽扣,他笑得更厉害了。谢尔比诺夫为自己的失态感到不好意思,可是切普尔内跟他面对面站着,看着他笑得前仰后合,却没有生气。

"你们工作很辛苦。"谢尔比诺夫说,他想忍住笑,"我看了你们的劳动成果,那没有一点用处啊。"

切普尔内警惕而严肃地把谢尔比诺夫上上下下打量了一番,发现他是个脱离群众的落后分子。

"我们干活可不是为了什么用处,而是互相需要。"

现在谢尔比诺夫再也笑不出来了——他不理解。

"什么?"

"就是这样,"切普尔内肯定地说,"不然又怎么样呢?你倒是说说看。你肯定不是党员,资产阶级才想得到劳动的好处,但是没有成功:为了对象而让身体受苦他们没有这个耐心。"切普尔内看到谢尔比诺夫困惑不解的样子,便微微一笑,"不过这对你来说没有危险,到了我们这儿你什么都会习惯的。"

谢尔比诺夫继续往前走,他什么也想不明白:他可以做出种种假设,但是无法理解眼前的一切。

该吃午饭的时候,谢尔比诺夫被叫到了一处林间空地,给他的第一道菜是草汤,第二道是菜粥——这足够让谢尔比诺夫吃饱。他打算离开切文古尔回莫斯科,但切普尔内和德瓦诺夫请他明天再走:明天早饭之前他们会给他做好纪念品和路上的用品。

谢尔比诺夫留了下来,他决定不去省城做汇报,而是写一份书面报告通过邮局寄过去。午饭后,他给省委写汇报,说在切文古尔已经没有执委会,但有很多幸福的无用之物;播种面积未必有所减少,由于对城市进行了重新规划和紧缩,反而有所增加。但是,这个情况没有人能坐下来填写报表,在这个城市的居民中找不出一个通情达理的办事人员。谢尔比诺夫把自己的猜测置于汇报的结论部分:切文古尔很可能被一个不知名的小部落或者一些流民占领了,他们对信息技术一无所知,发给外界的唯一信号就是每天夜里在土塔上用麦秸或者别的干柴燃起的火光;流民中有一个知识分子和一名技术熟练的工匠,但是他们俩都是彻头彻尾的糊涂蛋。谢尔比诺夫建议由省委对此做出实际的结论。

西蒙把写好的汇报重新看了一遍。汇报写得聪明,模棱两可,对双方——省委和切文古尔——都暗含敌意和嘲讽。凡是写到不想引为自己同志的人,谢尔比诺夫总是采用这样的手法。他一到切文古尔就明白,这里的人在他到来之前就已经找好了自己的伙伴,一个也没有给他剩下,他谢尔比诺夫也就不可能忘记自己出差的任务。

切普尔内午饭后又去搬黏土,谢尔比诺夫问他这两封信怎么发出去,他们的邮局在哪儿。切普尔内接过两封信,说:"想念家人了?我们派一个人步行把信送到有邮局的地方。我也想念普罗科菲,就是不知道他在哪里。"

卡尔丘克做好了给巴申采夫的骨剑,他本来应该高兴才是,往后也不用烦恼了,可是他已经没有什么人可以思念,也没有什么人可以效劳了。他用指甲在地上划来划去,感觉不到任何的生活理想。

"卡尔丘克,"切普尔内说,"你以前尊重巴申采夫,眼下没了同志你就伤心——那请你把谢尔比诺夫的两封信送到邮政车厢去吧,这样一路上你就可以想他了⋯⋯"

卡尔丘卡神色忧伤地打量着谢尔比诺夫。

"也许我明天出发,"他说,"暂时对他还没有感觉⋯⋯要是我对这外来人有了好感,也许我傍晚就动身。"

晚上地面发潮,雾霭升起。切普尔内在土塔上点燃麦秸,他要让杳无音讯的普罗什卡从远方发现火光。谢尔比诺夫躺在一间空屋子里,身上盖着一条褥子——他想在外省的寂静中安然入睡;他仿佛觉得,不仅空间,连时间也将他与莫斯科隔离开来。褥子底下,他使劲蜷缩自己的身体,感到自己的两条腿和胸脯好像属于另一个同样十分可怜的人,不停地温暖并抚摸他。

卡尔丘克擅自闯了进来,就像沙漠里的居民或者亲兄弟。

"我这就动身,"他说,"把你的信给我。"

谢尔比诺夫把信交给他,提出一个请求:

"跟我坐一会儿吧。你为我要走整整一夜呢。"

"不了,"卡尔丘克不愿坐下,"我会一个人想着你的。"

卡尔丘克怕丢失信件,一手拿一封,紧紧地攥在手心里,就这样走了。

地面的雾霭上方是洁净的天空,天空中悬挂着一轮圆月;温柔的月光透过朦胧的雾霭变得更加柔弱,照得大地如同水底一般。最后的那几个人在切文古尔静悄悄地徘徊,有人在土塔上唱起了歌,他要让草原上的人们听到他的歌声,不能单单指望篝火的火光。谢尔比诺夫用一只手捂住脸,蒙上眼睛容易入睡,可是他又睁开了捂着的眼睛,这就更加睡不着了:远处的手风琴奏起了欢快激越的乐曲,根据旋律判断,好像是《小苹果》,但更加优美,感染力更强,是谢尔比诺夫从未听到过的一支布尔什维克狐步舞曲。乐曲声中，又夹杂了马车吱吱嘎嘎的声音，这意味着有人过来了。从远处还传来两匹马的嘶鸣："无产阶级力量"在切文古尔叫唤，而正在赶来的它的女友在草原上做出回应。

西蒙走到门外。泥土堆成的灯塔上，一堆麦秸和旧篱笆烧得正旺。那手风琴掌握在两只可靠的手中，并没有减弱音量，反而节奏越来越快，急迫地召唤人们集中起来共同生活。

敞篷轻便马车上坐的是普罗科菲和一名裸身的乐手，此人当初为了找老婆而出走切文古尔，给他们拉车的是一匹嘶叫着的瘦马。马车后面跟着一群光脚的女人，大约十来个，或许更多，两人一行，领头的是克拉芙久莎。

切文古尔人默默地迎接自己未来的老婆，他们站在灯塔的火光下，但是没有上前走一步，也没有说一句欢迎的话，因为尽管来的是人和同志，但她们毕竟是女人。面对这些招募来的女人，科皮奥金感到既羞愧又尊敬，此外，他也怕盯着女人上下打量，不能背着罗莎·卢森堡做亏心事。于是，他离开了，去安抚正在咆哮的"无产阶级力量"。

马车停了下来。另类分子们蜂拥而上，卸下马，把车身抬到切文古尔城里。

普罗科菲吩咐停止音乐，打了个手势示意女人的队伍不要再往前走。

"共产主义的同志们！"普罗科菲向一声不吭的几个人发表演说，"你们交代的任务我已经完成——站在你们面前的就是未来的夫人，她们迈着整齐的步伐来到切文古尔，我还专门为热耶夫拐来了一个要饭的女人……"

"你怎么把她拐来的?"热耶夫问。

"顺便捎带的。"普罗科菲解释说,"乐手,你带着乐器面对大伙的夫人,拉一首迎宾曲,让她们到了切文古尔不觉得后悔,都能爱上布尔什维克。"

乐手奏迎宾曲。

"好极了。"普罗科菲称赞说,"克拉芙久莎,你把妇女带去休息。明天我们在市机关旁边检阅她们,让她们列队通过:篝火下看不清她们的真面目。"

克拉芙久莎把那些昏昏欲睡的女人带进空城的黑暗中。

切普尔内把普罗科菲紧紧地搂在怀里,对他轻声耳语:

"普罗沙,我们现在不急着要女人,只要你回来就好。你想要什么,明天我就做了送给你。"

"你把克拉芙久莎送给我吧。"

"普罗沙,我是想把她送给你,可你自己已经把她送给你自己了。你还想要什么,也拿去吧。"

"让我仔细想想。"普罗科菲敷衍说,"目前我还不需要什么,也没有胃口……你好,萨沙!"他对德瓦诺夫说。

"你好,普罗什!"德瓦诺夫也向他问好,"你在外地看到了其他人没有? 为什么他们还住在那儿?"

"他们住在那儿全靠耐心。"他用这样的表述安慰大家,"他们不靠革命吃饭,他们那里组织了反革命,草原上刮起了仇恨的旋风,只有我们还光荣地坚守……"

"你这是信口开河,同志。"谢尔比诺夫说,"我就是从那里来的,我也是革命者。"

"也许是的,怪不得你在那里的处境很糟糕。"普罗科菲做出结论。

谢尔比诺夫无言以对。灯塔顶上的火熄灭了,这个夜晚再也没有点燃。

"普罗什,"切普尔内在黑暗中问,"告诉我,乐器是谁送给你的?"

"一个路过的资产者。他给了我一把琴,我饶了他一条命:在切文古尔除了教堂的钟声没有别的娱乐,那还是宗教。"

"普罗什,现在这里有娱乐了,不需要钟,也不需要任何器具。"

普罗什钻进灯塔底层的屋子,累得倒头便睡。切普尔内也在他身边躺下。

"你要大口大口呼气,给空气加温。"普罗科菲请求他,"不知怎么回事,我在那些空地里受凉了。"

切普尔内欠起身,大口大口地吹气,吹了很久,接着又脱下自己的军大衣裹在普罗科菲身上,最后在他身边躺下,迷迷糊糊地睡着了。

第二天从早晨开始就是个好天气;乐手第一个起来用手风琴拉了一首预备进行曲,所有恢复了疲劳的另类分子听了都兴奋不已。

妻子们已经坐在那儿整装待发,她们穿的鞋子和衣服都是克拉芙久莎在切文古尔各个角落里找来的。

过了一会儿,另类分子也来了,他们都不好意思去看一眼分配给他们的对象。德瓦诺夫、霍普涅尔、谢尔比诺夫,以及最早占领切文古尔的几个人都在场。谢尔比诺夫是来请求为他提供车马回莫斯科,科皮奥金不同意让"无产阶级力量"去拉车。

"大衣可以给,"他说,"我自己也可以听你使唤一昼夜,你想要什么尽管拿,就是不能动我的马,别惹我生气——到时候我怎么去德国?"

谢尔比诺夫于是请求给他另外一匹马,就是昨天拉普罗科菲的那匹。他问切普尔内,切普尔内一口回绝,说根本不必回去,也许慢慢会习惯的,切文古尔是共产主义,反正大家很快都要到这里来:既然他们要来这里,那你为什么反而要去他们那儿呢?

谢尔比诺夫离开他。"我这是急着要往哪儿去呢?"他想,"我身体最热烈的那部分已经进入了索菲娅·亚历山德罗芙娜体内,早已被消化得不见影踪,就像任何一种食物……"

切普尔内开始大声演说,谢尔比诺夫留下来,想听一听从未听过的新鲜话。

"普罗科菲——他最关心的就是减轻无产阶级的负担。"切普尔内站在人们中间说,"这不,他给我们送来了女人,尽管数量合适,但分量太轻……因此,我要对全体女性成员说几句话,向她们表达我们期待的喜悦心情!有谁能告诉我,为什么我们尊重自然环境?因为我们吃的就是这环境。为什么我们要主动招来妇女?我们尊重大自然是为了吃,而尊重女性是为了爱。现在我宣布嘉奖进入切文古尔、具有特殊构造的妇女同志们,希望她们和我们大家同吃同住,通过同志加夫妻的关系在切文古尔得到幸福……"

女人们一听就吓坏了:从前男人们跟她们办事总是干脆利索,直奔主题,可是这些个却忍着,先说一大堆废话,于是女人们把克拉芙久莎给她们穿上的男式大衣和军用大衣拉到鼻子底下,遮住张开的嘴巴。她们害怕的不是爱，她们没有爱，她们是害怕自己的身体会遭受这些穿着军大衣、因为艰苦的劳动生活而满脸皱纹、枯瘦又极有耐心的男人的折磨，几乎是致命的摧残。这些女人没有青春或者别的年龄特征，她们用自己的身体，用显示自己年龄和韶华的部位换取食物，获得食物对她们来说都是亏本的买卖，肉体在死亡之前，甚至在死亡之前很久就已经消耗殆尽。因此，她们既像小姑娘又像老太婆——像母亲又像营养不良的小妹妹。丈夫的抚爱肯定会使她们感到疼痛和害怕。普罗科菲一路上把她们拉进车厢体验的时候，曾试着用力挤压她们，可是他的爱却使她们痛得大声喊叫起来。

现在她们在众目睽睽之下抚摸着衣服底下包在老骨头上的层层皱皮。在切文古尔全体本堂女教民中间，唯独克拉芙久莎颇具姿色，体态丰腴，但是她已经被普罗科菲看中了。

雅科夫·基蒂契对这些女人观察得最用心：其中有一个他觉得比其他人更可怜，她蜷缩在一件破旧的军大衣里冷得索索发抖；有多少次他准备献出自己所剩无几的生命的一半，只要能在陌生人和另类分子中间给自己找到一个真正的血脉相连的亲人。尽管另类分子到哪里都是他的同志，但这仅仅是指在团结和受苦方面，而不是一母同胞的关系。现在，雅科夫·基蒂契的生命剩下的不是一半，仅仅是最后的一小段，但是为了亲人，他可以心甘情愿地奉献出在切文古尔获得的自由和面包，为了亲人，他可以重新踏上前途叵测的漂泊和贫困之路。

雅科夫·基蒂契走到选中的那个女人身边，用手摸了摸她的脸，觉得她的外表跟他很像。

"你是谁家的啊?"他问,"这世上你靠什么生活呀?"

女人垂下了脑袋避开他,雅科夫·基蒂契看到了她后脑勺下面的脖子——那儿有一道深沟,里面尽是流浪生涯留下的污垢;女人重新抬起头的时候,她的整个脑袋全靠细得像枯萎的草茎那样的脖子勉强支撑着。

"你到底是谁家的啊,怎么瘦成这个模样?"

"我没有家。"女人回答,皱着眉不停地摆弄自己的手指——对雅科夫·基蒂契表示疏远。

"跟我回去吧,我帮你把脖子后面的脏东西和疮疤刮掉。"雅科夫·基蒂契又说了一遍。

"我不去。"女人拒绝,"你多少给点,我就起来。"

普罗科菲在路上向她保证会过上正常的夫妻生活,但是她跟自己的女伴一样,不太明白是怎么回事,她只是猜想,今后折磨她肉体的只有一个人,而不是许多人,因此在受折磨之前她先讨要礼物:完事之后人家什么也不会给的,只会把你赶走。她在肥大的军大衣里蜷缩得更厉害了,以此保护自己赤裸的身体。这身体既是她的生命,又是谋生的手段,还是唯一未能实现的愿望。对于女人来说,肌肤之外是一个陌生的世界,她无法从中得到任何东西,包括给身体保暖和保护的衣服,而身体恰恰是她吃饭的本钱,又是别人幸福的来源。

"普罗什,这些个算什么妻子?"切普尔内表示怀疑,"这是些八个月的早产儿,身上的物质还不全呢。"

"那你要什么?"普罗科菲反问,"让共产主义顶替她们的第九个月。"

"有道理!"切普尔内幸福得叫了起来,"她们在切文古尔就像在娘肚子里,发育得更快,到时候就足月生出来了。"

"对呀! 再说了,其他无产者也不稀罕特别胖的,只要能消愁解闷就行了! 你还要怎么样: 反正是女人,她们身上有窟窿你可以填啊。"

"天底下哪有这样的妻子,"德瓦诺夫说,"她们当母亲还行,假如谁想有母亲的话。"

"或者是小妹妹。"巴申采夫说,"我原来有个小妹妹,瘦得皮包骨头,还不爱吃东西,最后就这样死了。"

切普尔内一直在听大家说,习惯性地准备做出决定,但是又拿不定主意,这才想起来自己脑子不好使。

"我们这里什么东西最多? 是单身汉还是孤儿?"他不假思索地提出这个问题,"得了,我来说吧: 先让全体同志都跟这些愁眉苦脸的女人挨个儿亲吻一下,然后就会明白该把她们当作什么人。乐手同志,请你把乐器给比尤夏,让他根据乐谱拉一首曲子吧。"

比尤夏拉起一首进行曲,给人的感觉是一支部队在齐刷刷地前进: 那些表现孤独的歌曲和圆舞曲他不欣赏,也羞于演奏。

德瓦诺夫轮到第一个去亲吻全体妇女: 亲吻的时候,他都是张大嘴巴,满怀贪婪的柔情,用自己的双唇紧紧地夹住每一个女人的嘴唇,同时伸出左手轻轻搂住她们,让她们站稳,免得在德瓦诺夫停止亲吻之前躲开他。

谢尔比诺夫也得吻遍未来的妻子们,不过他轮到最后一个,尽管他对此还是十分满意: 身边只要有第二个人,哪怕是陌生人,他心里就平静,跟这些女人亲吻之后,他一连几天都觉得心情舒畅。现

好

在他已经不太想离开了，他得意地紧握拳头，脸上挂着微笑，淹没在人们的运动和进行曲的雄壮旋律中。

"德瓦诺夫同志，你觉得怎么样?"切普尔内一边擦嘴一边问，他关心的是下一步行动，"她们适合当老婆还是当母亲? 比尤夏，你停下，别妨碍我们谈话。"

德瓦诺夫自己都不知道，自己的母亲他没有见过，老婆的滋味也从来没有尝过。他想起了刚才亲吻时搂住的那些衰老干瘪的女人的身体，想起其中一个瘦得像根小树枝那样的女人，主动贴到他身上，藏起了那习惯性忧伤的脸。德瓦诺夫在她身边多耽搁了一会儿，他想起这女人身上有股奶香和衬衫的汗味，于是又吻了吻她衬衫的前襟，就像小时候吻已经死去的父亲的身体和汗水。

"还是让她们当母亲吧。"他说。

"这里谁是孤儿——现在就给自己挑个妈吧!"切普尔内宣布说。

大家全是孤儿，可是女人只有十个：谁也不愿意首先走过去认领自己的母亲，人人都提前把她送给了更加需要的同志。这时候德瓦诺夫明白了，这些个女人也是孤儿：那最好还是让她们先从切文古尔人中间挑选兄弟或者父亲，挑到谁就是谁。

女人们一下子都给自己选了年龄最大的另类分子;想跟雅科夫·基蒂契共同生活的竟然有两个女人，他把两人都带走了。没有一个女人相信切文古尔人会是她们的父亲或者兄弟，她们尽量要找一个除了温暖和睡觉之外啥也不需要的丈夫。只有一个皮肤黑黑的半大女孩走到谢尔比诺夫跟前。

"你想干什么?"他害怕了。

"我想生一个热乎乎的肉疙瘩,还要让他长大成人!"

"我不行,我很快就要永远离开这里了。"

小黑妞把目标从谢尔比诺夫转到基里。

"你是个不错的女人。"基里告诉她,"你想要什么我都可以送给你! 将来你那热乎乎的肉疙瘩生下来,肯定不会挨冻的。"

普罗科菲挽起克拉芙久莎的胳膊。

"好了,咱们做什么呢,女公民克洛勃兹德?"

"那还用问吗,普罗什,咱们的事早安排好了……"

"倒也是。"普罗科菲表示肯定。他捡起一块无聊的黏土,把它扔进入了孤独,"不知怎么回事,我心里一直在犯愁——也许是该组织家庭了,或者是熬过共产主义……你给我攒了多少资金?"

"你说有多少? 这些日子我东奔西走找买家,好不容易赚了点,普罗什,只有那两件皮大衣跟那些银器人家才开了个价,剩下的都看不上。"

"就这样吧: 晚上你给我报个账,尽管我相信你,可还是不放心。钱还是存在你姨妈那儿了?"

"还能存哪儿,普罗什? 存那儿保险。你究竟什么时候带我去省城? 还答应到中央让我开眼界呢,可是又把我带进了这小市民圈子。你把我当什么了——一个叫花子,没人能跟我一起试穿件新衣服。穿了又给谁看? 难道这是县城的社交界? 这是一帮暂时落脚的流民。你让我跟这些人一起受罪?"

普罗科菲叹了口气: 你拿这么一个有魅力没脑子的女人有什么办法呢?

"去吧,克拉芙久莎,给新来的那些娘们安排一下,让我再想想:

一个脑瓜好使,两个脑瓜添乱。"

布尔什维克和另类分子已经纷纷撤离了,他们回去重新开始劳动,为那些被他们视为自己理想的同志制造物件。只有科皮奥金一个人没有开始干活,他闷闷不乐地把自己的坐骑洗刷干净,还安抚了一番,然后从不可动用的储备中取出鹅油擦拭武器。在这之后,他去找巴申采夫。巴申采夫正在磨石头。

"瓦夏,"科皮奥金说,"你干吗坐在这儿白费劲:女人已经来了。在她们到来之前,谢苗·谢尔博夫已经给切文古尔带来了旅行包。你怎么忘了?要知道资产阶级一定会打过来的,你的炸弹呢,巴申采夫同志? 你的革命和保留下来的革命保护区又在哪儿?"

巴申采夫从受伤的一只眼睛里抠出眼屎,用指甲弹到篱笆上。

"这我感觉到了,斯捷潘,我向你致敬! 我在这石头上白费力气,就是因为心里难受,恨不得对着牛蒡大哭一场。比尤夏哪儿去了? 他那挂在钉子上的乐器哪儿去了?"

比尤夏正在后院摘酸梅。

"你又想听音乐了?"他从板棚后面问,"怀念那些冲冲杀杀的日子了?"

"比尤夏,给我和科皮奥金来一首《小苹果》,给我们提高一下生活的情绪。"

"你们等着,我马上就来。"

比尤夏取来带变音装置的乐器,摆出一副专业演员的严肃面孔,给两位同志拉了一首《小苹果》。科皮奥金和巴申采夫激动得泪流满面,比尤夏在他们面前默默地干活——现在他不是在生活,而是在劳动。

"停下,别搅乱我的心情!"巴申采夫请求说,"给我来点忧伤的。"

"听好了。"比尤夏表示同意,拉起了一支舒缓的曲子。巴申采夫脸上的泪水干了,全神贯注地倾听忧伤的琴声,不一会儿自己也随着音乐唱了起来:

啊,我的战友,

唱起歌儿向前闯,

我们要去迎接死亡——

活着可耻,死了悲伤……

啊,我的同志,挺起胸膛,

两个母亲给了我们生命,

一个母亲对我说:别慌,

先把敌人彻底埋葬,

然后自己躺到坟上……

"你这破嗓子别吼了。"闲坐一旁的科皮奥金打断了歌手,"你没捞到娘们儿,就想用歌声勾引。这不,一个妖精急匆匆赶来了。"

来者是基里的未来老婆——皮肤黑黑的小妞,像是佩切涅格人①的女儿。

"你来干什么?"科皮奥金问她。

① 佩切涅格人,8—10世纪伏尔加河中下游左岸草原上的突厥部落和萨尔马特部落的联盟。

"不干什么。我想来听音乐,这歌声挺揪心的。"

"去你的,妖精!"科皮奥金站起身打算离开。

这时候基里赶来了,他要把妻子领回去。

"格鲁莎,你怎么乱跑啊？我给你掐了不少黍子,咱们去把它捣碎吧,晚上就吃黍子饼,我想吃面食了。"

他们俩朝一间储藏室走去,原先基里偶尔在那儿过夜,现在把它改成了格鲁莎和他长久的栖身之处。

科皮奥金穿过切文古尔,他想去看看辽阔的草原,他已经不知不觉地习惯了切文古尔的拥挤和忙碌,好久没有出城了。"无产阶级力量"正在一间废弃的谷仓里休息,一听到科皮奥金的脚步声便张开思念的嘴朝朋友嘶叫起来。科皮奥金把它牵出来,马儿预感到要驰骋草原,就在他身边跃跃欲试。在出城的路口,科皮奥金翻身上马,拔出马刀,从沉寂已久的胸中发出愤怒的一声吼,两腿一夹,飞也似的奔向草原秋天的寂静中,清脆的马蹄声犹如在敲打花岗石。只有巴申采夫一个人看见了"无产阶级力量"在草原上飞奔,看到它带着骑手消失在夜幕初降般茫茫的黑暗中。巴申采夫刚才爬上屋顶,他喜欢从那儿观察空旷的田野和空气在田野上流动。"现在他再也不会回来了。"巴申采夫想,"该我去征服切文古尔了,让科皮奥金高兴高兴。"

三天后科皮奥金回到了切文古尔,他骑着瘦了一圈的马,慢吞吞地进了城,自己在马背上打盹。

"你们要爱护切文古尔,"他对站在路上的德瓦诺夫和两名另类分子说,"你们先给马喂草,等我起来了再给它喝水。"科皮奥金卸下马鞍,就在被踩得光秃秃的地上倒头睡着了。

　　德瓦诺夫牵着马儿去草地,脑子里想的是要制造一门廉价的无产阶级大炮来保卫切文古尔。草地就在附近,德瓦诺夫放手让"无产阶级力量"去吃草,自己留在茂盛的荒草中。现在他什么也不想,他头脑中的那个老卫士守护着自己宝藏的安宁——他只能放行一个来访者,也就是在外面游荡的一个思想。可是外面没有这样的思想:只有空旷而沉寂的大地,渐渐消融的夕阳犹如一件乏味的人工制品在天空工作,切文古尔的人们想的不是大炮,而是互相之间的关系。于是卫士打开了回忆的后门,德瓦诺夫重新感觉到头脑中出现了温暖的意识:有一天夜里,他朝村里走去,当初他还是个孩子,父亲牵着他的手,而萨沙闭着眼睛,一路上睡了醒,醒了又睡。"你怎么啦,萨沙,走累了吧? 怎么啦,萨沙,走了一整天走累了吗? 过来我背你,趴在我肩上睡吧。"于是父亲把他背在自己身上,萨沙靠在父亲喉咙旁边睡着了。父亲背着他到村子里卖鱼,装着小欧鳊鱼的袋子里散发出潮湿的青草味。那天傍晚下了一场暴雨,路上满是泥泞、寒冷和积水。突然,萨沙醒过来哇的一声叫了起来——一团冰凉的泥巴在他的小脸蛋上慢慢滑下来,父亲骂一个赶铁皮轱辘大车的农民,大车经过的时候溅了父子俩一身泥。

　　"爸,为什么泥巴从轮子上蹦出来?"

　　"萨沙,轮子转动,泥巴不安分,就靠自己的重量飞出来。"

　　"需要一个轮子,"德瓦诺夫自言自语地说,"木头的轮子包上铁皮,转动轮子向敌人甩砖头、石块和垃圾——我们没有炮弹。轮子可以用马拉着转动,也可以用手帮忙,甚至可以发射灰尘,沙子也行……霍普涅尔现在正坐在堤坝上,没准又渗漏了……"

　　"我没打搅您吧?"慢慢走上前来的谢尔比诺夫问。

"没有,怎么了？我关心的不是自己的事儿。"

谢尔比诺夫抽着从莫斯科带来的最后一支烟,他担心今后没烟抽了。

"您认识索菲娅·亚历山德罗芙娜吧?"

"认识,"德瓦诺夫回答,"您也认识她?"

"也认识。"

睡在小路旁的科皮奥金双手撑起身子,大声说了一句梦话,过后又重新躺下呼呼大睡,鼻孔里呼出的气把路边枯萎的草茎吹得微微晃动。

德瓦诺夫看了看科皮奥金,见他睡得很香,也就放心了。

"来切文古尔之前我还记得她,到这里就忘了。"亚历山大说,"她现在住哪儿? 怎么跟您谈起了我?"

"她在莫斯科,在那儿的一家厂子里。她还记得您——在你们切文古尔,大家相互之间都把对方看作一种理想,我发现您对她来说也是一种理想;您给她传递心灵的安宁,您一直在给她温暖……"

"您对我们之间的关系理解得不完全正确,不过知道她还活着,我还是很高兴的,我也会一直想念她。"

"那您就想念吧。在您看来,想念很重要——想念就是拥有或者是爱……"

"她是值得想念的,她现在孤身一人,正看着莫斯科。那里有叮叮当当的电车,有许许多多的人,但并不是每一个人都想跟他们交往。"

德瓦诺夫从来没有见过莫斯科,他把那里想象成只有一个索菲娅·亚历山德罗芙娜。他心中充满了羞愧和难以摆脱的痛苦回忆:

当初生命的温暖从索尼娅体内传递到他身上,他可能把自己的一生置于一个人的狭小范围里,现在他才明白那未曾实现的生活是多么可怕,他可能就永远留在那样的生活中,就像被困在一间坍塌的屋子里。一只麻雀带着一阵风从一旁飞过,惊叫着停在篱笆上。科皮奥金抬起头,用惊惧的目光打量着这被遗忘的世界,动情地哭了起来。他的双手无力地撑着尘土,支起那噩梦连连后变得虚弱的身体:"我的萨沙,萨沙! 你怎么从来没有告诉过我,她在坟墓中受苦,她的伤口还在疼痛? 我怎么能住在这儿,抛下她一个人在坟墓中受苦! ……"科皮奥金一边哭一边说,充满了哀怨和撕心裂肺的悲伤。这个头发蓬乱、上了岁数、痛哭流涕的人试图站起来,然后跃马扬鞭奔向远方:"我的战马在哪里,你们这些混蛋? 我的'无产阶级力量'在哪里? 你们在自己的小屋里把它毒死了,你们用共产主义骗我,我会死在你们手里的。"说完,科皮奥金又倒下去,回到了梦乡。

谢尔比诺夫遥望着远方,千里之外是莫斯科,他的母亲就孤苦伶仃地躺在那里的坟墓中,在地下受苦。德瓦诺夫走到熟睡的科皮奥金身边,把帽子垫到他的脑袋下面,他发现他那双在睡梦中半张半闭的眼睛在骨碌碌转动。"你干吗指责别人呢?"亚历山大自言自语地说,"难道我父亲在湖底下就不痛苦吗? 不也在等我吗? 我也惦记着他呢。"

"无产阶级力量"不再吃草,它小心翼翼、脚步轻轻地走到科皮奥金身边,把脑袋伸到科皮奥金的眼前,闻了闻主人的气息,然后伸出舌头舔了舔他半张半闭的眼睑。科皮奥金感到非常舒服,于是完全闭上了眼睛,继续呼呼大睡。德瓦诺夫把马拴在科皮奥金身边的篱笆上,便和谢尔比诺夫一起到堤坝上去找霍普涅尔。谢尔比诺夫的肚子已经不疼了,他忘记了切文古尔只不过是他来出差一星期的陌生地方,他的身体已经习惯了这个城市的气味和草原上稀薄的空气。城郊一间农舍旁边的地上,有一座普罗科菲的泥塑像,塑像上遮着用来避雨的牛蒡。前不久,切普尔内因为想念普罗科菲,就替他立了个塑像,从而充分满足并结束了他对普罗科菲的思念之情。现在他又开始想念替谢尔比诺夫送信的卡尔丘克了,正在准备材料替这位消失的同志树立一座泥塑像。

普罗科菲的塑像与本人相去甚远,但是让人觉得这既像普罗科菲,又像切普尔内。作者怀着洋溢的柔情,用粗糙拙笨的手法为自己心仪的同志建造了塑像,结果成了兼具两人特征的合体像,充分展示了切普尔内艺术的真诚品格。

谢尔比诺夫对其他艺术的价值一窍不通,他在莫斯科社交界的谈话中总是显得非常愚笨,他坐在那儿只是欣赏人们的外表,不理解也不去倾听他们说些什么。他在纪念像前停下脚步,德瓦诺夫也跟着他站住了。

"最好用石头,不该用泥土。"谢尔比诺夫说,"否则时间一长,风吹雨打,它会融化的。这可不是艺术,这是全世界革命前那些粗制滥造的作品和艺术的终结;这是我第一次见到的没有虚假和剥削的作品。"

德瓦诺夫不置可否,他不知道还能有什么别的评价。于是,两人一起朝河谷走去。

霍普涅尔并没有在筑堤坝,他坐在岸上,在用一根细木条给雅科夫·基蒂契做过冬的窗框。雅科夫·基蒂契担心自己认领的两个女儿冬天会挨冻。德瓦诺夫和谢尔比诺夫等着霍普涅尔把窗框做好,然后一起去制造向切文古尔的敌人发射石块和砖头的木轮。德瓦诺夫坐在那儿,听到城里变得安静了。凡是分到母亲或者女儿的人都很少出门,成天和亲人在同一个屋檐下辛勤劳动,制作不知道派什么用场的东西。难道他们待在屋里比待在外面更加幸福?

德瓦诺夫不可能知道这个问题的答案,由于茫然和忧愁,他做了一个多余的动作。他站起来想了想,便去寻找装配发射轮的材料。天黑之前,他找遍了切文古尔城的角角落落。在这些角落里,在低矮茂密的艾蒿丛中,其实也可以默默无闻、无忧无虑地生存,甚至还可以给外面的人们带来好处。德瓦诺夫找到了各种各样的废物,什么破鞋啦,装过焦油的木箱啦,麻雀的尸体啊,等等。德瓦诺夫把这些东西捡起来,对它们的死亡和被遗弃表示同情,然后又把它们放回原处,这样可以让切文古尔的所有东西在共产主义苦尽甘来的好日子到来之前保持完好无损。德瓦诺夫的一只脚被滨藜丛中的什么东西卡住了,好不容易才拔出来。原来,他的脚卡在了战争初期就遗忘在那里的一架炮车轮子的条幅中间。这轮子的直径和牢固程度完全适合做发射盘。但是要推动它就难了,轮子的重量超过德瓦诺夫的体重,于是亚历山大就把正在跟克拉芙久莎散步的普罗科菲叫来帮忙。他们把轮子推到铁匠铺,霍普涅尔摸了摸轮子的构造,把它夸奖了一番,便留下来在铁铺里守着这轮子过夜,静静心心地考虑整体工程。

普罗科菲把那幢砖楼选作自己的居所,这楼原先是全体布尔什维克的家,大家白天黑夜都挤在一起。现在这里收拾得井井有条,摆放着克拉芙久莎的各种女式服装,每隔一天就要生炉子除湿。天花板上住着苍蝇,房间的四面墙壁坚固,保护着普罗科菲家庭的安宁,地板擦得干干净净,就像准备过礼拜天一样。普罗科菲喜欢躺在床上休息,看着苍蝇在暖和的天花板上走来走去。他小时候住在乡下,苍蝇也是这样在父母屋子的天花板上走来走去,他也是这样躺着休息,想出种种养家糊口的办法。今天他把德瓦诺夫带到家里来,就是想请他喝加果酱的茶,让他尝尝克拉芙久莎做的油炸饼。

"萨沙,你看,天花板上的苍蝇。"普罗科菲指给他看,"以前我们家里也有苍蝇,你还记得不?"

"记得。"亚历山大回答,"我记得更清楚的是天上的那些鸟儿,它们像天花板下面的苍蝇那样飞来飞去。现在它们在切文古尔上面飞来飞去,就像在房间上面那样。"

"是啊!你那时候住在湖上,而不是在家里,那儿没有屋顶,只有天空,你这才觉得鸟儿就像家里的苍蝇。"

喝过茶,普罗科菲和克拉芙久莎躺到床上,彼此暖和之后才消停下来。德瓦诺夫睡在木沙发上。第二天早晨,亚历山大指给普罗科菲看在切文古尔低空徘徊的鸟儿。普罗科菲发现,它们就像在大自然的早晨的房间里快速行走的苍蝇。科皮奥金就在不远处走过,他光着脚,光着身子披一件军大衣,那模样就像普罗科菲的父亲当初刚从帝国主义战场回来。炉子的烟囱偶尔冒出炊烟,飘来的气味跟母亲在家做早饭的气味一模一样。

"萨沙,应该替共产主义准备过冬的食物了。"普罗科菲说。

"是啊,普罗什,应该着手准备了。"德瓦诺夫表示同意,"可是你只给自己准备了果酱,科皮奥金却长年累月只喝凉水。"

"怎么是只给自己?昨天我不是请你吃了吗?也许你少放了,没有尝出来?要不要马上再给你一勺?"

德瓦诺夫不要果酱,他急着要去找科皮奥金,跟他共度伤心的时光。

"萨沙!"普罗科菲在他身后喊,"你看那些麻雀,它们在这里到处乱飞,就像一群肥壮的苍蝇!"

德瓦诺夫没有听到,普罗科菲回到自家的房间。房间里苍蝇乱飞,他从窗户向外望去,看到鸟儿在切文古尔上空飞来飞去。"全都一样。"他这样评判苍蝇和飞鸟,"我坐轻便马车去找资产阶级,给全体共产主义运两桶果酱回来,让另类分子都能喝上茶,舒舒服服躺在鸟儿的天下,就像躺在自己的房间里一样。"

普罗科菲再次环顾天空,他估摸天空笼罩下的财产比天花板下的要多得多,而整个切文古尔在天空底下就像另类分子房间里的一点家具。假如突然有一天另类分子都离开了切文古尔,切普尔内死了,那么切文古尔不全归萨沙了吗?这时候普罗科菲发觉自己失算了,他应该立即认定切文古尔是一个家庭的房间,他是这个家庭的大哥,是晴空之下所有家具的继承人。只消看看那些麻雀,它们比苍蝇肥大,切文古尔的麻雀也比苍蝇多。普罗科菲目测了一下自己的房间,决定用它去换取整个城市,这样更加划算。

"克拉芙久莎,克拉芙久莎!"他大声叫妻子,"不知为什么,我想把我们的家具送给你!"

"好啊,那就送给我吧。"克拉芙久莎说,"趁路还好走,我把这些东西都搬到姨妈家!"

"趁早搬走。"普罗科菲表示赞成,"你在那儿住几天,等我把整个切文古尔搞到手。"

克拉芙久莎知道自己非常需要这些东西,但是不明白普罗科菲

为了得到这个城市,为什么非要一个人留下来不可呢?这城市不是
几乎都属于他了吗?于是,她提出了这个问题。

"你没有政治头脑。"丈夫回答她,"要是我跟你一起接收这城
市,那明摆着是我把它送给你一个人。"

"那你就送给我好了,普罗什,我从省里雇几辆大车来拉!"

"没有收据别急着搬走!……为什么我要送给你?大家会说他
跟这女人睡觉,而不是跟我们睡觉,他肯定把自己的肉体跟这女人
做了交易,怪不得把整个城市送给她也不心疼……要是你不在这
里,那么大家都知道我不会把这城市占为己有……"

"你怎么不想要了?"克拉芙久莎生气了,"那你把它留给谁?"

"唉,你真糊涂!你听我说嘛!人家见我没有家庭,也不是缺胳
膊少腿,我要这城市干啥?等到我把城市拿到手,我会把它疏散,到
时候我就发加急电报把你从别的居民点叫过来!……你先收拾一
下,我去登记全城的财产……"

普罗科菲从箱子里取出革委会的表格,去登记自己未来的
财产。

按照自己勤奋的习惯,太阳依然在天空为地上的温暖而工作,
可是切文古尔的劳动明显减少了。基里和他的妻子格鲁莎躺在过
道的草堆里,他迷迷糊糊地搂着妻子睡觉。

"同志,你怎么不向共产主义献礼?"前来登记资产的普罗科菲
问基里。

基里醒了,格鲁莎反而因为新婚羞得闭上了眼睛。

"我要共产主义干什么?现在格鲁莎是我的同志,我替她干活
还来不及呢。现在我的生命消耗得厉害,连营养都来不及补

充……"

普罗科菲走后，基里把脸贴在格鲁莎咽喉以下的部位，闻了一会儿蕴藏在里面的生命和淡淡的温暖的体味。每当希望享受幸福的时候，基里的体内既可以得到格鲁莎的温暖，还能拥有她那紧致的肉体，从而感受到平静的生命意义。还有谁能够像格鲁莎那样慷慨地向他献身？他基里又有什么东西舍不得给她？恰恰相反，他现在始终感到内疚的是，他无法为格鲁莎提供足够的食物，也不能及时给她置办衣服。基里也不再认为自己有多宝贵，因为他身体最精华、最隐秘、最温柔的部分已经转移到格鲁莎的体内。每次出去到草原上寻找食物的时候，基里发觉头顶上的天空比从前暗淡，偶尔见到的飞鸟的叫声也不那么嘹亮，他胸中产生的那种精神的无力感始终挥之不去。采集了果实和禾粒回到格鲁莎身边的时候，基里总觉得疲惫不堪，于是下定决心从此以后只在脑子里想她，把她看作自己的共产主义理想，从而使自己成为平静而幸福的人。但是，每当平淡无味地休息了几天之后，基里就觉得不幸，觉得没有爱的物质也就失去了生命的意义。于是，世界在他周围重新焕发出勃勃生机——天空变成了湛蓝的宁静，空气清新可闻，鸟儿在草原上唱着歌儿飞向远方，基里觉得这一切都是高于他生命的造物，而重新与格鲁莎亲热一番之后，整个世界又显得灰暗而可怜，基里也不再羡慕了。

另外一些比他年轻好多岁的另类分子，他们把那些女人认作自己的母亲，只是跟她们相互取暖而已，因为入秋后切文古尔的空气变凉了。他们已经满足于这样跟母亲一起生活，谁也不用通过制作礼物的劳动与周围的同志分享自己的身体。每到傍晚的时候，另类分子把女人带到偏远的河边,给她们擦洗身体,因为女人们都瘦得不好意思去澡堂,尽管切文古尔有一个澡堂,还可以生火。

普罗科菲走遍了现存的所有居民家庭,把全城的所有财物提前登记为自己的私产。最后他走进城郊的铁匠铺,当着在那儿干活的霍普涅尔和德瓦诺夫的面,把这铺子登记入册。科皮奥金扛着一根原木从远处走来,谢尔比诺夫在后面帮着抬木梢,就像知识分子那样,动作拙笨,而且只承担八分之一的重量。

"走开!"科皮奥金对挡路的普罗科菲说,"人家扛着重活,你手拿一张薄纸。"

普罗科菲让开路,可是把原木记入了现有资产,满意地走了。

科皮奥金卸下原木,坐下来歇口气。

"萨沙,啥时候让普罗什卡伤心得停下来大哭一场?"

德瓦诺夫看了看科皮奥金,他的眼睛由于疲劳和好奇而发亮。

"到时候你就撒手不管了吗? 你知道没有人喜欢他,他也想不到需要别人,他开始收集财产,疏远同志。"

科皮奥金改变了想法;有一次他在草原上作战的时候,看到一个多余的人在哭泣。那人坐在一块石头上,萧索的秋风直吹着他的脸,就是红军的辎重队也不愿收留他,因为他丢失了所有证件,大腿根部又受了伤,不知道为什么坐在那儿哭泣,也许是因为大伙把他撂下不管了,也许是因为裤裆里空了,而生命和脑袋还完好无损。

"我会帮他的,萨沙,看到有人受苦我就受不了……我会把他拉上马,带他到生活的远方……"

"这么说来,不该希望他倒霉,否则今后你会可怜你的敌人……"

"我也不会那样,萨沙。"科皮奥金说,"就让他留在共产主义,让他自己去跟人打交道,成为集体的一员。"

傍晚的时候,草原上下起了一场雨,但是跟切文古尔擦肩而过,所以城市还是干的。切普尔内对这个现象并不觉得奇怪,他知道大自然早就掌握了这个城市闹共产主义的信息,不会在不需要的时候给它下雨。不过,眼见为实,一大群另类分子还是跟切普尔内和比尤夏一起到草原上查看淋湿的地方。科皮奥金相信雨有灵性,哪儿也没去,而是跟德瓦诺夫一起靠在铁铺旁边的篱笆上休息。科皮奥金不太了解彼此交谈的好处,只顾自己向德瓦诺夫发一通议论:空气和水不值钱,但不可缺少,石头也一样,也有一定用处。科皮奥金说这些话不是要表达什么意思,而是要对德瓦诺夫表示好感,不说话他就憋得难受。

"科皮奥金同志,"德瓦诺夫问,"你觉得谁更加亲切——是切文古尔还是罗莎·卢森堡?"

"是罗莎,德瓦诺夫同志。"科皮奥金吃惊地回答,"她身上的共产主义比切文古尔多一些,所以被资产阶级杀害了,而这城市完好无损,尽管周围全是自发势力……"

德瓦诺夫没有储备任何固定的爱,切文古尔是他的全部生命,他害怕把它全部消耗完。他的生存全靠那些每天相处的人——科皮奥金、霍普涅尔、巴申采夫和另类分子,但始终担心有朝一日他们会悄然离去或者陆续死去。德瓦诺夫俯身揪下一棵草,仔细端详了它那柔弱的草茎:等到一个人也不剩的时候,它也可以成为珍惜的对象。

科皮奥金站起身,迎着一个从草原上跑来的人走去。切普尔内

一声不响、一步不停地朝着城里飞奔。科皮奥金一把抓住他的军大衣,拦住他问:

"你跑什么跑,又没有警报?"

"哥萨克!军校生的马队!科皮奥金同志,请你赶快去拦击,我去取步枪!"

"萨沙,你到铁铺里坐一会儿。"科皮奥金说,"我一个人去收拾他们。你千万别出来,我马上回来。"

刚才跟切普尔内一起到草原上转悠的四个另类分子也在往回跑,比尤夏却在一个地方卧倒后单独组成一道散兵线——只见火光一闪,他的枪声打破了昏暗的寂静。德瓦诺夫听到枪声便拔出手枪冲了出去,科皮奥金的"无产阶级力量"迈着沉重的步伐不一会儿就赶到了德瓦诺夫前面,由另类分子和布尔什维克组成的武装力量紧随先头部队也从城里出动了——没有枪就提着篱笆桩,或者通炉子的火钩,女人也跟着大家一起上阵。谢尔比诺夫提着女式的白朗宁手枪跟在雅科夫·基蒂契后面,边跑边寻找射击的对象。切普尔内也骑着原先给普罗科菲拉车的那匹马出来了,普罗科菲自己则跟在他后面,建议先要成立司令部并且任命司令员,否则肯定要完蛋。

切普尔内骑在马背上朝远处发射了一弹夹的子弹,拼命想赶上科皮奥金,但没有赶上。科皮奥金骑着战马越过卧倒在地的比尤夏,他不打算向敌人射击,而是拔出马刀,准备跟敌人厮杀。

敌人沿着原来的大路一步步紧逼过来。他们横托步枪,不准备射击,只是一个劲儿地催马前进。他们有指挥,有队形,面对切文古尔最初的枪声,他们镇定如若,毫不畏惧。德瓦诺夫看清了他们的优势,在沟里稳住脚步,举起手枪连发四枪,第四颗子弹撂倒了马队的指挥官。但是敌人还是没有混乱,在行进中将指挥官转移到队伍中间,然后加快了队伍的步伐。这稳步紧逼的进攻显示的是机械必胜的威力,而切文古尔人体现的则是捍卫生命的本能。除此之外,站在切文古尔一边的还有共产主义。切普尔内对此非常清楚,他勒住马,举起枪,将三个敌人打落马下。比尤夏卧在草丛中射伤了两匹马的马腿,它们倒在队伍后面,挣扎着朝前爬,马嘴刨着地上的尘土。身披盔甲面戴护罩的巴申采夫从德瓦诺夫身边跑过,他右手举着一枚空壳手雷,打算单凭精神恐吓的炸弹吓到敌人,因为他的手雷里面没有炸药,而他又没有携带别的武器。

敌人的队伍马上自动停止前进,整齐得如同只有两名骑手。切文古尔人从未见识过的士兵们遵照无声的命令,举起步枪瞄准渐渐靠近的另类分子和布尔什维克,不发一枪地继续朝切文古尔方向迅速推进。

黄昏在人们的头顶上凝滞不动,夜晚也未见黑色。敌人犹如一架机器向前推进,只听得马蹄在荒地上踏出隆隆的声响,他们拦住另类分子进入辽阔的草原,切断了从切文古尔通往未来的光明之国的道路。巴申采夫喝令资产阶级投降,还把空心手雷调节成燃烧弹。进攻方又发出了一道无声命令——随着步枪发出的火光明灭之间,七个另类分子和巴申采夫中弹倒下,还有四个切文古尔人不顾鲜血直冒的伤口,冲上去跟敌人拼杀。

科皮奥金已经冲到敌人的队伍跟前,他让马扬起前蹄扑过去,这样既能用马刀砍杀匪徒,又能用战马的体重压死敌人。“无产阶级力量”的前蹄落在那匹迎面而来的马身上,那马断了几根肋骨,趴倒在地。科皮奥金使出浑身的力气在空中挥舞着马刀,这样可以在看清对方的脸之前就把敌人劈成两半。马刀当啷一声落在敌人的马鞍上，震得科皮奥金的手发麻。这时候科皮奥金用左手夹住了对方年轻的红发脑袋，为了甩开胳膊又暂时放下脑袋，紧接着抡起左拳猛击敌人的天灵盖，把他整个人从马背拽到地上。另一个敌人的马刀在他眼前一闪，一时间他不知道怎样应付，便一手抓住马刀，另一只手砍下了进攻方握马刀的手臂，把马刀连同齐肘砍下的胳膊扔到一边。这时候科皮奥金看到了霍普涅尔，他正攥着手枪的枪口在马队中拼杀。由于紧张和消瘦，或者是因为刀伤，他颧骨和耳根的皮肤裂开了，鲜血往外直冒。霍普涅尔使劲擦掉血，免得脖子后面发痒，妨碍战斗。科皮奥金给挡在他和霍普涅尔之间的那个骑兵的肚子上踢了一脚，这才让自己的坐骑纵身一跃跳了过去，不然会把遍体鳞伤的霍普涅尔踩死。

科皮奥金冲出了敌人的包围圈，而切普尔内在另一侧遭遇了敌人的骑兵侦察班，他骑着那匹驽马正要穿过向他扑过来的马队，他试图用枪托砸死敌人，这时候他已经没有子弹了。切普尔内高高举起步枪，狠命砸过去，可是没有砸中敌人，因为用力过猛，自己从马上飞了出去，消失在杂沓的铁蹄下。科皮奥金利用短暂的间歇，嗽了嗽刚才抓住马刀刀刃的左手上的血，然后又投入战斗。他冲过敌人的队伍，自己没受到任何伤害，也没有记住什么，于是重新调转马头杀了回去，现在他要把一切都牢牢地记在脑海里，否则战斗不会给他安慰，即使胜利了也体会不到英勇杀敌的艰苦卓绝。对方的五名骑兵离开侦察班的队伍，他们到远处用马刀砍杀进行抵抗的另类分子，但是另类分子善于顽强而持久地保护自己，他们的生命也不是第一次遭到敌人的拦截。他们用砖头砸敌人，在城郊用麦秸燃起

篝火,抓起小小的火团扔向飞奔的敌人坐骑的脑袋。雅科夫·基蒂
契用一截燃烧的炭火猛捅一匹马的屁股,只听得马尾下面的皮肤发
出吱吱的声音——那马疼得大声嘶叫起来,把骑手带到了离切文古
尔两三里的地方。

"你干吗用炭火打仗?"骑马赶来的另一名敌兵问,"我马上杀
了你!"

"杀吧。"雅科夫·基蒂契说,"靠体力打不过你们,铁家伙我们
又没有……"

"那我就来个快马砍杀,让你死个痛快。"

"来吧。那么多人死了,谁都不当回事。"

士兵拉开一段距离,又回头让马冲过来,一刀砍死了站着的雅科
夫·基蒂契。谢尔比诺夫提着手枪左冲右突,他只剩下最后一颗子
弹,那还是留给自己的,他放慢脚步检查自己的手枪,生怕子弹掉了。

"我事先跟他说了要杀他,这才把他砍了。"那士兵告诉谢尔比
诺夫,一边在马鬃上擦去刀上的血,"叫他别再用火打仗了!"

这士兵不忙着去作战,他在寻找还可以杀什么人,什么人该杀。
谢尔比诺夫举起手枪瞄准他。

"你这是干什么?"士兵不相信他真会开枪,"我又没有碰你。"

谢尔比诺夫想了想,这当兵的说得也对,于是收起手枪。骑兵
调转马头,冲着谢尔比诺夫狂奔过来。西蒙被马踢中腹部,倒在地
上。他觉得自己的心脏已经远远离开他了,但又从远处挣扎着要回
到生命中来。谢尔比诺夫注视着心脏,倒也不是特别希望它能成功
返回,反正索菲娅·亚历山德罗芙娜还会活着,就让她保留着他身
体的痕迹继续活下去吧。那士兵弯下身子,用马刀剖开了他的肚

子,肚子里空空的,什么也没有流出来——既没有血也没有肠子。

"是你自找的。"士兵说,"刚才你不先举枪,也就不会送命。"

德瓦诺夫在跑,手里拿着两把手枪,另一把手枪是从被杀死的马队指挥官手里缴获的。三个骑兵在后面追,但他们遭到基里和热耶夫的拦截和吸引。

"你往哪儿逃?"刚才杀死谢尔比诺夫的那个士兵拦住了德瓦诺夫。

德瓦诺夫也不回话,两把手枪同时开火,把敌人打落马下,然后赶过去支援危在旦夕的科皮奥金。周围已经寂静下来,战斗转入切文古尔城里,只听得一片杂沓的马蹄声。

"格鲁莎!"基里的呼唤在寂静中显得特别清晰。他胸口挨了一刀,倒在地上已经奄奄一息。

"你怎么啦?"德瓦诺夫赶到他跟前。基里已经无法说话。

"永别了。"亚历山大俯身对他说,"咱们来吻吧,这样好受些。"

基里张开嘴等着,德瓦诺夫用自己的嘴唇拥抱他的嘴唇。

"格鲁莎还活着吗?"基里终于挤出了一句话。

"她死了。"德瓦诺夫告诉他,让他放心。

"我马上也要死了,我难受。"基里又勉强说了一句,说完就死了,冰凉的眼睛依然睁着。

"你再也不用看了。"亚历山大低声说,给他合上眼皮,抚摸了一下他发烫的脑袋,"永别了!"

科皮奥金冲出拥挤的切文古尔,他浑身是血,马刀也不见了,但还活着,斗志昂扬。四个敌人在后面紧追,他们的坐骑已经精疲力竭。其中两个勒住马,朝科皮奥金开枪。科皮奥金让"无产阶级力量"转过身,赤手空拳朝敌人扑去,打算跟敌人拼个你死我活。德瓦诺夫发现他必死无疑,于是单膝跪地,瞄准敌人,用双枪轮番射击。科皮奥金已经撞上那两个挂在马镫下的敌人;两个骑兵滚落马下,另外两个没来得及抽出脚,就被受伤的坐骑拖进草原,他们的尸体一路摇晃颠簸。

"你还活着,萨沙?"科皮奥金发现了德瓦诺夫,"城里给敌人占了,我们的人全完了……等等! 我疼……"

科皮奥金把脑袋靠在"无产阶级力量"的鬃毛上:

"扶我下来,萨沙,在下面躺一会儿。"

德瓦诺夫扶他下地。科皮奥金的军大衣满是撕裂和刀砍的口子,最初的伤口流出的血已经在上面凝固,新伤的血还没有来得及渗透到大衣上。

科皮奥金仰面躺下休息。

"背过脸去,萨沙,你看,我活不成了……"

德瓦诺夫转过脸。

"别再看我,你看到我死了我会羞愧的……我在切文古尔耽搁了,现在就要死了,留下罗莎一个人在地下受苦……"

科皮奥金突然坐了起来,战斗的呐喊再次响彻云霄:

"他们正在等着我们,德瓦诺夫同志!"说完,脸朝下倒地而死,浑身上下变得火热。

"无产阶级力量"衔住军大衣提溜着他的尸体,送他回到草原上已经久违的自由的故土。德瓦诺夫跟在马后面,直到大衣的带子都绷断。科皮奥金的大半个身体都裸露在外,累累的伤口超出衣服遮蔽的部分。马儿仔细闻了闻尸体,开始贪婪地舔去伤口的鲜血和黏液,它要与死去的战友分享他的最后遗产,减少死亡的脓液。德瓦诺夫跨上"无产阶级力量",朝着草原上的茫茫黑夜走去。他让马儿信步徐行,走了个通宵。"无产阶级力量"不时停下来回头张望和倾听,但是科皮奥金在他们身后的黑暗中无声无息,于是马儿迈开腿继续前进。

天亮后,德瓦诺夫认出了小时候见过的一条老路,于是让"无产阶级力量"沿着这条路前进。这条路穿过一个村庄,然后绕过一里路外的穆捷沃湖。德瓦诺夫骑马经过的这村庄就是他的故乡。这里的房屋和院子都已翻新,炊烟袅袅,时值午后,积土的屋顶上长出的蒿草早已割掉。教堂的看门人开始敲钟报时,熟悉的钟声在德瓦诺夫听来就是他的童年时代。他让马儿在井边的水沟旁停下来饮水并且休息片刻。附近一间农舍墙根的土台上坐着一位驼背老人——彼得·费奥多罗维奇·康达耶夫。他没有认出德瓦诺夫,亚历山大也没有告诉他自己是谁。彼得·费奥多罗维奇坐在太阳底下抓苍蝇,抓住之后就放在手里剥它们的皮,从中体验生活的乐趣。由于忘情于享受这种幸福,他没有留意这个骑马的陌生人。

德瓦诺夫并不留恋故乡,于是就离开了。村外的田野一望无际,成熟的庄稼无人收割,脚下的衰草散发出忧郁的气息,没有出路的天空将整个世界变成一片空地。

穆捷沃湖上波光粼粼。午间的风吹皱了湖水,在远处已经停息。德瓦诺夫来到湖边。小时候他在这里洗澡,从湖里捕捞鱼虾,湖水当初曾在底下安抚过他的父亲,如今,德瓦诺夫这个仅剩的血脉相连的同志孤零零地在地下苦苦思念了他数十年。"无产阶级力量"低下头,跺了一下蹄子,好像有什么东西在下面绊着它。德瓦诺夫一看,原来是马的一只脚无意中从岸边附带上来的一根钓鱼竿。

鱼钩上挂着一条小鱼的断裂的枯骨。德瓦诺夫认出来了,这是他小时候忘记在这里的钓竿。他举目四望,只见湖水平静,面貌依旧,不禁心头一愣:父亲不是还在吗——他的骸骨,他原来的活体,他那汗迹斑斑、破烂不堪的衬衫——这不就是生命和友爱的故乡!那里还为他亚历山大准备了一块狭小的难以分离的地方,那里还期待着用永恒的友谊让当初父亲分给儿子的那份血脉得以回归。德瓦诺夫强迫"无产阶级力量"走进齐胸的湖水。为了延续自己的生命,他和马儿不辞而别,独自下马进入水中——去寻找父亲走过的那条道路,父亲是出于对死亡的好奇,德瓦诺夫踏上这条路则是因为在软弱的被遗忘的尸体面前,在躺在坟墓中备受煎熬的尸体遗骸面前,他感到了生的羞愧,因为德瓦诺夫与他父亲尚未彻底消灭的、尚有余温的生命痕迹合为一体了。

"无产阶级力量"听到湖面下的水草发出窸窸窣窣的声音,湖底的浑水泛到它的嘴边,但是它用嘴撇开脏水,从中间明亮的地方喝了几口,然后登上湖岸,迈开节俭的步伐朝着切文古尔的方向回去了。

它出现在那里已经是德瓦诺夫离开后的第三天了,因为它躺在草原的洼地里睡了很久,睡醒之后又忘了路,在荒地里来回找路,直到听见卡尔丘克的声音才赶过去。卡尔丘克正要回切文古尔,有个老人跟他同行。这老人就是扎哈尔·巴甫洛维奇。他没有等到德瓦诺夫回到他身边,就自己到这儿来带他回家。

卡尔丘克和扎哈尔·巴甫洛维奇在切文古尔一个人也没有找到,城里空荡荡的,一片死绝。只有一个地方,在砖楼旁边,普罗什卡坐在那儿流眼泪,他身边堆满了归他所有的全部财产。

"你怎么啦,普罗什,哭有什么用,怎么不找人倒倒你一肚子的苦水?"扎哈尔·巴甫洛维奇问,"要不再给你个卢布——去把萨沙给我找来。"

　　"不给钱我也给你找来。"普罗科菲允诺道,说完就去找德瓦诺夫。

译后记

　　一九八七年，我在苏联杂志《新世界》上读到安德烈·普拉东诺夫的中篇小说《基坑》，这是我第一次接触这位作家，至今已三十六年过去了，但当初这部作品对我的强烈震撼，在我内心引起的激动和狂喜，依然记忆犹新。我被作家深邃的思想、高超的艺术和勇敢无畏的精神深深折服了，于是迫不及待地想把这篇小说介绍给中国读者，居然不自量力地着手翻译起来。当时我大病初愈，不管不顾地日夜兼程，终于花了将近半年时间译出了初稿。上海译文出版社决定将《基坑》与我的同事和朋友曹国维老师翻译的布尔加科夫的《狗心》列入苏联当代中篇译丛。一九八九年，当《狗心》和《基坑》结集付印之际，因形势变化而突然叫停，这一停就是十三年，直到二〇〇二年才与读者见面。

　　一九九七年，我赴莫斯科做学术访问，其间参加了俄国科学院俄罗斯文学研究所(普希金之家)举办的普拉东诺夫国际研讨会，从而得知并具体感受到普拉东诺夫不仅是俄罗斯文学界的研究热点，而且受到英、美、法、德、意、日等国学界的关注和重视，成为一个世界级的现象。

　　回国后，在浙江文艺出版社总编辑沈念驹先生的支持和鼓励下，我根据俄国科学院审定的最新版本对《基坑》做了修改，又增加了几个短篇，书稿以《美好而狂暴的世界》为书名列入"经典印象"丛书并于二〇〇三年出版。

二〇〇八年夏天，我结束了在台湾中国文化大学的讲学，彻底告别三尺讲台，开始了期待已久的退休生活。家属和孩子们都劝说："辛苦了一辈子，该歇歇了。"我自己也觉得随着年龄增长，精力、脑力和体力日益衰退，是该金盆洗手，彻底离开学术圈子，享受人生的最后几年。必须承认，要彻底离开搞了一辈子的俄罗斯文学似乎并非一件容易的事。普拉东诺夫还盘踞在我内心的某个角落，时不时跳出来引诱我。

二〇一六年，浙江文艺出版社新任领导、著名出版人曹元勇先生约请我继续翻译普拉东诺夫。大家都知道，普拉东诺夫几乎是不可能翻译的。如果说当年翻译《基坑》是因为自己还年轻，抵挡不住诱惑，凭着一股热情明知不可为而为之，那么进入老年后，更加知道这件事多么困难，我的能力和精力都不比当年了。因此，曹元勇先生送来合同时，我不敢贸然签字。三年后，待我将译稿反复推敲打磨，自以为基本合格后才正式签订了出版合同。

我深知，限于水平，译文还有不足之处，甚至错误，希望专家和广大读者指正。

呈现在读者面前的《切文古尔》《基坑》和《原始海》这三本书，是我翻译生涯的最新也是最后成果，在此我要衷心感谢：

浙江文艺出版社前任总编辑沈念驹先生和现任副社长曹元勇先生的信任、支持和鼓励；

俄罗斯友人鲍里斯·康达科夫、叶莲娜·加齐佐娃和娜塔莉娅·布罗夫采娃在不同时期的答疑和帮助。

徐振亚

二〇二三年二月

一本书打开一个世界

欢迎订购、合作

订购电话：0571-85153371

服务热线：0571-85152727

KEY- 可以文化

浙江文艺出版社

京东自营店

关注 KEY- 可以文化、浙江文艺出版社公众号，
及浙江文艺出版社京东自营店，随时获取最新图书资讯，
享受最优购书福利以及意想不到的作家惊喜